Colección Tierra Firme

DIRÁN QUE ESTÁ EN LA GLORIA....
(Mistral)

GRÍNOR ROJO

DIRÁN QUE ESTÁ EN LA GLORIA... (MISTRAL)

FONDO DE CULTURA ECONÓMICA
MÉXICO - ARGENTINA - BRASIL - COLOMBIA - CHILE - ESPAÑA
ESTADOS UNIDOS DE AMÉRICA - GUATEMALA - PERÚ - VENEZUELA

Primera edición, Chile, 1997

Av. Picacho Ajusco 227; Colonia Bosques del Pedregal; 14200 México, D.F.

Paseo Bulnes 152, Santiago, Chile

Registro de propiedad intelectual Nº 100.869
I.S.B.N.: 956-7083-68-1

Coordinación editorial: Patricia Villanueva
Diseño gráfico: Patricio Andrade
Portada: Collage sobre papel, (1997) de Patricia Israel
Composición del texto: Gloria Barrios

Impreso en Chile

Para Ud., Valentina, que quería que yo escribiera este libro

PRÓLOGO

...de muertos seguimos viendo
Luz de Chile

El erotismo, el maternalismo, el ambiguo mensaje de las canciones de cuna, la religiosidad ortodoxa y la religiosidad alternativa, el largo camino de su recobro de Chile y el "Poema de Chile", las varias caras de la que ella misma denominaba su "locura", el remanente escriturario que no publicó y que recién en esta última década hemos podido conocer a raíz de la aparición de *Lagar II,* así como la inserción de su aventura intelectual y poética en una posible historia de la mujer latinoamericana, tales son algunos de los paradigmas de los que deliberadamente se ocupa mi libro sobre Gabriela Mistral. Los he perseguido sobre todo en su poesía, aunque también haga referencia a su prosa en oportunidades diversas, casi siempre con el propósito de desmalezar el camino que debiera conducirme más tarde hacia el terreno poético. Puedo añadir a eso, y sin ánimo de causar confusión en el lector, que yo no elegí tales asuntos sino que ellos me eligieron a mí. Estaban, están, por todas partes, como lo sabrá aun quien tenga de la producción de Gabriela Mistral un conocimiento precario. Basta que quien esté interesado en su trabajo abra cualquier manual de literatura latinoamericana para que se tope con ellos, para que ellos le salgan al paso y le digan quién es la poeta, en qué consiste su escritura, por qué hizo lo que hizo y cómo se debe leerla. Esa fue mi experiencia también, al principio como consumidor ingenuo en los libros de texto de la escuela primaria, en seguida sobreponiéndome a la modorra no siempre aborrecible que me provocaban las clases de castellano de la secundaria, luego como estudiante un poco más avispado en la universidad y, finalmente, como profesor y crítico literario algunos años después.

Porque por ahí es por donde uno entraba y sigue entrando en la obra poética de Gabriela Mistral. Leerla ha sido desde hace mucho, casi desde los comienzos, desde 1914 ó algo así, leer sobre el amor imposible, sobre la maternidad frustrada, sobre la sublimación de ambas miserias en su dedicación a los niños, sobre su catolicismo militante, sobre su americanismo y su patriotismo, sobre su antifeminismo (es decir, sobre su alegato sin tapujos ni claudicaciones en favor del conyugalismo y el familiarismo burgueses) y, a veces, cuando el denuedo del comentarista era mucho, sobre los enigmáticos acontecimientos que rodearon sus últimos días. Poeta "mística", "divina" Gabriela", "santa Gabriela", "mujer espíritu", "reliquia de la Patria", "gloria de su raza", "florón de la América", "espíritu inspirador de la República", "genio mayor de la cultura chilena y una de las siete [?] conciencias poéticas y morales máximas de nuestro siglo", he ahí a unos cuantos epítetos de los que más se destacan dentro de una plétora de parecido linaje, epítetos que desmienten la con tanto fervor publicitada templanza chilena y cuyo propósito es, según afirman los perpetradores respectivos, el de informarnos acerca del significado y alcances de su creación literaria. No era como para quererla demasiado, seamos francos, y debo admitir que yo no la quise. No la quise cuando niño, tampoco en los años de mi adolescencia y nada o bien poco en mi posterior condición de profesional de las letras.

Por eso, constituyó para mí una gran sorpresa que la profesora María Rosa Olivera me llamara en 1990 desde la Universidad de Notre Dame para solicitarme una conferencia sobre Gabriela Mistral. En esa Universidad, la más prestigiosa de las instituciones católicas de educación superior en Estados Unidos, se habían propuesto conmemorar el centenario del nacimiento de la poeta chilena con un año de retraso. Parte de la celebración era la conferencia que estaban entonces programando y que querían que yo les dictara. Le expliqué a la profesora Olivera, traté de explicarle, de la manera más discreta que me fue posible, que Mistral no era uno de mis temas favoritos. No me entendió (o no me quiso entender), insistió en su demanda y el resultado de esa cariñosa insistencia fue mi primer contacto serio con el cuerpo de escritura en cuya compañía he vivido durante los últimos cinco años.

Es decir que acepté la invitación de la Universidad de Notre Dame, e hice antes de ir ahí lo que las gentes de mi oficio solemos hacer en circunstancias como ésa. Releí entera la poesía de Gabriela Mistral y buena parte de su prosa, y leí —en la mayoría de los casos por primera vez, lo confieso— la bibliografía secundaria que a lo largo de sesenta y tantos años de aplicados esfuerzos se había amontonado sobre ella. De ese ejercicio salí lleno de una inmensa admiración por la poeta, cuya voz estoy ahora convencido de que debe contarse entre las más excelsas de la lengua, sin una admiración comparable por la prosista, que en una proporción bastante más grande de lo que se suele conceder produce literatura de circunstancia o de encargo, y con un descontento no pequeño (y estoy siendo discreto de nuevo) hacia el trabajo realizado por los críticos tradicionales de su obra. Me di cuenta, después de leer a esos críticos, de que, aun cuando yo no hubiese entrado hasta entonces en tratos con ellos, a sus opiniones debía yo mi desamor por Mistral. Para situar este lamentable acontecimiento en el plano de mi responsabilidad de lector: lo que entonces comprendí fue mi gran ligereza al dar por buena, sin cuestionarla y sin cuestionarme a mí mismo tampoco, la leyenda blanca que ellos habían compuesto, leyenda que sanitizaba la escritura de Mistral, que la exorcizaba de sus numerosos demonios y haciéndola así palatable para el feliz regodeo de las buenas conciencias. No fueron menudos mi desazón y mi disgusto, como es de suponer. Además, sentí de nuevo la patética certeza que se encierra en una página de Albert Camus que yo cité hace muchísimos años. Decía Camus ahí que los grandes escritores trabajan hasta que llega el día en que ya nadie los lee pues todo el mundo cree saber lo que ellos/ellas dicen habida cuenta de lo que acerca de sus obras han establecido media docena de intérpretes de una vez y para siempre.

Di pues mi conferencia en Notre Dame, ordené en seguida mis notas y redacté por fin un ensayo que me pareció que saldaba mis cuentas con Gabriela Mistral. Beverly De Long fue quien me dijo que ese ensayo no bastaba, que hacía falta un esfuerzo mayor. Más precisamente, eso que según ella hacía falta era un libro razonado y vigoroso y del cual el manuscrito que yo había puesto en sus manos era apenas un modesto anticipo. De dos tareas iba a ser necesario hacerse cargo en aquel libro futuro. Primero, yo tendría que caminar con una linterna en la mano por todos los derroteros a través de los cuales hiciera su tráfico de drogas la leyenda blanca que más arriba menciono, y después, pero sólo después, podría proponerme una nueva lectura del acervo poético mistraliano. Es lo que he intentado llevar a cabo en las páginas que siguen. De ahí la mantención deliberada de la secuencia que forman los paradigmas canónicos, puesto que hacerme cargo de ellos era o me pareció que era mi primera obligación en esta empresa. A Gabriela Mistral no se la lee en los tiempos que corren sin antes conjurar las condiciones que son indispensables para dicha lectura, esto es, sin antes abrir de par en par las puertas del rancio aposento en el que todavía se guarda su palabra poética.

Por cierto, a este programa de trabajo no le faltan precedentes. Desde mediados de la década del ochenta, Jaime Concha, Jorge Guzmán, Mauricio Ostria, Mario Rodríguez, Adriana Valdés y algunos otros de mis colegas y amigos han estado tratando de construir un nuevo escenario exegético en torno a la obra de la poeta chilena. No es ajena a este escenario la recuperación, a partir del segundo lustro de la década del setenta, de algunos documentos desconocidos hasta entonces, como las cartas de amor, o de difícil acceso, como mucho de su prosa. También cabe mencionar, a propósito de esta actividad de rescate, la paulatina habilitación de una franja importante, o así me lo parece a mí, de su lírica inédita. Más atrás, no habría que perder de vista el cambio que a la sazón se estaba operando en el dominio de la teoría y la práctica críticas. Más atrás aún: un cambio ideológico de ramificaciones extensas y polifacéticas, que alimenta al anterior y de cuyas mejores secuelas (las hay peores, por supuesto) yo por lo menos creo que vamos a continuar desprendiendo utilidades durante algún tiempo más. El resultado es que los estudiosos de Mistral disponen hoy de herramientas de lectura de las que no disponían hasta hace un par de decenios, las cuales, si bien es cierto que los facultan para un mejor desempeño de su cometido, les infunden también un recelo muy grande cuando les llega la hora de enfrentarse con una tradición interpretativa cuya máxima aspiración fue y es todavía la de congelar el significado de sus textos. Como es bien sabido, la obra de arte literario ha llegado a convertirse para el pensamiento actual sobre las operaciones del lenguaje, y más mientras mayor es su calidad, en un espacio absuelto del monolitismo que una tradición anterior le atribuyó y en el que por igual motivo coexisten corrientes ideológicas y estéticas múltiples. Además, a nadie debería extrañarle que dichas corrientes se expresen en el flujo simultáneo de discursos disímiles y entre los que la discrepancia señorea con iguales o mejores derechos que la conformidad. Partiendo de esta premisa mínima, que comparten posiciones muy distintas dentro del confuso espectáculo del panorama crítico actual, identificar algunas de las alternativas que habitan y tensionan los poemas mistralianos, e identificarlas hasta donde mis posibilidades de análisis las hacían reconocibles y representables, fue la tarea que yo me eché encima al acometer la redacción de este libro.

Metodológicamente ecléctico, en *Mistral* recurro a varias de las estrategias de la crítica contemporánea —a la semiótica, a la teoría de la recepción, a la desconstrucción, al nuevo psicoanálisis, al nuevo historicismo, al nuevo culturalismo, etc.—, pero sin hacer con nada de eso mucha bulla y cuidándome de que los que empezaron siendo simples instrumentos no se me conviertan, al poco tiempo de iniciada la marcha, en insoportables camisas de fuerza. Referencia especial debo hacer aquí, como quiera que sea, a la crítica feminista, tal vez la estrategia más fructífera de todas, y yo sospecho que a causa de su resistencia a enclaustrarse en el ámbito del quehacer académico puro. En un mundo histórico como el nuestro, donde resulta difícil leer los signos del presente y más difícil todavía predecir los del futuro, y en el que de todos modos se hace imprescindible replantear el deseo de emancipación dando cabida en el nuevo proyecto a los grupos humanos que el proyecto anterior desdeñó, el feminismo y la crítica feminista contribuyen con un modelo epistemológico que muestra cómo es posible que una disciplina científica se ponga al servicio de los intereses y expectativas de una comunidad subalterna pero sin olvidarse de las afinidades que existen entre esa comunidad y las demás que componen el todo de los desapoderados. En Chile, Julieta Kirkwood sabía esto muy bien. Escribiendo en plena lucha contra la peor dictadura que ha conocido la historia de nuestro país, pero que menos absurdamente de lo que parece generó condiciones para una reemergencia en el medio chileno de la preocupación por la mujer, Kirkwood se dio cuenta de que, aunque su primera prioridad era ésa, la liberación última o iba a ser la de todos o no iba a ser la de ninguno.

Parte de esa liberación, y esto es algo que también supo Kirkwood, es nuestro reencuentro con la historia olvidada de la mujer latinoamericana y chilena. Pero es en este punto donde el lector contemporáneo de Gabriela Mistral se tropieza con una desconcertante incongruencia. Porque, ¿es la suya una historia olvidada? No sé yo con qué regularidad se alza sobre el suelo de nuestros países una nueva escuela, un nuevo parque o un nuevo centro de madres con el nombre de Gabriela Mistral, pero no me causaría asombro alguno si alguien me contara que dicha regularidad es mayor en su caso de la que en circunstancias semejantes es capaz de recabar para sí cualquiera otro de los grandes de nuestra cultura. Esta mujer, a quien se le hicieron monumentos en vida, sigue siendo, a casi cuarenta años de su muerte, objeto de una campaña de apropiación que no ceja y la que sólo ha servido para infundirle a sus discursos un carácter sagrado del que muy pocos están dispuestos a dudar. "Dirán que está en la Gloria...", es lo que escribió Enrique Lihn a propósito de este asunto en el verso que le he pedido prestado para dar título a mi libro.

Pienso yo que la ejemplaridad del discurso mistraliano es genuina, no obstante, aunque no por lo que las buenas conciencias creen sino que por otras razones. Es a la Mistral de esas otras razones, a la que, aun cuando se la utilice sin descanso, se escapa inevitablemente de los embates de la cuadrilla funcionaria, escuelera y periodística, a quien yo salí a buscar en este libro. Mi opinión es que ella es una figura admirable también, pero no por lo que dijo e hizo sino por lo que no dijo y no hizo o por lo que dijo e hizo sin querer, *a pesar suyo y con dolor.* Con todo, tampoco es éste el dolor al que se refieren la mayoría de sus comentaristas, y que es el que ella se autoriza a sí misma, poniéndolo sobre la superficie de sus textos de acuerdo al consejo de patrones retóricos que son pesquisables con facilidad si uno tiene el conocimiento y los instrumentos para hacerlo. El dolor de Mistral está más allá o más acá de su retórica del dolor. Bajar hasta los subterráneos donde nace, y determinar cuándo y cómo se filtra y fluye por entre las hendijas de su discurso ortodoxo, el mismo de cuyas limitaciones la poeta no pudo o no quiso enterarse, ha sido nuestro no tan tímido deseo.

De los diez capítulos que forman *Mistral,* una versión preliminar del primero se publicó en el tercer volumen de *América Latina: palavra, literatura e cultura,* la compilación tripartita de ensayos críticos que reunió Ana Pizarro durante los años ochenta y cuya última entrega se dio a conocer en el Brasil en 1995. Una sección del segundo había aparecido unos pocos meses antes, en Estados Unidos, en el número 168-169 de la *Revista Iberoamericana,* en un volumen que dirigió el poeta Óscar Hahn y que está dedicado por completo a la literatura de Chile. También una versión sumaria del capítulo diez se está imprimiendo, en Ottawa, Canadá, en estos mismos momentos, con la actas del simposio "Releer Hoy a Gabriela Mistral: Mujer, Historia y Sociedad en América Latina", que organizaron a fines de 1995 los profesores Guillermo Renart y Gastón Lillo. El resto del material es inédito, incluido el epílogo metacrítico acerca de la relación entre literatura e historia, que preparé a petición de María Eugenia Góngora para unas jornadas de estudio que tuvieron lugar en la Universidad de Chile en enero de 1995.

Diversas instituciones y personas han colaborado conmigo. Entre las primeras y en Estados Unidos, debo agradecer a la Universidad del Estado de California, en Long Beach, que en época de vacas flacas me dio sin embargo cuantas oportunidades pudo para investigar y escribir; al National Endowment for the Humanities de ese mismo país, que me becó en el verano de 1994; y a la Library of Congress, donde me puse en contacto por primera vez con los textos inéditos de Mistral. En el Brasil, agradezco al Archivo de Escritores Mineiros, en la Facultad de Letras de la Universidad Federal de Minas Gerais, recinto de Belo Horizonte, donde tuve en mis manos trece cartas que la poeta envió en 1943 a su colega brasileña Henriqueta Lisboa, así como también el manuscrito de un artículo en el que Mistral precisa sus opiniones sobre la poesía infantil y sobre la infancia en general. En Chile, debo agradecer a la Universidad de Santiago, de la que fui investigador en el segundo semestre de 1995 y primero de 1996 y que respaldó la parte final de mi trabajo con una beca de la Dirección de Investigación Científica y Tecnológica (DICYT); a la Universidad de Chile, donde dirijo el Programa de Postgrado en Estudios Latinoamericanos; al Fondo de Desarrollo de las Artes y la Cultura del Ministerio de Educación (FONDART), que me otorgó su apoyo en 1995; a la Biblioteca Nacional, donde proseguí mi consulta de los manuscritos inéditos; y al Archivo Siglo XX, donde tuve acceso a la correspondencia consular de Mistral (a menudo, harto menos diplomática de lo que los ministros del ramo hubiesen preferido). Entre las personas, además de las que ya fueron nombradas, quisiera dejar constancia aquí de la extensión de mi deuda con Rolena Adorno, Javier Campos, Marcela Cavada, Clorinda Donato, Edith Dimo, Hena Eck, María Carmen Fayos, Carmen Foxley, Jaime Giordano, James Irby, Gwen Kirkpatrick, Juan Camilo Lorca, Joan MacCauley, Shirley Mangini, José Luis Martínez, Claire Martín, Walter Mignolo, Gabriela Mora, Susana Münnich, Naín Nómez, Ana Pizarro, Graciela

Ravetti, Sara Rojo, Paula Rojo, Patricia Rubio, Valentina Vega, María Inés Zaldívar y Pedro Pablo Zegers. De una u otra manera, ellas y ellos fueron mis cómplices en la elaboración de *Mistral* y merecen crédito por lo poco de bueno que en él se logró. Las deficiencias y errores son, apenas sí tengo que decirlo, de mi más exclusiva responsabilidad.

GRÍNOR ROJO

La Reina, abril de 1996

CAPÍTULO I

... y en país sin nombre
País de la ausencia

Las mejores interpretaciones de la escritura poética mistraliana que se han dado a conocer durante estos últimos años deben sus hallazgos directa o indirectamente a la pirámide invertida que Freud construye cuando teoriza la crisis edípica: el padre, la madre y el hijo, la sagrada familia burguesa (o tal vez más: la sagrada familia occidental. Kristeva retrocede hasta el comienzo judaico para decir que la pareja prolífica que cuenta con la autorización de la Ley es un rasgo definitorio de la experiencia amorosa ya en el Antiguo Testamento) y la que en el contexto específico que a nosotros nos interesa investigar encontraremos constituida por el padre, la madre *y la hija.* Los dos ángulos superiores de este triángulo invertido portan cada uno de ellos su correspondiente carga sémica; el ángulo inferior refleja en cambio al uno o al otro de esos dos referentes de acuerdo a las presiones que sobre la mujer adulta que se ubica en el vértice ejercen los estímulos de un doble programa de vida. Si esta incertidumbre es común en el proceso de configuración del sujeto mujer, como creyó Freud en 1925[1], si por el contrario se trata de una tendencia localizable en un espacio y un tiempo precisos, como insinúan quienes se sienten atraídos por las repercusiones histórico-culturales del problema[2], o inclusive si nos hallamos ante un fenómeno que resulta válido nada más que en lo que atañe al funcionamiento de la sexualidad femenina en los textos de Mistral, como parece inferirse de lo expuesto por un sector de la crítica nueva[3], son todas preguntas que despiertan nuestro interés, pero cuya respuesta dejaremos para el último capítulo de nuestro trabajo. Por ahora nos parece más útil profundizar en las consecuencias que se desprenden del esquema edípico freudiano para los efectos de una descripción preliminar del sujeto lírico cuyas peculiaridades nos hemos propuesto descifrar a lo largo de este estudio. No es que el mismo sea una presa de fácil captura, sin embargo. El síntoma que denuncia su congoja no es el estupor, sino el desgarro; no la parálisis, sino la agonía. Mistral avanza y retrocede, dice y se desdice, y sin que los verbos que van dejando su rastro sobre la página posean la firmeza que hace falta para prolongar su influencia más allá del breve tiempo que a ella le lleva el escribirlos. "La medianoche", un poema hasta cierto punto secundario de *Tala,* puede servirnos para abrir la discusión:

Fina, la medianoche.
Oigo los nudos del rosal:
la savia empuja subiendo a la rosa.

Oigo
las rayas quemadas del tigre
real: no le dejan dormir.

Oigo
la estrofa de uno,
y le crece en la noche
como la duna.

Oigo
a mi madre dormida
con dos alientos.

(Duermo yo en ella,
de cinco años.)

Oigo el Ródano
que baja y que me lleva como un padre
ciego de espuma ciega.

Y después nada oigo
sino que voy cayendo
en los muros de Arlés,
llenos de sol... [4]

En la duermevela de "La medianoche", que también es la duermevela de "La desvelada", otro poema de importancia para la perspectiva de análisis que nos disponemos a adoptar en esta parte de nuestro trabajo, la Mistral del ejemplo que reproducimos más arriba, como el Darío del segundo "Nocturno" o el Borges de "Insomnio", escucha. Eso que "escucha" es por un lado la discordia entre la madre y el padre, la primera identificada literalmente y el segundo con la ayuda de dos metáforas que les parecerán discontinuas sólo a quienes duden de la ductilidad y proteísmo de la lengua poética —la de un "tigre real", que reproduciendo la condición de la hablante se agita insomne tras sus "rayas quemadas", y la del Ródano, "que baja y me lleva"—, y por otro dibuja la ruta de un proyecto escriturario que, al concebirse a sí mismo mediante las operaciones con que la naturaleza se reinventa en cada ciclo, habilita la emergencia de un discurso profundo en el discurso ostensible haciendo de la gestación de la rosa el paradigma que determina sus desarrollos posteriores. A lo largo de la primera estrofa del poema citado, se nos informa que desde el interior del "rosal" la "savia" empuja a la flor hacia la exterioridad de los "nudos". Un deseo rupturista empieza a abrirse camino desde ese momento, deseo que escapa a su cárcel de denegaciones y que asciende luego hasta alcanzar la superficie de un texto en el que hasta los análisis menos ambiciosos debieran ser capaces de percibir su vocación metalingüística. En la estrofa segunda, ese deseo se transfigura en el "tigre real", al que las rayas quemadas no dejan dormir, y en la tercera lo encontramos reconvertido en la poesía que crece y se disemina por la noche del poeta. Este derroche metafórico se agota en la estrofa cuarta, en el verso que declara "Oigo al Ródano...", etc. En la paranomasia con que concluyen los versos ocho y diez, que juega con la semejanza fonética y la desemejanza semántica entre "de uno" y "duna", mi opinión es que ambos términos obedecen a una dialéctica similar. Reconozcamos en ellos a un par de variantes mínimas pero concebidas de acuerdo a la pauta que al poema que estamos leyendo le dicta el código de la diferencia genérica.

Pero es en la cuarta y quinta estrofas de "La medianoche" donde la madre y el padre se nos muestran dotados de una luminosa y eficaz transparencia: en la grave pasividad de la madre dormida, que recibe a la hablante dentro de sí, y en la energía arrebatadora del padre, quien, al sentir que desaparecen los barrotes de la cárcel represora, derrama su furia sobre la página, transformado en un río "ciego de espuma ciega" que arrastra a la hablante fuera de sí. Ella, la hablante, se queda en la madre, pero es el padre quien se "la lleva" consigo. Por eso se deja conducir en la dirección en que él la arrastra, pero sin dejar de permanecer *de alguna manera* en el blando refugio de la entraña mujeril.

Me parece a mí que es a partir de este triángulo de dos puntas consistentes y una incierta que Gabriela Mistral comienza a dar forma a los elementos que caracterizan su poetizar desgarrado. Referidos la mayor parte de los poemas que lo actualizan sólo a la madre, eso no significa que la sujeto de la enunciación resuelva en/con ellos su conflicto profundo. Hasta podría adelantarse aquí que los poemas maternalistas de Mistral nos ponen en contacto con una magnitud de su alma a la que ella añora y traiciona, a la que invoca y abandona, como si con tales oscilaciones replicara a las señales de una fuente de imposible reflexión.

En el extremo derecho del triángulo edípico, el padre es una fuerza sin rostro. Detengámonos por un momento en los retratos que nos brindan los biógrafos de Gabriela, en el muy respetuoso de Laura Rodig[5], en el delicadamente irónico de José Santos González Vera[6], en los más bien pintorescos de Mario Bahamonde y Volodia Teitelboim[7] o inclusive en algún apunte asaz molesto salido de la pluma de la propia hija[8]. Ocurre que la existencia de esos retratos no anula el hecho de que don Juan Jerónimo Godoy Villanueva carece en la poesía mistraliana de los atributos que los tratadistas de retórica consideran imprescindibles en un personaje de tres dimensiones. De donde proviene la tesis de más graves consecuencias en el ensayo que Jorge Guzmán dedicó a la poesía de Mistral en los años ochenta o, mejor dicho, ahí es donde su ensayo echa el ancla después de hacer escala en cada una de las "metamorfosis" de una escena a la que ese crítico considera de suprema validez para el conocimiento de la autora y que es una escena que protagoniza "una mujer que deseó y celebra la muerte de su amado"[9]. Concluye Guzmán con un tono de pocos amigos: "El padre ausente es el centro vacío de estos poemas, como es de la vida de toda mujer latinoamericana. No hay padres, carece el elemento central de la red de significaciones en que consiste nuestra cultura occidental. Pero, al mismo tiempo, todo señala el lugar donde debería encontrarse: la religión cristiana, el arte occidental, el pensamiento, la historia. El padre ha sido sustituido por el Macho, por el Chingón, por el Compadrito, también por el Dictador, por el Rico, por el Latin Lover, todas figuras masculinas incapaces de darle un sentido que vaya más allá de la náusea a una realidad que al castrar a sus hombres robándoles su destino, su identidad, su autorrespeto, su creatividad, condena a la feminidad al heroísmo poético"[10].

No quiero demorarme yo ahora en las reservas que a más de alguna de las lectoras de Guzmán podría suscitarle este juicio, en el cual se está dando por sentado que es la falta de una conducción paterna robusta lo que ha impedido que las mujeres de América Latina (y no sólo las mujeres) se completen alguna vez en tanto que mujeres. A mí, el candor crítico de Guzmán me sirve para introducir el problema de los alcances de una ausencia que, si bien es cierto que existe y que es demostrable en un determinado nivel de la práctica poética de Mistral, en otro no se la puede defender en absoluto. Porque no cabe duda de que la poeta chilena accede al legado paterno por medio del acto de escritura. Así es como opta por poner a su padre de nuevo en circulación, produciendo un amplificado *reenactment* del paso de Jerónimo Godoy por el mundo. No es que haya en sus poemas una completa "ausencia" del padre, por lo tanto; *lo que hay es sólo la ausencia del personaje del padre,* el vacío que en el contenido referencial de los textos líricos mistralianos ocasiona el descarte de una criatura de ficción perteneciente al sexo masculino cuya presencia hubiese excusado a la sensibilidad androcéntrica de embarcarse en un diálogo a solas con el otro genérico. Por eso, aun cuando también nosotros echemos de menos en la poesía que aquí nos ocupa los datos que conciernen a Godoy Villanueva, ello no nos autoriza para argumentar que él no dispone en esta poesía de un sitio o para decir que su hija lo menospreció sino que por el contrario nos da pie para sugerir que su gravitación es tan grande que ni siquiera se lo puede nombrar trópicamente, ya que hasta las pocas metáforas que se atreven a hacerlo resultan o muy arcanas o más deslumbrantes y/o nobles que el modesto individuo al que deben su origen. Cualesquiera sean las precauciones eufemísticas que los contenidos del discurso poético de Mistral adopten, sin embargo, puede afirmarse que el solo hecho de que dicho discurso se pronuncie constituye una garantía indesmentible de la eficacia de El Padre.

La madre, en cambio, aunque se halle sólidamente atrincherada en el corazón de la escritura mistraliana, y aunque ahí se le rindan homenajes copiosos, todo eso en media docena de poemas y en un número no menos abundante de textos en prosa, desde los que aparecieron en cuatro periódicos del Norte Chico, entre 1905 y 1910, hasta los que Mistral escribe en las décadas del cuarenta y del cincuenta[11], en definitiva permanece prisionera de una lógica que muchas veces es condescendiente hasta bordear el desacato, como ocurre en ciertos poemas de la última época (conspicuamente en "Al mar", de *Lagar II*, donde el elogio que la poeta hace del océano, "padre y cantador que me regaló infancias", se entreteje con una repulsa simultánea de la tierra, la "nodriza primera": "... Bostezo sobre la que era viva / y alimentaba hijos con el pan y las palabras, / y con el Padrenuestro, y el Gloria y el Excelsior", es lo que la Mistral deja escrito en ese texto blasfemo, 97). Guzmán da en el blanco otra vez al ocuparse de este asunto, si bien sus proposiciones resuenan ahora menos ásperas que en la circunstancia anterior. En cualquier caso, en "La fuga" (377-379), el poema que abre *Tala*, se recordará que la madre se transfigura en "agua de cien ojos", en "paisaje de mil brazos" y además —y no sólo por su muerte, como podría pensarse— en "cuerpo sordo". El siguiente es el texto de esa pieza, una de las mayores de Mistral y que debo citar *in extenso*:

> Madre mía, en el sueño
> ando por paisajes cardenosos:
> un monte negro que se contornea

siempre, para alcanzar el otro monte;
y en el que sigue estás tú vagamente,
pero siempre hay otro monte redondo
que circundar, para pagar el paso
al monte de tu gozo y de mi gozo.

Mas, a trechos tú misma vas haciendo
el camino de juegos y de expolios.
Vamos las dos sintiéndonos, sabiéndonos,
mas no podemos vernos en los ojos,
y no podemos trocarnos palabra,
cual la Eurídice y el Orfeo solos,
las dos cumpliendo un voto o un castigo,
ambas con pies y con acento rotos.

Pero a veces no vas al lado mío:
te llevo en mí, en un peso angustioso
y amoroso a la vez, como pobre hijo
galeoto a su padre galeoto,
y hay que enhebrar los cerros repetidos,
sin decir el secreto doloroso:
que yo te llevo hurtada a dioses crueles
y que vamos a un Dios que es de nosotros.

Y otras veces ni estás cerro adelante,
ni vas conmigo, ni vas en mi soplo:
te has disuelto con niebla en las montañas
te has cedido al paisaje cardenoso.
Y me das unas voces de sarcasmo
desde tres puntos, y en dolor me rompo,
porque mi cuerpo es uno, el que me diste,
y tú eres un agua de cien ojos,
y eres un paisaje de mil brazos,
nunca más lo que son los amorosos:
un pecho vivo sobre un pecho vivo,
nudo de bronce ablandado en sollozo.

Y nunca estamos, nunca nos quedamos,
como dicen que quedan los gloriosos,
delante de su Dios, en dos anillos
de luz o en dos medallones absortos,
ensartados en un rayo de gloria
o acostados en un cauce de oro.

O te busco, y no sabes que te busco,
o vas conmigo, y no te veo el rostro;
o vas en mí por terrible convenio,
sin responderme con tu cuerpo sordo,
siempre por el rosario de los cerros,
que cobran sangre para entregar gozo,
y hacen danzar en torno a cada uno,
¡hasta el momento de la sien ardiendo,
del cascabel de la antigua demencia
y de la trampa en el vórtice rojo!

No he citado este poema en su totalidad con el fin de proceder a un análisis exhaustivo del mismo, empresa que de intentarse requeriría más espacio del que me he concedido para completar el presente capítulo. La larga cita que he hecho recién se justifica porque "La fuga" es uno de los textos de Mistral que mejor definen su relación con la madre: sus dudas, sus culpas, sus aflicciones y querellas. Obsérvese desde luego que la poeta elabora en estas líneas su vínculo con el principio materno a lo largo de una persecución onírica, en un espacio que libera la cuota de energía libidinal que ella guarda en su inconsciente, estrategia en la que incurre en por lo menos seis poemas más del volumen de 1938 y dándoles así razón a todos aquellos críticos que conectan esta época intermedia de su carrera con las soluciones retóricas que son típicas del arte de vanguardia, en particular de las obras del surrealismo. Por ejemplo, Julio Saavedra Molina, quien leyó y comentó *Tala* cuando aún ese estilo podía ser causa de asombro, opina que en el tercer libro de Gabriela Mistral se dan cita "dos tinieblas" y que ellas son "el simbolismo teosófico en cuanto al fondo, y el simbolismo ultramodernista [tradúzcase vanguardista], con metáforas y muletillas despampanantes, en cuanto a la forma". A lo que agrega meditabundo: "Quizá en esto haya tenido que ver la guerra. Quizá también la oscuridad. ¿Qué puede decir un lector reflexivo, un crítico, de lo que no entiende?"[12].

Con todo, a pesar de estas perplejidades de Saavedra Molina, si nosotros nos aproximamos un poco menos medrosamente que él a las seis estrofas que componen "La fuga", estrofas ambientadas en un espacio onírico confeso y pasibles por lo tanto del prurito distorsionador que la contrapulsión represiva suele imprimir de ordinario en este tipo de escritura, comprobaremos que el decorado sigue allí siendo el de la niñez de Mistral, montañas, cerros, nieblas, espinos, colores cárdenos y agua limpia y fresca, aunque también se superponga sobre ese decorado la panorámica del "mundo" —un vocablo en el que a mi modo de ver la poeta combina una de las expresiones favoritas del espiritualismo joánico con la jerga diltheyana que por culpa de Ortega hizo estragos en nuestros países durante los años veinte, treinta y cuarenta—. El caso es que el tránsito por la vida, al que Mistral había calificado en "Los sonetos de la Muerte" como un "largo cansancio", lo realizan en "La fuga" ella y la madre durante el transcurso de una carrera a la que el verso décimo del poema caracteriza como "de juegos y de expolios" y cuyo telón de fondo lo constituye "el rosario de los cerros", ésos "que cobran sangre para entregar gozo". Madre e hija, protagonistas ambas de una historia de episodios circulares, y el paisaje "cardenoso" (la rima entre "gozo" y "cardenoso" no es un mero capricho sonoro: "a veces ... te has cedido al paisaje cardenoso", es el reproche que oímos levantarse desde el verso veintiocho), son pues los antifaces detrás de los cuales en este poema se ocultan los rostros de los/las participantes en el drama edipiano.

Más significativo aún me parece que el enlace entre las dos mujeres que protagonizan la historia que cuenta "La fuga" sea tan genuino e intenso como imposible de fijar: es atisbo y búsqueda en la primera estrofa, es escape sin palabras en la segunda, es "peso angustioso y amoroso" en la tercera y es disolución "en la niebla de las montañas" en la cuarta. Nunca compartiendo con su hija la búsqueda de un Dios que les pertenezca a ellas tan sólo, yo no creo que sea un desatino sugerir la hipótesis de que la figura materna debe su irreductibilidad en "La fuga" no tanto al eclipse del personaje histórico que le sirve de base, acontecimiento que tiene lugar en 1929 y a cuya ocurrencia apelan aun las mejores interpretaciones que nosotros conocemos del poema[13], como a las angustias de la hija que adivina en la ingravidez de los pasos que van delante suyo un trozo huidizo de su propia persona.

De lo que se desprende que ese paradigma materno intangible, como no sea por el siempre frustrante montaje de la pantomima femenil, es el único antídoto de que dispone Mistral frente al desasosiego que irrumpe en y se apodera de las últimas líneas del texto. Dicho desasosiego, que la otra gran poeta de Hispanoamérica, Sor Juana Inés de la Cruz, también conoció y bautizó como su "negra inclinación"[14], acabará manifestándose en "La fuga" en el llamado de la "danza", la que patrocinan los cerros y se expresa en "la sien ardiendo", en "la antigua demencia" y en "el vórtice rojo", así como también en la "trampa" que brilla en su fondo. De una regularidad demostrable en las obras de los clásicos de la literatura moderna, mi impresión es que esta máquina retórica, que es la misma que Mistral retoma en "La sombra" (432-434), en la que reincide luego en "Poeta" (562-564), ambos textos de *Tala*, y que despliega minuciosamente en "La bailarina"

(601-603), el cuarto poema de *Lagar,* exhibe ya en "La fuga" sus componentes principales. La metáfora imaginista del "vórtice"[15] nos va a remitir casi sin transiciones en la producción lírica mistraliana a la figura del "vértigo" y ésta a la de la "danza alucinada" que para la poeta constituye el tropo por excelencia del delirio poético[16]. Fusión de fiebre y poesía, que, como ocurre en "Todas íbamos a ser reinas" (520-523), donde "en las lunas de la locura" a la niña Lucila le fue adjudicado su "reino de verdad" (para no hablar de la posterior "desvariadora" y sus "desvaríos" o aun, por asimilación solidaria, del vasto elenco de las "locas mujeres"), ilumina el sendero que conduce hacia una liberación cuyo logro no excluye el cilicio del remordimiento. Los caminos del "mundo", el vértigo de la danza, la soledad y la escritura que se ejecuta merced a la *dépense* de la sangre configuran al fin, *y no sólo en el poema que aquí comentamos,* el precio que se paga por una opción de alteridad que depende de, *que le es usurpada* al segundo término de la pareja primaria, ese que rara vez se nombra como tal y sí, con mucha frecuencia, desplazado en un haz de esquivas metáforas.

Nos llama igualmente la atención que la madre sea en "La fuga" un "peso angustioso y amoroso" que la hablante lleva consigo: "vas en mí por terrible convenio, / sin responderme con tu cuerpo sordo", es lo que confiesan en cuanto a esto los versos cuarenta y cinco y cuarenta y seis del poema. Invirtiendo la imagen de "La medianoche", yo me atrevo a sostener que ese "peso" o "cuerpo sordo" con el que Mistral no puede ya comunicarse, pero de cuyo "terrible convenio" tampoco consigue evadirse, es tanto el de una culpa, la del abandono que ella ha hecho de la madre o de cuanto la madre involucra, como el de una "ternura", la de una cercanía a la que ella se sabe incapaz de renunciar. Resulta así que al orientar Gabriela Mistral su discurso hacia el ángulo que en su subjetividad ocupa la madre lo hace anticipando aquello que Cixous, Irigaray y Kristeva discurrirían muchos años después como el presupuesto deficitario que la cultura de Occidente le asigna a la mujer y cuyas consecuencias las constituyen para esas estudiosas la pasividad, el no ser la mujer el sujeto de la representación y su ser la verdad no hablada de lo hablado simbólico. Es más: en una fallida tentativa para dignificar el defecto, y yo creo que no sin conciencia del mismo, cuando en los textos de la poeta chilena la impronta materna presiona con más fuerza, como en su poesía infantil —aunque lo cierto es que tendremos que leer esa poesía de nuevo aliviándola del fardo de rousseaunianismo que se descargó sobre ella en el aún vigente pasado—, lo que esos textos hacen es magnificar El Papel de La Madre en la más convencional de sus versiones.

Por cierto, esta magnificación de La Madre es una de las maniobras más confusa y ferozmente debatidas por el discurso feminista contemporáneo, sobre todo después del polémico libro de Adrienne Rich[17]. En lo que concierne a nuestra propia investigación, aun cuando estemos de acuerdo en que, en vista de los evidentes progresos realizados por la crítica mistraliana del último decenio, no cabe ya una caracterización del maternalismo gabrielesco con la ñoñez sensiblera de la lectura canónica, tampoco creemos que sea procedente desestimarlo sin más. Porque es bien sabido que en el enfrentamiento de la mujer con el régimen androcéntrico el recurso maternalista no sólo ha ofrecido y continúa ofreciendo una plataforma óptima para el escrutinio de la diferencia sino que es muy posible que él sea también el *locus* de una superación a futuro de sus limitaciones[18]. Con el acomodo de La Madre en el origen —en el origen individual, como hace el psicoanálisis, o en el social, como preconizan la antropología y la arqueología matriarcales de Bachofen y Briffault a Jones y Gimbutas—, es claro que al pensamiento feminista le resulta factible poner en tela de juicio la posterior primacía de El Padre lo mismo que la latitud y los límites de su gravitación. Quienes introduzcan esta perspectiva teórica y metodológica en el dominio de sus indagaciones textuales terminarán oponiendo, a la obediencia exigida por el vínculo edípico y patrilineal, el derecho más antiguo que proviene del nexo preedípico y matrilineal[19].

Existe, sin embargo, una brecha importante entre la fácil revaloración que con tales premisas se emprende del nexo entre la hija y la madre y la política liberacionista que con las mismas se busca apoyar. Así como la inclusión del proletariado en el personal de una novela no constituye prueba de su socialismo, admitamos desde ya que el empleo de la metáfora materna en el discurso contestatario genéricamente no basta para garantizar su feminismo. No sólo eso, sino que al apoyarse en la nostalgia de La Madre como un dechado de ab-negación, esto es, *como un modelo de negación de sí misma,* esa política se confiesa desde la partida dispuesta a sugerirle a la hija que la mejor solución para su descontento consiste en la conformidad. Es ésta, digámoslo de una vez, una maniobra feminista pero corroída por el morbo de una epistemología de connivencia patriarcal. De ahí la acrimonia con que se expresa Rich, así como también la saludable dureza de Juliet Mitchell, quien escribió hace ya varios años que es precisamente "la mujer histérica, la que repudia la nada de su femineidad, la que se apoya en la madre que todo lo tiene"[20]. Este es el filo malo de una espada a cuyas notorias calamidades Mistral (y no sólo Mistral: de Woolf a Irigaray y Cixous hay toda una familia feminista cuyas integrantes escogen periódicamente el atajo materno) no siempre se pudo o se supo sustraer.

Podemos presionar ahora un poco más nuestra primera hipótesis de trabajo e instalarla en un marco de comprensión lacaniano y nos daremos cuenta entonces de que la figura materialmente ausente pero metafórica y escrituralmente presente que es el padre de Mistral involucra el conocimiento, la distancia y el deseo del (con respecto al) universo simbólico o de "lo simbólico" que él representa y cuyo prestigio a mí se me ocurre que ha de haberlo adquirido la poeta al ser testigo del pasmo que en la esposa campesina provocaban las proezas discursivas del marido letrado. El pensamiento de Lacan axiomatiza, como bien sabemos, una hipóstasis entre la efectividad de ese universo paterno y la acción de La Palabra y a ello se debe el reemplazo que promueve el gurú de los *Écrits* de la imagen original masculina por "El-Nombre-del-Padre". Padre y Palabra se funden, en su relectura de Freud y con el respaldo de las incrustaciones saussureanas y jakobsonianas que diferencian a este planteo del discurso tradicional del psicoanálisis, en una sola entidad: "La experiencia psicoanalítica ha reencontrado en el hombre el imperativo del verbo como la ley que lo forma a su imagen. Ella manipula la función poética del lenguaje para darle a su deseo la mediación simbólica [...] en el don de la palabra reside toda la realidad de sus efectos; es a través de ese don que el hombre tiene acceso a la realidad y gracias a él es que se mantiene en contacto con ella"[21].

El énfasis que puso Freud en la intervención masculina sobre el proceso formativo de las subjetividades del niño *y la niña* se transforma por consiguiente, apenas nos acomodamos en la pieza oscura en la que Lacan acostumbra dictar sus lecciones, en un esqueleto lingüístico: "El-Nombre-del-Padre". Por de contado se da que la firma que ese Padre estampa sobre el hijo y la hija importa la dotación que Él les hace a uno y a otra de sus correspondientes armaduras simbólicas y de las que ellos no podrán ni querrán desprenderse si es que han de sobrevivir y actuar más tarde en el espacio de El Otro. Puesto el mismo razonamiento en los términos con que Fredric Jameson absuelve a Lacan de las acusaciones de revisionismo antiedípico, el reciclaje freudiano al que ahora estamos aludiendo funcionaría de la siguiente manera: "el complejo de Edipo es transliterado por Lacan en un fenómeno lingüístico, que según él es el descubrimiento por parte del sujeto del Nombre-del-Padre y que consiste en la transformación de una relación imaginaria con esa *imago* particular que es el padre físico en una nueva y amenazante abstracción del papel paterno en términos de poseedor de la madre y el lugar de la Ley"[22].

Sin embargo, Lacan nos recuerda también que, en cuanto mediador que les permite al hijo y a la hija participar en esa suerte de contrato social forzoso que es para el género humano la apropiación simbólica del mundo, menos que sustituir o llenar una ausencia, el Padre Parlante la disimula. Es decir que el dueño lacaniano de la palabra es, *también él,* como en un sentido previo lo fuera la madre, sólo un nombre con el que se designa el lugar de una pérdida. Es un ser que está y no está o, puesto ello en el lenguaje del *Cours* tanto como en el de sus reivindicaciones estructuralistas y postestructuralistas posteriores, es un significado inatrapable toda vez que carece de una correspondencia exclusiva dentro del universo de las formas concretas cuyos mensajes transformará por eso mismo en una fiesta de significantes. Frívolos, con la frivolidad del que apenas cumple una función sucedánea, los significantes a los que aquí nos referimos son el único contacto con El Padre del que a los miembros de la especie nos es dable disfrutar. Imbuir su endeblez con alguna fijeza nos obliga a conjurarlos y a reproducirlos, lo que en numerosos tramos de su carrera poética Gabriela Mistral emprende y logra, pero no sin darse cuenta de que con esos actos de soberanía genérica subvierte las fronteras simbólicas entre las cuales ella juzga que se sitúa y debe situarse su signo sexual. Cuando las condiciones se lo permiten, Mistral se torna por ende en una simuladora culpable tanto de la autoridad masculina como del saber libresco, tanto del cultivo del verso como de la propensión errabunda. ¿Puedo añadir ahora que *todos* los hombres que frecuentará durante su vida serán también raudos cometas cuyas *performaces* genéricas ella reproduce, mejora y cancela? Un apunte de Soledad Bianchi, en su artículo sobre las cartas de amor, descubre una veta fructífera para la elucidación del asunto. Arguye Bianchi que si es cierto que Mistral tiende en sus epístolas eróticas a un "apocamiento extremo de las cualidades propias" y a la "grandiosa exaltación de los méritos" del hombre que ama, es igualmente cierto, es paradojalmente cierto, diríamos, que también le hace falta "el obligado sacrificio de, por lo menos, uno de sus enamorados"[23]. Considerando que en esas mismas cartas la poeta le ruega a Dios para que Él le dé la posibilidad de amar el "apacible Magallanes" con un amor que para ser el que es "saca su sustento de sí mismo, aunque sea devorándose" y que por ende no necesita de un destinatario preciso[24], parecería que más de algo de sus lecturas romántico-agónicas se hubiese estancado en el pozo de su sensibilidad, restos de los Vargas Vila, de los D'Annunzio y los Nervo de su juventud, y que por consiguiente el sacrificio fálico del que habla Bianchi fuese no el de uno sino el de todos los hombres que, a despecho de la leyenda de su primer y su único amor, del que presuntamente le dispensó a Romelio Ureta hacia 1906 ó 1907, jamás dejaron de atravesarse por su vida.

Este sacrificio fálico prepara el advenimiento en la poesía mistraliana de intuiciones de larga y tortuosa duración cuyo común denominador lo constituye la sospecha de que la existencia de la amada depende de y se nutre con los "despojos" del amado. No habiéndosele dado hasta ahora la importancia que tiene a la investigación de los instrumentos retóricos con que trabaja la poeta en formación que Mistral es todavía hasta mediados de la década del veinte, nosotros hemos querido poner este asunto en el centro mismo de nuestra pesquisa. Nos interesa así sobremanera una de las fórmulas que más a menudo se repiten en su quehacer escriturario de entonces y después, fórmula a la que Jaime Concha denomina como de su "macabrismo" y que según postula este crítico estaría intertextualmente asociada a una de las grandes líneas poéticas de la modernidad, aquélla que "se complace en imaginar la disolución material del cuerpo del amado o de la amada" y en la que "el cadáver, el ataúd y la tumba son los centros de atracción imaginaria"[25]. Gabriela Mistral, que ha dado albergue a esta conjetura siniestra a los quince o los dieciséis años de edad ("No hay nada más extraño i triste que ese amor paradójico que hai en el alma por todo lo muerto o ido", escribe en su "Carta íntima" de 1905[26]), y sin duda que por la vía bastante común para la época de una exasperación decadente del *amor mortis* romántico —y estoy pensando en Poe y en sus seguidores sureños, tales como Silva, Nervo, los varios otros que Concha enumera y algunos más—, empieza bajo su influjo a apartarse del código de la femineidad tradicional.

Para estudiar nosotros la diferencia que la poeta chilena introduce de esta manera en el estatuto genérico latinoamericano de hace ya casi un siglo, principalmente en los acápites que ese estatuto reserva para los tratos de la mujer que ama con el hombre amado, nada podría ser más promisorio que cotejar sus presupuestos con el modelo del erotismo femenino burgués de cuyo desmantelamiento se encarga Simone de Beauvoir. Es obvio que ese modelo, que demanda de parte de la mujer una con/cesión sin restricciones de su persona en el contrato amoroso, tampoco pudo ser adoptado por Mistral pues discrepaba a todas luces con un fondo de autoafirmación narcisista que sin duda era muy suyo, cuyas consecuencias no le eran desconocidas en lo más mínimo y del que se lamentó muchas veces ("Caridad no más ancha que rosa / me ha costado jadeo que ves", es lo que al respecto señala en el "Nocturno de la derrota", [385-388], o, en una de sus primeras cartas a Magallanes, "Yo nací mala, dura de carácter, egoísta enormemente..."[27]), pero que es un fondo narcisista del que pese a todo no abjuró nunca por completo por cuanto también lo sabía unido al destino de creación y grandeza que ambicionaba para sí. En el capítulo segundo de la tercera parte de *El segundo sexo*, el titulado "La enamorada", se recordará que de Beauvoir explica que "una criatura inesencial es incapaz de sentir el absoluto en el corazón de su subjetividad; un ser condenado a la inmanencia no puede autorrealizarse a través de los actos. Encerrada en la esfera de lo relativo, destinada al hombre desde la niñez, habituada a verlo como un ser superior con el que ella no puede igualarse, la mujer que no ha reprimido su aspiración a la humanidad soñará con trascenderse en uno de esos seres superiores, con amalgamarse en el sujeto soberano"[28]. Esto, esta renuncia a "autorrealizarse" a través de un repertorio de actos propios, acompañada por la amenaza de la disolución de su ser "inmanente" en el ser "trascendente" de El Otro, es lo que el narcisismo de Mistral no (se) podía permitir. Repulsión que nos resulta más comprensible todavía cuando reparamos en que no sólo es ese narcisismo el que a los seres humanos nos permite dar los primeros pasos en la constitución de lo propio (narcisismo primario), sino que también es el que posibilita que lo propio así constituido adquiera después la potencia que hace falta para ser mucho más (narcisismo secundario). Puesto en el lenguaje de Freud, "la autoestima tiene una dependencia especialmente íntima respecto del narcisismo" y "la catexis-objeto libidinal no aumenta la autoestima. El efecto de dependencia con respecto al objeto amado es la disminución del sentimiento de autoestima: la persona enamorada es humilde". Gabriela Mistral, por el contrario, y su autoacusación la repitió no hace mucho el mejor de sus biógrafos, "no ha sido nunca humilde"[29]. Entonces, ¿qué?

No un rechazo total del programa estereotípico, ni qué decirse tiene. Por eso, algunas lecturas de esta última hora que en el mejor de los casos transforman a Gabriela Mistral en una protofeminista y en el peor la convierten en una rebelde que engaña a sus desprevenidos lectores con las maquinaciones de una Lady Macbeth del subdesarrollo se nos antojan no menos ingenuas que sus enemigas, las que se desviven por demostrar una fidelidad sin fisuras para con la ortodoxia de El Padre. En la primera de estas trincheras instala su más bien gruesa artillería Elizabeth Rosa Horan, para quien la escritora chilena "explota la reconocibilidad de frases al parecer inofensivas, anodinas, derivadas del lenguaje común de la piedad y la domesticidad, y acomoda estas frases en una lengua-código que debiera serles familiar a las mujeres ilustradas más allá de fronteras nacionales y de clases sociales [...] el mecenazgo estatal y la retórica de la piedad religiosa", sigue diciendo Horan, "vienen a ser una maniobra protectora que ella abandona cuando le parece apropiado"[30].

Pero el que interpretaciones como ésta adolezcan de un entusiasmo sin matices para con el desde otro punto de vista muy defendible transgresivismo genérico de nuestra poeta no tiene por qué lanzarnos a nosotros en pos de la punta contraria del espectro crítico. Porque, aun cuando sea verdad que con su concepción de la pareja Mistral se aparta del libreto femenino ortodoxo, no es menos verdad que el libreto alternativo que ella estrena no llega a erigirse en una antítesis revolucionaria del que lo precede sino en su modificación. Esto significa que, por lo menos en el plano de las actualizaciones de su escritura consciente (porque otra cosa muy distinta es lo que va a ocurrir cuando su poesía sobrepase tales límites *sin su consentimiento y aun en contra de él*), no se trataba para Mistral de cancelar una determinada perspectiva de amor y de vida sino antes bien de replantearla por medio de una solución de compromiso y en la que llegado el momento nosotros reconoceremos una ideología genérica en tránsito a la que es ella misma quien coloca entre los extremos de la "mujer antigua" y la "mujer nueva"[31]. Esta ideología, que es más compleja de lo que parece a simple vista y que además debe ponerse en relación con las condiciones que desde prácticas diversas articulan el panorama de los sexos a lo largo de un período muy preciso en la historia de América Latina, no ha sido cartografiada con la paciencia y pericia que serían deseables. En este sentido, las proposiciones generales que para una reevaluación de la historia cultural y literaria del continente nosotros dimos a conocer en "Práctica de la literatura, historia de la literatura y modernidad literaria en América Latina", un ensayo que se publicó en 1989[32], más la distinción entre sexo y género, cuyos antecedentes están en de Beauvoir y más atrás en Freud, pero que desde mediados de los años ochenta es redescubierta por la fauna académica primermundista (no obstante los ataques que simultáneamente posibilita la *Historia de la sexualidad* de Foucault), serán instrumentos dignos de atención al enfrentar esa tarea.

Por igual motivo, suscribimos la convocatoria que ha hecho Kemy Oyarzún para que en países neocolonizados como los de América Latina la subyugación de la mujer se estudie "en términos de relaciones globales de poder que incluyan el dominio y la superexplotación de los recursos humanos, simbólicos, económicos y sociales de amplios sectores nacionales, raciales y étnicos". A menos de que se respete el juego dialéctico entre la especificidad de lo femenino, de un lado, y la efectividad de sus relaciones con los demás sectores de población subalterna, del otro, continúa Oyarzún, "se corre el riesgo de caer en el esencialismo de lo femenino (privilegio del enfoque ontológico) o en la dispersión del objeto de estudio en categorías que, por importantes que sean, *no* pueden ni deben subsumir la esfera específica de lo genérico-sexual (privilegio del enfoque *exclusivamente* etnicista o de clase)"[33].

En todo caso, aun si se lograra comprobar que la solución que Gabriela Mistral le encuentra al problema histórico de las mujeres latinoamericanas de fines del siglo pasado o de principios del nuestro coincide con una de las construcciones de lo femenino por parte de la cultura metropolitana del mismo período, ella tendrá que corresponder al arreglo circunstancial y perecedero de la "mujer rara" (la"*odd woman*"). Esta, que ya ha dejado de ser la mujer cómplice del *status quo* falocrático, tampoco le presta un apoyo irrestricto a las actuaciones revolucionarias o nada más que reivindicativas de la "mujer nueva", según aclara Elaine Showalter en el libro que esa estudiosa dedica al deslinde de los modelos sexuales que se encontraban en vigencia en la cultura europea y norteamericana finisecular[34]. En cuanto a la historia de las mujeres de nuestro propio continente, aun cuando una actitud de recambio con características que se aproximan a las que describe Showalter pueda ser documentable durante ese mismo período, su aplicabilidad hay que asumirla con cierta cautela. En otras palabras, es necesario que se puntualicen con más exactitud las regiones (contemporáneamente, no es idéntica la situación que al respecto se vive en las naciones del Cono Sur a la que observamos en México o en los países centroamericanos, por ejemplo) y las localizaciones étnicas y de clase (y en el bien entendido de que la marca étnica no es en América Latina divorciable con nitidez de las determinaciones de clase), tanto como las diversas estratagemas niveladoras que las mujeres a las que nos estamos refiriendo van a utilizar en su praxis cotidiana, entre las cuales una, menos exótica de lo que puede parecerle al lector común y en la que nuestra poeta va a insuflar la dignidad del mejor arte, es la que consiste en retener la dinámica del comportamiento amoroso "femenino" pero poniendo entre paréntesis al usufructuario real.

Gabriela Mistral amará así "entregándolo todo", según se lo exigen las estipulaciones presuntamente eternas de su manual del amor, *pero amará a un hombre ausente,* esto es, a un hombre cuya existencia ausente (que no es lo mismo que decir su inexistencia) le garantiza tanto el más delectable alimento para su hambre amorosa como (y por lo mismo) la inviolavilidad de su ser[35]. Apoyándose en esta contradictoria orientación de su líbido, el potencial creador de la poeta debe interpretarse como una aptitud que depende de y que marcha a la zaga de la circunstancia principal y fundadora. Como sabemos, la historia que narran "Los sonetos de la Muerte" (81-83), moviliza un complejo de significaciones que se ajusta al modelo que acabamos de delimitar de una manera muy concreta, mostrándonos a una mujer que le confiesa su amor a un difunto, *el que a causa de eso acaba siendo un vocablo conjurable sólo en el tiempo y espacio en el que el discurso femenino se formula,* lo que la sujeto que controla dicho discurso aprovecha para concebir su relato de acuerdo a una serie de supuestos intertextuales que, no obstante las calenturientas especulaciones de dos docenas de críticos, dan al traste con lo poco o mucho que hasta nuestros días se ha filtrado respecto de la saga biográfica.

Ahora bien, Rosalind Coward, que estudia en el contexto de la literatura de masas de o para mujeres el tema de las transferencias de poder desde el campo masculino al femenino, aísla un recurso análogo al que nosotros estamos tratando de percibir en la obra poética de Gabriela Mistral en aquellas novelas en las que a los hombres se los muestra "vulnerables y dependientes... como niños". "Hacer que el héroe sea un hombre dependiente o herido", explica Coward, es "un tema común en la ficción y en las películas que tienen como protagonistas a mujeres que se sienten atraídas por inválidos o cuyas fantasías consisten en cuidar a los hombres durante sus enfermedades"[36]. Es evidente que las novelas y películas populares a las que Coward alude en esta cita procuran solucionar el problema de la distribución desigual del poder genérico recurriendo a un ardid que no desperdicia su tiempo en sutilezas y el que, si desde un cierto punto de vista trata de halagar las aspiraciones liberacionistas del público femenino que compra tales libros, desde otro no pretende atentar en modo alguno contra las normas de lo consabido. Ante la flagrante evidencia del desequilibrio, y dada la imposibilidad de llamar a una actuación revolucionaria y a un cambio, lo que en el contexto de la cultura de masas constituye una *contradictio in adjecto,* se ha optado en esas obras por confiarle a la justicia poética la capacidad para enderezar el entuerto. La desconstrucción de la oposición genérica que en ellas se realiza dependerá al fin y al cabo de la minusvalidez física (y pasajera, por supuesto) del extremo normativamente más fuerte entre los dos que constituyen la pareja. Recordemos ahora que Mistral se dirigía en sus misivas a Manuel Magallanes Moure como si éste fuera un niño travieso y débil, al que ella debía proteger y aun castigar, y que tampoco falta el artículo en que se duele de la "pena" de sus ojos juveniles "gastados en periódicos, revistas y folletines sin hueso ni médula"[37]. Uniendo un dato con otro, creo que el acercamiento que ahora propongo entre la poesía mistraliana y las cándidas artimañas de la baja cultura o cultura de masas no puede desatenderse sin incurrir en pecado de omisión.

Por último, también se corresponde la conducta erótica mistraliana con una de las "figuras" que distingue Roland Barthes en sus *Fragmentos de un discurso amoroso.* Me refiero a la figura "de la anulación", la que, según afirma Barthes, nos presenta una "escena de lenguaje" en la que el sujeto que ama desconstruye la *imago* del/la amado/a con una pericia homicida y pleonástica que es proporcional directamente a su magnificación del amor mismo. "Basta que en un relámpago vea al otro bajo la especie de un objeto inerte, como disecado, para que yo traslade mi deseo, de este objeto anulado, a mi deseo mismo; es mi deseo lo que deseo, y el ser amado no es más que su agente [...] me tranquilizo al desear lo que, estando ausente, no puede ya herirme. Sin embargo, al mismo tiempo, sufro al ver al otro (que amo) así disminuido, reducido, y como excluido del sentimiento que ha suscitado. Me siento culpable y me reprocho por abandonarlo. Se opera un brusco viraje: trato de desanularlo"[38].

Partiendo de este inquietante retrato barthesiano, poco cuesta concluir que es el no-estar-estando de la persona amada lo que autoriza y promueve el acceso de la persona que ama al lenguaje y la poesía cuando los diversos factores que ahí se especifican confluyen durante el proceso del intercambio amoroso. El maestro francés pone a nuestro alcance una perspectiva de análisis aún más seductora no bien observa que en la mencionada figura de la anulación, "por una decisión graciosa" del sujeto amante, "un objeto grotesco es ubicado en el centro de la escena, y allí es adorado, idolatrado, *increpado* [el énfasis lo pone Barthes], cubierto de discursos, de oraciones (y tal vez, en secreto, de invectivas); se diría una gran paloma, inmóvil, encogida bajo sus plumas, en torno de la cual gira un macho un poco loco"[39]. Estas precisiones del autor de los *Fragmentos* a nosotros nos dotan de una sensibilidad más despierta cuando nos proponemos describir el circuito comunicativo tal y como él se despliega en los poemas de la segunda parte de *Desolación,* en particular el circuito comunicativo de "Los sonetos de la Muerte", según se indicó más arriba, así como también, aunque ahora con un margen de eficacia no tan espléndido, al enfrentarnos con este mismo asunto en los poemas que constituyen las dos series de "Locas mujeres", en *Lagar* y *Lagar II.* Razonablemente idónea se muestra por otra parte la figura barthesiana de la "anulación" cuando mudamos el foco de nuestro interés hacia la lírica religiosa de Gabriela y hacia el grupo de poemas motivados por el suicidio de Juan Miguel Godoy. Lo otro que adelantaré desde ya es que el "tú" individual e íntimo oculta casi siempre en los textos que cito a un tú colectivo, encubrimiento que habilita al recurso apostrófico mistraliano para una puesta en escena de ademanes grandiosos que coquetea con y que a veces logra la tensa irritación del melodrama.

No cabe duda entonces de que para Gabriela Mistral La Palabra sigue siendo la-palabra-de-él y que a ella le es dado utilizarla sólo porque, al haberlo desarmado a él durante las primeras escaramuzas de la guerra amorosa, convirtiéndolo en ese objeto "inerte" y "grotesco" del que habla el autor de los *Fragmentos,* ella siente que puede y que incluso debe asumir la responsabilidad del discurso masculino que se ha quedado sin ser dicho. Su narcisismo, ese que la ha hecho anular a El Otro, es el que también le suministra la posibilidad de "desanularlo", de volverlo a la vida bajo la especie de la literatura. Tal es el punto de vista que se nos impone (y sin esfuerzo) cuando nos abocamos a la lectura de poemas como "El suplicio" (20-21), "Credo" (31-32), "Ceras eternas" (93-94), "Volverlo a ver" (95), el "Poema del hijo" (102-106) y los "Poemas de las madres", de la primera *Desolación* [40], así como también frente a los nocturnos de *Tala* (382-397) y *Lagar II* (103-107), y sobre todo cuando posamos los ojos sobre un texto de belleza tan perturbadora como "La huella" (683-685) de *Lagar.* En cada uno de estos poemas es la ausencia del amado la que genera condiciones favorables para una emergencia de la voz de la amada. En una pesquisa ulterior, a mí me sobreviene la sospecha de que este mecanismo de creación a partir de un tachado de El Otro y de la consiguiente expropiación de su lenguaje, y que es un mecanismo que algunas escritoras latinoamericanas de generaciones posteriores, como Idea Vilariño, Alejandra Pizarnik, Elena Poniatowska, Rosario Ferré y Cristina Peri Rossi, explotarán con ánimo paródico, es una constante del discurso de la femineidad cuando ésta se halla a punto de abandonar el *santa sanctorum* de sus refugios seculares.

Para volver ahora sobre la madre de Mistral, recojamos cuanto llevamos dicho hasta aquí, confirmando que su flaqueza involucra el conocimiento (vago, quizás), la distancia (marginalización, en realidad) y la resignación al no acceso al universo simbólico o, por lo menos, al universo simbólico de la Ley del Padre, el que es, para delimitar el radio de su competencia con la ayuda del vocabulario gramsciano, el universo de los aparatos y discursos hegemónicos de nuestra cultura (en el plano biográfico, el abandono del que don Juan Jerónimo Godoy Villanueva hace víctima a su familia no nos parecerá desalmado en demasía si aceptamos que el suyo es un hogar paraburgués en el que no se le adicionan a la estructura familiar las mismas facultades de reproducción y exaltación del orden existente de las que ella dispone en los pacatos hogares de las clases alta y media. Matilde Ladrón de Guevara nos asegura que doña Petra Alcayaga no lo culpó jamás por eso y que tampoco lo hizo Mistral y yo tiendo a creerle a ella más que a José Santos González Vera en lo que toca a esta materia[41]). El desiderátum de la privación materna es naturalmente el grado cero del lenguaje: el silencio. Pontifica Lacan en un conocido dictamen: "No hay mujer si no en la medida de su exclusión por la naturaleza de las cosas que es la naturaleza de las palabras"[42]. Declara Mistral en "La copa" (409-410): "callada voy, y no llevo tesoro ...". Este mismo tópico maternalista, que detecta y se hace cargo del silencio de lo femenino oprimido como si él fuese la consecuencia de un destino genérico ineluctable, Mistral lo profundiza, aunque no pocas veces con un resabio de queja, en el ámbito de sus poemas tardíos, como "Madre mía" y "Cuando murió mi madre", de *Lagar* (725-730) y *Lagar II* (49-50). Como si eso no bastara, en "Último árbol" (798), el "epílogo" de *Lagar,* los versos veintitrés y veinticuatro nos dan una noticia sobrecogedora acerca de la bifurcación que experimenta el sujeto lírico mistraliano, al disponerse la poeta en ese texto, *y que es el texto que guarda el poema postrero de su libro postrero,* a "devolverle" el cuerpo a la vida representando sus mitades como "mi flanco lleno de hablas / y mi flanco de silencio".

En resumen, yo espero que el programa de lectura que acabo de bosquejar haya puesto en evidencia que la interpretación de la poesía mistraliana que expongo en los diez capítulos que forman este libro parte poniendo sitio a la congoja que experimenta un sujeto femenino históricamente determinado, cuyo discurso oscila entre la palabra paterna directa y todo lo que ella involucra (religiosamente, el Yavé del Antiguo Testamento; éticamente, la soberbia; políticamente, la autoridad y hasta el autoritarismo; étnicamente, la herencia hispánica, la piel blanca y no pocas veces el prejuicio racial; ecológicamente, la realidad humana que se alza sobre la realidad natural y la domina; estéticamente, La Poesía de los Grandes Temas) y el silencio materno y sus implicaciones o, como quizás fuera más apropiado argüir, el silencio y aquellas rupturas que por razones tácticas El Padre le consiente a su hija, y que son rupturas que se actualizan a través de la introducción en el paño lingüístico de una palabra ma/paterna *indirecta* o *feminizada* (religiosamente, el Cristo que da su vida por la humanidad; éticamente, la abnegación programática; políticamente, la reivindicación de los pobres y los oprimidos; étnicamente, la verdad fantasmagórica del aborigen americano; ecológicamente, el amor por la naturaleza humilde; y estéticamente, la poesía maternal o amorosa a la manera "femenina", así, con el adjetivo puesto otra vez entre comillas, es decir, a la manera que festejaba la crítica vieja y que las antologías escolares todavía promueven sin recato ninguno. Ejemplos de este tipo de textos son ciertos poemas en los cuales el *ego* machista se refocila hasta el orgasmo, como "La mujer estéril" y "Vergüenza" de *Desolación*).

Pero es hacia la irrupción de un tercer nivel del quehacer escriturario mistraliano, cuyos presupuestos la poeta intuyó (es muy posible que sin acabar de entender el sentido último de sus propias intuiciones) y que podría decirse que activó hasta cierto punto durante el desempeño de su labor profesional y diplomática[43], que los estudiosos de hoy debemos dirigir nuestras destrezas. ¿Existe ese nivel en su escritura *realmente* ? ¿Se escapa la palabra de Gabriela Mistral alguna vez de la actuación a dos bandas que fuerza sobre ella el poder del Edipo? Mi opinión es que sí, aunque no se me oculta que las dificultades que presenta el comprobarlo son tan serias que, a menos que modifiquemos radicalmente nuestra manera de leer, el éxito parece dudoso.

Por lo pronto, porque queda claro que ese mensaje secundario al que aquí me estoy refiriendo no va a sernos accesible a través de los enunciados meramente constatativos del discurso poético; que por consiguiente encontrarnos con él nos obliga a evadirnos del dominio lingüístico clásico y a interpretarlo *de otra manera,* encarando la producción del lenguaje lírico a partir de la *performance* del sujeto que habla y en sus actos de habla, a la vez que operativizando por nuestra parte una modalidad receptiva que no sólo se aboca a la "recuperación de la información semántica que el texto posee, sino también a la introducción de todos aquellos 'elementos' de lectura que el sujeto [el que interpreta: nosotros] puede poseer"[44].

Trataremos de descubrir así a La Otra enterrada en el fondo del discurso de El Otro, obligando a ese Otro a que nos la devuelva, cuando, de la misma manera en que lo hace Mistral, seamos capaces de neutralizar su soberbia, según ocurre en la escena del amado ausente, o cuando lo sorprendamos obligado a ceder La Palabra ya sea por debilidad, por impotencia o porque las fallas en la concha protectora del *ego* simbólico nos dejan acceder a un más allá al que defienden espesas tinieblas. Es entonces cuando percibiremos un mensaje distinto, acaso el que transmiten esos "núcleos opacos" que se hallan insertos en "una red de significaciones transparentes", según afirma Derrida en el más popular y saqueado de todos sus ensayos[45]. Me refiero a la clase de mensaje que se filtra por entre las líneas de un circuito de comunicación que, aunque sigue perteneciéndole a El Padre, *también contiene un fondo dialéctico de negatividad que lo hace menos monolítico de lo que parece a simple vista.* Porque una cosa es hablar y otra es ser escuchada. Gabriela Mistral habló, sin duda. Pero la selectiva advertencia que sus comentaristas iban a prestarle después a cuanto dijo constituye una demostración harto penosa de que no sólo se trataba de decir, sino también de ser oída.

Reconozcamos sin embargo que el arduo problematismo del esfuerzo tercerista mistraliano retrotrae continuamente a la hablante de estos poemas hacia el silencio de lo materno patriarcal, el que más a menudo de lo que difunden los promotores de la exégesis canónica convierte a la figura de la madre en un factor de desánimo y no pocas veces en el indicio de una primacía de la muerte con respecto a la vida. Madre, tierra y muerte conforman en tales casos una tríada inseparable en cuyo subsuelo a mí me parece percibir un contubernio entre la repetición y el deterioro. Las treinta y tantas "canciones de cuna" que la poeta publicó durante su vida, algunas de las cuales formaron primero parte de *Desolación,* que luego se multiplicaron en *Ternura* del 24 y en *Tala,* y que como un apretado destacamento de batalla acabaron encabezando los poemas de la segunda edición de *Ternura,* la de 1945, nos suministran un ejemplo que es menos reconfortante de lo que desearían muchos de sus prosélitos. Se recordará que la imagen que preside esas canciones es de nuevo el monumento de la madre que con su hijo-hombre entre los brazos lo prepara (y se prepara) para el reposo letárgico. Origen de la vida del hijo, la madre se transforma, sin embargo, a muy poco andar, habida cuenta de las circunstancias que se hallan en juego en esta escena y que son circunstancias que mitos pertenecientes a culturas de la más diversa índole atribuyen a La Madre Tierra, en el vehículo de su muerte[46]. Como en "Meciendo" (153), donde ella mece al niño como Dios mece al mundo, en y desde "la sombra", o como en "Sueño grande" (192-193), que explora el ciclo tierra-madre-mujer-propiciadora del sueño, o como en "Niño chiquito" (189-191), donde la hablante se transforma literalmente en la "urna" del dormir de la guagua. En cambio, desde la vereda contraria, cuando Mistral se aparta del circuito materno y la secuencia que forman el padre y sus locuras por el mundo[47] se posesiona de su creatividad, esa secuencia suele dar origen a un producir exaltado, que aprecia la vida o que por lo menos refleja la obligación de asumirla y que además, lo que no tendría por qué desconcertarnos, es la cifra de una praxis cuya meta la constituye un orgulloso realce del ser propio. Cristo es, ni qué decirse tiene, las dos cosas: tanto un Dios joven e inerme al que maltratan los malos (el del "Nocturno del descendimiento", en *Tala*. Su contrapunto, sólo en apariencia antitético, lo encontraremos en la deidad vulnerable a causa de su vejez: el "Dios triste", de *Desolación*, 37-38) como un Dios joven y fuerte, aunque eso no lo libre de pasar por las pruebas de la humillación y la tortura, las mismas mediante las cuales en el otro lado de la página podrá poner por fin la mano sobre la espada vengadora del Dios Padre (el de "Al oído de Cristo", de *Desolación*, 5-7).

Esto nos deja con Gabriela Mistral entrando y saliendo de una u otra de las dos perspectivas de las que se sirven la mayoría de los pensadores que desde Aristóteles a Freud procuran echar luz sobre el gatuperio de los sexos en el mapa espiritual de Occidente. De un lado, la languidez e improductividad femeninas, sin otra esperanza que un lento desvanecerse de la vida, y del otro, la fortaleza y la productividad masculinas. A Mistral la primera de estas posiciones le asegura la comunión con una sujeto adorable, pero inválida ("vas en mí por terrible convenio, / sin responderme con tu cuerpo sordo...", recordemos que es lo que la poeta deja escrito en "La fuga"); la segunda le promete por el contrario una apropiación de La Palabra Paterna, con la capacidad para utilizarla entre aquéllos a quienes su dotación fálica les otorga licencia para actuar en el mundo, pero al precio de la mortificación, la culpabilidad y la escritura entendida como histeria, desgarro y ejercicio sangriento ("Como creo la estrofa verdadera / en que dejo correr mi sangre viva", se lee en los versos cinco y seis de la "Poda del almendro", 662, y podría citar muchos más)[48].

Pienso yo que Gabriela Mistral no se zafó de este dilema nunca. El "modo" que la presentación del mismo adopta en su poesía temprana es (conviene dejarlo establecido desde ya) el del melodrama o, dicho con la exactitud del especialista, es el "modo del exceso". Según la definición que nos proporciona Peter Brooks, se recoge por lo común, en este tipo de formación discursiva, "un drama emocional y ético, basado en la lucha maniquea entre el bien y el mal, un mundo en el que aquello por y para lo que uno vive es visto en términos de, y es determinado por, las relaciones psíquicas y las fuerzas ético-cósmicas más fundamentales. Su conflicto sugiere la necesidad de reconocer y enfrentar la maldad, de combatirla y expulsarla, para purgar el orden social. El hombre es visto, y así es como él debe reconocerse a sí mismo, actuando en un teatro que es el punto de unión y de choque de imperativos que lo superan porque no son mediatizados y son irreductibles"[49]. Discurso éste que puede alojarse en cualquier receptáculo semiótico, por supuesto, pero que procede de un género teatral que debuta en Francia a fines del siglo XVIII, que llega a su "período clásico" en los primeros treinta años del XIX, con las obras de Pixerécourt, Caigniez y Ducange, y en el que como establece Jean-Marie Thommaseau el comediógrafo dedica sus mejores esfuerzos a multiplicar los efectos de "la sensación y la emoción" mediante el empleo de una "acción novelesca espectacular que no deja que el público piense y que le pone los nervios de punta"[50]. Desde el punto de vista retórico, es por entero comprensible que las figuras que asoman con mayor frecuencia en el lenguaje del melodrama sean la hipérbole, la antítesis y el oxímoron, precisamente aquellas figuras "que evidencian un rechazo del matiz y la insistencia en operar con conceptos puros, integrales"[51].

Paralelamente, nosotros debemos darle a otra forma de la literatura popular decimonónica todo el crédito que ella merece en la gestación del sujeto lírico mistraliano. Me refiero ahora al folletín, el que según dice Brooks mantuvo con el melodrama las más cordiales relaciones. Ambos, agrega este crítico, "pueden enseñarnos a leer todo un cuerpo de literatura moderna con una más aguda percepción de su proyecto"[52]. El caso es que melodrama y folletín comparten y combinan las creencias propias de un cristianismo redencionista, defensor inconmovible de La Virtud, con los desbordes efectistas y especiosos de la musa romántica[53]. En las páginas de *Desolación* y con menos inocencia después, Gabriela Mistral ensaya y vuelve a ensayar los procedimientos más típicos de estos dos géneros aparentemente secundarios de la literatura del siglo XIX, pero encontrándose con que siempre le queda más leña por echar en la hoguera de los grandes afectos, añadiéndoles a los episodios ya gastados una carga efusiva adicional, un capítulo nuevo, si es posible aún más apasionante que los anteriores, y el que luego de integrado en el conjunto devendrá compatible con todos los demás.

Se queda al fin Mistral con su historia imperfecta, la historia de una mujer adulta que como la de "La fuga" procura establecer su identidad a través de la identidad de otra (la de su madre) o de otras (la de las representantes aceptadas de su sexo. Más de una vez sus enemigos le reprocharon sus debilidades para con la autocomplaciente seguridad de las señoronas de la oligarquía chilena y la descripción de sus reuniones con las damas rotarias mexicanas es apenas creíble), pero que en el fondo, recurriendo a tales tretas, se las arregla para ponerle una brida a la verdad de su deseo. Por eso, a mí me parece atractiva la tesis que desenfunda Adriana Valdés en su excelente ensayo sobre *Tala,* aun cuando no pueda yo acompañarla en cada una de sus observaciones. Valdés estima que la fragmentación es un acaecer derivado de la posición intermedia de *Tala,* lo que querría decir que existe una unidad anterior, en *Desolación,* y otra posterior, en *Lagar,* en el "Poema de Chile" y en *Lagar II* [54]. También añade que dicha fragmentación es múltiple. En cambio, yo prefiero pensar que la fractura existe en la poesía mistraliana desde siempre y hasta siempre, *antes, entonces* y *después,* y que ella se abre entre dos pistas *formadas* y una *informe,* aunque eso no me impida sugerir la posibilidad de un despliegue diacrónico que hará que los apremios de la metáfora paterna lleguen a ser a la larga lo suficientemente poderosos como para empujar a la sujeto del discurso más allá de estaciones por las que nunca soñó atravesar.

Finalmente: preveo que lo que el feminismo crítico tenga que enseñarnos acerca del proyecto lírico mistraliano en el futuro dependerá mucho más de su adecuado percatarse de este principio de coherencia dentro de la incoherencia que de la reivindicación y absolutización del monumento materno, al modo de lo que fantasea Cixous en "Sorties"[55] y que en Mistral buscan y encuentran, porque no podían menos que encontrarlo, Eliana Ortega y Alberto Sandoval[56]. Pero lo definitivo, para cerrar estos tanteos introductorios, es que Valdés identifica en *Tala* a un sujeto "tránsfuga" o, en otras palabras, a un sujeto "en fuga" y en "trans" fuga. Nunca estático, siempre en movimiento, cruzando y descruzando, dejando de ser y siendo para dejar de ser. Habiendo desencadenado con su esfuerzo de desestructuración algo así como una ruptura epistemológica en el campo de los estudios mistralianos, esta admirable estudiosa se pone a la cabeza de todos los que sentimos que ha sonado la hora de restituirle a la poeta chilena el lugar que le corresponde en la literatura de su país y del mundo y del que "la cursilería elogiosa y el denuesto criollo"[57] consiguieron mantenerla alejada durante más de medio siglo.

Notas

1. Freud organiza sus puntos de vista sobre este tema por primera vez en "Some Psychological Consequences of the Anatomical Distinction between the Sexes", donde dice que "En las niñas el complejo de Edipo es una formación secundaria" y que en ellas "o es abandonado lentamente o eliminado por represión, o sus efectos pueden persistir por mucho tiempo en la vida mental normal de las mujeres adultas", tr. de James Strachey para *The Standard Edition of the Complete Psychological Works of Sigmund Freud,* ed. James Strachey. Vol. XIX. London. The Hogarth Press and the Institute of Psycho-analysis, 1961, pp. 256-257. En lo sucesivo, en las citas que yo haga de cualquiera de los veinticuatro volúmenes de la *Standard Edition,* me limitaré a dar sólo las indicaciones relativas al traductor, el volumen y la o las páginas correspondientes. Además, las retraducciones al español serán mías, como lo son todas las demás en lenguas extranjeras que aparecen en este libro a menos que se señale lo contrario expresamente. Para volver ahora a las reflexiones de Freud sobre lo femenino, en sus trabajos posteriores al que acabo de citar, y cualesquiera sean los reajustes que en ellos introdujo *vis-à-vis* el modelo que inaugurara en el 25, éste permanece en lo esencial inalterado. Tal ocurre en "Female Sexuality", de 1931, en la "Lecture XXXIII" de las "New Introductory Lectures on

Psycho-analysis", de 1933, y aun en las páginas finales de "Analysis Terminable and Interminable", de 1937. *Vid.*: Trs. de Joan Riviere, James Strachey y Joan Riviere para la *Standard Edition*. Vols. XXI, XXII y XXIII, pp. 222-243, 112-135 y 250-253 respectivamente. Otros trabajos importantes sobre el mismo tema, entre los autores clásicos de la escuela psicoanálitica, son los de Ernest Jones, Helene Deutsch, Karen Horney y Joan Riviere. Algunos de ellos se reunieron en *Psychoanalysis and Female Sexuality*, ed. Hendrik M. Ruitenbeek. New Haven. College and University Press, 1966.

2. Cito sin comentarios este juicio de una historiadora estadounidense en el curso de su presentación del feminismo latinoamericano de principios de siglo: "La creencia en la 'misión diferente' de la mujer es fundamental para los movimientos feministas de América Latina, diferenciándolos de la forma predominante de feminismo que se desarrolló en Inglaterra y en Estados Unidos, donde la igualdad con el hombre era la meta, y las diferencias genéricas o se negaron o se minimizaron. En el contexto latinoamericano, lo femenino es digno de aprecio, el ser mujer —la habilidad de tener y criar hijos, de sostener una familia— es celebrado. En vez de rechazar su papel definido socialmente de madres y esposas, se puede entender a las feministas latinoamericanas como a mujeres que actúan para protestar contra las leyes y condiciones que amenazan su capacidad para cumplir con ese papel". Francesca Miller. *Latin American Women and the Search for Social Justice*. Hanover, N. H. University Press of New England, 1991, p. 74.

3. Un buen ejemplo es el de Irene Matthews, quien, después de admitir que para la crítica feminista actual Gabriela suele ser "más un blanco de ataque que una fuerza", dice hallar en ella un "problemático *frisson*" y se pregunta: "¿puede toda la poesía de Mistral ser tan popular, tan ejemplar y sobre todo tan absoluta y positivamente maternal?". La respuesta a esta pregunta (negativa, por cierto) es su artículo "Woman as Myth: The 'Case' of Gabriela Mistral". *Bulletin of Hispanic Studies*, 1 (1990), 57-69.

4. Cito por el volumen de las *Poesías completas de Gabriela Mistral*, que, como es bien sabido, distan mucho de ser completas., ed. Margaret Bates. 4ª ed. definitiva, autorizada, preparada por... Madrid. Aguilar, 1968, pp. 411-412. No incluye la edición de Bates el "Poema de Chile", por ejemplo, que apareció independientemente, en España, en 1967, y con un título plural, por lo menos en la edición de lujo: *Poemas de Chile*. Barcelona. Pomaire. También hay que recordar aquí los inéditos que allegó Raúl Silva Castro en 1957, los que publicó

Roque Esteban Scarpa en 1977, el volumen de "poesía dispersa e inédita" que editó Gastón von dem Bussche en 1983, así como la aparición (por fin) de los contenidos de los baúles de Santa Bárbara más otros pocos inéditos procedentes del inexhaustible archivo de von dem Bussche, en 1993, entre otras contribuciones del mismo jaez. *Vid.* : *Producción de Gabriela Mistral de 1912 a 1918.* Santiago de Chile. Ediciones de los Anales de la Universidad de Chile, 1957; *La desterrada en su patria (Gabriela Mistral en Magallanes: 1918-1920).* Santiago de Chile. Nascimento, 1977; *Reino.* Valparaíso. Ediciones Universitarias de Valparaíso, 1983, y Magda Arce y Gastón von dem Bussche, eds. *Proyecto preservación y difusión del legado literario de Gabriela Mistral.* Santiago de Chile. Organización de Estados Americanos (OEA). Programa Regional de Desarrollo Cultural. Ministerio de Educación de la República de Chile, 1993, respectivamente. Se sabía, por otra parte, desde hace mucho, de la existencia de *Lagar II,* el libro en el que Gabriela Mistral estaba trabajando cuando murió, y que en 1991 hemos podido conocer en su integridad gracias a una edición que preparó Pedro Pablo Zegers con la colaboración de Ana María Cuneo y Sergio Villalobos. Santiago de Chile. Dirección de Bibliotecas, Archivos y Museos. Biblioteca Nacional. En fin, todo indica que el recuento exhaustivo de las obras poéticas de Mistral no se ha cerrado aún y que probablemente no se cerrará durante algún tiempo más. Respecto de mis citas de sus poemas, a menos que no pertenezcan a los volúmenes aquí anotados, me abstendré en lo sucesivo de dar más referencia que el número de página.

5. "... había venido del norte. Hijo de doña Isabel Villanueva, dama de gran prestancia y personalidad, quien parece haber tenido decisiva influencia en el ánimo de Gabriela.// Esa señora quería que todos sus hijos fueran sacerdotes y monjas. Así, había internado a su Jerónimo en el Seminario de La Serena desde donde éste desertó. Él tenía otro destino.// Por su educación ya formada se consiguió un nombramiento de profesor y fue designado en la Escuela N° 10, situada en La Unión (Pisco, Elqui) en lo alto del valle donde vivía doña Petronila Alcayaga. Allí se conocieron y a pesar de su gran diferencia de edad y caracteres se enamoraron y casaron, en el Civil y Parroquia de Paihuano, en el año 1888.// Don Jerónimo, que entonces tendría unos 26 años, era un hombre en todo sentido extraño. Por retratos familiares y de gentes que fueron alumnos suyos, sabemos que era muy instruido, de genio violento, de aspecto imponente, sin ser muy alto; moreno tostado, de ojos verdes; inspiraba respeto y se imponía siempre.// Era un gran profesor, procurando hacer labor cultural dentro y fuera de la escuela. Muy solicitado entre las familias del valle

a causa de su interesante conversación, sus versados conocimientos y sus infinitos recursos frente a toda circunstancia. Además, tocaba violín y guitarra y era un poeta, estilo payador, de grande ingenio.// En su vida privada sí que la particularidad de su carácter era remarcable. Caminador sin fatiga, ello le daba lugar a inquietantes ausentismos. Gustaba de domesticar y guardar en casa, serpientes, iguanas, lagartos, etc., con la natural desesperación de 'Doña Petita'. Rara vez consentía en habitar recintos cerrados". Laura Rodig. "Presencia de Gabriela Mistral". *Anales de la Universidad de Chile,* 106 (1957), 283-284.

6. "... su padre dejó el hogar, acaso por gustarle la vida errante, tal vez porque su mujer, de temperamento nervioso, solía alterar sus ensueños con quejas y recriminaciones copiosas que, fuera de impacientarlo, le ahuyentaban rimas singulares casi en el instante de asirlas. Estuvo en diversos pueblos, inclusive en un colegio de Santiago. Su madre le había educado en el Seminario de La Serena —en donde estudió latín y algo de todo— con la intención de hacerle seguir la carrera eclesiástica, pero él se resistió. Deseaba vivir en el siglo, sospechando que más allá de las parroquias la vida también es apetecible". José Santos González Vera. "Comienzos de Gabriela Mistral". *Ibid.,* 22.

7. Por ejemplo, estos dos de Bahamonde: "Don Jerónimo Godoy, padre olvidadizo de Lucila, falleció en la sala común del hospital de Copiapó el 30 de agosto de 1911. Y al día siguiente sus restos fueron depositados en la fosa común del cementerio, la patria eterna de la miseria y el olvido. Transhumante [sic], bohemio, poeta, andariego, libador y nortino, a veces hizo de preceptor y otras, simplemente, de nada [...] La estampa de un hombre vistiendo una levita increíblemente desteñida, pisando unos zapatos a punto de desmayarse, barbón y curadito, era la imagen del preceptor de comienzos de siglo .... Don Jerónimo Godoy Villanueva fue preceptor y no pudo haber escapado a esta imagen, siendo errabundo, poeta y guitarrero...", etc. *Gabriela Mistral en Antofagasta. Años de forja y valentía.* Santiago de Chile. Nascimento, 1980, pp. 38 y 69. O estos otros dos de Volodia Teitelboim: "estudió en el Seminario y alcanzó a recibir órdenes menores, pero carecía de auténtica vocación religiosa. Decidió retornar al mundo que lo llamaba a gritos y a cantos, con acompañamiento de guitarra y violín. Le agradaba tañer cuerdas, enamorar mujeres, escribir versitos, payar. Maestro, organizador de coros, fiestero de trasnoche [...] Poeta intermitente, mujeriego permanente, chileno errante, preceptor a ratos, ahogó sus capacidades en copiosos hectólitros del reputado pisco de la zona...", etc. *Gabriela Mistral pública y secreta. Truenos y silencios en la vida del primer Nobel latinoamericano.* Santiago de Chile. BAT, 1991, p. 18-19.

8. "En país de chiste grueso no faltó un señor que hiciese chacota con mi padre. Ni mi padre se la merece ni son ésas unas zonas que remueva y pise un espíritu asistido de mínima nobleza". Citado por Teitelboim. *Gabriela Mistral...*, 19.

9. Jorge Guzmán. "Gabriela Mistral: 'por hambre de su carne'" en *Diferencias latinoamericanas (Mistral, Carpentier, García Márquez, Puig).* Santiago de Chile. Centro de Estudios Humanísticos. Facultad de Ciencias Físicas y Matemáticas. Universidad de Chile, 1985, p. 22.

10. *Ibid.*, 76-77.

11. No hay que olvidar tampoco las referencias a la madre en el "Poema de Chile", el que es, por lo menos en una de sus lecturas posibles, una vuelta a su regazo: "Está la patria confundida en las remembranzas, con la niñez que siempre cobija i con la madre [...] Evocando a la Patria surjen en esa flor inmaculada de la existencia La Niñez, i esa otra flor divina i sacra: la Madre", había dicho ella misma en un artículo que va a ser decisivo para la lectura que más adelante haremos del "Poema" y que se publicó el jueves 18 de octubre de 1906 en *La Voz de Elqui. Vid.*: "La Patria" en *Gabriela Mistral en* La Voz de Elqui, ed. Pedro Pablo Zegers Blachet. Santiago de Chile. Dirección de Bibliotecas, Archivos y Museos. Museo Gabriela Mistral de Vicuña, 1992, p. 58. Como Zegers, yo también preservo la ortografía y puntuación originales, aquí y también más adelante.

12. Julio Saavedra Molina. "Gabriela Mistral: su vida y su obra", prólogo a *Poesías completas.* Madrid. Aguilar, 1958, pp. LXXXVII y LXXX y LXXXI respectivamente. Con más responsabilidad, Cedomil Goić retrotrae los vínculos de Gabriela Mistral con la vanguardia a la poesía de *Desolación,* y ofrece como ejemplo el poema "Cima", de la cuarta parte, al que conecta con el creacionismo huidobriano y del que bosqueja un comienzo de análisis. "Gabriela Mistral (1889-1957)" en *Latin American Writers.* Vol. II, eds. Carlos A. Solé y María Isabel Abreu. New York. Charles Scribner's Sons, 1989, pp. 684-685. En cuanto al sesgo anómalo del vanguardismo de *Tala,* Jaime Concha zanja el problema con ecuanimidad. Después de afirmar que "*Tala* pertenece con pleno derecho al movimiento y período de vanguardia", y de acopiar las pruebas de su afirmación, aclara que "lo mismo que Vallejo y a diferencia de tantos otros, *Tala* pertenece a una vanguardia endógena, casi indígena, habría que decir, en el sentido de ser autóctona". Jaime Concha. *Gabriela Mistral.* Madrid. Júcar, 1987, pp. 99-100.

13. Muy perspicaz es por ejemplo la lectura que hace Gastón von dem Bussche, si bien este crítico se mantiene como los demás excesivamente apegado a la circunstancia funesta que origina el poema y aun cuando (percibiéndolos) no lea (es como si no quisiera leerlos) a los "dioses crueles" que se interponen entre la madre y la hija, así como a la metáfora correspondiente en el paisaje de los cerros. Tampoco me parece muy defendible las identificación que hace von dem Bussche de la alternativa que se halla inserta en la frase "un Dios que es de nosotros" con el Dios cristiano ortodoxo. *Vid.*: "De las tinieblas al 'llamado del mundo'" en *Gabriela Mistral. Nuevas visiones,* ed. Iván Carrasco M.. Valdivia. Universidad Austral de Chile. Facultad de Filosofía y Humanidades. Anejo 13 de *Estudios Filológicos,* 1990, pp. 71-79.

14. "... desde que me rayó la primera luz de la razón, fue tan vehemente y poderosa la inclinación a las letras, que ni ajenas reprensiones —que he tenido muchas—, ni propias reflejas —que he hecho no pocas—, han bastado a que deje de seguir este natural impulso que Dios puso en mí [...] Tomé el estado que tan indignamente tengo. Pensé yo que huía de mí misma, pero ¡miserable de mí!, trájeme a mí conmigo y traje mi mayor enemigo en esta inclinación [...] ¡Y que haya sido tal esta mi negra inclinación que todo lo haya vencido!", etc. Sor Juana Inés de la Cruz. *Respuesta de la poetisa a la muy ilustre Sor Filotea de la Cruz* en *Obras escogidas.* México. Espasa-Calpe, 1965, pp. 121, 123 y 128 respectivamente. Debo añadir algo más a propósito de esta comparación, y es lo que Mistral escribió sobre Sor Juana en sus *Lecturas para mujeres.* El lector prevenido de su difícil relación con lo simbólico no ha de soprenderse de que diga ahí de su congénere que "la pasión, o sea el exceso, no asoma en su vida sino en una forma: el ansia de saber", pero que "un día la fatiga la astronomía, exprimidora vana de las constelaciones; la biología, rastreadora minuciosa y defraudada de la vida; y aun la teología, a veces pariente, ¡ella misma!, del racionalismo. Debió sentir, con el desengaño de la Ciencia, un deseo violento de dejar desnudos los muros de su celda de la estantería erudita [...] Tiene entonces, como San Franciscio, un deseo febril de humillaciones [...] y quiere más aún: busca el cilicio, conoce el frescor de la sangre sobre su cintura martirizada. Esta es para mí la hora más hermosa de su vida; sin ella yo no la amaría". "Silueta de Sor Juana Inés de la Cruz (Fragmento de un estudio)". *Lecturas para mujeres.* México. Porrúa, 1969, pp. 68-69.

15. Dos precisiones me parecen de rigor en este momento: una me la suministra Terrry Eagleton, cuando afirma que "el vórtice y el

abismo, irrupciones 'verticales' en la temporalidad dentro de las cuales hay fuerzas que giran sin cesar en un eclipse del tiempo lineal," son "típicas imágenes modernistas". Terry Eagleton. "Capitalism, Modernism and Postmodernism". *New Left Review,* 152 (1985), 67; y la otra, que confirma y aterriza la generalización de Eagleton, me remite al itinerario de Pound, quien creó, con Wyndham Lewis, en 1914, el *Vorticism* inglés. Definiendo la imagen vorticista, dice Pound: "La imagen no es una idea. Es un nódulo o centro radiante; es lo que puedo, y debo por fuerza, llamar un VÓRTICE [las mayúsculas son suyas], desde el cual, y a través del cual, y en el cual, las ideas están atropellándose constantemente. "Vorticism" en Ezra Pound *et al. Gaudier-Brzeska: A Memoir.* New York. New Directions, 1970, p 92.

16. Remito al lector a la "Excusa de unas notas", en las "Notas" de *Tala*: "... el autor que es poeta y no puede dar sus razones entre la materia alucinada que es la poesía". *Poesías completas,* 803.

17. *Of Woman Born: Motherhood as Experience and Institution.* New York. Norton, 1976. No es éste el lugar para exponer las ideas de Rich, como no sea para decir que si su libro es por un lado una des (cons) trucción experiencial y erudita de la ideología de la maternidad, por otro es en esos mismos términos una recuperación y una reivindicación de la realidad del ser madre.

18. Pienso, por ejemplo, en Jane Gallop, quien, a sabiendas de que "la lengua materna, el lenguaje que aprendemos en el pecho de nuestra madre, *es* lenguaje patriarcal", cree sin embargo que "la crítica feminista psicoanalítica enseña no cómo hablar la lengua de la madre, no *sólo* cómo ver a la madre como otra y no como espejo, sino a leer a esa otra dentro de la lengua de la madre". "Reading the Mother Tongue: Psychoanalytic Feminist Criticism". *Critical Inquiry,* 13, 2 (1987), 322 y 329 respectivamente.

19. Un excelente muestrario de la reivindicación preedípica que se populariza en Estados Unidos durante la década del ochenta puede encontrarse en la antología a la que se refiere Jane Gallop en el ítem citado en nuestra nota anterior: *The (M)other Tongue. Essays in Feminist Psychoanalytic Interpretation,* eds. Shirley Nelson Garner, Claire Kahane y Madelon Sprengnether. Ithaca. Cornell University Press, 1985, particularmente en los trabajos de Coppélia Kahn, Diane Hunter y Naomi Schor. Más interesante todavía para nuestro propio proyecto es que Mistral, por su cuenta, sin deberle nada a nadie, haya ensayado una suerte de utopía del discurso matrilineal en sus "Motivos de San

Francisco" (1923 a 1926), donde el santo y el discurso del santo son, expresa y enfáticamente, de origen materno. Dice con su discurso apostrófico dirigido a la madona Pica: "tú le enseñaste a hablar, y de ti y no del Bernadone le vino ese dejo de dulzura que le reunía a los pájaros en torno, como si sus palabras fuesen alpistes y cañamones dorados [...] Su deseo de cantar fue cosa que le vino también de las canciones con las que seguramente le anegabas cuando le tenías entre tus rodillas...", etc. De los "Motivos" se han hecho varias ediciones, pero la más accesible y completa y que es la que yo cito está en Gabriela Mistral. *Poesía y prosa,* ed. Jaime Quezada. Caracas. Biblioteca Ayacucho, 1993, pp. 374-389. La cita que acabo de hacer proviene de las páginas 374-375. También de Quezada es un interesante artículo sobre "Dos santos en la obra de Gabriela Mistral [Francisco de Asís y Teresa de Ávila]" en *Gabriela Mistral. Nuevas visiones,* 35-47.

20. Juliet Mitchell. "The Question of Femininity and the Theory of Psychoanalysis" en *Women. The Longest Revolution.* New York. Pantheon, 1984, p. 312.

21. "Fonction et champ de la parole et du langage en psychanalyse". *Écrits 1.* París. Seuil, 1966, p. 207. (El texto original es de 1953).

22. Fredric Jameson. "Imaginary and Symbolic in Lacan" en *The Ideologies of Theory.* Vol. I. Minneapolis. University of Minnesota Press, 1988, p. 88.

23. Soledad Bianchi. "'Amar es amargo ejercicio' (Cartas de amor de Gabriela Mistral)" en *Una palabra cómplice. Encuentro con Gabriela Mistral,* eds. Soledad Fariña y Raquel Olea. Santiago de Chile. Isis Internacional. Casa de la Mujer La Morada, 1990, p. 9.

24. Carta a Manuel Magallanes Moure del 25 de febrero de 1915. En *Cartas de amor de Gabriela Mistral,* ed. Sergio Fernández Larraín. Santiago de Chile. Andrés Bello, 1978, p. 110. El 2 de abril de 1916, en otra de estas cartas a Magallanes, Mistral le dirá: "Me parece que Ud. es también otro muerto que no quiso darme un poco de dicha". *Ibid.,* 124. Finalmente, en una carta del 19 de noviembre de 1920, ya con la pasión del principio hecha cenizas, concluye expresándole su deseo de hablar con él de su amor "como de un muerto adorable que se ha hecho polvo, pero cuya fragancia se aspira todavía". *Ibid.,* 154. Lo del "apacible Magallanes", que sin duda es un acierto habida cuenta de la linfática personalidad del aludido, es un adjetivo de Julio Molina

Núñez y Juan Agustín Araya, en su *Selva lírica,* de 1916, que la poeta repite en una carta del 28 de diciembre de 1920 (en otra de sus cartas Gabriela lo acusa de "falta de vitalidad", pero yo pienso que ese defecto de Magallanes Moure no le era totalmente molesto) y que retoma Fernández Larraín. *Ibid.,* 163 y 64 respectivamente.

25. *Gabriela Mistral...,* 63 *et sqq.* En un ensayo posterior, "Tejer y trenzar: aspectos del trabajo poético en la Mistral", presentado en el simposio "Re-leer hoy a Gabriela Mistral: Mujer, historia y sociedad en América Latina", que tuvo lugar en la Universidad de Ottawa, Canadá, entre el 2 y el 4 de noviembre de 1995, Concha insiste: "el macabrismo del primer libro no es un aspecto incidental en su imaginación, sino algo consubstancial y estructuralmente duradero a través de su poetizar". Cito por el manuscrito, que me fue facilitado por el autor.

26. "Carta íntima", artículo publicado en *La Voz de Elqui,* el 30 del noviembre de 1905. Puede consultarse en *Gabriela Mistral en* La Voz de Elqui, 29-33.

27. *Cartas de amor...,* 103.

28. Simone de Beauvoir. *Le deuxième sexe.* Vol. I. L'expérience vécue. París. Gallimard, 1949, pp. 477-507.

29. La frase de ella se encuentra en una carta a Manuel Magallanes Moure de 1916 ó 1917. En *Cartas de amor...,* 137; la de Volodia Teitelboim en *Gabriela Mistral...,* 73. De Freud, cito "On Narcissism: An Introduction", tr. de C.M. Baines para la *Standard Edition,* Vol. XIV, p. 98. Un par de libros publicados en los últimos años sobre este tema, menos buenos de lo que sus títulos y su presunción postfreudiana prometen, acaban, como era de esperarse, dándole la razón a Freud. Me refiero a la "Introduction" a *Narcissism and the Text: Studies on Literature and the Psychology of Self,* eds. Lynne Layton y Barbara Ann Schapiro. New York. New York University Press, 1986, pp. 1-35; y al capítulo inicial de Marshall W. Alcorn Jr. *Narcissism and the Literary Libido.* New York and London. New York University Press, 1994, pp. 1-28. Un crítico que da también con el problema del narcisismo en Mistral, pero que elige dilucidarlo en contrapunto con el malinchismo y el chingaderismo que Octavio Paz le cuelga a la mujer mexicana (y a la latinoamericana, por extensión), es Mario Rodríguez Fernández. *Vid.*: "Gabriela Mistral: la antimalinche". *Atenea. Revista de Ciencia, Arte y Literatura,* 459-460 (1989), 131-139.

30. Elizabeth Rosa Horan. "Matrilineage, Matrilanguage: Gabriela Mistral's Intimate Audience of Women". *Revista Canadiense de Estudios Hispánicos,* 3 (1990), 450.

31. En la "Introducción" a *Lecturas para mujeres,* XVI.

32. En *Crítica del exilio. Ensayos sobre literatura latinoamericana actual.* Santiago de Chile. Pehuén, 1989, pp. 13-52.

33. Kemy Oyarzún. "Edipo, autogestión y producción textual: Notas sobre crítica literaria feminista" en *Cultural and Historical Grounding for Hispanic and Luso-Brazilian Feminist Literary Criticism,* ed. Hernán Vidal. Minneapolis. Institute for the Study of Ideologies and Literature, 1989, p. 593.

34. Elaine Showalter. *Sexual Anarchy. Gender and Culture at the Fin de Siècle.* New York. Penguin Books, 1991, p. 19 *et sqq.*

35. Siguiendo la huella del Freud de "Mourning and Melancholia", una de las tesis principales de Kristeva en su libro sobre la depresión y la melancolía es que la persona en tal estado se niega (deniega, dice ella) a la (de)negación de la pérdida, lo que, concomitantemente, crea las condiciones para que surja en esa persona un lenguaje otro que el lenguaje simbólico. Cito: "los signos son arbitrarios porque el lenguaje empieza con una *denegación* (*Verneinung* [*déni*]) de la pérdida, al mismo tiempo que de la depresión ocasionada por el duelo. 'Yo he perdido un objeto indispensable que es, en última instancia, mi madre', parece decir el que habla. 'Pero no, yo lo he reencontrado en los signos, o más bien, porque yo acepto la pérdida yo no lo he perdido (he ahí la denegación), yo puedo recuperarlo en el lenguaje'.// El deprimido, por el contrario, *deniega la denegación*: la anula, la suspende y se repliega, nostálgico, sobre el objeto real (la Cosa) de su pérdida, que es precisamente eso que no logra perder, a lo que se mantiene dolorosamente unido. La *denegación (Verleugnung) de la denegación* sería así el mecanismo de un duelo imposible, la instalación de una tristeza fundamental y de un lenguaje artificial, increíble". Julia Kristeva. *Soleil Noir: dépression et mélancholie.* París. Gallimard, 1987, p. 55. Se trata, como vemos, de la presencia tenaz de una ausencia, de la existencia forzada de una inexistencia. El resultado, el mejor entre los posibles, es la poesía.

36. Rosalind Coward. *Female Desires: How They Are Sought, Bought and Packaged.* New York. Grove Press, 1985, p. 195.

37. *Cartas de amor...,* 126-127, 135, 146. "El oficio lateral" es de 1949 y la cita que he hecho puede confrontarse en Gabriela Mistral. *Magisterio y niño,* ed. Roque Esteban Scarpa. Santiago de Chile. Andrés Bello, 1979, p. 43.

38. Roland Barthes. *Fragments d'un discours amoreux.* París. Seuil, 1977, p. 39. No deja de ser digno de mención el hecho de que, con un aparato interpretativo muy diferente de los que a mí me proporcionan Coward y Barthes, el de la conciliación imposible del alma y el cuerpo en la vida pero el de su posible conciliación en la muerte (la muerte del cuerpo amado, demás está decirlo), Hernán Silva vaya a parar a este mismo sitio. *Vid.*: "La unidad poética de *Desolación*". *Estudios Filológicos,* 5 (1969), 169 *et sqq.*

39. *Ibid.*

40. New York. Instituto de las Españas en los Estados Unidos, 1922, 176-185.

41. "... partió dejándoles unas líneas. Ella explicaba: 'Salió a correr mundos y sólo volvía a visitarnos cada ciertos años. Mi madre lo recibía como si nada hubiese pasado y como si jamás hubiera dejado de permanecer en la casa [...] luego, añadía, queriendo disculparlo y disculparse: —Así somos los Godoy: vagabundos de alma. Queremos vagar, mirar, conocer'". *Gabriela Mistral, rebelde magnífica.* Santiago de Chile. Emisión, s. f., p. 39. Cito según el texto de la última edición de este libro. La primera se publicó también en Santiago, en 1957. Otrosí: el historiador Gabriel Salazar aclara que, en el espacio rural decimonónico chileno, "ser hijo de peón" significaba "hacerse a la idea de que papá no era sino un accidente —o una cadena de incidentes— en las vidas de su prole. Los hombres como Mateo [un padre de "huacho" estudiado por Salazar] no formaban familia. Se sentían compelidos, más bien, a 'andar la tierra' [...] A veces, como merodeando, aparecía por el rancho de mamá. Como un proscrito culpable, corrido, irresponsable. Despojado de toda aureola legendaria. Traía regalos, claro, algo para mamá: una yegua, un cabrito, una pierna de buey [...] Se 'aposentaba' en casa por tres o cuatro días, pero apenas si, de lejos, echaba una mirada a sus hijos. ¿Para qué más? Permanecíamos mutuamente distantes, como extraños. Hasta que de pronto la visita terminaba, generalmente, en una borrachera o en un violento altercado con mamá. Cuando se iba —casi siempre en dirección al monte— el aire se nos hacía más respirable. Más fino y transparente. Que se vaya. Que se pierda en el polvo de sus caminos. ¡Que siga 'aposentándose' por allí,

embarazando mujeres y desparramando 'huachos'!". "Ser niño 'huacho' en la historia de Chile (Siglo XIX)". *Proposiciones,* 19 (1990), 58-59. La coincidencia entre la cita que acabo de hacer y lo que cuenta Gabriela Mistral en el libro de Ladrón de Guevara no necesita comentario. Y algo más, esta vez proveniente del artículo "Vivir y morir en familia en los albores de siglo", de Loreto Rebolledo G. Dice Rebolledo que, en uno de los ámbitos rurales estudiados por ella, en la zona de San Felipe, "existía la costumbre de que una de las mujeres de la familia —hija, hermana o sobrina— se quedara en la casa familiar cuidando a los parientes mayores. Tenían así responsabilidades particulares en relación a la familia, y específicamente a los padres y a los hijos; eran el nexo obligado entre los antecesores y los descendientes, un puente intergeneracional, lo que les otorgaba una centralidad nada despreciable. Y el espacio en que esta continuidad podía darse era —idealmente— la casa familiar". *Proposiciones,* 26 (1995), 171-172. Emelina Molina Alcayaga cumplió, exactamente, esa función en la casa familiar de la niña Lucila.

42. "Dieu et la jouissance de La Femme" en *Le Séminaire de Jacques Lacan,* ed. Jacques-Alain Miller. París. Seuil, 1975, p. 68.

43. Por ejemplo, en su calidad de delegada de Chile en la United Nations Commission on the Status of Women durante los períodos de sesiones de 1953 y 1954.

44. Jorge Lozano, Cristina Peña-Marín, Gonzalo Abril. *Análisis del discurso. Hacia una semiótica de la interacción textual.* Madrid. Cátedra, 1989, p. 27.

45. Jacques Derrida. "La structure, le signe et le jeu dans le discours des sciences humaines" en *L'écriture et la différence.* París. Seuil, 1967, p. 416.

46. "... Un nexo que podemos identificar en este número de *Feminist Studies*", observa Rachel Blau DuPlessis, introduciendo un número especial de esa revista dedicado a la formulación de una teoría feminista de la maternidad, "es entre la maternidad y la muerte. Hay tanta muerte, por ejemplo en los poemas, en los 'ensayos personales' (No sé como llamarlos. Así) que me hace pensar en el tópico de la guagua muerta en la poesía de las mujeres del siglo XIX —si es que el mismo está hablando de un cruce primario de lo maternal que debemos elucidar: el cruce entre el dar la vida y el dar la muerte". "Washing Blood: Introduction" a *Feminist Studies,* 2 (1978), 8.

47. La referencia es a "Recuerdo de la madre ausente", el segundo de los "Dos elogios de la madre" en *Lecturas para mujeres,* donde escribe que "El padre anda en la locura heroica de la vida y no sabemos lo que es su día". En *Lecturas para mujeres,* 11-13; también, con el título "Gabriela piensa en la madre ausente", en *Gabriela piensa en...,* ed. Roque Esteban Scarpa. Santiago de Chile. Andrés Bello, 1978, p. 18.

48. La comprensión de la poética mistraliana como una poética de la sangre fue desarrollada por primera vez con seriedad en el libro de Martin C. Taylor. *Gabriela Mistral's Religious Sensibility.* Berkeley and Los Angeles. University of California Press, 1968, pp. 96-97. Cedomil Goić adhiere a ella en "Gabriela Mistral", 683. Con todo, mi impresión es que todavía queda mucho paño que cortar en esta materia, probablemente a partir de la convergencia de por lo menos tres líneas de significación: la de la sangre de Cristo y los mártires cristianos, que es más o menos el territorio de Taylor; la de la sangre del sacrificio a la manera de Bataille, que se conecta con el "sacrificio" del quehacer de la mujer, cuando éste es subversivo genéricamente, y que pudo haber sido el asunto de Mario Rodríguez Fernández en alguno de los artículos que él ha dedicado a la poeta; y la de la sangre menstrual de la mujer, que por supuesto que nadie menciona.

49. Peter Brooks. *The Melodramatic Imagination. Balzac, Henry James, Melodrama, and the Mode of Excess.* New Haven and London. Yale University Press, 1976, pp. 12-13.

50. Jean-Marie Thomasseau. *El melodrama,* tr. Marcos Lara. México. Fondo de Cultura Económica, 1989, p. 153.

51. *The Melodramatic Imagination...,* 40.

52. *Ibid.,* 12.

53. "... La novela folletinesca, durante su vigencia histórica como género popular, aun cuando se desarrolló al margen de la llamada literatura culta, usufructuó a la vez de dos movimientos literarios distintos. Por una parte, recogió del romanticismo una concepción peculiar de las formas artísticas, especialmente las que contribuían a definir la historia como un mundo signado por el choque de las pasiones y el desborde sentimental (y que en la novela propiamente sentimental, quizás la de mayor arraigo, llevaron a concebir el mundo según 'el orden del corazón' en oposición al orden de la realidad) y al narrador como una individualidad proyectada decisivamente en ese

mundo; por otra parte, se acercó al realismo que caracterizaba a la literatura de la época, pero entendiendo el realismo como dato topográfico o caracterización pintoresca". Juan Armando Epple. "Notas sobre la estructura del folletín. *Cuadernos Hispanoamericanos,* 358 (1980), 9.

54. Adriana Valdés. "Identidades tránsfugas (Lectura de Tala)" en *Una palabra cómplice...,* 75-85.

55. "En el hablar femenino, como en la escritura, nunca deja de reverberar algo que, habiéndonos traspasado una vez, habiéndonos imperceptible y profundamente tocado, tiene aún el poder de afectarnos —canción, la primera música de la voz del amor, que toda mujer mantiene viva.// La Voz canta desde un tiempo anterior a la ley, antes de que lo Simbólico nos quitara el aliento y lo reapropiara en el lenguaje bajo su autoridad de separación. La Visitación más profunda, más antigua y más amorosa. En toda mujer, el primero, el amor sin nombre está cantando.// En la mujer hay siempre, más o menos, algo de 'la madre' reparando y alimentando, resistiendo a la separación, una fuerza que no se deja cercenar...". Hélène Cixous. "Sorties: Out and Out: Attacks/Ways Out/Forays" en Hélène Cixous and Catherine Clément. *The Newly Born Woman,* tr. Betsy Wing. Minneapolis. University of Minnesota Press, 1986, p. 93.

56. Eliana Ortega. "Amada amante: discurso femenil de Gabriela Mistral"; y Alberto Sandoval. "Hacia una lectura del cuerpo de mujer", ambos artículos en *Una palabra cómplice...,* 41-45 y 47-57 respectivamente.

57. De una carta de Mistral a Ismael Edwards Matte. Incluida en el prólogo de éste, "Gabriela Mistral. Poesía y periodismo", a *Antología.* Santiago de Chile. Zig-Zag, 1941, p. 8.

CAPÍTULO II

... ¿Que no sé del amor, ...?
Los sonetos de la Muerte, III

De "Los sonetos de la Muerte" se han dicho muchas cosas, algunas razonables y otras no tanto. Hasta donde a mí me ha sido posible seguirles la pista, las interpretaciones biográficas comienzan a acumularse inmediatamente después de la obtención por parte de nuestra poeta de la Flor Natural en los Juegos Florales de 1914, cuando, y se diría que no sin su concurso, debuta el rumor de que por entre los poemas ganadores circula una tragedia amorosa de tremebundas proporciones. De un soneto de homenaje, que le dedica el actor Bernardo Jambrina y que apareció en el primer número de la revista *Figulinas,* el 8 de junio de 1915, es decir, a cinco meses de realizados los Juegos, extraigo estos versos:

> Anónima heroína, que con el alma rota
> por aquel amor hondo, desolador y trágico
> estoicamente pasas cubierta por la cota
> de tu verso suave y penetrante y mágico...[1]

Para mediados de los años veinte, ya a nadie parece caberle ninguna duda respecto de la rentabilidad hermenéutica del suicidio del joven Romelio Ureta Carvajal, ocurrido en Coquimbo, el 25 de noviembre de 1909. Por ejemplo, Virgilio Figueroa cita al periodista ríoplatense Juan José de Soiza Reilly, quien el 17 de febrero de 1926 publica en el *Correo de Valdivia* un artículo titulado "El único amor de Gabriela Mistral", donde se lee: "Un amor infinito. Terrible. Fogoso. Sangriento. Y puro. ¡Puro! Diré una vez la palabra que borrará el equívoco; un enorme amor puro por un hombre suicida [...] un joven, muy triste, muy tímido, muy bueno. Desempeñaba en el ferrocarril un modesto cargo de guardatrén o estafetero. Y aquí viene lo triste [...] Era un hombre común. Se emborrachaba gastando su sueldo en la cantina... El doncel idealizado fue despedido de la empresa ferroviaria. Tuvo que ingresar en una tienda como modesto dependiente [...] Un día, necesitado de dinero para satisfacer su vicio alcohólico, el muchacho extrajo de la caja del patrón un fajo de billetes de banco. Esa misma noche, ebrio y arrepentido de su acción, se pegó un tiro. El eco de aquel tiro es Gabriela Mistral..."[2]. Alude también Figueroa a una conferencia y un artículo de 1933, ambos de pluma de David Rojas González, contemporáneo de la poeta, y a una carta que ese mismo año le ha hecho llegar "una diligente y distinguida profesora de La Serena", todo ello rebosante en pormenores de parecida naturaleza[3]. Por último, él mismo se despacha en estos términos: "un martirio de amor envuelve la nubilidad de la poetisa. Es su primero y su único amor [...] Ella no ha descorrido el velo de esa pasión, pero en sus versos aparece a cada instante. Es la orquesta que preludia sus 'Sonetos de la Muerte' [...] como el amor trae dudas y recelos, ella piensa que su amado puede faltarle a la fe jurada, y, entonces, ante esta idea que crispa sus nervios, le dice en frases erizadas y candentes: 'La tierra se hará madrastra, si tu alma vende a mi alma; Dios no quiere que tú tengas sol, si conmigo no marchas; Dios no quiere que tú bebas, si yo no tiemblo en tu agua, y si te vas y mueres lejos, tendrás la mano ahuecada diez años bajo la tierra para recibir mis lágrimas'. El presagio se realizó y 'malas manos entraron trágicamente en él', y ella, que no le puede gritar, ni le puede seguir, 'le pide al Señor que lo retorne a sus brazos o le siegue en flor'"[4].

Con un tono semejante al de Figueroa, se pronuncia también Julio Saavedra Molina, entre 1937 y 1958, en una serie de tres trabajos, los que dicho sea en honor de la verdad son uno solo reimpreso por él perezosa y tenazmente. Saavedra Molina reconstruye el acontecer personal de Gabriela Mistral apoyándose en los poemas de *Desolación,* a los que añade por la libre un sinnúmero de detalles escabrosos que los poemas mismos no consultan. El remate de sus empeños es una lucubración contradictoria en torno a la "esterilidad" de la poeta, a la que califica primero de "voluntaria" y que después presume biológica. Compárense estas dos citas: "En Gabriela Mistral, la musa fue la tragedia de sus amores, seguida del voto de muerte mundanal, de muerte sexual; un enclaustramiento laico sin claustro; y, por consiguiente, la esterilidad voluntaria y ofrecida en homenaje de amor al muerto, la maternidad fracasada, lo que en una mujer bien mujer equivale a la vida entera frustrada". Y sigue Saavedra Molina: "¿Quién no las ha visto, inconsolables, ilusas, terribles de empecinamiento, hacer antesala en las oficinas de todos los ginecólogos? ¿Esperar, con fe redoblada, de manos de éste la concepción que no les dio el médico anterior? ¿Entregar su cuerpo a las más inconcebibles pruebas, como en el éxtasis de un sagrado rito?"[5].

Todo esto hasta el golpe que el libro de Margot Arce de Vázquez le asestó en 1957 a la especulación falocrítica y que treinta años después confirmarían ya sin sombra de duda las *Cartas de amor* editadas por Sergio Fernández Larraín. Me refiero a la hipótesis de que bien pudo haber (¡horror de horrores!) más de un enamorado en la vida de Gabriela Mistral y, lo que es aún más grave, que en la sección "Dolor" de *Desolación,* donde "Los sonetos de la Muerte" se republicaron en una forma casi idéntica a la que hoy nos es familiar[6], aunque los poemas parezcan seguir el desarrollo de una sola historia, una lectura cuidadosa revela la presencia de otra. "'El ruego'", establece la profesora puertorriqueña, "cierra el ciclo de la primera; el 'Nocturno' expresa la crisis de la segunda". Precisa en seguida: "si es cierto que los poemas de 'Dolor' se refieren a dos experiencias distintas, su disposición en un orden que nada tiene que ver con la secuencia de los hechos despista al lector y le hace creer que se trata de un amor único frustrado por el suicidio del amado. Los poemas 'Sonetos de la Muerte', 'Interrogaciones', 'La obsesión', las 'Coplas' de la página 127 [este dato de Arce de Vásquez nos remite a la primera edición del libro], 'Ceras eternas', 'Volverlo a ver', 'La condena', 'El vaso', 'El ruego' y 'Los huesos de los muertos' parecen referirse a aquel suceso doloroso. 'El amor que calla', 'Éxtasis', 'Íntima', 'Dios lo quiere', 'Desvelada', 'Vergüenza', 'Balada', 'Tribulación', 'Nocturno' y casi todos los poemas de la sección 'Naturaleza' parecen aludir al segundo amor, vivido algunos años después ..."[7].

Más temerariamente, el mismo año en que apareció el estudio de Margot Arce de Vázquez, el crítico chileno Gastón von dem Bussche comparó a la hablante de "Los sonetos de la Muerte" con la Catherine Earnshaw de *Wuthering Heights,* viendo en ambas mujeres a las propietarias de unas "almas" cuyo "gran pecado" es el "haber enloquecido en su afán de trascendencia amenazada. Frenéticas en la avidez de una celosa posesión", exclama von dem Bussche, "han preferido la victoria de una rival distinta de todas: la muerte, para evitar el sacrilegio de la traición"[8].

Al acometer el análisis del primero de los tres sonetos más famosos, el que comienza con el hipérbaton "Del nicho helado en que los hombres te pusieron...", Jorge Guzmán expone más recientemente la teoría de que "El traslado del cadáver, desde el nicho a la tierra, es una operación mítica, en virtud de la cual un hombre muerto vuelve a ser niño, y la 'yo' que celebró su muerte movida por los celos es quien lo ha originado, engendrado y parido, sola. El destino normal de una enamorada, pues, que habría engendrado un hijo con el amado, se cumple aquí por la vía simbólica y virginal; ella lo vuelve al seno de la tierra y obtiene, por transformación del cadáver, un niño". Guzmán argumenta poco después que el hijo a quien tanto invoca la poesía de Mistral "consiste enteramente en los poemas donde se ha cumplido la transformación del amado infiel en niño poético. Y finalmente, al niño poético conviene mucho más que a uno real ensoñado esa rarísima cualidad de ser el vehículo por el cual las entrañas de ella se derramarían como un perfume por las colinas del mundo. Comprendiendo entrañas en su acepción de 'sede de los sentimientos', 'asiento de la afectividad', puede entenderse también que ése es, junto con el útero en que se habría formado un niño real, el lugar donde se entiende que brota la poesía lírica"[9].

Por mi parte, debo decir que yo no creo que "Los sonetos de la Muerte" sean tres poemas sino uno solo y prolongado. Por eso, antes que circunscribir la reflexión que ahora comienzo a cualquiera de las diferentes secciones de esta totalidad, he optado por plantearme un análisis global. En segundo término, en lo que toca a la historia y los límites del texto, ni la publicación de un cuarto soneto, en la revista *Primerose,* de Chillán, el 1° de agosto de 1915 (el que después recojerá *Desolación* titulándolo "La condena"), ni la aparición de un quinto y un sexto en *Selva lírica,* la célebre antología que publicaron en 1917 Juan Agustín Araya y Julio Molina Nuñez, ni la de un séptimo, el que blanden Aldo Torres y Efraín Smulewicz y que se habría mantenido inédito desde los tiempos en que Gabriela hizo clases en el Liceo de Los Andes hasta 1958, ni la de un octavo, que apareció por primera vez en la revista argentina *Nosotros,* en 1918, ni la de un noveno, que descubrió Roque Esteban Scarpa entre los manuscritos de la Biblioteca Nacional de Chile y que entregó a la publicidad en 1967, ni la de un décimo, un décimo primero y un décimo segundo, que el mismo Scarpa ha desenterrado posteriormente, me quitan el sueño[10]. Con todo el respeto que me inspiran esos eminentes buscadores de sonetos perdidos, yo pienso que los nueve o diez que ellos acoplan a los que ya conocíamos no sólo no están a la altura de los tres primeros sino que hasta parece que hubieran sido escritos por otra persona. No niego yo que Mistral se haya propuesto, hacia 1915 ó 1916, y con seguridad que entusiasmada por su éxito en los Juegos Florales del 14, concluir un libro entero hecho de piezas similares. Está claro, sin embargo, que ella abandonó semejante proyecto no mucho después de haberlo concebido y que la razón de ese abandono no puede ser otra que el evidente colapso cualitativo que se produce desde los tres sonetos iniciales hasta los que compuso *post festum*[11]. Su sentido autocrítico, que no siempre le fue todo lo fiel que a ella le hubiese gustado, en este caso al menos le respondió con lealtad.

También me parece justo advertirle al lector del presente capítulo que la exégesis *standard* de "Los sonetos de la Muerte", que quiere extraer de esta obra de Mistral un paradigma omnicomprensivo para el consumo de su poesía, anclado en la secuencia pérdida del amante, superación de esa pérdida en el afecto y en la devoción por los débiles del mundo, en particular los niños, y plasmación de la nueva actitud en las sublimaciones de una lengua poética legible y servil, a mí no me resulta ni convincente ni amable. Es más: yo le atribuyo a esa exégesis una alta cuota de responsabilidad en la manufactura de la empalagosa reputación que persiguió a nuestra poeta durante más de medio siglo, que casi la proscribió del campo de la literatura que merece ser leída por el público culto y que en cualquier caso consiguió que para los miembros de mi generación, esto es, para quienes éramos todavía unos barbilampiños aprendices de escritores a principios de la década del sesenta, ella se viera muy desmejorada al lado de las soberbias transgresiones de un Neruda y hasta de las no tan soberbias de un Nicanor Parra. Frente al contestario discurso de esos dos poetas hombres (y aun frente a los discursos a su manera también rebeldes de un Huidobro o de un de Rokha), Mistral se nos figuraba por aquellos años una señora muy antigua cuyo lenguaje poco o nada es lo que tenía que ver con la necesidad de cambiar las reglas del mundo en el que a nosotros nos había tocado vivir.

Es cierto que explícitamente en el primero de los tres sonetos ganadores de los Juegos de 1914 la amante se trueca en la madre. La proclama que en los versos uno y dos y cinco, seis, siete y ocho anuncia el traslado de los restos del amante muerto desde el nicho "helado", en el que "los hombres" lo pusieron, hasta la tierra "humilde y soleada", en la que ella va a ponerlo en un futuro no lejano, coincide con la que después se encuentra en los poemas de la primera sección de *Ternura,* cada uno de los cuales también "baja" a un niño hasta su cuna, y que son, y no por casualidad, el grupo más extenso de aquel libro. De ahí que una profesora estadounidense haya escrito no hace mucho que en "Los sonetos de la Muerte" la hablante "infantiliza al amante" y que el ritmo de los versos, "pese a su forma clásica, se halla próximo al de una canción de cuna"[12]. No sólo eso, sino que el mismo ademán reaparece de nuevo en el contexto a la vez antigonesco y mariano de la mujer que "recibe" al Cristo crucificado en sus brazos en el "Nocturno del descendimiento" (396-397), de *Tala,* y presumiblemente también con el propósito de "acunarlo" durante su último sueño. Pero, en vez de acomodar todo esto en una lectura que convierte el "ansia insatisfecha de maternidad" en la motivación "cardinal" de la poesía mistraliana, según el abominable decir de

Federico de Onís[13], yo quisiera explorar aquí ciertos derroteros que discrepan de ese juicio con firmeza.

Por lo pronto, al contrario de quienes han hecho depender a la poeta y su poesía de la actividad del suicida ("... El eco de aquel tiro es Gabriela Mistral..." es la sentencia para el bronce que acerca del particular pronuncia Soiza Reilly), *yo quisiera que fuese la actividad del suicida la que depende de la poeta y su poesía.* Para aclarar esta paradoja, creo que lo primero que debemos hacer es remontarnos a las lecturas juveniles de Mistral, las que ella realizó durante la infancia y la adolescencia y a cómo tales lecturas fueron forjando en la siempre encendida caldera de su imaginario una cierta perspectiva del amor. Más de una vez se ha insistido en su devoción de esos años por el connotado plumífero colombiano José María Vargas Vila. Sin desconocer la influencia que el autor de *Flor de fango* tuvo en lo que bien pudiera caracterizarse como la prehistoria de su autoconciencia escritural, convengamos en que el cuadro de sus lecturas de aquella época es algo más amplio y que uno de sus principales ingredientes lo constituye la tradición que Mario Praz denomina romántico-agónica, la que en Europa se extiende desde Chateubriand y Wordsworth a los decadentes franceses y a los pre-Rafaelitas ingleses y en América Latina desde los últimos románticos (Isaacs, sin ir más lejos) a José Asunción Silva. Un poema como "Evocando el terruño", que apareció en *El Mercurio* de Antofagasta el 15 de octubre de 1911, delata por ejemplo el interés con que Mistral leyó, como otros jóvenes de aquella época y aun posteriores, el famoso "Nocturno" de Silva. Manteniendo el punto de vista peripatético del hablante del "Nocturno", además del abuso de la anáfora, el polisíndeton y la versificación irregular de largo aliento, que son su marca de fábrica, Gabriela Mistral reemplaza en el texto que ella escribe la pérdida de la amada por la pérdida de la tierra de El Origen[14].

Pero lo más interesante de esta huella de Silva en la poesía mistraliana anterior a "Los sonetos..." no es tanto la cuestión formal como el nudo entre Eros y Tanatos, un consorcio de desempeño por demás activo en la literatura europea del romanticismo y del postromanticismo. Aprovechando un apunte del Marcuse de *Eros y civilización*, en el prólogo a uno de los últimos libros aparecidos en torno a este tema Regina Barreca advierte que "sin el panegirismo romántico de los clisés sentimentales", el amor no se halla en esa literatura muy lejos del sexo y que "el juego entre los dos *topoi* socava sólo la en apariencia paradójica relación entre el acto de gestación y el acto de cierre. La intersección entre uno y otro pondría así de manifiesto [y ahí va Marcuse] 'el componente erótico del instinto de la muerte y el componente fatal del instinto sexual'"[15]. En el fondo, yo me temo que al elegir este camino lo más probable es que estemos hablando de una conjura no explicitada entre dos términos ostensibles y uno encubierto, conjura entre el sexo, la muerte *y el poder,* y el que, cuando no logra funcionar sin el estorbo de las trabas societarias, corre el riesgo de desbarrancarse en la pasión catastrófica, la misma que en su desenfreno, como señala Freud en uno de sus ensayos, permite que "ciego de amor, uno se convierta en un criminal sin remordimiento"[16].

Ahora bien, en el entendido de que ésta es una perspectiva del amor que desborda las capacidades aclaratorias de una exégesis biográfica, ¿cuándo y cómo se familiariza nuestra poeta con ella? Nosotros sabemos por sus propias declaraciones que la primera biblioteca "grande" y "óptima" a la que tuvo acceso fue la que tenía en La Serena el periodista Bernardo Ossandón. En esa biblioteca, Mistral leyó, según confiesa en "El oficio lateral", "a troche y moche, a tontas y a locas, sin idea alguna de jerarquía"[17], pero no sin ir apartando poco a poco un florilegio de autores predilectos. Aunque reivindique cuarenta y tantos años después el noble nombre de Montaigne y eche al olvido el no tan noble de Vargas Vila (con injusticia manifiesta, ya que en un artículo de 1906 para *La Voz de Elqui,* y en una carta de 1907, ésta dirigida a Luis Carlos Soto Ayala, quien la publicó en un libro que ha llegado a ser una curiosidad bibliográfica, Vargas Vila le arrancaba elogios incendiarios[18]), no deja de rendir tributo ahí a la truculencia de "los novelistas rusos"[19] y, lo que para los propósitos de este capítulo es aún más importante, de reconocer su tendencia de entonces a "gastarse los ojos" (la expresión es suya) leyendo "periódicos, revistas y folletines sin hueso ni médula"[20]. Porque lo cierto es que parece haber sido más que nada a través de publicaciones populares de esta índole, publicaciones que en la historia del gusto constituyen un último y degradado refugio de los motivos romántico-agónicos, y a las que ella alude en "El oficio lateral" de una manera deliberadamente imprecisa, no menos que por intermedio de los poetas modernistas ("... llegaría a mí el Rubén Darío, ídolo de mi generación, y poco después vendrían las mieles de vuestro Amado Nervo y la riqueza de Lugones..."[21]), como Gabriela se apropió de la línea macabra del romanticismo, lo que prueban por añadidura las prosas que aparecieron en *La Voz de Elqui,* de Vicuña, *El Coquimbo,* de Coquimbo, y *El Tamaya* y *La Constitución,* de Ovalle, entre 1905 y 1909.

En cuanto a esas tempranas colaboraciones periodísticas, la primera entre la veintena que entregó para *La Voz de Elqui* es la titulada "Ecos", una suerte de poética precoz en cuyo párrafo de apertura la joven Lucila Godoy i Alcayaga explica: "Mis cantos son pálidos crepúsculos de tardes invernales cuyos lánguidos i moribundos fulgores bañan sólo las frentes que acaricia la hierta mano del infortunio ..."[22]. Puede verse pues que el dolor y la muerte constituyen, ya entonces, el hontanar de su "canto". Esta poeta, una adolescente de dieciséis años apenas, quiere y dice que quiere plasmar su práctica escrituraria de acuerdo con los patrones del ala descastada, sufridora y nocturna del romanticismo: "Mis cantos son lúgubres jemidos i lastimeros acordes que se arrancan del harpa misteriosa que pulsa la Amargura en el fúnebre templo del Dolor [...] Mis inspiraciones son negros pájaros que me cobijan bajo sus alas cuando el invierno avanza cortando flores i tronchando ramas; cuando ruje el huracán i las nubes oscuras cubren el cielo, me forman un techo bajo el cual escribo mis versos. En las ramas del doliente ciprés que sombrea los sepulcros de tantos placeres muertos; en el cementerio del corazón entonan esas aves sus fúnebres cantos que resuenan al amparo del silencio en los valles i en los campos"[23].

Podría seguir citando más textos escritos por Mistral entre los dieciséis y los veinte años, todos los cuales aportan noticias valiosas respecto de las influencias que contribuyeron a formar desde entonces su conciencia de escritora, pero con lo anotado me parece que basta para identificar la familia a la que pertenecen éstas a las que ella llama sus "flores negras"[24]. No obstante que en años posteriores la poeta irá calibrando mejor a los beneficiarios de sus adhesiones intelectuales, silenciando a sus maestros más obvios o menos estimables, como ocurre con Vargas Vila, el paradigma esencial, que asocia la creación (Las "inspiraciones" y los "cantos") al dolor (al "infortunio'), y éste a un cercenamiento funesto de la líbido (a los "sepulcros de tantos placeres" o al "cementerio del corazón"), va a mantenerse sin modificaciones sustantivas. Es así como el 1° de octubre de 1911, estando ya en Antofagasta, entrega para *El Mercurio* de esa ciudad "El rival", un cuento enmarcado de estirpe decimonónica, en el que un narrador, que responde al nombre de Gabriel (Lucila Godoy i Alcayaga había empezado a firmar ya para esas fechas con el seudónimo Gabriela Mistral), y quien se confiesa aficionado él mismo a la estética de Baudelaire y de Poe[25], le refiere a una rueda de amigos la historia de sus tres amores trágicos, todos ellos derrotados, en la infancia, la juventud y la madurez, por la acción de la muerte. Al final del relato, al inclinarse Gabriel sobre el cadáver de su tercera difunta ("... Me arrodillé junto a ella como un loco y sollocé sobre su traje níveo..."[26]), la muerte se apersona a la orilla del catafalco, arrebatándole hasta los despojos del objeto de su deseo. El lector del opúsculo debe entender sin embargo que es el destino trágico de Gabriel, inspirado como hemos dicho por la musa mórbida de Baudelaire y de Poe, el que por contagio atrae el viento de la desgracia sobre las pobres mujeres que se topan con él. También debe entender que es precisamente ese destino el que convierte a Gabriel en un artista de la palabra. El protagonista de "El rival" se gana la admiración de sus contertulios porque la mala estrella que lo persigue hace que su lenguaje sea digno de ser escuchado.

Mi impresión es que se puede ver en todo esto una maniobra retórica que retoma y transforma una convención romántica asaz conocida, y que cierta crítica feminista ha redescubierto y releído con sumo provecho en el último decenio. Me refiero al motivo de la "musa muerta" o, mejor dicho, al de la muerte de la mujer amada como el estímulo e incluso el requisito para un despliegue de la creatividad del poeta hombre (recuérdese a Poe en "The Philosophy of Composition": "La muerte de una mujer hermosa es, incuestionablemente, el tópico más poético del mundo"), asunto en el que incide Elisabeth Bronfen en un libro de 1992[27], y que Mistral hará suyo pero cambiando el género del individuo que es víctima a la operación anulatoria. Si en el *pattern* masculinista heredado, y por razones entre las cuales habría que darles un lugar de honor a los prejuicios decimonónicos relativos a la facultad desgastadora del sexo, la eliminación del contacto físico con "la otra" es necesario o por lo menos útil para que "el uno" se eleve hasta la pureza de la poesía, en la obra de Mistral, y por razones que a mi juicio tienen que ver con la cuestión del poder genérico, la eliminación de "el uno" es la *conditio sine qua non* que posibilita la escritura de "la otra". Haciendo nuestro además el aserto lacaniano y gramatológico que interpreta el nacimiento de la palabra y aun el de la letra como el resultado de la muerte de una presencia que la verdad es que nunca fue tal, *de una presencia que nunca existió realmente,* la labor escrituraria de Mistral devendría mejor que muchas otras en un modelo de producción metalingüística y metapoética.

Tampoco hay que perder de vista en este mismo contexto las relaciones entre Gabriela Mistral y Amado Nervo. La correspondencia es o debiera ser conocida, ya que la publicó Juan Loveluck hace más de veinte años. Va de 1916 a 1917 y, según sostiene Loveluck en el prólogo a esa publicación (aunque sin dar con la clave del problema, a mi juicio), constituye el homenaje que la poeta chilena le rinde "al autor que más y mejor se acercaba a su propia manera lírica, a su cosmovisión, al 'neoespiritualismo' y sencillismo imperantes tras el gran boato verbal de los modernistas y 'rubendariístas'"[28]. El aprecio de Gabriela Mistral por Nervo es anterior a sus cartas, sin embargo, y anterior en cualquier caso a 1912, que es cuando "Los sonetos..." se escribieron, de acuerdo a lo que afirman comentaristas de orientaciones tan distintas como Iglesias y Teitelboim[29]. A Onilda A. Jiménez, entre otros, le parece que la admiración nerviana de la poeta "debe arrancar de 1909 ó 1910" y aduce en apoyo de esta conjetura una carta que Mistral le escribe a Nervo en 1916, en la que le confiesa que su alma le pertenece (la de ella a él, es claro) desde "hace mucho tiempo, seis, más años"[30]. Si lo que supone Jiménez fuese efectivo, y yo por mi parte creo que tiene todos los visos de serlo dada la proliferación de las ediciones de Amado Nervo en los primeros años de la centuria, entonces el conocimiento de

Mistral de la obra poética del bardo mexicano sería también anterior a la muerte de Ana Cecilia Luisa Dailliez, la musa y mujer ilegítima de éste, que tiene lugar el 7 de enero de 1912, y que es un suceso que hizo que la pegajosa tristeza que había caracterizado hasta entonces su producción lírica alcanzara nuevas alturas de melosidad. Cuando eso le ocurre a él, y él empieza a producir poemas tales como "Tres meses", "¡Cómo será!" o su famosísimo "Gratia plena" (fechados todos ellos entre marzo y abril de 1912, es decir, a unas cuantas semanas de la desaparición de Dailliez), Gabriela Mistral, en la otra punta del hemisferio, en el pueblo de Los Andes y al parecer teniendo ante los ojos de la memoria el cadáver de Romelio, pergeña la primera versión de "Los sonetos...".

Resulta entonces que la colocación de la muerta nerviana en un caso y del muerto mistraliano en el otro en el centro de la escena textual, acaece, por decir lo menos, sincrónicamente. Onilda A. Jiménez cita a propósito de esto "A Amado Nervo", un artículo que Gabriela Mistral escribe en México, después de visitar la tumba del poeta, y en el que ella, con frase que se presta para más de una lectura, declara: "*Cuando en tu grito por una muerta ponía yo a espigar mi propio grito,* no soñaba que habría de poner mi mano trémula sobre tu mascarilla de ónix"[31]. Pero, como hemos dicho, el motivo no era nuevo; tenía a esas alturas más de cien años y no es improbable que Nervo y Mistral hayan bebido sin saberlo de las misma aguas; aún así, me parece que las coincidencias específicas entre fechas y situaciones son merecedoras de un interés mayor del que les ha dispensado la crítica. Iglesias, por ejemplo, que como otros conoce algunos de estos datos, los desaprovecha, lo que lo lleva a hacerse cruces acerca del por qué, habiendo muerto Romelio en 1909, Mistral no escribió los poemas sino hasta tres años después.

Para volver ahora sobre "Los sonetos de la Muerte", tal como quedó expuesto más arriba, mi planteo preliminar es que los tres que han pasado a la posteridad conforman un texto único y que así es como hay que estudiarlos. Ese texto único, según acontece de ordinario en los poemas largos, *cuenta* una anécdota, que los estudiosos tradicionales de Mistral percibieron, pero abordaron mediante un empleo abusivo del atajo biográfico. Dejando ese procedimiento de lado o utilizándolo con una clara conciencia de sus limitaciones, yo he preferido priorizar en lo que viene el manejo mistraliano de la narratividad. En el capítulo anterior, aludí al diálogo que la obra temprana de Mistral entabla con la estética del folletín. Corresponde agregar en esta ocasión que ese diálogo se concreta, entre otras cosas, a través de la preferencia narrativa que observamos por ejemplo en la sección "Dolor" de *Desolación* y, muy especialmente, en "Los sonetos de la Muerte". Reconocerlo, cosa que la crítica tradicional no hizo, y sacar de ello el mejor partido posible, cosa que la crítica tradicional intentó hacer, pero reemplazando el análisis de los mecanismos del discurso por la simplona reseña biográfica, me parece que podría ser ahora una decisión adecuada. Partiré para ello de dos evidencias: la primera es que el *sjuzet* de la historia que cuenta el poema largo de Mistral no sólo modifica, sino que invierte la cronología de algunos sucesos que ocurrieron o que se supone que van a ocurrir de acuerdo a un orden previo y que existe al margen de la voluntad de los participantes ("... Sabrás que en nuestra alianza signos de astros había / y, roto el pacto enorme, tenías que morir..."); la segunda es que ese cronograma se encuentra dotado de connotaciones que escapan a la simple voluntad serializadora.

Por escueta que sea, cualquier revisión de los verbos en "Los sonetos de la Muerte" tendrá que llegar a la conclusión de que sus tiempos principales son el pasado y el futuro. En la tercera unidad, el presente al que recurren los versos treinta y tres a treinta y nueve es, de todas maneras, un falso presente. Trátase allí de un discurso narrativo directo o, si se prefiere, de un "presente histórico", es decir, de un pasado que se articula en presente pero sólo con el propósito de darle, como señala Bello en su *Gramática*, "más viveza" a los recuerdos[32]. Además, el "dejara" del verso treinta es mucho menos un imperfecto de subjuntivo, que encubre a un pluscuamperfecto de indicativo, según un uso que se deriva del latín y que Rafael Lapesa nos asegura que era viejo ya en el siglo XVI[33] (aunque haya vuelto a ponerse de moda en el siglo XIX, cuando "lo reavivaron los escritores románticos", según observa Kany[34]), que una desviación más perversa si cabe, por lo general lamentada hasta las lágrimas por "los hispanizantes, enfermos de locura gramatical" (Henríquez Ureña *dixit*), y que es la del imperfecto de subjuntivo con función de pretérito de indefinido[35]. Esto significa que los únicos verbos del poema en presente verdadero son los de las dos líneas finales: "¿Que no sé del amor, que no tuve piedad? / ¡Tú, que vas a juzgarme, lo comprendes, Señor!". Al llegar a esas dos líneas el poema largo de Gabriela Mistral, mientras exhibe como pronto veremos el elemento clave de su matriz melodramática, pliega las alas sobre la actualidad de su enunciación, así como sobre la relación entre esa actualidad enunciativa y la actualidad receptiva del lector implícito. En rigor, ése es un presente que había estado en aquel sitio desde siempre, como el tiempo no expreso de la enunciación, como el intervalo (y esta es su verdad profunda) en el que se ins/escribe la poesía.

Con lo que va quedando claro que en el desarrollo de la historia folletinesca y melodramática que cuentan "Los sonetos de la Muerte" se conjugan cuatro pasados, un presente y tres futuros, si prescindimos de subdivisiones menores que son igualmente posibles y que aumentarían la cifra a cinco pasados y cuatro futuros, de ser exacto mi cálculo. Por estos varios tiempos se atropellan las diversas escenas del espectáculo amoroso que Mistral monta sobre el tinglado de un texto cuyas derivaciones para la interpretación del conjunto de su obra poética son de sobra conocidas. Cierto es que el *continuum* histórico no se despliega en el orden que acabo de dar, pues en la disposición del *sjuzet* es fácil percatarse de que los tiempos se mueven desde el futuro más cercano al más lejano, y desde el pasado más lejano al más cercano. En lenguaje gramatical y sumario, ignorando por ahora las catálisis y limitándonos al encadenamiento de los núcleos narrativos tan sólo, pudiéramos decir que los verbos se suceden en el *sjuzet* de "Los sonetos de la Muerte" desde el futuro simple al futuro anterior al pasado anterior y al pasado simple, hasta desembocar en un presente simple que tiene que ser, *que no puede sino ser,* el de la enunciación del discurso. Creo que si tenemos esto en cuenta podremos reconstruir la anécdota que el poema refiere en toda su complejidad, sin que sea necesario recurrir a la historia personal de la poeta; además, debiera sernos posible cotejar esa anécdota con la semiosis de lectura y derivando de todo ello las conclusiones pertinentes.

Como sabemos, el orden cronológico de los acontecimientos comienza con una visión paradisíaca, cuando la vida del amante (y suponemos que también la de ella) "en gozo florecía". Esto hasta el momento en que "malas manos" se hicieron cargo de esa vida, la "tomaron", "entraron" arteramente en su clausurada pureza, y por ello él abandonó "su plantel nevado de azucenas"[36]. Es este un comienzo que responde, casi punto por punto, a los pasos iniciales en la estructura del melodrama, de acuerdo con las deducciones que ha hecho Peter Brooks sobre el funcionamiento del género. En primer lugar, "vemos aquí a la virtud, en un estado en el que ella goza brevemente de sí misma"[37]. Pronto, sin embargo, se hace presente la amenaza, por medio de "una situación —y más frecuentemente de una persona— que pone la supervivencia de esa virtud en cuestión, que oscurece su identidad y que desencadena el proceso de su lucha por el reconocimiento"[38]. Brooks añade que "ciertos *topoi* acompañan habitualmente a esta puesta en marcha de la acción melodramática" y que uno de ellos, que recurre de manera notoria, "es el escenario del jardín cerrado, el espacio de la inocencia, rodeado por muros, que a menudo muestra destacándose sobre el fondo del proscenio una reja con llave que mira hacia el campo circundante o hacia el camino que lleva a la ciudad"[39].

En el poema de Mistral, después de ese triunfo de la maldad sobre la virtud, una vez que las "malas manos" se han hecho presente en el *plot* y extrayéndole a la mujer su amante desde el "plantel nevado de azucenas" en que él estaba guardado, ella, haciendo uso de una tautología que es tan escandalosa como conmovedora, le pide a Dios que o lo "arranca" de esas "manos fatales" o lo "siega en flor". Un curioso desplazamiento tiene lugar en este instante, ya que a partir de ese episodio será la virtud de ella la que experimente una etapa de "oscurecimiento" de su inocencia, etapa de retroceso y de duda con respecto a la nobleza de sus motivaciones, lo que hace necesario el proceso de su reivindicación. El hecho es que, de entre las dos alternativas homicidas que la hablante le presenta a Dios en tales circunstancias, Éste escoge la segunda, por lo que no tarda en detener(se) "la barca rosa" del vivir de él. Pasamos luego al futuro (ya sabemos que el presente es el de la enunciación del discurso), en el que ella lo "bajará" desde su cárcel artificial, "el nicho helado" donde los hombres "lo pusieron", hasta una cárcel natural, "la tierra humilde y soleada".

Como puede apreciarse, la tumba en la que ella quiere poner ahora los restos del amante muerto es también, literalmente, un sitio de encierro. Él habitará ese nuevo claustro al cabo de una "segunda sepultación", maniobra ésta en cuyo éxito colaboran conjunta y solidariamente la poeta y la madre tierra. Al contrario de la anterior, la *reprise* del acto funerario se supone que nosotros los lectores debemos entenderla como la del cuerpo masculino pacificado y, por cierto, re-purificado. Es así como, en su nuevo "plantel", después de espolvoreárselos con "tierra y polvo de rosas" ("rosas" en esta ocasión y no "azucenas"), "en la azulada y leve polvareda de luna, / los despojos livianos irán quedando presos"[40]. En un futuro más lejano todavía, ella perecerá a su vez y será descendida hasta la "quieta ciudad", donde se reunirá con él, le hablará y le revelará por fin el misterio de cuanto aconteciera en un tiempo ya para entonces desprovisto de patetismo y/o de los comprensibles rencores. Todo ello mientras ambos se disponen a yacer el uno junto al otro "por una eternidad". Es esta la anagnórisis segunda y definitiva, que tiene lugar cuando nosotros redisponemos el despliegue de los acontecimientos del poema cronológicamente. En el *sjuzet*, en cambio, los siete tiempos que no son el presente funcionan más bien como una especie de embudo, con las instancias perfectas en la mitad del discurso y las imperfectas por las orillas. Es decir que el desencadenarse de la narración mistraliana sobre la disponibilidad de la página se inaugura de hecho con el proyecto de mudar el cadáver de sitio y desde allí se moviliza hasta un futuro en el que los amantes estarán, al tiempo que unidos en sus almas, absortos en una gran charla *post mortem*. Clisé este último romántico y no sólo romántico, que compensa a todos aquéllos que se amaron imposiblemente en este mundo con una reunión en el espacio de ultratumba, y cuya parodia burlesca, si bien no concluyente (la prueba es el poema que aquí estamos comentando), la encontramos en "Idilio espectral", un soneto que Herrera y Reissig compuso en la primera década del siglo y que forma parte de *Los parques abandonados* [41]. El relato de la poeta chilena se reabre luego con un nuevo estadio absoluto, el de la temporada del gozo, prolongándose esta vez hasta la desaparición de él. El discurso poético se clausura con la coda en presente ya aludida.

¿Qué podemos nosotros inferir de todo esto? Por lo pronto, yo argumentaría de inmediato que la recomposición del tiempo de la historia por el tiempo del *sjuzet* le infunde a los hechos narrados en "Los sonetos de la Muerte" una significación que no es la de ellos solamente —si es que los hechos en bruto poseen una significación que les sea propia y no son una muestra de la vacuidad del universo, proposición con la que se solaza Jonathan Culler en su artículo en torno a los análisis que seleccionan un procedimiento de trabajo similar al nuestro[42]—. En cualquier caso, y para explorar el asunto que ahora nos concierne con la ayuda de otra perífrasis prestigiosa (la que bien podría constituir la base e inspiración última de la estructura melodramática que examinamos previamente), si por ejemplo la totalidad del relato de Gabriela Mistral se atiene al modelo romántico que M.H. Abrams denomina de la "teodicea de la vida privada", y que él define diciendo que se trata de "una teodicea que ubica la justificación para el sufrimiento en la restauración de un paraíso perdido", de manera que "en el largo linaje de las *Confesiones* de Agustín, ella transfiere el *locus* de la primera preocupación con el mal desde la historia providencial de la humanidad a la historia providencial del individuo"[43], y si por consiguiente resulta plausible interpretar el tratamiento del tiempo narrativo en el contexto de la pieza de Mistral como una transposición de los cinco episodios nucleares del *plot* cosmogónico cristiano, a saber, el paraíso (la vida en el gozo), la expulsión del paraíso (el abandono del plantel de azucenas y la muerte misma de él), la vida en el dolor (la actual de ella) pero también en la fe (en la certeza de que como premio a su sufrimiento ella volverá a verlo y a hablarle después de su propia muerte), para acabar en el clímax simétrico que deviene la ganancia de la eternidad (la reunión en el gozo de nuevo)[44], cada uno de tales núcleos con sus posibles catálisis, su recomposición en el *sjuzet*, que inyecta los tiempos absolutos en el centro del discurso, lo que hace es desencajarlos de su con-secuencialidad arquetípica. El comienzo de la historia consiste ahora en el traslado de los "despojos" y el fin de la misma en la constitución originaria de tales despojos, es decir, en la muerte prematura de él. En el centro del discurso, sin embargo, esto es, *en el interior del sepulcro en que el texto se convierte al cabo de los diversos trasiegos de alquimia funeraria que su autora ejecuta,* quedan enterrados los tiempos de la perfección nostálgica y la perfección utópica. Ahí, en el medio y abajo, reside la dicha; en las orillas y arriba, la miserable certidumbre de la condena existencial.

Por otra parte, también cabe descubrir en esta reordenación de los signos del *sjuzet* una suerte de reescritura cristiana de la estrategia metapoética modernista, de acuerdo con la cual una salida íntima y/o artística frente a la irreparable pobreza de la historia no sólo es concebible sino que su factibilidad se comprueba hasta con la diseminación de las grafías sobre la página. En Darío y Rodó, es sabido que el discurso de la literatura se ufana de poseer ese doble fondo. La especulación dariana en torno al contraste entre "harmonía verbal" y "melodía ideal", derivada del musicalismo de los simbolistas franceses, y que encontramos enfáticamente expuesta en el penúltimo párrafo de las "Palabras liminares" de *Prosas profanas,* o la quimera de un "reino interior", en el poema del mismo nombre en aquel libro, así como también en el *Ariel* de Rodó, son dos manifestaciones excelsas del complejo semántico en el que ahora estamos incidiendo. Pero por de contado se da que Gabriela Mistral no repite a los modernistas, en cualquier caso que *sus intuiciones más profundas* no los repiten, y que aproximarnos a "Los sonetos..." como si se tratara únicamente de una reescritura suya del mito cristiano tampoco nos ayuda a entender la transformación del tiempo de la historia en/por el tiempo del *sjuzet*.

A mi juicio, existen tres respuestas para esta pregunta, que parece ser la que corta las aguas en cualquier exégesis de "Los sonetos de la Muerte": una canónica, por cuanto es la que se viene empleando con más o menos conciencia de sus cortos poderes hermenéuticos desde hace ochenta años; otra que podríamos denominar técnico-narrativa o narratológica, cuya gran limitación es el formalismo; y una tercera, que es la que a mí me agrada y que tratará de leer los signos del texto mistraliano poniendo el acento en sus connotaciones genéricas. Para la primera y la tercera soluciones, el emplazamiento del absoluto de la existencia en el centro del discurso deviene en un requisito del análisis, si hemos de aceptar que con él se textualiza el emplazamiento de un absoluto existencial, *de algún absoluto existencial,* en el más allá de la conciencia. Salvados de un salto los espacios que los separaban, el principio y el fin de la historia individual y el principio y el fin de la historia social se reunirían al cabo en un tiempo de éxtasis cuyo albergue propicio (habida cuenta de la pobreza del mundo) es el "hondor recóndito" del espíritu, la zona lunar de la conciencia. La segunda solución, en cambio, ignora ese salto y arguye que al segundo soneto sigue cronológica y lógicamente el tercero, que entre ambos no hay inconexiones, que el discurso disfruta de una estupenda continuidad.

Frente al emplazamiento del absoluto existencial en el centro del poema, la exégesis canónica no se detiene ni un minuto. He aquí, nos dice, y es lo que hemos oído y leído mil veces, a una mujer que se ha visto despojada, por la desaparición de su hombre (por su suicidio: el suicidio del guardaequipaje Ureta, ya sabemos que no hay distancia para este punto de vista entre la realidad biográfica y la realidad del texto), de la posibilidad de llegar a ser lo que toda mujer quiere ser: *esposa* y *madre*. Habiéndole robado la malevolencia del hado el acceso a la perfección femenina, *a esa clase de perfección femenina* (la que constituye el ideal de toda "mujer bien mujer", como escribe don Julio Saavedra), y que por cierto es la única imaginable de acuerdo con los prejuicios sexistas de la perspectiva de marras, Gabriela Mistral empuja su frustración hacia atrás y hacia adentro, enterrándola allí por todos los años que le restan de vida, pero no sin dejar un cauce abierto para que desde el "hondor" de su conciencia se le deslice después el amor por los niños y/en la escritura pueril. La hipótesis del "ansia insatisfecha de maternidad", la de Federico de Onís, como estímulo y razón de su obra, queda así demostrada.

El narratólogo observará, por su parte, que en el verso primero del tercer soneto, el que inaugura la irrupción del pasado en el discurso, la mujer se sigue dirigiendo a su amante: "Malas manos tomaron *tu* vida", le recuerda con el índice de la autoridad pedagógica en ristre. No sería, por lo tanto, absurdo suponer que lo que ocurre en esa última de las tres unidades del poema, y por lo tanto todo lo que va en tiempo pasado, es un episodio que retoma *en otro nivel* el modelo comunicativo que se había mantenido en vigencia hasta el momento anterior, así como también el hilo de los episodios que se narran en las dos unidades que preceden a ésa. Por medio de una elipsis, la del marco en futuro, y de una narración que adopta el presente que según sabemos corresponde al estilo directo, y que de hecho va entrecomillada en el discurso, en el tercer soneto la hablante estaría llevando a cabo el proyecto cuya realización nos adelantara en la clausura del soneto dos, es decir, le estaría contando *a él* lo que entonces pasó o *le* pasó: "el por qué, no madura / para las hondas huesas tu carne todavía, / tuviste que bajar, sin fatiga, a dormir". El tiempo del tercer soneto deja de ser, para esta segunda modalidad de análisis, un tiempo "histórico" en sentido estricto, y pasa a convertirse en un tiempo que visionariamente prefigura el ánimo profético del que se dieron toda clase de demostraciones en los dos segmentos previos, cerrando de tal manera el ciclo que cubre desde el presente de la enunciación hasta el comienzo de una plática que, como en la novela de Rulfo, tiene lugar en el cementerio y después de la muerte de ella.

No puede negarse que de este análisis se desprenden algunos datos que son aprovechables en el contexto del nuestro, pero siempre que nos demos primero el trabajo de separar la paja del trigo. Porque la consideración que en mi criterio debiera preceder a todas las demás en un abordaje *actual* de "Los sonetos de la Muerte", ya que de eso se trata al fin y al cabo, es la que observa que la mujer que habla en ellos *no pierde* a su amante, al hombre muerto, por obra del azar o de la (mala) voluntad de un mundo cruel, sino que, muy por el contrario, *es ella la que desea y causa su muerte.* Guzmán tiene por lo tanto razón cuando arguye que la imagen modélica de esta poesía es la de "una mujer que deseó y celebra la muerte de su amado"[45], aunque después no extraiga de ese dictamen todas las consecuencias que pudo extraer. Tampoco le falta razón a Hernán Silva, si bien desde un punto de vista que se halla en las antípodas del de Guzmán. Sostiene Silva, quien considera que el principio que otorga coherencia a *Desolación* es la oposición cristiana entre el alma y el cuerpo, que, al querer el alma elevar el cuerpo hasta su sitio, descubre que "esta fusión, aunque se puede dar en ciertos momentos excepcionales, mientras el cuerpo esté vivo nunca puede ser duradera [...] Tan sólo con la muerte del cuerpo, con la muerte de los instintos se puede lograr una unidad permanente. Por eso la apasionada mujer de 'Los sonetos de la Muerte' aspira unirse a su amado en la sepultura y realizar el amor puro y eterno con que soñaba su alma"[46]. El efecto es, por cierto, el mismo en ambos casos, ya que al alma le hace falta la muerte del cuerpo tanto como a la amante le hace falta la muerte del amado. Cualquiera sea el código interpretativo que uno le calce al discurso de Mistral, no cabe duda de que la hablante de su poema alza su plegaria hacia Dios, que le cuenta a Éste su cuita y que le exige que intervenga vigorosamente en el desastre ocasionado por la aparición de la sierpe fatídica en el paraíso del gozo, con una actitud que Mistral va a reiterar en otros poemas que no comparten la motivación de los que se inspiran en el *affair* Ureta, como afirmaba, en 1957 y haciendo gala de una clarividencia que el conocimiento de las cartas de amor ha venido a confirmar treinta años más tarde, Margot Arce de Vázquez.

Muy diferente es que a la mayoría de los comentaristas de "Los sonetos..." esa propuesta narrativa no les haya parecido tolerable y (por lo mismo) "verosímil", en el sentido que Genette le da a esta palabra, o "legible", como hubiera dicho Barthes, y que por eso hayan preferido reemplazarla con la verdad biográfica, haciendo uso de un ardid extracurricular, el que, aun cuando se llevaba por delante los límites de cualquier ética del intérprete, era comprensible por lo tranquilizador, puesto que al hacerse tal reemplazo la responsabilidad de la muerte corría de cuenta del muerto mismo. Ella no era así la autora de la tragedia, sino su víctima. Complaciente hasta la saciedad, esta lectura del poema de Mistral satisface lo mismo al ideologismo romántico, el que verá en la escritora a una mujer a la que el destino le colma la copa de desdichas, pero que pese a ello decide arrastrar hasta la tumba el culto de su primer y malogrado amor, lo que es biográficamente falso, como reconocen aun los aficionados a dicha leyenda, que el ideologismo patriarcal, el que entiende que la mujer no puede crearse jamás su propia vida porque la vida no tiene sentido si no es a partir de una perspectiva masculina del mundo, lo que si no es falso debiera de serlo.

Pero el caso es que Gabriela Mistral *cambia* al poetizar el dato biográfico, *cualquiera sea el sitio que éste ocupa en la historia de su líbido.* Además, al hacer esa mudanza genera un escenario de segundo grado, en cuyo marco el poema transfiere la responsabilidad de la muerte desde él a ella. Así, si en "Los sonetos..." Dios le propina al sujeto del marras "el largo sueño" que Él sabe dar es porque la mujer que lo ama o lo amó *se lo ruega.* Más aún, ella le pide a Dios que le conceda ese favor porque "otras manos", manos que no son las de ella, han "entrado" a saco en el "plantel" donde la vida de él se hallaba protegida hasta ese instante y están haciendo ahí de las suyas. No se trata de celos, sin embargo, como pudiera creerse y como efectivamente creyeron Gastón von del Bussche y Jorge Guzmán, cediendo a las seducciones del melodrama que como hemos visto sobrenada entre las espesas corrientes del discurso de Mistral. Sin forzar la metáfora de las "malas manos", yo creo que puede dársele una interpretación mucho más rica si se la piensa como un equivalente del código masculino que debe ordenar la relación entre ambos y el que estaría atentando contra el narcisismo activo, no delegado (éste el de la mujer, según Freud[47]) de la poeta Lucila Godoy Alcayaga.

Ni que decirse tiene que la ideología falocrática dominante exige que la invención de ese código o, mejor dicho, que la invención de todo código sea un privilegio del macho. Pero Gabriela Mistral se niega a acatar semejante norma, de manera que él o es de ella, doblegándose ante su ley (aunque la determinación de cuál sea la índole de esa ley es un problema nada fácil de resolver, como pronto veremos), o no es de nadie. En el universo severamente polarizado que nos presentan "Los sonetos de la Muerte", en los que el poder y la lucha por el poder constituyen factores inescapables, y sin que ello dependa para nada de las intenciones de quienes participan en el juego (Foucault *avant la lettre,* como quien dice), no existen los términos medios[48]. La ley de él y la ley de ella se concretan a través de discursos que se constituyen al modo de oposiciones binarias y que son axiomáticamente irreconciliables en tanto funcionan en el campo de Marte que es el texto como si se tratara de redes con respecto a las cuales los individuos que las sufren es nada o muy poco lo que pueden hacer. La legalidad del amante anula a la de la amada (aun estos sustantivos, que preservan el contraste actividad/pasividad, que es el propio de los participios de los que derivan, colaboran, como de costumbre, en la mantención del embrollo. Además, ¿cómo no darnos cuenta de la síntesis que en esos dos vocablos funde a la actividad con el presente masculino y a la pasividad con el pasado femenino? La conclusión es inevitable: la mujer no es nunca actual, no *existe* jamás en el hoy); la de la amada exige la eliminación del (la del) amante. Dicho con más precisión: ella, para ser, debe suprimir el código de El Padre y eso aun cuando no tenga a nadie a quien poner en el trono del poder decapitado.

Pero, ¿qué es eso que ella quiere ser? Es cuando nosotros nos atrevemos a remedar a Freud que nuestra investigación produce sus mejores resultados, me parece a mí. Porque no es que la mujer que habla en "Los sonetos de la Muerte" pretenda reproducir el modelo de la femineidad típica. Si ese fuera su propósito, no tendría necesidad de ponerlo a él bajo tierra, dado que esa clase de femineidad ha vivido desde siempre en un íntimo y feliz contubernio con la Ley del Padre. Peor todavía: después de los muchos progresos y de la gran capacidad de persuasión alcanzada por el pensamiento feminista durante las últimas décadas, no creo que a nadie le quepa duda alguna de que la misma no es un producto de la creatividad de las mujeres sino que es una de las más eficaces, si no *la más* eficaz, entre las operaciones de la práctica patriarcal. "Todo ser humano femenino no es necesariamente una mujer; se le [la] hace participar de esta realidad misteriosa y amenazante que es la femineidad", escribió hace ya casi medio siglo Simone de Beauvoir en la primera página de *El segundo sexo*[49].

Por otro lado, aunque el universo mistraliano es dualista, ella tampoco pretende ser él. Mejor dicho, ella entiende que ésa no es una posibilidad real, que el espacio masculino le está vedado y que por lo mismo su apropiación no es ni siquiera pensable para quienes nacieron como ella con las señas de su sexo cambiadas. No habiendo pues en el horizonte psíquico *consciente* de Gabriela Mistral ni dónde ni cómo levantar una tercera posición, estando su vida desprovista de un "país" que tenga un "nombre", dicho sea esto con el estribillo subrayado de "País de la ausencia", es claro que lo único que le queda por hacer es reencauzar su energía libidinal de acuerdo con los consejos de Sísifo, emprendiendo así un continuo montaje de simulacros de él, pero de un él que ya no es él, sino, para volver sobre el esqueleto lacaniano, es El-Nombre-del-Padre. Es decir, es El Falo Supremo, es el Significante Trascendental, es La Voz del Maestro. Es decir, es Jerónimo Godoy Villanueva, es Ureta, es Videla Pineda, es Magallanes Moure, es Yin-Yin, es José Vasconcelos, es el presidente Aguirre Cerda, es Eugenio D'Ors, es El Rey de Suecia y es el mismísimo Dios, todos y cada uno de los hombres que ella había conocido hasta aquel entonces o que conocería a partir de aquel entonces y ninguno de ellos en particular.

Pero esos simulacros tampoco van a conformarse con reproducir las ediciones *princeps* correspondientes, sino que las van a magnificar. Ella adopta la Ley del Padre, la asume, la reproduce y la exalta. Es ésta, para compararla con un texto que me parece cercano en espíritu, una coincidencia de Mistral (y no rara) con el afecto que por esa misma Ley declara sentir Bernarda Alba en la célebre pieza de Federico García. El resultado es el hostigoso perfil biográfico que tan bien conocemos, el de los manuales y las fotos de periódico, la maestra eximia, la diplomática solemne, la inspiradora de buenas y nobles acciones. "Maestra de niños en la escuela, maestra de pueblos en el ámbito más extenso del continente entero, he allí la misión de Gabriela", escribe a propósito de esto el más rendido de todos sus áulicos[50]. Personalmente, no creo que ésa sea la Gabriela Mistral en quien las feministas chilenas y latinoamericanas van a reconocer a una precursora que concita su admiración y respeto. Por el contrario, lo más seguro es que por semejante camino se acabe confirmando el exabrupto de Saavedra Molina cuando ese buen señor manifiesta la complacencia que le produce el hecho de que Gabriela Mistral haya tenido "la simpatía de no militar en el feminismo ni de pregonarlo como una reivindicación"[51].

Pero lo que sí me importa subrayar en estas páginas es que ésa no es *toda* Mistral. Más precisamente: *que esa figura pública de tan cepillados perfiles no es la de la poeta Mistral.* En el plano histórico, El Padre acalla a La Madre, la que o se sacraliza sobre la dócil epidermis del cuerpo escriturario o retrocede hasta los rincones pre o paraverbales de la conciencia, acabando ahí, *pero sólo ahí,* con una cierta dimensión del conflicto que Mistral arrastró a todo lo largo de su vida. En el plano poético, esto no sucede de igual manera, sin embargo, y no sucede así porque la historia es aquello que permanece neutralizado después del furor de la tormenta, al contrario de la poesía, que es el espacio mismo de la tormenta, donde todo significa y donde todo se relaciona con todo en y desde el "vórtice" del imaginario, como comprendieron Jakobson y los formalistas rusos, como sospechó Sartre y como admiten hasta los teóricos que son más proclives al mecano semiótico. En otras palabras, la poesía es un tipo de discurso en el que las tensiones de las que está hecha la vida, y que la vida acabará tarde o temprano anestesiando, se encuentran aún en plena actividad. Poesía que en lo que toca a Mistral se carga con esa fuerza que a nosotros nos pasma por una parte a causa de su abandono de La Casa de La Madre y por otra debido a su invasión ilegítima (y culposa, ni qué decirse tiene) de El País del Padre.

En cuanto a este segundo aspecto del dilema que peculiariza el poetizar mistraliano, creo que puede comprobarse que, no obstante el testimonio en contrario de los documentos y la memorabilia en que se especializan las publicaciones oficiales, lo cierto es que la poeta entró siempre en el territorio paterno con una sensación de extrañeza y que su poesía lo confiesa directa o desplazadamente. De ahí arrancan tanto la comodidad que ella siente entre seres y objetos humildes, actitud con la que se ganó las adhesiones sensitivas de Luis Oyarzún y Jaime Concha, como el desasosiego que nos dan a conocer sus poemas de exilio, algunos de los más profundos y bellos que se han escrito en un continente en el que abunda esta clase de literatura, y a los que cabe interpretar como transposiciones, por lo común merced al contraste entre Tercer y Primer Mundo, de su alienación radical en el país de El Padre. Tómense por ejemplo "La extranjera" (516), de *Tala,* y "Emigrada judía" (777-778), de *Lagar,* dos composiciones entre las cuales median veinte o más años pero que a pesar de eso se leen muy bien la una junto a la otra e incluso la una sobre la otra. La distanciadora primera persona plural del sujeto de la enunciación y la tercera singular del sujeto del enunciado, en "La extranjera", o la primera persona singular, en "Emigrada judía", nos desconciertan al iniciar un cotejo, pero pecaríamos de ingenuos si no repararámos que su realidad es sólo la de un par de dispositivos retóricos cuya función consiste en vehiculizar la problemática del desarraigo que obsesionaba a Mistral por los años de su madurez creadora, los mismos en los que, como ha visto más de un crítico y es posible que a causa de cierta frecuentación de la poesía en lengua inglesa, su estética estaba entrando en una fase objetivista[52]. Esto significa que el signo que nos importa detectar como factor clave en los dos poemas citados es el de la identidad genérica, un signo que nos está hablando en uno y otro casos de mujeres cuyos paisajes, cuya lengua, cuya vida y cuya muerte les son irremediablemente ajenos. Como de costumbre, el paraíso no es el presente chileno, ni el latinoamericano, ni el tercermundista, sino el que quedó en El Comienzo Absoluto y cuya memoria idealizada Gabriela Mistral atesora en el fondo del pecho; el presente y el futuro, cualesquiera que ellos sean, y en todo caso el futuro que culmina con la desaparición de la hablante, tienen lugar en un espacio en el cual esas mujeres serán intrusas hasta el fin.

Para regresar por última vez sobre el discurso de "Los sonetos de la Muerte", las interrogaciones y el apóstrofe en los últimos dos versos de la tercera unidad adquieren a la luz de lo que llevo dicho hasta este momento una transparencia impresionante: "¿Qué no sé del amor? ¿Qué no tuve piedad? / ¡Tú, que vas a juzgarme, lo comprendes, Señor!". He ahí pues la culminación de la historia que Gabriela Mistral nos relata en su poema, la que responde en esta ocasión tanto o más que las otras que ya señalamos a las directrices del género melodramático, según lo describen Brooks y Thomasseau, género en el que, si al reconocimiento de La Virtud le hace falta un juicio público durante el cual sus abogados "despliegan todas sus armas para ganar la victoria de la verdad sobre la apariencia y explicar el significado profundo de signos que son enigmáticos y confusos"[53], resulta que ese mismo juicio constituye también una oportunidad inmejorable para que la acusada haga que relumbren ante los ojos estupefactos del mundo los inmensos atributos de su nobleza perseguida: "la abnegación, el cumplimiento del deber, la aptitud para sufrir, la generosidad, la devoción, la humanidad", y todo ello por supuesto que acompañado de una "fe inquebrantable en los designios de la Divina Providencia"[54].

También es ésta la cerradura del texto que nosotros nos propusimos releer en nuestro segundo capítulo. No era el devaneo narratológico en el que incurrimos más arriba del todo inútil, por lo visto, ya que, al insistir en la continuidad que existe entre el *tú* de las dos primeras unidades y el que reaparece en el primer verso de la tercera, él nos trazó una ruta de análisis, aun cuando también sea cierto que, con el advenimiento del verso cuarto del último soneto o del verso treinta y dos, si es que estamos pensando en una totalidad indivisa, el itinerario de esa ruta se modifica obligatoriamente. Ese verso introduce un término en el que Roman Jakobson hubiese reconocido un *shifter*, uno de esos cambios en la dirección del discurso que Roberto Hozven tradujo al español hace varios años con el feo nombre de "embragues" y que alteran el "contenido material" de las formas "yo" y "tú": "Malas manos entraron trágicamente en *él*...", etc.[55]. Incluso los puntos suspensivos que siguen al término que acabo de enfatizar corroboran su importancia.

En esta encrucijada, el progreso semiótico de "Los sonetos de la Muerte" debe elegir entre una u otra de las dos lecturas siguientes: o la hablante ha mudado de receptor, desde "él" a "Él" (o desde "tú" a "Tú")[56], mudanza que constituye la función por excelencia de los *shifters* jakobsonianos, o, lo que a mí me gusta mucho más, el "él/Él", con el que ella se está comunicando, se convierte o, mejor dicho, se revela como todos los "él", desde el hombre muerto hasta Dios nuestro "Señor", pasando por cada uno de los demás caballeros a quienes nosotros tuvimos el no excesivo placer de identificar previamente. En otras palabras, el "él/Él" es, una vez más, El-Nombre-del-Padre, transfigurado en esta ocasión, y muy *a propos*, en un Tribunal de Justicia ante el que la poeta acude a confesar y a defender (se de) su horrendo crimen. Con una nueva máscara, la de Dios Todopoderoso, Ese que asoma su nariz en la última línea del poema (o en vez de una nueva máscara, ¿debí escribir un nuevo significante falogocéntrico dentro de la corrida infinita que forman todos aquéllos entre los cuales el Padre Ausente lacaniano distribuye sus dones?) es el verdadero receptor de la historia. Es Dios, sí, pero también es Jerónimo Godoy, es Ureta, soy yo y es el señor que lee el poema.

De manera que en esa línea, y en la bimembre anterior, "Los sonetos de la Muerte" adquieren las características de un proceso judicial *in situ* y que es, al mismo tiempo —no debemos olvidarlo—, un espectáculo teatral a tablero vuelto. El melodramatismo romántico agónico del que la poeta participa sobre todo durante los primeros años de su carrera literaria se nos ofrece en la conclusión de "Los sonetos de la Muerte" con toda la ambigua grandeza de la que ella es capaz. Melodrama cuyo instrumento de trabajo favorito va a ser una variante gabrielesca del "monólogo patético", con el que el melodrama se apoderaba de las conciencias de los espectadores teatrales de principios del siglo XIX, metiéndolos en una montaña rusa de revelaciones tremendas y de remordimientos atroces, para acabar en una escena en la que los comediantes y el público caían de rodillas ante la justicia ecuanimizadora de Dios[57]. Parece razonable argüir además que para operativizar esta estructura Mistral encontró los patrones que le hacían falta entre las páginas de aquellas publicaciones sobre cuyas páginas "gastó" sus ojos juveniles, según el testimonio de "El oficio lateral", y de las que años más tarde prefería no acordarse. El hecho es que aquí, y para desempeñar adecuadamente su papel, la poeta en formación que todavía es Mistral por aquel entonces reaparece en la escena con una nueva indumentaria. No va a representar ahora ni a la madre solícita, ni a la viuda doliente, ni a la amante celosa. Será, en cambio, una mujer que, habiendo cometido un delito de sangre, se apersona ante El Juez, confiesa su crimen, se defiende como puede y aguarda la dura sentencia que, según prejuzga por lo menos una parte de ella, se le debiera administrar. El verso trece del tercer soneto (o el cuarenta y uno de la totalidad del poema) insinúa su defensa y las falsas preguntas que lo constituyen dan por supuestas unas contestaciones que, aun cuando sea cierto que no la favorecen desde el punto de vista de la moralidad burguesa, sí la apoyan y con toda el "alma" desde el punto de vista de la romántica "comunidad de las lágrimas". Porque ella amó, o sea que hizo lo que hizo por el cariño que sentía por su amante, y tuvo piedad, o sea que hizo lo que hizo para salvarlo de un mal mayor[58].

Pero si esa defensa es la que es, la que Gabriela Mistral articula en el contenido manifiesto de su discurso y la única que puede esgrimir ante El Juez que escucha el caso y acerca de cuya legitimidad no se le pasa por la cabeza abrigar ninguna duda, muy otra es la defensa que no es, la que ella no articula y no porque no exista o porque ante este Juez no sea articulable sino porque *ella no quiere o no sabe articularla.* Me refiero al alegato de una mujer que, por razones en las cuales nosotros nos proponemos profundizar en los capítulos que vienen, mató a un hombre, *mató al hombre,* porque ese fue el único arbitrio del que supo valerse para llevar a cabo su proyecto de vida y de arte. Uno de los nueve sonetos complementarios, el quinto en la ordenación hecha por Scarpa y que Iglesias, Bahamonde y Teitelboim conocieron pero sobre el que pasaron de largo, nada bueno, pero tal vez por eso mismo sumamente explícito, pone las cosas del siguiente modo:

> Yo elegí entre los otros, soberbios y gloriosos,
> este destino, aqueste oficio de ternura,

un poco temerario, un poco tenebroso,
de ser un jaramago sobre su sepultura.

Los hombres pasan, pasan, exprimiendo en la boca
una canción alegre y siempre renovada
que ahora es la lascivia, y mañana la loca,
y más tarde la mística. Yo elegí esta invariada

canción con la que arrullo a un muerto que fue ajeno
en toda realidad, y en todo ensueño, mío...[59]

Estamos pues ante una poeta que elige un "destino", *v.gr.* : un "oficio de ternura", el que consiste en ocuparse para siempre del cuidado de uno que ya no forma parte de la población de este mundo, y destino que aquí se asocia con el de ciertas plantas que crecen en los cementerios; que a continuación selecciona la "canción" que corresponde a ese destino, la que, al revés de la "alegre y siempre renovada" de "los hombres que pasan", es una canción que "no varía"; y que por último escoge al muerto, *a un muerto,* el que le sirve para hacer realidad sus dos opciones previas. Muy por el contrario de lo que pensaba Soiza Reilly, no es Gabriela Mistral el eco de un tiro sino que ese tiro es un eco de Gabriela Mistral.

NOTAS

1. Citado por Raúl Silva Castro en su "Introducción" a Gabriela Mistral. "Epistolario. Cartas a Eugenio Labarca (1915-16)". *Anales de la Universidad de Chile,* 106 (1957), 268.

2. Virgilio Figueroa. *La divina Gabriela.* Santiago de Chile. El Esfuerzo, 1933, pp. 78-79. La afirmación con que Soiza Reilly termina este párrafo no es excepcional. Entre quienes la comparten, aunque con menos estridencia que el periodista trasandino, se encuentra el crítico Alone: "El amor que aquel joven suicida le inspiró y la herida que le causó su muerte pueden considerarse el germen de todo lo

demás que le ocurriría a Gabriela Mistral, incluso el Premio Nobel". *Gabriela Mistral.* Santiago de Chile. Nascimento, 1946, p. 10.

3. *Ibid.*, 80-82.

4. *Ibid.*, 76-77.

5. "Gabriela Mistral...", XXXVIII y LXXI-LXXII.

6. Raúl Silva Castro afirma que la versión definitiva es la de la tercera edición de *Desolación,* la que con un prólogo de Alone publica Nascimento en 1926 (en realidad, se trata de la sexta. Entre la segunda, también de Nascimento y que prologó Pedro Prado, y ésta, hay por lo menos otras tres, dos clandestinas en Buenos Aires y una, aparentemente autorizada, en Chile). *Vid.*: "Producción de Gabriela Mistral de 1912 a 1918", en el número que ya citamos de los *Anales de la Universidad de Chile,* 212. Habiendo cotejado yo el texto de 1922 con el de la última edición de las *Poesías completas,* las únicas variantes que descubro consisten en un par de comas eliminadas, una en el verso cinco del primer soneto, y la otra en el uno del tercero. Muy distinto es el problema de las variantes, que sí existen, entre los borradores, los manuscritos corregidos, las versiones premiadas en los Juegos Florales, que como se sabe se publicaron en *Zig-Zag,* en marzo de 1915, y los poemas que se incluyen en la primera edición de *Desolación.* Para esto último, consúltese Roque Esteban Scarpa. *Una mujer nada de tonta.* Santiago de Chile. Fondo Andrés Bello, 1976, pp. 73-80.

7. Margot Arce de Vázquez. *Gabriela Mistral: persona y poesía.* San Juan de Puerto Rico. Asomante, 1957, pp. 43-44.

8. Gaston von dem Bussche. *Visión de una poesía.* Santiago de Chile. Ediciones de los Anales de la Universidad de Chile, 1957, p. 16.

9. "Gabriela Mistral: 'por hambre de su carne'", 23 y 31 respectivamente.

10. Para más detalles, *Vid.*: Scarpa. *Una mujer...*, 61-89.

11. Como se deduce de lo que señalo en este párrafo, me parece sumamente problemático que Gabriela Mistral haya escrito alguno de sus "otros sonetos" antes de los tres canónicos. Digo esto a pesar de lo que piensan Augusto Iglesias, en *Gabriela Mistral y el modernismo en Chile. Ensayo de crítica subjetiva.* Santiago de Chile. Universitaria, 1949,

pp. 233-234, y Mario Bahamonde. Este último ofrece cuatro ejemplos, pero entre ellos el único que pudiera ser anterior es indocumentable. Cfr.: *Gabriela Mistral en Antofagasta...*, 1980, pp. 80-84.

12. "Woman as Myth...", 61. Siguiendo a Jorge Guzmán, Mario Rodríguez Fernández argumenta algo parecido en su artículo para *Atenea*: "Gabriela Mistral: la antimalinche", 137.

13. En su presentación de Mistral para la *Antología de la poesía española e hispanoamericana (1882-1932)*, ed. Federico de Onís. Madrid. Junta para Ampliación de Estudios e Investigaciones Científicas. Centro de Estudios Históricos, 1934, p. 921.

14. *Gabriela Mistral en Antofagasta...*, 142-144.

15. Regina Barreca "Introduction: Coming and Going in Victorian Literature" en *Sex and Death in Victorian Literature*, ed. Regina Barreca. Bloomington e Indianapolis. Indiana University Press, 1990, p. 5.

16. "Being in Love and Hypnosis" in *Group Psyclology and the Analysis of the Ego* (1921), tr. de James Strachey para la *Standard Edition*, Vol. XVIII, p. 113.

17. "El oficio lateral", 43-44.

18. El artículo, bajo el título "Saetas ígneas", se publicó el 14 de octubre de 1906. Puede consultarse en *Gabriela Mistral en* La Voz de Elqui, 55-56. En cuanto a la carta, donde Mistral declara a Vargas Vila "mi Maestro y al que profeso una admiración fanática, un culto ciego, inmenso como todas mis pasiones", ella se encuentra en *Literatura coquimbana: estudios biográficos i críticos sobre los literatos que ha producido la provincia de Coquimbo.* Santiago de Chile. Imprenta Francia, 1908, pp. 101-102.

19. Augusto Iglesias, quien sigue las pisadas de "los rusos" (y no sólo las de los novelistas: por ahí anda Kropotkine, paseándose entre Dostoievski, Tolstoi y Gorki), cree encontrarlas en los libros "a peso" que enviaba a Chile a principios de siglo la Casa Sampere y Cía, de Valencia, y poco después Maucci, "editor en traducciones muy malas". *Gabriela Mistral y el modernismo...*, 73-74.

20. "El oficio lateral", 44. No sabemos a ciencia cierta quiénes constituyen los blancos precisos de este arrepentimiento tardío, pero

si combinamos una línea del libro de Marta Elena Samatán con una carta a Isauro Santelices, de 1912, los nombres que ahí se juntan son los de Enrique Pérez Escrich, Carlota Braeme y Corolina Invernizio. *Vid.*: Marta Elena Samatán. *Gabriela Mistral, campesina del Valle de Elqui.* Buenos Aires. Instituto Amigos del Libro Argentino, 1969, p. 114, e Isauro Santelices. *Mi encuentro con Gabriela Mistral.* Santiago de Chile. Editorial del Pacífico, 1972, p. 26. También menciona Mistral las novelas de Pérez Escrich y de "doña María Pilar" (?) en la carta a Soto Ayala ya citada, 101.

21. *Ibid.*

22. *Gabriela Mistral en* La Voz de Elqui, 11-12.

23. *Ibid.*

24. Hay un poema con ese título, el que empieza "Yo no puedo cantar porque no brota / el verso ya de mi alma entristecida...". *Ibid.*, 18.

25. *Gabriela Mistral en Antofagasta...*, 117.

26. *Ibid.*, 126.

27. *Vid.*: en particular el capítulo 17 de la parte IV, "The Dead Beloved as Muse", en *Over her Dead Body: Death, Femininity and the Aesthetic.* Manchester. Manchester University Press. New York. Routledge, 1992, pp. 360-383.

28. "Cartas de Gabriela Mistral a Amado Nervo". *Revista Iberoamericana,* 72 (1970), 495.

29. *Gabriela Mistral y el modernismo...*, 198, y *Gabriela Mistral pública y secreta...*, 43.

30. Onilda A. Jiménez. *La crítica literaria en la obra de Gabriela Mistral.* Miami. Ediciones Universal, 1982, p. 35.

31. *Ibid.* [el subrayado es mío, G.R.].

32. Andrés Bello. *Gramática de la lengua castellana destinada al uso de los americanos* en *Obras completas.* Vol. IV. Caracas. Ministerio de Educación, 1951, p. 197.

33. Rafael Lapesa. *Historia de la lengua española.* 9ª ed. Madrid. Gredos, 1981, pp. 403-404.

34. Charles E. Kany. *Sintaxis hispanoamericana,* tr. Martín Blanco Alcarez. Madrid. Gredos, 1969, p. 209.

35. Kany achaca este vicio imperdonable a los hispanoamericanos específicamente: "El uso de las formas en *-ra* es corriente no sólo en los periódicos hispanoamericanos, sino asimismo en sus mejores estilistas, y no ya únicamente como pluscuamperfecto de indicativo, sino además frecuentemente como indefinido o como imperfecto de indicativo". Y algo más: "los escritores antiguos, y ocurre lo mismo incluso en el caso de escritores jóvenes, hacían uso de ellas [de tales formas] *como medio estílistico de inyectar gravedad histórica a la narración"* [el subrayado es mío, G.R.]. *Ibid.,* 211 y 210 respectivamente.

36. No sé yo cómo será en otros países hispánicos, pero en Chile el sustantivo "plantel" se aplica de preferencia a los edificios en que operan las instituciones de primera y segunda enseñanza.

37. *The Melodramatic Imagination...,* 29.

38. *Ibid.*

39. *Ibid.*

40. Sobre el segundo entierro como pacificación y purificación del cuerpo muerto, *Vid.*: *Over her Dead Body...,* 291 *et sqq.*

41. Escribe Herrera:

Pasó en un mundo saturnal. Yacía
bajo cien noches pavorosas, y era
mi féretro el Olvido... Ya la cera
de tus ojos sin lágrimas no ardía.

Se adelantó el enterrador con fría
desolación. Bramaba en la ribera
de la morosa eternidad la austera
muerte hacia la infeliz Melancolía.

Sentí en los labios el dolor de un beso.
No pude hablar. En mi ataúd de yeso
se deslizó tu forma transparente...

Y en la sorda ebriedad de nuestros mimos
anocheció la tapa y nos dormimos
espiritualizadísimamente.
Poesías. 2ª ed. México. Porrúa, 1977, p. 111.

42. "... No es desatinado suponer que los sucesos ocurren efectivamente en un cierto orden y que una descripción de sucesos presupone la existencia anterior de los tales. Pero, cuando aplicamos al texto narrativo estos supuestos perfectamente razonables acerca del mundo, aislamos un nivel de estructura, llamémoslo *fábula,* al que abordamos como si se tratara de algo dado, de una constante, de una secuencia de hechos que la narración presupone y que ella podría describir de diversas maneras. Al identificar esa secuencia de acciones como lo que el texto está describiendo, se nos hace posible tratar todo lo demás en el texto como maneras de ver, de presentar, de evaluar o de ordenar el sustrato no textual.// En general, éste ha sido un modo de proceder fructífero, pero, como mi descripción puede haberlo sugerido ya, involucra una operación que ciertamente puede cuestionarse: la definición heurística de una 'verdadera secuencia de acciones' que es la que luego se dice que el discurso narrativo presenta". Jonathan Culler. "Fabula and Sjuzet in the Analysis of Narrative. Some American Discussions". *Poetics Today,* 3 (1980), 28-29.

43. M. H. Abrams. *Natural Supernaturalism. Tradition and Revolution in Romantic Literature.* New York y London. W. W.. Norton & Company, 1971, p. 95.

44. También Frye señala que este modelo circular es el que la historiografía judeo-cristiana prefiere y que por lo mismo de él dependen todos los demás. Puesto ello en la jerga estructuralista, habría que concluir que para dicha perspectiva éste *es* el paradigma de la historia sin más, el paradigma de *todas* las historias: "Una crítica genuina y alta de la Biblia, por lo tanto, involucraría un proceso de síntesis cuyo comienzo sería el supuesto de que la Biblia es un mito definitivo, una estructura arquetípica única que se extiende desde la creación al apocalipsis [...] La Biblia como un todo presenta un ciclo gigantesco desde la creación al apocalipsis, dentro del cual se encuentra la búsqueda heroica del Mesías desde la encarnación a la apoteosis. Nuevamente, en el interior de este ciclo hay otros tres movimientos del mismo tipo, expresados o implícitos: el individual desde el nacimiento a la salvación; el sexual desde Adán y Eva a la boda apocalíptica; el social desde el otorgamiento de la ley al reino establecido de la ley, la Zion reconstruida del Antiguo Testamento y el milenio del Nuevo. Estos son todos

ciclos completos o dialécticos, en los que el movimiento es primero hacia abajo y después hacia arriba, en dirección a un mundo permanentemente redimido [...] el sentido de continuidad unitaria es lo que la Biblia tiene como obra de ficción, como mito definitivo, que se extiende a través del tiempo y el espacio, a través de los órdenes visibles e invisibles de la realidad, y con una estructura dramática y parabólica cuyos cinco actos son la creación, la caída, el exilio, la redención y la restauración". Northorp Frye. *Anatomy of Criticism. Four Essays.* Princeton. Princeton University Press, 1957, pp. 315, 316 y 325 respectivamente.

45. "Gabriela Mistral: 'por hambre de su carne'", 22.

46. Hernán Silva. "La unidad poética de *Desolación*". *Estudios Filológicos,* 4 (1968), 163-164.

47. "On Narcissism...", 88-89.

48. Casi una redundancia parece repetir a estas alturas que la polarización es un rasgo típico del romanticismo y, dentro del romanticismo, particularmente, del melodrama. Especula Brooks: "Podría decirse en este punto de la definición, que el melodrama es el expresionismo de la imaginación moral. Esta formulación puede empezar a decir por qué el modo melodramático constituye una parte tan importante de la literatura romántica y postromántica". *The Melodramatic Imagination...,* 55.

49. Simone de Beauvoir. "Introduction" a "Les faits et les mythes". *Le déuxiemne sexe,* 11.

50. Benjamín Carrión. *Santa Gabriela Mistral (Ensayos).* Quito. Casa de la Cultura Ecuatoriana, 1956, p. 45.

51. "Gabriela Mistral: su vida y su obra", XV.

52. *Vid.*: Arce de Vázquez. *Gabriela Mistral,* 38 y 124.

53. *The Melodramatic Imagination...,* 31.

54. *El melodrama,* 52-53.

55. "... el pronombre personal de segunda persona contiene una referencia al destinatario a quien el acto de habla en cuestión está

dirigido. Si en el curso de la conversación cambian el destinador y el destinatario, entonces el contenido material de las formas yo y tú también cambia. Ellos *shift*". Roman Jakobson y Krystyna Pomorska. "Dialogue on Time in Language and Literature" en Roman Jakobson. *Verbal Art, Verbal Sign, Verbal Time,* eds. Krystyna Pomorska y Stephen Rudy. Minneaopolis. University of Minnesota Press, 1985, p. 23. En cuanto a la traducción de Hozven, *Vid.*: "Glosario de literatura". *Atenea. Revista de Ciencia, Arte y Literatura,* 432 (1976), 197.

56. "... por ejemplo, a veces el 'tú' es 'Dios' o 'Cristo', y el 'él', una velada referencia a un hombre amado; pero otras, el 'tú' es este hombre amado, y 'él', de que la hablante espera que esté escuchando, 'Dios' o 'Cristo'". Jaime Giordano. "Enigmas: Lírica hispánica desde la modernidad". Cito por el manuscrito de este importante libro, que aún no ha aparecido, y agradezco a su autor por habérmelo facilitado.

57. "... Pueden distinguirse dos tipos de monólogos implantados por las convenciones del melodrama clásico: el monólogo recapitulativo y el monólogo patético [...] El segundo tipo de monólogo cumple un papel menos funcional, pero más fundamental que el anterior: sirve para provocar y mantener el *pathos.* Ya sea que el malo, después de haberle mentido a todo el mundo, le diga la verdad al público y ponga en evidencia la negrura de su alma o sus remordimientos (el monólogo de Truguelin en *Coelina* sirvió por mucho tiempo de modelo), o bien que la víctima se lamente e invoque a la Providencia". *El melodrama,* 31-32.

58. "... esta poesía fundada en referencias deícticas, aunque cargadas de valor, al cuerpo femenino como base de la situación imaginaria de enunciación, no puede sino pedir excusas ante la mirada del Dios-hombre. Esas excusas adoptan la forma de una supuesta, pero insistente confesión de locura. Jaime Giordano. "Enigmas...", 78.

59. *Una mujer...,* 66.

CAPÍTULO III

... creciendo harás la Ley
Canción de Taurus

Las canciones de cuna fueron una de las grandes preferencias poéticas de Gabriela Mistral. Comenzó su trato con ellas en la segunda parte de *Desolación,* la subtitulada "Prosa", donde introdujo nada más que cuatro; reincidió con otras doce en *Ternura* de 1924, hasta enterar dieciséis, y dentro de una sección de aquel libro reservada exclusivamente para esa clase de textos; siguió con nueve más en *Tala,* también éstas dentro de una sección propia; y culminó el tenaz regodeo en los muchos deleites que el cultivo del género parece haberle producido con once nuevas, en la edición de *Ternura* de 1945. Es decir, un total de treinta y seis poemas[1], de los que la edición de las *Poesías completas* de 1968, una edición que según se nos hace saber es la "definitiva" y "autorizada", recoge sólo treinta y tres (se eliminan "Miedo", de *Ternura* del 24, y "Madre niña" y "Encargos", que aparecían en *Tala.* No está de más advertir que de las once canciones nuevas que se reúnen en la segunda edición de *Ternura* dos de ellas son traslados: "El establo", que proviene de la sección "Religiosas", en *Ternura* del 24, y "Niño mexicano", de la seción "América", en *Tala),* número éste al que a mí me resulta ilustrativo cotejar con el de trescientos tres que son los poemas que contiene el volumen de Aguilar en su conjunto. El que Gabriela Mistral haya dedicado a las que llamó sus "meceduras orales" más del diez por ciento de su producción lírica está demostrando fehacientemente que su amor por estos poemas, que la fidelidad y la perseverancia con que se dedicó a producirlos a lo largo de treinta años o más años de su vida obedecían a causas profundas.

Por cierto, el amor de Mistral por las canciones de cuna es explicable desde el desventurado tópico que puso en circulación el profesor de Onís en 1934, el del "ansia insatisfecha de maternidad", y con el que confío haya quedado claro que yo no tengo ninguna gana de hacer causa común. En cambio, me interesa sugerir un par de evidencias de distinta naturaleza para ver si es posible convertirlas en fundamento metodológico del presente capítulo. Primero, quisiera retomar lo que dejé dicho más arriba: que las canciones de cuna no son un tema sino un género, y que así fue como lo entendió la poeta en los comentarios que reunió en el "Colofón con cara de excusa" que acompaña a la edición de *Ternura* de 1945, colofón ése que sabe Dios por qué motivo fue eliminado del volumen de sus *Poesías completas*. También, aunque su prestigio no sea hoy el de hace dos decenios, me parece que no debiéramos echar en saco roto el razonamiento estructuralista según el cual la relación entre las obras particulares (en nuestro caso, las canciones de cuna de Mistral) y el género en el que tales obras se inscriben reproduce la dialéctica que en el dominio lingüístico se establece entre el mensaje y el código. Si el código posibilita la emisión del mensaje, dicen quienes discurren de este modo, el mensaje contiene, al menos potencialmente, el germen de lo que podría llegar a ser alguna vez una transformación histórica del código. Agréguese a ello que esa virtualidad transformadora del mensaje puede actualizarse, y a menudo se actualiza, al margen de las intenciones y aun de la conciencia del emisor.

Ahora bien, según declara Mistral con letra cursiva en el "Colofón" de 1945, la canción de cuna es *"cosa que la madre se regala a sí misma y no al niño que nada puede entender*"[2]. Insiste en seguida en que a través de la práctica de las canciones de cuna: "La madre buscó y encontró una manera de hablar consigo misma, meciendo al hijo, y además comadreando con él, y por añadidura con la noche, 'que es cosa viva'"[3]. Luego, en la que iba a trocarse en su mejor caracterización de estos poemas, añade: "La Canción de Cuna sería un coloquio diurno y nocturno de la madre con su alma, con su hijo y con la Gea visible de día y audible de noche [...] Esta madre, con su boca múltiple de diosa hindú [la referencia orientalista, que puede considerarse enigmática a primera vista, no lo parecerá tanto después de nuestros próximos capítulos en torno a las dimensiones religiosas de esta escritura], recuenta en la Canción sus afanes del día; teje y desteje sueños para cuando el sí-es-no-es vaya creciendo; ella dice bromas respecto del gandul; ella lo encarga en serio a Dios y en juego a los duendes; ella lo asusta con amenazas fraudulentas y lo sosiega antes de que se las crea. La letra de la Canción va desde la zumbonería hasta el patético, hace un zig-zag de jugarreta y de angustia, de bromas y ansiedades"[4]. Por último, en el tercer apartado del "Colofón", Mistral incluye la siguiente advertencia: "Estas canciones [se refiere ahora a las suyas] están harto lejos de las folklóricas que colman mi gusto, y yo me lo sé"[5].

Partiendo de estas "divagaciones" de la escritora sobre el género, que yo debo confesar que contienen algunos de los juicios más certeros que he leído al respecto, creo que debiera sernos posible abordar en lo que sigue tres cuestiones de bulto: lo que el género de las canciones de cuna es, disciplinariamente hablando, si nos atenemos a lo que acerca de él y su historia afirman una nutrida falange de folkloristas, antropólogos, musicólogos y demás admiradores que desde el siglo XVIII han estado tratando de delimitar sus fronteras; la relación que existe entre esas opiniones académicas y lo que Mistral entiende que el género es o, en otras palabras, su propia elaboración especulativa del mismo, algunos de cuyos supuestos nosotros acabamos de reproducir en el párrafo anterior; y, para terminar el capítulo, la distancia a la que estarían las canciones de cuna que ella ha escrito respecto del modelo canónico tanto como de su propio juicio.

En lo que toca al primero de los temas propuestos, mi examen del testimonio de los principales especialistas me permite constatar un desencuentro de criterios importante. Para empezar, es obvio que el objeto mismo constituye una zona de disputa entre la música y la poesía. Si uno toma en cuenta sólo los intereses de la música, cualquier canción que sirva para hacer dormir a un niño o, más precisamente, cualquier canción que obedezca a determinados requisitos de monotonía auditiva, sobre todo a aquéllos que ponen el énfasis en la regularidad del ritmo y la rima, puede reivindicar matrícula en el código genérico[6]. El *pattern* es conocido, y existen investigaciones que dan cuenta de él con exactitud matemática, como la de Hanako Fukuda[7]. Es más: tampoco faltan los músicos célebres, especialmente los románticos del siglo XIX, entre los que se cuentan Chopin, Weber, Schubert, Schumann, Brahms y hasta Wagner, que compusieron canciones de cuna. A quienes enfocan el problema desde el punto de vista de la música entonces, ni siquiera les parecerá imprescindible que las obras en cuestión empleen palabras. Bastará con que quien las canta produzca una seguidilla de sílabas cuanto más aliterantes mejor. Ni qué decirse tiene que además cumplen así con los requisitos genéricos de las canciones de cuna letras que carecen de significación para los niños pero cuya música también sirve para hacerlos dormir: se cuenta que con las guaguas norteamericanas el conocido himno protestante "I Am Bound For the Promised Land" es un somnífero infalible y lo más probable es que sea cierto.

Poéticamente, sin embargo, una caracterización de lo que el género es requiere de algunas precisiones complementarias. En rigor, nos exige identificar la presencia de una situación comunicativa estable, con papeles protagónicos también fijos y con por lo menos una acción definida. Al cabo de realizado este esfuerzo indagatorio, reconoceremos en las canciones de cuna una escena estereotípica de lenguaje, que componen la madre (real o putativa, eso poco importa. García Lorca pensaba que el emisor por excelencia de las canciones de cuna era una nodriza[8]) y el niño (o la niña) a quien esa madre le habla (o le canta) con el propósito de hacerlo/a dormir.

Pero es aquí donde las cosas se empiezan a complicar, porque resulta que lo que la madre le dice (o le canta) al niño (o a la niña) en la letra de sus canciones no siempre es lo más apropiado para hacerlo/la dormir. Señala un folklorista inglés, procurando definir "la esencia" del género: "Es la alegría arcoirisada por la tristeza; difuminada por los altibajos de las preocupaciones caseras que acosan a la madre; murmullos intuitivos que echan sombras sutiles sobre problemas que se perfilan oscuramente tan pronto como la madre cesa de amamantar al niño. Las ansiedades son tan fuertes como profundo parece ser el descontento. En muchos arrullos maternos, la luz se halla opacada por la inseguridad, a menudo por la pobreza, con intensa desesperación". Y sigue: "A esta proyección de miedos y desolación externos, nosotros le podemos dar un nombre. Es 'el acto de Cantar para Adentro'. En una canción ostensiblemente *cantada para el niño,* las necesidades de la mujer inyectan su desasosiego, así como también sus pensamientos acerca de la esclavitud doméstica, todo ello en el pináculo mismo de sus atenciones para con el niño a quien ella ha dado el ser. Todos los matices de la ansiedad iluminan las canciones de cuna"[9]. El propio García Lorca, en su conocida conferencia acerca de las "nanas" españolas, aseguraba que lo peculiar de esas composiciones era su espíritu "sangrante"[10]. "La canción de cuna europea no tiene más objeto que hacer dormir al niño", escribe García Lorca, "sin que quiera, como la española, herir al mismo tiempo su sensibilidad". Y un poco más abajo agrega: "No debemos olvidar que la canción de cuna está inventada (y sus textos lo expresan) por las pobres mujeres cuyos niños son para ellas una carga, una cruz pesada con la cual muchas veces no pueden. Cada hijo, en vez de ser una alegría, es una pesadumbre, y, naturalmente, no pueden dejar de cantarle, aun en medio de su amor, su desgana de la vida"[11].

Por otro lado, quien haga un seguimiento de los motivos que recurren con mayor insistencia en las canciones de cuna del repertorio internacional (y no sólo en las españolas, por lo tanto. García Lorca se equivoca cuando reclama la exclusividad de la nota tremebunda para las españolas), comprobará que un alto porcentaje de esos motivos dista mucho de ser tranquilizador. En efecto, no es raro en las canciones de cuna de todos los países el empleo de expresiones de queja, de amenaza y aun de anticipo de la muerte del niño. "Rockabye baby", quizás la más popular de la canciones de cuna estadounidenses, pertenece por ejemplo a este último grupo, ya que su imagen básica es la del *"falling cradle"*, la cuna que el viento derriba desde la rama del árbol y con las consecuencias que son previsibles para la integridad física del niño que yace en ella[12]. En cuanto a las amenazas, leo en más de un sitio que las madres inglesas aterrorizan a sus hijos anticipándoles la venida del feroz Napoleón y las francesas a los suyos con las de los no menos feroces Malborough y Wellington, en tanto que las españolas suelen contentarse con los servicios de El Coco, El Toro, La Loba y La Reina Mora.

De manera que, si es cierto que la letra de las canciones de cuna a veces se adecúa a las que son sus intenciones inductoras del sueño, mediante el conjuro de una atmósfera de calma y dulzura, en otras no lo hace en absoluto y tampoco es insólito (yo diría que pasa a menudo) que lo adecuado y lo inadecuado se alternen y hasta se confundan dentro de las frases de una misma canción[13]. Las siguientes observaciones de Sheryl A. Spitz, a propósito de una canción ukraniana, en la que la esposa de un "marido cruel" besa y muerde a su hijo, me parecen iluminadoras porque ponen el acento justamente en esa coexistencia de emociones contrarias en el interior de un mismo texto: "La madre, frustrada y privada de su afecto por el marido, prodiga su tierna atención al niño. En su desvalida inocencia actual y en su futura búsqueda de justicia para su madre, ese niño no es como el padre-asesino, de ahí el beso. Pero su masculinidad misma y su misión futura como vengador de la muerte de su madre determinan que inevitablemente él asumirá algún día el papel criminal de su padre y de ahí la mordida"[14]. Caemos finalmente en la cuenta de que el discurso de la canción de cuna es, con más frecuencia de lo que se tiende a conceder, un discurso complejo, el que, si bien es cierto que posee un propósito benigno, el cumplimiento del mismo no siempre o no enteramente se compadece con él. Otro u otros propósitos menos desinteresados se suelen atravesar en el ánimo de las mujeres que hablan (o cantan) en estos poemas, confundiendo el proyecto primigenio, enturbiando las aguas, heterogeneizando el sentido.

Ahora bien, las observaciones de Gabriela Mistral no sólo se dan la mano con lo más valioso de cuanto han dicho los especialistas en esta materia, sino que clarifican ciertos aspectos de la misma con extraordinaria penetración. Mistral, aunque no sea así como ella formula su hallazgo, advierte que el discurso que la madre le dice (o le canta) al niño/a cubre y encubre a un segundo discurso. Aun cuando las marcas que delatarían la conversión de la emisora en receptora no se inscriban en el texto ni en primera ni en última instancia, lo cierto es que en parte o totalmente la canción de cuna ella la dice (o la canta) para sí misma. La explicación de este fenómeno se relaciona a mi entender con la índole transgresora del segundo discurso y la que no depende sólo del espíritu iconoclasta de los discursos folklóricos en general, que es lo que nos invita a creer la tesis de William Bascom[15]. Debido a que existe en la canción de cuna un segundo discurso cuya carga semántica (o más bien pragmática) es intuida por la hablante como real o potencialmente subversiva *vis-à-vis* los estatutos de un poder que se oculta en la sombra, y que la hablante *siente* que se oculta en la sombra, no se lo emite por medio de una formulación lingüística autónoma sino que se lo injerta en el discurso primero, como si fuera una parte de él, aunque resulte obvio, y es lo que todos los expertos que nosotros consultamos confirman, que no lo es. Injertado en el discurso que la madre le dice o le canta al niño, el discurso de la madre consigo misma (y por extensión feminocéntrica con la Gea o con la Noche, como indica Mistral) es el que genera la aludida heterogeneidad de la estructura.

Puede reconocérsele ahora todo el peso que tiene a la aseveración de Gabriela Mistral según la cual las canciones de cuna no son para la satisfacción del ñiño *sino para la de la madre que le canta al niño.* Como vemos, Mistral se da cuenta con gran perspicacia de que el espectro comunicativo de esta clase de poesía está quebrado por un doble circuito. También se da cuenta de la contradictoriedad de muchos motivos que circulan por las canciones de cuna cuando precisa que en ellas la madre asusta al niño "con amenazas fraudulentas y lo sosiega antes de que se las crea". No menos atinados son sus apuntes acerca de la congruencia del estilo, el que según declara "va desde la zumbonería hasta el patético", haciendo de esta manera "un zig-zag de jugarreta y de angustia, de bromas y ansiedades". A modo de corolario, sus comprobaciones nos obligan a verificar también la incidencia en las obras que nosotros juzgamos clasificables entre los límites de este género de la estructura palimpséstica en cuya reiteración la crítica literaria feminista reconoce desde hace ya bastante tiempo una característica distintiva del texto tradicional de la mujer (o de la mujer tradicional). Me refiero con la alusión que precede a los trabajos de aquellas críticas que han teorizado y operativizado el planteo correspondiente, como Elaine Showalter, Gilbert y Gubar y hasta Julia Kristeva[16]. Las canciones de cuna no sólo contienen o suelen contener dos discursos en un solo texto, sino que el discurso de la superficie es en ellas a menudo el cubrimiento y el encubrimiento del discurso profundo. Para hablarse a sí misma, o para hablarle a quienes pertenecen a su mismo sexo, sin que en su acto de comunicación se atraviese el obstáculo distorsionador de la presencia masculina, la madre necesita hablarle al niño primero, camuflando consciente o inconscientemente dentro de las frases de ese primer discurso *dicho al niño* el segundo discurso merced al cual ella se conecta con su "alma" o con la "Gea" o con la "Noche" (estas últimas sus dobles o sus semejantes, por lo menos hasta cierto punto, según pronto veremos). Obsérvese además que, dentro del acervo mistraliano de canciones de cuna, en treinta de las treinta y tantas canciones que lo constituyen el receptor del primer plano es un niño; sólo en tres de ellas, en "Arrorró elquino", "Canción de pescadoras" y "Estrellita", es una niña. Para decirlo pronto y claro: las rondas son en su poesía el género de las niñas; las canciones de cuna, el de los niños.

Así, más allá de lo que la propia Mistral pudo prever al ofrecernos el resultado de sus "divagaciones", y más allá incluso de su hipótesis quizás no del todo descaminada y que concuerda con la de García Lorca en cuanto a que "seguramente los 'arrullos' primarios, los folklóricos, que son los únicos óptimos, salieron de pobrecitas mujeres ayunas de todo arte y ciencia melódicos", lo que ella deslinda en los párrafos del "Colofón" del 45 es un objeto literario que encuentra su sitio en una cultura de mujeres con cuyo espíritu la poeta se siente o se sabe solidaria.

Pero no nos precipitemos y recordemos que Mistral advierte *de alguna manera* que uno de los rasgos que peculiarizan a esa cultura de mujeres es su no hallarse a la vista o, dicho esto mismo con un refraseo que tiene en cuenta el hecho de que las canciones de cuna mistralianas "son de los niños", es su hacerse presente sólo a través de determinados injertos foráneos en el discurso que La Madre le dice a El Hijo, o sea, *en el discurso que La Madre le dice a El Hijo de El Padre.* Tampoco debemos olvidar que Mistral piensa que sus propias canciones de cuna "están harto lejos de las folklóricas, las que colman mi gusto, y yo me lo sé".

Sin olvidarnos entonces de la doble procedencia de nuestros distingos, derivados por una parte de la tradición crítica acerca de este asunto y por otra de los comentarios de la propia Mistral, y teniendo cuidado de respetar también la a veces díscola especificidad de sus canciones, creemos posible esbozar ahora un análisis de estos textos que por fin acceda a ellos *no* como si se tratara de compensaciones por la "maternidad frustrada" de la autora, *tampoco* como los frutos del "utopismo de la plena maternidad"[17], *ni siquiera* como "poesía infantil", tal vez el juicio más extendido de todos[18], sino como lo que ellos son: la escritura favorita de y tesoneramente cultivada por uno de los buenos poetas que han hecho uso de la lengua española. Empiezo mi análisis con la primera y posiblemente la más famosa canción de la serie, "Meciendo" (153):

El mar sus millares de olas
mece, divino.
Oyendo a los mares amantes,
mezo a mi niño.

El viento errabundo en la noche
mece los trigos
Oyendo a los vientos amantes
mezo a mi niño.

Dios Padre sus miles de mundos
mece sin ruido.
Sintiendo su mano en la sombra
mezo a mi niño.

Si tomamos en serio la única frase del "Colofón" de 1945 que Gabriela Mistral ha subrayado, tendremos que admitir que, aun cuando ella sepa que sus propias canciones están "harto lejos" de las del folklore, su tendencia primera ha sido la de imitarlas, pero no sólo a causa de su amor por los niños, amor que por cierto está ahí y del que no hay por qué desentenderse, sino para explorar las posibilidades de un género literario en el que el hablante es, tiene que ser, un sujeto del sexo femenino. Además, uno de los motivos recurrentes en las obras de este género, como se vio más arriba en el contexto de nuestro comentario de la canción de cuna ukraniana de la que habla Spitz, es la relación entre el espacio del/la sujeto mujer que enuncia y protagoniza el discurso, espacio que es el suyo, pero que como sabemos ella comparte con el niño y con los demás seres humanos que pertenecen a su mismo sexo, y un espacio *que se encuentra más allá o más acá de ése* (o en cualquier caso, al otro lado de la frontera que la separa a ella y a todos aquellos que están junto a ella del afuera del "mundo"). A esto se debe que el espacio de la mujer/madre sea en las canciones de cuna por principio ajeno al espacio del hombre/padre, aun cuando la mujer/madre tenga a ese hombre/padre en su pensamiento constantemente y con una mezcla de emociones que se bandea sin término entre el temor y la atracción. "Meciendo" es un buen ejemplo. Mecen en primer lugar en este poema la madre, el mar, el viento y Dios. Más aún: la madre mece "oyendo" al mar y "oyendo" al viento, es decir, prestando atención a la actividad que *en aquel otro sitio que no es el que a ella le corresponde* despliegan las fuerzas masculinazadas de la naturaleza, y "sintiendo" (sintiendo sin ver, claro está) la mano de Dios Padre "en la sombra".

Esto significa que los personajes que pueblan el fondo referencial del poema que ahora nos interesa discutir han sido jerarquizados escrupulosamente por la autora y que esa jerarquización recoge de una manera muy clara la antítesis activo/pasivo, la misma que, si vamos a creer en la lapidaria frase de Helene Cixous ("La mujer o es pasiva o no existe"[19]), lidera a todas las otras que en la cultura de Occidente pretenden definir la oposición genérica fundamental. La madre carece o parece carecer en "Meciendo" de una fuerza suya y ejecuta por eso la acción de mecer luego de recibir un impulso que le llega desde afuera, desde el mar, desde el viento o desde Dios. La disposición simétrica de los versos sobre la página corrobora esta observación, ya que los sujetos masculinos autónomos, aquéllos que son el origen de sus propias acciones, ocupan los dos versos iniciales de cada estrofa, mientras que la hablante, que carece de semejante autonomía y cuyas acciones se derivan de las acciones de los otros, ocupa los dos versos finales. La circunstancia de La Bella Durmiente, quien despierta a la vida sólo cuando El Príncipe Encantador la hace objeto de su ósculo epónimo, no es demasiado distinta. Es verdad que en el poema que comentamos se destacan en el espacio masculino algunos cambios del orden sintáctico, sujeto, complemento directo y verbo en el primer caso, sujeto verbo y complemento directo en el segundo y sujeto y verbo en el tercero, y que tampoco es irrelevante la diferencia entre las acciones transitivas y sonoras (accidentales, por lo tanto) que se les atribuyen al mar y al viento frente a la intransitiva y muda (distante: esencial) que deviene en un privilegio exclusivo de Dios, sino que unos y otra constituyen el indicio evidente de otra jerarquía. La diferencia es que, al contrario de la anterior, esta segunda jerarquía apunta hacia las disparidades de poder que se registran entre sujetos pertenecientes a una misma clase. Porque, al margen del peldaño que ellos pisan dentro de la escala ontológica y por el solo hecho de tratarse de sujetos masculinos o masculinizados, el mar, el viento y Dios tienen como común denominador el ser *indistintamente* protagonistas de acciones que nacen desde sí mismos y a las que el poema de Mistral resume o simboliza por medio del verbo "mecer". El mar, el viento y Dios "mecen", esto es, "actúan".

La madre también "mece", pero al contrario del "otro mecer", del masculino (y paradójicamente, puesto que "mecer" es una de las más típicas entre las acciones potenciales del sujeto mujer, de acuerdo con las estipulaciones del código maternalista), el suyo *no es suyo en realidad.* Por sí sola, la madre es incapaz de constituirse en causa eficiente de sus propios actos, como hubiera dicho el Aristóteles de la *Metafísica,* y ni siquiera cuando dichos actos son los que se consideran propios o privativos de su esencia. El resultado es que la acción materna de "mecer" no es en este poema mucho más que un remedo, en el mejor de los casos una lectura y una recreación por parte de la madre de las meceduras que producen y protagonizan el mar, el viento y Dios.

Por último, el juego entre la tercera y la primera persona del enunciado, así como la posición del verbo "mecer", en el comienzo del segundo verso y en el comienzo del cuarto, en cada una de las tres estrofas ("él mece" frente a "yo mezo", incurriéndose de esta manera en una yuxtaposición a la que la insistencia transforma en subordinación), apoyan también el sentido jerárquico extremo del doble contraste activo/pasivo = autónomo/

derivado, hasta el punto de que sus manifestaciones adquieren el aspecto de una ceremonia. El mecer de la madre recuerda a un mecer anterior y absoluto, el de Dios, en tanto que el del mar y el del viento son "meceres" intermedios cuyo deber es el de servir de puentes entre las acciones de la madre/mujer y las de ese Dios que es la cabeza incuestionada de la articulación ontológica.

Pero otros críticos muy respetables pueden optar, y han optado en efecto, por una lectura de "Meciendo" que es distinta a la mía. Por ejemplo, poniendo el acento en la alternancia entre los versos de arte mayor y los de arte menor, Martin C. Taylor, siempre atento a los pespuntes religiosos en la lírica mistraliana, también vio y celebró la semejanza que existe en el poema que estamos estudiando entre "La madre que mece al niño en un acto de total abnegación" y "la mano de Dios que está moviendo la cuna y uniendo su criatura con su vasta creación"[20]. Taylor se percató así de que la escena que Mistral presenta en "Meciendo" contiene nada menos que una postulación del Orden del Universo, al que el poema representa como una totalidad organizada según los protocolos de un programa que por definición es perfecto y cuyo origen y centro se encuentran en la divinidad. El "mecer" del que Mistral nos habla aquí no es pues sólo el del acto aislado que realiza la madre en la soledad de su cuarto sino que es el de todos aquellos actos humanos que, más allá de la perfección provisional y precaria de que gozan sus respectivos ejecutores, intentan reproducir en esta tierra la perfección absoluta de los actos de Dios. Mi impresión es que lo que Taylor detecta en el poema es justo, pero eso no significa que la celebración a la que él se abandona tan complacidamente no esté derivando la significación del discurso poético de uno y sólo uno de sus posibles horizontes de lectura.

Bernardo Subercaseaux, por su parte, mejor lector que Taylor e interesado en realzar el fenómeno maternal por medio de su parentesco con la grandeza del espíritu, arguye que el arrullo materno "conjura el tránsito desde el mundo interior al espacio infinito, la experiencia externa (el ruido de mares y vientos) se transmuta para la experiencia interna en silencio, en ausencia que es presencia superior; el tránsito se realiza también al nivel del lenguaje: en el poema confluyen la musicalidad de la naturaleza, del mar y del viento, con el ritmo del arrullo y el compás espiritual de la madre que mece. La maternidad —producción de un ser vivo por un ser vivo— evoca el misterio de la creación divina y el contacto con lo eterno"[21]. Un examen atento de esta cita de Subercaseaux descubrirá en ella, a la vez que una percepción más profunda de las diversas polaridades que tensionan el discurso de "Meciendo", exterior/interior, ruido/silencio, presencia/ausencia, y de los recursos lingüísticos mediante los cuales dichas polaridades se concretan en el texto, la "musicalidad", el "ritmo", el "compás" del lenguaje, una conclusión que no sólo no difiere del idealismo religioso de Taylor sino que lo amplía y refuerza. Para Subercaseaux, el Orden Perfecto del Universo se prolonga en el Orden Perfecto de la Maternidad y ambos son reproducidos en el último eslabón de la cadena por el Orden Perfecto del Poema mismo.

Pensamos nosotros que, sin que lo que arguyen estos dos intérpretes de "Meciendo" sea falso, lo que ambos están leyendo en el poema es un aspecto del mismo y, más todavía, es aquel aspecto que el discurso mimético, así como la ideología maternalista que lo informa, se ha/n propuesto que ellos lean. No es pues fortuito que la insubstanciación y la subordinación de la madre no constituya en ninguna de las dos lecturas que acabamos de reseñar un objeto de escándalo. Ambas dan por supuesto que esa insubstanciación y esa subordinación obedecen a un designio divino y, en tales condiciones, aunque el poema insista hasta la sospechosa redundancia en la desigual distribución de atribuciones entre el hombre y la mujer, nada es lo que se puede decir al respecto. Muy similar a esto que vemos en "Meciendo" es lo que se observa en "Me tuviste" (165-166):

Duérmete, mi niño,
duérmete sonriendo,
que es la ronda de astros
quien te va meciendo.

Gozaste la luz
y fuiste feliz.
Todo bien tuviste
al tenerme a mí.

Duérmete, mi niño,
duérmete sonriendo,
que es la Tierra amante
quien te va meciendo.

Miraste la ardiente
rosa carmesí.
Estrechaste al mundo:
me estrechaste a mí.

Duérmete, mi niño,
duérmete sonriendo,
que es Dios en la sombra
el que va meciendo.

Tan ritualizado como el del poema anterior, el orden de las figuras en esta canción, la undécima de la serie en las *Poesías completas*, contrapuntea a la hablante, a la madre (a través de su triple movimiento de abrazar, mecer y hacer dormir al hijo, movimiento que aquí se carga sobre todo en la dirección del tercer verbo), con unos entes que efectúan gestos paralelos a los suyos. Con los astros, que hacen "ronda", en los versos tres y cuatro; con La Tierra, que a continuación de la madre "mece" también al niño, en los versos once y doce (y ya veremos qué sentido tiene eso); y con Dios, que como parece ser su costumbre "mece" asimismo desde "la sombra", en los versos diecinueve y veinte. Es decir que los astros ocupan en "Me tuviste" el lugar que en "Meciendo" correspondía al mar y al viento, los pisos intermedios de una jerarquía cuya sima es la madre y cuya cúspide es Dios. El nuevo elemento lo aporta por supuesto La Tierra con quien la madre practica en este poema una carrera de postas. Cuando la madre termina de arrullar al niño o cuando el niño se abandona por fin al emobotamiento del sueño, La Tierra se apodera de él.

Ahora bien, aunque es cierto que en las canciones de cuna paradigmáticas "la paz del ambiente puede describirse, y la seguridad del niño puede garantizarse por medio de la invocación de santos, ángeles o espíritus guardianes"[22], no lo es menos que en las compuestas por Mistral, cuando tales descripciones e invocaciones ocurren, ellas se hallan saturadas de ambigüedad. Esto se debe a que su razón de ser no es descodificable sólo en términos de la calma y dulzura que evocan los ambientes clásicos del género (aunque tampoco eso sea cierto siempre, según se vio más arriba), y ni siquiera se puede decir que baste para entenderlas el prurito religioso del que ya hemos hablado. Por ejemplo, muy próxima a lo que destacábamos en "Meciendo", donde el mecer de la madre se coordina metafísicamente con el mecer de los demás entes del mundo visible, concierto éste que desde "la sombra" Dios dirige pero no sin que en dicha coordinación se introduzca el demonio de la diferencia, también en "Me tuviste" la actividad de la madre se proyecta oblicuamente, como una fuerza si no opositora por lo menos alternativa a la que representan las otras figuras del poema. Las estrofas pares en "Me tuviste" le pertenecen a ella; las impares, a los miembros de la comparsa alternativa. Esto quiere decir que el paralelismo entre el acto de la madre y los actos respectivos del mar, el viento, los astros y Dios en "Meciendo" y en "Me tuviste" no se basa en un principio de equivalencia sin fisuras y el que sería el signo retórico de la coordinación metafísica de marras. No cuesta mucho comprobar en efecto que el paralelismo no equivalente (no me atrevo aún a llamarlo antitético), par/impar, de las estrofas en "Me tuviste" concuerda con el paralelismo también no equivalente, activo/pasivo y autónomo/derivado, en "Meciendo". El rasgo diferencial está pues instalado en el doble fondo performativo de ambos poemas y uno de los cuales es el que encabeza la serie de acuerdo a la ordenación que nos suministran las *Poesías completas*.

Pero tampoco es ésa la conclusión de nuestro análisis de "Me tuviste", ya que habría que advertir además que el verbo con que la madre convierte a su hijo en sujeto en los dos segmentos que le pertenecen en la distribución estrófica es el préterito e introducido en ambas ocasiones desde la palabra que abre la estrofa: "gozaste" y "miraste". Pasado perfecto que nos había sido adelantado ya en el título de la pieza y que ahora, en el momento en que el hijo entra en la casa del sueño, permite que la madre le represente, *como si se tratara de hechos concluidos de una vez y para siempre,* qué y cuánto fue lo que durante el día él poseyó por el solo hecho de "estrecharla": "la luz" y "la rosa", "todo bien", el mundo entero. Esto es lo que el dormir del niño cancela, pues ese sopor del infante, cuyo ámbito por excelencia es La Noche y cuya guardiana es La Tierra, aun cuando constituya un alivio para la madre, si se tiene presente que es entonces cuando ella descansa y "comadrea" (co-madrea) a su gusto con esa "cosa viva" que es la oscuridad exterior, convirtiéndola por ende en cómplice por lo menos parcial de su persona, también prefigura una separación definitiva que ha de tener lugar en una fecha futura, en el momento en que el niño ya hecho hombre abandone el regazo materno y entre en "el mundo".

No cabe duda entonces de que la madre habla en este poema consigo misma y que las palabras que le dirige a su hijo, que le sigue dirigiendo a su hijo a pesar de que él no la escucha ya, profundamente sumergido en el espacio del sueño, nosotros podemos redirigirlas (o desplazarlas o devolverlas) en su propia dirección. Podemos demostrar de esta manera cómo la ortodoxia maternalista del discurso del primer plano sostiene y esconde en "Me tuviste" a la heterodoxia de un segundo discurso. Porque en realidad es la madre la que en "Me tuviste" está preparándose para perder "la luz" y "la rosa", "todo bien", el mundo entero. Es ella quien, con el niño dormido entre sus brazos, anticipa el tiempo ominoso en que dejará de estrecharlo.

De los treinta y tres poemas que forman la versión definitiva de las canciones de cuna mistralianas, seis reinciden *de manera expresa* en esta prefiguración de la pérdida del hijo. Estoy pensando en "Hallazgo" ("temo, / al quedar dormida, / se evapore como / la helada en las viñas", 156), "Apegado a mí" ("No resbales de mi brazo: / ¡duérmete apegado a mí!", 163), "Me tuviste" ("Todo bien tuviste / al tenerme a mí", 165-166), "Botoncito" ("Y se fue por los caminos / como arroyo cantador...", 20-209), "Dormida" ("Ahora no veo / ni cuna ni niño", 167-168) y "Canción de Virgo" ("Resbaló de mi brazo; / rodó, lo perdí", 174-175). Mi repaso de las primeras ediciones de los libros respectivos me demuestra a mayor abundamiento que uno de estos poemas formaba parte de *Desolación* de 1922 ("Apegado a mí"), tres de *Ternura* de 1924 ("Hallazgo", "Me tuviste" y "Botoncito") y que los otros dos pertenecen uno a *Tala* ("Dormida") y sólo uno a *Ternura* del 45 ("Canción de Virgo"). Recuento después del cual creo que a nadie le resultará problemático admitir que este motivo, el de el-hijo-que-se-va, algunos de cuyos aspectos pudimos destacar en el análisis precedente, no es un capricho temprano de Mistral, ni tampoco un coletazo más del suicidio de Yin, sino que constituye una presencia constante en el uso que ella le da a lo largo de su vida a las partituras canónicas del género. Este uso, aunque en principio no difiere de lo que nos muestran las canciones del "folklore", en Gabriela Mistral obedece a una inspiración más profunda y cuyo primer antecedente a mí me parece que habría que buscarlo en la doble conciencia frente a la pérdida del amante "infantilizado", algo a lo que nosotros nos referimos en el capítulo anterior de este mismo libro. En realidad, si se superpone la escena de *Desolación,* en la que la amante le entrega a La Tierra los despojos del amado, liberándose y apoderándose de él al mismo tiempo, a la escena de la madre que hace dormir al niño en *Ternura,* entregándolo con la llegada del sueño a La Tierra *de nuevo,* lo que culmina en el diálogo que esa mujer entabla consigo misma o con sus pares *una vez que ya ha hecho el traspaso del cuerpo dormido desde sus brazos a los de la Gea,* las semejanzas son apabullantes. "Que no crezca" (257-259), un poema que no pertenece a esta sección de *Ternura,* sino a "La desvariadora", pero que en la ordenación temática de la antología del 41 (y da la impresión de que así es como Mistral lo quiso) apareció formando parte del cuerpo de las canciones de cuna[23], es, indudablemente, el texto más explícito de todos. Ahí la negativa de la madre al crecimiento del hijo, su protegerlo de las perfidias del mundo, específicamente de las "mujeres necias" y de los "mocetones / que a casa llegan", lo mismo que el ruego que le hace a Dios en la conclusión para que Éste lo "pare", para que detenga el proceso de su crecimiento, dejándolo para siempre junto a ella, ya que detener el proceso de la vida del hijo es para esta mujer (con la misma escandalosa y conmovedora tautología de la que hablábamos en el capítulo anterior) el sinónimo de un ponerlo a salvo de la muerte, constituye casi un calco de la estructura de "Los sonetos...". Helo aquí:

Que el niño mío
así se me queda.
No mamó mi leche
para que creciera.
Un niño no es el roble,
y no es la ceiba.
Los álamos, los pastos,
los otros, crezcan:
en malvavisco
mi niño se queda.

Ya no le falta nada:
risa, maña, cejas,
aire y donaire.
Sobra que crezca.

Si crece, lo ven todos
y le hacen señas.
O me lo envalentonan
mujeres necias
o tantos mocetones
que a casa llegan;
¡que mi niño no mire
monstruos de leguas!

Los cinco veranos
que tiene tenga.
Así como está
baila y galanea.
En talla de una vara
caben sus fiestas,

todas sus Pascuas
y Noches-Buenas.

Mujeres locas
no griten y sepan:
nacen y no crecen
el Sol y las piedras,
nunca maduran
y quedan eternas.
En la majada
cabritos y ovejas,
maduran y se mueren:
¡malhayan ellas!

¡Dios mío, páralo!
¡Que ya no crezca!
Páralo y sálvalo:
¡mi hijo no se me muera!

No sólo confirma este poema la estructura de "Los sonetos...", sino también la intuición de Valéry, cuando éste captó en el maternalismo de Mistral "un paroxismo de ternura casi salvaje, de tal modo es exclusivo y celoso". Después de lo cual estampó esta conclusióin espeluznante: "El extremo de este sentimiento no posee los recursos del amor"[24]. Pero ni siquiera es necesario que la cosa se dé con el grado de simetría mimética que ella alcanza en "Que no crezca". En efecto, no basta la prefiguración expresa del crecimiento y de la desaparición del hijo para comprobar en las canciones de cuna esa regularidad nefanda que ahora nos preocupa, pues también podrían citarse otros poemas en los cuales, aun cuando en el nivel denotativo nada o muy poco es lo que se dice a este respecto, no sucede lo mismo en el connotativo. Uno de ellos es "Semilla" (185-186):

I

Duerme, hijito, como semilla
en el momento de sembrar,
en los días de encañadura
o en los meses de ceguedad.

Duerme, huesito de cereza,
y bocadito de chañar,
color quemado, fruto ardido
de la mejilla de Simbad.

Duerme lo mismo que la fábula
que hace reír y hace llorar.
Por menudo y friolera,
como que estás y que no estás...

II

Cuerpecito que me espejea
de cosas grandes que vendrán,
con el pecho lleno de luna
partido en tierras por arar;

con el brazo dado a los remos
de quebracho y de guayacán,
y la flecha para la Sierra
en donde cazan el faisán.

Duerme, heredero de aventuras
que se vinieron por el mar,
ahijado de antiguos viajes
de Colón y de Gengis-Kan;

heredero de adoraciones,
que al hombre queman y al copal,
y figura de Jesucristo
cuando repartes Pez y Pan.

La tarea que debe cumplir la madre con su hijo en el mundo, y que es la que da sentido a su existencia según la perspectiva maternalista que es la que determina en principio la producción de este poema, es como la de la tierra que guarda a la semilla hasta que ella germina, crece y se transforma en una planta visible. Menos mariano que pagano, esto último en la línea de los panegíricos modernistas a la mujer naturaleza[25], y por otra parte también afín a las tendencias agrarias del regionalismo[26], este es un tópico que tanto le daba a Mistral en el gusto que lo incorporó en otras cinco de sus canciones de cuna: "La tierra y la mujer"(154-155), "La noche" (164), "Me tuviste" (165-166), "Sueño grande" (192-193) y "Canción de la sangre" (196-197). E incluso lo aprovecha en el "Colofón" de 1945, donde escribe que "La mujer no sólo oye respirar al chiquito; siente también a la tierra matriarca que hierve de prole"[27]. Mi opinión es que, al margen de las filiaciones literarias a las que responde esta preferencia mistraliana por la Madre Tierra y que son o pueden ser de orígenes diversos, la alianza que la poeta establece aquí con la Gea es importante a la hora de proponer una estimación más flexible de su ideología de la maternidad así como también a la hora de pensar sobre el potencial expansivo de dicha ideología hacia otros campos de significación. En su lírica religiosa, por ejemplo, cuando Mistral se aparta del patriarcalismo de la religión oficial, veremos nuevamente cómo los hirvientes desafueros de la Gran Matriarca sustituyen en su discurso a los mansos servicios de la Virgen María.

Además, en la segunda parte del poema recién citado, el cuerpo del niño se convierte en un cristal que, al reflejar su futuro, refleja también la historia entera (y con la historia entera, el programa entero) del hombre sobre el planeta. "Ahijado de antiguos viajes", "heredero de aventuras", "figura de Jesucristo", émulo posible de los protagonistas de empresas magníficas, a disposición de este niño se hallarán en un porvenir no muy lejano lo alto y lo bajo, el espíritu y la materia, la "luna" y las "tierras por arar"[28]. Así, aunque Mistral haya combinado en "Semilla" el tópico pagano y regionalista de la Madre Tierra con la tendencia que tienen las obras de este género a convertirse en "profecías del futuro glorioso del niño"[29], ella da también en su poema con un veta más rica. No está hablando al fin de cuentas en "Semilla" sólo de la relación del hijo con la madre, sino, o quizás principalmente, de la relación del esposo con la esposa dentro de un encuadre diacrónico cuyo gran angular lo llena la historia de la civilización patriarcal en su totalidad. Por supuesto, para que el futuro de El Hijo llegue a ser tan "glorioso" como lo anticipan los designios de El Padre, la intervención de la madre es necesaria. Pero el que esa intervención sea necesaria no quiere decir que sea suficiente. En contraste con el destino de la tierra, ya que después de todo la raíz del árbol sigue unida a su origen, el de la mujer consiste en un vivir para dar y perder.

Tampoco se trata de negar el contacto entre la imagen fundamental mistraliana y la imagen de las madonas en la iconografía sagrada. Ese contacto existe y sería negligencia maliciosa el ignorarlo. Creo, sin embargo, que no menos negligente ni menos malicioso es leer la imagen materna de Gabriela Mistral de una manera haragana y beata, como si ella fuera un simple reflejo de las imágenes de la Virgen con El Niño. Porque, si es cierto que en las canciones de cuna de Mistral el tener un niño en los brazos, el abrazarlo, el mecerlo y el hacerlo dormir son los verbos que emblematizan la perfección del destino de la mujer, e identificándose en consecuencia dicha perfección con los tradicionales servicios marianos, con aquéllos que en su calidad de émula de María la mujer, *toda mujer*, estaría llamada a prestarle a lo masculino en ciernes (o, como Mistral hubiera dicho, a lo masculino "en agraz")[30], no es menos cierto que con la misma imagen la poeta comunica lo efímero de tal circunstancia, su condición huidiza, su escandalosa brevedad.

Esa misma brevedad es finalmente el mejor indicio de su percepción de la tremenda insuficiencia del proyecto existencial femenino habida cuenta de las limitaciones que sobre él impone el poder del Edipo. Creemos que no sentir la nota de frustración que a causa de eso resuena en el envés de las canciones de cuna de Gabriela Mistral es no entenderlas ni a ellas ni a su dependencia genérica, deteniendo nuestra mirada sobre la superficie de la escritura poética. Las madres de Mistral tienen al niño en sus brazos, pero lo tienen con una doble certeza: que ese niño es el que da sentido a sus vidas y que más temprano que tarde les llegará la hora en que deban separarse de él. Después de eso, sus expectativas de existencia se reducen al vacío y a la espera de la muerte. Es pues el advenimiento del hijo algo así como un relámpago de luz dentro de una historia femenina desprovista de sustancia en sí misma, que la adquiere sólo cuando la mujer adopta la decisión de ser a través de su su ser-para-el/los-otro/s, poniendo sus energías al servicio de la función mariana de crear y criar, y que se cierra, de manera parecida a como se cierran las cortinas al término de un obra de teatro, en el momento en que el hijo ya hecho hombre cruza por última vez el umbral de La Casa. "Yo no tengo soledad" (162), una de las canciones que escogen a menudo los antologadores de la poesía de Mistral, puede releerse a partir de esta comprobación, y ahora no como un himno al proyecto de vida femenino, tal y como él existe de acuerdo a las normas cuyo cumplimiento la Ley de El Padre le exige a la mujer, y que sin duda es lo que les gusta a los antologadores de marras[31], sino como un aferrarse angustioso a una plenitud respecto de cuya corta duración el estribillo es una campana de alarma:

Es la noche desamparo
de las sierras hasta el mar.

Pero yo, la que te mece,
¡yo no tengo soledad!

Es el cielo desamparo
si la luna cae al mar.
Pero yo, la que te estrecha,
¡yo no tengo soledad!

Es el mundo desamparo
y la carne triste va.
Pero yo, la que te oprime,
¡yo no tengo soledad!

Pienso yo que el poema que acabo de citar elabora una versión bien poco idílica por parte de Gabriela Mistral del modelo maternalista. Si en el primer plano de este texto nosotros nos encontramos con una adopción sin reservas del programa trazado por la ideología falocéntrica, en el segundo, y no bien logramos superar la indigencia de una lectura afincada en un culto supersticioso por "lo legible", no podemos menos que oír una queja, confusa hasta para quien la profiere y en cuyo centro problemático está El Padre. Es a espaldas de Él, escondiéndosele, evitándolo, burlando incluso su terrible vigilancia, que el discurso del segundo plano nos deja entrever, en ésta y en otras de las canciones de cuna que Gabriela Mistral compuso, la hebra de una perspectiva transgresora. Mistral no acusa a El Padre, innecesario es decirlo, y ni siquiera se puede afirmar que lo hagan sus textos por su propia cuenta. El que lo hace es un segundo discurso, el que, contra sus precauciones y también contra las precauciones del texto, se agita como un inquieto mar de fondo en la profundidad de su poesía. En este sentido, suele ser Dios quien en numerosas canciones de cuna le asigna a la madre la encomienda de cuidar al niño, entregándoselo "como semilla / en el momento de sembrar", y a la espera del tiempo de la cosecha, que es cuando ese mismo Dios exigirá el retorno del hijo-ya-hecho-hombre para que sea uno más de sus representantes en la tierra: "Dormido irás creciendo; / creciendo harás la Ley", es lo que le vaticinan al tierno infante los versos veinticinco y veintiséis de la "Canción de Taurus" (175-177). Este encargo de El Padre, que para la madre es el origen de una evidente "plenitud espiritual, física y aun estética", según declara Bernardo Subercaseaux[32], es también, como antes advertíamos, el principio de su condena a la inmanencia. "Corderito" (159) lo dice muy bien:

Corderito mío,
suavidad callada:
mi pecho es tu gruta
de musgo afelpada.

Carnecita blanca,
tajada de luna:
lo he olvidado todo
por hacerme cuna.

Me olvidé del mundo
y de mí no siento
más que el pecho vivo
con que te sustento.

Yo sé de mí sólo
que en mí te recuestas.
Tu fiesta, hijo mío,
apagó las fiestas.

Podría argumentarse que en "Corderito" la "fiesta" de ese hijo es tan satisfactoria que su madre no necesita de otras "fiestas". Quizás, pero, sin contar con que el poema que acabamos de citar señala expresamente que no es la madre la que "apaga" su fiesta sino el hijo quien llega para apagarla con la suya, nótese que el verbo "olvidar" se constituye en los versos séptimo y noveno de este poema en una suerte de bisagra sémica. Si por un lado es un verbo autoelogioso, con el que la hablante se congratula por su propia abnegación (en el fondo, es la poeta quien desde detrás de los márgenes textuales produce esa alabanza dirigida a una mujer que no es ella), por otro lado lo que con él se afirma es que la madre "tuvo" y "dejó": lo que dejó fue "todo", "el mundo", su propia persona, el espacio tanto como el deseo de la trascendencia, la que pudo ser real o solamente posible, pero que de cualquier manera es una trascendencia donde al fin de cuentas es lo masculino, y sólo lo masculino, lo que señorea, y donde el hijo que la madre tiene ahora en brazos ha de incorporarse más tarde con los derechos y prerrogativas que su sexo le confiere, mientras que ella retrocede hasta disolverse en la "soledad" que se negaba de admitir en el poema del mismo título que nosotros mencionamos previamente. Eso, ese "mundo", que es "todo" y que es ella misma, que es los demás y su propia persona, que es la vida entera o una gran parte de ella, es lo que en "Corderito" la madre ha "olvidado". Esta es la fiesta personal que la fiesta del hijo "apagó". Este pensamiento poético, que por medio de la retórica de la plenitud defendida contra cualquier obstáculo dibuja el dolor de la pérdida en el contrahaz de la dicha, se acentúa todavía más en aquellas canciones de cuna en las que la madre se trueca en el alimento del hijo, en el líquido o los líquidos que lo nutren y lo robustecen. Es lo que pasa en "Encantamiento" (160):

> Este niño es un encanto
> parecido al fino viento:
> si dormido lo amamanto,
> que me bebe yo no siento.

Es más travieso que el río
y más suave que la loma:
es mejor el hijo mío
que este mundo al que se asoma.

Es más rico, más, mi niño
que la tierra y que los cielos:
en mi pecho tiene armiño
y en mi canto terciopelo...

Y es su cuerpo tan pequeño
como el grano de mi trigo;
menos pesa que su sueño;
no se ve y está conmigo.

Muy simple todavía, la utilización del tópico de la madre-leche en este poema intensifica el imperativo maternalista del dar. Me refiero a la madre que ahora no sólo sacrifica su sueño por el sueño del hijo sino que le regala a ese hijo una porción de su cuerpo. Los versos cruciales son a mi entender el tercero y el cuarto en la primera estrofa: "si dormido lo amamanto, / si me bebe yo no siento". Pienso que no es aventurado leer esos versos prestando atención al quiasmo o paralelismo doble y cruzado entre "si dormido" y "si me bebe", de una parte, y "lo amamanto" y "yo no siento", de la otra. En la primera serie horizontal, vemos que el tránsito entre el primero y el segundo términos lo marca una vez más la oposición entre pasividad y actividad. En el primero de los dos términos precedidos por el "si" condicional, la madre es activa y el hijo pasivo; en el segundo, ocurre al revés. Si pasamos ahora a la otra serie, a la que cierran los presentes de indicativo, descubriremos que los valores son idénticos a aquéllos que regulaban la serie anterior pero con el agravante de que en esta oportunidad en la negación que da forma al último término, "yo no siento", nos topamos con un indicio no tanto de pasividad como de desustanciación. Ese "yo no siento", en "Encantamiento" (la rima tampoco es irrelevante, sino que colabora en el lleno del sema de enajenación), es análogo al sinecdóquico "Me olvidé del mundo / y de mi yo no siento / más que el pecho vivo", de "Corderito". Con todo, en vez de entretenernos mucho más con los recursos que en "Encantamiento" producen un efecto contrario al propugnado por el discurso consciente y mimético, me parece preferible que clausuremos nuestros comentarios en este capítulo con un análisis de la poderosísima "Canción de la sangre" (196-197):

Duerme, mi sangre única
que así te doblaste,
vida mía, que se mece
en rama de sangre.

Musgo de los sueños míos
en que te cuajaste,
duerme así, con tus sabores
de leche y de sangre.

Hijo mío, todavía
sin piñas ni agaves,
y volteando en mi pecho
granadas de sangre.

Sin sangre tuya, latiendo
de la que tomaste,
durmiendo así, tan completo
de leche y de sangre.

Cristal dando unos trasluces
y luces, de sangre;
fanal que alumbra y me alumbra
con mi propia sangre.

Mi semillón soterrado
que te levantaste;
estandarte en que se para
y cae mi sangre;

camina, se aleja y vuelve
a recuperarme.
Juega con la duna, echa
sombra y es mi sangre.

¡En la noche, si me pierde,
lo trae mi sangre!
¡Y en la noche, si lo pierdo,
lo hallo por su sangre!

A mi juicio, "Canción de la sangre" es el gran poema entre las canciones de cuna de Gabriela Mistral. Si es una canción de cuna verdadera, de acuerdo a cualesquiera sean las normas que se utilicen para demostrarlo, aun y a pesar de las desviaciones que según hemos visto el género tolera y hasta fomenta, yo no sabría decirlo ni tampoco es mucho lo que me importa. Sospecho sin embargo que entre las treinta y seis o más canciones que constituyen la serie ésta debe ser la que más se aleja de los dos modelos abstractos que nosotros reseñamos al comienzo de este capítulo, el académico y el de la propia autora. Es en realidad un poema incompatible con aquellas lecturas maternalistas de las que tanto disfrutaban los mistralianos de los viejos tiempos, en el que, si bien es cierto que reaparecen varios motivos que nosotros hemos detectado en los análisis que hasta aquí llevamos hechos, es sólo después de habérselos envuelto en un proceso de resemantización que o profundiza la heterodoxia del motivo del caso o modifica su sentido seriamente.

Desde luego, resurge en "Canción de la sangre" la imagen doméstica, similar a la que acabamos de ver en

"Encantamiento", la imagen de la madre-leche. Pero, al revés de lo que ocurre en "Encantamiento", esa imagen no está sola, sino acompañada de (y, como en seguida veremos, compitiendo con) otra, la de la madre-sangre. No es que este contubernio de la leche con la sangre sea nuevo ni en la literatura de Mistral ni en la de otras mujeres escritoras. Por el contrario, se reitera en su poesía y también en la tradición de la escritura femenina[33], asociado por lo común al doble carácter de la maternidad, la que si es a veces un abandonarse satisfecho de la madre que pone su vida al servicio del hijo, en otras es un acto cargado de "amargo resentimiento", para decirlo con las duras palabras de Adrienne Rich[34]. En lo que toca a Mistral, hay huellas de esta doble conciencia amorosa y sangrante en "El suplicio" (20-21), de *Desolación*, ("Como un hijo, con cuajo de mi sangre / se sustenta él, / y un hijo no bebió más sangre en seno / de una mujer") y en "Campeón finlandés" (677-679), de *Lagar* ("como la Macabea, que da sudor de sangre / y da de mamar sangre, pero no llora llanto"). Acabamos así convencidos de que lo que nos debe importar esencialmente en nuestra lectura de "Canción de la sangre" no es tanto la falsa novedad del motivo como la doble tensión que lo atraviesa y que la poeta chilena reescribe con gran fuerza.

También habla esta "Canción de la sangre" del hijo como de un "semillón soterrado", de su posible "pérdida" y hasta de su cuerpo como si se tratara de un "cristal" que anticipa esa pérdida o de un "fanal" que llena de luz tanto su presente (el presente del niño) como el de la madre. Todos estos son motivos que andaban también merodeando por otras de las canciones de cuna mistralianas, según tuvimos ocasión de comprobarlo oportunamente. Pero a mí nada de eso me entusiasma demasiado, al menos por ahora. Me interesa mucho más subrayar que el contrato entre la madre y el hijo, entre la mujer y lo masculino "en agraz", es en este poema exigido hasta que en él queda muy poco del espiritualismo mariano que humedecía por lo menos la cáscara de las otras canciones de la serie.

Como hemos dicho, el texto de "Canción de la sangre" muestra desde la partida el doble darse de la madre, su darse como leche y su darse como sangre, y así, aunque en las primeras estrofas se insinúe un movimiento del alma mistraliana en pos de la unidad, a la larga ese movimiento termina no sólo escindiéndose en las dos corrientes que lo forman de hecho sino que incluso poniendo a esas corrrientes en batalla la una contra la otra. El verbo "cuajar", que el español de Chile reserva casi exclusivamente para la coagulación de la leche y la sangre, intenta ser un gancho que articula la búsqueda inicial de armonía. Es en los sueños de la madre en los que el sueño del hijo "cuajó". El verso dieciséis repite al octavo y procura mantener la fusión con un amago de estribillo, pero es en vano. De ahí en adelante, en lo que constituye la segunda parte matemática del texto (el total de versos que lo componen es de treinta y dos; el quiebre se produce, como hemos dicho, en el verso dieciséis), la imagen doméstica es invadida, avasallada, silenciada y sustituida por la otra.

Esto quiere decir que el relevo que tiene lugar en la segunda parte de "Canción de la sangre" era inevitable. Mejor dicho: que las dos concepciones de la relación de la madre con el hijo con las que el poema se abre estaban condenadas a entrar en combate tarde o temprano. Por lo mismo, no tiene nada de insólito que sólo una de ellas sobreviva durante la segunda parte de esa continuidad "en proceso" que el texto es y quiere ser. El hijo bebe la sangre de la madre, está hecho de su sangre, sabe a su sangre, conserva en la boca el sabor de su sangre y, en definitiva, es su sangre. El sacrificio materno, el don desinteresado de sí, la pura *dépense* que investigó Mauss, con la que fantaseó Bataille y que ha sido la explicación favorita de quienes suelen ocuparse de esta vertiente de la poesía mistraliana (y, en general, de lo que se conoce a mi juicio erróneamente como su poesía "infantil"), se sustituye de pronto por un despliegue de connotaciones oscuras. Porque ese hijo es en realidad dos hijos: es el que ha sido hecho con la leche de la madre, quien lo ha alimentado para que crezca y sea el individuo fuerte, independiente y dueño de sí que El Padre espera que sea, y es también el que ha sido hecho con la sangre de la madre, un hijo que, al contrario del otro, es *y será siempre* un "musgo de sus sueños", un ser que "cuaja en sus sueños".

Reconozco que mi análisis podría enrumbar en este punto en la dirección insinuada e insuficientemente desarrollada por Susan Gubar en "'The Blank Page' and the Issues of Female Creativity"[35], estableciendo que el paso desde la madre-leche a la madre-sangre y desde el-hijo-que-se-va a el-hijo-que-permanece-junto-al-regazo-materno, metaforiza en "Canción de la sangre" una percepción en último término decimonónica (dolorosa, culpable, monstruosa incluso) de la creatividad literaria femenina, a la que nuestra autora estaría asumiendo como un reemplazo ilegítimo (y de ahí la sangre) de la creatividad no literaria y verdadera (la creatividad de la leche). Sin negar esta intuición, que me parece valiosa, ni su incidencia *no mecánica* en la poesía de Gabriela Mistral[36], creo preferible por ahora parar mientes en un hecho más básico: *si en la primera de las dos configuraciones anotadas la madre es para el hijo, en la segunda ocurre exactamente lo contrario.* Es decir que si el hijo de la leche es El Hijo de El Padre, el hijo de la sangre es El Hijo de La Madre, aquel cuyo destino es convertirse ni más ni menos que en su prolongación en el mundo, acaso para ejecutar en ese mundo cuanto a ella no le fue, no le es y no le será posible ejecutar jamás. El ideologema del gasto puro, el de la pura entrega, mariano o batailleano, lo mismo da, y que más o menos sobrevivía a lo largo de la primera parte de "Canción de la sangre", ideologema cuyo centro emblemático no es otro que el cuadro de la madona, el sensiblero retablo de la madre que hace dormir y/o amamanta al niño, cede de este modo su lugar a uno no menos prestigioso, vinculado desde hace ya dos siglos con la problemática de la femineidad y cuyos polos son la madre fálica y su doble. En este último contexto, estoy pensando en aquella estupenda familia de monstruos duplicadores de la que forman parte Mr. Hyde, El Golem, Golyadkin, el hijo aquél con el que sueña el mago de Borges y, señaladísimamente, en el hijo de Frankenstein.

Por eso, desde la estrofa quinta y hasta la última de "Canción de la sangre", tiene lugar también en este poema uno de esos espectáculos melodrámaticos, altisonantes y a tablero vuelto que suele depararnos Mistral y que a nosotros nos han permitido llamar la atención del lector, en los dos capítulos anteriores de este mismo libro, acerca de sus debilidades por la estética del teatro y la literatura popular decimonónica. Me refiero al despertar, al erguirse y finalmente al ponerse en marcha de aquel personaje que hasta la estrofa cuarta era sólo una guagua inocente, adormecida en la tibieza del seno materno (aun cuando allí se hallara también "completo / de leche y de sangre"), todo ello merced a la invocación encantatoria de la palabra poética. La escena recuerda, por supuesto, a la del capítulo quinto del libro de Mary Shelley, aquel en el que el doctor Víctor Frankenstein, el doble metapoético de la autora según cierta crítica[37], pone a su propio doble en acción.

El resultado es que en la quinta estrofa, vemos al niño de Gabriela convertido en un "fanal que alumbra"; en la sexta, en un "semillón que se levanta"; en la séptima, en un personaje que "camina", que "se aleja y vuelve", que "juega con la duna "y que "echa sombra"; y en la octava, en el atisbo de una pérdida, en el presagio de una separación que pese a todo no llega a consumarse.

Cierto, podría argüirse que las raíces de este proceso de crecimiento están en el crear-criar-para-perder, que como creemos haberlo demostrado en párrafos anteriores constituye uno de los principales núcleos de significación de las canciones de cuna mistralianas. No obstante, no sólo nos condena esa lectura a seguir prisioneros de una interpretación de la lírica de Gabriela Mistral de alcances más bien pazguatos, la de la madre que da su leche, la que se ofrenda a sí misma, la del don o la *dépense* (ello aun cuando también hayamos percibido en esa madre, como lo hicimos en nuestros análisis de "Yo no tengo soledad" y "Corderito", más de una hebra de frustración y de queja), sino que la misma se ve contradicha por el enfático cuarteto que pone fin al poema: "En la noche, si me pierde, / lo trae mi sangre! / ¡Y en la noche, si lo pierdo, / lo hallo por su sangre!".

Más vale pues dejar la exégesis rutinaria de lado y ocuparnos en cambio del ostensible reemplazo que en la "Canción de la sangre" tiene lugar de la madre-leche por la madre-sangre y del hijo-que-se-va por este otro, el que, dotado presumiblemente de una mayor devoción por su progenitora, se quedará montando guardia junto a la puerta de su dormitorio por el resto de la vida. Descubrimos entonces que ése que se yergue en la segunda parte del poema no es en efecto un ser *para sí,* producto de la mujer en su función de madre, sino un ser *para ella,* producto de la madre en su función de mujer. No tendrá este segundo individuo otra tarea en el mundo que la de constituirse en el *doppelgänger* de ella, la de reflejarla, la de prolongarla, la de servirla, la de "alumbrarla", la de "alejársele" pero también la de "volver" para "recuperarla". Si "él la pierde a ella" o si "ella lo pierde a él", él, que está hecho con la sangre de ella, o a la sangre de ella retorna o ella lo "halla" siguiendo el rastro de su propia sangre. Es evidente a estas alturas que la propuesta significativa canónica, la que se encuentra en la superficie consciente y mimética de la mayor parte de las canciones de cuna de Gabriela Mistral, y que como hemos visto es una propuesta que perduraba en los versos iniciales de este mismo poema, no se sostiene más. Como el amante niño de "Los sonetos de la Muerte", el fantasma de la masculinidad "en agraz" existe ahora en estos textos encerrado entre las paredes de una cuna interior, es un joven Frankenstein que desde allí aguarda el sonido de la voz de su madre, ese sonido que lo pondrá en movimiento otra vez, pero ya no más para alejarse, nunca más para perderse, sino que para acudir a su encuentro, para recuperarla y amarla, obediente a la promesa de unas citas que tienen lugar en el cuarto de ella, en cada una de sus "noches" y sobre "el musgo de sus sueños".

Notas

1. Habría que agregar dos más, creo: "Canción de cuna del ciervo", que forma parte del "Poema de Chile" (25-26), y "Soñolienta", que Jaime Quezada extrajo de una publicación en la revisa *Atenea,* de 1932, e incluyó entre los inéditos de su edición para Ayacucho. *Poesía y prosa,* 320-321.

2. Gabriela Mistral. "Colofón con cara de excusa" en *Ternura.* 2ª ed. Buenos Aires-México. Espasa Calpe Argentina, 1945, p. 183.

3. *Ibid.,* 184.

4. *Ibid.,* 184-185.

5. *Ibid.,* 186.

6. "... ¿existe la canción de cuna en función de su contenido léxico o de su uso social? ¿Es canción de cuna la que induce el sueño o lo es cualquier canción acerca de cualquier asunto y que se usa para producir el sopor?". Bess Lomax Hawes. "Folksongs and Function. Some Thoughts on the American Lullaby". *Journal of American Folklore,* 87 (1974), 141.

7. "... Los registros estaban ampliamente distribuidos y variaban desde el intervalo de una tercera menor a una décima tercera mayor. Había cuatro registros diferentes que eran más significativos que las otros: intervalos de una quinta, de una sexta mayor, de una séptima menor y octavas. [...] Sesenta y uno por ciento del total de las muestras contenían de cinco a siete tonos diferentes, y la frecuencia más alta se daba en las muestras con seis tonos, aunque grupos más pequeños estaban representados aquí que en las muestras de siete tonos. [...] El noventa por ciento del total de las muestras exhibía alguna forma de repetición, y el diez por ciento no exhibía repetición alguna. [...] Compases de división binaria y cuaternaria se encontraron en el cincuenta y tres por ciento, ternaria en el trece por ciento, y compases irregulares en el diecinueve por ciento del total de las muestras [...] La diferencia entre los movimientos descendentes y ascendentes de los *patterns* de conclusión era del ochenta y tres al diecisiete por ciento respectivamente, un coeficiente de ocho a dos". Hanako Fukuda. *Lullabies in the Western Hemisphere.* Tesis doctoral para la Escuela de Educación de la University of Southern California, 1960, pp. 435-436.

8. Federico García Lorca. "Las nanas infantiles" en *Obras completas.* 17ed. Madrid. Aguilar, 1972, p. 94.

9. Leslie Daiken. *The Lullaby Book.* London. Edmund Ward, 1959, p. 13.

10. "Las nanas...", 95.

11. *Ibid.,* 94 y 95 respectivamente.

12. No se me ocultan las explicaciones que consideran la caída del niño en "Rockabye baby" (y en otras canciones semejantes) como una metáfora, por lo común del advenimiento del sueño, y a la canción misma como un ítem representativo de un tipo de textos que se caracterizan por el empleo de este motivo. Con todo, lo que se le está cantando al niño en esa canción es, expresamente, que "Cuando el viento sople, la cuna se mecerá; / Cuando la rama se rompa, la cuna cederá, / Al suelo irán a dar el niño, la cuna y todo lo demás". Metáfora o no, la letra que la madre *le canta a su hijo* dice lo que dice.

13. La opinión de Fukuda en la tesis doctoral que citamos más arriba me parece simplificadora: "Encontramos básicamente dos tipos de canciones de cuna: las que se centran en el niño y las que se centran en la madre". *Lullabies...,* 436. Un poco más fina es la clasificación de

Glauco Sanga, aunque todavía defectuosa. Sanga distingue canciones "mágicas", en las que el sueño se invoca directamente; canciones "eróticas", más o menos explícitas; y canciones *"di sfogo"*, en las que una mujer que canta se lamenta por su condición o por la condición humana en general. *La comunicazione orale e scrita: Il linguaggio del canto popolare*. Brescia. Giunti/Marzoco, 1979, p. 41. Luisa Del Giudice, escribiendo sobre la *"ninna-nanna"* italiana, pone las cosas del siguiente modo: "la expresión de las ansiedades y los temores no necesita ser un lamento explícito, sino que puede surgir oblicuamente, en un lenguaje metafórico [...] si efectivamente las canciones de cuna suministran una oportunidad para 'ventilar' ansiedades, esta expresión personal involucra mecanismos generadores (de ordenación de los elementos formales) o estrategias metafóricas que pueden distar mucho de la transparencia. Factores tales como el proceso 'onírico' propio de un desplazamiento metafórico subconsciente de ansiedades y deseos, configuraciones de 'caída', que miman el descenso en el sueño, el cruce genérico que amplía las zonas semánticas de la canción de cuna, todo ello da cuenta de la estructura y contenido de una buena cantidad de canciones de cuna italianas". "*Ninna-nanna*-nonsense? Fears, Dreams, and Falling in the Italian Lullaby". *Oral Tradition*, 3 (1988), 271.

14. Sheryl A. Spitz. "Social and Psychological Themes in East Slavic Folk Lullabies". *Slavic and East European Journal*, 1 (1979), 19.

15. "... el folklore revela las frustraciones e intentos del hombre para escapar a través de la fantasía de las represiones que la sociedad le impone". William R. Bascom. "Four Functions of Folklore". *Journal of American Folklore*, 67 (1954), 343.

16. Los textos que importa citar de Elaine Showalter son "Literary Criticism" y sobre todo "Feminist Criticism in the Wilderness", donde dice que "la ficción de las mujeres se puede leer como un discurso de doble voz, que contiene una historia 'dominante' y una 'muda'". *Vid.*: respectivamente *Signs*, 1 (1975), 435-460, y *Writing and Sexual Difference*, ed. Elizabeth Abel. Chicago. University of Chicago Press, 1982, p. 34; en cuanto a Sandra M. Gilbert y Susan Gubar, nuestra referencia alude a la primeras páginas de *The Madwoman in the Attic: The Woman Writer and the Nineteenth Century Literary Imagination*, donde se lee que "Desde Jane Austen a Mary Shelley y desde Emily Brontë a Emily Dickinson, las mujeres han producido obras literarias que son de alguna manera palimpsésticas, obras cuyo diseño superficial esconde u oscurece niveles de significación más profundos, menos accesibles (y menos aceptables socialmente)". New Haven. Yale University Press,

1979, p. 73; por último, de Kristeva lo que nos debe interesar en este contexto es su postulación lingüístico-lacaniana de "lo semiótico" como una magnitud del lenguaje subsumida en y combatiente con "lo simbólico". Kristeva entiende, para decirlo con las palabras de su discípula Toril Moi, que "la femineidad y lo semiótico tienen una cosa en común: su marginalidad. Si lo femenino es marginal bajo el patriarcado, también lo semiótico es marginal al lenguaje. Por eso, las dos categorías se pueden teorizar, junto con otras formas de 'disidencia', aproximadamente de la misma manera en la obra de Kristeva". *Sexual/Textual Politics. Feminist Literary Theory.* London y New York. Routledge, 1985, p. 166.

17. Bernardo Subercaseaux. "Gabriela Mistral: espiritualismo y canciones de cuna". *Cuadernos Americanos,* 2 (1976), 215 *et sqq.*

18. Por ejemplo, en Arce de Vázquez. *Gabriela Mistral...,* 59 *et sqq.* Mistral sabía muy bien lo que la poesía infantil involucraba y se refirió al asunto en una conferencia que pronunció en Belo Horizonte, Brasil, en septiembre de 1943. Habló ahí sobre *O menino poeta,* un libro de esta índole del que es autora Henriqueta Lisboa. La conferencia, traducida al portugués por J. Lourenço de Oliveira, se publicó en *A manhã* de Río de Janeiro (26 de marzo de 1944), 39-47.

19. "Sorties..." en *The Newly Born Woman,* 64.

20. *Gabriela Mistral's Religious Sensibility,* 115.

21. "Gabriela Mistral: espiritualismo...", 218-219.

22. Theresa C. Brakeley. "Lullaby" en *Standard Dictionary of Folklore, Myth and Legend,* ed. Maria Leach. Vol II. New York, Funk and Wagnalls, 1950, pp. 653-654.

23. *Antología,* 225-226.

24. "Prólogo de Paul Valéry a la edición de Poemas", tr. Luis Oyarzún, en María Urzúa. *Gabriela Mistral. Genio y figura.* Santiago de Chile. Editorial del Pacífico, s. f., p. 9.

25. Piénsese por ejemplo en el "útero eterno" del que habla Darío en "Carne celeste carne de mujer", el poema XVII de los "Otros poemas" de *Cantos de vida y esperanza, los cisnes y otros poemas.* Llamo la atención del lector especialmente sobre los versos primero y segundo

de la tercera estrofa: ¡Pues por ti la floresta está en el polen / y el pensamiento en el sagrado semen...". Cito por Rubén Darío. *Poesía*, ed. Ernesto Mejía Sánchez. Caracas. Biblioteca Ayachucho, 1977, p. 280.

26. Una espectacular combinación de la perspectiva modernista con la regionalista se encuentra en el comienzo de la segunda parte de *La vorágine*: "-¡Oh selva, esposa del silencio, madre de la soledad y de la neblina! ¿Qué hado maligno me dejó prisionero en tu cárcel verde? [...] Tú eres la catedral de la pesadumbre, donde dioses desconocidos hablan a media voz, en el idioma de los murmullos, prometiendo longevidad a los árboles imponentes [...] Tú tienes la adustez de la fuerza cósmica y encarnas un misterio de la creación [...] ¡... pareces un cementerio enorme donde te pudres y resucitas!", etc. José Eustasio Rivera. *La vorágine*. Caracas. Biblioteca Ayacucho, 1976, pp. 77-78. En todo caso, cuando se haga una relectura de *La vorágine*, alguna atención habrá que poner en el hecho de que la naturaleza-madre de esta novela es, sin ninguna duda, la "madre primitiva, uterina, hetaírica, madre de las cloacas y de los pantanos", y que según Deleuze es la primera de las tres madres que distingue el caballero Masoch. Gilles Deleuze. *Présentation de Sacher-Masoch*. París. Minuit, 1967, 49-50.

27. "Colofón...", 184.

28. La realización más acabada de este motivo de la preparación del niño para un futuro heroico se encuentra, sin duda, en "La cabalgata" (416-419), de *Tala*, donde, en los versos sesenta y cinco a sesenta y ocho, Mistral escribe "Soy vieja; amé los héroes / y nunca vi su cara; / por hambre de su carne / yo he comido en las fábulas" y termina su poema diciendo: "Ahora despierto a un niño / y destapo su cara, / y lo saco desnudo / a la noche delgada, / y lo hondeo en el aire / mientras el río pasa, / porque lo tome y lleve / la vieja Cabalgata..."..

29. Brakeley. "Lullaby".

30. Para el marianismo y la mujer en la historia de la cultura europea, puede consultarse con provecho el libro de Marina Warner. *Alone of all her Sex. The Myth and the Cult of the Virgin Mary*. New York. Knopf, 1976. También, desde el punto de vista de la teología de la liberación, el de Leonardo Boff, O.F.M. *O rostro materno de Deus: Ensaio interdisciplinar sobre o feminino e suas formas religiosas*. Petrópolis. Editora Vozes Limitada, 1979. En lo que toca a América Latina, un artículo bastamente (sí, con "b" larga) insatisfactorio sobre este tema es el de

Evelyn P. Stevens. "Marianismo: The Other Face of Machismo in Latin America" en *Female and Male in Latin America. Essays,* ed. Ann Pescatello. Pttsburgh. University of Pittsburgh Press, 1973, pp. 89-101. Más útiles son algunos párrafos del libro de Sonia Montecino. *Madres y huachos. Alegorías del mestizaje chileno.* Santiago de Chile. Cuarto Propio-Cedem, 1991, 63 *et sqq.*

31. Doy cuatro ejemplos de distintas épocas: *An Anthology of Spanish American Literature,* eds. E. Herman Hespelt et al. New York. Appleton-Century-Crofts, Inc., 1946, p. 733; *Once grandes poetisas hispanoamericanas,* ed. Carmen Conde. Madrid. Ediciones Cultura Hispánica, 1967, p, 156; *Literatura hispanoamericana. Antología e introducción histórica.* Ed. rev., eds. Enrique Anderson Imbert y Eugenio Florit. New York. Holt, Rinehart and Winston, 1970, p. 232; y Edward H. Friedman, L. Teresa Valdivieso y Carmelo Virgilio. *Aproximaciones al estudio de la literatura hispánica.* 2ª ed. New York. McGraw Hill, 1989, p. 170.

32. "Gabriela Mistral: espiritualismo...", 217.

33. En "Creativity and the Childbirth Metaphor: Gender Difference in Literary Discourse", Susan Standford Friedman anota ejemplos de la madre sangre en Sylvia Plath, Erica Jong, Anaïs Nin, Ntozake Shange y Lucille Clifton. En *Speaking Of Gender,* ed. Elaine Showalter. New York y London. Routledge, 1989, pp. 87-93. Más fascinantes aún me parecen las observaciones de Christopher Craft, a propósito de la famosa escena del *Dracula* de Stoker en la que Mina bebe la sangre del conde en una pose en la que la actitud de ambos, según el texto de la novela, "tenía un parecido terrible con la de un niño forzando la nariz de un gatito en un plato de leche para obligarlo a beber". Comenta Craft: "Estamos en el pecho del conde, habiéndosenos alentado una vez más para sustituir lo blanco por lo rojo, en la medida en que la sangre se transforma en leche". "'Kiss Me with those Red Lips': Gender and Inversion in Bram Stoker's *Dracula*". *Ibid.,* 233-234.

34. "... Mis hijos me causan el sufrimiento más exquisito del que tengo experiencia. Es el sufrimiento de la ambivalencia: la alternación homicida entre el amargo resentimiento y los nervios de punta, y la gratificación extasiada y la ternura". *Of Woman Born...,* 21.

35. En *Writing and Sexual Difference,* 73-93.

36. Retomaremos este tema en nuestro Capítulo X.

37. Gilbert y Gubar, dicen por ejemplo, que la relación entre Víctor Frankenstein y su criatura es una reescritura mujeril y burlesca de la relación entre Dios y Adán en el *Paradise Lost,* de Milton, y que esa reescritura metaforiza la difícil relación de Mary Shelley con su propia creación. *Madwoman...,* 221-297. En América Latina, Rosario Ferré escribe: "La crítica suele ignorar uno de los aspectos más interesantes de *Frankenstein*: la interpretación del tema del doble como una versión del tema de la maternidad. El montruo que Mary inventa puede verse también como una representación simbólica de la tiranía de la maternidad sobre la mujer". "*Frankenstein*: una versión política del mito de la maternidad" en *Sitio a Eros. Trece ensayos literarios.* México. Joaquín Mortiz, 1986, p. 35.

CAPÍTULO IV

... y lo que veo no hay otro que lo vea
Nocturno del descendimiento

El Olimpo de Gabriela Mistral lo habitan un par de dioses hombres, ambos de ortodoxia convencional e irreprochable, el Dios Padre y el Dios Hijo, y una diosa mujer y pagana, la Gea, a quien ella se refiere con suma frecuencia. Con estos tres actores, jerarquizándolos y rejerarquizándolos, prefiriendo a uno sobre los otros, o a veces poniendo a uno contra los otros, Mistral mueve los hilos de un espectáculo teológico-alegórico de connotaciones abigarradas y múltiples. En parte al menos, el carácter admitidamente equívoco de lo que no es su religión, sino, para servirme del elegante eufemismo de Martin C. Taylor, su "sensibilidad religiosa", se debe a las actuaciones que genera esta dinámica. Como se sabe, el Dios padre de Mistral es el de la doctrina mosaica, quien, si vamos a creerle a Freud y sus fuentes, es una especie de retorno del reprimido Aten, aquel que impuso en Egipto y sólo por la duración de su reinado, Amenophis IV o Akhenaten[1]. Lo caracterizan sobre todo la distancia y la indiferencia, pero también la facilidad con que se hace sentir hasta en el último rincón del universo, según lo hemos visto en los poemas más antiguos de *Ternura,* tales como "Meciendo" y "Me tuviste". No menos ostensible es el entusiasmo con que descarga sus iras sobre todos aquéllos que rehúsan inclinarse ante la majestad de su Poder. Es, por último y acaso por lo mismo, El que controla la muerte: "Los surcos de su carne se llenan de terrores. / Se hiende, como la hoja de otoño, al Señor fuerte / que le llama en los bronces...", observa Mistral al describir a "El Pensador de Rodin" (3), en el primero de los poemas de *Desolación* (3). De lo que se desprende que el común denominador de las actuaciones de Dios Padre en la poesía mistraliana consiste en el ser Éste un personaje dotado de una independencia absoluta. El Yavé hebreo de Mistral es invulnerable porque no le rinde cuentas a nadie. Es, desde siempre y para siempre, un ente autónomo.

Por cierto, ante tales y tamaños atributos la poeta agacha la cabeza. También, pero hay que andarse con tiento en la exploración de este asunto, ya que es menos sencillo de lo que podría parecerle a una lectura descuidada, ella aventura, frente al soberbio espectáculo de su omnipotencia, el amor. La mujer que en sus poemas habla con Él —y a Mistral le gusta "hablar" directamente con sus dioses— pondrá de manifiesto ambas actitudes a través de un espectro de variables muy amplio cuya riqueza deviene inversamente proporcional a la lejanía absoluta del Receptor del discurso. Tieso entre las brumas de su altísima peana, es el no hallarse presente de El Gran Otro en el espacio de la conversación lo que le permite a la hablante —hablante única, porque tal es la realidad de este implausible intercambio— darse, abandonarse, perderse (perderse ella en Él o perderlo a Él en ella) y también poner en marcha los desarrollos que corresponden a tales verbos con una sinceridad que es genuina sin duda y que nosotros no osaremos cuestionar[2]. Gabriela Mistral es sumisa en el "Credo" ("... creo en mi corazón, el reclinado / en el pecho de un Dios terrible y fuerte", 31-32); pedigüeña en "El ruego" ("... Vengo a pedirte por uno que era mío, / mi vaso de frescura, el panal de mi boca", 99-101); desfalleciente en "Tribulación" ("... En esta hora, amarga como un sorbo de mares, / Tú sosténme, Señor",

77-78); amorosa en "Hablando al Padre" ("... Tuya me sé, / pues que miré / en mi carne prendido tu fulgor", 353-355); apasionada en "La ley del tesoro" ("... Algún día ha de venir / el Dios verdadero / a su hija robada, mofa / de hombre pregonero. / Me soplará entre la boca / beso que le espero / miaja o resina ardiendo / por la que me muero", 405-407); y de vuelta en el remanso de una calma retrospectiva y ascética en "El regreso" ("... Desnudos volvemos a nuestro Dueño, / manchados como el cordero / de matorrales, gredas, caminos", 745-747).

Pero, como sugerí más arriba, no es sabio y ni siquiera prudente pensar en la sensibilidad religiosa de Gabriela Mistral como si se tratara de un sistema unívoco. Porque lo concreto es que sus actitudes de humillación o de amor para con la majestad de Yavé se corresponden casi una por una con todo un elenco de actitudes contrarias. Estas otras empiezan con la discrepancia, pasan por la queja y el reclamo, y desembocan en la duda y la negación. Es el esquema consabido, el mismo que estrenaron los judíos del Éxodo con el dios egipcio que les impuso Moisés. Como allá, aquí también el alma del/la creyente oscila entre la fe de los mártires, la de aquéllos que están dispuestos a resistir cualquier prueba, incluso la del sacrificio de la propia vida, y la discordia que no se detiene ni ante la expectativa del asesinato[3].

Eso en lo que tiene que ver con el Dios Padre. En cuanto al Dios Hijo, en la poesía que ahora nos ocupa Él aparece retratado principalmente a partir de los tres rasgos siguientes: su infantilismo, esto en el papel de Niño Jesús; su sufrimiento, el del Cristo que muere en la Cruz, habiendo renunciado a responder a la maldad de los hombres con un robusto despliegue de su fuerza sobrehumana; y su potencial de salvación, el de El Hijo resurrecto e investido después de su retorno a los cielos con los mismos atributos de El Padre[4]. Más todavía: es precisamente este ser Cristo un personaje "en proceso" (en su

Theory of Literature Wellek y Warren definieron hace años a tales personajes como "dinámicos o en desarrollo"[5]), desde la vulnerabilidad de El Niño[6], al sacrificio de El Mártir y a la recobrada grandeza de El Redentor, el elemento que unifica su *performance.* Al contrario de Yavé, el Cristo mistraliano es un dios mudadizo. A eso se debe que la escritora dialogue con Él de modos diferentes, los que dependen de cuál sea la fase en que logra atraparlo en cada caso. Es la madre de El Niño, la protectora de El Mártir y la resurrecta ella misma a través de la resurrección de El Redentor.

De la Gea, muy poco es lo que se ha dicho hasta hoy, no obstante su recurrencia en por lo menos una veintena de poemas, así como su mención reverente y expresa en el "Colofón" de la segunda edición de *Ternura* [7]. ¿De dónde la saca Mistral? ¿De su interés por la estudios mitológicos? Gracias a los desarrollos de la antropología y la religión comparada, es bien sabido que tales estudios alcanzan a fines del siglo XIX y comienzos del XX un rigor disciplinario que supera con mucho al barroco ornamentalista que dominara hasta entonces en esta rama del saber. ¿De sus lecturas teosóficas? Porque no debe olvidarse que la secta la funda una mujer, armada con una sobredosis impresionante de reivindicacionismo genérico y empeñada en erradicar del campo de lo divino cualquier asomo de antropomorfismo masculinista[8]. ¿De las peculiaridades del culto a María en Chile y América Latina? Sonia Montecino ha argumentado convincentemente que el sincretismo mestizo de la imaginación americana le recorta a la María europea su virginidad, y acaso por lo mismo su trascendencia divina, devolviéndole de este modo y en nuestro beneficio su antigua condición de Madre Tierra o de Madre Naturaleza[9]. ¿O de la profundización de la perspectiva feminista que se fue produciendo en su conciencia con el correr de los años? La verdad es que es difícil responder a estas preguntas con alguna certeza, aunque no sea tan difícil reconocer el linaje y precedentes de la figura en cuestión. En el siglo VIII o VII a.C. es Hesíodo quien establece por segunda vez la genealogía de los dioses griegos, retrotrayendo los orígenes de la estirpe a la pareja que forman Urano y Gea, el Cielo y la Tierra. En la *Teogonía* cuenta Hesíodo que "Primero, existió el Vacío, en seguida la Tierra de amplio seno [Gea], la casa sólida y eterna de todos los inmortales" y que ella parió primeramente el Cielo estrellado [Urano], de igual tamaño que ella, para que él la cubriera por todas sus partes y así la convirtiera en la casa eterna de los dioses"[10]. La Gea es pues, para Hesíodo, y de este modo es como interpretan sus palabras los mejores clasicistas de nuestro tiempo, sólo una versión localizada del principio femenino fundamental, intermediaria entre la nada (El Vacío) y la sociedad, la cultura y aun la humananidad tal y como hoy las conocemos[11]. Comprobación con la que nosotros quedamos en condiciones de retroceder un poco más en el tiempo para adentrarnos ahora en el imaginario teológico de la humanidad prehistórica. Robert Graves asegura, por ejemplo, que "La Europa Antigua carecía de dioses. La Gran Diosa era tenida por inmortal, incambiable y omnipotente; y la idea de paternidad no había hecho su aparición en el pensamiento religioso. Ella tenía sus amantes, pero era por placer, no para darle hijos a un padre. Los hombres temían, adoraban y obedecían a la matriarca; el fuego al que ella atendía en una caverna o en una choza fue el más temprano centro social, y la maternidad el primer misterio"[12]. Como vemos, Graves hace suya en esta cita la hipótesis de una Europa arcaica, de organización comunitaria y matrilineal, la que habría sido destruida por las invasiones caucásicas que comenzaron a producirse a partir del 4300 a.C. Desde una atalaya distinta, Joseph Campbell sospecha que la Madre Tierra encarna uno de los que él llama *"imprints of experience"* (los *upādhi* o "máscaras de Dios" del vocabulario sánscrito) en el inconsciente colectivo de la humanidad:

> El concepto de la tierra como madre paridora y nutricia es asaz prominente tanto en las mitologías de las sociedades de cazadores como en las de agricultores. Según la imaginería de los cazadores, los animales de caza provienen de su matriz y uno descubre sus arquetipos intemporales en el submundo, o en el espacio de la danza, o en los ritos de iniciación —arquetipos de los cuales los rebaños de la tierra no son más que las manifestaciones temporales enviadas para la nutrición humana—. De parecida manera, de acuerdo a los agricultores, es en el cuerpo de la madre donde el grano se siembra; arar la tierra es engendrar en ella y el crecer del grano constituye un nacimiento. Más aún, la idea de la tierra como madre y como entierro, como una re-entrada en la matriz para dar lugar al renacimiento parece habérseles presentado por lo menos a algunas comunidades en una fecha extraordinariamente temprana. Las evidencias más antiguas e inconfundibles que se han hallado de la existencia de ritos y por lo tanto de un pensamiento mitológico son los cementerios del *Homo neanderthalensis,* un predecesor remoto de nuestra especie cuyo período de existencia podría fecharse tal vez entre el 200.000 y el 75.000 a.C. Se han encontrado esqueletos de hombres de Neanderthal sepultados con provisiones (lo que sugiere la idea de otra vida), en compañía de animales sacrificados (toros salvajes, bisontes y machos cabríos), en una disposición sobre el eje este-oeste (el camino del sol, que renace desde la misma tierra en la que los muertos son sepultados), en una postura curva (como si estuvieran dentro de la matriz), o en una postura de sueño —en un caso con una almohada hecha de trozos de pedernal—. El sueño y la muerte, el despertar y la resurrección, la tumba como un retorno a la madre para el renacimiento; pero si es que el Homo Neanderthalis pensó

que su próximo despertar sería aquí otra vez o en algún mundo por venir (o incluso en ambos), eso no lo sabemos[13].

No estoy yo muy convencido del rigor de la ciencia antropológica de Graves ni tampoco soy un partidario sin reservas del jungueanismo mitológico a la Campbell, pero lo que uno y otro señalan está de acuerdo no sólo con la vieja argumentación matriarcalista, la que encontramos expuesta en los estudios de J.J Bachofen, de 1861, que se continúan en los de R. Briffault, de 1927, y en el libro de E.O. James, de 1959, sino también con las conclusiones de algunos investigadores que se hallan más próximos a nosotros, como Marija Gimbutas[14]. Rescatemos pues, de la evidencia que han acumulado quienes conocen este campo mejor que nosotros, por lo menos tres ideas que deberían sernos útiles en el presente capítulo.

Primero, me parece importante que quede claro desde ya que el culto de la Tierra es el culto a una divinidad que es *y que no puede ser* sino femenina, divinidad que por lo mismo discrepa del protagonismo patriarcal de la religión judeo-cristiana. En segundo lugar, el culto de la Madre Tierra opone al trascendentalismo del proyecto masculino en Occidente, metaforizado en el plano religioso por la lejanía absoluta de Dios, un proyecto femenino alternativo, en el que la particularidad, la concreción y la cercanía son los rasgos que caracterizan a la divinidad. Estos rasgos coinciden con la perspectiva inmanentista, que según piensa Montecino caracteriza a la imaginación sincrética y mestiza americana, y con la que ésta le devuelve a la María europea su condición de mujer. No sólo no tiene la Madre Tierra nada de inaccesible en esta postura *alter,* sino que se ofrece al goce sensorial de sus hijos con la misma largueza con que les dispensa alimento y protección. Tercero: el culto de la Tierra demuestra ser más antiguo (desde el 2000.000 al 75.000 a.C., de acuerdo con el texto de Campbell) y más universal (de "agricultores" tanto como de "cazadores", en ese mismo texto) que las llamadas civilizaciones históricas, hasta el extremo de que es Campbell quien arguye que ni siquiera correspondería otorgárselo en exclusividad al *homo sapiens*.

No es por lo tanto la pagana divinización que Gabriela Mistral hace de la Tierra lo que debiera suscitar el escándalo crítico sino más bien el desconocimiento de la misma por parte de quienes tenían la obligación de evaluar la influencia que tiene en su obra. La Gea mistraliana está en *Ternura*, en *Tala* y en los dos *Lagares*, a veces con ese mismo nombre, en otras como Madre Tierra a secas, más de una vez con los nombres de sus homólogas latinas, Cibeles y Ceres ("Tierra, Deméter, y Gea y Prakriti" es como recorre la gama universal de sus representaciones el verso décimo quinto de "Recado terrestre", 791-793[15]) e inclusive, como ocurre en el "Recado a Victoria Ocampo, en la Argentina" (587) y en "Cuatro tiempos del huemul" (495-500), éste uno de los grandes poemas de *Tala*, convertida en La Pampa americana.

Es bueno insistir además en que la diosa mujer de Gabriela Mistral es esta Gea anterior a las civilizaciones históricas y no María. Porque, aun cuando Mistral le haya dedicado a la madre de Jesús un par de artículos laudatorios[16] y aun cuando se haya dirigido a ella en unos pocos poemas, entre los que el más competente parece ser "A la Virgen de la Colina" (26-28), de *Desolación*, lo esporádico de sus incursiones en este terreno y el no prolongarse su voluntad creadora con firmeza ni siquiera en el interior de los poemas mismos no nos ofrece un fundamento sólido para la detección de un espíritu mariano en su escritura[17]. María *no es* uno de sus personajes femeninos favoritos, pese a todas las madonas que, como observábamos en el capítulo anterior, pueblan, prácticamente por definición, sus canciones de cuna. Tan cierto resulta ser esto que la hermana Marie-Lise Gazarian-Gautier, para argüir lo que ella considera el "amor infinito" de Mistral "por la Madre de Dios", tiene que echar mano de una pillería metonímica transparente, observando que la poeta "rara vez sintió la necesidad de escribir específicamente sobre la Virgen, puesto que la alabó dondequiera que haya escrito acerca de su madre y acerca de todas las madres"[18]. El hecho es que, a escala humana, la poeta chilena prefiere a las mujeres del Antiguo Testamento, a Sara, a Lía, a Rebeca, a Raquel, a la Macabea, a Ruth, a Judith, y no porque algunas de ellas sean mujeres sin hijos (no es el caso de la Macabea y otras, y no concuerdo por lo mismo con el juicio de Taylor[19]), sino por su fortaleza ejemplar. Si no es sobre ellas, sus predilecciones recaen sobre la Gea de las civilizaciones arcaicas.

Como se comprenderá, a mí no me va a ser posible revisar en el capítulo que ahora tengo por delante cada uno de los poemas de Mistral que tienen que ver con su experiencia de lo divino. Tampoco es ese procedimiento exhaustivo el que he elegido para elaborar este libro. Estudiaré, por lo tanto, en las páginas que vienen, apenas cuatro textos, tomados todos de la sección "Muerte de mi madre" de *Tala*. Me refiero a tres de los cinco "nocturnos" que aparecen allí, el "de la consumación" (382-384), el "de la derrota" (385-388) y el "del descendimiento" (396-397), y al poema que cierra el conjunto, "Locas letanías" (398-400).

La muerte de doña Petronila Alcayaga Rojas, ocurrida el 7 de julio de 1929 y de la que Mistral se entera cuando está viviendo en el Sur de Francia, en Bedarrives, suele ser la piedra de toque en casi todos los análisis que se han hecho de estos poemas[20]. Nosotros, sin restarle a ese acontecimiento la importancia que tiene, deseamos explorar su conexión con un asunto que los mencionados análisis descuidan pero que la propia Mistral aborda en la tercera de sus "Notas" al fin del libro. Explica en esa nota que "Ella [y repárese que estas palabras se refieren más a los sentimientos que le provocara la muerte de su madre que a su madre misma] se me volvió una larga y sombría posada; se me hizo un país en que viví cinco o siete años, país amado a causa de la muerta, odioso a causa de la volteadura de mi alma en una larga crisis religiosa"[21].

Esto significa que los poemas que nosotros nos hemos propuesto estudiar en este capítulo tienen que ver en principio, *pero nada más que en principio,* con la muerte de doña Petronila Alcayaga Rojas, y que en ellos el peso mayor recae sobre la "crisis religiosa", la que al parecer como secuela de dicho acontecimiento (aunque yo tengo ciertas dudas en lo que toca a esta motivación) le sobrevino a la poeta. Por otro lado, la crisis misma no habría sido un suceso de pronto despacho, ya que Mistral habla de ella como de su habitar una "larga y sombría posada" durante "cinco o siete años". Para colmo, y paradojalmente, por cuanto contradice la congoja que a uno se le ocurre que debiera ser consustantiva a una desgracia como esa, el "habitar" la crisis fue para la poeta un acontecer "amado a causa de la muerta". A menos que se nos ocurra descubrir en sus palabras un *frisson* masoquista, el verbo "amar" resulta anómalo en este contexto. Si la "volteadura" de su alma significó para Mistral, como parece haber significado en efecto, un alejamiento de Dios, uno no puede menos que concluir que ese hecho le (re)abrió la puerta hacia ciertas posibilidades de comercio con la muerta/e cuyo conocimiento no le fue del todo aborrecible.

Ahora bien, el "Nocturno de la consumación" nos presenta un caso de intertextualidad "restringida" y otro de intertextualidad "general" al mismo tiempo[22]. Proviene de la propia obra mistraliana, de su "Nocturno" del primer libro (79-80), un texto sobre el que Margot Arce de Vázquez ha escrito algunas páginas útiles[23], y también de una combinación del comienzo de la "oración del Señor" con la exclamación de Cristo en la Cruz, la que como observa Arce de Vásquez se encuentra también en las primeras líneas del Salmo veintiuno: "Padre Nuestro que estás en los Cielos, / ¿por qué te has olvidado de mí?" Así, el motivo del olvido de Dios, que en *Desolación* le sirve a la poeta para rogar por su propia muerte, regresa en *Tala* con el mismo fin:

Te olvidaste del rostro que hiciste
en un valle a una oscura mujer;
olvidaste entre todas tus formas
mi alzadura de lento ciprés;
cabras vivas, vicuñas doradas
te cubrieron la triste y la fiel.

Es decir que en el "Nocturno de la consumación" Gabriela Mistral atribuye la demora en el advenimiento de su muerte a una mala memoria de Dios, perjudicada ella por su opacidad y amargura y obnubilado Él por el brillo y contento de sus otras creaciones. Dice en la primera estrofa del "Nocturno" del 22:

Padre Nuestro que estás en los Cielos,
¿por qué te has olvidado de mí?
Te acordaste del fruto en Febrero,
al llagarse su pulpa rubí.
¡Llevo abierto también mi costado,
y no quieres mirar hacia mí!

En la segunda estrofa del "de la consumación", escrito quince años después y casi como retomando el hilo del poema del 22, proseguirá:

Te han tapado mi cara rendida
las criaturas que te hacen tropel;

te han borrado mis hombros las dunas
y mi frente, algarrobo y maitén.
Cuantas cosas gloriosas hiciste
te han cubierto a la pobre mujer.

En cuanto a lo que en ellos se pide, uno y otro poemas coinciden en el deseo de un acto supremo que ponga fin a la vida de la hablante: "¡Y en el ancho lagar de la muerte / aún no quieres mi pecho oprimir!", exclama ella en el primer "Nocturno". Y en el "de la consumación": "Dame Tú el acabar de la encina / en fogón que no deje la hez". Es así como con su deseo de muerte Mistral nos pone en las proximidades de una prerrogativa que la teología cristiana reserva para Jesús, *y sólo para Él,* según observa Kristeva, pero que el mártir, el poeta místico y más de un artista de vanguardia se esfuerzan tan desatinada como admirablemente en emular[24]. Me refiero a la paradoja que, junto con convertir a la muerte por amor de la que Cristo es protagonista en un acto de máxima "fineza"[25], le prohíbe al creyente repetirla a su vez. La Ley teológica cristiana, y no sólo ella habida cuenta de que El Corán y el Antiguo Testamento contienen asimismo prohibiciones estrictas en lo concerniente a esta materia, estipula en efecto que la vida es un regalo que Dios le hace al hombre (y a la mujer) y cuya preservación fija el límite hasta el que se extiende su libre albedrío. Posee por eso todo aquél que aspira a que se le otorgue cupo en el Cuerpo Místico de la Iglesia libertad para pecar y salvarse, pero no la posee para disponer negativamente de la vida a partir de la cual puede (¿o debe?) pecar y salvarse[26]. Santa Teresa, que harto sabía de estos temas y a quien Mistral leyó y admiró, lo expresa con sencillo rigor: "Del mismo descontento que dan las cosas del mundo nace un deseo de salir de él, tan penoso, que si algún alivio tiene es pensar que quiere Dios viva en este destierro"[27]. Esta cita de la monja de Ávila difiere de otra, mucho más conocida, la de "Vivo sin vivir en mí...", poema que según Helmut Hatzfeld la Santa produjo en la Pascua de Resurrección de 1571, al recobrarse de un "deliquio extático poco antes de su matrimonio místico"[28], y en cuyos últimos dos versos confiesa que "pues tanto a mi Amado quiero, / que muero porque no muero"[29]. Por nuestra parte, inferimos del cotejo entre ambos textos que el deseo de muerte es un sentimiento que penetra en las moradas espirituales de Santa Teresa o por cansancio de la vida o por anhelo de una vida superior, la que presumiblemente habría de verse satisfecha en, de y por el amor de Él. Cuál de los dos factores precede al otro en el tiempo o hasta qué punto el segundo determina al primero dentro de una misma pulsión psíquica son un par de problemas acerca de los cuales nosotros tal vez pudiéramos arriesgar en lo que sigue unas pocas ideas, pero en los que en definitiva no creemos que sea necesario entrometernos. *A fortiori,* entre las dos causas de muerte que la Madre del Carmelo deslinda, la única causa de vida es la voluntad de Dios, puesto que Él es quien quiere que "[yo] viva en este destierro". La voluntad de Dios deviene de esta manera en la sola justificación de la vida. En la quinta estrofa del "Nocturno de la consumación", Mistral le sale al paso a la más popular de las dos citas teresianas cuando, con un rebote de la retórica negativa de otros versos que se han atribuido también con frecuencia a la de Ávila, los del soneto "A Cristo crucificado", escribe:

No te cobro la inmensa promesa
de tu cielo en niveles de mies;
no te digo apetito de Arcángeles
ni Potencias que me hagan arder;
no te busco los prados de música
donde a tristes llevaste a pacer.

El deseo de muerte es, por lo tanto, en el poema de Mistral, correlativo estrictamente (o restrictivamente más bien) del cansancio de la vida. La hablante del poema que ahora nos ocupa ansía morir, y le reclama a Dios por su reprensible desidia, no porque ella pretenda alcanzar a breve plazo los beneficios del cielo, sino porque la vida se le hace, se le ha venido haciendo, desde hace largo tiempo, un "mascar de tinieblas". El tema del *taedium vitae,* que Vossler retrotreae a la literatura italiana del siglo XVI, cuando lo detecta en el espiritualismo del Tasso[30], que se repite con monótona insistencia en Santa Teresa y otros místicos y que redescubrirán los escritores decadentes de fines del siglo XIX (y también los modernistas nuestros, como José Asunción Silva, Julián del Casal y Julio Herrera y Reissig), a Mistral no sólo no le era ajeno, sino que lo había hecho suyo en varios textos de *Desolación,* tales como "Teresa Prats de Sarratea" (39-40), "Nocturno", "Los sonetos de la Muerte", "Poema del hijo" (102-106) y "Otoño" (131-132). En el caso del "Nocturno" del 22, la estrofa quinta se la dedica completa:

Ha venido el cansancio infinito
a clavarse en mis ojos, al fin:
el cansancio del día que muere
y el del alba que debe venir;
¡el cansancio del cielo de estaño
y el cansancio del cielo de añil!

Respecto del "Nocturno" del 22, un elemento que el "de la consumación" modifica es la retórica de la representación. En lo que toca a este asunto, podemos ver que en *Tala* Mistral sustituye el doble y manido dispositivo metafórico que utilizara anteriormente, basado en el contraste y equiparación final entre/de el crepúsculo y la aurora, imágenes éstas de raigambre modernista y aun anterior al modernismo, romántica y aun neoclásica[31], por los rigores del existir en la aridez del desierto. El agobio que a la hablante de este poema le causa su estar en la tierra es pues, contradictoriamente si se lo considera desde el punto de vista lógico si bien no tanto al estudiárselo con criterio poético, sinónimo de una "Sed" (es la propia Mistral quien escribe la palabra con mayúscula) que se arrastra y no se sacia. Miseria del existir en el mundo, aridez, sed y cansancio. Considerando que Dios Padre es quien controla este circuito de significantes, con su incertidumbre crónica entre presencia y ausencia (o entre recuerdo y olvido), no cabe duda de que un cierto *pattern* empieza a constituirse.

Volvamos para aclararlo sobre la estrofa quinta del "Nocturno de la consumación" y sobre el eco que produce allí Mistral del soneto "A Cristo crucificado". En el soneto, que Hatzfeld considera influido por el "sistema de las pruebas categóricas" del *Ars maior* de Lulio, aunque previo su paso a través de un poema de Juan de Ávila, no es necesario ser el erudito tudesco para darse cuenta de que lo que más importa es la protesta del "amor desinteresado y puro, con exclusión aparente de toda preocupación por la propia salvación"[32]. Es decir que te amo Cristo no por los muchos dones que me has prometido, sino por Tu Propia Persona. En el "Nocturno de la consumación", en cambio, lo primero que debe subrayarse es el reemplazo del verbo que sirve de eje a la diseminación del poema. En el imaginario mistraliano no se trata de amar, *sino de cobrar.* De lo que se concluye que el género próximo del poema de Mistral no es la loa, sino la plegaria o, en todo caso, que él contiene una de esas plegarias que la poeta formula a menudo y en las que, como en "Los sonetos de la Muerte", no disimula un ademán de exigencia. Gabriela Mistral no pide, "cobra". Además, eso que cobra (y aquí sí se topa con el anónimo del siglo XVI) no es la vida eterna, cielo de mieses, compañía de Arcángeles, Potencias flamígeras y enervantes o también, ahora con un matiz sutilmente sarcástico, prados de música por los que pacen almas tristes y pastores, sino la intervención de Aquél que en su discurso, como en el de la monja Teresa, *sub ratione Deitatis* justifica la vida. Puesto que Ese que justifica la vida no se ha hecho presente en la suya para colmarla, esto es, para escanciarle la pasión en los labios como pudiera escanciarse el agua en la boca del peregrino que cruza el desierto (y obsérvese a propósito el enlace entre ese acto y el inverso que protagonizan dos de las mujeres del "Génesis", Rebeca, en 24:17, y Raquel, en 29:10. También habría que recordar en este mismo contexto que el símbolo de la fuente como esquiva dispensadora de la potencia divina abunda tanto en la Biblia como en la escritura mística y esotérica[33]), entonces que se haga presente para suprimirla. En otras palabras, para eliminar de una vez por todas el vacío y la disponibilidad.

Pero, ¿en qué quedamos? ¿Está Gabriela Mistral haciendo uso en el primer poema que nos interesa analizar en este capítulo del ideologema judeo-cristiano, trovadoresco, romántico sentimental, freudiano al menos hasta cierto punto y, de una manera un poco más laxa, propio de todos aquellos discursos que esencializan el principio femenino a partir de su supuesta relación derivada y dependiente respecto del masculino? Como siempre en Mistral, a esta pregunta es posible responder afirmativamente desde un cierto punto de vista, pero no desde otro u otros. Hay, en efecto, una poeta que también en esta oportunidad concuerda con y ratifica la postura falocrática (y falocrítica). Estoy pensando sobre todo en la que escuchamos hablar en las primeras estrofas del "Nocturno de la consumación", la que se queja del olvido de Él y acaba sublimando ese olvido en la amargura sustitutiva del canto: "yo me pongo a cantar tus olvidos, / por hincarte mi grito otra vez", es lo que proclaman los versos diecisiete y dieciocho del poema. Sin que eso excluya la posibilidad de leer estos versos de acuerdo con la metodología bloomiana de Gilbert y Gubar, no cabe duda de que la mujer que los compone, y que opta por una suerte de conjuro poético de Él, ofrece en ellos pábulo a la teoría del malogro de su femineidad, así como a la tesis de la compensación de dicho malogro por medio de los desahogos terapéuticos de la escritura. Estamos pues ante una poeta respecto de cuyas nostalgias "femeninas" el exégeta de hoy debiera ponerse en guardia si es que ha de recobrarla o "cobrarla", como ella misma decía, para la altura de este tiempo.

Démosle en consecuencia a la voluntad de anonadamiento que constatábamos en el "Nocturno de la consumación" una lectura más a fondo y ahora sin demasiadas concesiones. Observaremos entonces que, *aunque sea cierto que Mistral se encuentra en este poema cansada del mundo, donde no está Él, no es menos cierto que tampoco aspira al otro mundo, donde sí está.* He aquí una diferencia de bulto entre la quinta estrofa del "Nocturno de la consumación" y el soneto "A Cristo crucificado". El/la hablante del soneto nos dice que es Dios o el amor por Dios lo que a él/ella lo/la "mueve", de ahí que "aunque no hubiera cielo, yo te amara, / y aunque no hubiera infierno, te temiera". El amor que se basta a sí mismo, que no necesita de recompensa o castigo (o, para ponerlo en términos del paradojismo barroco, que no necesita de "correspondencia"), es el alimento existencial del/la sujeto que pronuncia ahí las frases. En el poema de Mistral, por el contrario, el término alternativo, entre la "aridez" de este mundo y los "prados de música" del otro, no es Él *y ni siquiera el amor por Él,* sino su abdicación y las consecuencias que se derivan de ese acto atroz:

He aprendido un amor que es terrible
y que corta mi gozo a cercén;
he ganado el amor de la nada,

apetito del nunca volver,
voluntad de quedar con la tierra
mano a mano y mudez con mudez,
despojada de mi propio Padre,
¡rebanada de Jerusalem!

Los versos más fuertes entre los ocho que constituyen la estrofa que acabo de citar no son los dos últimos, como pudiera pensar un lector demasiado sensible a la blasfemia, sino los dos que los preceden. Me refiero al cincuenta y tres y al cincuenta y cuatro. Después de confesar su fresco aprendizaje del "amor por la nada" y anticipándose a un final en el que estrepitosamente se "rebana" de El Padre y su rebaño, Gabriela Mistral da forma en ellos a una tercera salida que reemplaza al amor por Dios. Entre este mundo y el otro, su punto de mira deja de ser en el "Nocturno de la consumación" el amor por El Padre y pasa a ser una atracción por el silencio de La Tierra. Ser tierra, "quedarse con" la tierra, participar "mano a mano" de su destino heterodoxo, *vis-à-vis* los preceptos de la religión y la cultura establecidas, se transforma en el nuevo ideal. Es bastante evidente, y por lo mismo no creo que sea necesario insistir sobre la pertinencia de mi planteo, que lo que aquí se ha producido es tanto un relevo como una rejerarquización. El espectáculo teológico mistraliano adquiere por lo pronto un carácter que no coincide con las versiones al uso de su religiosidad. Al hacer mutis del escenario el Yavé israelita, entra a ocupar su puesto la Gea pagana. En el hueco dejado en la conciencia religiosa por el vacío de Él, se manifiesta la presencia solidaria de Ella.

Ciertos indicios del "Nocturno de la derrota" confirman el reemplazo aludido. En las primeras estrofas de este poema, el segundo de los que ahora nos interesa estudiar, y que son estrofas que Mistral construye a base de la comparación de la religiosidad de quien en ellas se expresa con la de los máximos dechados de la historia sacra, la poeta registra una confesión de flaqueza. Explica cuán difícil le ha sido, en el transcurso de su vida, la observancia rigurosa de las virtudes que la gracia santificante "infunde" en el alma masculina:

> Yo no he sido tu Pablo absoluto
> que creyó para nunca descreer,
> una brasa violenta tendida
> de la frente con rayo a los pies.
> Bien le quise el tremendo destino,
> pero no merecí su rojez.
>
> Brasa breve he llevado en la mano,
> llama corta ha lamido mi piel.
> Yo no supe, abatida del rayo,
> como el pino de gomas arder.
> Viento tuyo no vino a ayudarme
> y blanqueo antes de perecer.
>
> Caridad no más ancha que rosa
> me ha costado jadeo que ves.
> Mi perdón es sombría jornada
> en que miro diez soles caer;
> mi esperanza es muñón de mí misma
> que volteo y que ya es rigidez.
>
> Yo no he sido tu Santo Francisco
> con su cuerpo en un arco de *amén,*
> sostenido entre el cielo y la tierra
> cual la cresta del amanecer,
> escalera de limo por donde
> ciervo y tórtola oíste otra vez.

Fe, caridad y esperanza se le han dado pues, a la mujer que habla en el "Nocturno de la derrota", de una manera bien diferente a como se le dieran a Pablo y Francisco. Por lo pronto, la fe, que como en el poema anterior es la virtud prioritaria, preside el recuento, ocupando dos estrofas completas, la primera y la segunda. Encarnada en Pablo, el apóstol de los gentiles, mártir e infatigable activista eclesiástico, quien "creyó para nunca descreer", en el caso de Gabriela Mistral ha sido sólo una "brasa breve", una "llama corta" y, sobre todo, un fuego que, muy por el contrario del de Pablo, *no contó nunca con el soplo de Él.* A continuación, y desentendiéndose el texto de Mistral del orden que utiliza el propio Pablo en su Primera Epístola a los Corintios (1: 13-13), a la fe la escoltan la caridad y la esperanza. Pecado más serio parece ser por ende, para la hablante del nocturno que estamos comentando, su falta de consistencia en la práctica de la *caritas,* que pese a ser la virtud del amor y por consiguiente una de las "femeninas" por antonomasia a ella se le ha hecho difícil, que su debilidad en el ejercicio de la *spes,* que también le florece a duras penas.

Pero aún más importante que este tironeo en cuanto a la jerarquía real o presunta de las virtudes teologales es el personaje contra cuyo prestigio Mistral se mide ahora. Su contendor, en lo que toca a la caridad y la esperanza, resulta ser nada menos que su muy amado Francisco de Asís, el obediente (Mistral acentúa, y no por nada, su "arco de *amén*") el puro, el hecho ya a medio camino "entre el cielo y la tierra". Al revés de las de Pablo y Francisco, entonces, ambos gratos al Señor y ambos, cada uno a su manera, rotundos en Él, la de ella se nos presenta como un alma débil, desprovista de la fuerza que el *neuma* de El Padre infunde en las de sus contendores. El tema del Espíritu Santo, de su residencia en el alma del creyente por la gracia de El Padre y las tribulaciones de El Hijo, que fuera objeto de la atención de Mistral en un par de poemas extraordinarios, el del mismo nombre en *Tala* (420-421) y "Memoria de la gracia" (757-760) en *Lagar,* se introduce, como vemos, también en este otro texto con un sentido que a mí me parece afín al que los teóricos sociales le dan al concepto de servicio en el ámbito político de la premodernidad y al de ciudadanía en el de la modernidad. Como el servicio para el *homo politicus* premoderno y la ciudadanía para el moderno, para el *homo credentis* la gracia es un bien que se anticipa a sus actos, que confirma su pertenencia a la tribu y que por lo mismo posibilita a la vez que condiciona el ejercicio de su libertad. Despojado de ese bien, el ser humano navegará a la deriva, pudiendo o debiendo abrir su espíritu hacia la audición de otras voces:

Esta tierra de muchas criaturas
me ha llamado y me quiso tener;
me tocó cual la madre a su entraña;
me le di, por mujer y por fiel.
¡Me meció sobre el pecho de fuego,
me aventó como cobra su piel!

La arquitectura en opuestos genéricos, que como vemos constituye la columna vertebral del "Nocturno de la derrota", deviene incontestable en la estrofa que acabo de citar. Las cuatro estrofas anteriores, que según comprobamos oportunamente se abocaban a la comparación entre la potencia de los santos epónimos y la debilidad de la hablante, son seguidas en este "Nocturno" por una quinta en la que los tropiezos de la poeta en el cumplimiento de la Ley de Dios dejan de serlo y se explican e incluso reivindican como si ellos constituyeran un rasgo inherente a la condición femenina. Es notable, por cierto, el cambio de tono que se registra en esta estrofa con respecto a las cuatro anteriores. Al compungido y exculpatorio de las cuatro iniciales, la quinta replica con una mezcla de desafío y de triunfo que particularmente delata la exclamación del final. Reaparece por eso la mención de La Tierra, de su tentación permanente y convocatoria tenaz, como alternativa de y antítesis frente a El Padre y su Ley. Tierra que es madre, y a la que ella, la poeta, se "da" en una cálida conjunción de femineidad y fidelidad. Los versos veintinueve y treinta coronan esta cadena de hallazgos por medio de la unión del estereotipo maternalista, cuyo antecedente se encuentra en el espíritu de retablo con que Gabriela Mistral compuso sus canciones de cuna, pero dotado en los versos que aquí cito de un poderoso erotismo ("¡Me meció sobre el pecho de fuego..."), con el estereotipo contrario, el de la serpiente bíblica, de connotaciones fálico-maternas e inspiración traicionera ("... me aventó como cobra su piel!"). El común denominador es, como acabo de insinuar, una cierta perspectiva —correcta o incorrecta, importa poco— en cuanto a la realidad de la mujer.

Las estrofas seis a nueve inclusive del "Nocturno de la derrota" repiten, con un rebuscado efecto de simetría especular, a las cinco anteriores. De ahí que, a una nueva comparación genérica y doble, esta vez con San Vicente de Paul en la estrofa sexta, y con San Francisco de Sales en la octava, suceda en ellas una nueva elaboración en torno a las características que transforman a la hablante en un ser peculiar. Ni la terca misericordia de Vicente, "confesor de galera soez", ni la serenidad del "segundo Francisco", quien oyó "todo mal con su oreja de Abel", son virtudes de las que Mistral pueda vanagloriarse. No ha sido pues su entrega a Él un amor sin problemas. En cambio:

Yo nací de una carne tajada
en el seco riñón de Israel,
Macabea que da Macabeos,
miel de avispa que pasa a hidromiel,
y he cantado cosiendo mis cerros
por cogerte en el grito los pies*

* Gabriela Mistral inserta una nota: "La chilenidad en su aspecto fuerte y terco".

También de sesgo maternalista, esta estrofa cambia el plan metafórico que se hallaba en vigencia hasta ese punto, representando a la sujeto que en ellas explora su diferencia ya no como una hija de la tierra, sino como el fruto de una "carne tajada / en el seco riñón de Israel". Metáforas son éstas que puede que en un primer asedio a nosotros nos parezcan discontinuas, pero cuya compatibilización encuentro factible de todas maneras. Para ello, el procedimiento exegético aconsejable consiste en interpretar la mención de la Escritura y sus mujeres, tipificadas ellas por una favorita de Mistral, la Macabea, madre dura de hijos duros, y a quien la poeta volverá a referirse en "Lápida filial", 380-381 (también en "Campeón finlandés", de *Lagar*), como un desplazamiento apto y verosímil de la opción por la tierra que nosotros detectábamos en el "Nocturno de la consumación". La tierra *es* Israel; madre allá y Macabea acá. El verso cincuenta y dos, que alquimiza "miel de avispa" en "hidromiel", sugiere un itinerario personal e histórico entre la madre y la hija, de un lado, y entre Israel y la mujer que ahora debe rendir cuentas ante los representantes de la Ley cristiana, del otro. Frente a los dos santos que se solazan en el favor de El Padre (santos franceses, por añadidura) y como explicación de las dificultades que la poeta experimenta para emularlos, *de su no estar a la altura de las virtudes que ambos encarnan,* Gabriela Mistral esgrime la doble alteridad que suponen su género y su estirpe. Si a ella le cuesta ser como Francisco y Vicente, los dos hombres y los dos cristianos, ello se debe su condición de mujer, primero, y a su condición de mujer de otra cultura, después[34]. Los dos versos que cierran la estrofa confirman lo dicho con un aparte autobiográfico. El "canto" de la poeta "cose" en ellos "mis [sus] cerros", lo que, de la misma manera que en "La fuga" (y ya hemos meditado en el primer capítulo de este libro acerca del telurismo genérico de ese poema esencial, por lo demás el primero de la sección "Muerte de mi madre"), confunde en una misma estructura la poesía y lo femenino en su trato inútil con lo masculino desdeñoso y distante. Como si ello fuera poco, el verso que sigue, cuya significación transgresora yo siento que Mistral percibe y que medio concede con el localismo de la nota al pie de página, es reiterativo y magnificador. El canto se torna allí en grito y lo masculino huidizo en el vislumbre de unos pies, los de Cristo, por lo menos en este contexto inalcanzables.

Como en el cierre del "de la consumación", la tercera parte del "Nocturno de la derrota" está dedicada a una derivación de consecuencias. El "amor de la nada" del poema precedente se transforma en el hallarse "vencida" de éste. El "despojada de mi propio Padre" y el "rebanada de Jerusalem" de allá se trueca en la "derrota" de acá o, en otras palabras, en la reunión de la hablante con los/las réprobos/as, "con las cosas que a Cristo no tienen / y de Cristo no baña la ley". En ambos textos, me parece a mí que Mistral está apuntando hacia un futuro de autocondena y desgarro, de destierro por desobediencia. El resultado es un posar la poeta sus ojos sobre el espanto de la no resurrección. Teniendo esto en cuenta, no es fortuito que la última estrofa del "Nocturno de la derrota" cambie el esquema versal. La monotonía narrativa de los decasílabos con acento anapéstico, en tercera, sexta y novena sílabas, los mismos en el "Nocturno de la consumación" y en el de 1922, se detiene de súbito. Construida a la manera de un oratorio profano, la estrofa que clausura el poema alterna y hasta podría decirse que "quiebra" los versos de diez sílabas mediante la intromisión dialogística de tres pentasílabos idénticos:

¡Cielos morados, avergonzados
de mi derrota.
Capitán vivo y envilecido,
nuca pisada, ceño pisado

de mi derrota.
Cuerno cascado de ciervo noble
de mi derrota!

Como vemos, amplificando una táctica de cierre que es frecuente en estas y otras instancias no menos patéticas de su poesía, Gabriela Mistral envuelve el descenlace del "Nocturno de la derrota" en una gran exclamación. En esa exclamación, los versos largos, como quiera que sea metáforas de Él o de la identificación de Él con Su Obra, es decir, con todo cuanto representa la ya imposible vida de la hablante de acuerdo con las ordenanzas de las que Él es la fuente, gravitan más que sus predecesores de la misma medida pero con acento disímil. Por otra parte, el empleo de una rima pesada, esto debido a su dependencia de cinco o más adjetivos con raíz participal, acrecienta el mismo efecto. En el contraste entre los versos de arte mayor y los de arte menor, como ya señalábamos estos otros iguales entre sí a la vez que portadores de una síntesis que es contradictoria internamente y cuyo único sema lo suministra la dinámica que conduce del intento al fracaso, creemos nosotros que se halla contenida la significación de este poema y también, es muy posible, la significación de toda la serie subtitulada "Muerte de mi madre". La muerte de la madre de Mistral es sólo el detonante que precipita una problemática de raíces más profundas y que tiene que ver no sólo con su crisis religiosa sino con su experiencia de lo divino *sensu lato.*

El Dios del "Nocturno del descendimiento" no es Dios, sino Cristo. Es decir que es el mismo, pero también no El mismo. En cierto sentido, este tercero de los cuatro poemas cuya productividad sémica estoy procurando discutir en estas páginas actúa como si por su intermedio la autora se hubiese propuesto llevar a cabo una pesquisa en torno a los rebordes significativos del dogma paulista, en el que se afirma la doble naturaleza de Dios, y el que según arguye Freud habría inventado El Apóstol entre otras cosas para convertir la culpa por el asesinato de El Padre en el pecado original[35]. El hecho es que en la primera estrofa del "Nocturno del descendimiento" se hace explícito que la hablante es una mujer que acude a reunirse con el Dios Padre, el Dios remoto y despectivo de los dos poemas a los que nosotros nos referimos más arriba, y que además acude a esa reunión con una actitud que concuerda con la que tales poemas evidencian. Pero he aquí que en el lugar de El Padre ella se encuentra con El Hijo, con un Cristo vencido que se desangra en la Cruz:

Cristo del campo, "Cristo de Calvario"*
vine a rogarte por mi carne enferma;
pero al verte mis ojos van y vienen
de tu cuerpo a mi cuerpo con vergüenza.
Mi sangre aún es agua de regato;
la tuya se paró como agua en presa.
Yo tengo arrimo en hombro que me vale;
a ti los cuatro clavos ya te sueltan,
y el encuentro se vuelve un recogerte
la sangre como lengua que contesta,
pasar mis manos por mi pecho enjuto,
coger tus pies en peces que gotean.

"... y el encuentro se vuelve un recogerte / la sangre como lengua que contesta", murmuran los versos nueve y diez de este nocturno. Resulta claro entonces que, si El Poder Paterno no habla o si no le habla a ella, pero sí a Pablo, a Vicente, a Francisco de Asís y a Francisco de Sales, el desapoderamiento de El Hijo se halla imbuido con toda la elocuencia que Gabriela Mistral asocia con la *depénse* de la sangre. La sangre de Cristo habla y se con-

* Mistral inserta una nota: "Nombre popular de los cerros que tienen un crucifijo en Europa".

vierte así en el puente que rompe el silencio entre el hombre y la mujer, en el *tertium signum* que abre el camino de una comunicación. Comprensible se nos hace por lo mismo que la mujer que protagoniza este discurso rectifique la naturaleza de su propio acto, lo que se insinúa en el gesto que dibujan sus manos al desplazarse desde el "pecho enjuto" a los "pies" que "gotean" como "peces". Si ante el Dios Padre Mistral acudía cubierta por la máscara de la plañidera infatigable, la de la "boca pedigüeña", ahora, ante el Dios Hijo, será la que extienda los brazos dispuesta a recibir y proteger.

Recién en el verso diecinueve del "Nocturno del descendimiento" Mistral encierra la vulnerabilidad de El Hijo de Dios entre los límites más estrechos de un verbo paradigmático. Ese verbo es "caer" y su dispersión anafórica (siete veces hasta llegar al fin del poema) lo convierte en la marca distintiva de Cristo. A diferencia del Dios Padre, sólidamente encaramado en su trono inaccesible, este Dios Hijo, en quien Mistral destaca lo que en los primeros siglos de la historia de la Iglesia los teólogos delimitaron como su "pasibilidad", es un Cristo "que cae y cae y cae sin parar"[36]. Poco importa que en esta encrucijada del proceso de la producción del discurso el predicado cojee, a lo que parece indeciso ante la obligación de optar por un sujeto entre el "bulto" y la "cuesta". Por la forma que adopta la caída, cuya sombra se proyecta sobre la inclinación del cerro y bajo la luz difusa del crepúsculo (se trata, desde por lo menos uno de los dos intertextos bíblicos actuantes en el poema, de aquella tarde en la que, a partir de la hora sexta, la del mediodía, "se extendieron las tinieblas sobre la tierra", según cuenta Mateo en 27:45), el Cristo del Calvario, que es un Cristo "del campo" (también del campo de la hablante se entiende), (con) fúndese con el escenario mismo en que el drama de la pasión está teniendo lugar. Los cuatro versos que concluyen la segunda estrofa, desde el veintiuno al veinticuatro, expanden la exploración del suceso por cuanto lo que cae en ellos es "la carne" de Jesús en el último tramo de su sacrificio, *v.gr.*: "el pecho", "las rodillas" y, cual "cogollo abatido", "la cabeza". Es como si Gabriela Mistral quisiese, con este descuartizamiento del cuerpo divino, insistir en el carácter omnicomprensivo de su verbo conductor.

Su Cristo del Calvario es, por consiguiente, un Cristo "caído". A los pies de la Cruz, lo que esta émula de María recibe, lo que los hombres le "entregan", después de soltar "los cuatro clavos" que sostienen el cuerpo de Él, es su "peso" y su "dolor". El nexo entre la humanidad y el padecimiento de Él, que exime a esa humanidad de culpa y que por lo mismo constituye una garantía de su salvación, se metaforiza en la gravidez de la materia humana, en su fácil disposición para caer. Cristo, enviado por su Padre al mundo para redimir la abyección de sus pobladores, al convertirse en uno de ellos, acaba siendo, también Él, un ser caído. Con ese Cristo la poeta se puede comunicar; a su vulnerabilidad la siente próxima.

O sea que la mujer que habla en la segunda estrofa del "Nocturno del descendimiento", la que sustituye a la plañidera, es (como) una madre (o una amante) que, luego del ajusticiamiento del hijo (o del amado), abre los brazos para que en ellos le depositen los míseros despojos. Mi impresión es que nos hemos topado aquí con una reminiscencia, por parte de la poeta chilena, de uno de los pasajes más polémicos del Nuevo Testamento, el de la "visión" de María Magdalena, al que se refieren tanto Marcos (16: 9-20) como Juan (20: 11-18). Primera en reconocerlo después de su muerte, conviene insistir en que el Cristo que la Magdalena ve no es el mismo que verán después, *y sólo después,* los asombrados discípulos de El Maestro[37]. Pero ya en el verso diecisiete de la misma estrofa, con la pasajera mención de "este pobre anochecer", se insinúa una tercera lectura, la que, si nos desembarazamos del facilismo mimético, el de la peregrinación y el ruego, y si reinterpretamos la gravitación que tienen sobre este poema los nexos intertextuales que proceden del relato bíblico, y específicamente el de la "visión" de María Magdalena, enriquecerá tal vez nuestro análisis del texto. En efecto, a partir del verso veintisiete, nos damos cuenta de que la hablante del "Nocturno del descendimiento" retira su mirada desde el cuerpo de Él y que la posa sobre el suyo propio: "... sola en esta luz sesgada", ella se convierte en ese instante en un ser que se mira mirar. No más la "pedigueña" del verso dieciséis, la que ruega y/o cobra, no más la madre que da, la mujer que en este punto se apodera del escenario discursivo es una poeta moderna a la vez que la sujeto profunda de la enunciación:

Acaba de llegar, Cristo, a mis brazos,
peso divino, dolor que me entregan,
ya que estoy sola en esta luz sesgada
y lo que veo no hay otro que vea
y lo que pasa tal vez cada noche
no hay nadie que lo atine o que lo sepa,
y esta caída los que son tus hijos,
como no te ven no la sujetan,
y tu pulpa de sangre no reciben,
¡de ser el cerro soledad entera
y de ser la luz poca y tan sesgada
en un cerro sin nombre de la Tierra!

Con una traslación metonímica de la luz al sueño, ya que la semioscuridad de la que hablaba el verso veintisiete es más bien la de un semisueño en la semioscuridad, la escena que montan los once versos que cito más arriba nos permite distinguir a una mujer sola e insomne, quien, a causa del estado hiperestésico en que tal circunstancia la pone, *ve lo que los otros no ven.* Eso que ella ve es algo que ocurre en aquel ámbito "tal vez cada noche", "que va y que viene", representándose y volviéndose a representar para su única espectadora. A sabiendas entonces de lo que en aquella noche debiera ocurrir, como en tantas otras noches, ella se prepara, comprometiendo en la materialización que muy pronto ha de producirse junto a su lecho la plenitud de los sentidos. De manera que, aun cuando en este pasaje se cuele el clisé místico de la "noche oscura del alma" y aun cuando su correlato intertextual básico provenga de uno o más episodios del Nuevo Testamento, creo que sería miope restringir su significación (y la de todo el poema) a ello tan solo. Porque Gabriela Mistral está recibiendo ahora los restos de Él, acunándolos entre sus brazos, ahuecando las manos para que entre las palmas encogidas le caiga la "pulpa de su sangre". Da forma de este modo a una ceremonia nocturna y secreta, a un rito de "justificación"[38] que nadie "ve" y sobre el que nadie "sabe". El, que a todos pertenece, ahí, en la noche del alma, sólo a ella responde.

Paso ahora a comentar "Locas letanías", poema que apropiadamente clausura la primera sección de *Tala* y que es uno de los tres en los que Mistral menciona a su madre de manera expresa (los otros son "La fuga" y "Lápida filial"). La propia autora sintió que con este poema su crisis religiosa quedaba atrás y así lo sugiere en la primera de sus "Notas"[39]. Puede que sea por eso que los versos que lo integran se escuchan, y la comparación es de Alone, "como un campaneo de aleluya"[40]. Por mi parte, cualquiera sea el margen de credibilidad que le otorgue a los sentimientos de la poeta y a las observaciones del crítico chileno más prestigioso de su época, me parece conveniente apelar primero a la autoridad del diccionario.

El de la Real Academia Española ofrece tres acepciones para el vocablo "letanías". Ellas son: "Rogativa, súplica que se hace a Dios con cierto orden, invocando a la Santísima Trinidad y poniendo por medianeros a Jesucristo, la Virgen y los santos", la primera; la segunda: "Procesión que se hace regularmente por una rogativa cantando las *letanías*"; y la tercera: "Lista, retahíla, enumeración seguida de muchos nombres, locuciones o frases"[41]. Creo yo que el poema de Mistral puede estudiarse aprovechando para nuestro trabajo hermenéutico todas y cada una de estas tres acepciones del término litúrgico. Reconoceremos entonces que este poema es primero una serie de "rogativas" o "súplicas", hechas al Dios Hijo por medio de un discurso que se asemeja a aquel que se utiliza en la liturgia; que luego es una sucesión de "estaciones" procesionales; y que finalmente es, ni qué decirse tiene, un derroche de virtuosismo metafórico, el cual, aunque contenga ciertos ecos de Jeremías, Santa Teresa, Fray Luis de León y de la tradición popular de la saeta española, no creo que pueda reducirse a ninguna de esas fuentes.

Al igual que al comienzo del "Nocturno del descendimiento", la hablante de "Locas letanías" se acerca a Cristo portando la máscara de la "pedigüeña", si bien no para rogar por ella misma, por su "carne enferma", sino por la bienaventuranza de su madre muerta. De manera que el Cristo de este poema no es ni puede ser el del suplicio, el desangrado o desangrándose, sino Aquél que, después de su resurrección y habiéndose reinstalado en El Reino de los Cielos en pleno uso (o reuso) de sus facultades omímodas, preserva "allá" su naturaleza de "aquí". Todo lo cual quiere decir que Gabriela Mistral le habla en este texto a Uno que, aun cuando se haya convertido ahora en Otro, *un día estuvo de nuestro lado.* Uno que vivió en este mundo y que, como todos los que gozamos de tal privilegio, es "carne" que debiera recordar. Con esta exigencia que Mistral le hace a Cristo para que Él haga uso de su memoria voluntaria (Bergson *dixit*), no cabe duda de que sus "Locas letanías" nos ponen a corta distancia de aquellas canciones de cuna en las que la madre se anticipa a la partida futura del hijo, a su posterior e inevitable transformación en hombre, así como a la poco segura relación que ella presume que él mantendrá para ese entonces con la pureza del principio. Por eso, le representa lo que es/fue en esta/esa etapa de su vida. No otro es el contexto en que debe entenderse el llamado que Mistral hace a la memoria divina o, mejor dicho, a la obligación de la memoria divina. Al que "se acuerda", *al que tiene la obligación de acordarse* de una "noche", un "vagido" y un "llanto", Mistral le pide que por ello, *que en nombre de ello,* "reciba" a su madre muerta y la integre dentro del corro de las madres que habitan un "cielo de madres":

Cristo, hijo de mujer,
carne que aquí amamantaron,
que se acuerda de una noche,
y de un vagido, y de un llanto:
recibe a la que dio leche
cantándome con tu salmo
y llévala con las otras,
espejos que se doblaron
y cañas que se partieron
en hijos sobre los llanos!

Esta es la primera invocación, la primera estación y la primera "lista" o "retahíla" metafórica que el discurso de "Locas letanías" se consiente a sí mismo. La segunda se dirige a un Cristo glorioso, pero cuya Forma es ahora la de una "Piedra de cantos ardiendo, / a la mitad del espacio". Después de la invocación al fondo infantil del Cristo adulto, el que una vez fue niño, hemos pasado a esta representación espectacular y flamígera, la de un Cristo que es "piedra loca de relámpagos, / piedra que anda, piedra que vuela, / vagabunda hasta encontrarnos". Obviamente, estamos ahora asistiendo a una representación de El Poder de Dios como una fuerza magnífica, la que, al oponerse a la fragilidad e indefensión de la imagen infantil de la primera estrofa, fija dos modos, y acaso *los* dos modos, que el ser masculino adopta en la poesía mistraliana. Con todo y ser "piedra de cantos ardiendo", Cristo "en los cielos" existe "todavía / con bulto crucificado". Es decir que Mistral incide también en sus "Locas letanías", y pese a su invocación del infinito poder de ese Jesús que ha vuelto a ser Dios, en la humanidad que lo caracteriza o lo caracterizó en el último capítulo de su *vía crucis,* en la capacidad de sufrimiento de la que entonces Él dio muestras y que es la que los teólogos de la escuela de Ignacio de Antioquía identificaron como su "pasibilidad". Si en la primera estrofa la encomienda de la madre muerta es hecha al Cristo-hombre-que-debe-recordar-su-infancia, en la segunda apela al Cristo-Dios-que-una-vez-fue-hombre-porque-padeció-en-la-Cruz.

Tercera estación y tercera "lista", "retahíla" o "enumeración" metafórica: Cristo deviene ahora en un "¡Río vertical de gracia / agua del absurdo santo, / parando y corriendo vivo, / en su presa y despeñado"[42]. Secundariamente, es un "río que en cantares mientan / 'cabritillo' y 'ciervo blanco'". El "absurdo santo", que en estos versos conjuga la extrema detención con la extrema movilidad, es, como se comprenderá fácilmente, el dato que a nosotros más nos llama la atención. Fundiendo hieratismo y fluidez, se trata de la lectura peculiar que Gabriela Mistral realiza del dogma paulista que, contra la populosa lista de herejes que en el siglo V abre Nestorio, defiende la "doble naturaleza" de Jesús. Para Gabriela, y más aún si este poema es el de su reconciliación con la fe, como ella sugiere y como asienten la mayoría de sus críticos, la no contradictoriedad de este dogma deviene crucial, *pero por causas que dependen de una* ratio *que es extrateológica y de la que dudo mucho que ella hubiese podido dar una cuenta precisa.* Pienso que en realidad la reconciliación de Gabriela Mistral con la fe también es una reconciliación de Gabriela Mistral con una utopía dualista del ser masculino respecto de la cual la doble naturaleza de Cristo constituye un emblema. Próxima al androginismo de las tradiciones cristológicas feministas, que la Iglesia ha conocido (y repudiado) desde siempre[43], Gabriela Mistral siente en este momento que la conjunción de lo divino con lo humano en la persona de El Salvador involucra además una armonía de lo masculino con lo femenino. Por eso, en la tercera estrofa de "Locas letanías", la que contiene la tercera invocación del poema, después de haber apelado al Cristo niño, al que continúa o debe continuar existiendo en el adulto, y luego al Cristo en el cenit de sus fuerzas, al que, cual piedra ardiente "en la mitad del espacio", preside la Creación, ambos atributos se reúnen y resuelven en la paradoja del "absurdo santo". A Ése que está detenido y se mueve, al poderoso y al desapoderado, la poeta le encomienda el eterno descanso de su madre muerta. Pero la reconciliación de Gabriela Mistral con la fe es, como no podía menos que serlo, también una reconciliación de la fe con Gabriela Mistral. Me baso, para argüir esta segunda tesis, en el doble movimiento que tiene lugar entre las estrofas tres y cuatro de "Locas letanías". Porque, si en la estrofa tres la poeta hace subir a la madre hacia Cristo, en la cuatro será Cristo quien deba inclinarse en dirección a la madre:

a mi madre que te repecha,
como anguila, río trocado,
ayúdala a repecharte
y súbela por tus vados!

¡Jesucristo, carne amante,
juego de ecos, oído alto,
caracol vivo del cielo,
de sus aires torneado:
abájate a ella, siente
otra vez *que te tocaron;*
vuélvete a su voz que sube

por los aires extremados,
y si su voz no la lleva,
toma la niebla de su hálito!

Importante es en esta oportunidad el subrayado del verso treinta y ocho: a Ti *"que te tocaron"*. No quiero forzar mi lectura de las "Locas letanías" gabrielescas, pero creo que necesitamos completarla conmutando resueltamente el verbo "tocar", que es el centro neurálgico del verso que la misma Mistral subraya, por el verbo "violar". El Cristo que una vez fue mártir, cuya sangre los hombres vertieron, entiende o debe entender a la mujer que sube hacia Él, porque Él, como ella, como otras mujeres, *como todas las mujeres,* fue víctima de un derrame de su sangre[44]. Es esta una nueva cara de la utopía de la convergencia de los sexos en una comunidad en la humillación y el dolor y para la cual la *dépense* batailleana constituye el puente esencial. Si no la materia, la forma que en esta poesía adopta el sufrimiento de la humanidad es la de la sangre derramada. El resultado es que ese Cristo, el Cristo que "tocaron" y padeció, mientras la mujer muerta "repecha" hacia Él ("repechar" era uno de los verbos favoritos de Gabriela, como sabemos. Además, cómo no percibir la relación entre la anguila que "repecha" el "río" de Cristo y "la hiedra" del tópico wordworthiano y del poema de la propia Mistral en *Lagar II*), puede "abajarse", *por eso,* hacia ella. El verbo, en su forma popular y eminentemente rural, que sustituye "bajarse" por "abajarse", acentúa la accesibilidad de la Figura masculina. A una distancia inconmensurable del Dios Padre, el que no habla o no le habla, a ella, pero sí a Pablo y a los demás, este Dios Hijo, al que una vez "tocaron", al que una vez violaron, es el de la reconciliación entre Mistral y la fe.

De aquí proviene el "aleluya" que Alone dice escuchar y que yo oigo también, pero sobre todo en las dos estrofas finales. En efecto, la quinta, que es la del "cielo de madres", con una sintaxis en la que el delirio metafórico hace que las imágenes se multipliquen recurriendo a un sistema prácticamente de libre asociación, convierte a dicho cielo en el espacio de una ronda donde los "regazos" de las madres forman un "tendal" móvil, "que va y que viene" y que acaba transformándose en "un golfo / de brazos empavesado, / de [por] las canciones de cuna". No cuesta mucho ver en esta instancia figurativa del poema que aquí estamos estudiando una bellísima variante del tema woolfiano del "espacio propio", que aparece con frecuencia en la literatura femenina y que un segmento de la crítica feminista suele reivindicar en nuestro tiempo a veces con más precipitación que sabiduría política. Más atrayente para este lector es que, en la segunda parte de esa misma estrofa, en su cielo propio, "las madres arrullan / a sus hijos recobrados / o apresuran con su silbo / a los que gimiendo vamos". Quienes hayan tenido la paciencia de acompañarnos en nuestro capítulo sobre las canciones de cuna, y en particular en los pasajes que allí dedicamos al motivo del hijo que se va y cuya partida futura la madre anticipa en el doble fondo de su canción, reconocerán en este punto una esperanza que supera al grave dolor de esa condena. En el cielo de madres, que es la segunda de las dos puntas de la fábrica alegórica que construye Gabriela Mistral en "Locas letanías", esas mujeres, para cuyo recibimiento lo masculino se "abaja", "recobran" a los hijos que se les fueron o llaman "con su silbo" a los que aún se encuentran lejos y que, como quiera que sea, gimiendo van hacia ellas.

¿Cómo entonces no cantar aleluyas, aunque éste sea en el fondo un proyecto lunático, una nueva colección de "desvaríos"? Casi innecesario es decir que el éxito de la empresa depende en última instancia de un cambio de/ en Él, *v.gr.*: del cambio que supone un reemplazo de la Ley androcéntrica de El Padre por la Ley andrógina de El Hijo, lo que *en realidad* y como siempre no es tanto un cambio en/de El Objeto del Amor como en/de El Ojo que mira al Objeto del Amor. Según era de preverse, Gabriela Mistral dedica su andanada metafórica de la última estrofa del poema a cantar, y esta vez con el corazón rebosante de ilusiones, las loas del nuevo Él, ahora como "dueño de ruta", "nombre" que la viajera dice, "sésamo" que grita, "abra" de los cielos, "albatros no amortajado" y "gozo" de los valles. El verso postrero, que también lo es de toda la serie "Muerte de mi madre", contiene una exclamación repetida: "¡Resucitado, Resucitado!". Ese verso nos habla de El Redentor que burla a la muerte, también del que debiera recibir a la madre de Gabriela Mistral en el cielo, pero sobre todo nos habla del que momentáneamente, maravillosamente, alucinadamente, regresa hacia el corazón de la poeta, "resucitando" su "fe" en un Dios que promueve la igualdad de los sexos y ello sobre la base de una utopía del ser masculino para la que el "absurdo santo" de Jesucristo suministra un homólogo servicial y perfecto.

Notas

1. "... Si Moisés les dio a los judíos no sólo una religión nueva sino también el mandato de la circuncisión, entonces Moisés no era judío sino egipcio, y en tal caso la religión mosaica fue probablemente de origen egipcio y, en vista de su contraste con la religión popular, ha de haber sido la religión de Aten con la cual la religión judía posterior está de acuerdo en varios y notorios aspectos". Sigmund Freud. *Moses and Monotheism,* tr. de James Strachey para *The Standard Edition,* pp. 27-28.

2. "... Que la autoridad suprema, real o divina, pueda ser amada en tanto que cuerpo a la vez que permaneciendo esencialmente inaccesible; que la intensidad del amor resida precisamente en esta combinación de *jouïssanse* recibida y prohibida, de separación fundamental y que sin embargo une; he ahí lo que nosotros queremos distinguir como el amor que proviene de la Biblia. Julia Kristeva. *Histoires d'amour.* París. Denoel, 1983, 89-90.

3. "... Moisés, como Akhenaten, corrió la suerte de todos los déspotas ilustrados. El pueblo judío bajo Moisés tuvo la misma escasa tolerancia frente a una religión de tan alta espiritualidad, sin encontrar en ella una satisfacción para sus necesidades, que habían tenido los egipcios de la Décimo Octava Dinastía. En ambos casos, ocurrió lo mismo: aquellos que habían sido dominados y mantenidos en la pobreza se alzaron y se sacaron de encima el peso de la religión que les había sido impuesta. Pero, en tanto que los mansos egipcios esperaron hasta que el destino se encargó de cambiar la figura sagrada de su Faraón, los salvajes semitas se tomaron el destino en sus manos y se sacudieron al dictador". *Moses...*, 47.

4. Hay que entender que los nombres no siempre funcionan correlativamente a los complejos significativos que designan: Cristo puede asociarse en ocasiones con la potencialidad castigadora y/o protectora de El Padre, como en "La cruz de Bistolfi" (4) o en "Al oído de Cristo". Del otro lado, en el "Nocturno" (79-80) de 1922, aunque el poema parte hablando al Padre, a medio camino y por razones que tienen que ver con un desvío en la intención de significar, cambia de dirección y termina hablando al Hijo.

5. *Theory of Literature.* 3ª ed. New York y London. Harcourt Brace Jovanovich, 1977, p. 219.

6. Como sabemos, la alternativa a la vulnerabilidad del Dios niño es la vulnerabilidad del Dios viejo, el de "El Dios triste" de *Desolación.* Para el caso, lo mismo da.

7. "... la Canción de Cuna sería un coloquio diurno y nocturno de la madre con su alma, con su hijo y con la Gea visible de día y audible de noche". "Colofón...", 184. Un buen ejemplo de lo que han dicho los críticos sobre este asunto lo ofrece Marie-Lise Gazarian-Gautier, quien, aunque vislumbra una interpretación menos obvia y a la que nosotros nos referiremos en el próximo capítulo, declara sin embargo que "Ella le dio a la tierra las características de la gran Gea, la gran madre que tiene a sus hijos entre sus brazos" y que "Ella [Mistral] creía que el amor de las madres por sus hijos es paralelo al amor de la tierra por sus criaturas". *Gabriela Mistral. The Teacher from the Valley of Elqui.* Chicago. Franciscan Herald Press, 1975, p. 145. Más perspicaz es Palma Guillén: "La Tierra, nuestra Posada, con las bellas cosas que contiene y con las dichas intensas que da o promete, tiene para ella un sentido maravilloso, secreto y religioso también. Era criatura muy terrestre en el mejor sentido de la palabra. La dualidad

cristiana, la separación de la Tierra y el Cielo, y la del cuerpo y del alma, eran cosas contra las que instintivamente se rebelaba. La Tierra, y el cuerpo también, como el tronco, la hoja y el aroma, no le parecían necesariamente malos o pecaminosos. Todo lo existente era para ella *divino*, en todo estaba el misterio de Dios, y si hubiera vivido en tiempo y gente de ritos paganos, es seguro que entre los altares de su casa habría estado el de Deméter". Palma Guillén. "Introducción" a Gabriela Mistral. *Desolación-Ternura-Tala-Lagar*, 4ª ed. México. Porrúa, 1981, p. xxiv.

8. Me refiero a H.P. Blavatsky, por supuesto. Cito: "El Principio Uno en sus dos aspectos (de Parabrahmam y Mulaprakriti) es asexuado, incondicionado y eterno. Su emanación periódica (manvantaric) —o radiación primigenia— es también Una, andrógina y fenoménicamente finita. Cuando a la radiación le toca su turno, sus radiaciones son también andróginas, y llegan a ser los principios masculino y femenino sólo en sus aspectos más bajos". *The Secret Doctrine. The Synthesis of Science, Religion and Philosophy.* Vol. I. Pasadena, California. Theosophical University Press, 1952, p. 18.

9. *Madres y huachos...",* 93-94.

10. *Hesíod's Theogony.* Tr. Norman O. Brown. New York. The Liberal Arts Press, 1953, p. 56.

11. En la "Introduction" a la edición que acabamos de citar, Brown comenta: "No sólo es la Tierra la gran Madre de todo, sino que su primera partida de prole, que incluye a sus parejas futuras, el Cielo y el Mar, es producida por ella partenogenéticamente" y un poco más adelante: "La dirección de la evolución cósmica va no sólo desde el orden natural al antropocéntrico, sino también desde la primacía de lo femenino a la primacía de lo masculino. Esta idea se aloja en el contraste entre la Madre Tierra en el principio, la que produce hijos sin participación masculina y que se empareja con sus propios hijos, y Zeus 'el padre de los dioses y de los hombres' al final", 16-17. Por su parte, Robert Lamberton agrega: "La Tierra Monstruosa es la madre arquetípica de la *Teogonía,* superando con mucho a todas las otras en fertilidad y en productividad. Se le da crédito por la producción de unas treinta criaturas, si bien muchas de ellas son entidades colectivas y vagas tales como las 'Montañas', las 'Furias' y los 'Gigantes', lo que quiere decir que en realidad su progenie es innumerable". *Hesiod.* New Haven y London. Yale University Press, 1988, p. 76.

12. Robert Graves *The Greek Myths.* Vol. I. Baltimore, Maryland. Penguin Books, 1955, p. 11.

13. Joseph Campbell. *The Masks of God: Primitive Mythology.* New York. The Viking Press, 1959, pp. 66-67. Las indagaciones de Campbell tienen su continuación en un libro reciente, ingenuo a ratos, pero muy legible, y que sumariza y divulga los descubrimientos en este terreno hasta los años ochenta. Me refiero al de Riane Eisler. *The Chalice and the Blade, Our History, Our Future.* San Francisco, Harper & Row, 1987.

14. Cfr.: J.J. Bachofen. *Myth, Religion, and Mother-right,* selections of Bachofen's writings including *Das Mutter-recht* (1861). London. Routledge & Kegan Paul, 1968; R. Briffault. *The Mothers.* London. Allen & Unwin, 1927; E.O. James. *The Cult of the Mother Goddess: An Archaeological and Documentary Study.* London. Thames y Hudson, 1959; y Marija Gimbutas. *Goddesses and Gods of Old Europe, 7000-3500 B.C.* Berkeley y Los Angeles. University of California Press, 1982.

15. Un comentario extenso de este verso hace Rubens Eduardo Ferreira Frias en "'Recado terrestre': la potente 'poesía chica' de Gabriela Mistral". *Anuario Brasileño de Estudios Hispánicos,* 2 (1992), 201-202.

16. Me refiero a "Divulgación religiosa. Sentido de las letanías: Virgen de las Vírgenes". *El Mercurio* (12 de abril de 1925), 3; y a "Alabanzas a la Virgen". *El Mercurio* (23 de agosto de 1925), 3.

17. Es lo que sucede en los poemas de Navidad, por ejemplo en "El establo" (183-184), de *Ternura.* También en "Mientras baja la nieve" (324), de *Tala.* Una excepción podría ser "Los dos" (717-718), de *Lagar.*

18. *Gabriela Mistral...,* 149. Otro que reconoce esta desinclinación a pesar suyo es Martin C. Taylor. *Vid.*: *Gabriela Mistral's Religious Sensibility,* 66-67.

19. *Ibid.,* 24-28.

20. Cité en la nota 14 del primer capítulo la opinión de Gastón von dem Bussche al respecto. Agrego ahora la de Jaime Concha: "muchos poemas de *Tala* han de ser un intento de 'visualización', regidos como están por el afán de percibir el tránsito a la muerte —y a una venturosa resurrección— del ser que más amó". *Gabriela Mistral,* 104.

21. Gabriela Mistral. "Notas" en *Poesías completas,* 803.

22. Me atengo a la nomenclatura de Lucien Dällenbach. "Intertexte et autotexte". *Poetique,* 27 (1976), 282-296.

23. *Gabriela Mistral...,* 163-176.

24. "Para el creyente, al contrario [al contrario de lo que ocurre con los místicos, y también con Sade y con Artaud, quienes 'se creyeron Jesucristo en un rapto tan amoroso como destructivo'], la entrega a la muerte del propio cuerpo como condición de la identificación ideal, queda de alguna manera suspendida por el relato evangélico: ella se halla cristalizada de una vez y para siempre, puesta en evidencia e inmediatamente detenida en la experiencia de Cristo". *Histoires d'amour,* 128.

25. En esto de la suprema "fineza" de Cristo al final de su vida consiste la corrección que Sor Juana le hace al padre Vieyra en la "Carta atenagórica", como se recordará.

26. Estipula el nuevo *Catecismo de la Iglesia Católica* en sus artículos 2280 y 2281: "Cada cual es responsable de su vida ante Dios que se la ha dado... Somos administradores y no propietarios de la vida que Dios nos ha confiado... El suicidio... Es gravemente contrario al justo amor de sí mismo. Ofende también al amor del prójimo porque rompe injustamente los lazos de solidaridad con las sociedades familiar, nacional y humana... El suicidio es contrario al amor del Dios vivo". Buenos Aires. Lumen, 1992, pp. 508-509.

27. Santa Teresa de Jesús. *Castillo interior, o las moradas* en *Obras completas.* 10ª ed. Madrid. Aguilar, 1966, p. 427.

28. Helmut Hatzfeld. *Estudios literarios sobre mística española.* 2a ed. corregida y aumentada. Madrid. Gredos, 1968, p. 169.

29. *Obras completas,* 725. Para curarme en salud, advierto que el que la letrilla o estribillo sea en este poema, como en otro paralelo perteneciente a San Juan de la Cruz, la transcripción de un verso de "una canción amorosa muy conocida, casi popular, de origen trovadoresco y muy en boga desde el siglo XV", y el poema entero una glosa "a lo divino" de esa misma canción, no es óbice para que admitamos su afinidad con el pensamiento místico y poético de Santa Teresa. *Vid.*: Hatzfeld. *Estudios...,* 172.

30. Por ejemplo, en el poema al Monte Oliveto:

In quel porto dell'alma sbigottita
In quel placido sen, qui non perturba
Eolo, o Nettuno, o tempestosa turba.

31. Está, por ejemplo, en "La victoria de Junín: Canto a Bolívar", de José Joaquín de Olmedo, cuando hacia el final del poema, Huaina Cápac exclama: "¡Oh Sol, oh Padre, / tu luz rompa y disipe / las sombras del antiguo cautiverio; / tu luz nos dé el imperio; / tu luz la libertad nos restituya...", etc. Cito por José Joaquín de Olmedo. "La victoria de Junín: Canto a Bolívar" en *Obras completas.* México. Fondo de Cultura Económica, 1947, p. 276.

32. *Estudios...*, 47.

33. ... el simbolismo de la fuente de agua viva es especialmente expresado por el manantial que surge en medio del jardín, al pie del Árbol de la Vida, en el centro del paraíso terrenal, dividiéndose luego en cuatro ríos que corren hacia las cuatro direcciones del espacio. Es, según las terminologías, la fuente de vida o de inmortalidad, o de juventa, o también la fuente de enseñanza [...] En una especie de corto poema esotérico —cuya interpretación simbólica por ser tan rica sería inagotable— las *Tablillas órficas* presentan un manantial, cuya agua fresca conduce a quienes lo beben al reino de los héroes [...] Este mismo simbolismo del manantial arquetípico aparece en la obra de Jung, que lo considera como una imagen del alma, en cuanto origen de la vida interior y de la energía espiritual". *Diccionario de símbolos.* 4ª ed., tr. Manuel Silvar y Arturo Rodríguez, ed. Jean Chevalier con la colaboración de Alain Gheerbrant. Barcelona. Herder, 1993, pp. 515-517.

34. Cabe aquí acudir una vez más a la tesis de Sonia Montecino en cuanto a que la tríada original de la historia y el *ethos* latinoamericano se constituye a partir de tres actantes míticos: el padre español (blanco) y ausente, la madre india y el hijo mestizo y huacho (ilegítimo). Si esto es así, la madre, esto es, la mujer, puesto que en este reparto de papeles la mujer no puede ser otra cosa que madre, está condenada a ser "de otra cultura", diferente y alternativa tanto a la cultura blanca de los dominadores como a la mestiza de los dominados. Tal vez ello explique en parte la "equivocidad" o "desigualdad" de la femineidad latinoamericana a la que se refiere Montecino en su capítulo sobre la Virgen Madre (*Madres y huachos...*, 70). Como quiera que sea, de acuerdo al esquema que esta investigadora propone, resulta

evidente que la mujer latinoamericana queda afuera del orden simbólico por partida doble: por su género y por su diferencia cultural. No otro es el punto de vista de Gabriela Mistral en su poema.

35. *Moses...*, 135-137.

36. "Aquél que fue en sí mismo impasible es para nuestro beneficio pasible", dice Ignacio, obispo mártir de Antioquía, en su Epístola a Policarpo, a principios del siglo II. Citado por Reinhold Seeberg. *Text-Book of the History of Doctrines.* Vol. I, tr. Charles E. Hay. Grand Rapids. Michigan. Baker Book House, 1952, p. 65.

37. El "Evangelio de María", uno de los "Evangelios gnósticos" descubiertos en Egipto, en Naj 'Hammãdi, en diciembre de 1945, y dados a conocer sólo treinta años después, destaca especialmente este episodio. *Vid.*: *The Nag Hammadi Library,* ed. James M. Robinson. New York. Harper & Row, 1977, p. 472. Para un comentario, *Vid.*: Elaine Pagels. *The Gnostic Gospels.* New York. Vintage Books, 1989, pp. 11-13 y 64-65.

38. Según el *dictum* de Trento, "es un traslado desde el estado en que el hombre nace como hijo del primer Adán al estado de gracia". *Text-book of the History...* Vol. II, 435.

39. "... De regreso de esta vida en la más prieta tiniebla, vuelvo a decir, como al final de *Desolación,* la alabanza de la alegría. El tremendo viaje acaba en la esperanza de las *Locas Letanías* y cuenta su remate a quienes cuidan de mi alma y poco saben de mí desde que vivo errante". *Poesías completas,* 803.

40. *Gabriela Mistral,* 74.

41. Real Academia Española. *Diccionario de la lengua española.* 19ª ed. Madrid. Espasa Calpe, 1970, p. 797.

42. Me parece curioso que esta imagen mistraliana de un río vertical" coincida con la de Neruda en "Sólo la muerte", que complicó entre otros a Amado Alonso: "ataúdes subiendo el río vertical de los muertos, / el río morado, / hacia arriba, con las velas hinchadas por el sonido de la muerte, / hinchadas por el sonido silencioso de la muerte". Cito por *Residencia en la tierra,* ed. Hernán Loyola. Madrid. Cátedra, 1987, pp. 200-201.

43. "Aun cuando las cristologías masculinistas se convirtieron en la tradición dominante, a la Cristiandad nunca le han faltado las perspectivas de minoría y alternativas. Dos líneas de tradición algo diferentes se desenvuelven en la historia cristiana de modo paralelo: las 'cristologías andróginas' y las 'cristologías del espíritu'. Las cristologías andróginas ven a Cristo como el representante de la nueva humanidad que unifica al hombre y la mujer. La raíz de estas cristologías se encuentra en la afirmación cristiana básica de que Cristo redime a la naturaleza humana en su conjunto, masculina y femenina. Estas tradiciones arrancan particularmente de la fórmula bautismal temprana que cita San Pablo y según la cual no existe 'lo masculino ni lo femenino, porque todos somos uno en Cristo' (Gal., 3:28)". Rosemary Radford Ruether. *Sexism and God-Talk. Toward a Feminist Theology.* Boston. Beacon Press, 1983, p. 127.

44. Esta conmutación se puede legitimar en dos sentidos: el biográfico y el psicoanálitico. En cuanto a lo primero, existen insinuaciones de una posible violación de la niña Gabriela en Matilde Ladrón de Guevara, quien dice haberlo sabido por la poeta misma y por Laura Rodig, y en Volodia Teitelboim. Para lo primero, ver *Gabriela Mistral...*, 99. Para lo segundo, un párrafo breve, que se estampa pero que queda ciego en *Gabriela Mistral...*, de Teitelboim, 22. En cuanto a la otra legitimación de mi maniobra conmutativa, habría que recordar para completarla que en los años noventa del siglo pasado, en la prehistoria del psicoanálisis, Freud, quien se había dado cuenta de que los atentados sexuales contra los niños eran más comunes de lo que se cree, llegó a pensar que ellos constituían el origen de todas las neurosis. Este es el camino que finalmente no tomó, reemplazando esa tesis por la del complejo de Edipo.

CAPÍTULO V

... los elementos a los que fui dada!
La que aguarda

Primero los datos, porque esto es lo que los críticos tradicionales de la obra mistraliana han desconocido o conocido a medias o minimizado sin rubores. Gabriela Mistral estuvo vinculada al movimiento teosófico chileno desde fines de la primera década del siglo, probablemente desde 1907 ó 1908, cuando, según el testimonio de Palma Guillén, "se puso en relación con la Sociedad Teosófica de Chile que tenía su sede en Santiago, y entró de lleno en el estudio de la Teosofía y de las Filosofías orientales"[1]. Esta conexión teosófica de la poeta se reafirmará a partir de su paso por Antofagasta, entre 1911 y 1912, y se mantendrá vigente en una primera etapa por lo menos hasta el trienio que comienza en 1926 y termina en 1929, cuando, después de su estancia en México y puede ser que a raíz de la repugnancia que le produjeron las persecuciones a los católicos durante la guerra de los cristeros, reanuda sus contactos con la religión oficial[2]. Otros antecedentes más tardíos hacen pensar que su reencuentro de entonces con la ortodoxia cristiana tampoco fue muy duradero. Frente a tales hechos, no sólo ella, sino que también los mejores entre sus biógrafos, Matilde Ladrón de Guevara, Marie-Lise Gazarian-Gautier y más recientemente Volodia Teitelboim, se limitan a ensayar expresiones de descargo o de condescendencia, se diría que porque mientras a algunos la cosa les huele a azufre a los otros las inquietudes de Gabriela Mistral en este sentido les parecen poco serias. Pero los datos existen y con mayores consecuencias de lo que se elige creer.

En primer lugar, conviene repasar aquí la información más o menos conocida: una polémica carta a Iris, Inés Echeverría de Larraín, fechada en 1915, otra a Eduardo Barrios, de 1917, y una tercera al padre Francisco Dussuel, ésta sin fecha, pero evidentemente tardía, y que Dussuel publicó en la revista católica *Mensaje* en 1960. En la primera, Mistral, después de haber leído "un maravilloso artículo de Annie Besant", felicita a Iris por su quehacer en pro de la "espiritualidad" chilena y por estar abriendo en nuestro país "brechas más anchas en el vivir humano, en el arte, en la literatura sobre todo", estimulando de tal manera a "muchas gentes en quienes estas cosas despiertan como un alba inmensa y dorada"[3]. En cuanto a la carta a Barrios, debatiéndose allí en un vaivén continuo de negación y afirmación, escribirá que "La teosofía ha fracasado completamente conmigo", aunque por otro lado reconozca que cuenta "entre los grandes días de mi vida aquél en que conocí la teosofía, porque yo no habría podido entender a los mismos místicos cristianos sino hubiera leído literatura teosófica: hasta a rezar me enseñó algún libro teosófico"[4]. Finalmente, en la misiva a Dussuel, que Luis Vargas Saavedra considera "un exactísimo compendio de su vida religiosa" y que él toma como base de sus propias disquisiciones[5], Gabriela Mistral reconoce que de sus experiencias orientalistas le "quedó" (el verbo es suyo) "la idea de la reencarnación" y "una pequeña *escuela de meditación*"[6].

Pero veamos también otros elementos de juicio. No hace mucho, en la revista *Museos,* Pedro Pablo Zegers hizo públicos por primera vez ciertos papeles que confirman la participación de Gabriela Mistral en la logia Destellos de Antofagasta, en 1913, participación ésta acerca de la que ya se tenían noticias a través de un comentario aparecido en el libro de Augusto Iglesias de 1949[7]. Respecto de los materiales que Zegers allega en su propia pesquisa, los que en su opinión "ayudan a configurar con mayor certeza aquellos aspectos de la vida de nuestra insigne poetisa que aún permanecen escondidos"[8], él mismo reconoce que son sólo una "punta de iceberg", puesto que, además de las actividades de esta naturaleza que Mistral pudo haber desarrollado durante el año y medio que residió en Antofagasta, lo cierto es que la poeta se transformó desde entonces en "una de las principales defensoras de la doctrina y la tradición teosófica, escribiendo poemas para dos periódicos teosóficos de Santiago: *Nueva Luz,* donde publica 'El himno al árbol' (1913) y 'La charca' (1914), y la *Revista Teosófica Chilena,* a la que entrega 'El placer de servir' (1924)"[9].

La exhumación de Zegers se reduce a tres cartas: la primera de Alberto Parrau (¿Alberto o Carlos Parrau, como escribe Iglesias? ¿O son dos personas distintas?), secretario de la logia Destellos, a la Srta. Lucila Godoy Alcayaga, miembro ausente de la organización y profesora por aquel entonces del Liceo de Niñas de Los Andes, carta fechada el 2 de abril de 1913 y en la que Parrau le solicita a la poeta un manuscrito sobre "su idea propia y personal de la teosofía" y sobre si la teosofía "llega a influir en los que la adoptan de un modo decisivo para el bien"[10]; la segunda contiene la respuesta de Mistral, ésta sin fecha y firmada con las iniciales "L.G.A."; la tercera es una réplica del mismo Parrau, con fecha 1° de junio, informándole acerca de la lectura que de su respuesta han hecho "los Sres. miembros" de la logia, en su sesión del 30 de abril, y de la "agradable impresión" que su envío les causó. También la anima ahí para que no se aparte de "la senda del bien y del sacrificio"[11]. De todo esto, a nosotros nos interesa sólo la contestación de la poeta. Reproduzco lo esencial:

> ... la Teosofía al serme revelada lo fue como la mayor de las sorpresas. I ¡cosa extraña! yo que llegaba a ridículos extremos del cienticismo experimental i pedía pruebas a todo con un riguroso espíritu científico, que me había arrancado la fe en todas sus formas, no me negué a creer estas cosas de prodigio que exceden en mucho a lo que creer manda P. ej. el cristianismo. Quise creerlo todo, todo, con un ansia de llenarme el alma seca de savias nobles i de llenarme la mente ávida de cosas de belleza i de poesía inagotables [... y en lo que toca a la segunda de las preguntas de Parrau] Fuertemente me ha asido aquello de la creación por el pensamiento, forzándome, gritándome que debe ser buena. // Yo no sé de cosa más grande que esta palabra: ¡crear! Qué más poderoso que esta convicción de que creamos para hacernos sentir las terribles responsabilidades i las terribles grandezas de este acto que se consuma cada día. Crear belleza, crear producciones benéficas, crear cosas amigas que flotando a nuestro contorno nos escuden i que yendo donde las mandamos escuden también a los que amamos. Poblar el espacio de cosas nuestras bellas que llevan nuestra esencia. Yo no sé de don más enorme i trascendental. // Siento desde algún tiempo, que la vida es mi amiga i que se me presenta sagrada i hermosa como no la vi nunca. Asisto como con una embriaguez a los actos de la naturaleza que son las estaciones i me apasiono de los seres —particularmente de las plantas i los pájaros— con un fervor que es soplo divino. Un profundo sentido voi descubriendo en cada hecho natural i es cosa como si mi camino i mi casa, i el cielo i todo estuviesen sembrando de altares porque voi adorando i sintiendo a cada paso divinas presencias que me exaltan i me hacen postrarme![12]

El sabor de "estas cosas de prodigio que exceden en mucho a lo que creer manda P. ej. el cristianismo", que son las que a la veinteañera poeta le dispensa su conocimiento de los temas teosóficos, el énfasis en "la creación por el pensamiento", creación de "cosas amigas que flotando a nuestro contorno nos escuden i que yendo donde las mandamos escuden también a los que amamos", y finalmente la divinización de la vida y la naturaleza, sin excluir a esas "divinas presencias" que a ella se le revelan a cada paso, tales son algunos de los componentes marcados que esta cita reivindica del *corpus* doctrinario que compendiara Helena Petrovna Blavatsky en los años setenta del siglo XIX. Sin perjuicio de la plusvalía subjetiva que Mistral introduce en las frases que compone para beneficio de sus antiguos compañeros de logia, así como de la dosis de ocultismo modernista que las mismas trasuntan[13], sus selecciones corresponden a artículos genuinos dentro del *corpus* preblavatskyano, blavatskiano y postblavatskyano (mi impresión es que la influencia del espiritismo, por un lado, y la de Annie Besant, por otro, se deja sentir también en ellas de manera ostensible. En cuanto a Besant, Mistral declaró varias veces su preferencia por ella sobre Blavatsky y nosotros trataremos de volver más adelante sobre el impacto que cada una tiene sobre su trabajo poético).

Entre tanto, recordemos que quien estudia este ángulo de la producción mistraliana programáticamente es Martin C. Taylor. Su libro, que vio la luz pública hace ya un cuarto de siglo, continúa siendo hasta la fecha el único que se ocupa del problema con sabiduría y discernimiento, aunque no siempre con la imparcialidad que hubiera debido acompañar a esas virtudes. De entrada, Taylor postula que con la ayuda de la teosofía Gabriela Mistral se aleja de la Iglesia Católica, cuya estrechez teológica le resultaba asfixiante, pero sin negar los aspectos esenciales del cristianismo. Reconoce además que sus biógrafos no dan una cuenta satisfactoria de sus afanes religiosos de naturaleza alternativa, aun cuando las informaciones que él logró reunir probarían su "asistencia infrecuente" (esta expresión la toma Taylor de Iglesias), entre 1912 y 1914, a la logia Destellos de Antofagasta[14], al igual que las colaboraciones con que contribuyó a *Nueva Luz*, de Santiago, *Luz y Sombra* y la *Revista Teosófica Chilena*, de Valparaíso, y *Primerose*, de Chillán, entre 1913 y 1924[15].

No sólo eso. Taylor confecciona también una lista de los "elementos" teosóficos que se habrían acomodado mejor a las necesidades de la poeta. Ellos son: "la idea de la unidad de todas las criaturas y cosas; el escrutinio intelectual, racional del funcionamiento de las religiones; la necesidad de la meditación y la contemplación; la creencia de que existe un modo de actuar que, de ser seguido, libera al ser humano del dolor corporal; y el sentimiento de que, despojado al individuo del peso del cuerpo, la muerte le permite encontrar la paz eterna"[16]. En lo que toca a las prácticas yoga de Mistral, que relaciona también con su interés por la teosofía, Taylor les adivina un sentido más profundo pero acaba desestimando esa promisoria conjetura y declarando que "Gabriela Mistral se mantuvo más interesada en aquellos aspectos contemplativos, salutíferos y espirituales del *Yoga* que en las manipulaciones físicas extremas que a menudo se asocian con *Yogin* "[17]. Dictamina luego que considerar a la poeta una "ocultista" es "un juicio insostenible", aprovechándose de ese mismo envión descalificador para añadir que "Mistral evitó la trampa espiritista o espiritualista, trampa que le habría dado un aire de fraudulencia a sus convicciones religiosas. Rechazó todas las presencias divinas excepto una, la de Cristo"[18].

No vamos a entrar nosotros en una polémica a solas con las buenas intenciones de Taylor (de hecho, creemos que la huella espiritista, la de las "presencias divinas", es, sin ir más lejos, innegable. Cfr.: el documento de Zegers que citamos más arriba), pero es útil para nuestros propósitos que él haya alcanzado a entrevistar, en noviembre de

1966, a Ricardo Michell Abos-Padilla, quien fue hermano de Mistral en la logia Despertar de La Serena y llegó a ocupar después la presidencia de la Sociedad Teosófica de Chile, y que haya consignado los términos de esa conversación. Habiéndole contado que Mistral renovó sus contactos con los miembros de la logia en 1925, durante su primer y más largo regreso a Chile, Michell redactó para Taylor un opúsculo al que tituló "Notas para un estudio sobre Gabriela Mistral y la Teosofía". Observaciones memorables en ese escrito son las que tienen que ver con los "tópicos" favoritos de debate entre los "chelas" serenenses ("Dhyana-Samadhi- Dharma- Buddhi- Atma-Brahma- Karma- Prana- Kundalini- Manvántara-Pralaya-Kama-Manas-El Logos de un Universo y las Huestes creadoras-La naturaleza trina del hombre: Nous, Psiquis y Soma=La Trinidad: Voluntad, Amor, Sabiduría, encarnada en el Cuaternario: Mente, Emoción, Pasión y Músculo"), con los "conceptos claros y exactos" que Gabriela Mistral tenía acerca de los diferentes sistemas yoga ("Raja Yoga, Jnana Yoga, Bhakti Yoga, Hatha Yoga"), con sus lecturas sobre los "Misterios de Osiris, de Orfeo, de Thebas, de Mithra, de Krotona" y con su idea de que el cielo es un "estado de bienaventuranza que se goza cuando el 'yo' se desvanece, cuando uno se desentiende y olvida de sí mismo" (el propio Michell pone esta última frase entre comillas, dándola en esa forma por textual o por aproximadamente textual).

Asimismo de valor para nosotros es la nómina de los libros que, según este informante de Taylor, se hallaban a disposición de los miembros de la logia Despertar, nómina que incluye unos sesenta o setenta volúmenes, entre cuyos autores descuellan H. P. Blavatsky, Annie Besant, Charles W. Leadbeater. A. P. Sinnett, George R. S. Mead, Mabel Cook y H. S. Olcott, esto es, las cabezas visibles del movimiento teosófico internacional aun después de su primera y más grande división[19].

Tres datos más antes de cerrar este breve e incompleto escrutinio. Recojo en primer término las observaciones de José Santos González Vera en su artículo para el homenaje que la revista *Anales de la Universidad de Chile* rindió a Gabriela Mistral con ocasión de su fallecimiento. Según declara González Vera, Mistral habría sido lectora asidua de Annie Besant y corresponsal suya: "Dirige y recibe cartas de Ana Besant y nadie iguala su saber acerca del niño Krishnamurti, que será dios no bien alcance la edad adulta"[20]. Nada sorprendentemente, esas cartas no nos son accesibles hoy día, aunque las lecturas mistralianas de Besant sea difícil ponerlas en duda. En todo caso, lo que sí nos es accesible es el artículo que la poeta escribió en 1930, para *La Nación* de Buenos Aires, a propósito del *affair* Krishnamurti, cuyo papel de segundo Cristo o de Cristo encarnado fue, como hay gente que lo recuerda todavía, la más espectacular de las empresas que concibieron en su larga carrera teosófica Annie Besant y Charles W. Leadbeater. Mistral comenta el caso en largos y enjundiosos párrafos, dando por bueno el complot de los líderes de la rama de Adyar. Aun cuando no ignora el aura de escándalo sexual que acompañó más de una vez a Leadbeater, lo juzga "inocente" y hombre "de cabeza sólida", de las mismas hechuras de Rodolfo Steiner, "el alemán". En cuanto a Annie Besant, su evocación revela no sólo el respeto que sintió por la obra de la "lady sacerdotal", cuya carrera demuestra conocer al dedillo, sino, además, una especie de identificación con el papel de madre adoptiva que la "lady" desempeñó para con el joven Jiddu. En último término, la renuncia de Krishnamurti a su misión de puente entre las tradiciones religiosas de Oriente y Occidente, que es el acontecimiento que acaba de tener lugar cuando ella escribe su artículo, Gabriela Mistral la atribuye a la educación laica del profeta en Inglaterra y, por lo tanto, a un triunfo, que le parece "empobrecedor de nuestra caja de caudales místicos", del espíritu científico[21].

El segundo documento del trío que me interesa traer a cuento finalmente proviene de las cartas de la mexicana Mercedes Cabrera del Río, a quien Mistral conoció durante su estancia en Veracruz, en 1949, y que forman parte de los manuscritos que se encuentran en la Biblioteca del Congreso de Estados Unidos. Cabrera del Río escribe entre 1951 y 1952, la mayoría de las veces a Gabriela Mistral y a Doris Dana conjuntamente. Redactora de una cadena astrológica, *The Lucky Chain,* estudiante de teosofía, grafómana tanto o más que la propia Mistral, ascendida hace poco ("iniciada") de "Hermana Menor" a "Hermana Mayor" por sus "guías" o "maestros", sus cartas recorren los temas *standard* del ocultismo e involucrando a Mistral, a Dana y en menor grado a Palma Guillén en un círculo de mujeres con intereses esotéricos compartidos. Cualquiera haya sido la frecuencia de las respuestas por parte de la poeta (sus contestaciones no constan en el archivo mencionado), de lo que no cabe duda es de que tales respuestas existieron. En varias ocasiones, Cabrera pregunta por la vinculación de Dana con los Rosacruces ("¿Entró Doris a los Rosacruces de San José?", Carta del 8 de noviembre de 1951). En otra, le agradece a Mistral el envío de un catálogo especializado y el haberle sugerido la lectura de *La doctrina secreta,* tal vez el más ambicioso de los libros de Blavatsky ("Me dio un gustazo lo que me dices de los libros que me van a enviar catálogo y sí tengo "LA DOCTRINA SECRETA"... agradecidísima por todo", Carta del 26 de enero de 1952). No se olvida Cabrera tampoco de darle a Mistral noticias de su sobrino suicida: "El Niño está atravesando una franja en el invisible muy hermosa... se ha alejado mucho de las cosas materiales y disfruta de colores, música y conocimientos que aquí ni tú, Gabriela que eres tan elevada podrías darle. Él se ha manifestado cerca de ti varias veces, pero no has podido verle... una de las veces quiso aparecerse con la figura de Buda, haciéndote que vieras o leyeras algo sobre este personaje místico. // ÉL ESTÁ MUCHO MEJOR QUE UDS. Y QUE NOSOTROS, pues entra casi de lleno al tercer cielo que es el libro de la Naturaleza donde realmente se sienten delicias celestiales; el Niño está muy elevado y VE con ojos que tienen comprensión de planos Superiores, lo que vienen a ser los hechos en este planeta...", Carta del 3 de enero de 1952).

Todo esto acompañado por comentarios profusos acerca del conocimiento anterior que hubo entre ellas, *v.gr.*: en sus encarnaciones previas ("... No es la primera vez que nos encontramos en este valle de lágrimas...", Carta del 25 de noviembre de 1951, o "Tú fuiste un sacerdote semi amargado... místico 100%.... retirado de la sociedad... sometido a grandes tormentos y privaciones físicas y un incansable luchador de otros planos; tuviste un amigo que no pudo llegar a retirarse tanto [...] Ese amigo del MÍSTICO AMADO le quiso tanto... le defendió tantísimo que tuvo la dicha de cerrarle los ojos al gran Adepto que fuiste tú, y besarle la frente como muchos años después, pude en otra forma humana, besarte la frente y tus manos, que antes había besado", Carta del 26 de enero de 1952), de las visitas "en astral" de Cabrera a Mistral y a Dana ("No lo podrán creer, pero nunca dejo de vigilarlas... buscarlas en astral y llegar a Uds. más veces de las que creen", *Ibid.*), de predicciones astrológicas ("... está el planeta en malísima posición astral kármica y todos debemos de tener contrariedades espantosas...", *Ibid.*) e incluso de respuestas a ciertas consultas que Mistral le ha hecho sobre su futuro político, ya que la poeta aguarda con preocupación las elecciones presidenciales chilenas de 1952, en las que había de triunfar su viejo enemigo el general Carlos Ibáñez del Campo ("ESTUDIÉ pero con todo mi interés y cariño a ti lo relacionado con el futuro presidente de tu patria y sea uno o sea otro [con posibilidades de una GRAN SORPRESA] no te desconsueles, porque a GABRIELA MISTRAL NO SE LE DESCARTA ASÍ COMO ASÍ, ya que tú has vestido de dignidad y fama a tu patria", *Ibid.*)[22].

En fin, estos varios testimonios están demostrando que en 1951 y 1952, siete años después de obtener el Premio Nobel y cinco antes de su muerte Gabriela Mistral no ha perdido de vista su antigua afición por las disciplinas herméticas. Si a esto se suma el último antecedente dentro de los que pertenecen a este grupo, antecedente que extraemos del "Apendix B" del libro de Taylor, donde el estudioso norteamericano deja constancia del carteo que Mistral mantuvo con don Zacarías Gómez, antiguo conocido suyo de los tiempos de La Serena y Antofagasta, además de dueño de la Librería Orientalista de Santiago, carteo que se lleva a cabo desde 1940 en adelante y durante el que la poeta solicita de su corresponsal (y más entre el 46 y el 54) publicaciones ocultistas de variada naturaleza, en particular libros rosacruces, *Principios ocultos de la salud y de la curación, Cristianismo Rosacruz, Filosofía Rosacruz* y *Cartas a los estudiantes,* de Max Heindel, por ejemplo, puede afirmarse, creo que sin temor de equivocarnos, que tales "deslizamientos de infidelidad o de veleidad" religiosa[23] no fueron en ella un ventarrón pasajero. Taylor no puede menos que concluir que "Esta sostenida correspondencia prueba el duradero interés que sintió Gabriela Mistral por la literatura relativa a la teosofía, los Rosacruces, la meditación, el ocultismo y la cura mediante la concentración, la oración y una dieta adecuada[24].

Todo lo cual me permite a mí formular en este capítulo tres tesis básicas. Primera: el contacto de Gabriela Mistral con la teosofía, que ella inicia muy temprano en su vida, es genuino sin duda, pero debe colocarse en un marco de referencia más amplio de acuerdo con el cual la fascinación que la poeta experimenta no es sólo con la teosofía, sino con lo que podríamos llamar los cultos heterodoxos *at large.* Su perspectiva no difiere en consecuencia de la de la propia Blavatsky, quien, reiterando lo que constituye una vieja tradición entre las gentes de su oficio, sostuvo siempre que la teosofía era "El sustrato y la base de todas las religiones y las filosofías del mundo, y que la han enseñado y practicado unos cuantos elegidos desde que el hombre se convirtió en un ser pensante"[25]. Además, aunque estos desvíos de Mistral hacia las creencias alternativas hayan obedecido a su necesidad de liberarse de las "estricteces de la teología y los hechizos del clero", como afirma Taylor[26], no debemos olvidar que los mismos tienen distinguidos precedentes en la historia poética de la modernidad. Fuera de Latinoamérica, los ejemplos de Poe, Rosetti y sobre todo el de Yeats se nos vienen de inmediato a la memoria. En cuanto a Latinoamérica, además de los casos de Leopoldo Lugones y Amado Nervo, el primero teósofo desde principios de siglo, cuando según cuenta su hijo leyó con deslumbramiento *Isis Unveiled* y *The Secret Doctrine,* y el segundo el pálido budista de *El estanque de los lotos,* el propio Darío parece haber sido un lector fervoroso de *Les Grands Initiés,* de Édouard Schuré, uno de los libros de mayor circulación entre los medios del esoterismo finisecular[27]. En términos generales, estaremos de acuerdo entonces en que el interés de Gabriela Mistral por las ciencias ocultas no sólo es verídico, sino que nada tiene de inaudito, menos aún de vergonzoso, y que por el contrario se lo debe estimar como otra manifestación de eso que sostenía Marcel Raymond en los años cuarenta, que en el arco que va de Baudelaire al surrealismo la poesía occidental "tiende a transformarse en una ética o en yo no sé qué medio irregular de conocimiento metafísico"[28].

Segunda tesis: el ocultismo de Gabriela Mistral no es cosa de su juventud exclusivamente, como lo dio a entender ella misma algunas veces[29] y como aún se empeñan en creer sus lectores más píos[30]. Hay pruebas que demuestran que esta proclividad suya es, que fue cosa de toda la vida. Como sugerimos al comienzo de este capítulo, los primeros contactos pesquisables son de 1907 ó 1908, cuando la poeta tiene menos de veinte años, y los últimos de 1951 ó 1952, cuando se empina ya por sobre los sesenta y está próxima a su muerte.

Tercera tesis: Mistral privilegia temas ocultistas diferentes y con diferentes grados de intensidad en diferentes pasajes de su biografía, de manera que se corre un riesgo muy grande al tratar de deslindar "elementos" de esta naturaleza que con un voluntarismo dudoso se presumen aplicables por parejo a la totalidad de su trabajo. Así, si a mí se me pidiera graficar la historia de los contactos de Mistral con el *antiestablishment* religioso, mi primera opción sería pensar en una línea zigzagueante o, tal vez, en un salir y entrar varias veces por la puerta de la Iglesia Católica. Cronológicamente hablando, su primera escapada parece haberse producido en la adolescencia o en la postadolescencia por la vía, común entonces y ahora, del racionalismo cientificista. Al menos, eso es lo que da a entender la carta a Parrau que Zegers publica. Gabriela Mistral pasa de este modo de la religión oficial al cientificismo de inspiración decimonónica (son los tiempos de su colaboración con los periódicos radicales del Norte Chico, la que le valió el anatema del obispo de La Serena y la negativa de la Escuela Normal de esa ciudad a aceptarla dentro del cuerpo de sus estudiantes) y a la teosofía, es decir, de un trascendentalismo pobre a la negación cientificista de la trascendencia y a un recobro de la misma a través del proyecto teosófico. En una segunda etapa, la poeta habría vuelto a sentirse cercana a la Iglesia de su niñez, pero eso sólo en el lapso que va de 1926 a 1929, ya que en 1924 está publicando "El placer de servir", en la *Revista Teosófica Chilena,* y en 1925 tendrá lugar el reencuentro con sus antiguos hermanos de la logia Despertar, según el testimonio de Michell Abos-Padilla. En la otra punta de este ciclo, su madre muere el 7 de julio de 1929, precipitándola en la que ella misma designa como su "crisis religiosa", cuya duración, también de acuerdo con su propio testimonio, fue de "cinco o siete años"[31]. Nada de extraño tiene pues que sea precisamente en esta época cuando escribe y publica el artículo sobre Jiddu Krishnamurti.

De manera que su segundo retorno al cristianismo, o mejor al catolicismo, el que como sabemos inaugura "Locas letanías", no puede haber ocurrido antes de 1935 ó 1936. Al margen de su carácter peculiar en grado sumo, no cabe duda de que el fin de este segundo acercamiento suyo a la ortodoxia católica lo marca el suicidio de Juan Miguel Godoy, en Petrópolis, el 14 de agosto de 1943. Esa muerte ocasiona en Gabriela un desequilibrio psicológico de tal magnitud que Palma Guillén no titubea en distinguir "una G. de ANTES y otra de DESPUÉS de tan triste hecho"[32]. De ese desequilibrio existen en efecto testimonios de muy diversa índole y resulta obvio que para la congoja que a él se asocia la Iglesia Católica no le ofreció a la poeta todo el consuelo que ella necesitaba: "Ay, pero tengo que volver a mi vieja herejía o crecer [¿"crecer" o "creer" en la corrida represora de los significantes?] en el karma de las vidas pasadas a fin de entender qué delito mío fenomenal, subidísimo me han castigado..."[33]. No es que Gabriela Mistral abandone su relación con la Iglesia Católica, sin embargo; el problema es que los recursos espirituales de los que dispone esa institución no le sirven de mucho en la grave circunstancia que por entonces la abruma: "... no es consuelo lo que busco, *es verlo,* y en el sueño suelo tenerlo, y en sensaciones de presencia en la vigilia también, y de lo que de ambas cosas recibo es de lo que voy viviendo, y de nada más que eso"[34].

¿Volvió Mistral a buscar por tercera y última vez el esquivo regazo de la Iglesia Católica? Los que se fijan en su lealtad inquebrantable para con la Orden de San Fancisco, de la que fue hermana terciaria desde la década del veinte y a cuyo cuidado dejó parte de sus bienes, dirán que sí y tendrán razón, aun cuando yo me temo que, junto con los buenos oficios del catolicismo, *e incluso estoy dispuesto a admitir que a pesar suyo,* no desaparecieron de la conciencia de Mistral las escapadas ocultistas. Esto lo prueban las cartas que Mercedes Cabrera le dirige a ella y las que ella le dirige a don Zacarías Gómez durante los años cincuenta, aparte de las citas que acabo de transcribir más arriba y que dan fe de la regresión de su espíritu a las que ella misma consideraba sus prácticas herejes en el período inmediatamente posterior a la muerte de Yin. Además, aunque parezca que todo eso había quedado enterrado en su primer libro, perdura en Gabriela Mistral durante este período la nostalgia, el apego, el respeto por el Antiguo Testamento. Cuando la trasladan al Hospital de Hempstead, en Nueva York, el 19 de diciembre de 1956, y en el que iba a morir en estado de coma el 10 de enero del año siguiente, lo que lleva consigo es una grabación del Kol Nidre, una oración en arameo que se canta en el crepúsculo para empezar el día judío de Expiación, y los Salmos.

Como era de esperarse, la poesía de Gabriela Mistral exhibe más indicios de sus inclinaciones ocultistas de lo que los críticos admiten. Pero, y ateniéndome ahora a lo que expuse más arriba, su adopción de tales o cuales motivos del *corpus* hermético ocurre con propósitos e intensidad diferentes en diferentes períodos de su trayectoria vital. Por otra parte, el aparato teórico blavatskyano, que suele servirse sin mayor discriminación de religiones y filosofías de procedencia múltiple y que es el primero que Mistral conoce, es lo suficientemente laxo como para haberle permitido hacer tales cambios varias veces.

Teniendo esto en cuenta, mi impresión es que cada uno de los tres objetivos generales de la Sociedad Teosófica a partir de 1878, a saber: "la Hermandad entre los hombres, sin distinción de raza, color, religión o posición social", "el estudio serio de las antiguas religiones del mundo con el propósito de compararlas y de seleccionar de entre ellas una ética universal" y "el estudio y desarrollo de los poderes divinos latentes del hombre"[35], todo ello en un orden que hace que la presentación doctrinaria coincida con (los teósofos tendrían más de algo que decir sobre esto) el despliegue de su biografía, encuentra acogida durante una u otra etapa de su carrera literaria. Al comienzo, lo que la seduce es el llamado teosófico a la "hermandad universal" y sus implicaciones. Esto es lo que ponen de manifiesto la carta que exhuma Zegers y los poemas con que ella contribuye a *Nueva Luz* y *Luz y Sombra* entre 1913 y 1915. En la imposibilidad de referirme en detalle a cada uno de esos textos, me contentaré con reproducir algunas estrofas y con hacer un breve comentario del más antiguo, "El himno al árbol". Cito:

Árbol hermano, que clavado
por tus raíces en el suelo,
la frente verde has elevado
en una intensa sed de cielo,

[...]

haz que delate mi presencia
en las praderas de la vida,
mi suave i cálida influencia
sobre las almas ejercida.

Árbol diez veces productor:
el de la poma sonrosada,
el del madero constructor,
el de la brisa oxigenada,
el del follaje amparador,
el de las gomas suavizantes
i las resinas milagrosas,
pleno de tirsos agobiantes
i de gargantas melodiosas,

hazme en el dar un opulento.
Para igualarte en lo fecundo,
el corazón i el pensamiento
se me hagan vasto como el mundo!

I todas las actividades
no lleguen nunca a fatigarme.
Las magnas prodigalidades
salgan de mí sin agotarme.

[...]

Árbol que no eres otra cosa
que un universo protector,
pues cada rama mece airosa
en cada nido un ser de amor,

hazme un follaje vasto i denso,
tanto como han de precisar
los que en el bosque humano inmenso
rama no encuentran para hogar!

Árbol que donde quiera aliente
tu cuerpo lleno de vigor,
asumes invariablemente
el mismo gesto amparador,

i al borde negro de un abismo,
o dominando un prado en flor,
afecta tu follaje el mismo
santo ademán cobijador,

haz que a través de todo estado,
—niñez, vejez, placer, dolor—
mantenga mi alma su invariado
i universal gesto de amor![36]

"El himno al árbol" es el primero de una serie de poemas de Gabriela Mistral del mismo tipo, aunque no sea el mejor de ellos, y la poeta ha de haberlo sabido, pues no lo incluyó en *Desolación,* donde hay por lo menos un texto que comparte no sólo su perspectiva sino también su retórica, forestal, apostrófica y ocultista. Estoy pensando en "La encina" (54-56), como lo habrá adivinado más de alguno de mis lectores. El hecho es que, desde el punto de vista puramente ideológico, podrían añadirse también a esta lista "La maestra rural" (51-53) y "El placer de servir", el último el poema en prosa que Mistral publica en 1924 en la *Revista Teosófica Chilena.* Si el verso once del segundo soneto de "La encina" habla de "tanto dar servicio y amor", la primera oración de "El placer de servir" proclama que "Toda naturaleza es un anhelo de servicio...".

De igual manera, en "El himno al árbol" la nota dominante es el "dar", esto es, la apuesta a un plan de vida en el que la razón de la existencia depende de su transformación en un hontanar de generosidad. "Hazme en el dar un opulento", dice el verso veintiséis, y el treinta y dos y treinta tres repetirán: "Las magnas prodigalidades / salgan de mí sin agotarme". En la sexta estrofa, quizás la mejor del poema, el árbol asume plenamente su papel emblemático: dador de frutos, madera, brisa, follaje, gomas y resinas, y como si eso fuera poco, dulce refugio de tirsos floridos y de pájaros canores, su adscripción a la prédica filantrópica no puede ser más apropiada.

Pienso yo que este imperativo de generosidad obedece en Mistral a esas alturas de su vida no tanto a una disciplinada observancia de la tercera de las virtudes teologales como a un espíritu altruista de fundamento teosófico y por lo mismo menos próximo a la Iglesia Católica que al criterio que enuncia Blavatsky en un artículo de 1887, en el que declara que los teósofos "no pueden presentarse como un cuerpo de filántropos, aunque secretamente se introduzcan por la senda de las buenas obras. Públicamente profesan ser sólo un cuerpo de estudiosos, empeñados en ayudarse los unos a los otros y también al resto de la humanidad, pero sólo *en la medida en que todo eso les surja desde sí mismos*"[37]. Como vemos, Blavatsky manifiesta en esta cita (como en muchas otras que podrían aducirse) su aprecio por la *caritas*, su estimación por ese mismo "dar" que tanto preocupará a Lucila/Gabriela unos pocos años después, pero se desentiende por completo de cualquier intento de acomodar semejante actividad dentro de un breviario de normas sistemáticas o de regirla desde cualquier referente que no sea el mandato interior del individuo que da. Públicamente, los teósofos son para Blavatsky un "cuerpo de estudiosos"; privadamente, son individuos que se saben unidos "los unos a los otros y al resto de la humanidad" por lazos superiores. Cuatro años después, en 1901, su sucesora, Annie Besant, insiste en este mismo criterio, cuando interpreta el sacrificio de Cristo, observando que la crucifixión del Hijo-de-Dios-hecho-Hombre genera una "Ley del Sacrificio", un paradigma que para el teósofo consiste en hacer el bien "sin que le importen los resultados con respecto a su propia persona, hacer lo que es debido sin desear nada para sí mismo, soportar porque el soportar es bueno y no porque va a ser premiado, dar porque el darle a la humanidad es algo que se debe hacer y no porque Dios lo recompensará"[38].

Besant arguye a renglón seguido que la lógica del desprendimiento de Jesús debe buscarse en el hecho de que "el Espíritu no está en realidad separado sino que forma parte de la Vida divina, y puesto que no conoce la diferencia, puesto que no siente la separación, el hombre se vierte a sí mismo como una parte de la Vida Universal, y en la expresión de esa vida él comparte la alegría de su Dios"[39]. Queda pues muy claro que tanto Blavatsky como Besant entienden que hacer el bien es una ocupación deseable, pero no porque lo ordena tal o cual Iglesia o por los beneficios personales que con ello se consiguen, incluida la promesa de un pago suculento en el trasmundo. Además de responder sólo a la conciencia íntima del filántropo, la necesidad de su entrega al otro depende de su formar parte de un todo que existe en ese otro tanto como existe en él mismo. Este punto de vista, que al menos parcialmente ambas derivan de su atracción hacia el (polémico) lugar común orientalista del "Todo Universal"[40], es compartido por la poeta chilena y de ello dio pruebas en numerosas ocasiones. Por otra parte, que Mistral percibía *bien* la relación entre su propia perspectiva munificente en "El himno al árbol", así como en los otros textos suyos de esta laya, y la mezcla de libertad de conciencia y esoterismo trascendentalista en la que se afincan los discursos de las dos mujeres líderes de la Sociedad Teosófica durante los últimos años del siglo XIX y primeros del XX es algo que puede afirmarse, me parece a mí, confiadamente. El servicio del prójimo es y fue siempre para ella una convicción racional e interior. En cualquier caso, una actividad dispuesta a medio camino entre la doctrina teosófica, cuyos preceptos Mistral ha de haber compaginado con la ética de trabajo sacralizadoramente laica de su magisterio (preconizante por otra parte de la libertad de pensamiento y en definitiva de la democracia política), y una profundización de la prédica paulista de la *caritas* en el marco de un programa de justicia social, al modo de lo que queda claro en unos cuantos de sus artículos, los mismos que reflotarán años después los partidarios de la teología de la liberación.

Pero, como digo, esta es sólo la etapa inicial. Más allá de esa etapa, su conocimiento cada vez más acendrado de las enseñanzas teosóficas, sus lecturas de *The Secret Doctrine* y *The Voice of the Silence,* primero, y más tarde de algunos libros de Besant,*The Ancient Wisdom : An Outline of Theosophical Teachings,* y casi con certeza del igualmente popular *Esoteric Christianity or the Lesser Mysteries,* así como su propio acontecer biográfico, la llevarán a adentrarse en el estudio religioso de naturaleza especulativa y es muy probable que a partir de la oposición, cara a los seguidores de la doctrina secreta de todos los tiempos, entre lo exotérico y lo esotérico o, en otras palabras, entre el conocimiento religioso que se proclama y muestra al mundo y el que se entrega sólo a aquéllos que poseen la "madurez" suficiente como para tolerar el resplandor de la *gnosis.*

A ello habría que atribuir su interés, en esta segunda etapa, en la "creación por el pensamiento", de lo que ya habla en 1913 en su respuesta a Parrau, cuando especula acerca de la creación de "cosas amigas que flotando en nuestro contorno nos escuden y que yendo donde las mandamos escuden también a los que amamos". En su poesía, este principio tiene su contrapunto en "El suplicio" (20-21) y el "Credo" (31-32) de *Desolación,* en este último poema en la bisagra unamuniana entre "creer" y "crear", y hasta en "Poeta" (562-564) de *Tala,* textos en todos los cuales nosotros escuchamos ecos espiritistas y también de los primeros capítulos del segundo volumen de *The Secret Doctrine* y del capítulo IX de *Esoteric Christianity* ("... el Espíritu Santo es la inteligencia creadora", etc. Internamente, cabría referirlo además a la antepenúltima de las "divisiones" astrales, aquélla en la que los pobladores viven en un ámbito que está hecho por la materialización de sus fiebres creativas).

También parece deberse a este paulatino adentrarse de Mistral en los misterios ocultistas la atención que ella presta a las especulaciones astrológicas, de lo que existen señales en *Desolación,* en "Ruth" (12-14), en "Los sonetos de la Muerte" y en el "In Memoriam" a Nervo; en *Ternura,* en "Dos canciones del Zodíaco" (nosotros mencionamos de pasada, en el capítulo respectivo, las complejas connotaciones que salen a la luz al efectuarse un análisis no convencional de la "Canción de Virgo") y de ahí hasta llegar a *Lagar,* por ejemplo a un poema como "Manos de obreros" (738-740), donde a las "manos" en cuestión "las toca Padre Zodíaco con el Toro y la Balanza" y a *Lagar II,* donde en "La que aguarda" (68-69) Mistral habla de "los elementos a los que fui dada", en tanto que en "¿A qué?" (161-162) se refiere a "esta noche sin horas / sin Casiopea ni Sirio". En el "Poema de Chile", finalmente, encontramos un fragmento entero dedicado a las "Constelaciones" (165-166), acaso el texto más completo que la poeta produjo basándose en esta clase de asuntos[41].

En tercer lugar, deben agregarse a este rápido sumario sus tentativas de divinización de la vida y la naturaleza, algo a lo que ella alude en su respuesta a Parrau, que la aproxima al pitagorismo o más bien al panteísmo dariano, tanto como a la filosofía hinduista de Tagore[42], que la hermana Gazarian-Gautier y el padre Dussuel desacreditan inconvincentemente[43] y que si por una parte se contradice con la actitud antropomorfizadora a la que tiende de ordinario su trato con lo divino (aunque no tanto su trato con lo divino mujer, la verdad sea dicha), por otro le otorga coherencia a la posibilidad de imaginarse un modo de relación con Dios que se hallaría liberado de la mediación litúrgica oficial. Mucho de esto hay en *Ternura,* por supuesto, en la idealización de la madre y el niño y en la construcción de momentos perfectos gracias a la armonía cósmica que en ellos se establece entre los actos humanos, las pulsiones de la naturaleza y los movimientos de la divinidad.

Por último, y es aquí donde yo quisiera anclar definitivamente este capítulo, siento que también debo hacerme cargo en él de la respuesta ocultista al problema de la muerte y de cómo esa respuesta repercute sobre el pensamiento poético de Gabriela Mistral. Partiré postulando al respecto que la solución que el cristianismo le da a este problema a la escritora le resultaba insuficiente y que ella misma así lo declaró. Por razones que pueden retrotraerse quizás a sus tempranas lecturas del Antiguo Testamento, donde el fin de la vida posee un estatuto distinto al que le iba a conceder siglos después la teología cristiana[44], o por el cientificismo de su adolescencia, la idea de un mundo otro, en el que nos aguardaría un premio o un castigo después de nuestro paso por éste, mundo que la ortodoxia católica se representa en términos del cielo, el infierno y el purgatorio, no parece haberle sido particularmente cómoda. En cambio, el doble planteo teosófico, que responde tanto a la tentación del nirvana, que los teósofos adaptan del budismo, como a la fe espiritista en la comunicación con los muertos, le ofrecían caminos alternativos y que ella no despreció. "Le doy, conforme su indicación, dos nombres de muertas a quienes llamar: Marcelina Aracena, Rosa Ossa", es lo que le escribe a Eugenio Labarca en una carta de 1916, lo que demuestra que por lo menos hasta ese año su inclinación espiritista (la misma que dice compartir con Iris en 1915) no había amenguado[45].

En el primero de estos dos contextos, reconsideremos someramente el motivo del *taedium vitae*. Es cierto que el cansancio de la vida, desde el primer "Nocturno" a "Dos trascordados" (70) de *Lagar II*, puede explicarse recurriendo al despecho amoroso, como hace Margot Arce de Vázquez[46], o a la literatura mística, que Mistral leyó y celebró. También uno puede achacarlo a la gravitación sobre su práctica poética de la herencia modernista, al peso del "fardo inmenso de la vida" del que se quejaba Julián del Casal en "El arte", un poema en el que salta a la vista la deuda del exquisito cubano para con sus colegas de la decadencia francesa. Incluso se puede echar mano del coqueteo con la nada que de vez en cuando se cuela en las explosiones filosóficas del rector de Salamanca, otra de las lecturas predilectas de Mistral. Sin embargo, nada de eso excluye el anonadamiento orientalista y ocultista, la creencia y la esperanza en una disolución del ser individual en el ser cósmico (en el "Gran Todo" al que nosotros aludimos más arriba) o, para repetir la cita entrecomillada de Ricardo Michell Abos-Padilla, la idea de que el cielo es un "estado de bienaventuranza que se goza cuando el 'yo' se desvanece, cuando uno se desentiende y olvida de sí mismo". En los poemas mistralianos de todas las épocas (pienso otra vez en el "Nocturno" de *Desolación*), pero en los de la última especialmente, mi impresión es que este anhelo suyo de paz nirvánica llega a ser casi un lugar común. Tómense algunos de los textos de la serie "Locas mujeres", en *Lagar* y en *Lagar II,* tales como "La bailarina" (601-603), "La desasida" (604-606) y "La trocada" (71-72), y se verá que el término de la existencia es en ellos deseado y hasta prefigurado no como una prolongación de la vida de la hablante en un espacio cualquiera más allá del mundo físico, a lo que se agregaría la esperanza en la resurrección de la carne, sino, lisa y llanamente, como un dejar de ser, como un despojarse (Mistral hubiese dicho un "desasirse"), como un liberarse del lastre agobiante de la personalidad.

En lo que toca a la comunicación con los muertos, cuya práctica la Iglesia Católica considera una forma de "adivinación" y ha venido proscribiendo consistentemente, a lo que parece desde mediados del siglo XIII[47], yo estoy seguro de que es una de las creencias heréticas más arraigadas en Mistral y que atraviesa su obra entera desde *Desolación* hasta el *Poema de Chile* y *Lagar II.* En ambas direcciones, además. Comunicación que si por un lado auspicia las excursiones de los vivos a la tierra de los muertos, como ocurre en "Los sonetos de la Muerte", por otro también garantiza la capacidad que los muertos tienen para aparecerse bajo ciertas condiciones en la tierra de los vivos, lo que es perceptible en "El fantasma" (435-437) y en el "Poema de Chile". Para circunscribir la cosa por ahora sólo al ámbito de *Desolación,* si en "Los sonetos de la Muerte", a los que como hemos visto Augusto Iglesias no vacila en poner "al margen de las enseñanzas ortodojas de los católicos apostólicos romanos, y aun de los cristianos en general", la poeta habla a su amante desaparecido y se apresta a reunirse con él en un espacio y un tiempo que no se corresponden estrictamente con ninguno de los que describe el Nuevo Testamento, con menos nitidez, bandeándose ahora entre la certidumbre y la esperanza, la misma idea resurge en "Íntima" (66), "Interrogaciones" (84-85), "La espera inútil" (86-88), "La obsesión" (89-90), "Volverlo a ver (95), "El surtidor" (96) y las "Coplas" (107-110). Respecto del "In Memoriam", que como ya sabemos la poeta escribe al morir Amado Nervo, las líneas veintitrés a veitisiete, en las que ella anticipa una reunión futura con el bardo mexicano, la que tendría lugar "Sobre la Cruz del Sur que me mira temblando", no requieren de mayores comentarios.

Con todo, donde el diálogo con los muertos domina sin contrapeso es en su obra tardía, en especial, si bien no exclusivamente, en los poemas de la sección "Luto", de *Lagar* ; en los que prolongan dicha sección en *Lagar II* ; en los poemas sobre Chile en esos mismos dos libros; y en el "Poema de Chile". Como yo dedicaré capítulos especiales de mi estudio a *Lagar II* y a la cuestión chilena, esta última especialmente en el texto del "Poema de Chile", dejo de lado por ahora lo que esos volúmenes contienen. En cambio, y en el bien entendido de que este no es el único modo de abordarlo, trataré de examinar a partir de su intertexto teosófico por lo menos uno de los siete poemas que forman parte de "Luto".

Me refiero a "Aniversario" (703-705), el primero de la serie y el que, como en cierto modo nos lo adelanta su título, contiene algo así como un balance de duelo. Ha trascurrido ya cierto tiempo desde la muerte de Juan Miguel Godoy, un año o poco más, según los cálculos que hace Luis Vargas Saavedra a partir de las "Anotaciones" de Mistral en los manuscritos que se guardan en la Biblioteca del Congreso de Estados Unidos (aunque lo cierto es que las fechas de la poeta no eran a esas alturas demasiado confiables), y ella reflexiona sobre ambos *y sobre la relación entre ambos* :

Todavía, Miguel, me valen,
como al que fue saqueado,
el voleo de tus voces,
las saetas de tus pasos
y unos cabellos quedados,
por lo que reste de tiempo
y albee de eternidades.

Y en la tercera estrofa, más precisamente:

Me asombra el que, contra el logro
de Muerte y de matadores,
sigas quedado y erguido,
caña o junco no cascado
y que, llamado con voz
o con silencio, me acudas.

Es decir que hasta ese momento, un año después de su desaparición de este mundo, el sobrino de Mistral se encuentra "todavía" a su alcance, "quedado" y "erguido". A pesar de la muerte y del tiempo, la comunicación entre ellos sigue existiendo[48]. A eso se debe el empleo del verbo "me valen", que rige la primera estrofa completa de este poema, así como la insistencia en y la destacada repetición del adverbio, con el que Mistral encabeza nada menos que cinco estrofas. Contra la experiencia común y, lo que es aún más importante, contra lo que estipula la Iglesia Católica, para la que la separación que trae la muerte sólo es reparable con el segundo advenimiento de

Cristo, cuando ante Él se congreguen "todas las gentes", como dice Mateo (25:32), en el poema que ahora examinamos el joven suicida no sólo continúa existiendo en un lugar que se halla próximo a Mistral, habiéndose prolongado su vida más allá de su muerte, sino que, "llamado con voz / o con silencio", él [le] "acude".

Puestas así las cosas, este crítico considera que un modo posible y legítimo de entender dicha circunstancia es en términos de los postulados del teosofismo y más aún del espiritismo. Aludo a las nociones correlativas del "cuerpo" y "plano" astrales. Por una parte, en la antropología teosófica el cuerpo astral es uno de los siete que constituyen al ser humano, localizado entre el cuerpo "físico", hacia abajo, y el "mental", hacia arriba, en la serie por cuyo intermedio se lleva a cabo el proceso de la evolución espiritual. Compuesto de materia, como el cuerpo físico, aunque más fina y de fácil acceso a los videntes y aun a personas de poderes no tan grandes, el cuerpo astral es sensible a las órdenes del pensamiento y, en el caso de los muertos, las "apariciones" que en/con él se suscitan pueden asemejarse hasta en los detalles más ínfimos al cuerpo físico que fuera previamente abandonado. Todo depende de la fuerza del pensamiento que llama, el que, además de a/traer la imagen del muerto, puede causar vibraciones que son percibidas como colores cuyos extremos cualitativos son el rojo y el azul. "El amor, de acuerdo con su calidad, fijará formas más o menos hermosas en el color y en el diseño, todos los matices del carmesí hasta llegar a los tintes más exquisitos y suaves del rosa"[49]. El plano astral es, por otra parte, el primer estadio metafísico por el que tales cuerpos cruzan. Posterior al plano físico y anterior al "mental", es el sitio al que el ser humano "pasa" inmediatamente después de concluir sus negocios en este mundo, permaneciendo allí por un período más o menos largo según sea el "estado de desarrollo" en que se encuentra su espíritu.

También a los vivos el plano astral les es accesible, sólo que a éstos por medio de una utilización del cuerpo correspondiente, el que tiene la capacidad de dejar el cuerpo físico durante el sueño. Besant es categórica al respecto, cuando asegura que, en el plano astral, "Inconscientes del medio que los rodea, envueltos en sus propios pensamientos, recogidos por decirlo así dentro de su concha astral, existen millones de cuerpos astrales a la deriva, habitados por entidades conscientes cuyas estructuras físicas se encuentran hundidas en el sueño"[50]. Un aspecto más que debiera tenerse presente es que en el plano astral se dan cita, aparte de los seres humanos, otros pobladores: espíritus de la naturaleza, hadas, duendes y demás, algunos de ellos "viajeros de paso desde nuestro propio mundo terrestre" o provenientes de "regiones más altas"[51]. Por último, en el plano astral se encuentran lo mismo el infierno que el primero de los cielos teosóficos, los que nada o muy poco tienen que ver con el infierno y el cielo cristianos. El infierno teosófico ("tenebroso, triste, deprimente hasta un extremo inconcebible", en la descripción de Besant[52]) es sólo la división más baja, la más "material", diríamos, de las siete que internamente constituyen esta esfera y el individuo (algunos individuos, pocos en realidad. Los teósofos son menos rigurosos que los cristianos en lo relativo a la administración de sus castigos) sufre/n en ella "nostalgias de aquellas indulgencias físicas de las que no pueden disfrutar a causa de la pérdida de los órganos físicos correspondientes"[53]. Por fortuna para tales reclusos, la condena de que se les ha hecho objeto consiste sólo en "pasar" en ese sitio el tiempo necesario para liberarse de sus antiguas pasiones. La división sexta, que es la que sigue, difiere poco del espacio de la existencia física. Como es de suponerse, las divisiones tres, dos y uno, son las del primer éxtasis, aunque el cielo astral (que de todos modos no es gran cosa. Hay otros mejores más arriba) sólo se encuentra en las dos superiores.

En la tercera estrofa de "Aniversario", Gabriela Mistral escribe, como ya hemos visto, que a pesar de su muerte Juan Miguel se mantiene "quedado" y "erguido" y que por lo mismo es "caña o junco no cascado". Al leerlos teosóficamente, estos participios nos confirman que el muchacho muerto conserva "todavía" al menos parte de su equipaje terrestre. El proceso de su espiritualización *post mortem* no se ha completado en él del todo. Más decisivo aún es que Juan Miguel Godoy tenga la posibilidad de regresar junto a ella o, para decirlo con el neologismo gabrielesco, que tenga la posibilidad de "acudirle" cuando ella lo llama, lo que de acuerdo con los principios de la teosofía un individuo muerto sólo puede hacer cuando no ha abandonado aún el plano astral. Cierto, la estrofa entera puede encararse también a la luz de un código psicologista, el que con toda seguridad va a hacer resaltar el impacto abrumador de la desgracia sobre la vida de esta mujer y la fijación obsesiva en su conciencia de la imagen del desaparecido durante un proceso de duelo que se halla inconcluso, pero yo me temo que una lectura de ese tipo está condenada a agotarse poco después de haber iniciado su trámite interpretativo. En verdad, las semejanzas entre el discurso teosófico que yo bosquejé más arriba y el que "Aniversario" propone resultan tan grandes como grandes son también las diferencias entre ambos y el discurso de la ortodoxia cristiana. Para la tradición teosófica no existe un cielo sino varios (lo dice Cabrera en su carta sobre Yin Yin: "ÉL ESTÁ MUCHO MEJOR QUE UDS. Y QUE NOSOTROS, pues entra de lleno al tercer cielo..."), lo que es congruente con el criterio evolucionista de espiritualización gradual del alma al purificarse ésta entre una vida y otra a través del buen uso de las sucesivas reencarnaciones. A aquellos adherentes a la doctrina secreta que han muerto no les esperan de este modo el cielo, el infierno, el purgatorio, el/la gehenna o el paraíso católicos o protestantes (como es sabido, en esto hay discrepancias aun en el seno del cristianismo), hasta el día de la resurrección y del juicio, sino un viaje a través de cielos diversos hasta el momento en que el alma vuelve a encarnar[54]. Suertes de vestíbulos más o menos lejanos de nuestra tierra, dependiendo del grado de espiritualidad del que a ellos se acoge, esos cielos, y para los espiritistas aún más que para las otras sectas dentro de la multitudinaria constelación del ocultismo, les son accesibles *todavía* a quienes permanecen sujetos a la vida[55].

Esto pues, y no otra cosa, es lo que nosotros percibimos en "Aniversario". Para poner atención nada más que en un detalle, el encabalgamiento entre los versos diecisiete y dieciocho, "con voz / o con silencio", es tan ostensible que dejarlo pasar sin comentario constituiría desidia culpable. Con la prolongación del flujo sémico del discurso más allá de los límites de la pausa versal, Gabriela Mistral opone allí al corte externo que la muerte desata sobre su vida una continuidad interna capaz de superar dicho corte y que ella misma activa a base de los dos procedimientos de los que a menudo hace uso para comunicarse con Yin. Esos dos procedimientos, que en condiciones normales debieran separarse entre la "voz", para la vida (la transmisión de "vibraciones"), y el "silencio", para la muerte (la comunicación por medio del "pensamiento"), a ella, y dada la peculiaridad de lo ocurrido a su interlocutor, le resultan ambos válidos[56]. Sin que eso impida que el muchacho aparezca o que se *le* aparezca de *motu proprio*, la poeta, por sí sola, o lo llama de viva voz, en un clamor que va desde la oración a la poesía, o lo convoca en la intimidad del silencio, con la fuerza de su deseo y durante el trascurso del sueño o la meditación. Los manuscritos en la Biblioteca del Congreso norteamericano, parte de los cuales ha dado a conocer Luis Vargas Saavedra, contienen en efecto una gran cantidad de anotaciones sobre "encuentros" fortuitos, divagaciones, sueños, algunos de éstos laboriosamente autoinducidos y en los que las vibraciones y colores no dejan de tener su papel[57], así como sobre prácticas meditativas que abarcan desde "ejercicios con visualizaciones de amor" (21 de mayo de 1945) hasta ejercicios "de simple silencio y compañía con Yin" (27 de agosto de 1945).

Ahora bien, si al anotar Mistral sus "encuentros" fortuitos con el difunto Juan Miguel Godoy, la frase clave, que ella repite varias veces y en diferentes circunstancias, es "sentí a Yin", en las prácticas meditativas y en los sueños su faena es más compleja y completa. En lo que se refiere a los sueños, acerca de lo que le ha ocurrido una noche, al parecer en el mes de mayo de 1944, escribe, por ejemplo:

> Sueño tenido en Petrópolis, el primero consolador, de mucha vivacidad, mejor, lleno de realidad. Y, a la vez, por contraste, el más sobrenatural que hasta hoy (mayo 1944) he tenido con mi lindo amor [...] De pronto se me puso delante, tocándose conmigo el rostro, un vago cuerpo de Yin. Todo él —lo que yo veía mejor, que era la cabeza, los hombros y algo del pecho— todo era vapores, como una nube. Pero la nube o vapor no era la calidad de aquella materia, porque no se evaporaba ella, y era más materia que el vapor. El color de esta materia era muy blanco, mucho, y muy hermosa materia. No vista en ninguna parte como para compararla. Y en esta cosa sobrenatural su cara era, sin embargo, lo más natural del mundo. Igual, idéntica, pero en más infantil la expresión [...] Nos mirábamos como en un éxtasis y en una preciosa unidad. Yo no sentía miedo ni siquiera extrañeza, aunque aquello fuese tan de otro plano, tan salido de lo terrestre. No sé cuánto tiempo pasó en este mirarnos. A mí no me extrañaba su falta de color. Él, que fue muy rosado, mucho, y hasta cuando estaba pálido había en él rosado. Y allí estaba delante de mí sin color alguno, y sin carne, y yo no tenía miedo, sin embargo.

> Tampoco reparaba yo en que no veía a Yin el resto del cuerpo, hacia abajo. Parecía no tenerlo, o tener toda esa parte del cuerpo menos sólido, menos material que la parte alta. Yo no reparé en este detalle sino mucho más tarde, al leer en un libro de orientalismo que las almas van perdiendo con el tiempo el bulto inferior de su cuerpo astral hasta quedar de ellas sólo cabeza y hombros...[58]

Las reiteraciones de la situación que esta cita describe podrían acumularse casi *ad libitum*. Yo espigaré dos incidentes, sin embargo. El que sigue es del 1° de noviembre de 1944: "... Tuve esta noche muchas visiones parciales de índole astral: pedazos de una especie de mundo gaseoso en olas y manchas"; el segundo es de tres días más tarde: "... Oía yo —estando con otra gente que no sé quiénes eran, tal vez gente de la casa—, oía, claro, distinto, alto, un grito de Yin, pero un grito alegre, fuerte, feliz. Parece que decía 'Ya vamos'. Parece. Pero lo que llegaba enfrente de la casa —yo lo esperaba a él según el grito— eran dos especies de enanos, en un carro —mejor caja— de metal tal vez, abierto enteramente del lado visible, como una caja que se abriese de costado, y dentro de ella estaban los enanos niños. Parece que fueron ellos los que me decían que no bajaban hasta que yo no llamase a una espiritista". Lo que Gabriela Mistral deja escrito en este relato no sólo demuestra que durante la última etapa de su vida su imaginario seguía fuertemente influido por los tropos del ocultismo espiritista y/o teosófico, los que constituyen algo así como la materia prima con la que ella construye su anticipación del paisaje de ultratumba, sino que tampoco le era ajena la disputa entre ambas sectas respecto del mejor procedimiento para comunicarse con los muertos. Porque es el espiritismo antes que la teosofía el que advierte que uno de los medios privilegiados para la comunicación con el más allá pasa por la intervención de un tercer elemento, el *medium* de la *séance*[59].

Pero no son los "encuentros", las "apariciones", las "meditaciones" y ni siquiera los "sueños", sino los poemas lo que les confiere verdadera jerarquía a los vínculos de esta última etapa mistraliana con la antigua y noble tradición de las ciencias ocultas. En "Aniversario", el único poema que nosotros nos hemos propuesto estudiar en este contexto, la segunda parte, a partir del verso diecinueve, ubica a los personajes de la historia en una zona intermedia entre la vida y la muerte. Ni ella, la hablante, logra entonces "volver" o "devolverse" hasta la vida, ni él, el sujeto interpelado, logra "seguir" hacia la muerte:

Todavía no me vuelven
marcha mía, cuerpo mío.
Todavía estoy contigo
parada y fija en tu trance,
detenidos, como en puente,
sin decidirte tú a seguir,
y yo negada a devolverme.

De nuevo, una lectura psicologista de esta estrofa pondrá el acento en la parálisis espiritual que el impacto de la desgracia causa en la hablante. "Todavía somos el Tiempo", añade luego el verso veintiséis. Pero el veintisiete y el veintiocho introducen un desarrollo que deja de ser comprensible en esos términos: "probamos ya el sorbo / primero" es lo que ahí se establece. A partir de este punto, el poema se irá adentrando cada vez más en la geografía de la muerte grande, "La Mayor", la que "convida, y toma, y lleva", pareciendo generar un movimiento que empuja a los protagonistas "hacia la cita" final, "ni dormidos ni despiertos", por "abras inefables" o por "un campo / que no ataja con linderos / ni con el término aflige". Pero he aquí que, en la mitad del verso cuarenta y ocho, el poema frena, el movimiento se detiene y la alternativa que Gabriela contemplara hasta entonces sufre una modificación:

e ignorando
que ya somos arribados.
Y del silencio perfecto,
y de que la carne falta,
la llamada aún no se oye
ni el Llamador da su rostro.

¡Pero tal vez esto sea,
¡ay! amor mío, la dádiva
del Rostro eterno y sin gestos
y del reino sin contorno!

Se sugiere en los diez versos que acabo de citar, y que por lo demás son los últimos de "Aniversario", que el tránsito de los amantes hacia La Muerte Mayor pudiera ser ilusorio. Tal vez el término del viaje sea éste, "esto", ni más ni menos que el orden de cosas tal y como ambos lo experimentan en el momento de la enunciación del poema. Si nuestra lectura es correcta, como esperamos que lo sea, entonces nuevamente son el espiritismo y la teosofía los que le están suministrando a Mistral el libreto primario para la producción de su discurso, ya que en la metafísica de ambas doctrinas existe en efecto la posibilidad de que después de la muerte el viaje del alma se detenga en el plano astral, que no continúe en su marcha ascendente, que su tráfico quede circunscrito al interior de esa esfera tan sólo o a los viajes entre esa esfera y el plano físico. Esto sucede cuando la muerte ha sido súbita, como en el caso de los suicidas, pues ellos se mantendrán por un tiempo indefinido "vívidamente conscientes de su entorno astral y físico"[60]. El extraño *dénouement* que Mistral introduce en "Aniversario" nos hace a nosotros sospechar que este aspecto de la sabiduría teosófica (y no sólo teosófica, ya lo dijimos) a ella no le era desconocido. No es que Mistral produzca en "Aniversario" un "poema teosófico" o "espiritista", sin embargo. En última instancia, este poema da cuenta de la desaparición del hombre amado y de los esfuerzos angustiosos de la mujer amante que ha permanecido a la zaga para asumir *de algún modo* esa pérdida. Al hacer tales esfuerzos, y como le ocurriera en el caso del primer suicida, de Ureta, si bien con una profundidad más concentrada y a mi modo de ver más auténtica en "Aniversario", así como en los demás poemas que Mistral compuso a propósito de la muerte de Juan Miguel Godoy, ella redescubre la veta ocultista. Tal vez "esto sea... amor mío, la dádiva del Rostro". Esta ausencia de ruido, esta ausencia de carne y esta ausencia de Dios. En cuanto a Dios, Él y su "reino", en los dos versos con que el poema termina, no son los habituales en la poesía mistraliana. Dios es aquí un "Rostro eterno y sin gestos", impersonal y blanco. Es Dios, sí, pero despojado por fin de su antropomorfismo judaico y referido tan sólo a su carácter de Origen remoto o de Absoluto incognoscible. Su "reino" es, por otro lado, el cosmos "sin contorno". O sea, es el universo todo, el orden infinito cuyo centro "sin gestos" es Él. A la eternidad sin forma que es Dios se corresponde el espacio sin fronteras que es Su Enigmática Obra.

Para terminar, vuelvo sobre una indicación que dejé pendiente más arriba. Declaré allí, y lo repito, que yo no tenía inconveniente en admitir que las "veleidades" heterodoxas de Gabriela Mistral, que su "herejías" contra lo que, como ella dice, "manda P. ej. el cristianismo", eran o habían sido, por lo menos durante el último período de su vida, *a pesar suyo*. Mi intención fue indicar con esa rápida apostilla que nada podría ser más erróneo que hacer de Mistral un personaje que se despoja de un sistema de creencias para vestirse con otro, según los aires del tiempo o la moda. No es eso lo que hace al principio de su carrera poética ni tampoco es eso lo que hace al final. La suya es, por el contrario, una batalla perenne, un tironeo continuo entre el orden y el desorden, entre la ortodoxia acatada y la heterodoxia irrenunciable, entre la religión oficial y las creencias alternativas, y que, como las demás batallas que libró a lo largo de su compleja existencia, duró cincuenta o más años y quedó, como no podía menos que quedar, sin definirse. En las anotaciones de la Biblioteca del Congreso, a las que nos hemos referido ya varias veces, hay más de una constancia de esa difícil situación. Escribe el 10 de octubre de 1945: "Por la noche y tarde me puse a leer el libro 'Iglesia Gnóstica'. Chocándome a cada rato con la doctrina evidente y la escondida, y observando la ideología ladina y soslayada del libro, que es nazi. A cada paso veía las puntas demoníacas de esta rama de los Rosa Cruces. Leí 80 páginas y me acosté y me dormí cansada...". Y un poco más abajo: "sigo temiendo ese libro y de los otros del mismo autor, nazi, primario y venenoso tal vez". Concluye su anotación de ese día con una lista de autorecomendaciones:

> Visualizar con paisajes, con mapa, con pasajes del Evangelio, con símbolos cristianos. Visualizarse a sí misma siempre como una criatura calma, imperturbable, llena de confianza, serena y dueña de sí misma.
>
> *Me falta aprender* en las búsquedas mentales: recuerdos perdidos, nombres, relatos, correcciones de poemas; si lo olvidado no acude pronto a la memoria, hacer una pausa o esperar. Ocuparse de otra cosa entre tanto. O entregar la búsqueda al Ángel Custodio, al guía o maestro protector invisible. Pero nunca extenuarse buscando solo.
>
> Escoger siempre un centro o lugar donde practicar la oración. Recordar que los Maestros no hacen libros.
>
> No enajenar jamás nuestra libertad por un juramento o compromiso que nos pueda encadenar.
>
> No entrar jamás en lo invisible, sea con seres astrales o espíritus, sin confesar a J.C. de este modo: Redentor mío, todo para ti, nada para mí.

> No buscar poderes. Esperar que el Cielo nos los dé, si somos dignos.
> Me falta expiar, cortar y suprimir todos los pensamientos de orden negativo. No sólo los juicios expresados sino los pensamientos mismos.
> Traer a la mente varias veces al día —tres a lo menos— la decisión de eliminar tal o cual defecto o impulso del orden emocional inferior.

¿Puedo yo añadir algo más que esta cita no diga ya y perturbadoramente?

Notas

1. "Introducción" a *Desolación-Ternura-Tala-Lagar*, xii. En lo que concierne a la teosofía, una buena manera de entender su lugar y sentido en la historia del pensamiento europeo y norteamericano de fines del siglo XIX y primera mitad del XX, ya que el arco de su duración se extiende desde 1875 hasta los alrededores de la segunda guerra mundial, cuando el movimiento empieza a desintegrarse, es situarla en el punto de término de una larga línea de propuestas parapsicológicas e inclusive parafisiológicas que se pone en marcha durante las últimas décadas del siglo XVIII y que en los tramos que inmediatamente preceden al teosófico pasa por el mesmerismo (la teoría del "magnetismo animal" que propugnó Franz Antoine Mesmer y que influye por ejemplo en Poe) y el espiritismo (o espiritualismo, como se dice en inglés, reservándose así el primer nombre para la corriente francesa, la de Allan Kardec, para quien la base metafísica era la creencia en la reencarnación). En la última parada de este itinerario, la teosofía, que con la fundación de la Sociedad Teosófica lanzan Helena Petrovna Blavatsky y Henry Steel Olcott, en Nueva York, el 7 de septiembre de 1875, aspira a convertirse en un pensamiento sistemático, religioso, ético y hasta científico, por una parte, capaz de conciliar los misterios de la religión con los descubrimientos de la ciencia decimonónica, y por otra, quiere ser una respuesta "espiritual" a lo que sus fundadores consideraban el "materialismo" de su época y dentro del que también incluían las doctrinas de los espiritistas o espiritualistas que ellos mismos habían defendido hasta no mucho tiempo antes. Para llevar a buen puerto este programa, Blavatsky y sus

discípulos, tanto en su propio siglo como en el nuestro, William Q. Judge, Annie Besant y Charles W. Leadbeater entre otros, se apropian de ciertos desarrollos de la física, la astronomía, la geología, la biología y la paleontología. Pero la iniciativa clave de esta estrategia apropiadora del acervo científico ochocentista es el aprovechamiento que hacen de la teoría darwiniana de la evolución, a la que "espiritualizan" y transforman en la viga maestra de su sistema. Un ingrediente secundario, aunque no desdeñable, es la moda "orientalista" que, como ha demostrado Edward Said, obsesiona a la cultura del siglo XIX y a través de cuyo conocimiento, interpretación y distorsión los teósofos reciclan algunas enseñazas del hinduismo y el budismo. Blavatsky sobre todo hace un esfuerzo, admirable a pesar de sus muchas deficiencias técnicas, de fusión de las varias tradiciones herméticas de Oriente y Occidente en un lenguaje teórico en el que la lógica cede con frecuencia y con gusto su sitio a la analógica. En cuanto a las tesis principales del teosofismo, yo las reduciría a una media docena de axiomas principales más o menos conectados. Ellas son la unidad, eternidad e infinitud del universo; la naturaleza cíclica del tiempo cósmico, que se concibe en fases explosivas e implosivas, dependiendo de las "reflexiones" periódicas que de sí mismo hace un Absoluto impersonal e incognoscible; la evolución constante a la que los hombres y las cosas estarían sometidos, de acuerdo a esa misma ley de funcionamiento cósmico (evolución que en el caso de los seres humanos se manifiesta en los varios planos de una constitución heptadimensional, que de acuerdo con las descripciones más autorizadas abarca cuatro dimensiones "bajas" o "cuaternario", el cuerpo, *Rupa,* la vitalidad, *Prana-Jiva,* el cuerpo astral, *Linga-Sarira,* y el alma animal, *Kama-Rupa,* y tres "altas" o "trinidad", el alma humana, *Manas,* el alma espiritual, *Buddhi,* y el espíritu, *Atma*); la vida antes y después de la muerte, que se desenvuelve en varios "planos" o "esferas", a la vez que a través de un proceso de reencarnaciones y perfeccionamiento continuos y cuya meta es la paz nirvánica; y la idea del "karma", personalidad y/o destino que nos acompaña como una sombra, destino que no nos es dado sino que nos lo ganamos a través del ejercicio bueno o malo de nuestro libre albedrío y el que, en palabras de Blavatsky en *La doctrina secreta,* es la "justicia retributiva" que se experimenta cuando uno vuelve a la vida en una nueva encarnación. Para mayores informaciones, la bibliografía primaria es abundante, pero lo mejor es consultar a los fundadores y/o animadores mismos. De Blavatsky, yo recomendaría *Isis Unveiled : A Master-Key to the Mysteries of Ancient and Modern Science and Theology.* Los Ángeles. Theosophy Co., 1982, *The Secrete Doctrine : The Synthesis of Science, Religion, and Philosophy.* 2 vols. Pasadena, California. Theosophical

University Press, 1952, y *The Voice of the Silence : Being Chosen Fragments from the "Book of the Golden Precepts"*. Madras, India. Theosophical Publishing House, 1953; de Judge, *The Ocean of Theosophy*. Los Ángeles. Theosophy Co., 1987; de Besant, *The Ancient Wisdom: An Outline of Theosophical Teachings*. 7ª ed. The Theosophical Publishing House. Adyar, India, 1966 y *Esoteric Christianity or the Lesser Mysteries*. 8ª ed. Adyar, India. The Theosophical Publishing House, 1966; y de Leadbeater, *Outline of Theosophy*. Adyar, India. The Theosophical Co., 1987 y *A Text Book of Theosophy*. Adyar, India. The Theosophical Co., 1975. Entre la bibliografía secundaria, un libro útil y sensato es el de Bruce F. Campbell. *Ancient Wisdom Revived. A History of the Theosophical Movement*. Berkeley, Los Ángeles, London. University of California Press, 1980. También el anónimo *The Theosophical Movement 1875-1950*. Los Ángeles, California. The Cunningham Press, 1951.

2. Este es, en todo caso, el punto de vista del escritor José Santos González Vera. Consúltense a propósito las citas que de una carta personal de González Vera, fechada el 12 de julio de 1962, hace Martin C. Taylor en *Gabriela Mistral's Religious Sensibility*, 52.

3. En "Producción de Gabriela Mistral de 1912 a 1918". Homenaje en *Anales...*, 213. En una carta de ese mismo año, a Eugenio Labarca, defendiendo el haberse atrevido a escribirle a Iris, la gran dama de las letras chilenas de entonces (y no sólo de las letras), Mistral es aún más explícita. Dice: "escribí a Iris, escritora espiritualista, de mis mismos pensares religiosos". Gabriela Mistral. "Epistolario...", 269.

4. "Carta a Eduardo Barrios" en *Prosa religiosa de Gabriela Mistral*, ed. Luis Vargas Saavedra. Santiago de Chile. Andrés Bello, 1978, p. 30.

5. "Introducción" a *Ibid.*, 9.

6. "Carta a Francisco Dussuel". *Ibid.*, 183-184.

7. Las informaciones de Iglesias tienen que ver básicamente con la amistad entre Mistral y Carlos [*sic*] Parrau. Iglesias conoció a Parrau y éste le contó, nosotros creemos que vanidosamente, que la poeta se había interesado en la teosofía a partir de algunos libros que él le prestó, entre los que se hallaba *La voz del silencio*, de Blavatsky, y un volumen de "cuentos" [?]. Respecto al tiempo de permanencia de Mistral bajo el influjo de las doctrinas teosóficas, Iglesias dice carecer de los datos que le hacen falta para dar una respuesta definitiva, pero piensa que es "indudable que 'Los sonetos de la Muerte' fueron escritos

cuando su espíritu experimentaba el pleno auge de esas creencias" y por varias razones, entre las cuales la más importante es que "Los sonetos..." "están al margen de las enseñanzas ortodojas de los católicos apostólicos romanos, y aun de los cristianos en general; en cambio ofrecen indudables huellas de lecturas y creencias ocultistas". *Gabriela Mistral...*, 209-211.

8. Pedro Pablo Zegers. "Gabriela Mistral y la teosofía: la logia Destellos de Antofagasta". *Museos. Coordinación Nacional de Museos,* Chile, 11 (1991), 6-7.

9. *Ibid.*, 6. Julio Saavedra Molina y Raúl Silva Castro hablan de otras colaboraciones de este tipo: a *Primerose,* de Chillán, y *Luz y Sombra,* de Valparaíso. Taylor repite ese dato en *Gabriela Mistral's Religious Sensibility,* 152, nota 36.

10. *Ibid.*, 6.

11. *Ibid.*, 7.

12. *Ibid.*

13. Una aclaración terminológica: de aquí en adelante nosotros vamos a usar el término "ocultismo" para referirnos a los cultos heterodoxos de una manera indistinta. Aunque la palabra tiene una significación más específica, también se la suele usar con el valor genérico que nosotros le estamos dando. Así lo entiende la propia Blavatsky. *Vid.*: "Occult Sciences" y "Occultist" en *The Theosophical Glossary.* Detroit. The Theosophical Publishing Society, 1974, pp. 237-238. [la 1ª ed. de este libro es de1892]

14. *Vid.*: *Gabriela Mistral's Religious Sensibility,* 55, 56 y 56 respectivamente. Anotemos nosotros de paso que Mario Bahamonde, quien reconstruye el itinerario de Mistral en Antofagasta, indica que ella llegó a esa ciudad el 11 de enero de 1911, en el vapor Panamá, y que se fue de allí a mediados de junio de 1912. *Vid.*: *Gabriela Mistral en Antofagasta...*, 11 y 61.

15. *Gabriela Mistral's Religious Sensibility,* 56.

16. *Ibid.*, 55

17. *Ibid.*, 57.

18. *Ibid.*, 59

19. El primer gran cisma de la Sociedad Teosófica se produce después de la muerte de H. P. Blavatsky. Esta desaparece de la escena sectaria en 1891, después de lo cual se desencadena un escabroso conflicto de poder entre sus asociados más próximos, con Olcott, Besant y Leadbeater, en una punta, y Judge, en la otra, conflicto que termina con el desprendimiento de la Sección norteamericana, que lideraba Judge, en 1895.

20. José Santos González Vera. "Comienzos...", 24.

21. Gabriela Mistral. "Una explicación más del caso Khrisnamurti". *La Nación* de Buenos Aires (1° de agosto de 1930), 5-6.

22. Es significativo que Cabrera del Río no sea uno de los personajes visibles entre aquéllos que homenajearon tupidamente a la escritora durante su estancia en Veracruz de 1948 a 1950. *Vid.* al respecto: Luis Mario Schneider. *Gabriela Mistral. Itinerario veracruzano.* Xalapa. Biblioteca Universidad Veracruzana, 1991.

23. Dice Mistral en una carta a Sara Izquierdo de Philippi, refiriéndose a la diferencia entre la religiosidad de Yin y la suya: "Sabía su religión, la sabía en lo macizo y lo sutil, tenía una saturación católica y no conoció ni un deslizamiento de infidelidad o de veleidad, como los tengo yo, mi Sarita". Citado por Luis Vargas Saavedra, de los manuscritos en la Biblioteca del Congreso norteamericano, en *El otro suicida de Gabriela Mistral.* Santiago de Chile. Ediciones Universidad Católica de Chile, 1985, p. 49.

24. *Gabriela Mistral's Religious Sensibility,* 125-126. Revisando los cuadernos ineditos, Vargas Saavedra anota otras lecturas semejantes: Walter Newell, Shri Aurobindo, H. Durville, Berdaieff y Vivekananda. *Prosa religiosa...,* 19. Hay, en fin, en el libro de Taylor, además de los ya citados, otros trozos igualmente reveladores de las cartas de Mistral a don Zacarías. Vargas Saavedra, que los reproduce en 1978, se queja, como lo había hecho Taylor en 1968, de la negativa de los herederos de Gómez a permitir que se publiciten.

25. *Vid.*: "Theosophia" en *The Theosophical Glossary,* 328.

26. *Gabriela Mistral's Religious Sensibility,* 55.

27. Aunque al respecto habían escrito antes Ricardo Gullón y Enrique Anderson Imbert, el mejor estudio que existe hoy sobre este asunto es el de Cathy Login Jrade. *Rubén Darío and the Romantic Search for Unity. The Modernist Recourse to Esoteric Tradition.* Austin. University of Texas Press, 1983.

28. Marcel Raymond. *De Baudelaire au Surréalisme.* Édition nouvelle revue et remaniée. París. José Corti, 1963. [la 1ª ed. es de 1940]. En el mismo sentido, se pronuncia Octavio Paz: "... de Blake a Yeats y Pessoa, la historia de la poesía moderna de Occidente está ligada a la historia de las doctrinas herméticas y ocultas, de Swedenborg a Madame Blavatsky. Sabemos que la influencia del Abbé Constant, alias Eliphas Levi, fue decisiva no sólo en Hugo sino en Rimbaud. Las afinidades entre Fourier y Levi, dice André Breton, son notables y se explican porque ambos 'se insertan en una inmensa corriente intelectual que podemos seguir desde el Zohar y que se bifurca en las escuelas iluministas del XVIII y del XIX. Se la vuelve a encontrar en la base de los sistemas idealistas, también en Goethe y, en general, en todos aquellos que se rehúsan a aceptar como ideal de unificación del mundo la identidad matemática'. Todos sabemos que los modernistas hispanoamericanos —Darío, Lugones., Nervo, Tablada— se interesaron en los autores ocultistas: ¿por qué nuestra crítica nunca ha señalado la relación entre el iluminismo y la visión analógica y entre ésta y la reforma métrica? ¿Escrúpulos racionalistas o escrúpulos cristianos? En todo caso, la relación salta a la vista. El modernismo se inició como una búsqueda del ritmo verbal y culminó en una visión del universo como ritmo". *Los hijos del limo. Del romanticismo a la vanguardia.* Seix Barral. Barcelona, 1993, p. 136.

29. Un ejemplo es el artículo sobre el caso Krishnamurti, ya citado, en cuyo comienzo dice que "la teosofía primero, el budismo después, me regalaron el heroico-maravilloso de mi juventud; ellos fueron algo así como mi 'Tanhäusser' o mi 'Parsifal" de los veinte años". No obstante lo anterior, en la carta ya citada al padre Dussuel, que éste guardó durante años y que finalmente publicó en la revista *Mensaje,* en 1960, después de insistir en que lo de la teosofía fue en ella sólo cosa de "un tiempo", aunque "no corto", reconoce que le quedó de esa época "la idea de la reencarnación, la cual HASTA HOY no puedo —no sé— eliminar" [énfasis suyo]. A mayor abundamiento, agrega: "Yo he tenido una vida muy dura; tal vez ella alimentó en mí la creencia de que esta vida de *soledad absoluta* —yo no tuve sino la Escuela Primaria— que ha sido mi juventud, viene de otra encarnación en la cual fui una criatura que obró mal en materias muy graves". También

señala ahí que "De Budismo me quedó, repito, una pequeña *escuela de meditación.* Aludo al hábito —tan difícil de alcanzar que es el de la *oración mental*" y "lo que influyó más en mí, bajo este budismo NUNCA ABSOLUTO [énfasis suyo], fue la meditación de tipo oriental, mejor dicho, la escuela que ella me dio para llegar a una *verdadera concentración.* Nunca le recé a Buda; sólo medité con seriedad las manifestaciones de este mundo". "Carta...", 183-184.

30. Dejando de lado observaciones que hacen comentaristas de menor peso, he aquí lo que anotan al respecto Gazarian-Gautier y Vargas Saavedra. Dice la primera: "Durante un tiempo, en los primeros años de la segunda década de este siglo, ella se separó de la fe católica y buscó una respuesta en la teosofía, que atraía la atención de muchos intelectuales de Europa y América. Se interesó en la filosofía y literatura orientales. Vio en el budismo altos principios místicos: la aceptación del sufrimiento como una forma de vida, el logro del estado de nirvana o aniquilación suprema del ser [...] El concepto de reencarnación también la atrajo debido a que acentuaba la sacralidad de la vida". Además: "La tierra la atrajo como un imán y la hizo creer por un tiempo en la reencarnación". *Gabriela Mistral...*, 120 y 150. Por su parte, Vargas Saavedra escribe: "Desde 1925 hasta su muerte, la actitud de Gabriela Mistral es la de un neocatolicismo social, con elementos 'rezagados' de orientalismo, rosacrucismo, yoga y budismo". *Prosa religiosa...*, 14. Al margen de que los elementos 'rezagados' no son tan rezagados, yo me pregunto cómo se las arregla este crítico para compatibilizar esa afirmación con esta otra, que él mismo estampa algunas páginas más adelante en el texto: "Sus ojos llevan el dogma en el iris mismo. Ve las criaturas y los objetos desde Dios a Dios, o desde Cristo y rumbo a Cristo". *Ibid.*, 25.

31. "Notas" en *Poesías completas,* 803.

32. En una carta de 1965 a Luis Vargas Saavedra, en *El otro suicida,* 23.

33. De una carta respondiendo a las condolencias de sus amigos, del 16 de noviembre de 1943. *Ibid.*, 48.

34. *Ibid.* El subrayado es suyo.

35. *Vid.*: "Theosophical Society" en *The Theosophical Glossary...*, 328.

36. "El himno al árbol" en *Nueva Luz. Revista Mensual de Teosofía, Ocultismo, Ciencias, Filosofía, Higiene, Sociología, Variedad y Actualidades,*

Bibliografía, &. Órgano de la "RAMA ARUNDHATI", de Santiago, de la Sociedad Teosófica Universal, 21 (1913), 500-502.

37. "Let Every Man Prove His Own Work". *Lucifer,* 1 (1887), 169. Citado en el libro anónimo *The Theosophical Movement* 1875-1950. Los Ángeles, California. The Cunningham Press, 1951, p. 130. [el subrayado es mío, G.R.]

38. Annie Besant. *Esoteric Christianity or the Lesser Mysteries...,* 148. Recuérdese, además, el consejo que le da a Mistral el secretario de la Logia Destellos, en 1913, alentándola a no apartarse de "la senda del bien y del sacrificio".

39. *Ibid.*

40. "... según opinión de ciertos filósofos no hay más que un alma universal, de la que cada uno de nosotros posee una parcela. A la muerte, todas estas almas particulares se reincorporan al alma universal sin conservar su individualidad, como las gotas de la lluvia se confunden en las aguas del Océano. Esta fuente común es para ellos el *gran Todo,* el *Todo universal.* Esta doctrina es tan desconsoladora como el materialismo, porque, no persistiendo la individualidad después de la muerte, es absolutamente igual existir como no existir. El Espiritismo es una prueba patente de lo contrario. Pero la idea del *gran Todo* no implica necesariamente la de la fusión de los seres en uno solo. El soldado que vuelve a su regimiento, entra en un todo colectivo y no por ello deja de conservar su individualidad. Lo mismo pasa con las almas que entran en el mundo de los Espíritus que, para ellas, es igualmente un todo colectivo: el Todo universal". Allan Kardec. "Diccionario espiritista", tr. Enrique Bosch, en Allan Kardec y H.J. Turk. *Diccionario espiritista. Catecismo espiritista.* Edicomunicación. Barcelona, 1986, pp, 161-162. Siento que debo añadir a esta cita que, pese a la gratuidad que supone el alegato metafísico que acabamos de documentar, la necesidad del bien, de hacer el bien, está también indefectiblemente ligada a las nociones de evolución, reencarnación y karma, que Mistral no parece haber abandonado jamás, según consta por ejemplo en la carta a Dussuel, y en las cuales están de acuerdo espiritistas y teósofos, esto es: mi karma es bueno porque he actuado bien, porque he hecho el bien en mis vidas pasadas, y eso es lo que me ha permitido reencarnar en un nivel de desarrollo que es superior al previo o vice versa.

41. La preferencia astrológica no es tampoco, como puede comprobarse, sólo un pecado de juventud. En el primer *reel* de los que

contienen los papeles de la Biblioteca del Congreso estadounidense hay, para mayor abundamiento, una meditación sobre las "constelaciones", en la que el matiz flammarionesco se combina con el saber astrológico. También Doris Dana añade a los dos versos citados del manuscrito de "¿A qué?" un misterioso principio de comentario: "constelaciones... Sirio...".

42. Iglesias, por ejemplo, identifica a Tagore con el panteísmo, declarando que "Gabriela desde su primer contacto con la obra de Tagore ha debido sentir la influencia —que para ella sería indeleble— de tan eximio Maestro e inquietador". Mi propia opinión es que esta influencia de Tagore no genera sino que refuerza algo que estaba ahí desde mucho antes. *Gabriela Mistral y el modernismo...*, 368.

43. Gazarian-Gautier: "Se habría enfadado si alguien la hubiese tratado de panteísta". *Gabriela Mistral...*, 146; Francisco Dussuel: "si a veces encontramos versos que huelen a panteísmo, no es otra cosa que la consideración, por lo demás muy ortodoxa, de que Dios ha dejado en sus criaturas las huellas de su poder creador". "El panteísmo de Gabriela Mistral". *Mensaje*, 9 (1952), 307.

44. Karl Vossler lo dice mejor de lo que yo podría decirlo jamás: "Ni la creencia en la inmortalidad ni el contraste concomitante entre el cuerpo y el alma, la materia y el espíritu, el Demonio y Dios, parecen existir o ser anticipados siquiera por la vieja religión de Israel [...] Como la creencia en la inmortalidad, también todo dualismo, y sobre todo, la creencia en el Demonio y la aceptación de un reino infernal organizado, son originariamente desconocidos para el Antiguo Testamento". *Medieval Culture. An Introduction to Dante and his Times.* Vol. I, tr. William Cranston Lawton. New York. Harcourt, Brace and Company, 1929, p. 30.

45. Gabriela Mistral. "Epistolario... ", 277.

46. *Gabriela Mistral...*, 172.

47. "... El concilio Vaticano II, en *Lumen Gentium*, n. 49, determinó poner expresamente la nota 2 'contra todas las formas de evocación de los espíritus' y reafirmar los documentos anteriores desde Alejandro IV (1258) hasta la respuesta de 1917. La Comisión Doctrinal del Vaticano II quiso describir claramente lo que se proscribía: 'La evocación por la que se pretende provocar, por medios humanos, una comunicación perceptible con los espíritus o las almas separadas, con el fin de obtener mensajes u otros tipos de auxilios'. Esto es: exactamente lo

que Allan Kardec quería expresar con la palabra 'espiritismo'". Fr. Boaventura Kloppenburg, O.F.M. Instituto Teológico Pastoral del CELAM, Medellín Colombia. "7 movimientos Pseudoespirituales" en Osvaldo D. Sanlagada *et al. Las sectas en América Latina.* Buenos Aires. Claretiana, 1991, p. 165. En el artículo 2116 del nuevo *Catecismo de la Iglesia Católica* se lee además: "Todas las formas de *adivinación* deben rechazarse: el recurso a Satán o a los demonios, la evocación de los muertos, y otras prácticas que equivocadamente se supone 'desvelan' el porvenir (c.f. Dt 18, 10; Jr 29, 8). La consulta de horóscopos, la astrología, la quiromancia, la interpretación de presagios y de suertes, los fenómenos de visión, el recurso a *mediums* encierran una voluntad de poder sobre el tiempo, la historia y, finalmente, los hombres, a la vez que un deseo de granjearse la protección de poderes ocultos. Están en contradicción con el honor y el respeto, mezclados de temor amorosos, que debemos solamente a Dios". *Catecismo...*, 476.

48. Habiéndosele muerto su amigo y corresponsal Mario de Andrade a Henriqueta Lisboa, Mistral le envía a ésta sus condolencias en una carta sin fecha, pero que a juzgar por la ocasión, el fallecimiento del gran escritor brasileño, ha de ser de 1945. Le dice: "Tal vez usted logre de él otra forma de compañía, como la voy consiguiendo yo de Yin Yin. Es un largo camino pero se llega". Carta en el Acervo Henriqueta Lisboa. Universidad Federal de Minas Gerais, Belo Horizonte. En su "Introducción" a la *Prosa religiosa...*, Vargas Saavedra agrega el testimonio de otras "condolencias" similares: a "una amiga elquina" ("Yo voy pareciéndome algo parecido a los japoneses. Su culto de los idos es maravilloso. Es crearme una vida con ellos; pero con ellos como si estuvieran en una presencia constante y familiar, sin nada de espantoso, de tremendo. Es aquello un trato inefable y real. Yo lo tengo con Yin, con mi madre, con Emelina. Busque esto Ud. Es bastante difícil para un católico de tipo español"); y a propósito de "la muerte de la madre de Don Carlos Dorlhiac, ¿en 1945?" ("Cultive Ud. la sensación de presencia de ella [Creo haberle hablado de esto a propósito de Juan Miguel, y antes, de mi madre]. Cuesta poco. Es sólo estar atento. No vienen siempre a la solemnidad de nuestra oración. Vienen en cualquier momento, cuando trabajamos o vamos caminando solos. Y en el sueño más claro está. En él tal vez estamos todo el tiempo con ellos [No soy espiritista ni cosa parecida; pero vivo esta presencia como un japonés]"). *Prosa religiosa...*, 19-20.

49. Annie Besant. *The Ancient Wisdom...*, 68.

50. *Ibid.*, 79.

51. *Ibid.*, 78.

52. *Ibid.*, 101.

53. *Ibid.*, 103

54. "... La vida nueva empieza con la vivificación de los gérmenes mentales, los que aprovechan el material de los niveles mentales inferiores, hasta que un cuerpo mental que representa exactamente la etapa mental del hombre crece entre ellos, expresando todas sus facultades mentales en términos de órganos; las experiencias del pasado no existen como imágenes mentales en este nuevo cuerpo; como imágenes mentales, ellas perecen cuando el viejo cuerpo-mente perece, y sólo su esencia, sus efectos sobre las facultades se mantienen; las experiencias del pasado eran el alimento de la mente, los materiales que la mente convertía en poderes, puesto que ellos determinan los materiales de la mente y forman sus órganos. Cuando el hombre, el Pensador, se ha vestido así con un cuerpo nuevo para su vida por venir en los niveles mentales inferiores, procede, vivificando los gérmenes astrales, a proveerse a sí mismo con un cuerpo astral para su vida en el plano astral. Esto, una vez más, representa su deseo-naturaleza, reproduciendo fielmente las cualidades que él desarrolló en el pasado, como la semilla reproduce el árbol. Así, el hombre se alza, listo para su próxima encarnación. El único recuerdo de los acontecimientos de su vida pasada estará en el cuerpo causal, en su forma duradera, el cuerpo que pasa de una vida a otra". *Ibid.*, 223-224.

55. Téngase presente que los espiritistas distinguen dos tipos de experiencias en este sentido: las "apariciones" y las "visiones". Kardec las diferencia de la siguiente manera: "La *aparición* difiere de la *visión,* en que aquélla tiene efecto en estado de vigilia por los órganos visuales y cuando el hombre tiene plena conciencia de sus relaciones con el mundo exterior. La *visión* tiene efecto en el estado de sueño o éxtasis, o en el de vela por efecto de la segunda vista. La *aparición* nos llega por los ojos del cuerpo y se produce en el mismo lugar en que nos hallamos; la *visión* tiene por objeto cosas ausentes o alejadas, percibidas por el alma en su estado de emancipación, y en este estado, las facultades sensitivas están más o menos en suspenso". "Diccionario espiritista", 92.

56. *Ibid.*, 67.

57. Por ejemplo, en esta anotación de septiembre de 1945: "No puedo ahora con el rosa-carmín para hacer ejercicios. Sólo puedo con

el rosa más o menos pálido o *suave.* Es como si fuese un licor fuerte o un fuego y que yo tuviese dentro de mí eso mismo en demasía, con una fuerza que me hace mal.// El verde *suave* me refresca. El azul fuerte, sin embargo, ese azul de gloria que hallé en agosto o en julio, pero que sólo uso y siento bien ahora, en septiembre, eso me da gran gozo y me da una exaltación sin daño.// La exaltación del carmín me duele, me quema. El rojo me hace daño al solo mirarlo. No podría hacer ejercicio alguno con él". Por mi parte, leo, en el segundo *reel* de los que contienen los papeles de la Biblioteca del Congreso, otra meditación sobre los colores, inserta en medio de un grupo de textos pertenecientes al "Poema de Chile". En esa meditación, Mistral, a la manera ocultista, clasifica los colores en "esotéricos" y "exotéricos", señalando que los primeros "velan" por los segundos. Agrega que "el anaranjado estimula la acción del cuerpo etérico", que "las gentes deben reunirse de acuerdo con el color de su rayo" y que "el color puede destruir lo mismo que curar".

58. A propósito de la última observación de Mistral en esta anotación, dice Max Scholten: "Sin duda, tales fantasmas son cuerpos forjados por el pensamiento, construidos en algunos casos por la propia inteligencia operante. Un dato significativo y curioso al respecto es que aquéllos que los ven o aseguran haberlos visto coinciden en que se trata de espíritus espacialmente claros y plenamente visibles alrededor de la cabeza y el tronco, en tanto que la aparición se torna vaporosa hacia las piernas y los pies". *El espiritismo.* 2ª ed. Barcelona. Ediciones Dalmau Socías. Editors S.A., s. f. , p 48.

59. "... La mediumnidad es la facultad de recibir un encarnado la acción fluídica de los Espíritus". H.J. de Turk "Catecismo espiritista", 55. Algo más: "... es muy rara la combinación de circunstancias para la transmisión de mensajes espirituales y, para que éstos sean claros, deben desearse con gran fuerza, tanto en este lado como en el otro, y desearlos, además, en el instante, aparte de ser necesaria la presencia del médium". Scholten. *El espiritismo,* 36. Ahora bien, este sueño de Mistral a mí me demuestra su estar muy al tanto de las limitaciones de la "visión, en el sentido kardeciano, así como su deseo (no sabemos hasta qué punto cumplido) de complementarla con la "aparición". *Vid.* : más arriba, nuestra nota 55.

60. Besant. *The Ancient Wisdom...,* 98. También los espiritistas se pronuncian al respecto: "A muchos, el choque de la muerte les produce un efecto grave, especialmente en los casos de suicidio y en aquellos otros de muerte súbita por asesinato, accidente, etcétera, en todos los

cuales los espíritus necesitan algún tiempo para recuperar el ego (yo) formal, y han de reencontrar su 'salud', por decirlo de algún modo, en el otro lado". *El espiritismo,* 80.

CAPÍTULO VI

... lo que dejé, / que es mi ración sobre la tierra
El fantasma

"... la Mistral no amaba ni amó nunca a Chile", escribe Jaime Concha en su libro de 1987[1]. No es que le falten razones. Sesenta y ocho fueron los años de residencia de la poeta en esta tierra y de ellos sólo los primeros treinta y tres los pasó en nuestro país. Después de la partida a México, en 1922, sus regresos a Chile serán cada vez más espaciados y cortos: uno en 1925 (hay una foto de ella y Laura Rodig en el barco que las trajo de vuelta. Mistral aparece con atuendo de *flapper*. Laura Rodig exhibe una figura digna de Dante Gabriel Rossetti, es una doncella decadente y exhausta reclinada en uno de esos sillones como para tuberculosos que se ponían sobre la cubierta en los transatlánticos de antaño), de algunos meses; otro en 1938, de unas pocas semanas; y el último en 1954, de unos cuantos días. Recuerda Volodia Teitelboim: "Decía en una carta que, si volviera a vivir allá permanentemente, con el prurito de cierta gente de ningunear, de echarse al hombro, de pasar a medio mundo por debajo de la pierna, a los tres meses no sería 'Gabriela', sino 'la Gaby'"[2]. Tampoco se deben soslayar sus amarguras, sus resentimientos y sus furias: "Raza espesa, brutal, raza de pacos y mineros", le escribió en una carta del 23 de junio de 1921 a Manuel Magallanes Moure[3]. Del otro lado, los ataques no fueron menos ponzoñosos: "Gabriela Mistral podría manifestar sus concepciones poéticas con más eficacia y de un modo más insinuante, si procura depurar su gusto y dominar el idioma", se pronuncia con puntero de catedrático don Pedro Nolasco Cruz a propósito de *Desolación* en 1924[4]. Diez años más tarde, Raúl Silva Castro lo emula y supera: "la austeridad de su temperamento, no suficientemente equilibrada por una educación literaria severa, ha llevado a Gabriela Mistral a desdeñar el pulimiento que da el arte [...] Es una solitaria, una mujer dominada por el deseo de hacer justicia, y quiere que los demás hombres, seamos como ella, solitarios y fanáticos de su misión justiciera [...] escribe con rudeza masculina y, más aún, se muestra en la descripción de sus amores animada de un carácter de hombre [...] inclinación vehementísima hacia la Biblia, de la cual escoge no el Nuevo Testamento —fuente de principios morales incorporados al alma del hombre mediterráneo—, sino el Antiguo, que refleja la turbulenta sensualidad y el materialismo del pueblo judío en todo lo que tiene de inadaptado al espíritu occidental [...] Son el ardor en que se consume, la elección no siempre afortunada de palabras, una exaltación inmoderada del tono que corre entre un ditirambo excesivo y un realismo rastrero, los rasgos en los cuales se ve más profundamente cuán poco chilena es la poesía de Gabriela Mistral"[5]. El clasismo, el racismo, el sexismo, el antisemitismo, el chauvinismo y la cursilería de este caballero chileno, él sí, que desparramó sus lecciones de buen gusto sobre nuestros oídos durante más de cuarenta años, son francamente colosales. Tal como Silva Castro se lo propuso, su libro sobre Mistral ha quedado para ejemplo de las generaciones futuras, pero no por lo que él pensó que iba a quedar sino como un dechado increíble de malevolencia y torpeza.

El caso es que eran demasiados los vejámenes y la memoria de Gabriela Mistral no consiguió librarse de ellos: "era incapaz de olvidar y perdonar", concede melancólicamente Martin C. Taylor[6]. Con todo, aun cuando a nosotros nos sea posible reconstruir las bases del argumento de Concha, ofreciendo las pruebas que acabamos de dar y muchas otras[7], no es menos cierto que también cabe traer aquí a colación algunas evidencias que favorecen el argumento contrario. Por lo pronto, si se revisa la obra total de la poeta, poco cuesta percatarse de que Chile ocupa en ella un lugar prominente. No sólo eso, ya que al parecer desde fines de los años treinta y obedeciendo a una predilección nacionalista y americanista que comparten con nuestra escritora muchos literatos de aquel entonces, como el Neruda del *Canto General* o más bien el Neruda del "Canto general de Chile", Mistral estuvo escribiendo un libro cuyo nombre iba a ser, precisamente, "Poema de Chile"; además, ese libro lo concibió como una continuidad abierta, a la que ella iba a poder agregarle trozos nuevos cada vez que lo estimara necesario. Era el suyo, en el fondo, un proyecto infinito y no hay que extrañarse de que Mistral no lo haya terminado jamás. Tanto es así, que uno se pregunta si de veras quería terminarlo o si no era ése su tejido de Penélope, una obra cuya secreta razón de ser radicaba ni más ni menos que en su condición de inconclusa. Porque, como era previsible, Mistral murió sin haberle dado las puntadas definitivas al "Poema de Chile"[8]. En 1967, diez años después de su fallecimiento, y tal vez para conmemorarlo, una editorial chileno-española, con la asesoría de su albacea, Doris Dana, reunió "los cuadernos y cartapacios donde se encuentran los planes y borradores del extenso poema"[9] y publicó un volumen fragmentario y titulado, con mucha lógica aunque sin ninguna gracia, *Poemas de Chile* [10].

De modo que decir que Gabriela Mistral no amaba a Chile es una proposición que se puede defender con razones tan buenas como las no menos buenas que podrían desplegarse en una apasionada defensa del argumento contrario. Porque la verdad de las cosas es que Gabriela Mistral no amaba a Chile *en general*. Amaba a *un cierto*

Chile, de eso no puede cabernos duda alguna, así como tampoco puede cabernos duda alguna de que no amaba a otro o a otros. Para qué nos vamos a seguir preguntando entonces si a la escritora de el "Poema de Chile" le gustaba o no su país. Lo que debiéramos preguntarnos es cuál es el país que ella le gustaba y, a lo peor, por implicación, cuál es el que le disgustaba, a veces hasta el extremo de la depresión y la cólera.

Replantear el problema en estos términos no equivale a disminuirlo ni a disimularlo. No sólo porque como de costumbre nos exige mirar por debajo de cuanto Mistral misma clama y reclama sino porque además nos advierte sobre la conveniencia de reordenar sus publicaciones en torno a esta materia de modo jerárquico, agrupando en un casillero aquellos textos o inclusive aquellas instancias textuales —fragmentos o textos que se hallan insertos en otros—, en los que ella "representa" eficientemente a Chile, donde es la profesora, la diplomática, la periodista, hasta la agente de viajes, todo eso para un público casi siempre extranjero y que desea saber algo sobre nuestro país, y poniendo en un casillero distinto aquellos textos en los cuales ella no representa a nada ni a nadie como no sea a su propia persona. No sólo eso, sino que estos otros escritos a los que ahora me estoy refiriendo también pueden ser estructuras lingüísticas que afirman una cosa y que con las mismas palabras significan (o significan *además*) otra. Dos países acaba uno distinguiendo a la larga entre las publicaciones de Gabriela Mistral que celebran la naturaleza y la etnia chilenas. Un Chile externo, un poco o un mucho abstracto, cuya descripción suena por momentos como pudiera sonar la de un manual escolar bien informado y mejor escrito —lo que por cierto constituye una tremenda ganancia habida cuenta de lo que anda por ahí—, y un Chile interior, entrañable, pletórico de revelaciones.

Grosso modo, la reordenación que acabo de proponer se canaliza a través de la prosa, de un lado, y la poesía, del otro. Los escritos en prosa *tienden* a recoger los textos de Gabriela Mistral que pertenecen predominantemente al primer grupo, en tanto que los escritos poéticos recogen predominantemente los del segundo. Entresaquemos algunos títulos: "Chile" (1922), "Elogios de la tierra de Chile" (1934), "Breve descripción de Chile" (1934), "O'Higgins, símbolo de la gesta de la emancipación y de la amistad del Perú y Chile" (1938), "Gabriela Mistral sigue hablando de Chile" (1939) y "Recado sobre el copihue chileno" (1943) son seis piezas en prosa y todas ellas de servicio[11]. El lapso que cubren es de poco más de veinte años y la actitud no varía.

La primera forma parte de *Lecturas para mujeres,* el libro antológico que Mistral compiló y publicó en México, en 1924, y en el que se encuentra la perspectiva más ideologizada que nosotros le conocemos respecto de las tareas que a su juicio le corresponden a la mujer en un mundo de hombres. Está en ese libro, en su formulación más inequívoca, la ideología patriarcalista de la domesticidad, aquella de acuerdo con la cual la poeta les recomienda a las mujeres mexicanas (y, por extensión, a las chilenas y a las latinoamericanas) el fiel cumplimiento de sus funciones de esposa, de madre y de mártir. De la segunda, aunque no nos consta su origen, está muy claro que contiene una lista de gustos formulaicos, como la cueca (y no porque la cueca no sea merecedora de un elogio genuino sino porque no es fácil imaginársela como merecedora de un elogio genuino por parte de Mistral). En cuanto al tercer artículo, él es el resultado de una lectura pública, compuesta para edificación de un auditorio español, pensada y escrita para su rumia y consumo. Del texto sobre O'Higgins, basta comprobar que se trata de una arenga americanista, que Mistral le propina a un grupo de escolares peruanos a su paso por ese país, en julio de 1938, que publica *La Crónica* de Lima y a la que por lo mismo podemos sumergir cómodamente dentro de las que ella consideraba sus obligaciones funcionarias a las órdenes del Gobierno de Chile. La cuarta pieza es otra conferencia, también para un público extranjero, esta vez para los burócratas de la Unión Panamericana de Washington. Por último, como ocurre con sus precisiones acerca de la cueca, sus alcances sobre nuestra flor nacional no necesitan más prueba de estereotipismo que la filiación del asunto. En resumen: textos bien hechos, mejores que los que suelen producir en circunstancias parecidas los agregados culturales de turno, aunque globalmente no vayan más allá de las limitaciones que les impone su origen.

No todas las prosas de Gabriela Mistral sobre Chile son tan serviciales, sin embargo, y ni siquiera se puede afirmar que la mayoría lo sean. En las que no los son, es comprensible que sus prioridades ocupen el centro de la escena. Me refiero ahora a los varios artículos en que nos da a conocer sus opiniones económicas, sociales y políticas, que las tenía y muy firmes (básicamente, un nacionalismo y un americanismo de confluencia progresista y cristiana[12]); a los que homenajean a sus seres humanos favoritos, a su madre en primer término (Alfonso Escudero hizo bien al introducir en su antología de *Recados contando a Chile* el fragmento de carta en el que ella se refiere a ese amor y lo propio hizo Scarpa al poner en el primer lugar de su selección para *Gabriela piensa en...* el artículo "Gabriela piensa en la madre ausente"[13]), pero también a sus "héroes" predilectos (Camilo Henríquez, José Manuel Balmaceda) y a sus "artistas" más admirados (Pedro Prado, Juan Francisco González); a los que "repasan" aquellas regiones del país por las que sentía un cariño especial, como el valle del río Elqui o la región magallánica; a los que se ocupan de nuestra flora y nuestra fauna, como sucede en los "recados" sobre el alerce y la chinchilla; y a los que defienden los derechos del débil, el niño, el campesino y el indio.

Particularmente reveladores son los textos donde convergen las dos perspectivas. Tres ejemplos quiero dar en cuanto a esto: su "Breve descripción de Chile", el artículo que mencioné más arriba, y que como quiera que sea es uno de los dos más completos que Mistral compuso sobre nuestro país, "La Antártida y el pueblo magallánico" (1948)[14] y "Recado sobre la cordillera" (1940)[15]. En los tres, conviven en el proceso escriturario una experiencia inmediata y otra lejana. Las motivaciones inmediatas saltan a la vista, aun cuando también sea cierto que no hace falta ser muy listo para darse cuenta de que ellas no son el factor determinante en la eclosión de su palabra. Por ejemplo, la descripción que Mistral hace del Norte Grande en el primero de estos textos es entusiasta y hasta apoya las protestas reivindicacionistas de una cierta épica regional, pero también es reveladora de que esa geografía no era la suya. Escribe sobre el desierto de Atacama: "Formidable porción de una terrible costra salina, el más duro de habilitar que pueda darse para la creación de poblaciones. Antes de la posesión chilena existió como una tierra maldita que no alimentaba hombres sino en el borde del mar, y allí mismo, solamente unas caletas infelices de pescadores. El chileno errante y aventurero, pero de una clase de andariego positivo, buen hijo del español del siglo XVI, llegó a esas soledades, arañó el suelo con su mano avisada de minero, halló guano y sal, dos abonos clásicos, y allí se estableció, a pesar del clima" (123)[16].

Parecido es lo que puede comprobarse en su presentación del centro del país, que es una comarca que ella conoce y valora, pero por la que no siente mucho afecto. El sucedáneo del afecto es la oratoria pedagógica: "El gran valle corresponde a la serie de los de su género que han tenido la misión de alimentar fácilmente hombres y de darles, con una vida benévola, ocasión y reposo para crear grandes culturas. El valle del Nilo, el valle del Rhin, el valle del Ródano; y en nuestra América, el Plata y el Cauca con el Magdalena han criado grandes culturas latinas, es decir, armónicas, y el Llano Central de Chile cumplirá la misma misión" (129).

Pero si el Valle Central le inspira a la poeta estas reflexiones sesudamente aprobatorias, muy otra es la actitud que ella adopta frente a las ciudades de ese mismo Valle, como cuando se ve envuelta *y bien a su pesar* en el elogio de Santiago. Empieza ahí con un párrafo largo, en el que habla del emplazamiento de la ciudad capital de Chile en un territorio de privilegio, lo que la hace destacarse en "uno de los lugares de altura dominante, sobre un llano espacioso y verde, y respaldeándose sobre una cordillera crespada y magnífica" (131); a continuación se refiere a su historia, en la que "la glorificación del indio significa para nosotros, en vez del repaso rencoroso de una derrota, la lección soberana de una defensa del territorio" (131). Obviamente, con el ir y venir de estas precisiones de utilidad más bien incierta, la escritora está eludiendo el ocuparse de su asunto de una manera expedita y abierta y yo por lo menos sospecho que con la vana esperanza de no tener que abordarlo jamás. Pero el momento llega y Mistral sale del paso con la frase siguiente: "Sería largo describir a ustedes nuestra capital. Posee lo que las capitales aventajadas de la América del Sur en templos, edificios públicos, paseos e instituciones científicas y humanistas de cualquier clase" (131-132). Difícil producir un comentario más inocuo acerca de Santiago de Chile. Su entusiasmo no sube de punto en los tramos finales de este apartado, no obstante las observaciones generosas que oportunamente derrama sobre Concepción y Talcahuano. En la "Breve descripción de Chile", todo lo concerniente a las ciudades del Valle Central Mistral lo despacha en una página y media[17].

No ocurre lo mismo cuando se refiere al valle del río Elqui, enclavado en medio de lo que la conferenciante caracteriza como una "zona de transición", que abarca las que hasta la época de Augusto Pinochet fueron las provincias de Coquimbo, Valparaíso y Aconcagua. Entre el valle del río Huasco, al norte, y el del río Aconcagua, al sur, el del Elqui es, según le cuenta a su público malagueño, "mi región". A lo que añade: "porque soy, como ustedes, una regionalista de mirada y de entendimiento, una enamorada de la 'patria chiquita', que sirve y aúpa a la grande. En geografía como en amor, el que no ama minuciosamente, virtud a virtud y facción a facción, el atolondrado, que suele ser un vanidosillo, que mira conjuntos kilométricos y no conoce y saborea detalles, ni ve, ni entiende, ni ama tampoco" (126). He ahí pues el secreto de la prosa de Gabriela Mistral en el fragmento de este escrito que ella ha reservado para hacer el elogio de su patria chica, y he ahí también, *o por lo menos en principio,* el secreto del método que posibilita esa prosa. Contra la estrategia globalizadora en la que ella misma incide en lo demás de su "Breve descripción" y, en general, contra la estrategia globalizadora que adopta en otros artículos de circunstancia o encargo, en estos párrafos abandona su papel de funcionaria pública, se exime de la obligación autoinfligida de decir cosas grandes y su recurso es al minimalismo:

> Pequeñez, la de mi aldea de infancia, me parece a mí la de la hostia que remece y ciega al creyente con su cerco angosto y blanco. Creemos que en la región, como en la hostia, está el Todo; servimos a ese mínimo llamándolo el contenedor de todo, y esa miga del trigo anual que a otro hará sonreír o pasar rectamente, a nosotros nos echa de rodillas.
>
> He andado mucha tierra y estimado como pocos los pueblos extraños. Pero escribiendo, o viviendo, las imágenes nuevas me nacen siempre sobre el subsuelo de la infancia; la comparación, sin la cual no hay pensamiento, sigue usando sonidos, visiones y hasta olores de infancia, y soy

> rematadamente una criatura regional y creo que todos son lo mismo que yo.
> Somos las gentes de esa zona de Elqui mineros y agricultores en el mismo tiempo. En mi valle el hombre tomaba sobre sí la mina, porque la montaña nos cerca de todos lados y no hay modo de desentenderse de ella; la mujer labraba en el valle. Antes de los feminismos de asamblea y de reformas legales, cincuenta años antes, nosotros hemos tenido allá en unos tajos de la Cordillera el trabajo de la mujer hecho costumbre. He visto de niña regar a las mujeres a la medianoche, en nuestras lunas claras, la viña y el huerto frutal; las he visto hacer totalmente la vendimia; he trabajado con ellas en la llamada "pela del durazno", con anterioridad a la máquina deshuesadora; he hecho sus arropes, sus uvates y sus infinitos dulces. (127)

La eficacia de la prosa mistraliana en los párrafos que acabo de reproducir es tan evidente que no necesita del comentario crítico para ser apreciada como corresponde. Pienso que, aunque sea cierto que ella proviene de ese credo minimalista que el texto mismo proclama[18], no es menos verdadero que también se debe a la cercanía (y lejanía a la vez: al origen arcaico, diríamos) del ojo que mira. Gabriela Mistral escribe estas líneas con un deleite que es superior al que muestra en otros artículos suyos de la misma naturaleza, y aun superior al que muestra en otras secciones significativas dentro del mismo artículo, porque escribe sobre lo que conoce y ha vivido, sobre eso que se halla próximo a su pluma en tanto que larga y celosamente guardado en el "subsuelo de la infancia"[19]. La coyuntura inmediata es sólo un disparador que le permite el despliegue del país subterráneo que ella fabrica con los residuos que su memoria preserva del país que fue más las incesantes pulsiones de un antiguo deseo.

No alcanza la escritora a referirse en su "Breve descripción de Chile" a la zona magallánica, que deja su huella en dieciocho poemas de *Desolación*, si son correctas las cuentas que saca Roque Esteban Scarpa[20]. Ésta queda para una suerte de segunda parte de aquel trabajo, conocida por algunos críticos como "Gabriela Mistral sigue hablando de Chile" y por otros como "Geografía humana de Chile", y especialmente para una pieza específica escrita catorce años después: "La Antártida y el pueblo magallánico". Poseída una vez más por su fervor nacionalista, Mistral fustiga en este último escrito a las grandes potencias, las que después de la segunda guerra mundial se aprontaban para repartirse un continente cuyos dividendos geopolíticos podían calcular para esas fechas sin sombra de duda[21]. Repetíase pues, ahora en nuestro siglo, el episodio de 1492, cuando la falsa ingenuidad europea "descubrió" un territorio que estaba poblado desde hacía cuarenta mil años. Ahora los descendientes de los "descubridores" de otrora dan con una tierra nueva, de la que "toman posesión" por medio del pueril procedimiento de "la banderita hincada en la costa" (261), y haciéndose protagonistas de lo que, como denuncia Mistral, es un "enorme absurdo que funge como ley entre estos dos hechos: el 'descubrimiento' de un lugar y la posesión efectiva del mismo por los aborígenes de todo tiempo" (261). Pero su nacionalismo aporta sólo el marco de "La Antártida y el pueblo magallánico". En el corazón de este artículo, como intuyó Volodia Teitelboim[22], hay muchísimo más:

> A pedido del Ministro de Instrucción (el futuro Presidente Aguirre Cerda), fui nombrada directora del Liceo de Magallanes, y navegué hacia las grises postrimerías chilenas.
>
> El encargo que me diera mi venerado amigo era doble: reorganizar un colegio "dividido contra sí mismo" y ayudar en la chilenización de un territorio donde el extranjero superabundaba [...] El profesorado que llevé resultaría

bastante apostólico, puesto que se decidió a vivir largo tiempo en el país de la noche larga. Gracias a él nuestro Liceo abriría una Escuela Nocturna y gratuita para obreras —el analfabetismo era subido en la masa popular—. Mis compañeras iban a enseñar el más curioso alumnado que yo recuerde [...] Después de la hora del Silabario, yo daba otra de "conversación" [...] Una noche vi llegar gente extraña a la sala y sentarse hacia el fondo, familiarmente. Daba yo una charla de Geografía regional; me había volteado los sesos delante de aquella zona de tragedia terráquea, hecha de desplazamiento y de resistencias, infierno de golfos y cabos y sartal de archipiélagos.

Al salir, el grupo forastero se allegó a saludarme. Dos reos políticos del Presidio de Ushuaia habían sabido de ese curso nocturno y tan informal, quisieron ir a verme, y se les sumaron unos chilenos inéditos para mis ojos.

Sentados otra vez, los seis u ocho, me contarían la escapada de los corajudos, los trances de la pampa y el nadar las aguas medio heladas, husmeando entre matorrales encubridores, hasta alcanzar la ciudad de Punta Arenas.

Yo miraba y oía a los fugitivos, con novelería de mujer lectora de novelas de aventuras, pero, sobre todo, devota de Ghea, nuestra madre, y de sus "claros misterios". Los ojos se me quedaron sobre los dos rostros no vistos nunca: allí había unos seres de etnografía poco descifrable, medio alacalufes, pero mejor vestidos que nuestros pobrecitos fueguinos...: eran el aborigen inédito, el hallazgo mejor para una indigenista de siempre.

Mis huéspedes volverían solos después, y traerían a otros más, calculando siempre la salida de las alumnas nocturnas, para hablar a su gusto, mudos que soltaban la lengua en perdiendo el miedo y que regresaban para no cortar el relato, por "contar muchísimo más".

Fue allí donde yo toqué pueblo magallánico y patagón. Podría haber vivido diez años sin contacto con él: el corte entre las clases sociales era allí grande y vertical. Y esta novedad de los ojos sería más un repaso de facciones exóticas y un oír la jerga de oficio inédito; sería el de aprenderme la zona feérica. (256-258)

Conocedores de las islas australes como nadie, "trajinadores" de la Antártida desde el principio de los tiempos, "adelantados del mar", los "forasteros" que acuden a visitar a la joven directora del Liceo de Punta Arenas en una noche de 1918 ó 1919, cuando ella está "volteándose los sesos" tratando de entender la geografía del paraje al que la destinara el entonces ministro de instrucción pública, don Pedro Aguirre Cerda, son el "pueblo magallánico y patagón". Treinta años después, Mistral recuerda el incidente y lo estampa en un artículo que ve la luz pública el 24 de octubre de 1948. Aquellos individuos de catadura ominosa, por lo menos dos de ellos "de etnografía poco descifrable", que de pronto se descuelgan en su vida y a quienes ella contrasta expresamente con la "burguesía magallánica, satisfecha con el hierbal y el pastoreo ovejuno" (259), son los que le descubren el extremo sur de nuestro país. Es pues, al hablar de la Antártida y por extensión de la provincia de Magallanes, que Mistral actualiza en su conciencia la unidad que también en esa lejana comarca se establece entre el hombre y la naturaleza, la misma unidad que comprendiera sólo a medias al enfrentarse con la aridez del desierto nortino y que da por supuesta cuando desliza los ojos sobre la familiar transparencia de su propio valle. En el momento en que siente que tiene que defender el "derecho natural" de la nación chilena a los territorios antárticos, *vis-à-vis* las reclamaciones de países más fuertes que el nuestro[23], no encuentra mejor manera de ilustrar su pensamiento que apelando a la identificación también "natural" de los patagones con su tierra y ello en contraste con las reclamaciones formalmente propietarias de los ricos de la zona. Al margen de la validez jurídica de este argumento, que es un problema de abogados y que a mí no me interesa, lo que sí es de notar es que Gabriela Mistral "aprende" la esencia de Chile sólo cuando "aprende" a su pueblo o, mejor dicho, cuando pueblo y territorio forman una sola entidad en las galerías de su imaginario.

"Recado sobre la Cordillera" es un texto notable por muchas razones. Para empezar, la motivación inmediata se halla aquí tan disminuida que deviene negligible. Pareciera ser una visita a la montaña, en las proximidades de la ciudad de Los Andes, durante el segundo de sus regresos, pero no es seguro. En cambio, el punto de vista recordante controla los tiempos verbales en el comienzo del artículo ("En la zona próxima del Padrazo Aconcagua vi alguna vez...", 265), en el medio ("He visto un grupo de arrieros cordilleranos volver por el valle de Río Blanco...", 267) y, sobre todo, al final ("el despeño del agua y la ronda de los ecos, me sorprendía primero, me habituaba pronto y luego me hacía dormir...", 270). Mistral se remonta de este modo a la Cordillera de Los Andes de sus "niñeces", a esa que no era "monótona" ni tenía nada de "la eternidad que le adjudican los textos" (269). Para ella Los Andes eran en aquel entonces, y siguen siendo todavía, un organismo vivo, una "gran bestia bicolor", un "ictiosaurio tendido y huesudo", un "mastodonte", una "criatura temperamental" (265-266). Respondiendo a su llamado, afloja la mano y la deja correr con un ímpetu lírico que no suele permitirse en las prosas de encargo. De ahí que, si las grandes nevadas la obligan a privilegiar en este genuino poema una metáfora de teología mayor, el desfile fantasmagórico de las nieblas pequeñas lo que le sugiere es un cruce entre el folklore popular de ultratumba, las historias de aparecidos y fantasmas, y las rondas de niñas. El "escándalo del viento", el "cielo nítido", el "estruendo" de las avalanchas y la musicalidad de "las cascadas" colaboran finalmente en el conjuro poético de esa realidad plena de vida que es la de la gran bestia andina. Esto es lo que Gabriela Mistral ve desde el fondo de su ser, y que los otros, aquí "los turistas", no ven ni verán jamás.

Pero debemos detenernos un poco más en este papel que la Cordillera de los Andes desempeña en la trastienda de su literatura. Recordemos para ello que en la "Excusa de unas notas", la introducción a las "Notas" de *Tala,* Mistral había hablado de la poesía como de una "materia alucinada". En el "Recado sobre la Cordillera", recurrirá una vez más a ese adjetivo, de tan nobles credenciales en la historia el pensamiento poético de Occidente, y dirá que "Los Andes resultan alucinación continua, alucinación de vista y de oído, para cualquiera que no sea el montañés familiarizado con su magia, casado con ella desde que abrió los ojos". Y sigue: "Yo guardo de esas noches cierto delirio de estrellas que supe contar entonces, que no he sabido decir después y que tampoco acertaré a escribir nunca" (269). "Delirio", "alucinación" y el consiguiente trato con "lo inefable", son emociones que se integran en un campo semántico de cruciales consecuencias para la delimitación de una poética mistraliana, que en general es alusivo a la condición enajenada del poeta que crea o que se halla a punto de crear, y en el que nosotros hemos ingresado ya y seguiremos ingresando cada vez que nos parezca necesario[24].

Y otra cosa. En el penúltimo párrafo del "Recado sobre la Cordillera", un elemento de la montaña, la niebla, la que se metamorfosea luego en el caer de las cascadas, se metaforiza de nuevo y esta vez en una larga y espectral "cabalgata que viene, se acerca y no llega nunca". Mistral comenta entonces: "Hay en nuestro folklore el mito no recogido del galope de un hombre que viene por los cerros y que deja en la espera al desvelado que lo oyó desde su lecho. Tal vez arranque, el relato, y la ilusión auditiva que contiene, de estas cascatelas cordilleranas"

(270). El buen conocedor de la producción poética madura de Gabriela Mistral, desde "La medianoche" y "La cabalgata", de *Tala,* a los poemas de la serie de las "Locas mujeres", tanto en *Lagar* como en *Lagar II,* no podrá menos que sobresaltarse a leer esta frase acerca de un mito en el que un hombre visita a una mujer insomne, mito que nadie recoge y acaso porque existe sólo en el activo teatro de sus lucubraciones febriles. El visitante que de noche ronda el lecho de "La desvelada" (tal es el título de uno de los poemas de "Locas mujeres", 607-609), el que viene caminando por "la raya amoratada de mi [su] largo grito" (según escribe en "La ansiosa", de *Lagar,* 599-600, también en "La que aguarda", de *Lagar II,* 68-69), es un espíritu de la Cordillera. Es, quizás, la Cordillera misma, asediando a la mujer-niña que con los ojos abiertos la escucha en mitad de la noche.

Pero es en los poemas sobre Chile donde Gabriela Mistral abandona de una vez por todas sus obligaciones periodísticas, pedagógicas o burocráticas, aunque el crítico se vea en la necesidad de proponer, también aquí, ciertos distingos. En primer lugar, creemos que vale la pena dedicarles por lo menos algunos minutos a los poemas con escenario chileno que Mistral compuso en su juventud, los que forman parte de *Desolación,* y aun a aquéllos que ella juzgó inapropiados para integrar ese volumen[25]. Tales poemas resultan útiles para un rastreo como el que estamos ahora intentando, a pesar de que en ellos dominan, y es lógico que así sea tratándose de textos que fueron escritos en una época en que la musa decimonónica no había terminado aún de despilfarrar su presupuesto, la alegoría ocultista y/o un mecanismo neorromántico de subjetivación del paisaje que lo convierte en no mucho más que un espejo de la intimidad del sujeto. Al alegorismo teosófico de "El himno al árbol" nos referimos en el capítulo anterior. En *Desolación,* el ejemplo por excelencia es el tríptico "Paisajes de la Patagonia", en la serie "Naturaleza". Me limitaré a citar aquí el segundo de esos textos, "Árbol muerto" (125-126):

> En el medio del llano,
> un árbol seco su blasfemia alarga;
> un árbol blanco, roto
> y mordido de llagas,
> en el que el viento, vuelto
> mi desesperación, aúlla y pasa.
>
> De su bosque el que ardió sólo dejaron
> de escarnio, su fantasma.
> Una llama alcanzó hasta su costado
> y lo lamió, como el amor mi alma.
> ¡Y sube de la herida un purpurino
> musgo, como una estrofa ensangrentada!
>
> Los que amó, y que ceñían
> a su torno en septiembre una guirnalda,
> cayeron. Sus raíces
> los buscan, torturadas,
> tanteando por el césped
> con una angustia humana...
>
> Le dan los plenilunios en el llano
> sus más mortales platas,
> y alargan, porque mida su amargura,
> hasta lejos su sombra desolada.
> ¡Y él le da al pasajero
> su atroz blasfemia y su visión amarga!

Aunque podríamos decir muchas cosas sobre este poema, sobre su melodramatismo, sobre su antropomorfismo, sobre el uso y abuso de la "falacia patética" que Ruskin les reprochaba a los románticos ingleses, para nuestros propósitos es suficiente observar que la naturaleza magallánica no es en "Árbol muerto" mucho más que un vehículo mediante el cual "la desterrada en su patria", según describe Scarpa a Mistral en la época de su estancia en Punta Arenas, da forma y voz al sentimiento de exilio e irrealidad que por aquel entonces la posee. Recurre para ello a una imaginería y a un aparato lingüístico que ella volverá a utilizar en sus composiciones de muchos años después, aunque en esa oportunidad habiéndolos trabajado hasta lograr la perfección. De hecho, el verso ocho de este poema parece ser uno de los que estrenan, en el vocabulario poético mistraliano, la noción de "fantasma", como el remanente de una persona que existió alguna vez, en otro avatar y con una gran dosis de vida, pero que la perdió y que en ese estado sobrevive sobre el páramo del mundo.

Dos años después del término de su residencia magallánica, cuando Mistral sale de Chile, empieza a desarrollar una actitud alternativa y que se transformará en hegemónica durante la que podríamos considerar como la etapa intermedia de su producción. Como Neruda, es en México donde hace su descubrimiento de América, de la América "nuestra", como decía Martí. Pero, precisamente a causa de ese descubrimiento, que amplía y enriquece en sus viajes posteriores por el continente, da comienzo también durante aquel período a un proceso de redescubrimiento de su propio país. Sin que ello implique un olvido del emocionalismo y el esoterismo de los años mozos (los dos rebrotan aquí y allá, cada vez que un terremoto afectivo sacude su existencia y las mediaciones católicas prueban ser insuficientes para neutralizar sus efectos[26]), aparece ahora en ella una perspectiva ideológica y estética a la que quienes nos ganamos la vida en la sala de clases solemos identificar con nombres diversos —regionalismo, superregionalismo, criollismo o mundonovismo—, pero todos ellos alusivos a un proyecto de escritura que, determinado por la ola populista y antiimperialista que recorre América Latina entre las dos guerras mundiales, cuestiona la sabiduría de un quehacer intelectual y artístico que se agosta en la experimentación con las formas, retoma la herencia del Bello de la silva a "La agricultura de la zona tórrida" y sale al encuentro de lo peculiar americano en el testimonio de una verdad que antecede al arribo de la cultura europea. Gabriela Mistral asume este nuevo proyecto con una enorme simpatía y, lo que es más significativo, *lo asume en y desde la distancia*. Tal vez por eso es que tarda en darle un rumbo, que duda, ensaya, fracasa y vuelve a ensayar.

Las huellas de esos tanteos son rastreables en la primera, segunda y tercera ediciones de *Tala*: la de 1938, que apareció en Sur con el patrocinio de Victoria Ocampo; la de 1946, que publicó Losada, asimismo en Buenos Aires; y la de 1958, que con la participación de la propia Mistral editó Margaret Bates para Aguilar en Madrid. Esta última presenta, como ha hecho ver la crítica en diversas oportunidades, un cierto número de cambios con respecto al libro de veinte años antes. No se ha insistido lo suficiente sin embargo en que tales cambios son el último eslabón de una cadena y que ésta consiste en un doble juego de reducción, por un lado, y amplificación, por el otro. Reducción de los textos que en 1945 se transfieren a la segunda edición de *Ternura*, y que por ende no están ya en la segunda de *Tala*, y amplificación con el agregado en el 58 de dos secciones nuevas: "Tierra de Chile" y "Trozos del Poema de Chile".

Pero vamos por partes. En la primera edición de *Tala*, los poemas que más nos interesan para esta pesquisa son "El fantasma" (435-437), de la sección "Historias de loca", y "Cordillera" (463-469), el segundo de los "Dos himnos", en la sección "América". A simple vista, parece tratarse de textos opuestos. Uno, "El fantasma", es un poema densamente personal, aunque también se vincule con las preocupaciones religiosas y parareligiosas de la poeta; al otro, en cambio, la motivación le llega desde el compromiso que Gabriela Mistral ha contraído para esas fechas con una causa que rebasa los confines de su circunstancia biográfica. Es éste en efecto un poema americanista extenso, de ciento cuarenta y seis versos, poema cívico y de tono solemne, que lo que está buscando es recomendarse a sí mismo como un equivalente lingüístico de la monumentalidad de su objeto[27]. Mi impresión es que la poeta logra lo que en él se propuso, aunque no enteramente.

Desde luego, la metáfora materna, que acapara el flujo lingüístico en esta "Cordillera" no es la misma que ella escoge cuando su aprovechamiento del motivo obedece a una intuición lírica auténtica, según tuvimos oportunidad de comprobarlo al examinar el "Recado" correspondiente y según puede verificarse en otros textos que ostentan la misma equivalencia, como el que lleva un título semejante en *Poemas de Chile*. Esto significa que la Cordillera madre de los "Dos himnos" no está ahí por sus atributos y ni siquiera por la complicidad que es posible tender entre esos atributos y la sensibilidad de Mistral, sino porque su magnificencia se presta al trasiego de una intención culturalista de acuerdo con la cual los pueblos de América, y el pueblo chileno entre ellos, son "hermanos" en tanto que "hijos" de una matriz común. Tan deseosa está la escritora de comunicarle al lector este mensaje de fraternidad latinoamericana que sin vacilaciones empuja la metáfora materna más allá de los límites del mapa con el que estarían de acuerdo los geógrafos, haciéndola cubrir los territorios del Caribe, América Central y México. Al cabo, no sólo la metáfora sino la Cordillera misma deviene en un pretexto. La unidad de América Latina es el centro profundo desde el que arranca la significación del poema y las dos últimas estrofas, en las que escuchan ecos de Bello y Martí y donde se anticipa por lo menos una de las imágenes principales de "Alturas de Macchu Picchu", son elocuentes por demás:

Al fueguino sube al Caribe
por tus punas espejeadas;
a criaturas de salares
y de pinar lleva a las palmas.
Nos devuelves al Quetzalcóatl
acarreándonos al maya,
y en las mesetas cansa-cielos,
donde es la luz transfigurada,
braceadora, ata tus pueblos
como juncales de sabana.

¡Suelde el caldo de tus metales
los pueblos rotos de tus abras;
cose tus ríos vagabundos,
tus vertientes acainadas.
Puño de hielo, palma de fuego,
a hielo y fuego purifícanos!
Te llamemos en aleluya
y en letanía arrebatada:
¡Especie eterna y suspendida,
Alta-ciudad—Torres-doradas,
Pascual Arribo de tu gente.
Arca tendida de la Alianza!

En la séptima estrofa de "Cordillera" se advierte sin embargo un tropiezo, que marca un *shifter* gramatical. Me refiero al cambio que allí tiene lugar en los términos de la situación apostrófica y que se produce no bien el foco del poema desciende sobre la tierra natal de la escritora. Habiéndose configurado hasta ese momento desde un "nosotros"[28] hacia un "tú", y volviéndose a configurar de la misma manera en lo que resta del texto, en esa única estrofa el diálogo va a reemplazar la primera persona del plural por la primera del singular:

En los umbrales de mis casas,
tengo tu sombra amoratada.
Hago, sonámbula, mis rutas,
en seguimiento de tu espalda,
o devanándome en tu niebla,
o tanteando un flanco de arca;
y la tarde me cae al pecho
en una madre desollada.
¡Ancha pasión, por la pasión
de hombros de hijos jadeada!

La exclamación del final es en esta estrofa como un tirón de riendas que devolviera el discurso poético a su senda primitiva después de haberse permitido Gabriela Mistral un breve pero significativo desvío. Cedomil Goić, quien ha escrito el mejor artículo que existe sobre este poema, percibe la anomalía ("ruptura", dice él[29]) de la séptima estrofa de "Cordillera" pero le da una explicación que yo no encuentro demasiado convincente. Por mi parte, aunque no quiero insistir mucho en ello, no puedo menos que observar que ni la concepción ni la realización de esta estrofa son consecuentes con los propósitos culturalistas de un texto en el cual lo que Gabriela Mistral quiere es impostar la voz con la eficacia del bardo cívico o patriótico. El idiosincrático intimismo de la lengua de la poeta entre los versos sesenta y nueve y setenta y seis, el retroceso que el texto ejecuta en ese momento hacia el espacio propio de la hablante y que prefigura una maniobra similar en el "Poema de Chile", responde más bien a eso que nosotros ya sabemos acerca de la cordillera de su experiencia y su recuerdo, la de su infancia y sus sueños: "tengo tu sombra amoratada. / Hago, sonámbula, mis rutas, / en seguimiento de tu espalda, / o devanándome en tu niebla". El resultado es que, si no el poema entero, por lo menos su séptima estrofa es un antecedente digno de mención en la historia del (re)acercamiento poético de Gabriela Mistral a la cosa chilena.

De la misma época es "El fantasma", que pareciera no tener mucho que ver con el poema que acabamos de comentar, aunque, como espero demostrarlo en seguida, ésta sea una pieza todavía más valiosa dentro del mismo proceso. Pese a su extensión, por su calidad intrínseca y por la importancia que él va a tener para el desarrollo de mis ideas en lo que sigue de este capítulo y también durante el próximo, debo citarlo completo:

En la dura noche cerrada
o en la húmeda mañana tierna,
sea invierno, sea verano,
esté dormida, esté despierta,

aquí estoy si acaso me ven,
y lo mismo si no me vieran,
queriendo que abra aquel umbral
y me conozca aquella puerta.

En un turno de mando y ruego,
y sin irme, porque volviera,
con mis sentidos que tantean
solo este leño de una puerta,

aquí me ven si es que ellos ven,
y aquí estoy aunque no supieran,
queriendo haber lo que yo había,
que como sangre me sustenta;

en país que no es mi país,
en ciudad que ninguno mienta,
junto a casa que no es mi casa,
pero siendo mía una puerta,

detrás la cual yo puse todo,
yo dejé todo como ciega,

sin traer llave que me conozca
y candado que me obedezca.

Aquí me estoy, y yo no supe
que volvería a esta puerta
sin brazo válido, sin mano dura
y sin la voz que mi voz era;

que guardianes no me verían
ni oiría su oreja sierva,
y sus ojos no entenderían
que soy íntegra y verdadera;

que anduve lejos y que vuelvo
y que yo soy, si hallé la senda,
me sé sus nombres con mi nombre
y entre puertas hallé la puerta,

¡por buscar lo que les dejé,
que es mi ración sobre la tierra,
de mí respira y a mí salta,
como un regato, si me encuentra!

A menos que él también olvide
y que tampoco entienda y vea
mi marcha de alga lamentable
que se retuerce contra su puerta,

si sus ojos también son esos
que ven sólo las formas ciertas,
que ven vides y ven olivos
y criaturas verdaderas;

y yo soy la rendida larva
desgajada de otra ribera,
que resbala país de hombres
con el silencio de la niebla;

¡que no raya su pobre llano,
y no lo arruga de su huella,
y que no deja testimonio
sobre el aljibe de una puerta,

que dormida dejó su carne,
como el árabe deja la tienda,
y por la noche, sin soslayo,
llegó a caer sobre su puerta!

No importa cuándo, en el doble movimiento que articulan el ciclo del día hacia la noche y el del invierno hacia el verano, ni dónde, en un país extraño, en una ciudad extraña, en una casa extraña, ni cómo, despierta o dormida, la hablante de "El fantasma" está "aquí", según insiste el deíctico que encabeza los versos cinco, diez y veintidós. La que está aquí es, por supuesto, "ésta", la que se desprende de (desde) el cuerpo de "la otra", la que continúa "allá", mientras que la primera se traslada a un latitud diferente sobre la superficie del mundo[30]. La deliberada indeterminación de las categorías de tiempo y espacio, en los primeros veintitantos versos de "El fantasma", el "estar aquí" con respecto a "aquel umbral" y "aquella puerta" o el mismo "estar aquí" con respecto a "queriendo haber lo que yo había" y a "en país que no es mi país", se explica a partir del desdoblamiento del/la sujeto de la enunciación y éste a partir de la certidumbre de ese/a mismo/a sujeto en cuanto a las posibilidades que él/ella tiene de desensamblar metódicamente el espíritu del cuerpo.

Todo lo cual nos pone otra vez frente a uno de los aspectos menos estudiados y más soslayados de/en la obra de Gabriela Mistral y cuya duración no se restringe solamente a su juventud, como les gusta creer a las almas buenas y como ella misma lo manifestó en algunas entrevistas y artículos. Estoy pensando en ese territorio en el que ya nos introdujimos al desarrollar el Capítulo V de nuestro estudio, en su interés por las especulaciones ocultistas y, más precisamente, por las enseñanzas de la teosofía. Pareciera incluso que su alejamiento formal de las logias de Madame Blavatsky, en los últimos años de la segunda década del siglo, y es probable que a causa del descrédito en que esas organizaciones habían caído por la multiplicación de los fraudes antes y después de la primera guerra mundial, aunque yo me atrevo a suponer también alguna reprimenda de parte de la Iglesia Católica, hubiese dado lugar, al cabo de una tregua cuyo término puede o no coincidir con el suicidio de Yin, a un retorno de tales intereses en su vida y yo creo que de una manera más personal y profunda. El hecho es que la poesía madura de Gabriela Mistral no acaba de ser comprensible si uno no le da a este factor esotérico todo el crédito que él merece, *aunque tampoco se trate de reducir su interpretación a dicho factor.* Porque, aun cuando se reprimiera durante años (y los alcances de tal represión son muy poco claros, como ya se advirtió), Mistral no parece haber dejado de creer nunca en la doble posibilidad que el espíritu tiene de desprenderse del cuerpo, por una parte, y de experimentar una vida más allá de esta vida, por otra. Ambas creencias son retrotraíbles al repertorio teosófico, el que como sabemos consiste en una suerte de *mélange* entre el orientalismo budista e hinduista, que es el que fundamenta y promueve el escape del espíritu del cuerpo con la ayuda de la contemplación, y el espiritismo, que es el que habla de la continuidad de la vida después de la muerte de una manera que no coincide con la ortodoxia cristiana a la vez que introduce la hipótesis de la existencia de una serie de "esferas" o "planos" intermedios entre la muerte terrena, la entrada del espíritu en el camino de ultratumba y la obtención definitiva de la perfección extática. Desde otro punto de vista, también me parece que debiera hacérseles un hueco entre estas convicciones de la poeta a los mitos folklórico-campesinos acerca de fantasmas o aparecidos, a las "almas en pena", las "ánimas" y las "animitas" de todo tipo y configuración y que como es bien sabido pululan en el pensamiento tradicional latinoamericano y chileno[31]. Mistral ha de haber escuchado, cuando era niña, una porción de relatos de esta índole y es legítimo suponer que mucho de ello se quedó para siempre en su memoria. Además, aun cuando el origen que a menudo se les fija a los fantasmas y/o aparecidos populares insiste en la base cultural prehispánica y africana[32], lo cierto es que sus similitudes con los postulados espiritistas sobre la dinámica *post mortem* son muy grandes, que Mistral misma las sugiere en su "Recado sobre la cordillera" ("Poco después del deshielo, o al atardecer, tras una siesta calurosa de mucha evaporación, las faldas medias de la montaña se llenan de una guiñapería errante, o de una procesión de almas en pena, o de grandes hálitos que suben de las cuchillas y de las quebradas. Los que hablan de la montaña amojamada parece que nunca vieron este cortejo de las nieblas bailar desaforadamente sobre las faldas. Alucina la fantasmagoría de esos vapores a medio hacerse y deformarse. La claridad del día o la vaguedad del crepúsculo se llena de 'larvas' como diría el amigo ocultista...", 224-225) y que desestimarlas no parece razonable.

Ahora bien, ignorante de que regresaría alguna vez hasta la tierra de su niñez, muda y con el cuerpo disminuido hasta alcanzar la condición de "larva", palabra que aparece aquí y también en la cita que hemos hecho más arriba, que en el léxico normal del español es un sinónimo de fantasma y que en el vocabulario teosófico corresponde a la más elemental organización del espíritu, al "alma animal" o Kama-Rupa[33], la mujer del poema que estamos comentando se dispone a atravesar la "puerta" frente a cuyo umbral su conciencia se mantuvo absorta durante todos estos años y la que por eso adopta aquí la forma de una separación que ella no supo abrir ni pudo cerrar: "que anduve lejos y que vuelvo", comienza con un dejo casi infantil la estrofa octava. Su regreso obedece a la necesidad de "haber" de nuevo lo que "hubo" una vez en el pasado y que la sustenta todavía, "como sangre". Debe volver, según lo proclama en los versos treinta y tres y treinta y cuatro, porque necesita reencontrar "lo que dejé, / que es mi ración sobre la tierra" (verso treinta y ocho). Y es que detrás de la puerta de marras se encuentra "todo". Un todo que tampoco debiera sorprendernos que en los versos treinta y nueve y cuarenta se animice y que en el cuarenta y uno se personalice. Paulatina gradación prosopopéyica que hará que el "lo", que "de mí respira y a mí salta, / como un regalo, si me encuentra", llegue a ser en la estrofa siguiente un "él" con características humanas del cual la poeta espera que no la haya olvidado y que, por lo mismo y a despecho de su condición de fantasma, [la] "entienda y [la] vea".

No es éste un él determinado, ni que decirse tiene, ya que pensarlo así equivaldría a dar por buena una vez más la patraña biográfica. El verso treinta y ocho es útil para aclarar este punto. Me refiero a la relación que la hablante de "El fantasma" establece con lo simbólico indispensable. Porque para Gabriela Mistral Chile es ese orden simbólico que ella no puede tolerar, pero del que tampoco logra desasirse. Es el sistema de referencias culturales sin el cual su vida carece de certeza y plenitud: "a pesar de su exilio voluntario, Gabriela nunca dejó Chile espiritualmente", escribe Taylor con acierto indiscutible[34]. Por eso vuelve, aunque no lo haga como la que es, una mujer de carne y hueso dolida de Chile, ni tampoco a lo que es, a la antigua sede de su dolor y su agravio. Regresa en calidad de fantasma, del fantasma que no ha llegado a ser todavía, pero que muy pronto será, y a un Chile que es menos el país que dejó que el mito o la profecía del que pudiera alguna vez llegar a ser. Entre tanto, habita ciudades y casas que son abstracciones, en las que nunca le falta un "permiso de residencia", pero sin que nada de lo que la rodea en tales sitios la toque verdaderamente. La ganancia del desarraigo es la ataraxia; el precio de la ataraxia es la mutilación.

Si saltamos ahora hasta la tercera *Tala,* nos encontraremos con que su sexta parte consta de dos solitarios poemas. Subtitulada "Tierra de Chile", es la más breve en el volumen de 1958, lo que denuncia su carácter de injerto, aun cuando los poemas que la integran habrían sido escritos, según averiguaciones hechas por Santiago Daydí-Tolson, en 1939, a poco de publicarse la primera edición del libro y del segundo viaje de Mistral a Chile. Dice Daydí que a su vuelta a Estados Unidos Mistral dictó en la Unión Panamericana de Washington la conferencia que nosotros mencionamos más arriba, "Gabriela Mistral sigue hablando de Chile", y que concluyó su exposición con la lectura de estos dos poemas y "unos comentarios explicativos de los mismos". Posteriormente, los comentarios se dieron a conocer en el *Boletín* de dicho organismo[35]. Pero el que estos poemas hayan sido motivados por el segundo de los viajes de la poeta a Chile no agota sus posibilidades de significar. Veamos rápidamente "Salto del Laja" (487-489):

Salto del Laja, viejo tumulto,
hervor de las flechas indias,
despeño de belfos vivos,
majador de tus orillas.

Escupes las rocas, rompes
tu tesoro, te avientas tú mismo,
y por morir o más vivir,
agua india, te precipitas.

Cae y de caer no acaba
la cegada maravilla:

cae el viejo fervor terrestre,
la tremenda Araucanía.

Juegas cuerpo y juegas alma
enteros, agua suicida.
Caen contigo los tiempos,
caen gozos y agonías;
cae la mártir indiada
y cae también mi vida.

Las bestias cubres de espumas;
ciega a las liebres tu neblina,
y hieren cohetes blancos
mis brazos y mis rodillas.

Te oyen rodar los que talan,
los que hacen pan o caminan,
y los que duermen o están muertos,
o dan su alma o cavan minas,
o en pastales o en lagunas
hallan el coipo y la chinchilla.

Baja el ancho amor vencido,
medio-dolor, medio-dicha,
en un ímpetu de madre
que a sus hijos hallaría...

Y te entiendo y no te entiendo,
Salto del Laja, vocería,
vaina de antiguos sollozos
y aleluya nunca rendida.

Me voy por el río Laja,
me voy con las locas víboras,
me voy por el cuerpo de Chile,
doy vida y voluntad mías.

Juego sangre, juego sentidos
y me entrego, ganada y perdida...

Aunque la estructura de "Salto del Laja" es apostrófica, el texto no es celebrante ni plañidero ni reivindicativo, como otros en los que Mistral hace uso de esta misma forma. Percibimos, más bien, en el poema que aquí nos interesa, un formularle ella al "tú" a quien se dirige, *y un formularse ella a sí misma a través de ese tú,* ciertas preguntas que conciernen primero a la raíz indígena chilena, metaforizada en este texto por el agua que "cae", y en segundo lugar a su propia existencia, que se desplaza entonces "por el río Laja" y "por el cuerpo de Chile", paralelismo con el que ella alude a su personal y contemporáneo movimiento por el tiempo y el espacio. Existencia esa suya que acaba yéndose al fin del discurso con la de "las locas víboras" [?], dando[les] "vida y voluntad". El verbo caer, de la primera parte del poema, como sabemos de pertinaz recurrencia en la lírica mistraliana (recuérdese nuestro análisis del "Nocturno de la derrota" en el Capítulo IV), es, en consecuencia, el eje que regula la objetividad interrogada. El agua del río, que en la primera estrofa "se despeña" y en la segunda "se precipita", en la tercera "cae y de caer no acaba". Pero el último verso de los cuatro en los que el verbo caer funciona anafóricamente introduce el posesivo "mi" y provocando uno de esos *shifts* jakobsonianos a los que Mistral nos tiene habituados. El foco cambia con esa maniobra retórica desde la tercera a la primera persona. Con la metáfora básica y su función puestas de manifiesto, en las estrofas quinta y sexta la poeta disemina los efectos del verbo y, después de retomar en la séptima el motivo de la caída de nuevo, aunque ahora con una indeterminación notoria en cuanto a la identidad del referente, el poema se curva hacia adentro.

El primer verso de la estrofa octava y el último de la novena, que también es el último de "Salto del Laja", nos entregan la respuesta a la segunda de las preguntas que a Mistral le suscita la metáfora del agua. La articulación bimembre de una y otra de esas líneas hace ostensible el funcionamiento correlativo de los verbos: "y te entiendo y no te entiendo" frente a "ganada y perdida". Considerando que el poema en su totalidad es, como iba a llamar Enrique Lihn a los de su especie años más tarde, un "poema de paso", y que como tal anticipa el posterior "pasar" de Mistral en el "Poema de Chile", en y a lo largo del territorio de sus nostalgias y sueños, queda allí en evidencia la zozobra respecto de un componente de la nacionalidad al que ella sabe y siente suyo pero que no logra apropiar[36]. Por debajo de la coyuntura inmediata, que es la que desencadena el proceso lírico, esto es, el segundo viaje de Mistral a Chile, el turismo en automóvil al sur en compañía de las "víboras", etc., yo creo que el desconcierto que revela el contacto de la poeta con la raíz indígena se puede hacer extensivo al desconcierto que revela su contacto con Chile. Si el "Poema de Chile" es, en efecto, un cuarto y "ultimo viaje" de Gabriela Mistral a su país, entonces no cabe duda de que "Salto del Laja" prefigura uno más de los puntos de vista que concretan la significación de dicho periplo.

La última pieza del rompecabezas son los "Trozos del Poema de Chile". Compuesta de tres textos, una parte de esta sección de la segunda *Tala* ha sido fechada en 1945[37], lo que nos permite suponer que ya para esa época el "Poema de Chile" era un proyecto con un contorno preciso y hasta es posible que ejecutado en no exigua medida. De hecho, dos de estos poemas, "Selva austral" (501-506) y "Bío-Bío" (507-509), con leves modificaciones, pasan al volumen que editó Doris Dana en 1967 y el que parece basarse en un manuscrito que la propia Mistral dejó a medio hacer[38]. El que no pasa es, sorpresivamente, el mejor, "Cuatro tiempos del huemul" (595-500).

Como se trata de un texto de ciento doce versos,

demasiado largo para copiarlo en su integridad, dejaré por lo menos constancia en estas páginas de que su origen anecdótico es el convencimiento que Mistral tenía en cuanto a que el huemul, el ciervo de Los Andes y uno de los dos animales emblemáticos del escudo de Chile, era una especie zoológica extinta. Así lo da a entender en la conclusión de "Menos cóndor y más huemul": "los profesores de zoología dicen siempre, al final de su clase sobre el huemul: una especie desaparecida del ciervo. / / No importa la extinción de la fina bestia en tal zona geográfica; lo que importa es que el orden de la gacela haya existido y siga existiendo en la gente chilena"[39]. Por lo mismo, el primero y segundo "tiempos" que el poema relata son los de la vida y la muerte del animal, su vida paradisíaca en "los Natales", partiendo "trébol y avena floridos", a la vez que a buen recaudo de "gandules" (la paranomasia antitética entre "Natales" y "gandules" podría no pasarse por alto, me parece a mí), y su extinción posterior en "los valles", cuando, después de haberse atrevido a cruzar ciertos "límites indecisos", desaparece de la faz de la tierra. Porque fue entonces cuando "no regresaste" y "En nuestra luz se borraron / unos cuellos y belfillos". El tercer tiempo es, previsiblemente, el de la permanencia del huemul en una suerte de limbo, en "verdes postrimerías / celado de quien te hizo". Hasta que

> y en llegando día y hora,
> bajar los Andes-zafiros,
> a hilvanes deshilvanados,
> por los hielos derretidos.

Es el retorno del ciervo andino a la tierra, claro está. Más aún, como vemos ese retorno se produce entre la niebla de la montaña, confundiéndose el cuerpo del animal con la escasa densidad de esa niebla, con la consistencia de su inconsistencia. El huemul vuelve desde una muerte que no se ha consumado por completo, desde una zona que se halla todavía cercana a la vida y que puede asimilarse al "plano astral" de los espiritistas y teósofos. Vuelve además como una masa corpórea, que es menos densa que la humana pero que todavía resulta perceptible a través de los sentidos. Su condición es, en fin, la de un "fantasma" y es en cuanto tal que "la Pampa" (la Gea) lo recibe de nuevo:

se abre
en miembros estremecidos,
da un alerta de ojos anchos
y echa un oscuro vagido

El cuarto tiempo parte con la preparación del (re)encuentro entre el ciervo y la hablante. Esta, desde una distancia que es y no es la de su muerte, ya que pudiera tratarse sólo de una "práctica" contemplativa, le asegura que

Todavía puedo verte,
mi ganado y mi perdido,
cuando lo recobro todo
y entre fantasmas me abrigo

La hablante se halla pues muy lejos del ciervo, pero, desde esa lejanía y en ciertos momentos privilegiados, que son momentos de sobrehumana lucidez, cuando "entre fantasmas me abrigo"[40], logra verlo, a él, al huemul, el que, como la raíz indígena de Chile, como Chile, como todo lo bueno de Chile, y como ella misma (recuérdese el último verso de "Salto del Laja") existe en un estatuto al que define la contradicción sólo a primera vista indisoluble entre lo "ganado" y lo "perdido". En rigor, se trata más bien de una paradoja según la cual lo perdido de una cierta manera es ganado de otra. En tales circunstancias, el verso setenta y tres pone a la mujer en movimiento. Atraviesa la noche y el mar y llega hasta "los trigos", los que ya saben de su "calofrío". Ve a la Pampa "desde lejos", "rastrea", "huele" y "sigue" su sangre. En la última etapa, esta vez "tanteando en los pajonales" y "sorteando esteros subidos", da "con unos tactos tibios":

Bien que sabes, bien que llegas,
como el grito respondido,
y me rebosas los brazos
de pelambres y latidos...

Me echas tu aliento azorado
en dos tiempos blanquecinos.
Con tus cascos traveseo;
cuello y orejas te atizo...

Patria y nombre te devuelvo,
para fundirte el olvido,
antes de hacerte dormir
con tu sueño y con el mío.

La Pampa va abriendo labios
oscuros y apercibidos,
y, con insomnio de amor,
habla a punzadas y a silbos.

Echada está como un dios,
prieta de engendros distintos,
y se hace a la medianoche
densa y dura de sentido.

Pesadamente voltea
el bulto y da un gran respiro.
El respiro le sorbemos
mujer y bestia contritos...

He sido minucioso en esta última cita, acaso un poco más de lo que aconsejaba la prudencia, pero no creo que deba disculparme. "Cuatro tiempos del huemul" es un bellísimo poema y es también el más importante entre los documentos de los que podemos echar mano para reconstruir el largo y difícil proceso de reapropiación de Chile que Gabriela Mistral lleva a cabo en su lírica madura. Como hemos visto, los lineamientos fundamentales de ese proceso se van definiendo de modo paulatino desde los últimos años de la década del treinta hasta mediados de la del cuarenta cuando ya es posible dar la operación por concluida. Esencial en el curso de su desarrollo es la imaginería entre teosófica (o espiritista) y folklórico-campesina, la que a la poeta le sirve para elaborar la doble intuición de que *su retorno a Chile es necesario pero imposible para ella como la que es.* El reencuentro entre Gabriela Mistral y la tierra del origen ocurrirá sin duda, pero sólo cuando una y otra hayan dejado de ser.

¿Quién es ahora el huemul de este relato poético? Santiago Daydí-Tolson no duda ni un segundo: "'Cuatro tiempos del huemul' es un poema directamente relacionado con dicha muerte [la muerte de Yin Yin]. El ciervo representa al muchacho muerto, y todas las imágenes en el poema se refieren al reencuentro de los dos una vez que la escritora también haya muerto. Esta situación imaginaria está totalmente de acuerdo con la actitud que desarrolla Mistral en los cuadernos escritos inmediatamente después del suicidio del sobrino. El poema lleva a términos alegóricos una realidad ya presentida por la poeta al tener conciencia de la presencia de Yin Yin junto a ella en más de una ocasión. Con gran sentido del decoro, escribe en 'Cuatro tiempos del huemul' un poema sobre su dolor privado como si se tratara del dolor —también auténtico y suyo, pero además de todos— causado por la extinción del animal andino"[41].

Por mi lado, replicaré que sí, que es muy probable

que el huemul sea *también* Yin Yin, y que es igualmente probable que Gabriela Mistral esté en este poema anticipando su propia muerte, pero que cerrar la significación de "Cuatro tiempos del huemul" de esta manera, haciéndola depender de ese único candado semántico, equivale a encerrarse, como otras veces, como tantas veces en los análisis de la poesía mistraliana, en el plano rudimentariamente biográfico. Los versos noventa y siete, noventa y ocho y noventa y nueve, en la estrofa octava de la cuarta parte, en el centro mismo de la escena del reencuentro, sugieren por ejemplo una lectura que, sin negar la que ha hecho Daydí-Tolson, va un poco más lejos. En ellos Mistral "devuelve" su "Patria" y su "nombre" al huemul y lo hace con un fin preciso: "Para fundirte el olvido, / antes de hacerte dormir". La imagen es, y cómo no, la de las canciones de cuna, la de la madre que con el fin de hacer que el niño olvide la inquietud del día y se duerma (obsérvese el trueque de "fundir" por "infundir") le ofrece el doble regalo de por una parte su cuerpo, esto es, su regazo y su pecho, y por otra su voz, que es el regalo del canto. Es decir que el huemul obtiene en este poema lo mismo que la guagua obtiene en la canción de cuna: seguridad y palabra, pertenencia y lenguaje, "Patria" y "nombre". Al cabo de esa operación protectora, el animalito, ya cierto de sí, podrá "olvidar" y "dormir". Pero, ¿no es esto justamente lo que Gabriela Mistral anhela para sí? ¿No es esta hablante un "doble" (en el sentido psicoanalítico y espiritista del término) de la hablante de "El fantasma" y no es la diferencia entre el regreso de "El fantasma" y el de "Cuatro tiempo del huemul" el que va de un movimiento con un objetivo todavía difuso, aunque a la expectativa de un algo que comienza en un "eso" y concluye en un "él", a un movimiento con un objetivo preciso, "aparición materializada", fantasma que saldrá, que sale en efecto, a recibirla al clamor de su grito? Pienso yo que no hay gran diferencia entre los versos treinta y nueve a cuarenta y uno de "El fantasma", que no obstante lo que ha dicho algún crítico es un poema que fue escrito antes de la muerte de Yin Yin, y estos versos de "Cuatro tiempos del huemul". El "eso" o el "él" de allá es el "huemul" de acá, metáforas ambas de lo que aguarda a Mistral en la penúltima estación de su último viaje, un "lo" masculino que está afuera de ella, pero también adentro de ella; que es una ausencia y una presencia; que es la mujer que fue y la que pudo ser, y el país que fue y el que pudo ser, o el que, sin duda que con una enorme dosis de buena voluntad, podría, a lo mejor, alguna vez, llegar a ser.

Notas

1. Jaime Concha. *Gabriela Mistral,* 23.

2. Volodia Teitelboim. *Neruda.* Madrid. Michay, 1984, p. 196.

3. *Cartas de amor...,* 194.

4. Pedro Nolasco Cruz. [de un artículo en la] *Revista Católica,* 557 (1924), 610 *et sqq.* Citado por Raúl Silva Castro. *Estudios sobre Gabriela Mistral.* Santiago de Chile. Zig-Zag, 1935, p. 22.

5. *Ibid.,* XV, 14, 16, 25-26 y 24 respectivamente.

6. *Gabriela Mistral's Religious Sensibility,* 4.

7. La historia es de nunca acabar, desde la (se dice: Laura Rodig, Matilde Ladrón de Guevara, Volodia Teitelboim) violación a los siete años hasta lo que Jaime Concha califica de "una infame *tournée*" que el gobierno de Ibáñez le organizó a lo largo del país en 1954. *Gabriela Mistral,* 24.

8. "... *Poema de Chile* es un proyecto de lenta y larga composición al que la autora pareciera no haber querido darle fin, como si lo hubiese proyectado para la publicación póstuma". Santiago Daydí-Tolson. *El último viaje de Gabriela Mistral.* Santiago de Chile. Aconcagua, 1989, p. 14.

9. *Ibid.*, 12.

10. Para evitar posibles confusiones, advierto que en lo sucesivo el título del libro publicado irá en cursiva y las menciones al proyecto entre comillas. Curiosamente, la edición popular de *Poemas de Chile*, publicada también en 1967, apareció con el título en singular. A mí me resulta más útil mantener la diferencia, sin embargo.

11. La primera se puede consultar en Gabriela Mistral. *Lecturas para mujeres*, 95-97; también en *Gabriela anda por el mundo*, ed. Roque Esteban Scarpa. Santiago de Chile. Andrés Bello, 1978, pp. 303-305; la segunda, en *Ibid.*, 359-367; también en Gabriela Mistral. *Poesía y prosa*, 354-361; la tercera en Gabriela Mistral. *Recados contando a Chile*, ed. Alfonso M. Escudero, O. S. A. Santiago de Chile. Editorial del Pacífico, 1957, 120-133; también en *Gabriela anda por el mundo*, 337-351; la cuarta en *Recados contando a Chile*, 179-182, y en *Gabriela piensa en...*, 149-151; la quinta en *Recados contando a Chile*, 186-196 y en *Gabriela anda por el mundo*, 377-388; y la sexta en *Recados contando a Chile*, 224-227, y en *Gabriela Mistral en el* Repertorio Americano, ed. Mario Céspedes. San José. Editorial de la Universidad de Costa Rica, 1978, pp. 285-290.

12. No del todo capitalizable por el Partido Demócrata Cristiano, aunque haya sido amiga de algunos de sus líderes, colaborado con ellos y dicho textualmente que se sentía "muy ligada a esa buena gente". Matilde Ladrón de Guevara. *Gabriela Mistral...*, 187. En un compendio mistraliano de varia lección, arreglado a manera de "entrevista póstuma", Alfonso Calderón incluye otras frases de Gabriela en este sentido: "... soy creyente. Lo que no quiere decir que sea derechista. Soy una especie de izquierdista tradicional. ¿Me entiende? Creo que la propiedad, por ejemplo, debe ser subdividida. Pero una revolución social debe inspirarse, entre nosotros, en ideales indoamericanistas [...] Soy socialista, un socialismo particular, es cierto, que consiste exclusivamente en ganar lo que se come y en sentirse prójimo de los explotados". "Entrevista póstuma a Gabriela Mistral" en *Antología poética de Gabriela Mistral*, ed. Alfonso Calderón. Santiago de Chile. Universitaria, 1974, p. 14. Otros dos trabajos que se ocupan de este problema con profundidad son: Fernando Alegría: "Aspectos ideológicos de los recados de Gabriela Mistral" en *Gabriela Mistral*, eds. Mirella Servodidio y Marcelo Coddou. Xalapa. Centro de Investigaciones Lingüístico-Literarias. Instituto de Investigaciones Humanísticas. Universidad Veracruzana, 1980, pp. 70-79; y Gabriela Mora. "La prosa política de Gabriela Mistral". *Escritura*, 31-32 (1991), 193-203. Un conjunto de textos pertinentes, aunque todavía insatisfactorio (muchos de esos

textos han sido recortados y no se incluye, por ejemplo, buena parte del material que Mora utiliza), se hallará en Gabriela Mistral. *Escritos políticos,* ed. Jaime Quezada. Santiago de Chile. Fondo de Cultura Económica, 1994. Como quiera que sea, no hay que olvidar que el credo político de Gabriela es muy anterior a las efusiones político-religiosas de los años cincuenta y sesenta en Chile; en sus rasgos principales, se encuentra ya configurado en su artículo "Cristianismo con sentido social", publicado en dos números en *La Nueva Democracia,* 6 y 7 (1924), 3-4 y 31 y 3-4 y 31 respectivamente; más tarde en *Atenea,* 9 (1925), 472-477. Importante, asimismo, en cuanto a esto, es el ensayo "Ruralidad chilena" (1933), que reproduce el padre Escudero en *Recados contando a Chile,* 112-117. Para sus evoluciones posteriores, consúltense los textos y artículos que se indican más arriba.

13. *Recados contando a Chile,* 250-251. *Gabriela piensa en...,* 17-20.

14. *Recados contando a Chile.,* 256-262.

15. En *Gabriela Mistral en el* Repertorio, 265-270.

16. Mario Bahamonde, que sigue los pasos de Gabriela durante su período nortino, aunque a él no le guste, acaba estando de acuerdo conmigo en lo que dice relación con la falta de simpatía de la poeta por el Norte Grande: "Aparentemente el paisaje la asfixió. Fue demasiado aplastante el desierto". *Gabriela Mistral en Antofagasta...,* p. 65.

17. Cierto, deben considerarse, además, los textos que en *Poemas de Chile* dedica a Concepción, Talcahuano y Chillán, sobre todo a Chillán. Pero el que a Gabriela Mistral no le agradaban las ciudades, y Santiago aún menos que otras, es un hecho que testimonian escritos suyos numerosos y respecto del cual la crítica se manifiesta con cierta unanimidad. Fuera de Santiago, dos ciudades chilenas que detestaba eran Vicuña y Temuco. De Punta Arenas tenía un buen recuerdo.

18. En esta oportunidad, ya que la opción por la "pequeñez" no es ni puede ser en ella consistente. Basta pensar en la sexta de sus "Notas", de *Tala,* a propósito de los "himnos americanos": "Después de la trompa épica, más elefantina que metálica de nuestros románticos, que recogieron la gesticulación de los Quintana y los Gallegos, vino en nuestra generación una repugnancia exagerada hacia el himno largo y ancho, hacia el tono mayor. Llegaron las flautas y los carrizos, ya no sólo de maíz, sino de arroz y cebada... El tono menor fue el bien venido, y dejó sus primores, entre los que se cuentan nuestras canciones más

íntimas y acaso las más puras. Pero ya vamos tocando al fondo mísero de la joyería y de la creación en acónitos. Suele echarse de menos, cuando se mira a los monumentos indígenas o la Cordillera, una voz entera que tenga el valor de allegarse a esos materiales formidables". *Poesías completas,* 805.

19. "... La poesía es en mí, sencillamente, un rezago, un sedimento de la infancia sumergida. Aunque resulte amarga y dura, la poesía que hago me lava de los polvos del mundo y hasta de no sé qué vileza esencial parecida a lo que llamamos el pecado original, que llevo conmigo y que llevo con aflicción. Tal vez el pecado original no sea sino nuestra caída en la expresión racional y antirrítmica a la cual bajó el género humano y que más nos duele a las mujeres por el gozo que perdimos en la gracia de una lengua de intuición y de música que iba a ser la lengua del género humano". "Entrevista póstuma...", 20.

20. En los dos volúmenes de *La desterrada en su patria (Gabriela Mistral en Magallanes: 1818-1920).*

21. Hasta el "Tratado de la Antártida", suscrito en diciembre de 1959 por una docena de países y que desmilitarizó el continente, preservándolo para la investigación científica, el territorio antártico fue objeto de toda clase de alegatos de "soberanía". A fines de los años cuarenta y comienzos de los cincuenta, la presión se agudizó a causa de la instalación en esa zona de bases militares, de modo que el Tratado del 59 responde al deseo contener un desborde caótico y además peligroso. Puntualmente, hasta donde nosotros hemos podido averiguarlo, en 1948 Mistral reacciona contra una iniciativa de Estados Unidos, que se pone en marcha en agosto de ese mismo año, para constituir un grupo de ocho naciones con la facultad de decidir en los casos de disputas sobre derechos territoriales. El gobierno chileno de Gabriel González Videla se da cuenta de que esta es una maniobra de los países grandes, que ella equivale a una internacionalización del continente antártico en beneficio de esos mismos países y que Chile no va a salir de todo eso muy bien parado. Por lo tanto, la rechaza. Gabriela Mistral, a quien González Videla no le gustaba nada, apoya, sin embargo, esta política suya, que le parece, y que era en efecto, la más justa.

22. *Gabriela Mistral,* 100-102.

23. En *Poemas de Chile,* en el hermosísimo fragmento sobre la "Niebla" del extremo sur del país, Gabriela habla sobre "el viejo", un

habitante de esa región, que "está contando / el largo relato añejo, / de las cosas masticadas / por el mar de duros belfos / y está diciendo a la Antártida / que habemos y que nos habemos ...". La estrofa se corta ahí, pero queda clara en ese último verso la preocupación de la poeta por el destino de esa parte de nuestro territorio. *Poemas de Chile,* 232.

24. Los elementos que constituirían esta metapoética mistraliana han sido objeto de las investigaciones de Ana María Cuneo. Dos trabajos suyos recientes al respecto son "La poética mistraliana" en *Gabriela Mistral. Nuevas visiones,* 51-59, y "La oralidad como primer elemento de formación de la Poética Mistraliana". *Revista Chilena de Literatura,* 41 (1993), 5-13.

25. Silva Castro, y más recientemente von dem Bussche, Scarpa y Bahamonde, entre otros, exhuman muchos de estos poemas, algunos valiosos y otros olvidados no sin cierta razón.

26. Gastón von dem Bussche habla, por ejemplo, y a mi juicio acertadamente, de "las tres grandes crisis religiosas de su vida, originadas en las tres Grandes Muertes que signan su vida y su obra: la de Romelio Ureta; la de su madre, en 1929, que la sorprendió en Europa y de la cual Gabriela nunca se perdonó a sí misma; y, la peor de todas, la muerte brutal de su hijo adoptivo, su pobre Juan Miguel Godoy Mendoza". "De las tinieblas...", 67.

27. Ver nota 12. Cedomil Goić precisa este objetivo más aún, cuando señala en su importante artículo que "El poema es un himno", que su lenguaje apostrófico contiene "una ferviente apelación a un tú sagrado" y que "la alabanza de lo sagrado constituye una forma ritual". "Himnos americanos y extravío: 'Cordillera' de Gabriela Mistral" en *Gabriela Mistral,* eds. Mirella Servodidio y Marcelo Coddou, 140-141.

28. Según Goić, "un hablante colectivo, un coro indio americano". *Ibid.*

29. *Ibid.* También, más adelante, en 146.

30. La explicación de este asunto no queda del todo clara en un artículo de Lidia Neghme Echeverría: "Lo curioso es que el 'poema' comienza de manera armónica, haciendo contrastes, como si se tratara de un texto simbolista [...] En 'El fantasma' el elemento cultural deba-

tido por el texto es la definición, o explicación del modo de ser de la hablante. Se evocan 'escenarios' antitéticos para instigar el celo con que el lector deberá elucidar la identidad y la entereza con que esta mujer llega, anhelando que la conozca 'aquella puerta'. La llegada sorpresiva, después de estar mucho tiempo distante de la tierra en que nació, connota a esta yo como un fantasma en sentido tradicional". "'El fantasma' y la temática fantasmagórica en una de las 'Historias de loca'. *Revista Chilena de Literatura,* 44 (1994), 133-134.

31. *Vid.* : por ejemplo, el apartado "Las ánimas del Purgatorio" en Julio Vicuña Cifuentes. *Mitos y supersticiones. Estudios del folklore chileno recogidos en la tradición oral.* 3ª ed. Santiago de Chile. Nascimento, 1947, pp. 205-208. Por su cercanía con el imaginario mistraliano, creo útil citar aquí el acápite 256: "Las ánimas se aparecen, de preferencia, envueltas en cendales blancos, vaporosos, impalpables. No hablan, pero cargan a los vivos durante el sueño y los sofocan con sus fétidos alientos. Siempre que esto hacen, es para recordarles el pago de una deuda o el cumplimiento de una promesa, relacionadas las más de las veces con las penas que ellas están sufriendo en el purgatorio. Satisfecho lo que reclaman, no vuelven a aparecerse".

32. "... Bajo la apariencia de una fe 'católica', permanecen creencias, mitos, leyendas y rituales de las religiones precristianas. Los indios y negros, forzados a abandonar su religión anterior conservaban, sin embargo, en una suerte de resistencia simbólica, algunas de las creencias que les eran más vitales o significativas en su vida. En el 'catolicismo popular' tradicional, la vida sacramental es decisiva (bautismo, comunión, matrimonio, bendiciones, etc.), pero permanecen elementos como las creencias en poderes mágicos, el sentido de la fiesta popular, el gusto por el colorido, lo vistoso y lo ruidoso en los bailes y celebraciones, el énfasis en el cumplimiento de las formalidades del ritual, la creencia en los intermediarios como los santos y ánimas, el miedo al diablo y los espíritus malignos, el recurso a los hechiceros, etc.". Cristián Parker. *Otra lógica en América Latina. Religión popular y modernización capitalista.* Santiago de Chile. Fondo de Cultura Económica, 1993, p. 212.

33. *Vid.* : "Larva" en H. P. Blavatsky. *The Theosophical Glossary,* 187. De más está insistir en que Mistral conoce, y muy bien, las connotaciones ocultistas del término.

34. *Gabriela Mistral's Religious Sensibility,* 8.

35. *El último viaje...*, 81 y 92. La ficha de publicación: "Gabriela Mistral en la Unión Panamericana". *Boletín de la Unión Panamericana*, 4 (1939), 201-209.

36. Una metonimia de esto mismo se observa en el fragmento "Selva austral" de *Poemas de Chile*, cuando confiesa: "Yo me fui sin entenderte / y tal vez por eso vuelvo", 223.

37. "'Cuatro tiempos del huemul' puede fecharse por su publicación en el diario *La Nación* de Buenos Aires el 8 de noviembre de 1945". *El último viaje...*, 79-80.

38. Buena conocedora de los manuscritos mistralianos, Ana María Cuneo desaprueba el criterio con que se preparó la edición de 1967: "Respecto del *Poema de Chile*, el criterio con que fuera publicado en 1967 por Doris Dana me parece discutible. Se eligieron palabras entre otras posibles, se unieron versos de estrofas incompletas, según explica la señorita Dana en el prólogo del libro. Esto me lleva a afirmar la necesidad de una futura edición crítica anotada de este libro". "La poética...", 52.

39. Gabriela Mistral. *Recados contando a Chile*, 16. Pienso que hubiese estado feliz de conocer su error, según informaciones actuales.

40. "... Mientras fui criatura estable de mi raza y mi país, escribí lo que veía o tenía muy inmediato, sobre la carne caliente del asunto. Desde que soy criatura vagabunda, desterrada voluntaria, parece que no escribo sino en medio de un vaho de fantasmas. La tierra de América y la gente mía, viva o muerta, se me ha vuelto un cortejo melancólico, pero muy fiel, que más que envolverme, me forra y me oprime y rara vez me deja ver el paisaje y la gente extranjeros". "Entrevista póstuma...", 19.

41. *El último viaje...*, 80-81.

CAPÍTULO VII

... yo, / que lo dejé, siempre vuelvo
Valle de Chile

Opino yo que al "Poema de Chile" vamos a tener que buscarle compañía primero, si bien no exclusivamente, en la literatura latinoamericana del regionalismo. Aunque Santiago Daydí-Tolson afirme que este proyecto mistraliano "fue concebido probablemente a comienzos de la década del cuarenta"[1], las investigaciones hechas por María Soledad Falabella en los manuscritos de la Biblioteca del Congreso estadounidense demuestran que a Mistral la había estado rondando la idea de escribir un poema sobre su tierra natal desde mucho tiempo antes. En su tesis de licenciatura para la Universidad de Chile, Falabella observa que "En los manuscritos aparecen poemas de este libro que datan del año '23" y extrae del cuaderno 146 el primero de ellos, "Recado sobre un viaje, Poema de Chile", reproduciéndolo y diciendo que "Se trata de un texto en verso que da cuenta del vagar de su alma (sola) por Chile"[2]. Dejando de lado otros antecedentes no menos valiosos que ella misma aduce, no deja de ser interesante que también en ese año Mistral haya escrito otro poema de intención nacionalista, al que tituló "Tacna", con el que "Poema de Chile" debía comenzar y cuyo nombre cambió después a "Arica". Comenta Falabella: "En los años veinte hubo una fuerte campaña para 'chilenizar' Tacna. Esta ciudad dejó de ser chilena en 1925. De esto se puede deducir que el poema debió ser escrito *antes* de 1925"[3].

Con todo, aun cuando tales textos existan y sean de tan temprana data, según nos asegura esta investigadora (también ella reconoce que el desorden de los manuscritos hace que "toda propuesta en cuanto a génesis cronológica sea tentativa ya que no existen indicios objetivos que permitan definir claramente si un poema es anterior, contemporáneo o posterior a otro"[4]), yo creo que no es lo mismo establecer la existencia y la temprana composición de los mismos, por muy meritorio que sea ese trabajo, que fechar el momento en que el "Poema de Chile" empieza a ser el "Poema de Chile", estableciendo cuando el proyecto alcanza en el imaginario mistraliano una significación y una estructura ya plenamente definidas y lo que evidentemente tiene que ver con el proceso del reencuentro de la poeta con el país que abandonara en 1922. Mirado el problema desde este punto de vista, es cuerdo conjeturar que la culminación de uno y otro de estos dos procesos ha tenido lugar hacia fines de la década del treinta. De esos años o, para ser más exacto, del período que sucede a la segunda visita de Mistral a Chile, en mayo de 1938, y la que coincide con la proclamación de su protector y amigo Pedro Aguirre Cerda como candidato a la presidencia de la República, son, según se indicó en el capítulo anterior, los poemas que ella dedica al "Volcán Osorno" y al "Salto del Laja", ambos incluidos en la tercera edición de *Tala,* la de 1958, y poemas ésos que, aunque no se recogieron después en la obra póstuma, podrían integrarla. Sin que sepamos nosotros a ciencia cierta la fecha en que cada uno de ellos fue compuesto[5], aparecieron igualmente en esa tercera edición de *Tala* "Cuatro tiempos del huemul", "Selva Austral" y "Bío-Bío", los dos últimos trasladados más tarde al libro de 1967 (¿fue el no traslado de "Cuatro tiempos del huemul" una pura decisión métrica? Pero, aun si esa fue la razón, el metro de "Cuatro tiempos del huemul" es *también* el octosílabo, aunque la disposición estrófica sea en cuartetos y no en la tirada del romance que es la característica del "Poema...". Misterio profundo, uno más entre los muchos creados por los editores de Mistral). Por último, abren camino hacia el "Poema de Chile" los dos textos más antiguos que nosotros comentamos en el Capítulo VI de este libro, "El fantasma" y "Cordillera". Y otra cosa: de 1939 es la conferencia de Mistral que continúa su "Breve descripción" de Chile, de 1934, y que con aquel ensayo forma el retrato más ambicioso que ella produjo en prosa sobre nuestro país[6].

Pero no era eso lo que me interesaba comentar en estas consideraciones preliminares, sino que aquéllos son los años que en la literatura continental hegemonizan las que Marinello llamó "novelas ejemplares de América"[7], desde *Los de abajo* (1916), pasando por *La Vorágine* (1924), *Don Segundo Sombra* (1926) y *Doña Bárbara* (1929), hasta desembocar en el compromiso indigenista que pondrán de manifiesto obras tales como *Huasipungo* (1934), del ecuatoriano Jorge Icaza, y *El mundo es ancho y ajeno* (1941), del peruano Ciro Alegría. Además, y esta vez en Chile, de esa época son algunos de los mejores libros de Mariano Latorre, cuyo criollismo no es otra cosa que la faz doméstica del regionalismo, quien empieza su carrera literaria con *Cuentos del Maule* (1912), la prosigue con *Cuna de cóndores* (1918) y *Zurzulita* (1920), y consolida su prestigio con posterioridad a la segunda guerra mundial con la antología de relatos *Chile, país de rincones* (1947). También Benjamín Subercaseaux participa en esta competencia de ensalzamiento patriótico, cuando en 1941 da a conocer su popular *Chile o una loca geografía,* un libro que Mistral leyó y sobre el que hizo una reseña brillante publicada en las páginas de *La Nación* de Buenos Aires[8]. Por fin, según nos enseña Hernán Loyola, quien no le descuida pisada a Neruda, en 1939 éste habría puesto en marcha la composición del *Canto General* y, lo que es aún más sugestivo, la habría puesto en marcha con por lo menos uno de los textos del "Canto general de Chile", "Himno y regreso", que está fechado en ese año"[9]. No obstante las diferencias, no es necesario hacer grandes esfuerzos para probar el parentesco entre el proyecto poético de Neruda y el de Mistral.

No se trata de un contagio directo, sin embargo. Los años veinte, treinta y hasta fines de los cuarenta se caracterizan en América Latina por el pujante espíritu nacionalista —aquel "nacionalismo terrícola" del que habla la poeta en su reseña de *Chile o una loca geografía*—, que un tanto contradictoriamente, a la vez informa al mundo sobre la plétora y excelencia de nuestros recursos naturales, apuesta cuanto tiene a las posibilidades de éxito de un capitalismo autárquico, con participación del Estado en el manejo del aparato productivo y financiero del país de que se trate (el México de Cárdenas, el Chile de Aguirre Cerda, el Brasil de Vargas y la Argentina de Perón ofrecen buenos ejemplos en este sentido), y en el que mágicamente acabarían por converger los intereses de la empresa privada con las demandas de justicia social. La clave técnica de dicho modelo es la industrialización y las respuestas ideológicas al mismo fluctúan entre el respaldo sin restricciones que le brindan las capas medias y el sector moderno de la oligarquía, un apoyo más bien suspicaz de parte del proletariado y el rechazo a veces furibundo y en otras solamente melancólico que se alcanza a percibir entre los dueños de la tierra. Una novela como *Don Segundo Sombra*, por ejemplo, representa bien la postura de la oligarquía estanciera argentina de los años veinte y treinta, en la medida en que su retrato del gaucho es menos la defensa de aquella legendaria "cifra del Sur", como escribió Borges en 1953 —y que es una cifra que de hecho había desaparecido de la circulación pampina durante las últimas décadas del siglo XIX—, que la apologética de un modo de vida al que esa oligarquía siente amenazado por el advenimiento de una nueva perspectiva para encarar y resolver los problemas nacionales. *Doña Bárbara,* en cambio, con su menosprecio de aldea y alabanza de corte o, en otras palabras, con su propaganda sin tapujos de la función civilizadora de la metrópoli industriosa y culta *vis-à-vis* el campo palurdo e indócil, nos suministra la punta clasemediera del mismo espectro.

He ahí pues el espacio ideológico y estético *amplio* en el que Gabriela Mistral instala su "Poema de Chile". Quien lo concibe y empieza a escribir es una mujer que ha abandonado el territorio de su nacimiento dieciséis años antes, que en el interín ha vuelto a él sólo dos veces, pero que, a despecho de las remotas latitudes en las que ha optado por establecer residencia, se mantiene obsesivamente al tanto acerca de todo lo que acontece en el ambiente político y literario que por su propia voluntad dejara atrás. Jaime Quezada nos recuerda "las preocupaciones que siempre, en todo momento y lugar, tuvo nuestra autora por las cuestiones inmediatas y quemantes de su Chile natal"[10]. Nosotros creemos que esta metáfora ígnea de Jaime Quezada tiene muchas más aplicaciones de las que él le quiso dar. Mistral se aleja de Chile, pero Chile seguirá escociendo en su conciencia como si sobre ella hubiese impreso una marca de fuego. Conviene precisar por ende en qué consiste el país que Mistral preserva en su memoria, cuáles son los elementos de esa tierra lejana que ella escoge destacar en su "Poema..." y cuáles los que prefiere disminuir o ignorar. Claramente, hay en esto una política de inclusiones y exclusiones. De las últimas, algunas eran previsibles, como las ciudades. Escribe en "Flores" (89-103), el más largo fragmento del volumen:

—Claro, tuviste el antojo
de volver así, en fantasma
para que no te siguiesen

las gentes alborotadas,
pasas, pasas las ciudades,
corriendo como azorada,
y cuando tienes diez cerros,
paras, ríes, dices, cantas.

En efecto, Chillán, Valparaíso, Talcahuano y Concepción son las únicas ciudades chilenas que merecen el nombre de tales a las que Mistral adjudica un lugar en el "Poema de Chile". Radicaliza de este modo la política de exclusiones que adoptara en 1934, en su "Breve descripción de Chile", donde había pasado prácticamente de largo por las ciudades del valle central, dispensándoles un ademán aprobatorio nada más que a dos de ellas, a Concepción y a Talcahuano. En el "Poema de Chile", en los bocetos que traza de las cuatro ciudades que se sustrajeron a su condena, lo que acentúa es la vejez y rusticidad de Chillán, que en el fragmento que le toca será la tierra del joven Bernardo Riquelme y su madre, además de un refugio de "amasanderas", "curtidores y "alfareros"[11], o en los casos de Valparaíso y Talcahuano su condición de puertos de "aventura", o en el de Concepción el que ésta es "ciudad ancha y señora" que "no trasciende a filisteo" (adjetivo este último que por cierto explica la tachadura de Santiago, donde por los demás las santiaguinas "me ven escandalizadas / y gritan —'¡Válgame Dios!' / o me echan perros de caza", como acusa en "Jardines", 87). Pero hay algo más. Estamos aquí ante un poema acerca de Chile que no sólo excluye las ciudades chilenas programáticamente. También excluye programática- mente las casas chilenas. Cito "Jardines" de nuevo:

—Mama, tienes la porfía
de esquivar todas las casas
y de entrarte por las huertas
a hurgar como una hortelana.

O en "Flores":

Acuérdate, me crié
con más cerros y montañas
que con rosas y claveles
y sus luces y sus sombras
aún me caen a la cara.
Los cerros cuentan historias
y las casas poco o nada.

Y es un poema que hasta excluye a una fracción mayoritaria de los habitantes de Chile, lo que yo no soy el único ni el primero en percibir[12]. Con la excepción de los tres personajes principales y de la masa anónima de los campesinos, incluidos entre éstos los del "valle de Chile", a quienes la poeta llama "mi gente" y a quienes les aplaude los "ademanes" y los "gestos" ("Flores"), sin olvidarse del nada desdeñable detalle de que "A unos enseñé a leer, / otros son mis ahijados / y todos por estos pastos / vivimos como hermanados" ("Jardines"), la población chilena escasea, y escasea bastante, en los versos que ahora me dispongo a comentar. En comparación con el *Canto General* de Neruda, y aun con el "Canto general de Chile", que contiene poemas específicos y sobre individualidades específicas (Tomás Lago, Rubén Azócar, Juvencio Valle y Diego Muñoz), en el poema de Mistral los seres humanos concretos brillan por su ausencia. Por supuesto, esa ausencia es explicable desde los patrones de una tradición literaria que se remonta a los *Tableaux de la nature* del barón Alexander von Humboldt (1808) y que es una tradición que cada cierto tiempo "reinventa" el continente sólo en términos de su flora y su fauna[13], pero yo por lo menos estoy convencido de que en el "Poema de Chile" el fenómeno tiene raíces que son más complejas. Mistral, que tantos y tan minuciosos retratos nos dejó de personajes chilenos ilustres, en el "Poema..."

se abstiene por completo de incurrir en esa práctica. Cito ahora dos estrofas de "¿A dónde es que tú me llevas?" (179-180), en las cuales de una manera indirecta admite esa falta:

—¿A dónde es que tú me llevas
que nunca arribas ni paras?
O es, di, que nunca tendremos
eso que llaman 'la casa'
donde yo duerma sin miedo
de viento, rayo y nevadas.
Si tú no quieres entrar
en hogares ni en posadas
¿cuándo es que voy a dormir
sin miedo de las iguanas
y cuándo voy a tener
cosa parecida a casa?
Parece, Mama, que tú
eres la misma venteada...

—Si no me quieres seguir
¿por qué no dijiste nada?
Yo te he querido dejar
en potrerada o en casa
y apenas entras por éstas
te devuelves y me alcanzas
y tienes miedo a las gentes
que te dicen bufonadas
y en las ciudades te azoran
los rostros y las campanas.

Es decir que, puesto ante la oposición antropológica entre naturaleza y cultura, el "Poema de Chile" pareciera escoger la primera y prescindir de la segunda. Esta sería así una Gabriela Mistral que retorna al país de su nacimiento en calidad de fantasma para reencontrarse con la flora y la fauna, *y nada más*. Es lo que en "Copihues" (199-202) parece creer también su joven acompañante:

—¡Ay, mama! Será que es cierto
lo que de ti me dijeron.
Yo no lo quise creer
¡y era cierto, y era cierto!

¿Qué? Dilo, dilo, cuenta.

—Que tú eres mujer pagana,
que haces unos locos versos
donde no mientas, dijeron,
sino a la mar y a los cerros.

Pero los informantes del chico exageran. Es cierto que Gabriela Mistral canta aquella parte de la naturaleza chilena cuya grandeza la ha protegido o la había protegido hasta los años cuarenta y cincuenta de la imprudencia devastadora del hombre chileno. Los fragmentos que ella reserva para el Norte Grande ("tierras blancas de sed", en el fragmento del mismo título, 13-16), el Mar Pacífico (el "gran aventurero", en "El mar", 63-65), el "Monte Aconcagua" ("Yo veo, yo veo / mi Padre Aconcagua", 79-81), la "Luz de Chile" ("travesea / a donaire y devaneo", 107-108), la "Noche andina" ("de estrellas acribillada", 163-165), el río "Bío-Bío" ("Me he de tender a beberlo / hasta que corra en mis tuétanos", 187-190), los "Helechos" ("suben, suben silenciosos", 203-204), el "Volcán de Villarrica" ("Cuentan, mama, que es persona / y es brujo y manda de lo alto", 207-211), las "Araucarias" ("cada leñador que cruza / quiere tumbar la parvada", 213-214), el Lago Llanquihue ("Señor del Agua", en "Cisnes [en el Lago Llanquihue]", 217-220), la "Selva Austral" ("Huele el ulmo, huele el pino / y el humus huele tan denso / como fue el segundo día / cuando el soplo y el fermento", 221-

225), la "Patagonia" ("Yo me la viví", 235-236) y las "Islas australes" ("tiradas a la mar libre", 241) son memorables sin duda, aun cuando en el dibujo del Norte Grande acoplándole a la precisión de la línea una connotación negativa que coincide con las opiniones que en cuanto a este mismo asunto ella vertiera en otras estaciones ya estudiadas de su obra. En particular, la Cordillera de los Andes, y algo se dijo al respecto en el capítulo que precede, es el blanco de su infatigable entusiasmo. Descontando las alusiones que se registran en contextos de variada intención, dos fragmentos que se ocupan de ella exclusivamente son "Montañas mías" (37) y "La Cordillera" (123-127). Cito el primero completo, aprovechando su brevedad:

En montañas me crié
con tres docenas alzadas.
Parece que nunca, nunca,
aunque me escuche la marcha,
las perdí, ni cuando es día
ni cuando es noche estrellada,
y aunque me vea en las fuentes
la cabellera nevada,
las dejé ni me dejaron
como a hija trascordada.

Y aunque me digan el mote
de ausente y de renegada,
me las tuve y me las tengo
todavía, todavía,
y me sigue su mirada.

Con todo, una forma natural que no posee la magnificencia de las que acabo de mencionar, pero que parece satisfacerla también, es la de la huerta. En el poema con ese título (51-53):

—Chiquito, yo fui huertera.
Este amor me dio la mama.
Nos íbamos por el campo
por frutas o hierbas que sanan.
Yo le preguntaba andando
por árboles y por matas
y ella se los conocía
con virtudes y con mañas.

No sólo le interesa pues a Mistral la naturaleza en sus expresiones deshumanizadas. La huerta o, más precisamente, la pequeña propiedad que es objeto del trabajo familiar y que une al atributo de una extensión razonable la utilidad y la hermosura, constituye también para ella una forma natural sobre la que deposita su aprecio. Con su sensibilidad siempre atenta a los hilos que amarran al ser humano con la tierra, Luis Oyarzún percibió este aspecto de su trabajo: "La poesía de Gabriela Mistral, desde los primeros poemas infantiles, pero especialmente desde *Tala,* posee el inestimable mérito de ser una introducción al reino de las criaturas innominadas de nuestra América. Mas, no sería tan grande su empresa si hubiera consistido solamente en nombrarlas y describirlas, reduciéndose a una simple actitud de popular criollismo literario. La naturaleza americana brota poéticamente animada de los versos de Gabriela Mistral y, como siempre ocurre en su obra, aparece humanizada, espiritualizada, ordenada alrededor de la urgencia viva del hombre"[14]. Es que el corazón del medio chileno que Mistral recobra en su "Poema..." no es otro que el valle de Elqui, al que, como declara en el fragmento que cité previamente, flanquean "tres docenas" de cerros, con un río en la mitad y junto a él las casas lugareñas cada una provista de su huerto respectivo. "Esa geografía natal, que tiene las cosas que los hombres pueden pedir a una tierra para vivir en ella: la luz, el agua, el vino, los frutos, será su patria y para siempre", escribe Jaime Quezada en la primera página del prólogo a la edición de Ayacucho, repasando uno de los "recados". Después de lo cual sentencia, también con la ayuda de la poeta: "[ella], que se conocía una a una sus cien montañas, dejará de ser dichosa apenas sale de su valle"[15]. Este es pues el paisaje mistraliano por antonomasia. Es su *locus amoenus,* la dulce Arcadia de su pastoral criolla, a lo mejor lo único de Chile que verdaderamente amó.

Ya en el huerto, la mirada de Mistral se posa con deleite sobre las hierbas: la albahaca, el tomillo, el romero, el toronjil, la menta, la hierbabuena, la mejorana, el poleo, el trébol, la salvia, la manzanilla, la malva fina, las cuatro últimas agraciadas con fragmentos sólo suyos en esta muy selecta galería de esplendores nacionales. El olfato se le convierte en tales ocasiones en el glorioso sentido de los descubrimientos, un poco a la manera de "esos viejos naturalistas que hurgaban la tierra para dar nombre a plantas y bestezuelas, y que eran poetas tanto como sabios", según escribe Oyarzún[16]. Por otra parte, quizás también entre aquí a tallar aquel franciscanismo del que habla Daydí-Tolson en su libro sobre el "Poema...", induciéndola a querer y valorar las creaciones más humildes de Dios[17]. Franciscanismo que no tiene por qué quedarse sólo en eso, ya que, sin disminuir la autenticidad de sus sentimientos ni la catolicidad de sus inspiraciones, pudiera constituir igualmente un resabio del hinduismo panteísta derivado de sus viejas lecturas de Tagore, lo que Mistral corrobora en "La chinchilla" (33-35) y en "A veces, mama, te digo". El fragmento "Aromas" (23), en el que, cuando aún no ha dejado atrás los límites del desierto, ella anticipa la suave fragancia "que regalan / salvia, tomillo y romero" y la que "no anda en jardines, / porque ha escogido los huertos", establece con nitidez la conexión a la que me estoy refiriendo. El valle, el huerto y las hierbas forman en la construcción del espacio del "Poema de Chile" una cadena de incorporaciones sucesivas, en la que Gabriela Mistral acaba consumando un proceso de culturización *a su manera* del medio natural. Esta culturización no es la moderna y arrogante de la urbanística sarmientina, ni qué decirse tiene, sino una actividad de carácter premoderno, que se lleva a cabo por medio del trabajo campesino y en la que se percibe un profundo, casi religioso respeto por el equilibrio entre el quehacer de los hombres y las prerrogativas de la naturaleza. Por eso, las hierbas pasan fácilmente desde la montaña a la huerta y "no andan en jardines". Reconociéndoles a éstos la maravilla de sus flores, aunque distinguiendo también entre flores "catrinas" y "campesinas rasas" ("Flores"), Mistral pone por encima de aquella botánica exquisita a la que más y mejores servicios le presta al ser humano.

Por el mismo motivo, creo que tampoco cabe leer el "Poema de Chile" como si se tratara de un capricho paisajista. Poco cuesta mostrar en efecto que, como en la literatura que le sirve de ejemplo, se combinan en él el despliegue de la naturaleza americana, chilena en este caso, con el argumento social. Este se canaliza en los versos de Mistral a lo largo de dos anchas avenidas por las que son pocos los que hasta hoy se han atrevido transitar. La primera de esas avenidas la constituye la preocupación de Mistral por el "reparto" de la tierra entre aquéllos que la trabajan o, dicho con el lenguaje de economistas y sociólogos, su toma de posición inequívoca a favor de la reforma agraria, que es de antigua data y obedece tanto a sus experiencias particulares de muchacha provinciana y de maestra rural[18] como a las condiciones del agro chileno hasta los años sesenta[19]. En el "Poema...", esta línea temática surge a medio camino de la peregrinación de la hablante y sus dos compañeros por el territorio patrio, en "Flores", y se comunica desde ahí a por lo menos cuatro textos más (a "Manzanos", 109-110, entre los versos veinticuatro y treinta y cuatro; a "Campesinos", 171-

172, en el poema completo; a "Reparto de tierra", 173-174, entre los versos veinte y veintinueve; y a "¿Adónde es que tú me llevas?", entre los versos treinta y cuarenta y uno). La segunda avenida del alegato social mistraliano en el "Poema de Chile" concierne al tratamiento inicuo que desde siempre se le ha dado al pueblo indígena en nuestro país y a la significación que ese pueblo tiene pese a todo para una honesta estimativa de la nacionalidad. Aunque es cierto que Mistral desarrolla este tema de preferencia en los fragmentos sobre El Sur, no hay que olvidar que uno de los tres protagonistas de la obra, aquél con el que ella dialoga constantemente, es un niño diaguita.

En cuanto a la reforma agraria, recordemos que Fernando Alegría cuenta que Mistral, en su último viaje a Chile, el de 1954, en el discurso que pronunció desde un balcón de La Moneda, felicitó al gobierno [y ese gobierno era el de Carlos Ibáñez del Campo: "el mismo presidente que, en un período anterior, al hacerse cargo de la presidencia, le suspendió el sueldo", acota Alegría] por haber realizado una reforma agraria que sólo estaba en su imaginación". Sigue diciendo el autor de *Genio y figura...*: "Se ruborizaron los ministros, el presidente sonrió confuso, las gentes se codeaban sin poder creer lo que oían"[20]. Obviamente, lo que esas personas estaban sospechando es que en el cerebro de la insigne poeta se había desatado un síndrome de senilidad precoz. A Alegría, semejante conjetura no lo convence del todo[21], pero deja que la verificación de su descargo de colega, de amigo y de biógrafo quede librada a la buena voluntad del lector. Pienso yo que el "Poema de Chile" o, mejor dicho, el modo cómo el "Poema de Chile" aborda el tema de la reforma agraria, resuelve el enigma. Aquí Gabriela Mistral da también por hecho el "reparto de tierra", pero no sin hacernos saber metapoéticamente que ése es un artificio que ella emplea con entera lucidez. No es que ella no sepa que la reforma agraria chilena no se ha hecho, por lo tanto. La actitud profética que el "Poema de Chile" adopta *deliberadamente para estos propósitos,* y que difiere de la perspectiva nostálgica que domina en el resto de la obra, privilegia, y es legítimo que así lo haga, dar por sucedido lo que está aún por suceder. Que Mistral haya prolongado este ánimo profético más tarde, en sus negociaciones con el mundo real, como cuenta Alegría, se puede achacar al mismo prurito[22]. Daydí-Tolson rescata una frase que ella pronunció en Nueva York, poco antes de embarcarse con rumbo a Chile, y que es decidora por demás: "Iré —dijo entonces— caminando por la tierra de Chile como un fantasma llevado de la mano por un niño"[23]. Lo único que uno puede concluir, después de haber leído con atención esta cita, es que durante su último regreso "real" al país Gabriela Mistral elige emplear en su conducta los mismos patrones de *performance* retórica que había venido utilizando en la confección de su último retorno poético. Cito "Flores" otra vez:

—Cuando me pongo a cantar
y no canto recordando,
sino que canto así, vuelta
tan sólo a lo venidero,
yo veo los montes míos
y respiro su ancho viento.
Cuando es que el camino va
lleno de niños parleros
que pasan tarareando
lo más viejo y lo más nuevo,
con semblantes y con voces
que los dicen placenteros,
yo veo una tierra donde
tienen huerto los huerteros.
Y cuando paro en umbrales
de casas y oigo y entiendo

que Juan Labrador ya se labra
huerto suyo y duradero,
a la garganta me vienen
ganas de echarme a cantar
tu canto y lo voy siguiendo.

Podría dar otros ejemplos de este poetizar mirando hacia "lo venidero", pero no me parece que sea necesario. Me interesa mucho más comprobar en este punto de mi exposición que *la poeta no hace ninguna referencia al tema de la reforma agraria a su paso por el valle de Elqui.* Resulta claro así que, a partir de lo que recuerda por una parte y de lo que mitifica por otra, en el valle del río Elqui el problema que esa reforma debería resolver no existe[24]. El latifundio, según lo que ella nos da a entender una y otra vez, constituye un morbo que infecta especialmente a la zona central del país, a la que Mistral designa como "valle de Chile"[25]. Es más: no sólo no se necesita a su juicio reforma agraria alguna en Elqui, sino que Elqui es el llamado a aportar una solución técnica para la misma. Los versos doscientos ochenta y dos a doscientos ochenta y siete entre los que acabo de citar establecen al margen de dudas que lo que Gabriela Mistral prefigura en ese futuro nacional que no ha ocurrido aún, pero que ella prefiere no demorarse en "cantar", es la aparición de "una tierra donde / tienen huerto los huerteros". Una vez más, es el huerto, es la naturaleza chilena según el modelo de la pequeña propiedad del valle de su niñez, la base de un existir humano pleno.

El otro argumento social que recorre el "Poema de Chile" dice relación con la presencia y la importancia del indio en y para la vida de nuestro país. Este es el mismo asunto que aparece conflictivamente elaborado entre las líneas de "Salto del Laja", el poema de *Lagar* al que nosotros nos referimos en el Capítulo VI, y a mi juicio con un punto de vista similar. El hecho es que Mistral muestra con respecto a la cuestión indígena una actitud que es en parte acusatoria y en parte culpable[26]. Como Neruda, denuncia el ocultamiento y la degradación de que los indígenas de nuestro país han sido víctimas durante los ciento cincuenta o más años de existencia de la República, aunque en su caso sin exonerarse de la responsabilidad que ese hecho supone[27]. Para Mistral, se trata de una artimaña que opera a partir de un efecto de "fabulación", con el que se escamotea la evidencia atroz tras la pátina heroica de la leyenda erciliana y que es obra de unos "mestizos banales", quienes se han negado a aceptar la parte india que se aloja en su piel. Obsérvese la dureza de su palabra en "Araucanos" (195-197), dureza que sin embargo no es óbice para el empleo del plural:

Vamos pasando, pasando
la vieja Araucanía
que ni vemos ni mentamos.
Vamos sin saber, pasando
reino de unos olvidados,
que por mestizos banales,
por fábula los contamos,
aunque nuestras caras suelen
sin palabras declararlos.

Y en "Alcohol" (77):

Al indio el payaso trágico
le robó el padre en su juego;
al otro quemó el pastal
que blanqueaba de corderos,
y a mí me manchó, de niña,
la bocanada del viento.

Pero, como Neruda, Mistral también cree que la manera de recuperar al pueblo indígena para el país chileno del futuro es encontrándole un lugar en el seno de las clases trabajadoras. Neruda acaba por eso juntando al araucano con la gran familia de los "pobres de la tierra"[28]. Mistral, en cambio, desea reunirlo con los campesinos, con aquéllos que según ella cree muy pronto llegarán a ser dueños de su medio de trabajo. Le pide por ejemplo al "Bío-Bío":

Dale de beber tu sorbo
al indio y le vas diciendo
el secreto de durar
así, quedándose y yéndose,
y en tu siseo prométele
desagravio, amor y huertos.

En ambos casos, sin embargo, lo que se está quedando afuera del cuadro es la peculiaridad de la contribución del araucano a la vida chilena, su diferencia cultural y étnica dentro del conjunto mayoritariamente mestizo de la población del país[29], diferencia que se mantiene subsumida u opacada por el humanitarismo un tanto ingenuo de uno y otro poetas. Dice Mistral en "Reparto de tierra":

Aún vivimos en el trance
del torpe olvido y el gran silencio,
entraña nuestra, rostros de bronce,
rescoldo del antiguo fuego,
olvidados como niños
y absurdos como los ciegos.

Aguardad y perdonadnos.
Viene otro hombre, otro tiempo.
Despierta Cautín, espera Valdivia,
del despojo regresaremos
y de los promete-mundos
y de los don Mañana-lo-haremos.

[...]

Yo te escribo estas estrofas
llevada por su alegría.
Mientras te hablo, mira, mira,
reparten tierra y huertas.
¡Oye los gritos, los "vivas"
el alboroto, la fiesta!

Mistral se da cuenta pese a todo (aunque a nosotros no nos sea fácil decir con qué grado de conciencia) de que *la especificidad del pueblo indio existe y que ella es irreductible.* El fragmento "Araucanos", que cité más arriba, desarrolla un incidente que atraviesa la conversación entre la poeta y su discípulo. Mientras ella dialoga con el muchacho diaguita, una "india azorada", que además carga a un hijo sobre la espalda, aparece de y desaparece en la espesura. Entre tanto, la poeta-maestra le explica a su acompañante que:

—Chiquito, escucha: ellos eran
dueños de bosque y montaña
de lo que los ojos ven
y lo que el ojo no alcanza,
de hierbas, de frutos, de
aire y luces araucanas,
hasta el llegar de unos dueños
de rifles y caballadas.

El chico diaguita la interrumpe y exclama:

—No cuentes ahora, no,
grita, da un silbido, tráela.

Pero la joven araucana:

—Ya se pierde ya, mi niño,
de Madre-Selva tragada.

Creo que, menos que ilustrar los contenidos de la conversación entre estos dos personajes del "Poema de Chile", el episodio de la muchacha araucana a la que se "traga la selva" (¡y qué distancia hay entre esto y la frase que sella el destino de Arturo Cova en la novela de José Eustasio Rivera!), y que es un episodio que ocurre en simultaneidad con el diálogo entre la escritora y el niño, los estaría negando. El diálogo entre Mistral y su discípulo denuncia la brutalización que han debido sufrir en Chile los indios araucanos de parte de "unos dueños / de rifles y caballadas", pero termina, como ocurriera con el planteo de la poeta en torno al despojo campesino, confiando la solución del problema a un porvenir en el que habrá "reparto de tierra y huertas". Otra lectura es la que nos brindan sin embargo tanto el grito del muchacho diaguita como el "cruce" de la mujer indígena durante el transcurso de la explicación pedagógica de Mistral. Si la oposición entre el "contar", por un lado, y el "hacer", por el otro, que pone de manifiesto el grito del chico, genera un corto circuito en el predominio de la dimensión denotativa dentro de los versos que estamos examinando, el esfumarse de la india en la selva hace connotativamente ostensible una realidad que tanto el relato histórico como el discurso porvenirista descuidan. Esa gente es *otra,* su *otredad* escapa a cualquier simplismo ideológico y debe ser reconocida por lo que ella es o de lo contrario la raza indígena chilena desaparecerá. Tal vez aquí resida la mayor distancia entre Neruda y Mistral, ya que ésta, por lo menos al final de "Araucanos", proyecta una suerte de resurrección panindígena:

Deja, la verás un día
devuelta y transfigurada
bajar de la tierra quechua
a la tierra araucana,
mirarse y reconocerse

y abrazarse sin palabras.
Ellos nunca se encontraron
para mirarse a la cara
y amarse y deletrear
sobre los rostros sus almas.

Indiqué al dar comienzo al presente capítulo que la literatura latinoamericana del regionalismo, y todo cuanto rodea a esa literatura desde el punto de vista sociohistórico, era el primero, pero no el único factor que motivaba a Gabriela Mistral en su escritura del "Poema de Chile". Ha llegado ahora el momento de acometer la parte de nuestro trabajo que quedó entonces pendiente. Para ello, reencauzaremos en lo que sigue nuestra investigación desde el plano predominantemente referencial hacia uno predominantemente pragmático o, lo que viene a ser lo mismo, atenderemos un poco menos a la cosa dicha que a quien nos la dice. Confiamos en que esta segunda etapa del análisis produzca resultados de lectura no menos fructíferos.

Una mujer que ha abandonado su país quince o más años antes, pero que pese a todo "anda por el mundo" con ese país a cuestas (Scarpa), como si él hubiese dejado en su conciencia una "marca de fuego" (Quezada), que entre tanto ha sido blanco de las más grandes desventuras, y ello al mismo tiempo que la manoseaban *urbi et orbi* como a la maestra suprema, como al genio poético de su país y del continente, como a la gran diplomática, como a la representante ejemplar de su sexo, como a una santa inclusive, ésta es, lo estamos viendo, la sujeto que habla en el "Poema de Chile". También es ésta una sujeto que considera que debe corresponder a la confianza que en ella ha depositado El Padre chileno haciéndose cargo de determinadas tareas cívicas y aun "femeninas". Más importante aún es el hecho de que ésta mujer va a describirse a sí misma, en varias instancias del "Poema...", en

"Hallazgo" (7-11), en "Montañas mías", en "Perdiz" (135-142), en "Boldo" (161-162), en "Noche andina", en "La hierba" (237-240), como una "trascordada" o, para decirlo en un español de uso común, como una persona que ha olvidado, que siente que ha olvidado y que desea recordar. En "Perdiz", por ejemplo, el niño diaguita observa:

ahora las gentes dicen
que eres cosa trascordada...

y luego:

—Oye, pobrecita, óyeme:
ahora ya sé lo que pasa.
Me han contado las comadres
que tú eras, que tú fuiste,
que tuviste nombre y casa,
y bulto, y país y oficio;
pero ahora eres nonada,
no más que una "aparecida",
bulto que mientan fantasma,
que no me vale de nada.

Me siento tentado de decir que el "Poema de Chile" profundo se encuentra íntegro en los doce versos que acabo de citar o que en todo caso está en ellos el retrato más cabal de la mujer que habla en sus páginas, y no tanto por lo que "las comadres" piensan acerca de ella (aunque algo de eso hay también. Gabriela Mistral siente que no otra cosa es lo que rumorean las comadres chilenas sobre su persona: "trascordada" rima con "renegada" en "Montañas mías", y en otros contextos lo hará con "descastada", "trocada" y "desatentada", todo ello dentro del mismo campo semántico de no pertenencia, de extrañeza y confusión en este mundo que es en términos generales el de su obra tardía), menos aún por lo que piensa su acompañante[30], *sino por lo que ella piensa.* Es decir que es Mistral la que siente que una vez ella "fue", que una vez tuvo un "nombre", una "casa", un "bulto", un "país" y un "oficio", pero que las circunstancias y el tiempo la han ido despojando poco a poco de esos bienes terrenales suyos y convirtiéndola a la postre en la "nonada" unamuniana a la que se refiere el verso ciento sesenta y cuatro, esto es, en una "aparecida", en un "fantasma", en alguien que ya nada significa para las jóvenes generaciones chilenas a las que a ratos simboliza el jovenzuelo que marcha junto a ella cuya representatividad argumentará en "La tenca" ("Bajé, chiquito, sólo / por ver mi primera Patria, / y porque te vi vagar / como los cuerpos sin alma", 167-169) y en la "Despedida" ("Yo bajé para salvar / a mi niño atacameño", 243-244). El sentido más íntimo y hondo del término "trascordada" se hace pues patente en esta docena de versos. "Trascordada" es ella misma, "que de loca / trueca y yerra los senderos, / porque todo lo ha olvidado, / menos un valle y un pueblo" ("Hallazgo"), y es en tal sentido que el "Poema de Chile" adquiere un carácter autobiográfico necesario[31]. Gabriela Mistral reconstruye en él lo que ella fue, y eso para recordar, *para reaprender* lo que ella es. Un alcance de Patricia Pinto Villarroel, quien arguye que "el indito llega en momentos a perder su identidad porque nítidamente se advierte tras él la presencia del sujeto enunciante niña"[32], me parece luminoso para la aclaración de este asunto. En el fondo, lo que Pinto observa es que el discurso de Mistral en el "Poema..." es menos el diálogo que pretende ser que un monólogo denso y obsesivo, tan denso y obsesivo como el que se encuentra por detrás de las más poderosas entre sus canciones de cuna.

Por eso, encontramos en este "Poema..." , al que Mistral tituló de diferentes maneras en diferentes momentos de su gestación, pero sin que en ninguno de esos títulos faltara el adjetivo "de Chile", y del que ella advirtió además que era un "poema descriptivo"[33] y hasta pedagógico[34], toda clase de interpolaciones personales: sobre su "loco" abandono del país ("Hallazgo"), sobre su crianza en Elqui ("Flores"), sobre las tisanas de su madre ("Huerta"), sobre sus excursiones con la madre a la montaña (también en "Huerta"), sobre la presencia constante de esa madre junto a ella ("Tordos", 57-58), sobre su lindo canto ("La tenca"), sobre la infancia elquina y su perentoria nostalgia ("Valle de Elqui", 45-48), sobre sus rarezas y temprana vocación poética ("A veces, mama, te digo"), sobre la siesta de los cinco años ("El cuco", 49-50), sobre el alcoholismo paterno ("Alcohol"), sobre su aislamiento de siempre ("La chinchilla"), sobre el vínculo cómplice entre su vida y la Cordillera ("Cordillera"), sobre su afición y falta de talento para el canto ("Frutillar", 153-155), sobre el éxtasis arrebatado de la creación ("Viento Norte", 31-32), sobre el doble y equívoco significado de sus nombres ("Animales", 41-43), sobre su pasado de maestra rural ("Jardines"), sobre su no haber alcanzado jamás "la gracia" debido a su amistad con "la palabra" ("Flores"), sobre sus excelentes relaciones con el Ángel Guardián ("Volcán de Villarrica") y con mayor abundancia como es lógico sobre el duro trance en que a la sazón se encuentra, marcado entre otros muchos infortunios por su "extranjería", que se prolonga ya sin término visible ("Tordos"), y por la muerte de Yin ("Canción de cuna del ciervo", 25-26). El sentimiento de "extranjería", en particular, se mantiene activo a todo lo largo del relato. El "allá" del exilio es el sitio desde el que ella nos habla *en realidad,* él es el *locus* de la verdadera enunciación del "Poema de Chile", aun cuando la hablante gramatical del mismo se ubique en el espacio que ella está atravesando en tanto figura fantasmal y protagónica del mundo narrado. En efecto, es en la lejanía de esa otra tierra que no es la suya donde Mistral sueña con "El Sur". Escribe en "Hallazgo":

... este sueño
de ir sin forma caminando
la dulce parcela, el reino
que me tuvo sesenta años
y me habita como un eco.

Iba yo, cruza-cruzando
matorrales, peladeros...

Y en "Despertar" (61):

"Dormimos. Soñé la Tierra
del Sur, soñé el Valle entero,
el pastal, la viña crespa,
4 y la gloria de los huertos.

Explicamos en otro momento que el sueño es una estrategia común en la escritura poética mistraliana de todas las épocas, pero que lo es aún más en su lírica de las postrimerías y que esos sueños suyos son a veces divagaciones, en otras ensueños y en no pocas prácticas alucinatorias autoinducidas. Pudiera incluso hacerse un catastro de las variantes de este último tipo. El "sueño de Chile" cabría entre ellas, me parece a mí, y tampoco es difícil atribuirle un carácter recurrente (por ejemplo, yo pienso que se puede leer a partir de aquí la flagrante inexactitud del "siempre" en los versos de "Valle de Chile" (85) que he utilizado como epígrafe para este capítulo: "Para repasarlo, yo / que lo dejé, siempre vuelvo"), a la vez que compensatorio por su ajenidad, por la misma que ha empezado a erosionar su memoria y a hacer de ella una "trascordada".

De manera que no me parece exagerado sostener que el sueño constituye lo mismo el acicate que la forma primigenia del proyecto escriturario de Gabriela Mistral en su gran libro inconcluso. Él es el que primero lleva hasta los ojos de la poeta "el Valle entero". El "Poema de Chile", su sentido y su forma, acabará/n respondiendo al sentido y la forma de su sueño de Chile. Antes que los libros de geografía escolar, que Mistral amó y recomendó[35], antes que *El maravilloso viaje de Nils Holgersson,* el libro de Selma Lagerlöf, que también le produjo un placer duradero y cuya influencia sobre la concepción del "Poema..." verifica con agudeza Daydí-Tolson[36], antes que las dudosas pesquisas eruditas que llevó a cabo para realizar su trabajo[37], y antes que los estímulos provenientes de la literatura del regionalismo —la de sus compatriotas y la otra—, lo primero fue el sueño.

Ese sueño es el consuelo de su vida en el destierro, a la vez que el origen y modelo de su composición del "Poema...". Como decíamos en nuestro capítulo anterior, un anticipo de esta última, casi un plan piloto, puede hallarse en "El fantasma", el poema que cierra la serie "Historias de loca", en *Tala,* y que no es como cree Alegría posterior a la muerte de Yin, ya que se publicó en la primera edición de ese libro, la de 1938[38]. Ese poema comparte con la obra que estamos ahora comentando su punto de arranque en las virtudes compensatorias de la dinámica onírica, tanto como el artificio del retorno fantasmal. Mistral sueña ahí que regresa ("¡que dormida dejó su carne, / como el árabe deja la tienda"), y la manera como ella efectúa ese regreso es en calidad de fantasma: "aquí me ven si es que ellos ven / y aquí estoy aunque no supieran". La razón del volver en tales condiciones no es menos explícita: se justifica por la pobreza de su existencia de entonces, residiendo "en país que no es mi país, / en ciudad que ninguno mienta, / junto a casa que no es mi casa".

Todo esto es válido para el "Poema de Chile", y también lo es para secciones enteras de la lírica mistraliana de las épocas intermedia y tardía, como "Saudade", de *Tala,* "Vagabundaje", de *Lagar,* y otra vez "Vagabundaje", en

Lagar II, y todas las cuales delatan con temblorosa elocuencia la alienación cada vez mayor que la hablante experimenta en tierra ajena. Ahí se encuentran poemas como "País de la ausencia", "La extranjera", "Todas íbamos a ser reinas", "Puertas" (769-772), "Emigrada judía", "La gruta" (147-148) y "El huésped" (153-154), algunos de los más bellos que ella compuso a lo largo de su vida errabunda. También encontramos entre *Lagar* y *Lagar II* el comienzo de su autofiguración como la "trascordada". Está en "Canto que amabas" (731-732), en "Memoria de la gracia" (757-760) y en "Recado terrestre" (791-793), de *Lagar,* y egregiamente en "Dos trascordados", de *Lagar II,* en cada uno de esos textos con un significado permutable. Entre el exilio y el olvido, entre la alienación y la pérdida de la conciencia de sí, la actualidad de Mistral no es, en esos años finales de su vida, más que un lento trascordarse.

Pero, ¿por qué no vuelve? ¿Por qué no escribe su "Poema de Chile" como Mariano Latorre escribió sus cuentos y novelas o como Benjamín Subercaseaux le dio forma a su largo relato, caminando sobre el suelo de la patria con una libreta de apuntes en la mano? La respuesta es una sola: Gabriela Mistral no vuelve a Chile porque no puede, porque espiritualmente esa es una decisión que ella no se siente capaz de tomar. En la unión de la pesadumbre del desarraigo con la imposibilidad de ponerle fin, porque hay en ella algo que se resiste a un cumplimiento en el terreno mismo de su apetencia de respirar el aire de la patria de nuevo, afinca la raíz última del dilema que la aqueja y todas las ambigüedades que esparció a este respecto durante años, a veces culpando al país[39] y en otras admitiendo, más y menos veladamente, que el problema estaba en ella y sólo en ella, van a parar al mismo nudo[40]. Más aún: es en ese nudo donde tiene que introducirse en último término nuestro comentario sobre el "Poema de Chile".

Porque, ¿qué hacer en estas circunstancias? Volver evidentemente, *pero volver sin volver.* Volver como le enseñaron a hacerlo los sueños. Con el alma, pero dejando el cuerpo atrás. El sueño se incorpora por lo tanto en el registro lingüístico que ahora examinamos ("Iba yo cruzacruzando", es lo que dice en "Hallazgo", e imita de ese modo la forma infantilizada del relato onírico) con la compensatoria función de entregarle al deseo por la vía imaginaria aquello que el deseo no puede lograr por cuenta propia. Esta es, bien lo sabemos, la función que Freud le identifica a los sueños, y no sin especificar que *"el deseo consciente puede convertirse en instigador del sueño sólo cuando logra despertar un deseo inconsciente del mismo tenor que lo refuerza"* [41]. Ahora bien, entre este doble proceso del sueño y el doble proceso de la creación artística, el paralelismo es evidente, y Freud se ocupó de explorarlo de un modo práctico cuando investigó el significado de una fantasía de Leonardo y las consecuencias que la misma tuvo para la concepción de la Gioconda y otras de sus obras pictóricas[42]. Más cerca nuestro, con un significado amplio y bastante más técnico que el que tiene en el "Poema de Chile", nos encontramos con que para un sector de la teoría psicoanalítica francesa el común denominador entre el deseo y el sueño y entre el sueño y la obra de arte es también el fantasma[43]. Gabriela Mistral conjurará el que a ella le toca (o el que ella es en la "escena imaginaria" con la que representa su retorno a Chile, si es que una de las condiciones para el funcionamiento de esa estructura es efectivamente la presencia en ella del sujeto que sueña) primero en el poema que lleva ese nombre, luego lo repetirá en "Cuatro tiempos del huemul" y lo llevará hasta su culminación paroxística en el "Poema de Chile". En "Jardines", lo admite sin embozo, cuando escribe que "No me duele el que no vean / en cuerpo a la que es de sueño / que se hace y se deshace / y es y no es al mismo tiempo"[44]. Pero donde el motivo alcanza su realización más perfecta es en el fragmento "Raíces" (133-134), que con variantes aparece también en *Lagar II* y que para mi gusto uno de los mejores de este libro:

Estoy metida en la noche
de estas raíces amargas,
ciegas, iguales y en pie
que como ciegas, son hermanas.

Sueñan, sueñan, hacen el sueño
y a la copa mandan la fábula.
Oyen los vientos, oyen los pinos
y no suben a saber nada.

Los pinos tienen su nombre
y sus siervas no descansan,
y por eso pasa mi mano
con piedad por sus espaldas.

Apretadas y revueltas,
las raíces alimañas
me miran con unos ojos
de peces que no se cansan;
preocupada estoy con ellas
que, silenciosas, me abrazan.

Abajo son los silencios.
En las copas son las fábulas.
Del sol fueron heridas
y bajaron a esta patria.
No sé quién las haya herido
que al rozarlas doy con llagas.

Quiero aprender lo que oyen
para estar tan arrobadas.

Paso entre ellas y mis mejillas
se manchan de tierra mojada.

La mirada es aquí desde abajo: la hablante de este poema está entre las raíces, "metida en la noche" de las raíces, y ellas son las que desde la profundidad de la tierra hacen al sueño tanto como el sueño hace al poema. Esto explica que el sueño sea el puente entre las raíces y "la fábula", como declaran los versos cinco y seis y como lo retoman después el diecinueve y el veinte. Cualquiera sea la índole de las raíces en cuestión (y tendremos que detenernos en este asunto más tarde, ya que las determinaciones que aquí se les fijan no son abrumadoramente amables: "amargas", ciegas", "iguales", "en pie", "apretadas y revueltas alimañas", "heridas" y con "llagas" son las determinaciones que Mistral ofrece de ellas en la primera, cuarta y quinta estrofas), lo concreto es que su mensaje (la respuesta a lo que oyen: "los vientos", "los pinos") no es algo que ellas transmitan por sí mismas, con su propia voz. Por eso, necesitan de la ayuda del sueño, para emerger desde el silencio en el cual residen, para hablar con la única lengua con que ellas pueden hablar y que es la lengua de la (tal vez también prestada) fabulación.

Cierto, el "Poema de Chile" pudo estructurarse explícitamente con la forma del sueño, como muchos otros poemas mistralianos. Ello hubiese ocurrido de mantener Gabriela Mistral su escritura entre los parámetros intertextuales de la prestigiosa tradición que arranca del *Somnium Scipionis* ciceroniano, del *Hercules furens,* de Séneca, y del *Somnus,* de Estacio, que en la literatura española del renacimiento y del barroco cuenta con versiones asimismo importantes en Boscán, en Garcilaso, en Herrera, en Fray Luis de León (¡y qué cercanía es la que hay entre los sueños de paz de Fray Luis en la "Vida retirada" o "A Francisco Salinas" y ciertos momentos del soñar arcádico de Mistral en el "Poema de Chile"!), en Quevedo, en Góngora y desde luego en Calderón, y que en América Latina logra su muestra más acabada en *El sueño* de Sor Juana. En esa obra de la monja jerónima, se recordará que la protagonista sueña y que es a través de su soñar que ella escapa a la estolidez del orden cultural de la colonia española, y sale al mundo a re/aprenderlo[45].

En cuanto al proceso de re/aprendizaje de Mistral, el que ella emprende del mundo chileno que abandonara veinte o más años antes, lo cierto es que para consumarlo da un paso que el dogma no autoriza, pero en el que ella insiste pese a todo, yo creo que nuevamente instada de una parte por la vena espiritista y teosófica que recorre desde antiguo su sensibilidad religiosa, y que es una vena que como ya sabemos sufre un considerable engrosamiento en la época que sigue al suicidio de Yin, y de otra echando mano de los dechados del imaginario popular, sobre todo a los del imaginario popular campesino. Porque es éste el que les da su mejor pasaporte a las "almas en pena", almas que regresan desde la muerte a la vida y que se mueven entre nosotros sigilosas e invisibles, procurando completar durante esa segunda vuelta aquellas tareas que se les quedaron inconclusas durante el escaso tiempo que les duró la primera. Las dificultades que han tenido los intérpretes católicos para darle a este aspecto de la escritura de Gabriela Mistral en el "Poema de Chile" algo más que una lectura retórica son comprensibles y consistentes con las que han tenido para leer otras zonas de su obra[46]. El sueño no hubiera sido un gran escollo si Mistral hubiese detenido ahí la escenificación de su regreso. Fue el paso posterior desde el sueño a su retorno en calidad de "fantasma", paso que no contempla la ortodoxia cristiana, aunque sí sea una posibilidad abierta para espiritistas y teósofos —y no sólo una posibilidad, puesto que para la secta de Allen Kardec constituye uno de los principios básicos de su propio catecismo—, el que creó una brecha infranqueable. Una mirada al fragmento con que el "Poema de Chile" comienza, "Hallazgo", extraordinario por múltiples razones y de cuyo análisis exhaustivo no puedo menos que excusarme, nos permitirá, creo, darle a este asunto un tratamiento que no es sólo retórico:

Bajé por espacio y aires
y más aires descendiendo,
sin llamado y con llamada
por la fuerza del deseo,
y a más que yo caminaba
era el descender más recto
y era mi gozo más vivo
y mi adivinar más cierto,
y arribo como la flecha
éste mi segundo cuerpo
en el punto en que comienzan
Patria y Madre que me dieron.

He transcrito sólo la primera estrofa de una fragmento que tiene doce y ciento veintiún versos, y me limitaré a formular sobre ella unas pocas observaciones que juzgo elementales para la comprensión de lo que llevo dicho hasta ahora y de lo que aún me queda por decir. Primera observación: Gabriela Mistral invierte en esta estrofa la "vía" acostumbrada del poema místico español. En vez del alma que durante el sueño escapa del cuerpo, para ascender en un adelgazamiento paulatino hasta reunirse con Dios en su Reino, como en "Noche oscura del alma" de San Juan de la Cruz (poema con el que la estrofa guarda por lo demás ciertas relaciones estilísticas, *v.gr.*: el aprovechamiento de los participios pasados y las comparaciones alusivas a un moverse sin vacilaciones, "recto", "como la flecha", en Mistral, "Más cierto que la luz de mediodía", en San Juan), ella nos propone la figura de una mujer que vuelve a la tierra después de su muerte y que para ello "baja" desde "espacio" y "aires" hasta acabar reencarnándose en un "segundo cuerpo". Claramente, ese segundo cuerpo no posee, no puede poseer, la materialidad del cuerpo primero. Es, por decirlo así, más que un alma y menos que un cuerpo y su consistencia, que Mistral compara aquí y en otras partes con la de la niebla (por ejemplo, en "La malva fina", 129-131, y en "Tordos", 57-58. Anticipemos aquí que el tema mistraliano de la niebla, que se remonta a sus prosas poéticas de la juventud, que después se halla presente en cada uno de sus libros y que adquiere una especial complejidad en sus publicaciones póstumas, desemboca en dos textos formidables: en el fragmento "Niebla", 231-233, de este mismo volumen, y en el poema "Electra en la niebla" de *Lagar II*), se corresponde bien con la que deben enfrentar los transeúntes de la fase astral dentro del proceso de espiritualización de ultratumba del que nosotros hablamos con largueza en nuestro análisis de "Aniversario". Ésta, a su vez, es la que da origen a las historias de fantasmas.

En segundo lugar, los versos tres y cuatro, que establecen que nuestro personaje ha regresado a la tierra chilena "sin llamado y con llamada / por la fuerza del deseo", construyen una paradoja a la que acompaña su respectiva resolución. La paradoja la forman los dos términos del verso tercero, que parecieran contradecirse entre sí (y la expectativa de la contradicción se prolonga durante una fracción de segundo debido a la pausa versal), pero se trata de un falso indicio. Si bien es cierto que desde acá no ha habido "llamado"[47], la hablante se mueve "llamada" por la fuerza de su propio "deseo". Éste, incluso con la plusvalía erótica que la palabra posee en español de suyo y que en alemán y en inglés denotan *Begierde* y *lust* respectivamente, y a la que aquí estaría respaldando la oposición entre el masculino de "llamado" y el femenino de "llamada", constituye la causa de su viaje. Se confirma así también que la motivación pedagógica del mismo, aunque genuina, es secundaria con respecto a esta otra. Gabriela Mistral vuelve primero al mundo de su deseo, y es con los contenidos de ese deseo con los que luego se constituye en maestra del muchacho diaguita y, a través de las lecciones que a él le propina, en maestra igualmente de todos los ciudadanos de nuestro país. Si por otra parte retomamos la definición freudiana de los sueños, como *"el cumplimiento (disfrazado) de un deseo (suprimido o reprimido)"*, según se lee en uno de los momentos claves de la *Interpretación...*, o como la "representación" de un deseo que se cumple con las características de una "experiencia alucinatoria", según queda más explícito todavía en las *Conferencias introductorias...*[48], el desenlace de la paradoja resulta del todo plausible. En definitiva, la existencia pero imposible realización del deseo de volver es lo que genera el sueño del viaje tanto como el sueño del viaje genera la escritura del "Poema...".

Tercero: una nueva paradoja, esta vez más enigmática, porque carece de una exégesis metapoética incluida, nos espera entre los versos cinco y seis: "y a más que yo caminaba / era el descender más recto". ¿Cómo leer estos dos versos? Está claro que una acción niega a la otra. El caminar y el descender (éste desde y por el aire, téngase en cuenta) son acciones incompatibles, a menos que su realización sea sucesiva y tal vez consecuencial. Pero, entendiendo las cosas de acuerdo con el enfoque alternativo que ahora estoy proponiendo, los versos citados adquieren una transparencia que de lo contrario resulta inasequible. Puesto que "yo caminaba" por el mundo, al parecer en una caminata sin dirección y sin término, la necesidad del cumplimiento de mi deseo o más bien su cumplimiento sustitutivo se hacía cada vez más acuciante. *"Privatio est causa appetitus"*, como prorrumpe Sor Juana a poco de comenzar la *Respuesta...*[49]. Estamos aquí, una vez más, ante la circunstancia del "vagabundaje" por la tierra, del que hablan los poemas insertos en las secciones homónimas de *Lagar* y *Lagar II,* y ante la insatisfacción que ese vagabundaje sin sentido provoca en la sujeto que lo experimenta, el sueño acude con sus poderes auxiliares, como el único modo de recuperar la permanencia y firmeza ontológicas que coincidieron en el ámbito de la existencia pasada. La paradoja que sigue, que sustituye el "ver" por el "adivinar", no necesita después de lo dicho, aclaración.

Finalmente, la "Patria" a la que esta mujer fantasma vuelve, al contrario de la patria verdadera, que sí es la patria, es en realidad la Matria: lo que ella va a buscar, lo que va a encontrar o a va a tratar de encontrar en Chile es "Patria y Madre que me dieron". Dos complementos directos, por lo tanto, que *no son* el "padre" y la "madre", los que hubieran sido la opción paradigmática "normal" para esa estructura sintagmática, pero que como sabemos son términos irreconciliables y en el último análisis de comunicación tenue o nula en el imaginario mistraliano, sino "La Patria" y "La Madre", dos términos complementarios y aun, yo estoy dispuesto a sostener que el primero dependiente del segundo. Lo que Mistral va a buscar a Chile en el "Poema de Chile" es la Patria de La Madre, es decir, la Matria. Coincide pues esta postura con una antigua idea suya, formulada creo que por primera vez en el artículo "La Patria", de 1906, donde ella había escrito que la evocación de "La Patria" equivale a la evocación de "La Niñez" y ésta a la de "esa otra flor divina i sacra: la Madre"[50].

Con lo que el círculo se cierra y la política del "Poema de Chile" vuelve a convertirse en el centro de nuestro interés crítico. En su "Poema...", Gabriela Mistral sueña con y desciende fantasmagóricamente sobre un Chile que no es el de El Padre, sino el de La Madre (¿tengo que decir que esta Madre no es la-madre-del-padre, como en tantas otras ocasiones, y particularmente en su prosa de encargo y pedagógica, sino La Madre a secas?). Su política de exclusiones e inclusiones, ésa a la que ya nos referimos al intentar nuestro primer acercamiento al "Poema...", se corrobora y refuerza desde el extremo pragmático del circuito comunicativo. Los elementos que el mundo del "Poema de Chile" descarta son aquéllos que corresponden al Orden de El Padre: las ciudades, la vida social y familiar burguesa, los "figuras" epónimas, etc. Los que acoge son los del Orden de La Madre: la vida natural en su máxima pureza o la vida social y familiar campesina, "huertera", en colaboración y paz ecológica con la vida natural. Mary Louise Pratt interpretó esta decisión radicalmente: "La historia oficial o pública de Chile no despempeña ningún papel en la obra; el patriotismo y el nacionalismo en su aspecto político, los que confirman la comunidad imaginada [por El Padre: La Nación], están ausentes. Más bien, siguiendo los dictados de otra poderosa tradición criolla, el amor por el país se expresa mediante un compromiso apasionado con la ecología y la geografía, América como el paraíso primigenio [...] Igualmente, el compromiso de Mistral con Chile en el poema no se plantea en términos de ninguna de las imaginerías fraternales que Anderson identifica con el nacionalismo. No hay comunidad imaginada en el poema de Mistral, sólo el territorio nacional naturalizado como una entidad ecológica, y con una concreta relación maternal (no fraternal)"[51].

Podría decirse también que el "Poema de Chile" disminuye y/o elimina el presente y recuerda el pasado y/o anticipa el futuro. Pero tampoco eso es muy exacto. Es cierto que el presente que Gabriela Mistral disminuye y/o borra de la página es el presente histórico, *el de lo intolerable histórico.* El pasado que recuerda y el futuro que anticipa son, en cambio, *tiempos míticos ambos.* El Chile al que Mistral "puede" regresar, pero al que puede regresar sólo por la vía del sueño y en calidad de fantasma, es el Chile de la nostalgia y la profecía o, dicho de otra manera, es un Chile cuyas máculas han sido lavadas por la memoria poética para ser alzado después hasta el plano de una redención anticipable por los plenos poderes de la visión creadora. Tan cierto es esto que, cuando finalmente convencen a Mistral para que haga su gran viaje de retorno a la patria, el de 1954, llena de aprensiones desde la partida, en una *tournée* que fue brevísima y de la que salió enferma, en sus encuentros oficiales ella *opta por no hacer uso del lenguaje de la historia.* En el homenaje que le rinden en el Salón de Honor de la Universidad de Chile, cuentan los testigos que rompe el protocolo, que se le pierden los papeles y que se suelta en una charla infinita y tortuosa que hace caso omiso de la solemnidad del acto y la sacralidad del lugar. Más tarde, desde el balcón de La Moneda, habla de lo que debiera pasar y no ha pasado en el desarrollo económico, social y político del país y sin parar mientes en que los culpables de aquello que condena están parados ahí al lado suyo. Como dije más arriba, la retórica de su conducta en el espacio histórico reproduce la retórica de su conducta en el espacio mítico del "Poema...". Por eso, además, porque ese es el espacio que la poeta ha escogido como el de su residencia final, como el único sitio posible de su estadía en esta tierra, es que no puede ni podrá ponerle fin a la escritura jamás. Es decir que en los quince últimos años de su vida Gabriela Mistral no vive en ninguno de los varios lugares por los que "pasa", menos todavía en un Chile al que visita a la fuerza. Vive en el único sitio donde quiere y puede vivir, en el interior de su "Poema de Chile". Por eso, no lo termina. Terminarlo, cerrarlo y publicarlo era acabar con el aire necesario para su respiración.

O sea que es el Chile simbólico, como diría Lacan, el de sus instituciones, el de sus políticos, el de sus militares, el de sus empresarios, el de sus curas, el de sus futbolistas y el de sus *patres familiae,* el del lenguaje patriótico huero, y que entre tanto esconde y fabula a los indios, despoja a los campesinos, hambrea a los obreros y discrimina a las mujeres, el Chile que habla fuerte y golpea la mesa, ése es el Chile que no está en el "Poema de Chile", *y no está porque Gabriela Mistral no lo puede sufrir.* A ese Chile ella no puede volver. Entonces, lo censura, lo borra, lo decreta inexistente. En su *Interpretación de los sueños,* es sabido que Freud señala como el primero de los mecanismos censores que el sueño utiliza a la omisión, aun antes de asignarles ese mismo trabajo a los demás dispositivos distorsionadores. El que sueña expulsa del tinglado de su escena fantasmática aquello que le duele desde hoy y/o desde su pasado inconsciente[52]. No lo incluye, pero eso no quiere decir que no exista. Sigue existiendo *in absentia* y no sólo eso: posiblemente (Freud hubiese dicho que seguramente) es lo que estimula el trabajo del sueño en última instancia. En la etapa postrera de su vida, El Orden Simbólico de El Padre Chileno, ése que le permitió a Gabriela Mistral desarrollar su vocación poética a cambio de un voto de fidelidad, pero al que ella nunca le fue fiel por completo o, más bien, aquél de cuya fidelidad se dolió en casi toda su poesía y en buena parte de su prosa, es expulsado de un plumazo de las praderas de su imaginario. Pero ese ser Chile expulsado del horizonte referencial del "Poema de Chile" es, desde otro punto de vista, la manera cómo Chile se critica a sí mismo con la voz de Gabriela Mistral. El "Poema de Chile" es, en resumidas cuentas, *la representación de lo que los chilenos quisiéramos haber sido y no fuimos y de lo que pudiéramos a lo mejor llegar a ser.* Antes de morir, Gabriela Mistral se lo muestra a uno de nosotros que todavía es un niño pero que llegará a ser un hombre más temprano que tarde, y se lo muestra no como una prefiguración de la eternidad del reino de Dios sino como el después de un mundo humano que debería ser realizable un día de éstos y cuyo único requisito es la concordancia que ella quiere que exista entre él y la perfección arcádica del comienzo de la vida. La reflexión de Freud en el párrafo con que concluye la *Interpretación de los sueños* me parece aquí oportuna: "¿Y qué decir del valor de los sueños para darnos un conocimiento del futuro? Por supuesto que esa pregunta no tiene cabida en esta investigación. Más verdadero sería decir que ellos nos dan un conocimiento del pasado. Porque los sueños se derivan del pasado en todo sentido. Sin embargo, la antigua creencia de que los sueños predicen el futuro no está del todo desprovista de verdad. Pintando nuestros deseos como si ellos se hubiesen cumplido, los sueños nos guían en la dirección del futuro. Pero este futuro, que el soñador pinta como si fuera el presente, ha sido moldeado por su deseo indestructible, que es el que lo dota de una perfecta semejanza con la memoria del pasado"[53].

NOTAS

1. *El último viaje...*, 14.

2. *"¿Qué será de Chile en el Cielo?". Una propuesta de lectura para el* Poema de Chile *de Gabriela Mistral.* Proyecto de tesis para optar al grado de Licenciado en Humanidades con Mención en Lengua y Literatura Hispánica. Universidad de Chile. Facultad de Filosofía y Humanidades, 1994, p. 82

3. *Ibid.*

4. *Ibid.*, 7

5. *Vid.*: Nota 36 del Capítulo VI.

6. Me refiero a "Gabriela Mistral sigue hablando de Chile" o "Geografía humana de Chile", ya que circula con los dos nombres. Puede consultarse en *Recados contando a Chile,* 186-198, o en *Gabriela anda por el mundo,* 377-388. Para mayores detalles, véase la nota 35 del capítulo anterior.

7. En "Tres novelas ejemplares". *Sur,* 16 (1936), 59-75.

8. Apareció el 27 de abril de ese año y es un texto decisivo para entender a Mistral en el contexto del regionalismo, con el que comparte la convicción de que ya "Va siendo tiempo de que algunos dejen el oficio universal de poetas y se den con una modestia servicial a contar la tierra que les sostiene juntamente los pies trajinadores y la densa pasión". Reconoce Mistral ahí también la labor realizada por Mariano Latorre en este sentido, y considera la nueva actitud como el producto de una "explosión de nacionalismo terrícola", agregando que "Yo pensé alguna vez hacerme en un libro parecido al suyo [¡ella, que ya lo estaba escribiendo!], el perro de Tobías que condujese a los cegatones propios y extraños por la bien hallada tierra chilena". Finalmente, aunque llena de elogios para con el trabajo de Subercaseaux, en el que ve la convergencia de la mano del "naturalista" con la del "poeta", no deja de reprocharle su poco aprecio por el pueblo y, sobre todo, por el campesino. *Vid.*: "Benjamín Subercaseaux y su libro *Chile o una loca geografía*" en *Gabriela piensa en...,* 95-108.

9. "... desde mediados de 1937 a mediados de 1940, la voluntad poética de Neruda aparece claramente galvanizada por el afán de redescubrir y revelar la propia patria. A su regreso desde España (1937) la actividad cívica de Neruda se concentra en dos frentes principales de combate: por la causa republicana en la Guerra Civil Española, por la candidatura del Frente Popular en la elección presidencial chilena que tendría lugar en septiembre de 1938. Estos esfuerzos del poeta se encauzan cultural y políticamente en la organización de la Alianza de Intelectuales de Chile y en la fundación de la revista *Aurora de Chile.* En un plano poético personal, articulado pero no coincidente con el plano anterior, los propósitos de Neruda manifiestan su nueva orientación en 'La copa de sangre' y en los primeros poemas del 'Canto General de Chile'". Agrega Loyola que entre estos últimos el primero en escribirse es "Himno y regreso", cuando el poeta vuelve de Francia, en 1939. Hernán Loyola. "Neruda y América Latina". *Cuadernos Americanos,* 3 (1978), 176-177.

10. Jaime Quezada. "Gabriela Mistral a través de su obra" en Gabriela Mistral. *Poesía y prosa,* XXXIX.

11. Me hace llegar Pablo Catalán un artículo suyo sobre este texto: "El Padre de la Patria. Divagación en torno a la creación del personaje histórico: el poema 'Chillán' (Poema de Chile) de Gabriela Mistral" en *La construction du personnage historique,* ed. Jacqueline Covo. Lille. Presses Universitaires de Lille, 1991, pp. 183-192.

12. Daydí-Tolson admite que "[los seres humanos] aparecen en su mayoría —cuando aparecen del todo— en un estado desnaturalizado y, por lo mismo, apenas sí se los nombra". Y luego comenta: "La virtual ausencia de gentes en el poema le añade al texto un carácter crítico, una tensión que hace aún más evidentes las virtudes de aquellos humanos que no participan de los defectos de la mayoría". *El último viaje...*, 20.

13. "... Alexander von Humboldt reinventó Sudamérica primero y sobre todo como naturaleza [...] Tan sumergido y miniaturizado se halla el ser humano en la concepción cósmica de Humboldt que la narrativa deja de ser para él un modo de representación viable. La evitó deliberadamente. Sus primeros escritos no especializados sobre las Américas adoptan la forma de ensayos descriptivos y analíticos. Mary Louise Pratt. *Imperial Eyes. Travel Writing and Transculturation.* London y New York. Routledge, 1992, 120.

14. "El sentimiento americano en Gabriela Mistral" en *Temas de la cultura chilena.* Santiago de Chile. Universitaria, 1967, p. 52.

15. "Gabriela Mistral a través de su obra", IX y X.

16. "Gabriela Mistral, poesía perenne" en *Temas...*, 64-65.

17. *El último viaje...*, 18-19.

18. Prescindiendo de lo que ella misma vio cuando era niña y después, los primeros indicios de esta parcialidad creo que habría que extraerlos de algunos textos que son producto de su contacto con los círculos políticos radicales durante su adolescencia y que se publicaron en *La Voz de Elqui, El Coquimbo, La Constitución* y *El Tamaya*. Pienso, por ejemplo, en el encendido revolucionarismo de "Saetas ígneas", que apareció en el primero de los periódicos que acabo de nombrar el jueves 11 de octubre de 1906. Reproducido en *Gabriela Mistral en* La Voz de Elqui, 54-55. Con mayor madurez y conocimiento de causa, Gabriela vio más tarde en México una reforma agraria haciéndose, en la que participó y sobre la cual escribió. *Vid.*: "México. La cuestión agraria". *La Nueva Democracia,* 9 (1924), 3-5 y 32. Por eso, no es inaudito que el tema estalle, ahora con toda su fuerza, en los artículos posteriores a su primera visita a Chile, en 1925, en "Cristianismo con sentido social" y en "Una provincia en desgracia: Coquimbo". Para conocer el primero completo, búsqueselo en *La Nueva Democracia,* 6 y 7 [apareció allí en dos números] (1924), 3-4 y 31 y 3-4 y 31 respectivamente; también, en

Atenea, 9 (1925), 472-477; el segundo, lo incluyó el padre Escudero en los *Recados contando a Chile*, 17-22. Más contundente todavía es la prosa que emplea en "Ruralidad chilena", de 1933, un artículo al que me voy a referir en seguida.

19. "... Con algunas excepciones, mayormente en la región de la frontera y en Chiloé, la tierra agrícola de Chile antes de 1964 estaba concentrada en un número relativamente pequeño de grandes propiedades. Marvin Sternberg escribió en 1962 que la 'concentración de la propiedad de la tierra en Chile se halla entre las más altas del mundo'. En 1955, 4.4 por ciento de los propietarios eran dueños de aproximadamente el 80.9 por ciento del total de la tierra, 77.7 por ciento de la tierra agrícola, 51.5 por ciento de la tierra arable y 43.8 por ciento de la tierra irrigada. De acuerdo con el censo agrícola de 1964-65, menos de 7.000 propiedades (de un total de 253.532) contenían aproximadamente el 73 por ciento de toda la tierra agrícola de Chile. Las grandes propiedades típicamente subutilizaban la mejor tierra y dejaban grandes extensiones de tierra irrigada para pastizales. Desde 1945 en adelante, la producción agrícola chilena fue incapaz de mantenerse a la par con el ritmo del crecimiento de la población, convirtiéndose así en un estorbo para la economía nacional. En la otra punta del espectro, unas ciento cincuenta mil propiedades agrícolas con menos de 10 hectáreas cada una (más de la mitad de las propiedades agrícolas en el país) contenían sólo un 2 por ciento de la tierra agrícola de Chile. Esta división de las propiedades agrícolas del país en un número pequeño de grandes propiedades y uno grande de terrenos de subsistencia o aun menores es lo que se caracteriza a menudo como el 'complejo latifundio-minifundio'". Brian Loveman. *Struggle in the Countryside. Politics and Rural Labor in Chile, 1919-1973*. Bloomington y London. Indiana University Press, 1976, pp. XVI-XVII.

20. Fernando Alegría. *Genio y figura de Gabriela Mistral*. Buenos Aires. Universitaria de Buenos Aires, 1966, p. 90. Armando Uribe Arce y Volodia Teitelboim recuentan la misma anécdota muchos años después. Ambos están de acuerdo en absolver a Gabriela de la imputación de demencia, pero ninguno de los dos conecta el incidente con su obra poética. *Vid.*: Armando Uribe Arce. "Funerales. Q.e.p.n.d. Recuerdo de Gabriela Mistral". Araucaria *de Chile*, 32 (1985), 115-116; y Volodia Teitelboim. *Gabriela Mistral...* , 288-289.

21. Más tarde dirá, sin embargo, que el suicidio de Yin "y sobre esto no tengo dudas, alteró sus facultades mentales". *Genio y figura...*, 70.

22. Ladrón de Guevara insinúa que Mistral se habría conducido de ese modo en Chile, en 1954, a raíz de una información involuntariamente errónea que ella le transmitió. Mi impresión es que el problema es más profundo de lo que ella cree. *Vid.*: *Gabriela Mistral...*, 74 y 77-78.

23. Daydí-Tolson toma la cita de Magdalena Spínola. *Gabriela Mistral huéspeda de honor en su patria.* Guatemala. Tipografía Nacional, 1968, p. 32. En el libro de Daydí-Tolson, en 124.

24. Es curioso, pero Gabriela utilizó siempre con respecto a su valle una dialéctica del ver y del no ver. En "Ruralidad chilena", el artículo de 1933 anteriormente mencionado, dice por ejemplo: "Una hectárea elquina hace el bienestar de una familia y da al jefe cierto aire de hombre rico. Aquellos cuadrados y rombos mediocres de las parcelas doblan el año cubiertas de hortalizas y de frutales o de la lonja mínima de pastos donde come la vaca familiar que adquiere casi la santidad de la vaca hindú. Una hectárea por cabeza de familia resolvería el problema económico del campesino de Elqui, si el horrible y deshonesto latifundio no estuviese devorándonos y hambreándonos, allí como a lo largo del país entero". "Ruralidad chilena" en *Recados contando a Chile,* 112. Queda en evidencia pues, en este artículo, su reconocimiento de la existencia del latifundio en el valle. En cambio, en "Una provincia en desgracia: Coquimbo", de ocho años antes, su posición es similar a la del *Poema de Chile*: "La provincia tiene que volverse agrícola, como Aconcagua, como su valle de Elqui, donde no hay hambre, porque existe el agua, el hombre no es perezoso *y el suelo se ha dividido"*. [El subrayado es de ella]. *Recados contando a Chile,* 22. ¿En qué quedamos? Por mi parte, carezco de datos específicos sobre tenencia de la tierra en Elqui durante la primera mitad del presente siglo, pero sí tengo datos sobre la antigua provincia de Coquimbo. En ellos leo que hasta 1966 "Las áreas con agua se hallan casi siempre bajo alguno de los principales sistemas de tenencia que hay en el Norte: el latifundio o el minifundio. Se encuentran vallecitos enteros subdivididos en parcelas de 0,5 a 2 ó 3 hectáreas, por un lado, y otros divididos en pocas explotaciones que, en conjunto con las tierras de secano, forman haciendas de entre 1,000 a 10,000 hás., aproximadamente. En los terrenos sin agua o con fuentes pequeñas e irregulares, que no forman parte de las grandes explotaciones ya anotadas, se encuentran por lo normal las *comunidades* [...] A *grosso modo* se puede considerar que los latifundios y las comunidades se reparten los terrenos de secano de la provincia de Coquimbo en porciones iguales, aunque las grandes explotaciones cuentan con mayor superficie regada. Lo que queda, pertenece a los minifundistas y otros pequeños

productores". *Chile. Tenencia de la tierra y desarrollo socioeconómico del sector agrícola.* Santiago de Chile. Comité Interamericano de Desarrollo Agrícola, 1966, p. 126. De la información que acabo de transcribir, se desprende que Mistral tiene razón parcialmente. Los terrenos con agua en esta zona, y es el caso del valle de Elqui, se distribuían hasta 1966 entre el latifundio y el minifundio y/o pequeña producción. La importancia de esta última forma de tenencia era grande, sin duda. También lo era la menor importancia relativa del latifundio. Esto último lo prueba el hecho de que fue prácticamente eliminado durante la segunda (y todavía bastante tímida) ola de la reforma agraria, en tiempos del presidente Eduardo Frei Montalva.

25. Incluso en "Ruralidad chilena", donde reconoce que hay latifundio en Elqui, pero lo mitiga por comparación con el del valle central: "Claro está que no son aquéllas las haciendas del sur, que suelen cubrir medio departamento, sino pequeños fundos y hasta a veces simples granjas. Ni en esta forma temperada, sin embargo, debería existir la propiedad grande en ese pequeño corredor de cerros, densamente poblado", 112.

26. Algo de esto se divisa en un artículo de Lidia Neghme Echeverría: "El indigenismo en *Poema de Chile* de Gabriela Mistral". *Revista Iberoamericana,* 151 (1990), 553-561.

27. De la crítica del ocultamiento y de su angustia por la degradación del indio está lleno también el artículo de Mistral "Música araucana", publicado en 1932, en *La Nación* de Buenos Aires, y reproducido en *Recados contando a Chile,* 80-90. Como la que muestra en el "Poema de Chile", su actitud es aquí de culpabilidad compartida: "Digo sin ningún reparo 'remordimiento'. Creo a pies juntillas en los pecados colectivos de los que somos tan responsables como de los otros [...] nos manchan y nos llagan, creo yo, los delitos del matón rural que roba predios de indios, vapulea hombres y estupra mujeres sin defensa a un kilómetro de nuestros juzgados indiferentes y de nuestras iglesias consentidoras". Ibid., 86. También es ésta su actitud en la reseña del libro de Benjamín Subercaseaux antes citada: "Pero nosotros, su clase y la mía, usted y yo, tenemos la culpa de la ceguera que existe en esas dos pulgadas del rostro, la cual nos ofende a ambos como una especie de traición a la casta. Nosotros no hemos cuidado a Juan-apir y Juan-gañán, ni en la ración del alimento que se le debía, ni en las varas de tela de sus ropas; menos aún en la altura de su techo, y no le dimos la parte que había menester de juegos y de música coral a la intemperie". "Benjamín Subercaseaux y su libro...", 101.

28. Pablo Neruda. "Los indios" en "V. La arena traicionada". *Canto General,* ed. Enrico Mario Santí. Madrid. Cátedra, 1992, p. 343.

29. La desesperanza un poco injusta de Mistral respecto de la vitalidad de la cultura indígena de nuestro país, y su fundamentación de la misma en la pérdida de la tierra por parte del pueblo araucano, se advierte en estas frases: "Perdiendo, pues, la propiedad de su Ceres confortante y nutridora, estas gentes perdieron cuantas virtudes tenían en cuanto a clan, en cuanto a hombres y en cuanto a simples criaturas vivas. Dejaron caer el gusto del cultivo, abandonaron la lealtad a la tribu, que derivaba de la comunidad agrícola, olvidaron el amor de la familia, que es, como dicen los tradicionalistas, una especie de exhalación del suelo, y una vez acabados en ellos el cultivador, el jefe de familia y el sacerdote o el creyente, fueron reentrando lentamente en la barbarie". "Música araucana", 84-85.

30. Por supuesto que Gabriela se da cuenta de que los tres personajes principales del "Poema..." son *de algún modo* uno solo, ella misma. Lo dice en "Cordillera". Además, de una manera un tanto extraña, creo que coquetea ahí mismo con la vinculación entre esta estructura tripartita del personal del "Poema de Chile" y la Santísima Trinidad:

Vamos unidos los tres
y es que juntos la entendemos
por el empellón de sangre
que va de los dos al Ciervo
y la lanzada de amor que
nos devuelve, entendiendo,
cuando los tres somos uno
por amor o por misterio.

En todo caso, creo que vale la pena citar aquí también algunas de las consideraciones preliminares en su conferencia sobre *O Menino Poeta,* el libro de Henriqueta Lisboa: "El poeta comprende a criança como seu semelhante; mais ainda, como seu irmão gêmeo. A gente diz dele o qui diz da criança: que se tornam bobos por cualquer cousa; que não teem noçao do tempo; que são de uma insensatez não circunstancial, mais normal; que sofrem por uma bagatela e por outra bagatela são felizes; que levan muito a sério a sua musiquilha e por ela sacrificam as cousas serias da vida; que são mais fáceis de enganar do que uma bestiola; que não teem defensa para vivirem entre os espinhais do mundo; que são volúveis e incontetáveis, o poeta como a criança". Precisemos ahora nosotros: el poeta, el niño y la bestiecilla, es decir, los tres personajes centrales del "Poema de Chile".

31. De ahí que Falabella distinga en el conjunto del texto, junto con poemas "descriptivos" y "dialógicos", una clase de poemas "líricos", en los que "predomina la función expresiva a través de un 'yo' lírico". *¿Qué será de Chile en el Cielo?"...*, 11 *et sqq.* Yo creo que su intuición es correcta, pero que sería preferible pensar no tanto en poemas como en aspectos diferentes del funcionamiento del lenguaje y, en última instancia, de la sensibilidad que lo utiliza.

32. Patricia Pinto Villarroel. "La mujer en *Poema de Chile*: entre el decir y el hacer de Gabriela". *Acta Literaria,* 14 (1989), 35.

33. Por ejemplo, en Magdalena Spínola. *Gabriela Mistral...,* 68. Daydí-Tolson reproduce la información en la página 125 de su libro.

34. Jaime Quezada afirma que en algún momento de su composición el "Poema de Chile" fue pensado como un libro para enseñarles geografía a los niños y yo le creo, aunque por otro lado su utilidad pedagógica me parezca harto dudosa. "Gabriela Mistral...", 472.

35. Por ejemplo, en "La geografía humana: libros que faltan para la América nuestra" (1929) y "Una mujer escribe una geografía" (1934) Ambos en *Magisterio y niño,* 136-140 y 120-123 respectivamente.

36. Mistral escribió sobre Lagerlöf en "Tiene setenta años Selma Lagerloff", un artículo de 1929. Reproducido en *Gabriela Mistral piensa en...,* 21-24. Daydí-Tolson considera esta influencia en *El último viaje...,* 43-44.

37. Mucho ruido se ha hecho con ellas, pero la misma Mistral pone las cosas en su sitio cuando en una carta a Matilde Ladrón de Guevara le confiesa que "me anuncian el envío de muchas obras geográficas. Ignoro todavía si se trata de esos libros chilenos, (han llegado y son muchos y son excelentes) o de uno de tantos paquetes de libros que llegan para mí. El daño de estos asuntos es el que yo tengo ya escrita la mayor parte del poema sin más recursos que el de mi mala memoria". Matilde Ladrón de Guevara. *Gabriela Mistral...",* 156.

38. *Genio y figura...,* 80, y luego 109-111.

39. En el *reel* número uno de los manuscritos en el Congreso de Estados Unidos, Mistral anota que, junto con "Contar en metáforas la

largura de Chile, sus 3 climas, etc." y "hacer hablar al niño en chileno y que hable bastante", el otro de sus propósitos en el "Poema..." es "Contar finalmente el que no me dejan volver".

40. Considérese, por ejemplo, esta cita, muy conocida, de una carta a Matilde Ladrón de Guevara en los años cincuenta, también durante el período italiano de Mistral: "*¿Por qué odia tanto el chileno?* Lo único que allá en Santiago observé en la calle fue la *mirada,* que es mi documento *en toda tierra.* Y vi, vi, vi las que echaban sobre mí. Fueron sólo tres salidas, tal vez dos, y tengo presentes esos ojos de curiosidad redondamente hostiles. Yo salí de Chile *obligada y forzada* por don Jorge Matte, Ministro de Educación. A causa de aquel nombramiento para el Instituto de Ciencias Internacionales de París. Quería quedarme con mi madre hasta su muerte. Me lanzaron, y como tengo un fondo de vagabundaje paterno, me eché a andar y no he parado más". *Gabriela Mistral...,* 163-164.

41. *The Interpretation of Dreams,* tr. de James Strachey para *The Standard Edition,* Vol V, p. 553.

42. "¿Hay alguna razón para que un recuerdo de la niñez nos presente más dificultades de interpretación que un sueño?". "Leonardo da Vinci and a Memory of his Childhood", tr. de Alan Tyson para la *Standard Edition,* Vol. IX, p. 93. Otros dos textos de Freud, a propósito de la conexión entre el sueño (o el ensueño, hay en esto ciertos matices en los que no tengo tiempo para detenerme) y la creación artística, poética sobre todo, parecen ser una carta al Wilhelm Fliess del 7 de julio de 1908, donde Freud dice que en el ensueño "una nueva experiencia es proyectada de vuelta al pasado en la fantasía de manera que las nuevas personas [véase la nota siguiente sobre la noción de "fantasma"] se alinean con las antiguas, quienes se convierten en sus prototipos. La imagen realista del presente es vista en un pasado que se fantasea y que entonces proféticamente se transforma en el presente", y una conferencia de 1907, en la que, después de hacerse la pregunta "¿Cuáles son las fuentes desde las cuales ese extraño ser, el creador literario, obtiene su material", se responde diciendo: "Una experiencia fuerte en el presente despierta en el creador literario el recuerdo de una experiencia anterior (por lo general perteneciente a su niñez) desde la cual proviene un deseo que encuentra su cumplimiento en la obra creada. La obra misma muestra elementos de la ocasión reciente que la provocó tanto como del recuerdo antiguo". Respectivamente: Sigmund Freud. *The Complete Letters of Sigmund Freud to Wilhelm Fliess 1887-1904,* tr. Jaffrey Moussaieff Masson. Cambridge, Massachusetts, y

London. The Belknapp Press of Harvard University Press, 1985, p. 320; y Sigmund Freud. "Creative Writers and Day-Dreaming", tr. I.F. Grant Duff para la *Standard Edition,* Vol. IX, pp 143 y 151. Como vemos, en ambos casos Freud traslada sus descubrimientos sobre la naturaleza y los mecanismos del sueño, en particular la idea del sueño como el cumplimiento sustitutivo de un deseo y la dialéctica entre el "contenido manifiesto" y el "contenido latente", al campo de la creación literaria.

43. Transcribo la definición de Jean Laplanche y Jean Bernard Pontalis: "Escenificación imaginaria en la que se halla presente el sujeto y que representa, en forma más o menos deformada por los procesos defensivos, la realización de un deseo y, en último término, de un deseo inconsciente". *Diccionario de psicoanálisis,* tr. Fernando Cervantes Gimeno. Barcelona. Labor, 1971, p. 141.

44. Fernando Alegría, perspicaz observador de detalles como éste, aporta una anécdota que me impresiona, aunque no me asombra. Haciendo dormir al hijo menor del poeta Juan Guzmán Cruchaga, Gabriela le dice: "Porque habís de saber pus niño que en la noche cuando estai dormío se te empiezan a soltar los miembros y, brazo por brazo, pierna por pierna, nariz por un lado, oreja por el otro, ojos, boca y cuanto hay salen volando a recorrer el mundo". *Genio y figura...,* 15.

45. Georgina Sabat-Rivers confecciona un mapa de esta tradición en *El "Sueño" de Sor Juana Inés de la Cruz. Tradición literaria y originalidad.* London. Tamesis, 1977, pp. 23-54. De paso, me llama la atención en el trabajo de Sabat-Rivers que una de las imágenes del sueño más comunes entre las que ella detecta sea la de "la montaña". *Ibid.,* 25-26.

46. Dice Santiago Daydí-Tolson: "La figura del fantasma corresponde bastante bien a la idea que la poeta tenía de sí misma en los últimos años de su vida. A pesar de verse como espíritu liberado del mundo y en peregrinación última hacia Dios —auténtica convicción religiosa y no simple imagen literaria—, ella resume en su prefiguración ficticia de 'alma en pena' los rasgos predominantes que la definen como persona en el mundo: el ser maestra y poeta, madre y guía que muestra y enseña cumpliendo con el deber altísimo de su doble profesión". *El último viaje...,* 24. Insiste en esta interpretación al final de su libro, 198-199.

47. Repite Gabriela en los versos veintitrés y veinticuatro de "El Mar": "Nadie nos llamó de tierra / adentro: sólo éste [el mar] llama".

También al fin, en "Despedida": "Ya me voy porque me llama / un silbo que es de mi Dueño". En todo caso, debe tenerse presente que este verbo "llamar" es característico del discurso ocultista. Se encuentra en numerosos textos de Mistral, algunos de los cuales mencionamos en el Capítulo V y de los cuales "Aniversario" es un ejemplo más complejo que la mayoría (habla ahí del gran "Llamador", el que aún no los llama ni a ella ni a Miguel más allá de la parálisis metafísica en la que ambos se encuentran en ese momento). Por último, recuérdese también que "llamar" es el verbo que se usa habitualmente para nombrar la actividad que el *medium* espiritista realiza en la *séance.*

48. *The Interpretation...,* 68; también en *Introductory Lectures on Psycho-Analysis,* tr. de James Strachey para la *Standard Edition.* Vol. XV, p. 129.

49. Sor Juana Inés de la Cruz. *Respuesta a Sor Filotea de la Cruz* en *Obras escogidas, 123*

50. *Vid.:* Nota 11 en el Capítulo I.

51. Mary Louise Pratt. "Women, Literature, and National Brotherhood" en Emilie Bergmann *et al. Women, Culture, and Politics in Latin America.* Berkeley, Los Ángeles, Oxford. University of California Press, 1990, pp 66 y 69 respectivamente.

52. "... Al considerar que sólo un número muy reducido de los pensamientos-sueño que se nos revelan se hallan representados en el sueño por uno de sus elementos ideacionales, podríamos concluir que la condensación se efectúa por omisión, que el sueño no es una traducción fiel o una proyección punto por punto de los pensamientos-sueño, sino una versión de ellos sumamente incompleta y fragmentaria. Esta visión, como pronto lo descubriremos, es muy inadecuada. Pero podemos tomarla como un punto de partida provisional y avanzar hacia una nueva cuestión. Si sólo unos pocos elementos de los pensamientos-sueño encuentran el camino hacia el contenido del sueño, ¿cuáles son las condiciones que determinan su selección?". *The Interpretation...,* Vol. IV, 281. Repite Freud después, en las *Conferencias introductorias...*: "La omisión, la modificación, la fresca agrupación del material —éstas, entonces, son las actividades de la censura del sueño y los instrumentos de la distorsión". *Introductory Lectures....,* 140.

53. *The Interpretation...,* Vol. V, 621.

CAPÍTULO VIII

Iba espesando la noche / y creciendo mi locura...
La espera inútil

Primicias de la atracción que Mistral sintió por la locura se encuentran en las prosas poéticas que publicaron los cuatro periódicos del Norte Chico con los que estuvo vinculada entre 1904 y 1910 y que en esta última década reunió Pedro Pablo Zegers en dos volúmenes aparecidos ya y uno más por aparecer. Es reconocible también en por lo menos uno de sus textos narrativos juveniles, los que hoy día pueden leerse en el volumen antológico *La niña Lucila escribe cuentos,* que recopiló y publicó Hugo Cid en 1995. Finalmente, la detectamos con claridad en uno de los poemas que puso en circulación Raúl Silva Castro con ocasión del homenaje que le rindieron a la escritora los *Anales de la Universidad de Chile,* en 1957, y que es un poema que, aun cuando forma parte de *Desolación,* fue compuesto siete años antes de que ese libro se imprimiera. Pero lo cierto es que esta inquietud de Mistral desborda el tratamiento no siempre demasiado inaudito que ella le da en sus escritos tempranos. Asaz profusa en el conjunto de su obra, el que la constelación de sus significantes no haya sido estudiada hasta ahora con suficiente rigor es una más entre las muchas lagunas que plagan su crítica. Baste señalar que la bibliografía de Patricia Rubio consigna al respecto apenas un artículo, el que lleva la firma de Santiago Daydí-Tolson y que se dio a conocer en 1983[1]. Después de revisar nosotros lo que Daydí escribió ahí, sentimos que nos cuesta estar de acuerdo con su dictamen de que en la poesía posterior a *Ternura* es "el carácter religioso" el que define "el valor significativo de la caracterización de la hablante como loca"[2]. Pero, para empezar a familiarizarnos con la recurrencia de la locura en los libros poéticos de Mistral, piénsese por lo pronto en subtítulos tales como "La desvariadora", en *Ternura,* "Alucinación" e "Historias de loca", en *Tala,* y "Locas mujeres" y "Desvarío", en *Lagar* y *Lagar II.* Si a eso se suman algunos títulos de poemas específicos ("Locas letanías", en *Tala,* "La fervorosa", de *Lagar,* y "Dos trascordados", "La trocada" y "El extraviado", en *Lagar II)* y el conocido autorretrato de "Todas íbamos a ser reinas, donde ella pinta a una joven "Lucila, que hablaba a río / a montaña y cañaveral" y que "en las lunas de la locura / recibió reino de verdad", lo mismo que su definición de la poesía como una "materia alucinada", es como para creer que hay en todo esto no poco paño que cortar.

Por cierto, la meditación en torno a la pareja mujer y locura constituye uno de los paraderos favoritos del pensamiento feminista contemporáneo y no sólo contemporáneo. Sabemos por ejemplo que Mary Wollstonecraft, la madre fundadora del feminismo británico, quiso dedicarle a este asunto una novela en los años finales de su vida pero que su mutis del tablado de este mundo le impidió llevar a cabo tan encomiable propósito. Con todo, es en el descentralizador pensamiento metropolitano de las últimas tres décadas donde la relación entre lo femenino y la insensatez adquiere una contradictoria centralidad. Su reincidencia textual, sus implicaciones semánticas y semióticas y sus repercusiones para la confección de una agenda política liberacionista han sido discutidas y sopesadas en oportunidades diversas y por autores y autoras de mérito no menos diverso. Un ejemplo chileno, que no deja de recordarnos aquello que observaba Susan Sontag a propósito del voyerismo y la capacidad de manipulación y control que son inherentes a la práctica del arte de la fotografía, es un libro en el que colaboraron en 1994 la novelista Diamela Eltit y la fotógrafa Paz Errázuriz. Su título es *El infarto del alma* y constituye una doble indagación, al mismo tiempo visual y lingüística, de la experiencia amorosa, la masculina y la femenina, entre los pobladores de un recinto para lunáticos en la comunidad de Putaendo, en el norte de nuestro país[3].

Por mi parte, me parece de la más rudimentaria justicia poner en marcha el presente capítulo constatando que, aunque en su libro pionero de 1961 Michel Foucault no se haya referido a ello expresamente, al hacer una crítica de los procedimientos psiquiátricos de la época que los franceses llaman clásica y al oponer así la otredad de la locura a los códigos de funcionamiento del tipo de conciencia dominante en el discurso clínico de la temprana modernidad, estaba dejando la puerta abierta para un tratamiento posterior y consecuente de la ecuación entre locura y diferencia genérica y/o sexual. No es raro entonces que haya sido el mismo Foucault quien se hizo cargo de este enlace algunos años más tarde, en el primer volumen de su *Histoire de la sexualité,* diciendo que desde el siglo XVIII en adelante la "histerización del cuerpo de la mujer" constituye una clave de la vida europea moderna y que la misma se cumple a través de "un triple proceso según el cual el cuerpo de la mujer fue analizado —calificado y descalificado— como cuerpo integralmente saturado de sexualidad; según el cual ese cuerpo fue integrado, bajo el efecto de una patología que le sería intrínseca, al campo de las prácticas médicas; y según el cual, por último, fue puesto en comunicación orgánica con el cuerpo social (cuya fecundidad regulada debe asegurar), el espacio familiar (del que debe ser un elemento sustancial y funcional) y la vida de los niños (que produce y debe garantizar, por una responsabilidad biológico-moral que dura todo el tiempo de la educación)". Concluye Foucault: "la Madre, con su imagen negativa, la de la 'mujer nerviosa', constituye la forma más visible de esta histerización"[4].

Pero no sólo eso. El historiador y filósofo francés había emprendido ya, a comienzos de los años sesenta, una búsqueda no menos provechosa con vistas al deslinde de una vía alternativa de acercamiento a nuestro asunto. En las páginas de *Folie et déraison: Histoire de la folie à l'âge classique,* la locura era, llegaba a ser para él, con una audacia de cuyos dividendos de crítica práctica continuamos siendo usufructuarios hasta nuestros días, una construcción cultural. Muy a tono con el espíritu de aquella época díscola, los locos de Foucault dejaban de ser los enfermos que estaban siendo desde hacía un par de siglos y se transformaban en los portadores de una "conciencia trágica" a la que, por medio de la superimposición de toda clase de códigos, "filosóficos", "científicos", "morales" o "médicos", el orden simbólico habría estado evadiendo sistemáticamente"[5].

Una posición similar a la de Foucault es la que adopta también por esos años R. D. Laing, en Inglaterra, y que es la misma que mantiene su vigencia en un ensayo de Susan Sontag de 1973. En *Sanity, Madness, and the Family,* de Laing y Esterson, una obra de 1964, en la que esos autores entregan los resultados de una investigación de once casos de esquizofrenia femenina, su veredicto es que la esquizofrenia no es un "hecho" sino (cuando mucho) una "hipótesis" y que no puede ni debe ser tratada como si ella fuera una enfermedad fisiológica, ya que se trata más bien de un proceso social, el que resulta de veras comprensible sólo cuando se toma en cuenta lo que Laing y Esterson designan como el "nexo" del paretesco:

> No se ha descubierto un criterio clínico objetivo y en el que todo el mundo esté de acuerdo para el diagnóstico de la "esquizofrenia".

> No se ha descubierto consistencia alguna en cuanto a la personalidad presicótica, a su curso, duración o resultado. Gentes con autoridad para hacerlo sostienen todas las opiniones que son concebibles respecto de si la "esquizofrenia" es una enfermedad o un grupo de enfermedades; también, respecto de si una patología orgánica ha sido, o puede esperarse que sea, hallada.
>
> No existen descubrimientos anatómicos patológicos *post mortem.* No hay cambios estructurales orgánicos perceptibles en el curso de la "enfermedad". No hay cambios fisiológico-patológicos que puedan correlacionarse con estas enfermedades. No hay un acuerdo general respecto del valor comprobado de cualquier forma de tratamiento, excepto quizás las relaciones interpersonales sostenidas y cuidadosas y la tranquilidad. La "esquizofrenia" se presenta en las familias, pero no se atiene a ninguna ley clara. Por lo general, parece no tener efectos adversos sobre la salud física y, con el cuidado correspondiente de por medio, no causa la muerte ni acorta la vida. Ocurre en todos los tipos constitucionales. No se asocia con ningún otro disturbio físico.
>
> [...]
>
> ... nosotros tenemos interés en lo que podría designarse como el *nexo* familiar, esa multiplicidad de personas que derivan del grupo de parentesco, y de otros que, aunque no estén limitados por los lazos de parentesco, son considerados miembros de la familia. Las relaciones de las personas en un nexo se caracterizan por una influencia recíproca, cara a cara, en la experiencia y la conducta de cada uno, que es duradera e intensiva[6].

En cuanto a Sontag, extraigo de su ensayo sobre Artaud el siguiente párrafo:

> Los valores de la sanidad no son ni eternos ni "naturales" y no existe un significado evidente y de sentido común para la condición de estar o ser insano. La percepción de que alguna gente está loca es parte de la historia del pensamiento, y la locura requiere de una definición histórica. La locura, que es el no tener sentido [*not making sense*], consiste en realidad en decir aquello que no debe tomarse en serio. Pero esto es algo que depende enteramente del cómo una cultura dada define el sentido y la seriedad; las definiciones han variado ampliamente a través de la historia. Lo que se denomina insano es eso que de acuerdo con las determinaciones de una sociedad particular no debe ser pensado. La locura es un concepto que establece límites; las fronteras de la locura definen lo "otro". Una persona loca es alguien cuya voz la sociedad no quiere escuchar, alguien cuya conducta es intolerable y que debe por lo tanto ser suprimida. Diferentes sociedades usan diferentes definiciones de lo que constituye la locura (esto es, de lo que no tiene sentido). Pero ninguna definición es menos provinciana que cualquier otra[7].

Construcción cultural entonces, el diagnóstico psiquiátrico que sindica a un individuo como carente de razón, y que a causa de eso instala entre él y sus prójimos la temible barrera de la camisa de fuerza, acaba siendo, para las corrientes inconformistas del pensamiento contemporáneo, una estrategia mediante la cual El Poder procede tanto a una caracterización de la diferencia desde el punto de vista de su propia (y presunta) identidad, como a su reducción y reprogramación por medio de un dispositivo de freno y dominio cuya llave maestra la constituye desde mediados del siglo XVIII la perturbadora ambigüedad del asilo. Manicomio, loquera u hospital psiquiátrico, las varias y sucesivas encarnaciones de este eficientísimo aparato humanitario y represivo han de considerarse como otras tantas metáforas que en el

Occidente moderno vehiculizan un abanico de teorías hegemónicas acerca de la otredad o mejor dicho, acerca del terror hegemónico de la otredad.

Ahora bien, yo tengo la impresión de que las tesis (y las investigaciones puntuales) adelantadas por Foucault y compañía a principios de los años sesenta, hicieron posible el ensayo de un modo particularmente iluminador de concebir la relación entre la locura y lo femenino. Como señalábamos en otra parte de este mismo libro, Freud hasta cierto punto y Simone de Beauvoir abiertamente habían identificado desde hacía mucho tiempo el espacio de lo femenino como el producto de una construcción cultural. Si el planteamiento de Foucault sobre la índole también cultural de la locura resultaba ser por otro lado sostenible, entonces era fácil promover un acercamiento entre ambos términos y afirmar así que la relación entre lo femenino y la demencia no era sólo el producto de la victimización de la mujer en un mundo genéricamente injusto sino algo aún más complejo y profundo. La ecuación entre locura y femineidad devenía al cabo en un caso particular de la ecuación general entre diferencia y locura. Si el loco era el otro del orden simbólico en sentido amplio, la mujer era el otro del orden genérico en sentido estricto. Las mujeres eran "locas" no por ser locas sino por ser "otras".

Tal es el punto de vista que hace suyo Elaine Showalter en un libro de 1985. Me refiero ahora a *The Female Malady, Women, Madness, and English Culture 1830-1980.* Específicamente, Showalter arguye que existe en Occidente "una alianza fundamental entre mujer y locura", que esa alianza se concreta a todo lo largo de "una tradición cultural que representa a la mujer *en términos* de la locura" y que así es como, durante el desarrollo de nuestra historia, o más bien durante el desarrollo de la historia de nuestra modernidad, la locura ha sido interpretada por excelencia cual si se tratara de una *female malady* [8].

Showalter aduce en apoyo de su tesis el criterio primeramente de los médicos victorianos ingleses, a quienes, dada la supuesta inestabilidad constitucional del aparato reproductivo femenino, "les parecía una maravilla que una mujer pudiese tener esperanzas de vivir una vida completa de salud mental"[9], y después el de sus sucesores darwinianos, prefreudianos, freudianos y aun postfreudianos, quienes van a formular el juicio de que la "histeria" y la "esquizofrenia" (o lo que esos admirables facultativos designaron como tales) constituyen acompañamientos necesarios o en cualquier caso típicos de la organización fisiológica y/o psíquica femenil[10].

La conclusión de Showalter no se hace esperar y es del todo congruente con la de Sontag que nosotros citamos con anterioridad: en el lenguaje del androcentrismo hegemónico, la locura es un significante que encubre un significado innombrable como no sea a través de su reducción al plano de la disfuncionalidad. Ese significado es a menudo el de la diferencia femenina, cualquiera que ésta sea o pueda ser, la que, aunque existe, no tiene cabida como tal en el universo de las representaciones culturales edípicas.

Un grave problema aflora aquí, sin embargo. Porque no cabe duda de que una cosa es la otredad que el uno establece *vis-á-vis* aquél o aquélla a quien ese uno no quiere o no puede representar y algo muy distinto es la otredad que el otro o la otra supuesto/a o verdadero/a se adjudica a sí mismo/a. El caso de la otredad americana nos ofrece un ejemplo que acaso pudiera traerse a colación, ya que, habiendo sido otros para el invasor europeo desde el primer día del fatídico "encuentro", en un determinado momento de nuestra historia los pobladores de este continente empezamos a ser otros también para nosotros mismos. En la historia de la mujer occidental moderna, poco cuesta detectar las huellas del mismo desplazamiento. Al principio, según las investigaciones de Showalter ya citadas, la locura es el significante que también en este dominio encubre un significado al que no se puede apropiar *como tal.* Es decir que, al menos en esa etapa del proceso de su resemantización estratégica, la locura constituye el rasgo mediante el cual el uno naturaliza y simultáneamente desjerarquiza a un/una sujeto a cuya diferencia no tiene acceso y haciendo de ese/esa sujeto el otro (o la otra) de la propia sanidad.

A corto o mediano plazo, sin embargo, el ser otra y loca se transforma en una característica asumida como suya por la mujer a quien la locura le fue impuesta en un primer momento desde afuera. Es ella ahora, son las representaciones elaboradas desde y por su propio imaginario, las que así lo demuestran, como ocurre en numerosas referencias del *corpus* discursivo *escrito por mujeres* a cuya significación dedicaron su trabajo erudito Gilbert y Gubar en los años setenta[11]. El hecho es que, cuando la dirección del proceso de resemantización obedece a este segundo objetivo, él mismo va a parar casi indefectiblemente entre las ruedas molares de un dilema axiológico. El reconocerse ella como otra e insana con respecto a ese uno y sano que fue quien la diagnosticó otra e insana en primera instancia puede implicar o una asunción acrítica por parte de la mujer de la ideología falocéntrica (*mutatis mutandis,* es el americano o el tercermundista que se autoescarnece por el solo hecho de serlo), o puede implicar una asunción de esa misma ideología pero cambiándole el signo de valor. En este último caso, la comprobación de la diferencia irá aparejada con un crecimiento de la dosis de autoestima en la sujeto que la ostenta, lo que hace de esa misma diferencia un factor equivalente o aun superior a los reclamos jerárquicos del principio de identidad. Constituida por la locura, la diferencia no disminuye ahora a la sujeto de marras sino que por el contrario es aquello que la dota de un ser y, tal vez, de un ser mejor.

Obviamente, entre esto y la utilización de la locura como un acápite central dentro de la plataforma política del separatismo genérico hay sólo un paso. Es, hasta cierto punto, el que da Julia Kristeva en *La révolution du language poétique* y otros escritos posteriores. Su alegato en favor de la persistencia de "lo semiótico" (*grosso modo*, del imaginario lacaniano) como un especie de discurso inserto, aunque sepultado y sólo a medias reprimido, dentro del discurso de "lo simbólico", así como su enaltecimiento de todos aquéllos que existen y/o trabajan dentro del "revolucionarismo" potencial o real de esa misma persistencia, Lautréamont, Mallarmé, Joyce, Bataille[12], entre otros, puede ser leído y desplazado, y lo ha sido en realidad (aunque en rigor sea la propia Kristeva quien hegelianamente puntualiza que tales "revolucionarios" libraron siempre sus combates desde el interior de una razón adulta a la que no es posible abdicar[13]), en términos de un repudio de cualquier contacto entre el ámbito homogéneo de la cultura del hombre y el heterogéneo de la cultura de la mujer. De igual manera, el elogio de la histeria, en el que se embarcaron Hélène Cixous y Luce Irigaray durante las décadas del setenta y ochenta, o el de la esquizofrenia, en el que ya habían incurrido algunas escritoras angloamericanas de los cincuenta y sesenta, entre las cuales la más interesante parece ser Doris Lessing, no es otra cosa que una relectura con viento a favor de una de las "enfermedades" psíquicas que el patriarcalismo ha achacado al cuerpo femenino desde hace cien o más años. Si para Cixous e Irigaray la histeria de las mujeres de fines del XIX y comienzos del XX fue el mejor expediente al que esas mujeres pudieron recurrir para manifestar su descontento con un régimen genérico atroz, y que es un régimen que además había tenido el buen cuidado de cancelarles cualquier otra forma de disenso[14], para Lessing, de acuerdo con el R. D. Laing de *The Politics of Experience* [15], en nuestro propio siglo la esquizofrenia se transforma en nada más ni nada menos que un modo superior de la lucidez[16].

Dilema es éste que lo que implica en último término de parte de la mujer occidental moderna es su renuncia a la parcela que le corresponde en el patrimonio simbólico acumulado por la historia de la civilización. Para el feminismo no separatista, se entiende que ésta no sea una concesión aceptable. Constituye para todo/as aquéllos/as que privilegian semejante postura no tanto una rebeldía, que como se ha visto es lo que quisieran que fuese sus promotores/as, como el autocercenamiento de un potencial de lucha que se sabe útil para llevar a cabo con éxito la empresa revolucionaria que se pretende fortalecer al dejárselo de lado. La crítica de Juliet Mitchell a Julia Kristeva[17], las puntualizaciones de esta última que recién señalamos y algunas más a las que hicimos referencia en otro lugar de nuestro libro, el planteo de Showalter, en cuanto a que ha llegado ya la hora en que "las conexiones culturales entre las 'mujeres' y la 'locura' deben ser desmanteladas"[18], al igual que la temprana interrogación de Shoshana Felman, quien con perplejidad un tanto retórica se preguntaba en 1975 "¿cómo, si 'la mujer' es precisamente el Otro de cualquier locus teórico discursivo concebible en Occidente, puede la mujer en cuanto tal estar hablando en este libro?"[19], son todos intentos de preservar el espesor de lo particular femenino pero sin someterlo a cualesquiera sean los patrones creados para acorralarlo por/en el discurso de la falaz (dominante en todo caso) generalidad masculina.

Mi opinión es que en la obra poética de Gabriela Mistral puede detectarse un gradual y confuso acercamiento a esta problemática. Sin que con esto yo esté haciendo de ella una feminista postmoderna *avant la lettre,* ni tampoco tirando por la ventana las contribuciones de Santiago Daydí-Tolson a un debate al que ni él ni yo le vamos a pone fin ahora, y ni siquiera su improbable juicio de que la locura de nuestra poeta es de preferencia después de su segundo libro una locura religiosa, en la línea del irracionalismo místico paulista, me gustaría ensayar en lo que sigue un abordaje metodológicamente más flexible y capaz de moverse en una dirección sincrónica y diacrónica a la vez.

En el primero de estos dos ejes, digámoslo desde ya, la locura mistraliana se asimila a tres perspectivas semánticas de sobra conocidas, que el vocablo ha acarreado de suyo desde siempre y que se suponen entre sí, lo que avala incluso la definición de la Real Academia Española. Me refiero a la "exaltación del ánimo o los ánimos, producida por algún afecto u otro incentivo", a la "privación del juicio o del uso de la razón"[20] y (lo que la Academia no dice, pero consta en el imaginario común) a la alucinación sustitutiva, complementaria o (si se prefiere hacer uso del término psicoanalítico) defensiva que el individuo traumado produce para aliviarse con ello del espanto de sus sufrimientos. No debiera sorprendernos, en este mismo sentido, que el Freud maduro definiera la psicosis en rigurosa contraposición con la neurosis, haciéndose eco de cada una de las variables que incluye la perspectiva común, cientifizándolas por así decirlo. Con su llamada "segunda teoría del aparato psíquico", el doctor de Viena concluyó que la psicosis produce primero "una ruptura inmediata entre el *ego* y la realidad, dejando al *ego* bajo la influencia del *id* ; y que luego, durante una segunda etapa —en la que se desatan las alucinaciones— se supone que el *ego* reconstruye una nueva realidad de acuerdo con los deseos del *id* "[21]. Pero, cualquiera sea el encadenamiento freudiano de las mismas, si es cierto que tales variables existen en el trámite lírico de escritora chilena, ello es al modo de compartimentos muy amplios y que Mistral llena de diferentes maneras en épocas de su vida también diferentes. Es aquí donde una consideración diacrónica parece aconsejable. Empezaremos a ensayarla con un breve repaso de sus escritos primeros.

En las prosas poéticas de 1904 a 1909, la locura como entusiasmo excesivo y como desviación (diferencia) de la sujeto que la experimenta de (o con respecto a) una conducta "juiciosa" o "razonable" aparece configurada con gran nitidez. En el primero de estos dos sentidos, la encontramos a veces como "locura del amor", que es lo que ocurre en "Carta íntima" ("No reclamo para estas incoherencias del delirio de mi alma, nada sino una lágrima de tus ojos..."[22]) y en otras como "locura de arte", según se lee en "Página de un libro íntimo" ("Tengo una obsesión: la Gloria, una religión: el Deber; una pasión, una locura: el Arte"[23]). Tópicos son éstos de antiquísima data en la historia de la cultura de Occidente, que al lector culto no pueden serle ajenos de ninguna manera y en los que por lo mismo no vale la pena gastar mucho tiempo. Otra cosa sucede sin embargo cuando a esta locura juvenil mistraliana se le suman connotaciones de extravío y, más precisamente, de extravío asociado a la doble experiencia de la muerte y el duelo. En efecto, el tono general de sus prosas poéticas de esos años, tributario como ya sabemos de sus lecturas de Baudelaire, Poe, Isaacs, José Asunción Silva, Amado Nervo y demás autores de parecido jaez (Dostoyevski casi con toda certeza), revela la presencia precoz en la niña Lucila de un agudo sentimiento de otredad. Es ésta una otredad a la que ella identifica por aquel entonces con la excepcionalidad del "genio", pero que además conecta con una percepción funesta de su propia existencia y la cual, al ser vista desde afuera, es decir, desde el punto de vista de quienes no son como ella, constituiría una forma de locura. Considérense las cuatro citas siguientes, pertenecientes cada una a una pieza distinta:

> ¡Tengo frío, el frío de los desnudos i el miedo de los obsesionados i los malditos. Horrorosa la noche se estiende sobre todo aquello en que se posa mi mirada[24].

> No hay nada más extraño, i triste que ese amor paradójico que hay en el alma por todo lo muerto e ido. I, en esa locura sublime, guardo yo las cenizas de los pensamientos con que adornábamos el pecho...[25].

> Duermen los románticos, los locos sublimes culpables e infortunados de la manía de divinizar. Aún iluminan el rostro exangües los esplendores de las inspiraciones sublimes que brotaron en la mente con fulgencias de soles...[26].

> ... en mi éxtasis de idiotismo inclino la frente abatida, cierro los ojos para no ver las lobregueces tenebrosas de la noche que me envuelve, i miro con los ojos del alma los cielos luminosos que como hermosa techumbre me cobijaron un día...[27].

Como hemos dicho, es éste un conjunto de emociones de filiación nada difícil. En una panorámica mayor, creo que podría pensárselas como una reproducción en positivo, por parte de la joven Mistral, del dicterio platónico contra los poetas, el que los acusa de entronizar los desafueros de la mentira y el emocionalismo sin medida en la república del alma y de ser por lo tanto los detestables enemigos de la Ley. En un marco intertextual algo más angosto, se las puede referir también a la configuración romántica y neorromántica del poeta "maldito" (Mistral usa el adjetivo en la primera de las cuatro citas que acabamos de hacer), espíritu exiliado (el habitar la noche, en la oposición entre el día y la noche de la primera y última citas, es del todo pertinente en cuanto a esto), personaje marginal, en connivencia con la muerte y que circula incomprendido por entre la banalidad y torpeza que distinguen las prácticas del cotidiano burgués[28]. Estos son los contenidos con que la poeta alimenta por aquellos años su extrañeza, su sentirse distinta, *otra,* al margen de la "normalidad" de quienes, como escribirá en

"Los sonetos ...", transitan "por la rosada vía, / por donde van los hombres, contentos de vivir...". Esos contenidos cambian o experimentan modificaciones después. Lo que no cambia es la percepción de su alteridad, el sentimiento a la vez arrogante y penoso de su diferencia.

Más explícito todavía es "El perdón de una víctima", un cuento publicado en *El Coquimbo,* el 11 de agosto de 1904, cuando Mistral tiene apenas quince años. En ese cuento, la protagonista es Esther, "la pobre loca de la aldea"[29], quien ha sufrido una "muerte moral" a causa de la calumnia de que la hiciera objeto un tal Gabriel (!), "arrojando sobre tu [su] honra pura un enorme horror". El cuento acaba con la narración del retorno de Gabriel a la aldea, ya próximo a morir, y con su solicitud de perdón, el que le es concedido por su víctima de otrora: "Sí... murmuró ella dulcemente, tu eres Gabriel i te perdono, que el cielo te perdone también!". Muerto el victimario, los últimos párrafos del cuento pintan a la joven mujer arrodillada junto a su tumba: "es Esther, la pobre loca, vuelta a la razón, allí orando por aquel que amargó sus días con la más enorme de las calumnias...". No cabe, por supuesto, hacer un análisis detallado de este relato de una escritora todavía muy inexperta, salvo para destacar en él el tratamiento de la locura femenina de acuerdo al patrón decimonónico que la concibe en relación con las actuaciones de un actor masculino y la dedicación *post factum,* ahora más propiamente mistraliana, de la vida de la víctima (y la de su razón recuperada) a la custodia eterna del victimario ausente.

Por fin, en uno de los poemas que republicó Raúl Silva Castro en 1957, "La espera inútil", poema éste que apareció por primera vez en la revista teosófica *Luz y Sombra,* en diciembre de 1915, y que después fue incluido con algunas variantes entre los textos de *Desolación,* encontramos un germen del tercer modo de la locura mistraliana: el alucinatorio:

Me olvidé de que se hizo
ceniza tu pie ligero,
y, como en los buenos tiempos,
salí a encontrarte al sendero.

Pasé valle, llano y río
y el cantar se me hizo triste.
La tarde volcó su vaso
de luz, y tú no viniste.

El sol fue desmenuzando
su ardida y muerta amapola;
flecos de niebla temblaron
sobre el campo. ¡Estaba sola!

Al viento frío algún árbol
crujió como un muerto brazo.
Tuve miedo y te llamé:
"¡Amado, apresura el paso!"

"Tengo miedo y tengo amor,
amado, el paso apresura".
Iba espesando la noche
y creciendo mi locura.

Olvidé que ya te han hecho
sordo para mi clamor;
me olvidé de tu silencio
y de tu cárdeno albor;

de tu inerte mano, torpe
ya para buscar mi mano;
de tus ojos dilatados
del inquirir soberano.

La noche ensanchó su charca
de betún; un agorero

búho con la horrible seda
de su ala rasgó el sendero.

Se heló en mi boca en nidal
ardoroso de los besos.
Ascendió una luna lívida,
blanca de un blancor de huesos...

No te volveré a llamar,
que ya no haces tu jornada.
Mi rendida planta sigue;
la tuya está sosegada.

Vano es que acuda a la cita
por los caminos desiertos.
No he de cuajar tu fantasma
entre mis brazos abiertos!

Sobre la brasa del labio
los fríos se han condensado;
los ojos, fuentes de amor,
llama viva, están vaciados![30]

Asigno yo a este poema cierto valor arqueológico porque es uno de los más antiguos entre los que acabarían formando parte del crucial apartado "Dolor", de *Desolación,* y porque en él se desenvuelve con más transparencia que en los otros de ese grupo el motivo espiritista de la comunicación con los muertos unido a la figura de la búsqueda de y/o la espera y la invocación (el "llamado") que la amada le hace al "fantasma" del amado difunto. A propósito de esto, me parece mencionable que uno de los dos cuartetos que Mistral sacó del poema para su traslado posterior a *Desolación* haya sido el noveno, el que habla de "... una luna lívida, / blanca de un blancor de huesos..." y cuya deuda con el famoso "Nocturno" de

José Asunción Silva (recordemos que la "luna pálida" de Silva se convierte en la segunda parte de su propio texto en una metonimia de la palidez de la mujer cadáver) es más que evidente. La locura consiste aquí, claro está, en la negativa de la amada a aceptar la desaparición del amado ("Iba espesando la noche / y creciendo mi locura") y en su desquite del sufrimiento ocasionado por esa desaparición merced a un conjuro alucinatorio del "fantasma" del muerto, conjuro que como vemos ella lleva a cabo contra el trasfondo de un decorado romántico: entre los "flecos de niebla", el "viento frío", el "espesor de la noche", un "búho agorero" y una "luna lívida". Este último ítem, especialmente, es significativo no sólo porque se trata de una reminiscencia del poema de Silva sino porque nos remite de paso a la vieja asociación de la luna con las distintas "fases de la excitación maniática"[31].

Pero, también, aunque ligado al "Nocturno" del colombiano (en cualquier caso desde el punto de vista retórico y, a través del "Nocturno", a una larga lista de textos igualmente morbosos tanto románticos como postrománticos), así como a la tradición que acabamos de mencionar, no es menos cierto que en el poema de Mistral la alucinación de un (re)encuentro con el fantasma del muerto responde también a una fase de auge en la historia de su convivencia con las doctrinas esotéricas. Podría hipotetizarse así que la Esther de "El perdón de una víctima", que en 1904 se arrodillaba para orar sobre la tumba de su victimario, se transmutará diez años después en una mujer que opta por "llamar" a ese victimario de vuelta a su lado, si bien reduciéndolo ahora a la magra condición de un fantasma, esto es, desposeyéndolo de su materialidad (y, por consiguiente, de su peligrosidad masculina). Por eso, es comprensible que el lugar de la primera publicación del poema haya sido la revista teosófica *Luz y Sombra*. A nosotros nos interesa exhumarlo en estas páginas para indicar que esta clase de locura, que, resistiéndose a la finalización del proceso de duelo, alucina el regreso del hombre muerto desde su alojamiento de ultratumba y que tanta importancia cobrará posteriormente en la producción lírica de Gabriela Mistral, no es de origen tardío. Cuando ella la utiliza en "Alucinación", de *Tala,* o en "Locas mujeres", de *Lagar* y *Lagar II,* tenía ya detrás suyo una porción de antecedentes e imbuidos cada uno con un grado de complejidad todavía más grande que la de su predecesor.

Todo este trabajo poético de la primera Mistral desemboca en los poemas de *Desolación.* Previsiblemente, también la locura es en ese libro una invitada de gala, mucho más de lo que registra el artículo de Santiago Daydí, y cuyo desempeño se atiene en mayor o menor medida a las pautas semánticas y retóricas que nosotros acabamos de discernir para su obra temprana. En "Futuro" ("Por hurgar en las sepulturas, / no veré ni el cielo ni el trigal. / De removerlas, la locura / en mi pecho se ha de acostar", 24-25), en "A Joselín Robles" ("yo muerdo un verso de locura / en cada tarde, muerto el sol", 29-30), en "El Dios Triste" ("Y pienso que tal vez Aquel tremendo y fuerte / Señor, al que cantara de locura embriagada, / no existe", 37-38), en "Tribulación" ("y es invierno, y hay nieve, y la noche se puebla / de muecas de locura", 77-78), en "La obsesión" ("me busca con el rayo / de luna por los antros", 89-90) y en "El Ixtlazihuatl" ("y en su luz hablo como alucinada", 145-146) se encuentran quizás los ejemplos de mayor envergadura. La perspectiva es parecida a la de los otros textos que ya comentamos, aun cuando en *Desolación* se observa un control más firme y una elaboración más fina de los materiales poéticos.

"La desvariadora" es el tercero de los siete apartados de *Ternura* y contiene ocho poemas. De ellos, los cinco primeros están dedicados a la "locura materna", esto es, al intento, "de poco juicio, disparatado e imprudente", como hubiese dicho la Academia[32], de retención del hijo por parte de la madre más allá del tiempo que la costumbre le adjudica para el desempeño de su gestión. De ahí que Margot Arce haya dicho, exagerando la nota a mi juicio, que "todos ellos se refieren a las fantasías y disparates de la embriaguez maternal"[33]. Este motivo de la "embriaguez maternal" se conecta con otro, que yo discutí en el Capítulo II de mi libro, el de el-hijo-que-se-va. Complemento de esa pérdida, o de la angustia de esa pérdida, es la solución desesperada que involucra la retención del hijo no importa a qué precio y que protagonizan las madres amantes de los cinco poemas aludidos. "La madre-niña" (255-256), "Que no crezca" (257-259), "Encargos" (260-261), "Miedo" (262-263) y "Devuelto" (264-265) tienen eso en común. En cada uno de estos poemas, hay una mujer que anticipa, teme o rehusa desprenderse de su hijo (o, como en "Miedo", de su hija. Es, en cualquier caso, el único ejemplo femenino respecto del empleo de un motivo cuya formulación típica es la otra).

Todo lo cual estaría indicando que la significación del subtítulo, "La desvariadora", rebasa los límites de una exégesis restrictivamente metapoética. Sin que semejante exégesis me parezca a mí descartable por entero, ya que en efecto coincide con una antigua concepción mistraliana del poetizar, que lo entiende como un "extravío" y el que daría origen a un "don de ver" alternativo (concepción que no sólo es mistraliana, puesto que se trata al fin y al cabo del soñar despierto, del *phantaseieren* y la *rêverie* que a Freud y a Bachelard respectivamente les parecía propio/a de la actividad del poeta[34]), yo opino que esta locura materna es también una emoción que calza con y que podría ser (como se ha sospechado. Valéry el primero de todos) sólo un desplazamiento de la locura amorosa. Santiago Daydí Tolson acierta al describirla en su artículo, cuando formula la hipótesis de que en estos textos de *Ternura* "El desvarío de la mujer madre proviene de un querer romper las leyes naturales, de un deseo iluso de arrancar al hijo de la muerte"[35]. Si Daydí está en lo cierto, y nosotros creemos que lo está en alguna medida —pues no se trata sólo del deseo de la madre de arrancar al hijo de la muerte, sino además del afán de apropiárselo para sí—, entonces el paralelismo entre estos poemas y los que escenifican el retorno del amado difunto es aún más definido.

De los tres poemas finales de "La desvariadora", "La nuez vana" (266-267), "Bendiciones" (268-272) y "La cajita de Olinalá" (273-276), los dos primeros prolongan, aunque con menos decisión que los ya comentados, el motivo de la "embriaguez maternal". No así "La cajita de Olinalá", que responde (éste sí y bien) a una exégesis metapoética, la que yo considero que ha de poner el acento sobre el "desvarío", pero entendiéndolo como una desviación creadora. "Desvariar", "desvarío", "desvariadora" apuntarían, desde este punto de vista, hacia un tipo de actividad mental productiva, que se lleva a cabo a partir de, desde (lat. *des*) la diferencia (lat. *variare*). En seguida, me parece también bastante claro que desvariar se relaciona aquí, incluso fónicamente, con "divagar", término en el cual el prefijo latino *"di"* constituye una marca de separación. Porque divagar es salir a vagar mentalmente, es alejarse uno del que uno es para asumir la otredad poética, lo que supone una operativización del desvarío por la vía del ensueño que la tradición simbolista o neosimbolista (además de Freud y Bachelard y, entre nosotros, de los poetas del modernismo. Piénsese tan sólo en el Darío de "Divagación" y en el Lugones de "Delectación morosa" y "Divagación lunar") presume inherente al proceso de la creación[36]. Por lo mismo, los versos cuarenta y uno *et sqq.* de "La cajita de Olinalá" son de sumo interés. Como ocurre con la "magdalena" de Proust o con el "catalizador" de Eliot, la cajita de Olinalá mistraliana*

* Una nota al pie de página, no sabemos si de la editora o de Mistral, precisa: "Cajitas de Olinalá (México) coloreadas y decoradas, hechas en maderas de olor".

es un estímulo que desencadena el trabajo conjunto del sueño y la poesía y que, al hacerlo, logra que la conciencia "pase" el mar y alcance hasta aquello que se encuentra lejos de ella y la reclama:

Lindos sueños
que hace soñar;
hace reír,
hace llorar...

Mano a mano
se pasa el mar,
sierras mellizas[**]
campos de arar.

Se ve al Anáhuac
rebrillar,
la bestia-Ajusco[***]
que va a saltar,

y por el rumbo
que lleva al mar,
a Quetzalcóalt
se va a alcanzar.

Ella es mi hálito,
yo, su andar;
ella, saber;
yo, desvariar.

Y paramos
como el maná

** Otra nota: Sierra Madre Oriental y Sierra Madre Occidental".

*** Tercera nota: "El cerro Ajusco, que domina la capital".

donde el camino
se sobra ya,

donde nos grita
un ¡halalá!
el mujerío
de Olinalá.

Dejo de lado ahora "Locas letanías", de la sección "Muerte de mi madre" de *Tala,* poema acerca del cual algo dije en el Capítulo IV, y paso a la sección que sigue a ésa, "Alucinación". El subtítulo nos pone en guardia desde luego. Estos poemas, diez en total, despliegan una potencialidad imaginística respecto de la cual cabría decir sin temor de equivocarnos que ella es capaz, en los términos que expusimos recién, de constituir universos completos con los que la hablante se resiste a las demandas del mundo real. Hay, además, desde la primera edición de *Tala,* un subtítulo en el interior de la serie, en rigor el subtítulo de un subtítulo, "Gestos", que separa a los siete últimos textos de los tres primeros. En éstos, cuya unidad Mistral trató de marcar obviamente, "perder" y "robar", o más bien "ser robada", son los dos verbos que orientan el significado, refiriéndolo siempre al terreno común de una sensación de despojo. Porque en "La memoria divina" (403-404), "'La ley del tesoro'" (405-407) y "Riqueza" (408), lo que ocurre es que la hablante tuvo y ha dejado de tener: "la estrella viva" y "la gruta en que pendía / el sol", en el primer poema; "su tesoro", en el segundo[37]; y todo "lo que me robaron", en el tercero (aunque también afirme en este último texto que pese a todo ella "no fue desposeída"). En cuanto a la significación exacta de esa/s posesión/es que la hablante tuvo y que ahora ha dejado de tener, creo que lo único que se puede decir con confianza es que aquello que ya no está junto a ella es, en cada uno de estos poemas, un estado de plenitud asimilable a la vida infantil. De entre los siete textos que restan dentro de la misma sección, varios de ellos espléndidos, yo quiero separar por ahora "Paraíso" (415), un poema corto, misterioso y de importancia también para nuestra pesquisa:

Lámina tendida de oro,
y en el dorado aplanamiento,
dos cuerpos como ovillos de oro.

Un cuerpo glorioso que oye
y un cuerpo glorioso que habla
en el prado en que no habla nada.

Un aliento que va al aliento
y una cara que tiembla de él,
en un prado en que nada tiembla.

Acordarse del triste tiempo
en que los dos tenían Tiempo
y de él vivían afligidos,

a la hora de clavo de oro
en que el Tiempo quedó al umbral
como los perros vagabundos...

A mí me parece que el poema que acabo de citar contiene, al contrario de los tres que comentamos previamente, no el recuerdo de un paraíso conocido por Mistral durante la infancia, *sino la alucinación de un paraíso más propiamente suyo.* Concuerdo entonces con Jaime Concha, quien, en un artículo inédito y que yo cité en otra parte, llama a este poema el de su "encimamiento supremo" y aclarando en una nota que "Paraíso" no es sino "el vértice de un impulso vertical de transformaciones continuas cuya raíz hay que localizarla en la huesa. De ésta, aquél es un bajorrelieve altísimo, la decantación sin peso y espiritualizada del eros subterráneo"[38]. Y, claro está, puesto que la escena es aquí otra vez la que arquetipifican "Los sonetos de la Muerte", el encuentro de ultratumba que protagonizan los que antaño fueron amantes, todo ello en un tiempo sin tiempo (muy distinto por eso "del triste tiempo / en que los dos tenían Tiempo / y de él vivían afligidos", según se lee en los versos diez a trece) y en el marco de una geografía resplandeciente, que constituye un espejo invertido de la subterránea de "Los sonetos...", geografía ésta repujada con los oros de un altar mayor, si no es que con otros oros no tan santos[39], y la que es o va a ser el espacio que ahora rodee a la conversación. Es más: durante el transcurso de la nueva conversación un "cuerpo glorioso" "habla" y el otro "oye". Es de advertir que la escritura poética de Mistral recoge esta imagen alucinatoria en forma directa, sin definirla ni enmarcarla de ninguna manera. Mi impresión, al cabo de este brevísimo examen, y en esto discrepo de Concha, es que, en la historia del imaginario fúnebre mistraliano, el texto de "Paraíso" estaría ocupando un espacio que se encuentra a medio camino entre "Los sonetos...", de *Desolación,* y "Aniversario", de *Lagar.*

La experiencia del tiempo y la muerte, la de los sucesivos encuentros de la poeta con La Poesía, en lo que no es ni más ni menos que su autobiografía creadora, y el moderno motivo del doble son algunos de los materiales con los que están hechas las "Historias de loca", la otra sección de *Tala* de la que ahora deseamos ocuparnos. Cuatro poemas la integran, todos ellos narrativos: "La muerte-niña" (425-427), "La flor del aire" (428-431), "La sombra" (432-434) y "El fantasma". Prolongando el imaginismo de velas desplegadas que como hemos visto domina en la sección anterior y, en general, en el libro todo, por lo que a don Julio Saavedra Molina le parecía que *Tala* era un libro ininteligible, Mistral quiere ahorrarle al lector el trabajo de hacer por cuenta propia una transposición crítica de sus intuiciones y le proporciona ella misma las claves del segundo y del tercero. En las "Notas" del fin del libro, dice, por ejemplo, de "La sombra" que "Ya otras veces ha sido (para algún místico), el cuerpo la sombra y el alma la 'verdad verídica'. Como aquí" (804). Para los efectos de mi análisis, yo preservaré de la advertencia que he copiado sólo la relación negativa de la hablante con su cuerpo y, por eso mismo, su peculiar manejo del motivo del doble. Pienso que Mistral hace en este poema de su "cuerpo" una "sombra" y menos por atenerse a la tradición mística que le sirve de excusa que por construirle una imagen, *una cierta imagen,* al polo oscuro de su conflicto interior. Aunque es largo, lo citaré completo:

En un metal de cipreses
y de cal espejeadora,
sobre mi sombra caída
bailo una danza de mofa.

Como plumón rebanado
o naranja que se monda,
he aventado y no recojo
el racimo de mi sombra.

La cobra negra seguíame,
incansable, por las lomas,
o en el patio, sin balido,
en oveja querenciosa.

Cuando mi néctar bebía,
me arrebataba la copa;
y sobre el telar soltaba
su greña gitana o mora.

Cuando en el cerro yo hacía
fogata y cena dichosa,

a comer se me sentaba
en niña de manos rotas...

Besó a Jacob hecha Lía,
y él le creyó a la impostora,
y pensó que me abrazaba
en antojo de mi sombra.

Está muerta y todavía
juega, mañosa a mi copia,
y la gritan con mi nombre
los que la giran en ronda...

Veo de arriba su red
y el cardumen que desfonda;
y yo río, liberada
perdiendo al corro que llora,

siento un oreo divino
de espaldas que el aire toma
y de más en más me sube
una brazada briosa.

Llego por un mar trocado
en un despeño de sonda,
y arribo a mi derrotero
de las Divinas Personas.

En tres cuajos de cristales
o tres grandes velas solas,
me encontré y revoloteo,
en torno de las Gloriosas.

Cubren sin sombra los cielos,
como la piedra preciosa,
y yo sin mi sombra bailo
los cielos como mis bodas...

Vemos que la hablante de esta "historia de loca" se sitúa a sí misma en un momento y un punto que son posteriores a los de su muerte. El poema está dicho desde allá, lo que se sugiere por primera vez en el verso cuarto, "bailo una danza de mofa", y se confirma en el veintinueve, "Veo de arriba su red...". En ambos casos, el acento se pone sobre la risa nada benigna que en esta mujer desata el logro de su "liberación" definitiva, la que tiene lugar sólo en el marco de esa circunstancia *post mortem.* Lo que ha quedado atrás es la sombra de su cuerpo terreno, su *endowment* físico, por así decirlo, hermano éste de otras sombras y todas ellas piezas de un "cardumen" caído dentro de una "red" o de un "corro que llora". Frente al espectáculo de esa miseria a la vez plotiniana y dantesca, de la miseria de unas vidas humanas que lloran y que son sólo sombras de sombras, Gabriela Mistral fantasea la sensación de libertad que le produce su éxtasis místico, lo que confirma el "oreo divino" del que ella es objeto en el curso de un "derrotero" que la lleva junto a las tres personas de Dios. El espacio de su fantasía es el del cielo o "los cielos", los que por cierto se encuentran "sin sombras", y donde ella "baila" sus "bodas" espirituales.

Se me ocurre a mí que, sin desmedro de la base intertextual religiosa (y no necesariamente ortodoxa, dicho sea de paso), de la que la fantasía del poema que estamos estudiando profita, el mismo constituye un anticipo cierto de lo que va a ocurrir en "Locas mujeres", la primera de las secciones de *Lagar,* y sobre todo en sus seis primeros poemas: "La otra" (593-595), "La abandonada" (596-598), "La ansiosa" (599-600), "La bailarina" (601-603), "La desasida" (604-606) y "La desvelada" (607-609). Quisiera concluir mi trabajo de este capítulo con una revisión más ajustada de ese grupo de textos.

Con sus pretensiones de haber exorcizado al demonio, "La otra" es el primero de ellos y también el primero de los dieciséis que forman la serie "Locas mujeres" en *Lagar.* Es, por otra parte, el primero del libro todo (si bien no lo era en la primera edición, donde ni siquiera aparece), lo que ha dado pie para que se lo entienda alguna vez como una suerte de desplazamiento de la conciencia de la poeta hacia un porvenir que diferiría sustancialmente de su pasado[40] y en otras como el manifiesto de un arreglo de cuentas existencial[41]. En todo caso, lo que no admite duda es que "La otra" representa bien la poesía mistraliana de los años cincuenta, obra ésta de una escritora ya segura de sus medios, dueña de una singular clarividencia, pero a la que tampoco le faltan momentos de escandalosa ceguera. Clarividencia en la percepción de la brecha central; ceguera en la intermitente confianza de haberla cerrado.

En "La otra", al reconocimiento de la fractura esquizoide se oponen las jactanciosas declaraciones del principio y del fin: "Una en mí maté", en el primer verso, y "Yo la maté. ¡Vosotras / también matadla!", en el penúltimo y el último. Si bien es cierto que tales declaraciones insertan este poema en una tradición escrituraria de múltiples recurrencias y no siempre bien explicadas motivaciones, como sabemos la de la moderna literatura del "doble", no es menos cierto que también nos dan la medida de lo que el poema piensa de sí. La reducción de la heterogeneidad a la homogeneidad, de la diferencia a la identidad es eso de lo que alardea quien emite en él las frases, dando de este modo una falsa solución al *pattern* conflictivo que Gabriela Mistral va a mantener en los demás textos del conjunto con un rango de profundidad que crece sin cesar. Por lo pronto, concedamos que "La otra" hace uso de una estrategia confesional algo ingenua y a la que nosotros sentimos más próxima de las intenciones voluntaristas del testimonio autobiográfico que de la buena poesía. A eso se debe la transparencia fanfarrona de la palabra poética, demasiado nítida para concederle todo el crédito que ella quisiera, así como también la versificación deliberadamente fácil, en líneas de arte menor, compuestas de siete y cinco sílabas, lo que de todos modos no es óbice para el denso didactismo que evidencian las tres últimas estrofas. Pero ya en la séptima los signos se habían empañado:

La dejé que muriese,
robándole mi entraña.
Se acabó como el águila
que no es alimentada.

El verso que descuella en esta estrofa es el veinticuatro: "robándole mi entraña". No cabe duda de que éste es un verso perfecto desde el punto de vista gramatical, pero en el que se hace presente una inconsistencia lógica que deja en suspenso la verosimilitud de las acciones del primer plano y que por consiguiente ofrece un ejemplo óptimo de "agramaticalidad", en el sentido que Rifaterre le da al tecnicismo[42]. La misma contradicción nos sale al paso cuando emprendemos un rápido cotejo entre las estrofas segunda y tercera, de un lado, y novena y décima, del otro. Después de asegurarnos en la segunda que "la otra" era "la flor llameando / del cactus de montaña; era aridez y fuego; / nunca se refrescaba" y en la tercera que "Piedra y cielo tenía / a pies y a espaldas / y no bajaba nunca / a buscar 'ojos de agua'", en la novena la hablante afirma que las "hermanas" de "la otra" no sólo acuden a quejársele por haberla eliminado, sino que también le "desgarran" a ella (¿y por qué a ella?) sus "gredas de fuego"; además, en la décima estrofa se sugiere que con las "arcillas" de las "quebradas" las hermanas de "la otra" aún podrían fabricar una réplica que sustituya a ésa que una vez surgió de la convergencia entre su "entraña" y la "tierra".

De lo que se deduce que lo que proveía a "la otra" de su alteridad se mantiene vivo dentro del cuerpo de "ésta", que es o reside en su "entraña"[43], y que es ese núcleo insensato de su personalidad lo que las hermanas gimoteantes le "desgarran", lo que se/le llevan a jirones cuando "pasan" por su lado. No ha habido al fin de cuentas exterminio terapéutico alguno. Sólo ha habido el deseo de aliviar a "la otra", y a quien le correspondía tanto como a la hablante misma, del contenido rebelde de su ser interior. Pero a lo diverso anudado por lo unitario sigue lo unitario desanudado por lo diverso, y este desenlace negativo acaba convirtiendo al poema en un heredero aplicado del escepticismo de la tradición desde donde proviene y para la cual no existe poder en la conciencia que sea capaz de impedir el retorno del reprimido. Coincide por ende mi lectura de este texto sólo muy parcialmente con la que de él ha hecho Raquel Olea, pues yo no comparto la atribución que Olea hace de la anomalía al polo materno, lo que desconoce la consistencia metafórica con que el fuego y el agua se presentan de ordinario en el poetizar mistraliano, y tampoco creo que ella esté pisando un terreno demasiado seguro cuando supone en Gabriela Mistral una defensa inambigua de su alteridad[44]. En cambio, me parece justa su tesis de que estamos ante un poema compuesto en el curso de una lucha de la poeta consigo misma y que por eso desescribe lo que escribe. Porque, ¿qué mejor prueba puede haber de la sobrevivencia de "la otra" en "la una" que las dificultades contra las cuales se estrella cualquier pretensión de lectura inequívoca del texto?

"La abandonada" funciona a partir de un motivo que proviene de *Desolación,* pero que en esta etapa del desarrollo poético mistraliano obedece menos a los códigos del melodrama que a las estrategias distanciadoras de su poesía de la última época. Con lo que quiero decir que, a contrapelo de su seriedad taciturna, que como la de *Desolación* quiere y busca el patetismo trágico, "La abandonada" no deja de ser una parodia de lo mismo que refiere. El artificio comunicativo es el consabido de "Los sonetos de la Muerte": el discurso apostrófico de una mujer que se dirige a un tú masculino y ausente. Pero si el objetivo del poema consiste en dar cuenta de y al mismo tiempo contribuir a un proceso de duelo, con todas las características que se esperan del mismo, según los pasos expuestos por Freud en 1917[45], ciertos rasgos particulares de ese proceso, y que el verbo "desaprender" anticipa sólo a medias en la primera de sus ocho estrofas, le dan un cariz que nosotros quisiéramos sopesar con cuidado.

En las primeras tres estrofas, la que habla es una mujer que ha sido abandonada y que prepara una respuesta; en las cinco últimas, esa respuesta se lleva a cabo y la mujer se convierte en un ángel exterminador. Reemplaza entonces la depresión que se supone que es inherente al proceso de duelo por una actividad frenética, excesiva por la furia demoníaca con que ella se pone de manifiesto y que patentizan verbos tales como "mondar", "romper", "quemar", "descuajar" y "cegar". El objetivo de esta actividad desbocada es liberarla por completo de la influencia del hombre que se fue. "La voluntad de la hablante es enfrentarse violentamente a su abandono, y a partir de esta soledad crecer como un ser independiente, que ya nunca más necesite del amor de un hombre para sobrevivir", afirma no sin una dosis de entusiasmo feminista el crítico Jaime Giordano[46]. El remate de esa furia extricadora lo establecen los versos treinta y tres a cuarenta. Dice allí: "Voy a esparcir, voleada, / la cosecha ayer cogida, / a vaciar odres de vino / y a soltar aves cautivas; / a romper como mi cuerpo / los miembros de la 'masía' / y a medir con brazos altos / la parva de las cenizas". En estos ocho versos, los restos del amor que existió alguna vez son aniquilados, hechos trizas. Después de esa ejecución sumaria, que se hace como vemos "con brazos altos"[47], ya poco importa. Poco importa que "arda mi casa" y que "mi pobre noche no llegue al día". El poema, que comenzó con la pasividad de una mujer dispuesta a "desaprender" el vocabulario del amor, termina con la actividad de una mujer que concreta, desplazada metonímicamente sobre las cosas y con una energía destructora a la que el sufrimiento es incapaz de poner coto, la etapa final del abandono.

Evocando el conocido cuadro de Munch, en el motivo de "el grito" veo yo la clave de "La ansiosa", algo así como su "matriz" intertextual o, mejor todavía, el "modelo" de sus "variantes", para majaderear otro poco con el *argot* de Rifaterre[48]. Este tercer poema de la serie de las "Locas mujeres" mistralianas arranca con una propuesta comunicativa que es análoga a la de "La abandonada". Otra vez es una voz de mujer la que escuchamos y otra vez esa voz se describe a sí misma a través de una triple secuencia de extricación/integración/extricación relativamente al polo masculino del discurso. El hombre de "La ansiosa", nuestro ya familiar fantasma, va y vuelve. Antes de que se eche a andar, y anticipando su salida, se concerta además sobre la página una de esas complicidades cósmicas que de vez en cuando impregnan los poemas de Mistral: "el viento", "la luz", "el camino", "la tierra" se truecan en mucho más de lo que son. Pero luego el viajero regresa y lo hace por un camino que el grito de ella le construye: "Pero ya saben mi cuerpo y mi alma / que viene caminando por la raya / amoratada de mi largo grito", es lo que la hablante exclama en los versos dieciséis y diecisiete. Como en la aventura de Teseo, quien después de su batalla con el Minotauro sale del laberinto siguiendo el hilo de Ariadna, en este poema de Mistral, a partir de aquí y hasta la última estrofa, lo masculino ausente otorga realidad al conjuro femenino al retornar el hombre poco a poco hacia el cuerpo de la mujer. El acercamiento culmina con el siguiente anticlímax, casi un orgasmo discursivo:

31 Y ya no hay voz cuando cae en mis brazos
porque toda ella quedó consumida,
y este silencio es más fuerte que el grito
si así nos deja con los rostros blancos

La desaparición de la voz de la mujer coincide con el desplomarse del hombre en sus brazos, lo que estaría sugiriendo que, de la misma manera que a la ausencia de él la sucede el grito de ella, al grito de ella lo sucede el retorno de él y con ese retorno la superioridad del silencio. El circuito de la productividad de la vida resulta ser por ende estructuralmente homólogo al circuito de la productividad de la escritura. El grave ritmo que en el último endecasílabo, éste de tipo sáfico, con acentos en cuarta y octava sílabas, interrumpe la ligereza y fluidez perfecta de los tres anteriores, esos del tipo común y aptos por consiguiente para un movimiento más rápido del verso[49], intensifica el carácter ominoso de la conclusión. Cuando los amantes se encuentran en la puerta de salida del discurso, el "blanqueo" de los rostros y la extenuación del poema obedecen a un mismo desengaño.

"La bailarina" es el cuarto poema de "Locas mujeres" y, a mi juicio, uno de los más brillantes de Mistral. Es, desde luego, un *ars poetica* completa, que ella produjo al parecer sin proponérselo, y no en el discurso mimético desde luego. A éste, por lo menos a primera vista, se lo podría relacionar con las "transposiciones de arte" que tanto les gustaban a los bardos modernistas y que se habían contado entre las preferencias conspicuas de los poetas románticos y postrrománticos franceses. Los signos sobre el papel, los "tardos camellos" del Rubén de "La página blanca", que se repetirán más tarde en el Huidobro de "Exprés", o los "signos en rotación" de los que habla Paz a diestro y siniestro, se verán aquí transpuestos a través de la grafemática de la danza sobre el proscenio de un teatro, y que es una danza que nos remite a aquella otra que encontramos previamente en "La sombra", ya que en ambos poemas el bailar funciona como el método dilecto de la emancipación.

Una intrusa primera persona de plural, que aparece sólo tres veces, en las estrofas sexta y séptima, complica las cosas, sin embargo. Porque el estímulo de la danza, y correlativamente el de los signos de la escritura, consiste en su aspiración a la pureza. Esta es la danza del "cabal despojo", la "del perder [la bailarina] cuanto tenía", la del aventar con los brazos "el mundo", la del danzar "sin nombre, raza ni credo, desnuda / de todo y de sí misma". Más aún: la estrofa cuarta pareciera contener el repudio de unas cuantas contumacias o demasiado transitadas o demasiado corpóreas del poetizar latinoamericano. Los versos veintidós y veintitrés aluden y tachan a unos "albatroses", a lo mejor pensando en el segundo poema de *Les fleurs du mal,* en tanto que los versos veinticuatro y veinticinco dan la impresión de trasladarse con el mismo empeño descalificador al cotarro de la retórica del regionalismo y la literatura social, la de "los cañaverales fustigados"; por último, los versos veintiséis y veintisiete desautorizan una interpretación de las "muecas" de la bailarina en términos de las agitaciones del viento marino o campero.

A la lexicalización y el reflexivismo que dominan en tales concepciones de la actividad artística, la mujer que baila en este texto de Mistral opone una estética de la plenitud lograda sólo con la referencialidad especular del gesto mismo. Pero esa aspiración, que como es sabido está en la base del pensamiento moderno acerca del arte, se verá torpedeada en el trabajo poético mistraliano desde ángulos diversos. Primero, por el "nosotros" al que nos referíamos más arriba, que en las últimas tres estrofas incorpora a una nueva persona en la escena del baile/escritura y a la que no cabe confundir con el público que pide o supone el doblez alegórico. Porque el verso treinta y dos especifica que a la bailarina "le echamos nuestras vidas", el cuarenta y uno que ella es "jadeadora de nuestro jadeo" y el cuarenta y cuatro que "somos nosotros su jadeado pecho". El "nosotros" encubre pues a un "yo" y ese "yo" es el/la referente recóndito/a de la danza/escritura, cuya pretensión de pureza se desconstruye en consecuencia. Es, de nuevo, el esquema esquizoide de una "yo" puesta frente a frente con "la otra", sólo que la otra es en este caso un ideal artístico que al mismo tiempo que le ofrece a Mistral la posibilidad de aventar "el mundo", de deshacerse de "la tierra puesta a vendimia de sangre", también le exige pagar su atrevimiento dejando caer cuanto "ella había, / padres y hermanos, huertos y campiñas, / el rumor de su río, los caminos, / el cuento de su hogar, su propio rostro / y su nombre, y los juegos de su infancia".

Pero la coincidencia temporal entre el sujeto del enunciado, la que baila, y el de la enunciación, la que escribe, acentúa en este gran poema mistraliano el anhelo simbiótico: "La bailarina *ahora* está danzando", precisa el primer verso (el subrayado del adverbio es mío, G.R.), estableciendo por consiguiente, y desde el comienzo del texto, la coincidencia entre el movimiento del cuerpo de la mujer que baila sobre el tablado del teatro y el de la mujer que desliza su mano sobre la superficie del papel. Como si ello no bastara, el cambio de actitud en la segunda mitad del discurso, digamos desde el comienzo de la estrofa sexta hasta el último verso, y que tiene algo en común con el de "La abandonada", es un aspecto que contribuye también a la mantención del equívoco. El resultado es que "La bailarina" saluda a una estética pura, la que hasta cierto punto se corresponde con el prurito antifigurativo de la tardía modernidad —los años cuarenta y cincuenta son los del apogeo del expresionismo abstracto en Estados Unidos. Mistral reside en California entre 1945 y 1948 y en Nueva York entre 1953 y 1957, en esta última ciudad al mismo tiempo que Pollock, Rothko, Kline y de Kooning están pintando y exponiendo cada vez con más éxito—, con el mismo fervor con que la refuta. Creo que a ello se debe el contradictorio carácter de los versos treinta y cuatro a cuarenta de la estrofa sexta, así como el de la estrofa séptima en su integridad. Obsérvense sobre todo los adjetivos contrapuestos que la cierran:

y baila así mordida de serpientes
que alácritas y libres la repechan,
y la dejan caer en estandarte
vencido o en guirnalda hecha pedazos.

Sonámbula, mudada en lo que odia,
sigue danzando sin saberse ajena
sus muecas aventando y recogiendo
jadeadora de nuestro jadeo,
cortando el aire que no la refresca
única y torbellino, vil y pura.

En "La desasida", Mistral insiste en su querer desprenderse del "mundo", el mismo anhelo que nosotros detectábamos en el poema anterior (y previamente en el alegorismo metafísico de "La sombra"), pero trasladándolo desde la esfera del arte a la del sueño: "En el sueño yo no tenía / padre ni madre, gozos ni duelos...", confiesan los dos versos que ponen en marcha el discurso. El afán de desprendimiento se retrotrae pues, en "La desasida", hasta el origen mismo de la vida. Empezar a vivir es empezar a cargar con un fardo que tarde o temprano se hará intolerable. Frente a eso, el sueño le ofrece a Mistral una suerte de sustituto nirvánico, al que si hubiera que pesquisarle sus filiaciones creo yo que habría que localizarlas en un doble nivel. En su historia poética, vinculándolo con sus intereses orientalistas, los que, según descubrió Martin C. Taylor y nosotros hemos confirmado fueron mucho más tenaces de lo que se admite comúnmente; y en un horizonte más amplio, con la gravitación que ejerce sobre el conjunto de su poesía esa tendencia a la que Baudelaire bautizó como *"le gout du néant"* y Freud como el *"instinto o pulsión de la muerte"*. Es ahí, en esa zona, donde, según la experiencia que comunica "La desasida", "lo mismo daba este mundo / que los otros no nacidos" y donde "nada dolía" y "Yo decía como ebria: '¡Patria Mía. Patria, la Patria!'".

Como vemos, Mistral emplea para referirse al país del eterno sosiego una palabra de abusadas connotaciones, sobre todo si se considera que no es la suya la patria de las peroratas políticas, ni mucho menos la de las arengas militares, sino otra muy distinta y cuya significación creo que sólo se puede discernir con certeza a la luz de lo que dejamos dicho en el Capítulo VII sobre el "Poema de Chile". En todo caso, observemos ahora que en "La desasida" lo que determina la emergencia de esa "Patria" blanca y con mayúscula es probablemente la etimología del vocablo, que funde padre y madre en una sola entidad. Patria será así el espacio de antes del principio, el de antes del cisma entre El Padre y La Madre, y el de después del final, el que sucede a la vida y, por consiguiente, a la división primigenia. El sueño no es por otra parte más que una prefiguración transitoria de ese limbo pasado y futuro. Su experiencia, como la del arte en "La bailarina" o la del cielo en "La sombra", acaban siendo ambas indicios de una fracasada voluntad de no ser dentro de un mundo al que se juzga abandonable por principio: "Pude no volver y he vuelto", es lo que reconoce cansadamente el verso veintiocho. Con todo, como bien observa Giordano, "El poema termina lánguidamente en un deseo de partir" y esa partida "parece impregnarse más bien de un aliento de suicidio"[50].

Martí, en "Cuba y la noche", de *Flores del destierro* ; Darío, en el segundo "Nocturno", de *Cantos de vida y esperanza* ; Borges, en "Insomnio", de *El otro, el mismo* ; Paz, en "Repaso nocturno", de *La estación violenta* ; Lihn, en una decena de poemas, entre los cuales podría recomendarse especialmente "Carne de insomnio", de *La musiquilla de las pobres esferas,* he ahí a algunos de los buenos poetas y poemas del insomnio latinoamericano. En Mistral, las contribuciones al asunto se extienden desde "Desvelada", en *Desolación,* hasta los tres nocturnos de *Lagar II.* Entre una punta y la otra, es donde hallamos, y con un título casi idéntico al del comienzo, "La desvelada", el cuarto poema de la serie de las "Locas mujeres". Aquí, una mujer reflexiona en la oscuridad de su habitación, en el segundo piso de una casa que nosotros suponemos que es la suya y acerca de un acontecimiento que ocurre al mismo tiempo, o que ocurrió la noche antes, y que cualquiera sea el caso seguirá ocurriendo en iguales términos durante muchas noches más: "En cuanto engruesa la noche / y lo erguido se recuesta, / y se endereza lo rendido, / le oigo subir las escaleras", murmuran las cuatro líneas con que el poema debuta. Tan íntimo es este comienzo que invita e incluso incita al aprovechamiento biográfico[51]. Pero, no importa cuál sea la materia prima "real" que los versos de "La desvelada" aprovechan, hay que decir que esa materia prima no es ni puede ser otra cosa que el vehículo inmediato de un impulso que viene desde más atrás y más adentro. El punto sobre el que la hablante posa en esta oportunidad la mirada se encuentra en realidad en el interior de su cuerpo. La paradoja que forman el segundo y el tercer verso es decidora: hay algo que "se endereza" en la noche de Gabriela, precisamente cuando todo lo demás "se recuesta". Ese algo vivo, que se yergue en ella *o desde ella,* será lo que ella misma perciba/ identifique con el hombre que "sube las escaleras", y por eso "Nada importa que no le oigan / y solamente yo lo sienta".

Pero tampoco puede parar ahí nuestro examen, porque, según el primer verso de la segunda estrofa, "En un aliento mío sube". Este aliento, que aparece aquí en una estructura que es simétrica con la del grito en "La ansiosa", nos retrotrae al modo como se daba en aquel poema la relación entre el hombre y la mujer. Allí, él obedecía al llamado de su conjuradora caminando horizontalmente en/por la línea que formaba el grito de ella; aquí lo hace subiendo verticalmente en/por el hilo de su aliento. Pero la diferencia mayor es que en este quinto poema de la serie "Él va y viene, toda la noche", *pero jamás llega.* Es, si hemos de creerle al verso veintidós, una "dádiva absurda, dada y devuelta" y, aunque "desde mi lecho yo lo ayudo / con el aliento que me queda [...] nunca llega". Sin embargo, como sabemos es desde el cuerpo mismo de la hablante desde donde el fantasma se levanta, aunque para eso ella no necesite "alzarse" y ni siquiera "abrir los ojos". Con una dinámica alucinatoria que la producción del poema repite y sin que Mistral pueda controlar el proceso enteramente en ninguna de las dos circunstancias, él es una potencia que la tienta, que la llena de expectativas, que se deja oír y se deja desoír, pero que excluye el contacto físico: "Mi casa padece su cuerpo / como llama que la retuesta", confiesan los versos treinta y siete y treinta y ocho. Por su lado, el poema se inaugura con una imagen que busca la palabra, pero termina sin que el encuentro entre ambas haya llegado a consumarse. Ambos desarrollos dejan en la economía libidinal de Gabriela sólo los residuos turbios del agotamiento: "¡y en ese trance de agonía / se van mis fuerzas con sus fuerzas!".

Termino de redactar este capítulo con la advertencia de que no me he referido en él a la locura tal como aparece representada en el "Poema de Chile" y en *Lagar II.* Sobre lo primero se explaya Santiago Daydí con largueza y sosteniendo la tesis que ya conocemos. A lo segundo, me referiré en el capítulo que viene. Algo quiero añadir aquí sobre el "Poema...", sin embargo. Habiéndome ocupado yo de ese libro en el capítulo respectivo y aun a riesgo de reincidir majaderamente en lo que entonces dije, me interesa dejar muy en claro que también en este aspecto mi percepción difiere de la de Santiago Daydí. No sólo no creo yo que la locura del "Poema de Chile" sea explicable como locura mística, sino que además me parece que esa vertiente es ahí secundaria. El "Poema de Chile" es, en primer lugar, todo él, el relato de la más descomunal alucinación de la vida *post mortem* a la que Mistral dio forma durante su vida, la alucinación de su regreso a la patria en calidad (ahora es ella misma, como ya lo había sido otra vez en el poema de igual nombre en *Tala*) de "fantasma". En segundo lugar, la protagonista del "Poema de Chile" es, sigue siendo también la Gabriela "loca", la del desatino y la diferencia, esa que piensa, siente, experimenta en fin, más y más intensamente que el común de los mortales, y que por lo mismo huye de ellos. El chico diaguita que la acompaña lo expresa así:

—A veces, mama, te digo,
que me das un miedo loco.
¿Qué es eso, di, que caminas
de otra laya que nosotros
y, de pronto, ni me oyes
y hablas lo mismo que el loco
mirando y sin responder
o respondiendo a los otros?[52]

Es decir que, al final de su vida, en su gran "Poema..." póstumo, Gabriela Mistral es, todavía, la poeta "loca" de sus escritos tempranos: la excesiva, la diferente, la alucinada. Lo que ha cambiado son los contenidos del significante, esto es, los contenidos en los que ella cifra el exceso, la diferencia y la alucinación. La locura amorosa, la de arte o la materna de los textos iniciales e intermedios se ha trocado en los tardíos en locura genérica. La diferencia del "genio" llegará a ser a la postre la diferencia de la femineidad y el imaginario desembridado será al cabo el de un universo simbólico alternativo, la utopía de un mundo humano distinto, que a este crítico por lo menos le gustaría que fuese posible y con el que la poeta niega, contradice y reemplaza el opresivo simbolismo del Chile real.

NOTAS

1. Santiago Daydí Tolson. "La locura en Gabriela Mistral". *Revista Chilena de Literatura,* 21 (1983), 47-62.

2. *Ibid.,* 53.

3. Diamela Eltit y Paz Errázuriz. *El infarto del alma.* Santiago de Chile. Francisco Zegers Editor, 1994.

4. Michel Foucault. *Historia de la sexualidad I. La voluntad de saber,* tr. Ulises Guiñazú. Buenos Aires. Siglo XXI. 1967, p. 127.

5. "... la experiencia clásica, y a través de ella la experiencia moderna de la locura, no puede ser considerada como una figura total, que así llegaría finalmente a su verdad positiva; es una figura fragmentaria la que falazmente se presenta como exhaustiva; es un conjunto desequilibrado por todo lo que le falta, es decir, por todo lo que oculta. Bajo la conciencia crítica de la locura y sus formas filosóficas o científicas, morales o médicas, no ha dejado de velar una sorda conciencia trágica". Michel Foucault. *Historia de la locura en la época clásica.* Vol. I, tr. Juan José Utrillo. México. Fondo de Cultura Económica, 1967, p. 51.

6. R. D. Laing y A. Esterson. *Sanity, Madness, and the Family. Families of Schizophrenics.* 2nd. ed. New York. Basic Books, 1971, pp. 3-4 y 7.

7. Susan Sontag. "Approaching Artaud" in *Under the Sign of Saturn.* New York. Farrar, Strauss, Giroux, 1980, pp. 63-64.

8. Elaine Showalter. *The Female Malady. Women, Madness, and English Culture 1830-1980.* New York. Penguin Books, 1987, pp. 3-4.

9. *Ibid.*, 56.

10. *Ibid.*, 101 *et sqq.*

11. Me refiero a *The Madwoman in the Attic.*

12. "... en el interior de este saturado, cuando no cerrado ya, orden sociosimbólico, la poesía —más precisamente, el lenguaje poético— nos recuerda su función eterna: introducir a través de lo simbólico aquello que lo presiona, que lo atraviesa y lo amenaza. La teoría del inconsciente busca justamente esa cosa que el lenguaje poético practica adentro y en contra del orden social: los medios definitivos de su transformación o subversión, la precondición de su supervivencia y revolución. Julia Kristeva. *Revolution in Poetic Language*, tr. Margaret Waller. New York. Columbia University Press, 1984, p. 81.

13. "... esta dialéctica nos deja ver las prácticas de la significación como prácticas divididas asimétricamente —ni una absolución de lo tético en una prohibición teológica posible, ni su negación en la fantasía de un irracionalismo pulverizante: ni un *fiat* divino, intransgredible y productor de culpa, ni la insensatez 'romántica', pura locura, automatismo surrealista o pluralismo pagano. En cambio, vemos la condición del sujeto de la significación como una contradicción heterogénea entre dos elementos irreconciliables —separados pero inseparables del *proceso* en el que ellos asumen funciones asimétricas".*Ibid.*, 82.

14. No obstante las diferencias entre una y otra, que no se me escapan, ya que a la magnificación del potencial disruptivo de la histeria, que en 1975 hace Cixous ("Sorties", 99, y "Exchange", 154-155, en *The Newly Born Woman*), Irigaray responde en *Ce sexe qui n'est pas un* (1977) con su tesis según la cual la mujer histérica se encuentra atrapada entre el deseo reprimido y un lenguaje que sigue siendo de El Padre y, por eso mismo, optando siempre entre la autonegación que supone el silencio y la autofalsificación del remedo. Escribe: "¿Me gustaría preguntar ¿qué significa el 'hablar (como) histérica'? ¿Habla la histérica? ¿No es la histeria un lugar de privilegio para preservar —pero en 'latencia', 'sufriéndolo'— eso que no habla? ¿Y, en particular (incluso según Freud...), eso que no se expresa en las relaciones de la mujer con su madre, consigo misma, con las otras mujeres? Estos

aspectos de los deseos más tempranos de las mujeres que se encuentran reducidos al silencio por una cultura que no les permite expresarse. Una incapacidad para 'decir', sobre la cual el complejo de Edipo impone luego el requisito del silencio. // Histeria: *habla* en el modo de una facultad gestual paralizada, de un habla imposible y también prohibida... Habla como los *síntomas* de un 'no puede hablar de o acerca de sí misma'... Y el drama de la histeria es que se inserta esquizoidemente entre ese sistema gestual, ese deseo paralizado y encerrado dentro de su cuerpo, y un lenguaje que ha aprendido en la familia, en la escuela, en la sociedad, y que de ninguna manera es continuo con —ni, por supuesto, una metáfora de— los 'movimientos' de su deseo. El mutismo y el remedo es lo que le queda entonces a la histeria. La histeria es silenciosa y al mismo tiempo remeda. Y —cómo podría ser de otra manera— remeda / reproduce un lenguaje que no es el suyo propio, un lenguaje masculino, caricaturiza y deforma ese lenguaje: 'miente', 'engaña', como desde siempre se ha dicho que las mujeres lo hacen". *This Sex which is not One,* tr. Catherine Porter con Carolyn Burke. Ithaca, New York. Cornell University Press, 1985, pp. 136-137.

15. "... Cuando una persona enloquece, ocurre una transposición profunda de su lugar en relación con todos los dominios del ser. Su centro de experiencia se mueve desde el *ego* al ser. El tiempo mundano se torna meramente anecdótico, sólo importa lo eterno. Pero el loco se halla confundido. Mezcla el *ego* con el ser, el interior con el exterior, lo natural con lo sobrenatural. Con todo, él puede transformarse a menudo para nosotros, incluso desde su desdicha y desintegración profundas, en el hierofante de lo sagrado. Exiliado de la escena del ser, tal como nosotros la conocemos, es un extranjero, un extraño que apunta hacia nosotros desde el vacío en el que se hunde, un vacío que puede estar poblado por presencias con las cuales nosotros ni siquiera soñamos [...] La locura no tiene que ser un quiebre [*breakdown*]. También puede ser una apertura [*breakthrough*]. Potencialmente, es una liberación tanto como una esclavitud y una muerte existencial. *The Politics of Experience.* New York. Ballantine Books, 1967, p 133.

16. Por ejemplo, en *The Four Gated City* (1969).

17. "... No se puede elegir lo imaginario, lo semiótico, el carnaval como una alternativa a lo simbólico, como una alternativa a la ley. La ley lo ha establecido precisamente como su propio espacio lúdico, su propia área de alternativa imaginaria, pero no como una alternativa simbólica. Así, hablando políticamente, es sólo lo simbólico, un nuevo

simbolismo, una ley nueva, lo que puede desafiar la ley dominante". Juliet Mitchell. "Femininity, Narrative and Psychoanalysis" en *Women: The Longest Revolution,* 291.

18. *The Female Malady...,* 19.

19. Shoshana Felman. "Women and Madness. The Critical Phallacy". *Diacritics,* 4 (1975), 2-10.

20. *Vid.:* "locura" en Real Academia. *Diccionario,* 840.

21. J. Laplanche and J.-B. Pontalis. "Psychosis" in *The Language of Psychoanalysis,* tr. Donald Nicholson-Smith. New York. W. W. Norton & Company, 1973, p. 372.

22. En *Gabriela Mistral en* La Voz de Elqui, 32.

23. *Ibid.,* 50.

24. "Voces" en *Gabriela Mistral en* La Voz de Elqui, 25.

25. "Carta íntima" en *Ibid.,* 32.

26. "1° de Noviembre" en *Gabriela Mistral en* El Coquimbo, ed. Pedro Pablo Zegers Blachet. Santiago de Chile. Dirección de Archivos, Bibliotecas y Museos. Museo Gabriela Mistral de Vicuña, s. f., p. 60.

27. Cito por el manuscrito que me facilitó Pedro Pablo Zegers de *Gabriela Mistral en* El Tamaya y La Constitución.

28. "... no es sólo la conciencia de su propia infelicidad lo que lo llena", dice Hauser hablando de Baudelaire, "sino también el sentimiento de que la felicidad de los demás es algo vulgar y trivial". Arnold Hauser. *Historia soccial de la literatura y el arte.* Vol, 3. Naturalismo e impresionismo. Bajo el signo del cine. Madrid. Guadarrama, 1969, p. 230.

29. *Gabriela Mistral* en El Coquimbo, 15. Las citas de este cuento que siguen pertenecen al mismo texto.

30. "Producción de Gabriela Mistral...", 223.

31. *Historia de la locura...,* 31 *et sqq.*

32. *Vid.*: "loco" en *Diccionario de la Real Academia ...*, 840.

33. *Gabriela Mistral...*, 60.

34. Me he referido a este asunto en mi libro *Poesía chilena del fin de la modernidad.* Concepción. Ediciones Universidad de Concepción, 1993, p. 25 *et sqq.*

35. "La locura...", 52.

36. Confirma Giordano: "... esta 'locura' está siempre asociada a la imaginación, el ensueño y la poesía, y parece definir una condición superior de vida que los hombres rara vez aceptan asumir". "Enigmas...", 74.

37. Un artículo interesante sobre este poema es el de Mario Rodríguez: "'La ley del tesoro": la palabra y el oro en *Tala. Signos,* 27 (1989), 105-110.

38. Cito la nota 13 de "Tejer y trenzar...", 23.

39. Me llama la atención, y me parece pertinente citarlo en el contexto de este análisis, el último párrafo del "Elogio del oro": "El oro que el alquimista nombraba con la misma cifra del sol por consolarlo, el oro engendrado y sustentado del sol que reprocho y que ha de morirse con el otro, ennegreciéndose de ese duelo como una pavesa, porque es fiel. Contó Boghes, el árabe para los suyos y para mí, que todos los cuerpos pasan, en su último término, unos en almendra de oro y otros en almendra de plata. (Contó para mí que no quiero podrirme). Dejo dicho aquí el oro, creyéndole a Boghes que será mi última carne y la última asomadura de mi semblante en este mundo". *Reino,* 149. Todavía más me llama la atención una frase entre paréntesis y subrayada en "Las grutas de Cacahuamilpa", por lo que dice y por el individuo al que le es atribuida: "Swedenborg dice: *Arriba es como abajo". Ibid.,* 194.

40. "'La otra' deja atrás el pasado de la mujer y la poetisa, su voz de *Desolación* y probablemente de *Tala".* Jaime Concha. *Gabriela Mistral,* 133.

41. "... Este es un poema que obertura toda la sección 'Locas mujeres', presentando a la hablante en un acto de destruir aquel doble que la doblega, que le quita su libertad, para poder ser ella

misma". Jaime Giordano. "'Locas mujeres': ¿Locas?". *Taller de Letras*, 17 (1989), 42.

42. ".. la percepción del signo se desprende de su agramaticalidad". Además: "las agramaticalidades detectadas en el nivel mimético se integran finalmente en otro sistema. Cuando el lector percibe lo que ellas tienen en común, cuando se da cuenta de que este rasgo común las constituye en un paradigma, y que este paradigma altera el significado del poema, la nueva función de las agramaticalidades cambia su naturaleza, y ahora ellas significan en tanto componentes de una red diferente de relaciones". Michael Riffaterre. *Semiotics of Poetry*. Bloomington. Indiana University Press, 1984, pp. 3-4.

43. Al hacer su análisis del "Poema del hijo", dice Jorge Guzmán: "la ambigüedad de 'entrañas' produce un efecto muy especial. En el lenguaje chileno popular, *entrañas* designaba, en general, el vientre de las mujeres, pero principalmente el útero. Al mismo tiempo, en un uso más culto, se entendía entrañas como la sede de la vida afectiva y por ahí venía a vincularse con el concepto de *poesía lírica,* por ser esta forma literaria el vehículo de las emociones, según se la comprendía entonces". A lo que añade en una nota al pie de página: "Aún subsiste el uso de *entrañas* para la parte interna de los genitales femeninos en la zona rural de donde provenía Mistral. Aún subsiste también esa comprensión de la poesía, según es fácil comprobar revisando prácticamente cualquier suplemento dominical de *El Mercurio* ". "Gabriela Mistral: 'Por hambre de su carne'", 27. A lo anotado por Guzmán, que sin duda es pertinente, habría que agregar la regularidad con que este término aparece en la Biblia.

44. "... un sujeto, que en vez de negar su alteridad la asume, asumiendo también lo múltiple y lo diverso de su interioridad". Raquel Olea. "Otra lectura de 'La otra'" en *Una palabra cómplice...*, 69. En esto, mi impresión es que el voluntarismo de Olea coincide con el de Giordano.

45. "... Ahora bien, ¿en qué consiste el trabajo que el duelo realiza? No creo que haya exageración alguna en la siguiente representación del mismo. La prueba de realidad, después de mostrar que el objeto amado ya no existe, requiere de inmediato que toda la líbido sea retirada de sus conexiones con el objeto. Contra esta demanda, se levanta el curso de una lucha —puede observarse universalmente que el hombre jamás abandona voluntariamente una posición favorable a

su líbido, ni siquiera cuando un sustituto aparece en su horizonte—. Esta lucha puede ser intensa hasta el punto de que la siga un alejamiento de la realidad, manteniéndose el apego con el objeto a través de una psicosis de deseo alucinatorio. El resultado normal es que la deferencia para con la realidad gane la partida. Sin embargo, su mandato no puede ser obedecido en el acto. La tarea se realiza ahora poco a poco, con un gasto alto de tiempo y de energía catéxica, mientras la existencia del objeto perdido continúa en la mente. Cada una de las memorias y esperanzas que unieron la líbido al objeto es traída a la superficie e hipercatexizada, cumpliéndose así su desprendimiento con respecto a la líbido. En términos de la economía mental, no es fácil explicar por qué este proceso de llevar a cabo el mandato de la realidad poco a poco, cuya naturaleza es la de un compromiso, tiene que ser tan extraordinariamente doloroso. Lo que sí vale la pena notar es que el dolor nos parece natural. El hecho, sin embargo, es que, cuando el trabajo del duelo se ha completado, el *ego* vuelve a ser libre y desinhibido". Sigmund Freud. "Mourning and Melancholia", tr. Joan Riviere. *Collected Papers,* Vol. IV. London. The Hogarth Press and The Institute of Psycho-analysis, 1948, p. 154.

46. "'Locas mujeres...", 42.

47. La hermana Mary Charles Ann Preston observa que el adjetivo "altos", en la primera edición de *Lagar* y también en las *Poesías completas,* sustituye al adjetivo "locos", en una versión anterior, adjetivo este otro que según ella habría estado "más de acuerdo con la parte del libro en que se encuentra el poema". *A Study of Significant Variants in The poetry of Gabriela Mistral.* Washington D. C. The Catholic University of America, 1964, p. 100.

48. "... El poema resulta de la transformación de la *matriz,* una sentencia mínima y literal, en una perífrasis más larga, compleja y no literal. La matriz es hipotética, ya que sólo es la actualización gramatical y léxica de una estructura. La matriz puede epitomizarse en una palabra, en cuyo caso la palabra no aparecerá en el texto. Se actualiza siempre mediante variantes sucesivas; la forma de estas variantes sigue a la actualización primera o primaria, el *modelo.* Matriz, modelo y texto son variantes de la misma estructura. *Semiotics...,* 19.

49. *Vid.*: Martín de Riquer. *Resumen de versificación española.* Barcelona. Seix Barral, 1950, p. 54.

50. "'Locas mujeres...", 44.

51. Dice Palma Guillén de Nicolau: "Retratos suyos son todos los de las 'Locas mujeres' de *Lagar,* en los que describe con minuciosa lucidez todos los estados de ánimo por los que fue pasando después de la muerte del último de los suyos". "Introducción" a Gabriela Mistral. *Desolación-Ternura-Tala-Laga,* XXXVI. Mi opinión es que, aun cuando fuera verdad lo que dice Guillén, reducir los poemas a eso tan sólo es empobrecerlos.

52. *Poemas de Chile,* 39.

CAPÍTULO IX

En la niebla marina voy perdida...
Electra en la niebla

El segundo *Lagar* es uno de los dos proyectos en los que Gabriela Mistral estaba trabajando cuando tropezó con la muerte en el invierno neoyorkino de 1957. El otro es el "Poema de Chile", que como señalamos a su debido tiempo es un texto cuya profundidad es bastante mayor que la que le atribuyen aquellos críticos que pretenden actuar y que actúan en efecto aferrándose a una perspectiva de inspiración nacionalista. Habiéndose transformado en el único espacio de una vida posible para su autora, nosotros creemos que a eso se debe atribuir el hecho de que ella no haya querido desprenderse del manuscrito jamás. El caso es que ni el "Poema de Chile", ni *Lagar II,* que apareció hace apenas cuatro años, con el sello de nuestra Biblioteca Nacional, son libros completos. Cualquiera sea la perspectiva que adoptemos respecto de lo que puede ser un libro completo de Gabriela Mistral, en estos dos póstumos encontraremos poemas a los que ella les dio su aprobación —aprobación que tampoco significa gran cosa si se tiene presente que la poeta modificaba una y otra vez lo no publicado tanto como lo publicado—, pero también hay otros a los que no se la dio, en algunos casos porque eran borradores truncos, a los que les faltaban estrofas, versos o palabras, y en otros porque se trataba de materiales para los que disponía de más de una solución, no habiéndose resignado aún a realizar un arneo definitivo entre la abundancia disponible. Se entiende así que la publicación de estos volúmenes nos sirva no tanto para descubrir nuevos y espectaculares tesoros mistralianos (aunque también haya en *Lagar II* una docena de poemas de primerísima calidad, que es algo en lo que pronto incidiremos) como para echar una mirada, un poco o un mucho fisgona, en su taller.

Pedro Pablo Zegers B., en "Para leer *Lagar II*", repite una opinión de Gastón von dem Bussche, especialista antiguo y prestigioso, y sugiere que los poemas de este libro habrían pertenecido, junto con los de *Lagar* de 1954, a un solo manuscrito[1]. El mismo habría estado en condiciones de publicarse íntegro cuando Gabriela Mistral viajó a Chile en ese año, invitada por el gobierno de Carlos Ibáñez, y que fue cuando el provinciano cortesanismo de la época le endilgó un seremil de homenajes, cada uno más mentecato que el otro y uno de los cuales parece haber sido éste de una publicación hecha a medias del último libro que vería la luz durante el transcurso de su vida. Los funcionarios de la Editorial del Pacífico, pensando que la extensión del manuscrito era excesiva, optaron, según presumen von dem Bussche y Zegers, por meterle tijera. Aun cuando el que una barbaridad de tamaño calibre hubiese tenido lugar en el Chile de aquella época a mí no me causa estupor (otras más grandes y de diversa naturaleza se cometieron durante la misma visita de Mistral[2]), lo cierto es que la tesis de que haya habido un solo manuscrito dispuesto ya para ir a la imprenta en 1954 es un tanto arriesgada y se contradice con el estado de elaboración aún no resuelta en el que nosotros hallamos muchos de los poemas que integran *Lagar II*. Preferible me parece pensar por eso que unos pocos de estos poemas estaban listos para el 54, que otros no lo estaban todavía y que entre el 54 y el 57, el año de su muerte, Mistral pergeñó unos pocos más.

El manuscrito de *Lagar II* se obtuvo en la forma en

que ahora podemos conocerlo, pero con correcciones y tachaduras numerosas, del *reel* número uno entre los cuarenta y tres que se conservan en la Biblioteca del Congreso de Estados Unidos. La revisión del índice del libro que ha llegado a nuestras manos se presta a confusiones, sin embargo. No sólo porque los editores de este libro eliminaron dos secciones que la autora tenía aún "sin clasificar" (supongo que lo que ella quiso decir es sin titular), sino por los subtítulos que encontramos a la cabeza de las otras doce: "Desvaríos", "Jugarretas", "Luto", "Locas mujeres", "Naturaleza", "Nocturnos", "Oficios", "Religiosas", "Rondas", "Vagabundaje", "Tiempo" e "Invitación a la música".

El buen lector de Gabriela Mistral reconoce la mayor parte de estos encabezamientos. Con la excepción de "Rondas" e "Invitación a la música", todos los demás figuran en *Lagar* del 54, lo que le aporta un elemento más de juicio a la especulación que apuesta a la identidad entre ambos libros y ello hasta el punto de que quienes editaron *Lagar II* se preguntan si no habrá sido este volumen y no *Lagar* el que Mistral consintió en publicar durante la última de sus tres visitas a nuestro país[3]. Mi propia explicación de este enigma es menos estrepitosa que la de ellos. Porque lo cierto es que un subtítulo como "Naturaleza", de *Lagar II,* proviene de la primera edición de *Desolación,* se repite en *Lagar* del 54 con un añadido, como "Naturaleza II", y reemerge una vez más en el libro que ahora nos ocupa, en lo que debiera ser, si el presente subtítulo estuviese también numerado, "Naturaleza III". Lo mismo ocurre con "Jugarretas", que asoma por primera vez en la segunda edición de *Ternura,* la de 1945, que se repite en *Lagar,* como "Jugarretas II", y que reaparece en *Lagar II,* sin numeración, pero en lo que evidentemente vendría a ser un "Jugarretas III". En cuanto a "Rondas", tal es el subtítulo del primer apartado de *Ternura* del 24, en tanto que en *Ternura* del 45 el tercero se llama "La desvariadora", etc. Teniendo esto en cuenta, no es difícil concluir que *Lagar II* no sólo hace pareja con *Lagar* del 54, sino —y esto sí que me importa destacarlo—, con la obra entera de Gabriela Mistral.

Manifestemos pues aquí nuestro convencimiento de que Gabriela Mistral no escribió nunca un libro de poesía o, mejor dicho, *manifestemos aquí nuestro convencimiento de que ella escribió, de que estuvo escribiendo, a todo lo largo de su vida, un solo libro de poesía, que ese libro contiene una elaboración artística de componentes que en último término (pero sólo en último término) provienen del caudal de su experiencia, y que por ende él quedó, como no podía menos que quedar, inconcluso.* En los tiempos que corren, es posible que semejante hipótesis sea la mejor manera de aproximarse al diseño de su obra poética completa. Las modificaciones habituales que Mistral introdujo en sus poemas, incluso en los ya publicados, algo que la hermana Mary Charles Ann Preston rastrea en un estudio indispensable, que Jaime Concha compara con y deslinda de una práctica similar en Borges[4], que Alberto Medina interpreta como un método que a Mistral le permite "escribir leyéndose", con la esperanza de "alcanzar una forma definitiva" pero obteniendo en cambio "la condición inestable del texto 'provisional'"[5], y que para Gastón von dem Bussche constituye una rutina de "recreaciones" cuyos desarrollos devienen no pocas veces circulares[6], se deben a eso. Para Mistral, sus libros fueron accidentes. Publicó cada uno de los cuatro volúmenes de poesía que se imprimieron durante su vida porque respectivamente se lo solicitaron el profesor de Onís y sus discípulos, porque creía tener una deuda con los niños de América, porque quería hacer efectiva su adhesión a la causa de la República durante la guerra civil española y porque viajaba a Chile (ella ha de haberlo presentido) por última vez. Pero, por detrás de estas razones más o menos aleatorias y con plena lucidez respecto de sus consecuencias, ella continuaba escribiendo y reescribiendo su libro, *el* libro, aquél que la reivindicaba ante sus propios ojos, puesto que era lo único que le permitía no ser aquello que pudo ser y no quiso (lo que no quiso ser, entiéndaseme bien. Es hora de acabar ya con la leyenda machista de la sublimación del frustre materno en la escritura).

Todo lo cual estaría poniendo en evidencia las dificultades con que se topará cualquier acercamiento a la escritura mistraliana que insista más de lo conveniente en la variabilidad diacrónica de su producción, la que, aun cuando sea efectiva —y nosotros hemos hecho hincapié en ella en diversas ocasiones a lo largo de este estudio— gravita menos sobre la obra de nuestra poeta que sobre las de otros literatos de su misma o parecida grandeza. Por ejemplo, al revés de lo que acontece con Neruda, a Mistral no se la puede considerar una poeta "de libros" y menos aún "de ciclos". No importa cuántas y cuáles hayan sido las crisis que experimentó durante su vida, religiosas o de cualquier otra índole, no es el "desarrollo de su trayectoria" o "la evolución de su carrera", si es que ambas expresiones simplificadoramente escolares se pueden seguir utilizando en lo que a ella concierne con propiedad, una línea de muertes y renacimientos. Por el contrario, si tuviéramos que escoger a estas alturas una imagen que nos represente el acervo lírico mistraliano de manera eficaz, se me ocurre que no sería una mala idea compararlo con una totalidad musical dentro de la que existen ocho o diez motivos básicos, el erotismo, el tiempo, la muerte, la condición de la mujer, Dios, las sustancias y las prácticas elementales, Chile y América, el desarraigo y la poesía misma, y que son los motivos que hallamos obsesiva y copiosamente diseminados por todo el perímetro de su desempeño poético, en *Desolación*, en *Ternura*, en *Tala*, en *Lagar*, en *Poemas de Chile* y en *Lagar II*, latentes o patentes, surgiendo y resurgiendo, como si ellos fueran las melodías conductoras de una magnífica cantata.

En *Lagar II*, basta abrir el libro para comprobar lo que digo. El primero de los dos poemas que Mistral incluye en la sección "Desvarío" es "Convite a la danza" (23), que recoge frases y hasta versos enteros de "La bailarina", de *Lagar* del 54 (cfr.: "Haced como que soltaseis / vuestra vida de una vez" y "Y si habéis perdido todo / mejor que nunca dancéis", en los versos diecisiete y dieciocho y veintitrés y veinticuatro aquí, con "la bailarina ahora está danzando / la danza del perder cuanto tenía", en el uno y el dos allá). En el fondo, lo que ocurre es que el frenesí de la danza constituye en la poesía de Gabriela Mistral una de las imágenes que acompañan a su discurso de la libertad, especialmente al de la libertad femenina, y a la que ella entiende como el producto de un abandono de la inflexibilidad del ser maduro y por consiguiente como un regreso a la ligereza poética del mundo infantil: *"digam se não é verdade que o poeta é um bailarino, una roda de moinha giradora, um tombo de onda, ou êste golpe que, dado em uma lasca de pau, a manda voando sôbre o cavalo mais veraz que nunca se viu galopar"*[7]. Con un desplazamiento menos brusco de lo que pudiera parecer a simple vista, no otra cosa es lo que nos muestran sus rondas, a las que nosotros no hemos podido prestar hasta ahora suficiente atención en este ensayo y que son sus poemas de las niñas libres que danzan, es decir, sus poemas de las niñas que no han llegado todavía a ser mujeres adultas y a convertirse a causa de ello en víctimas de la rigidización que la cultura patriarcal se encuentra próxima a infligirles.

Ahora bien, sin recurrir expresamente a esta metáfora, aunque implicándola a mi juicio, el segundo de los poemas que integran "Desvarío", de *Lagar II*, "La llama y yo cambiamos señas" (24), reproduce el desdoblamiento esquizoide que nosotros hemos visto funcionando en algunos textos de la locura gabrielesca, la misma cuyo vértigo a ella, como a otras mujeres escritoras, suele ofrecerle un camino más de escape con respecto a las restricciones y demandas de El Orden de El Padre. En "La llama y yo cambiamos señas", "enclavada" espectadora de la llama, la sujeto de la enunciación observa a la sujeto del enunciado "torciéndose", de la misma manera que en "La bailarina" de *Lagar* la sujeto de la enunciación miraba y apropiaba las contorsiones de "la otra", quien se exhibía ante sus ojos "Sacudida como árbol y en el centro / de la tornada, vuelta testimonio" (versos veinte y veintiuno). Es más: así como en ambos poemas, y en "Convite a la danza" literalmente, el bailar contiene una incitación a "soltar" la vida de una vez, en "La llama y yo cambiamos señas" la mujer que experimenta la fascinación de la llama lo que le pide a ésta es "quemar mi cuerpo / en caoba derribada. / Y la llama aceptando me toma / y le veo y le sigo su hazaña...".

Bien poco tienen de "Jugarretas" los tres poemas que *Lagar II* reúne bajo este subtítulo: "Balada de mi nombre"(27), "Hace sesenta años" (28-29) y "La paloma blanca" (30-32). Los dos primeros son autorretratos. Hablan de la Gabriela Mistral de las postrimerías, de la que ha perdido para entonces su "Nombre" y "camina" sin dirección por "campos" y "praderas", todo ello mientras el Nombre perdido continúa perdurando allá en la Tierra del Origen, pero ahora "sin mi cuerpo y vuelto mi alma". El vínculo entre este personaje y la figura protagónica del "Poema de Chile" es bastante evidente, en consecuencia, y su concepción tampoco se reduce a los términos que aquí dejo expuestos, ya que quien habla en "Balada de mi nombre" y en "Hace sesenta años" es *también* una mujer para cuya memoria despierta el pasado deviene en un bien difícil de recuperar: "Hace tanto... que no me acuerdo", es lo que confiesa en cuanto a esto el verso diecinueve en el segundo de los dos poemas que recién nombré.

He ahí pues, reapareciendo entre las páginas de *Lagar II,* el personaje de La Trascordada, con toda su tartamudeante y patética fragilidad. Pero no sólo eso. Al igual que en el "Poema de Chile", todo aquello que la memoria despierta de la protagonista de estos poemas procura hacer visible de nuevo, y que en "Hace sesenta años" sintetizan "las dos / madres de nube o de neblina", sólo en "el sueño" regresa de veras. El tercer texto de la serie, sin embargo, confirmando nuestro postulado básico acerca de una unidad que en las obras poéticas de Mistral sólo se logra en virtud de la mantención del conflicto, es algo así como una réplica a los dos anteriores. Al lirismo nostalgioso y un tanto convencional de aquéllos, lo que "La paloma blanca" opone es una mentalidad sagaz e irónica, la que se burla sin contemplaciones de ciertos modos característicos de lo femenino patriarcal: "Ahora vamos a cantar / sólo la paloma blanca [...] y cantarán a la pálida, / modosita y entregada / vuelo corto y voz pequeña. / Doña blanca y Doña nada" (versos uno y dos y dieciséis a diecinueve).

La misma estrategia de buceo en la intertextualidad mistraliana "restringida", para usar la nomenclatura de Lucien Dällenbach[8], y aun en la intertextualidad "refleja", como diría Carmen Foxley, esta última siguiendo una indicación de Pedro Lastra[9], es aplicable a varios poemas que forman parte de la sección "Luto". Por lo pronto, me parece aprovechable en lo que respecta a "Mi artesano muerto" (35-37), "Lugar vacío" (38-40) y "Cuando murió mi madre" (49-50), donde en los dos primeros textos, y sin que con eso agotemos la discusión que hace falta para hacerles justicia (una discusión a fondo de estos poemas nos exigiría plantearnos monográficamente el problema de los modos de configuración del discurso elegíaco en la obra completa de la autora), veremos retornar, por medio del descenso fantasmagórico que en la lírica de Mistral se venía registrando desde la segunda década del siglo, al muerto de marras (en "Cuando murió mi madre", la que retorna es la muerta de marras, pero da lo mismo[10]. Recuérdese a propósito cómo el modelo del regresante se encontraba ya perfectamente constituido en "La espera inútil", un poema de 1915, acerca del cual nos explayamos en el capítulo anterior. Piénsese también, continuando con esta misma pesquisa de afinidades intratextuales, en el "Acaba de llegar, Cristo a mis brazos, / peso divino, dolor que me entregan, / ya que estoy sola en esta luz sesgada / y lo que veo no hay otro que lo vea...", del "Nocturno de la consumación", de *Tala,* entre múltiples concordancias que podríamos aducir, de muy distinta índole y con muy distintos sujetos cada una de ellas, pero todas las cuales involucran variaciones en torno a la misma estructura).

Lo otro que se observa en por lo menos uno de los poemas de "Luto" es el movimiento inverso, el que representa a la energía libidinal femenina de una manera activa, cuando desde la quietud de su lecho nocturno la conciencia de la hablante del poema se materializa, se yergue y crece en dirección a él, según el patrón que la poeta establece en "La desvelada" de *Lagar.* A partir de una curiosa y no muy ortodoxa mezcla de la actitud jaculatoria cristiana con el correlato wordsworthiano de la hiedra, lo que "La liana" (41-42) refiere es que "En el secreto de la noche / mi oración sube como las lianas [...] ¡Y mi liana sube y te alcanza / hasta rasarte los costados! / Cuando se rompe, tú me la alzas / con los pulsos que te conozco, / y entonces se doblan mi soplo, / mi calentura y mi mensaje. / Sosiego, te nombro, te digo / uno por uno todos los nombres. / ¡La liana alcanza a tu cuello, / lo rodea, lo anuda y se aplaca!" (versos uno y dos y treinta y seis a cuarenta y cinco).

Por cierto, el que ése que retorna en los dos primeros poemas de "Luto" sea Juan Miguel Godoy, "de vuelta al ensueño abismal de su segunda madre", como sostiene Gastón von dem Bussche[11], o que sea él el individuo hacia quien se levanta "la liana oscura de mi sangre", en el poema que acabamos de citar, es un punto cuya aclaración a nosotros no nos debiera distraer más de la cuenta. De hecho, yo no creo que ninguna de las dos proposiciones esté libre de error. Me intriga, por ejemplo, el escenario agreste, entre provenzal y griego, de "Mi artesano muerto". Tampoco me parecería por completo arrebatadora una exégesis de "La liana" que pusiera el acento en su (ella sí defendible) religiosidad. Más debe interesarnos creo el aparato imaginativo y retórico en uno y otro poemas, la reincidencia en su composición de la fórmula "macabrista" que Mistral estrenó muy temprano en su vida ("Yo elegí entre los otros, soberbios y gloriosos, / este destino, aqueste oficio de ternura, / un poco temerario, un poco tenebroso, / de ser un jaramago sobre su sepultura", según escribe en el soneto quinto de los "de La Muerte", de acuerdo a la clasificación de Scarpa), y ello por razones que no son biográficas, como creyó la vieja crítica, sino estéticas, como sería bueno que creyese la nueva.

De importancia, en esta misma parte de *Lagar II,* es el poema "Ruta" (43-44), porque sumariza de un modo paradigmático el estar en el mundo de la última Mistral. Si no me equivoco, una insinuación del motivo de la ruta aparece por primera vez en "Salto del Laja", de *Tala,* pero el más bien modesto descubrimiento de allá es convertido acá en una metáfora de importancia mayor con cuyo concurso nuestra poeta alude a su vida errante sobre un territorio que finalmente desborda las fronteras nacionales, cualesquiera que ellas sean, que cada vez se encuentra más lejos de la naturaleza, "sin álamos ni pomares", que a ella le hace una violencia suprema, con su "viento ácido golpeando / a mi nuca", y que para colmo es un territorio que debe recorrer en soledad, sin la compañía del que una vez "guardó mi costado".

Impresionantes me parecen también las dos versiones de "El viento oscuro" (45-46 y 47-48), en lo que yo percibo como un caso típico de indecisión por exceso.

Cierto es que ninguna de ellas logra concretar el ambicioso poema que Mistral se traía entre manos, un poema acerca de la lucha entre el "viento extranjero" y "el pino de Alepo de mi gracia", pero hay riqueza en estos textos, como quiera que sea. Del viento extranjero —agresor y extranjero o extranjero precisamente por ser agresor—, conviene que quede establecido en este análisis que se trata de una antigua metáfora mistraliana, retrotraíble a sus poemas del "destierro" magallánico, el de 1918 a 1919. Pienso, concretamente, en los versos iniciales de la segunda estrofa de "Desolación", el poema que da título al libro de 1922: "El viento hace a mi casa su ronda de sollozos / y de alarido, y quiebra, como un cristal, mi grito". Y también en los versos cinco y seis de "Árbol muerto", el poema que sigue a "Desolación" dentro del tríptico "Paisajes de la Patagonia": "el viento, vuelto / mi desesperación, aúlla y pasa". Si se descuenta una cuota de alivio retórico, que por lo demás era previsible en vistas del oficio escriturario adquirido por Gabriela Mistral a lo largo de un cuarto de siglo, es preciso admitir que la distancia que media entre esos versos, escritos en 1918 ó 1919, y los también iniciales de "El viento oscuro", que Mistral produce treinta o más años después, no es demasiado grande. En el comienzo de la primera versión del poema de *Lagar II,* descubrimos una perfecta reproducción de la metáfora patagónica: "El viento extranjero remece / los costados de mi casa"; y en el comienzo de la segunda: "Ya tumbó el viento extranjero / los costados de mi casa. / Llegó como la marea / manchado y fétido de algas"[12]. No cabe duda entonces de que el destierro y el viento amarran una equivalencia en el imaginario mistraliano, por los menos desde aquellos años finales de la segunda década del siglo XX[13], y que una de las notas que componen el *tertium compartionis* que habilita el entendimiento entre ambos términos es la "desesperación" de la que ella hablaba en "Árbol muerto". Inversamente, en el "pino de Alepo", que es una imagen de filiación bíblica[14] y que ella asocia aquí, como dijimos más arriba, al don de la gracia, Mistral encuentra el antídoto contra esa desesperación. Variantes de este motivo, al que en términos generales creo que cabría situar dentro del repertorio de la complejísima imaginación arbórea de Mistral, de cuyas implicaciones se quiso hacer cargo Patricio Marchant hace unos años[15], pueden hallarse en "La fugitiva" (616-617) y en "Una mujer" (628-629), de *Lagar* de 1954. En el primero de estos dos poemas, la mujer que huye le ruega al árbol: "Atísbame, pino-cedro, / con tus ojos verticales", para luego, cuando ya se ha echado de nuevo al camino, declarar que "un azoro de mujer / llora a su cedro de Líbano". En el segundo, los versos cinco y seis diccionarizan: "Cuando dice 'pino de Alepo', / no dice árbol que dice un niño". Y del nueve en adelante: "Cuando llega la noche cuenta / los tizones de su casa / o enderezada su frente / ve erguido su pino de Alepo. / (El día vive por su noche / y la noche por su milagro.) // En cada árbol endereza / al que acostaron en tierra / y en el fuego de su pecho / lo calienta, lo enrolla, lo estrecha"[16]. Para resumir ahora nuestro comentario acerca de las dos versiones de "El viento oscuro", si ninguno de estos poemas se empina hasta alcanzar la calidad que prometía, lo más probable es que ello se deba a que la plétora era tal que no hubo forma capaz de contenerla. Ecos de la lírica de las canciones de cuna, de los nocturnos, de la poesía religiosa y, por supuesto, de la poesía del desarraigo permean y realzan su pese a todo apreciable potencialidad expresiva.

Bajo el subtítulo "Locas mujeres", ya hemos dicho que en *Lagar* del 54 se agrupan dieciséis espléndidos poemas. En la cuarta sección de *Lagar II,* Mistral incrementa esa colección con ocho piezas más: "Antígona" (53-54), "La cabelluda" (55-57), "La contadora" (58-60), "Electra en la niebla" (61-64), "Madre bisoja" (65-67), "La que aguarda" (68-69), "Dos trascordados" (70) y "La trocada" (71-72). De estos ocho textos nuevos, "La que aguarda" presenta una reescritura o versión alternativa de "La ansiosa", de *Lagar,* retrato de la mujer que espera a alguien (otra vez, al fantasma), que ella sabe que acudirá esa misma noche caminando por "La raya amoratada" de su "largo grito". "La cabelluda" y "La contadora" reciclan por su lado motivos respecto de los cuales existen sendos precedentes en "La otra", de *Lagar,* y en la sección "Cuenta mundo", de *Ternura* del 45. En el primero, nos es posible asistir a un nuevo encuentro de la sujeto de la enunciación con La Loca de Cabellos de Fuego, personaje éste que sobrenada entre varios textos poéticos mistralianos y que a nosotros nos hace pensar que en él/ella se esconde una pista que, de ser pesquisada por los detectives de la literatura, podría depararles más de alguna satisfacción[17]. Dice en este caso la poeta: "Y vimos madurar violenta / a la vestida, a la tapada / y vestida de cabellera. / Y la amamos y la seguimos / y por amada se la cuenta [...] Rostro ni voz ni edad tenía / sólo pulsos de llama violenta, / ardiendo recta o rastreando como la zarza calenturienta. // En el abrazo nos miraba / y nos paraba de la sorpresa / el corazón..." (versos uno a cinco y catorce a veinte).

El segundo de los dos poemas mencionados se centra en la figura de La Contadora, la que como decíamos más arriba se insinúa por primera vez en *Ternura* del 24, se consolida definitivamente en la segunda sección del mismo libro y además es detectable en un par de poemas del primer grupo de "Locas mujeres", en "La fervorosa" (613-615) y en "La que camina" (622-624). En el libro que ahora comentamos, sin contar con este poema, cuyo título la designa expresamente, también se la puede descubrir en "Hace sesenta años", "La paloma blanca" y "Madre bisoja". Se trata por cierto de un arquetipo mistraliano fundamental, sobre el que algo ha dicho ya la crítica, pero que aún reclama un análisis más fino[18]. Gastón von dem Bussche publicó no hace mucho una versión que según él proclama es la "definitiva" del poema"[19] y tal vez por ahí debiera enrielarse ese rastreo futuro. Por último, observemos que en el verso sesenta y tres de "La contadora", de *Lagar II*, y en el setenta y cuatro de la del archivo de von dem Bussche, Mistral nos hace saber que a ella no se le escapa que "Todos quieren saber la historia mía".

También es recurrente, en cualquier caso desde las canciones de cuna, en *Ternura* del 24, donde pienso en "La noche" (164) y en "Encantamiento" (160) —y la cosa resalta mucho más todavía en "La tierra y la mujer" (154-155), de *Tala*—, la figura de La Madre Tierra, la de "Madre bisoja". Al respecto, me complace dejar establecido que este poema de *Lagar II* constituye una demostración contundente, más allá de cualquier tentativa de desmentido devoto, de que Mistral mantiene sus simpatías por la Gea pagana hasta el fin de la vida. La Madre Bisoja no es compatible ni con la madre de Cristo ni con la versión falocéntrica de la femineidad, aun cuando la misma Mistral incurra después en esa poco afortunada metonimia en sus tres poemas en alabanza del mar. Es, en cambio, "nuestra Madre, la Tierra sombría y sacra", "la higuera de leche", "la Osa encrespada", y, por si todo eso no bastara, "y era más, de ser [¡también ella...!] la Loca / que da su flanco por dádiva". En los versos diecisiete a veinte del poema, Mistral observa que "Por el ajetrear de día / y hacer de noche jornada, / casa techada no quiso, / de intemperie enamorada". A mayor abundamiento, advirtamos nosotros, por nuestra cuenta, que los ojos disímiles de la Madre Bisoja, uno azul y el otro negro, nos ponen ante las dos posibilidades de existencia de la Gran Madre mistraliana: el diurno, cuando a la Gea le van a la zaga "acónitos" y "verbenas", y el nocturno, cuando la siguen "veras" y "fantasmas". Gea escindida es pues esta Madre Bisoja, "jugando a dos mundos" siempre, y quien acabará fusionándose por eso, líricamente, con el destino de aquélla que aquí la contempla: "Así era cuando nací / y es a mi tarde sesgada".

No menos admirables me parecen los dos poemas con personajes clásicos, los que según las informaciones de von dem Bussche estaban destinados a formar parte de un "ciclo" sobre mujeres griegas[20]. Me refiero a "Antígona" (de "Antígona entregada apasionadamente al rito funeral" trató Margot Arce a Mistral una vez, creo que sin darse muy bien cuenta de lo que decía[21]) y a "Electra en la niebla". Primero, observemos que la "Antígona" mistraliana sorprende a la hija de Edipo en plena faena de justificación de su fama de dechado filial, cuando ella se encuentra cumpliendo con el segundo de los papeles que Sófocles le encomienda en su trilogía, el de *Edipo en Colona.* Se recordará que ahí Antígona recorre la tierra del exilio con el fin de acompañar y proteger al padre ciego. Perdidas "El Ágora, la fuente / Dircea y hasta el mismo olivo sacro", perdida igualmente la posibilidad del esposo y los hijos ("Iban en estío a desposarme, / Iba mi pecho a amamantar gemelos", dicen los versos diez y once), ésta es una hija que le recomienda al padre inválido una resignación que es o debiera ser la suya ("Olvida, olvida, olvida, Padre y Rey: / Los dioses dan, como flores mellizas, / poder y ruina, memoria y olvido", en los versos veinticinco a veintiocho), ofreciéndose, además, para cargar sobre la espalda, "el cuerpo nuevo que llevas ahora / y parece de infante malhadado" (versos veintinueve y treinta). El motivo del que Mistral se hace eco en las dos últimas líneas que he citado es el clásico del hombre anciano (¿o es en este caso una máscara de la mujer anciana?), que, al no estar ya en condiciones de valerse por sí mismo/a, involuciona hasta una situación de semidesvalimiento[22], motivo que por lo demás aparece en la respuesta que le da el joven Edipo a la Esfinge en la puerta de Tebas y que es un suceso al que la poeta chilena alude en los versos diecisiete y dieciocho de su propio poema: "Caminábamos los tres: el blanquecino / y una caña cascada que lo afirma". Anticipos de este motivo en su obra previa pueden hallarse en "El Dios triste", de *Desolación*, y en "Viejo león", de *Tala*.

Pero a mí "Antígona" y "Electra en la niebla" me resultan poemas particularmente atractivos porque, al ser vistos desde el ángulo de sus preferencias intertextuales, confirman conexiones inexploradas hasta ahora entre la poesía de Mistral y el programa objetivista de la poesía contemporánea en lengua inglesa —para lo cual estoy pensando en aquellas obras con correlato clásico o meramente exótico que producen Pound y sus secuaces. En América Latina, una propensión del mismo tipo, que Mistral conoció y que puede haberle servido de inspiración, se detecta en la obra del mexicano Alfonso Reyes, en su media docena de libros sobre aspectos diversos de la cultura de la Antigüedad y con más razón todavía en su *Ifigenia cruel*[23]—, y porque el segundo aún más que el primero es un poema enorme, uno de los mayores que Gabriela Mistral escribió durante su carrera y una inclusión insoslayable en cualquier antología que hoy se publique de su obra. La Electra que camina por los versos de "Electra en la niebla" es una mujer que se ha quedado también sin su "Patria", hermana por consiguiente de Antígona, en el poema homónimo de este mismo libro, y de "La que camina", en el primer *Lagar*. Es, además, una mujer cuyo cuerpo surca el territorio del exilio rasgando "la niebla", elemento como sabemos dotado de variadas connotaciones en el paisaje espiritual de la poeta, en particular en el tardío, donde entre otras cosas se presta para poner de relieve el desdibujarse en (¿o por?) su conciencia de las formas del mundo. Finalmente, la Electra mistraliana es una mujer que se enfrenta a la desprotección del camino después del crimen de la madre, monologando a solas con un Orestes que está y no está junto a ella y que ha sido, como el de la tragedia de Esquilo, el autor material del matricidio. Cito sólo un fragmento:

Ya no me importa lo que me importaba.
Ya ella no respira el mar Egeo.
Ya está más muda que piedra rodada.
Ya no hace el bien ni el mal. Está sin obras.
Ni me nombra ni me ama ni me odia.
Era mi madre, y yo era su leche,
nada más que su leche vuelta sangre.
Sólo su leche y su perfil,
marchando o dormida.
Camino libre sin oír su grito,
que me devuelve y sin oír sus voces,
pero ella no camina, está tendida.
Y la vuelan en vano sus palabras,
sus ademanes, su nombre y su risa,
mientras que yo y Orestes caminamos
tierra de Hélade Ática, suya y de nosotros.

La madre asesinada por la mano del hijo, pero con la complicidad de la mano de la hija, quien, al contrario de lo que pasa en "La fuga", está tratando no de capturar esa imagen materna sino de huir de ella ("Camino libre sin oír su grito", es lo que fanfarronea casi el verso dieciocho, mientras que el treinta y el treinta y uno se referirán al "nombre" de la madre como a un compuesto de cuatro sílabas "que no se rompen y no se deshacen"), es el núcleo plástico y semántico que otorga su coherencia a "Electra en la niebla". Esta madre, de la cual los avatares del crecimiento harán que resulte imperativo liberarse, es, también, contradictoriamente, el ser más amado de todos. Se trata de una paradoja poderosa, por cierto, y tal vez por lo mismo de un tópico favorito en la literatura femenina de todos los tiempos. Refiriéndose a su presencia casi de reglamento en la poesía compuesta en estos últimos años por las mujeres de Estados Unidos, observa por ejemplo Alice Suskin Ostriker que "una mujer y su madre, o una mujer y su hijo, son una sola carne, quiéraslo ella o no. La madre y el hijo la ocupan y la arrastran. Si la alaban o la culpan, ella también se alaba o se culpa. El poder que ejercen sobre ella parece infinito —hasta que caduca, se desgasta, se desvanece, o hasta que ella misma lo rompe—. El hecho es que dicha mujer nunca llegará a ser poeta —nunca llegará a ser un ser humano autónomo— a menos que rompa ese lazo. El lazo con la madre. Y el lazo con el hijo, si es que tiene un hijo. Y entonces, cuando lo haya roto, ella querrá reanudarlo. Sin ese lazo, la mujer no es un todo"[24].

Por otra parte, en el poema de Mistral que ahora nos interesa, Electra es Orestes y Orestes es Electra: "Electra-Oreste, yo, tú, Oreste-Electra", es lo que declara a propósito de esta simbiosis el verso veintiuno, reproduciendo de esta manera un intercambio y (con)fusión de papeles genéricos cuyo intertexto más remoto pienso yo que debería buscarse en Esquilo. En cuanto a los versos catorce a dieciséis, puede comprobarse a simple vista que ellos nos devuelven a la dialéctica mistraliana de la leche y la sangre, dialéctica de la hija hecha de leche y que se torna, debido a la iconoclasia de sus actuaciones, en una hija hecha de sangre. El decorado brumoso, por último, un decorado acerca del cual la mujer que huye formula conjeturas diversas ("Será tal vez a causa de la niebla / que así me nombro por reconocerme", en los versos cinco y seis; "Esta niebla salada borra todo", en el cuarenta y cuatro; "La niebla tiene pliegues de sudario", en el ochenta y nueve; "Tal vez la niebla es tu aliento y mis pasos", en el noventa y cuatro; "O yo soy niebla que corre sin verse / o tú niebla que corre sin saberse", en el ciento dos y ciento tres; y "tal vez todo fue sueño de nosotros / adentro de la niebla amoratada", en el ciento seis y ciento siete), es un macrosímbolo con el que la poeta pretende reunir los diversos matices que configuran su deambular desorientado durante los años crepusculares de su vida, "caminando" como si ella misma fuese un fantasma, a menudo en la cercanía del mar (la oposición entre la dinamicidad del mar y la quietud de la tierra reaparece con suma frecuencia en estos poemas), rodeada siempre por el velo de la confusión, necesitada a cada paso de "romper la niebla o que me rompa ella" (verso ciento diez), aunque también a sabiendas de la notoria implausibilidad de su deseo[25].

No deja de ser ilustrativo cotejar, a propósito de este estar en el mundo de la última Mistral, su poema sobre Electra con el que ella dedica a la madre de ésta, a Clitemnestra, y que von dem Bussche reproduce en la publicación ya citada[26]. En la "Clitemnestra" mistraliana, después del sacrificio que de su hija Ifigenia hace Agamenón en Aulide, en vísperas de la guerra de Troya, la protagonista siente que el horror del crimen perpetrado por su esposo la transforma a ella en otra: "No te vea ya más, no más yo duerma / tocándote las sienes [...] Siento como que va de mí subiendo / otra alma y que me viene como al árbol / otra carne y que las llamas / de Ifigenia me alcanzan y me visten" (versos cincuenta y dos y cincuenta y tres y cincuenta y seis a cincuenta y nueve). El episodio que sigue a éste es, también en "Clitemnestra", el exilio de la mujer desde la Patria de El Padre, su salida a un camino cuyo punto de llegada es el mar: "Yo andaré, sin saberlo, mi camino / hacia el mar cargando en estas manos, / en pez encenizado, la hija mía" (versos setenta a setenta y dos)[27].

Paso ahora a "Dos trascordados" y "La trocada". "Dos trascordados" es un poema al que yo opino que le hizo falta trabajo, aunque Mistral haya autorizado su publicación por lo menos en principio. Es decidora al respecto la nota que inserta Doris Dana al pie del último verso: "Dice Gabriela completarla". Poema es éste que funciona a base del contraste entre lo masculino y lo femenino y recurriendo para ello al recurso que es común en Mistral de poner a la hablante en un falso contrapunto dialógico con "el otro". Explican los versos uno y dos: "Anduvimos trocados por la tierra / él por las costas, yo por las llanuras". Pero son ésas unas paralelas que por fin se juntan, cuando al llegar al término de sus vidas ambos sujetos se encuentran mirándose a las caras y ante la certeza de que para entonces ya "Todos partieron y estamos quedados / sobre una ruta que sigue y nos deja" (versos veintiuno y veintidós. Estos versos nos remiten, creo, a aquellos otros de "Aniversario": "detenidos como en puente, / sin decidirte tú a seguir, / y yo negada a devolverme"). El vínculo entre la identificación genérica final de la que se nos informa en "Los trascordados" y el monólogo-diálogo de "Electra en la niebla", me parece a mí demostrable por lo tanto, aunque el título me cree algunas complicaciones, y más todavía en vista de sus posibilidades de intercambio con el del poema siguiente: "La trocada". Este, que hace suyo el mismo esquema denegador de la barrera entre los sexos, no propone para representarlo a dos figuras distintas sino que localiza el "trueque" en la intimidad de la hablante. Dicen los versos iniciales: "Así no fue como me amaron / y camino como en la infancia / y ando ahora desatentada". No sólo contrapone Mistral en estos versos el pasado con el presente, como lo demuestran los tiempos verbales y la oposición entre la unidad que se halla implícita en el entonces de la infancia y la falta de unidad que deviene explícita en el "ahora" de la enunciación, sino que hay también ahí la confesión de un "cambio", el que no se sabe cuándo ni cómo ocurrió pero cuyas repercusiones nos damos cuenta de que ya no se van a resolver. Ella es hoy otra que aquélla que amaron en la infancia, pero actúa aún "como en la infancia" y anda "desatentada".

Tengo yo la impresión de que el último vocablo de estos versos o constituye una conmutación de "trascordada", término clave en el vocabulario mistraliano de la última época y del que ya hemos hablado suficientemente, o con mayor seguridad todavía indica algo que es su próximo y su opuesto a la vez. Me refiero al sentimiento de desapego que la mujer que habla en este poema experimenta con respecto a su circunstancia inmediata. Rasgos del desconcierto que llena el presente mistraliano, el de *Lagar II* y que es también el presente del "Poema de Chile", quedan en descubierto a lo largo de las líneas citadas. Con prolijidad, se enumeran en ellas un "amor" que ya no está, un "caminar" incesante y sin rumbo, una "infancia" que existe y no existe y una "desatención", una pérdida de contacto con lo real, que crece a cada minuto. Vano es que esta mujer pretenda ser otra vez "como la niña, / aprendiendo tierra mudada". Esa clase de "trueque" no es aquél para cuyo conocimiento se prepara la mujer de "La trocada", y así lo establecen, si bien a modo de pregunta, los versos veinticuatro y veinticinco del poema: "Y le pregunto al que me lleva / por qué, *en bajando*, fui trocada..."[28].

En fin, yo creo que no tiene nada de sorprendente que el común denominador de la mayoría de los personajes que Gabriela Mistral reúne en su segundo grupo de "Locas mujeres" sea La Desarraigada, la que, hallándose lejos del espacio y el tiempo de El Origen, ha hecho de su inestabilidad un rasgo estable. Este es el modo como Mistral acaba apropiándose de la tradición moderna del poeta arrojado por los dioses (o por los burgueses) a la intemperie del mundo, por medio de la construcción del personaje de una mujer que no sólo "camina la ruta" sino que "vagabundea" por tierras y mares "de extranjería", desprovista ya definitivamente de una "Patria" a la cual volver y cuyo perfil trazan y vuelven a trazar poemas como "País de la ausencia" (513-515) y "La extranjera", de

Tala, el ya mencionado "La que camina", en la sección "Locas mujeres", de *Lagar*, y "Adiós" (773-774), "Despedida" (775-776) y "Emigrada judía", en la sección "Vagabundaje" del mismo libro. Si *Lagar II* acrecienta su movilidad, en poemas tales como "Antígona", "La contadora", "Electra en la niebla", "Los trascordados", "La trocada" o en los poemas en elogio del mar, y más aún, si esa movilidad se convierte en un soporte de nuestro trabajo interpretativo, el hecho parecería probar, me parece a mí, que los poemas que estamos estudiando en este capítulo son efectivamente los últimos que Gabriela Mistral escribió.

Pienso yo que la poesía mistraliana de la naturaleza se origina mediante una colaboración de ponderaciones variables entre el neorromanticismo, el regionalismo y la alegoría de corte moderno, modalidades discursivas de pretéritas glorias y que a Mistral (incluso la regionalista, a la que pudiera presumírsele otro oficio) le sirven para embarcarse en campañas de subjetivación del mundo externo o, más precisamente todavía, en campañas de objetivación de los valles y cumbres de su mapa secreto. Hasta me atrevo a insinuar aquí la hipótesis de una preferencia, en los poemas de su madurez y debido al prurito de objetividad que a veces los posee, por la tercera de estas tácticas, lo que sería el caso de *Lagar II*.

En efecto, de los trece textos reunidos en este volumen bajo el subtítulo "Naturaleza", no hay ni uno solo al que yo pueda denominar un "poema de la naturaleza" en sentido estricto. Hay ahí poemas al "Monte Orizaba" (75-77), un poema religioso en realidad; a las "Golondrinas del yodo" (78), un texto extraño, con algo del "Poema de Chile" y otro poco de poema de guerra, aunque sin ninguna consistencia semántica ni pragmática, como no sea la que genera la imagen de unas golondrinas sedientas de sangre; a la "Lavanda" (79), que parecería ser un ejercicio virgiliano en casa de Victoria Ocampo; a la "Reseda" (84), que se me ocurre que podría leerse bien como un poema de amor homosexual; a "El santo cactus" (85-86), en dos versiones, hechas cada una desde un punto de vista diferente y que combinan la imagen de la floración del cactus en una única noche con la de la muerte de Cristo y la recepción de todo ello por parte de La Jardinera, etc., pero yo no siento que el mensaje que comunican estos textos sea por entero fiel a la esperanza que despiertan sus títulos. Falacia patética, correlato objetivo o como quiera llamársele, el empleo que le da aquí Mistral a los objetos naturales del mundo, a los accidentes geográficos, a las aves, a los árboles, a los vegetales, a las flores o a las raíces, es harto menos inmediato de lo que les hubiese gustado probablemente a los muchos admiradores de su numen agrarista[29]. En el fondo, se trata de un recurso alegórico, *y que lo es sistemáticamente,* manipulándose por su intermedio propuestas de significante que pueden diferir de un texto a otro, pero entre las que cualquier crítico informado podría discernir las correlaciones respectivas. No significa esto que nosotros dudemos de la sinceridad del agrarismo mistraliano, demás está decirlo. Lo que estamos señalando es que no por creer en esa sinceridad se debiera descuidar (como se ha hecho) la propensión alegórica de la poesía que ella dedica a los entes de la naturaleza. Un buen ejemplo de este procedimiento comparativo (y, en definitiva, sustitutivo) se encuentra en "Raíces" (82-83), el quinto poema de la serie, que según dijimos en el Capítulo VII también forma parte del "Poema de Chile" y que, como otros textos similares de Mistral, desenvuelve la tensión entre lo masculino represor y ostensible *vis-á-vis* lo femenino subterráneo y creador, y todo ello de acuerdo a un esquema representacional en el que la creatividad de la mujer crece desde y se expande contra el doble imperativo de la "noche" y el "silencio" (recuérdese al respecto aquello de "mi flanco lleno de hablas / y mi flanco de silencio", en

"Último árbol", el epílogo de *Lagar*, y recuérdese además la frase lapidaria de Lacan: "No hay mujer sino en la medida de su exclusión de la naturaleza de las cosas que es la naturaleza de las palabras").

En los tres poemas relativos al mar, "El mar I" (89-91), "(II Primera versión)" (92-96) y "Al mar" (97), el asunto se toca con el de "Raíces", pero referido más bien a la polémica entre La Tierra, "que sólo hace prisioneros" ["(II Primera versión)", verso trece], y El Océano, "que nunca es el mismo / y nunca fue prisionero, / y es cantador sin fatiga / y con mil labios eternos..." (versos tres a seis del mismo poema). Reingresa de este modo la problemática genérica en el tráfago de los discursos de *Lagar II,* aunque ahora a partir de una perspectiva que se alimenta de la oposición entre la femineidad pasiva, que Mistral le atribuye aquí a La Tierra, y la masculinidad activa de El Mar: "A lo largo de buena parte de los textos que componen el libro [*Lagar II*] se desarrolla una serie de oposiciones correlativas: Mar/tierra, padre/madre, futuro/pasado. Las connotaciones que envuelven los distintos términos no son en modo alguno fijas pero sorprende el predominio de una perspectiva positiva frente al principio masculino asociado al padre, al mar y al futuro, y la aparición de una crítica explícita al principio femenino, asociado a la tierra y al pasado", escribe Alberto Medina, derivando la mayor parte de sus observaciones de un comentario de "El mar I". Y agrega: "Hemos dicho sorprende porque las lecturas más modernas de Mistral tienden a resaltar la relación privilegiada del sujeto lírico con la madre y un principio femenino purificador y excluyente, paralela al papel debilitado del padre y lo masculino"[30]. La devaluación de La Tierra entonces, de "la que hunde en su silencio", de "la Gea / que no canta como Homero", de "la quedada Tierra", de "la que recita el mismo cuento", de "la Madre que da el jadeo", de "la madre esquiva / que sólo mece a los muertos" (versos veintisiete, veintiocho y veintinueve, cuarenta y dos, cuarenta y tres, sesenta y uno, sesenta y nueve y setenta del mismo poema que analiza Medina), involucra, en consecuencia, en los textos que ahora estamos considerando, así como también en varios otros de *Lagar II* [31] (aunque no pase lo mismo con la Gea de "Madre bisoja", según lo precisamos ya), un cuestionamiento indirecto de la corriente patriarcalista del maternalismo[32], lo que a mí me parece un dato decisivo de *Lagar II* y que es el mismo que en "Electra en la niebla" adopta ni más ni menos que la forma del crimen.

Me muevo a continuación hacia los "Nocturnos", la sexta sección de *Lagar II*. Contiene esta sección tres poemas numerados, los "Nocturnos" "VI" (103), "VII" (104-105) y "VIII" (106-107). La numeración a nosotros nos hace sospechar que Gabriela Mistral consideró que el antecedente directo de los textos que aquí se reúnen no eran los dos nocturnos que figuran en *Lagar,* "Madre mía" y "Canto que amabas" (731-732), sino los cinco de *Tala,* los de la sección "Muerte de mi madre". Como ésos, los nocturnos de *Lagar II* son documentos testimoniales de su vivir desvelado y, al no acordarse ella tampoco, durante este trámite selectivo, del solitario ejemplar de su primer libro, el que por lo demás se encuentra muy ligado al "de la consumación", de *Tala,* se reafirma que la continuidad que establece es con el penúltimo de los volúmenes de versos que publicó durante su vida. Pero, como quiera que sea, el marco de referencia exegético es, tiene que ser, para nosotros, su obra poética total. En el interior de ese marco y a modo de despeje preliminar, adelantemos que de los "Nocturnos" "VI", "VII" y "VIII", sólo los dos primeros son textos que se prestan para ser materia de un comentario crítico válido, ya que el "VIII" cuenta con demasiados versos y estrofas truncos, lo que anula de hecho cualquier discusión significativa a su respecto.

El "Nocturno VI" es un bello poema del perdón, del

más costoso, de aquél que a la hablante le ha sido tremendamente difícil articular: "Perdón por fin diciendo estoy / por veinte años retenido" (versos cinco y seis). Pidiéndolo por "Cantos no cantados", por "llantos no secados" y por "dioses no servidos" (versos siete a nueve), ese perdón, cuyos objetivos son menos evidentes de lo que sugiere el uso un tanto machacón de la rima participal[33], se lo extrae la poeta a sí misma con la mayor de las deliberaciones y con una absoluta previsión en cuanto a las consecuencias de su acto. Así, por tamaña muestra de coraje, su "Arcángel" y sus "muertos" le hacen "fiesta", al ser testigos de que su "corazón temblando [...] va llegando a Jesucristo".

Más interesante, mucho más interesante en realidad, me parece a mí el "Nocturno VII". En la vena de la mejor poesía mistraliana del insomnio, lo que este poema extiende sobre la página son los contenidos de la psiquis de una hablante que monta guardia frente al umbral que separa a la vigilia del sueño. La actitud discursiva contrasta por lo tanto con la demasiado deliberada del "Nocturno" anterior. En el "VII", cuya composición y lenguaje recuerdan los de "La cabalgata" (416-419), el solemne poema de *Tala,* del que el texto que estamos examinando preserva un proceso lírico conducido por la anáfora del verbo "pasar", lo esencial es, sin embargo, el desatarse torrentoso y tormentoso de la carga inconsciente. Más cercano en esto al último capítulo del *Ulyses* de Joyce, creo que nos encontramos ante uno de aquellos textos de Mistral en los cuales su yo íntimo se nos muestra libre del freno de la contrapulsión represiva, y tanto es así que este crítico se pregunta cómo fue que la poeta le dio el visto bueno a una posible publicación. Voy a citarlo íntegro, a pesar de sus cincuenta y cinco versos:

A la hora duodécima
la hora del fino aliento,

pasan silbidos de señales
para cita que no conozco,
pasan en lanas rotas
los ... pensamientos.
Pasan, pasan lentas,
arrastradas y sin acento,
pasan quejidos como de niños
y que son de hombres de gran pecho;
pasan en ráfaga caliente
los áridos remordimientos;
pasan aromas de los amantes
en un resuello... y denso,
y cabellos de vagabundos,
de marinos y de mineros,
cabellos con olor a sal
de cueros y de establos viejos.

Pasa como lianas y musgos
pasa la flora de los sueños,
tan baja que tocan mi cara
algas y helechos estupendos.

Pasa la fauna de las fiebres
a ras de mí y a ras del suelo,
chacalillos con ojos rojos,
con salamandras en los cuellos
y cobras de badanas vivas
enredando patas de ciervos.

Pasan las cabelleras vivas
de las pobres mujeres muertas
buscando encontrar amantes
y mojarse de nuevos besos.
Pasan locas tribulaciones,
perros negros de aliento seco,
hambres de pan y de mujer

y las hambres del Dios secreto.
Pasan como turbas antiguas
y pasan sin ululamiento.

Pecho dado a la medianoche,
cara ofrecida a mi desvelo,
tactos recibe de la lechuza,
vahos de géiseres secretos,
caldos de llanto inacabable.

Noche de blanco soberano
en que la luna pavonea,
embaucadora de diamante,
embaucadora de la tierra.

Mejor dormir como Rebeca
y como Sara, y sus abuelos,
bajo hojas de palmeras o vigas
de cedro encima de su sueño.
Gruesa sangre que dé el sopor,
duro oído para el silencio,
tranquila como las praderas
y grasa como los becerros...

Frente a esta exhíbita de intimidades nocturnas, yo creo que Jorge Guzmán hubiese hablado no de la *"hostes antiqua"*, como lo hizo y brillantemente al comentar "La cabalgata"[34], sino de una *"hostes nova"*. Porque la distancia de predicamento que hay entre lo que desfila por los versos de "La cabalgata" y lo que atraviesa por la (in)conciencia de la hablante en el "Nocturno VII" es tan grande como grande es también la proximidad entre los correspondientes programas retóricos. Allá, lo que "pasa" es 'la Santa Compaña', pero la de los héroes"[35]. Puesto en la formulación lacaniana, nos encontramos en "La cabalgata" en presencia de un desfile estelar, el de la plana mayor del regimiento simbólico: circunspecto, pomposo y sobre todo masculino ("Soy vieja; amé los héroes / y nunca vi su cara; / por hambre de su carne / yo he comido en las fábulas", en los versos sesenta y cinco a sesenta y ocho). En el "Nocturno VII", lo que "pasa" es, por el contrario, una cadena de asociaciones libres y mujeriles, en las que se mezclan lo alto y lo bajo, lo angélico y lo no tan angélico. Es pues este otro un desfile (si es que así se lo puede denominar: mucho más apropiado sería hablar de un amontonamiento caótico) de diferente naturaleza, no tan digno, pero pudiera ser que más rico que el otro. Para colmo, el poema termina con una torsión irónica, enderezada contra algunas de aquellas figuras bíblicas respecto de las cuales Mistral había mostrado en otros sitios respeto y aun reverencia: "Rebeca", "Sara" y "sus abuelos", gente toda ella de "mejor dormir" que la escritora, a causa de su tener lo que ella no tiene, una "gruesa sangre", un "duro oído", y de su ser "tranquila como las praderas" y "grasa como los becerros...".

En lo que toca a los poemas de la séptima sección de *Lagar II,* "Oficios", que son tres igualmente, "Aserradero" (111-112), "Altos hornos" (113) y "Recado sobre una copa" (114), aunque ellos se conectan con los de la sección del mismo nombre en *Lagar* de 1954, no es menos cierto que su significación responde a una tendencia que es general en la lírica mistraliana y a la que yo creo que debiera estimarse sintomática del interés que le suscitaron siempre los cambios introducidos en la naturaleza por la mediación del trabajo, del aprecio que le merecían quienes se ganan la vida con las manos y de que su escritura se genera en un tramo de la historia de América Latina en el que el proyecto industrializador aún era cosa de bienvenir (cfr.: el Neruda del *Canto General* y, más precisamente, el de la "Oda a la energía") y no la bomba de tiempo ecológica en que ha llegado a convertirse a la vuelta de tres o cuatro décadas. Por eso, Mistral pone en su sección "Oficios" un poema como "Altos hornos", donde afirma y a contrapelo del ruralismo premoderno y militante del que hace gala en otros sitios[36], que "En el cielo blanco de siesta / los Altos Hornos suben leales" o que "En sus cuellos oscuros sube / cuanto es ardiente y es amante", lo que dudo mucho que algún bardo ecologista de los de estas últimas dos o tres décadas estuviese dispuesto a suscribir así nomás.

La motivación religiosa o, mejor dicho, la difícil convivencia de Gabriela Mistral con lo religioso es, como bien lo sabemos, una constante en su poesía. En *Lagar II,* que no se sustrae al asunto, encontramos ocho poemas que son representativos de esta línea de trabajo. Entre los más poderosos, como de costumbre en Mistral, están aquéllos que entablan un diálogo directo de la hablante con El Creador o con alguno de sus edecanes. Constatación esta última que puede hacerse en "Arcángeles" (117), "Espíritu Santo" (118-119), "La remembranza" (120-121), "Padre Veedor" (127-128) y "Acción de gracias" (129). El primero de estos cinco poemas es una celebración de Miguel, Gabriel y Rafael, a quienes la poeta pinta en el verso nueve como a tres "tiempos de fuego". En el segundo, el cuarto y el quinto (éstos el séptimo y octavo de la serie), Mistral se dirige al Espíritu Santo y a Dios en persona, a Éste pidiéndole que "la guarde" de los peligros del destino que ha escogido o agradeciéndole por su intervención mitigadora de las miserias de "la ruta que hicimos / cargados de la niebla maldadosa". También, le agradece por los placeres de la vida sencilla, natural y social, y por "el tordo vehemente / que canta [...] allá en mi Valle / que me ama y espera / y a donde he de volar porque él es mío / y suya soy y lo sueño y lo vivo / así despierta y lo mismo dormida" (versos veinte a veintisiete de "Acción de gracias").

En cuanto al tercero, "La remembranza", en torno a los servicios que a Mistral le presta la memoria, él es a mi juicio el más valioso de la serie y a su respecto podría argumentarse que constituye una reescritura, en otra circunstancia pero con no menos belleza, de "La memoria divina" (403-404), uno de los poemas memorables de *Tala.* En ambos textos, de lo que se trata es del nexo entre la salvación y la memoria, o mejor dicho de la búsqueda de la salvación con la colaboración de la memoria. En el poema de *Lagar II,* sin embargo, esta propuesta temática se inscribe de lleno entre aquellas obsesiones que, como estamos viendo, peculiarizan la problemática mistraliana de la última época, puesto que la protagonista es aquí una mujer que ha perdido su conexión con el mundo y que, teniendo que habérselas con esa circunstancia, se refugia en los beneficios de su poder memorioso. La construcción del poema es apostrófica, como suele serlo en los demás de este apartado. Pero nos llama la atención que el "Tú" al que la mujer se dirige sea menos imponente de lo que induce a esperar la "clasificación" religiosa que Mistral le ha dado a su texto. Es ése un Tú que se limita a facilitar la puesta en marcha del asunto que a ella le importa y que es el relativo a una bienaventuranza no tanto por cobrar como por re-cobrar:

Como una isla cortada por tajo
y que nos lleva consigo, recobro
a veces un país que ya me tuvo
sin veleidad de locas estaciones
y el día no llamado que regreso,
y la bandada como de albatroses
de mis muertos me encuentra y reconoce
y toma y lleva en río poderoso.

La estrofa que acabo de citar, la cuarta dentro de una serie de diez, muestra con precisión cómo este imaginario mistraliano tardío forja una estrecha complicidad entre pasado y futuro. El futuro es aquella dimensión del tiempo respecto de la cual la poeta no tiene expectativas pero sí nostalgias. Porque esa bienaventuranza suya por recobrar, a la que me referí más arriba, es el pasado de "Un país que ya me tuvo". El principal (no el único, por ende) intertexto que regula esta intuición de Mistral corresponde muy probablemente al de la escatología cristiana, para la cual el logro del mejor fin no es otra cosa que una vuelta al mejor de los principios. Como en "La memoria divina" y también como en "Memoria de la gracia" (757-760), de *Lagar,* en esta oportunidad la memoria se identifica con la gracia, con el don de un saber que proviene de la infinita bondad del Espíritu Santo y que constituye la vía de acceso a una perfección que existe o que existió alguna vez y que podría volver a existir, *pero siempre en términos de un retorno al paraíso perdido*[37]. Mistral encuentra una prueba fehaciente de la existencia de ese paraíso en su capacidad de "remembranza", la que, de acuerdo con los preceptos de la doctrina cristiana, se convierte además en un respaldo, si bien no siempre todo lo sólido que a ella le hubiese gustado, de su unidad ontológica[38]:

Y de pronto se rompe la memoria
como cristal infiel de jarro herido.
Y es otra vez el costado en la peña
que sangra sin encía, y muda mata.
Y es mi ancha aventura arrebatada
como por fraude, befa o mofa oscura,
y el yacer en la arena innumerable,
al duro sol, con dogal de horizonte,
redoblados la sed y el desvarío.

Con todo, reconociendo yo el trasfondo cristiano e inclusive teológico que espolea intertextualmente la producción de las frases de "La remembranza", no puedo dejar de advertir que por detrás de ese trasfondo se divisan también los contornos de una "Patria" vivida de una manera personal e intransferible. La situación presente de la poeta, caracterizada por el "desvarío", por su condición de "hija que no sabe", por la pérdida del "rumbo del Hogar", por la "niebla", por el "desgaje", por la "raya mentirosa de la ruta", por la "noche" y por el "cautiverio", sólo puede ser superada mediante la activación de todo aquello que ella guarda en el almacén de su memoria (y ahora una memoria que es efectivamente *la* memoria, que ya no constituye una metáfora de la gracia ni de ningún otro don trascendente) y que esa misma memoria, desempeñando esta vez una función de dispositivo o mecanismo evocador, le trae de vuelta. El Cielo de Gabriela Mistral acaba amalgamándose por eso con la Patria vivida y perdida, pero siempre que se entienda a esa Patria suya en una forma que muy poco es lo que tiene que ver con el patriotismo castrense y sí mucho con ciertos seres singulares y concretos: su madre, su hermana (las "dos madres de nube o de neblina", a las que invoca en "Hace sesenta años"), y todo eso puesto sobre la panorámica de un Valle (de un país, diríamos) que para ella está poblado por mujeres sin hombres, el viejo país de su infancia inaccesible.

"Rondas", "Vagabundaje", "Tiempo" e "Invitación a la música" son las cuatro secciones que cierran *Lagar II*. La primera agrega ocho piezas a la colección que Gabriela Mistral había iniciado en *Ternura* del 24 y completa así, para el conjunto de su poesía, una cifra de veintiocho trabajos que se ajustan a las normas del género o a las que Mistral suponía que eran las normas del género. Es un número respetable sin duda, aunque inferior al de las canciones de cuna.

No desmerecen las rondas nuevas de las anteriores; antes bien, yo diría que mantienen la fidelidad a su carácter, aun cuando ocasionalmente introduzcan también, en la trama poética, un matiz irregular. Como anticipé en otra parte, las rondas son a menudo poemas algunas de cuyas niñas protagonistas hoy se convertirán en las "locas mujeres" de mañana. Además, en el *tableaux vivant,* que es la ronda, esas niñas forman un círculo que se mueve, que gira y desde el cual se eleva al mismo tiempo una canción comunitaria, todo ello con las muchachitas tomadas de las manos, al caer la tarde y deslizando los pies sobre las suaves redondeces de La Tierra, espectáculo cuyas connotaciones simbólicas no pueden pasársele desapercibidas a nadie y con el que Gabriela Mistral objetiviza el carácter (utópico o no, eso no es relevante para nuestro análisis, excepto en lo que concierne al futuro y seguro desengaño. Cfr.: "Todas íbamos a ser reinas", de *Tala*) de una cierta libertad femenina preadulta, que ella fantasea desde sus primeras incursiones en este dominio, en piezas tan famosas como "La margarita" (218-219) y "Dame la mano" (217), de *Ternura* del 24. También recoge la poeta, con el *tableaux vivant* de la ronda, la sospecha de que esa solidaridad de mujeres dura sólo lo que el tiempo de la niñez ("Te llamas Rosa y yo Esperanza, / pero tu nombre olvidarás, / porque seremos una danza / en la colina, y nada más...", en "Dame la mano", de *Ternura* del 24; y "Las muchachas cantamos la hierba, / Los mozos le cantan al mar", en "Ronda de la hierba", de *Lagar II,* 141-142), que por eso mismo ha de desaparecer con el advenimiento de la edad madura, pero sin perjuicio de ser recuperada más tarde, después del aligeramiento de cargas que entraña el trance mortal ("Aunque les digan que muero / me verán como en neblina / danzando en mi Montegrande / como una loca perdida", en "La ronda de las manzanillas" de *Lagar II,* 138-139). Por extensión, y considerando ahora a las rondas mistralianas en su conjunto, no debe olvidarse que la solidaridad entre muchachas se convierte en otros textos en la de todos los niños, sin distinción de géneros ("Invitación", 215); en la de todos los chilenos, sin distinción de jerarquías sociales ("La tierra", 312-313); en la de todos los seres humanos, sin distinción de nacionalidades ("La guerra"[39]); y, finalmente, en la del conjunto de los seres del universo, sin consideración de su estructura y nivel ontológicos ("Todo es ronda", 240). *Pero ello siempre a partir de un ideal de armonía cuyo paradigma conceptual y plástico lo constituyen las niñas que danzan tomadas de la mano, al fin de la jornada y sobre la materna ondulación de las colinas*[40].

Aludo, *a fortiori,* en este mismo contexto, como más de algún lector ya lo habrá adivinado, al "cielo de madres", en el que la progenitora de Gabriela Mistral solicita un lugar el 7 de julio de 1929, cuando se cierra el período de su residencia en este mundo, cielo "que va y que viene en un golfo / de brazos empavesado" y del que la poeta nos da noticia en "Locas letanías", el octavo poema de *Tala.* Pero prestemos ahora atención a por los menos uno de los rasgos diferenciales que presentan las rondas de *Lagar II.* En "Vamos a bailar la ronda" (143), el penúltimo de estos textos en *Lagar II,* el depresivo temple de ánimo que permea el libro en general se hace ostensible de nuevo y con una retórica a la que ya muy poco es lo que le queda de pueril: "Vamos a bailar la ronda [...] Se acabó la ciega y muda / desesperación. / Se fue como una mentira. / En el mar cayó". A mí no me parece raro que, al repasar la acerba tristeza que trasuntan los cuatro versos que acabo de citar, Mistral haya querido eliminarlos no sólo a ellos sino que al poema en su totalidad, considerando que el hacer caudal de esa tristeza, aunque fuese para negarla voluntarísticamente, estaba en contradicción con la aspiración de plenitud que está o debiera estar en el corazón de este tipo de obras.

En la medida en que La Desarraigada es una figura clave de *Lagar II,* "Vagabundaje" es la serie que la tematiza específicamente. Sin embargo, lo mejor que esta serie contiene no se encuentra ahí, sino en un poema que escenifica el regreso de la hablante a la quietud de la matriz, "La gruta" (147-148), y en otros tres que hacen el ademán de constituir una secuencia completa. En estos últimos, con una técnica distanciadora que revela cierto parentesco con la que Mistral denominó de la poesía "entre comillas" o de "garganta prestada", y que ya había ensayado en "La extranjera", "Jugadores" (551-552) y "Poeta" de *Tala,* ella parece haberse propuesto reexaminar, *pero esta vez con protagonistas masculinos,* algunas de las múltiples especies del/la-que-sin-raíces-camina-la-ruta. Me refiero a "Despedida de viajero" (149-150), "Un extraviado" (151-152) y "El huésped" (153-154). Aun cuando sea cierto que estos poemas se pueden leer como ejemplos óptimos de esa detección de puntos de vista alternativos que aparece en su última poesía, a nosotros nos parece que existe en ellos un peldaño más alto. Creemos percibir, por ejemplo, en "Despedida de viajero", un esfuerzo por contemplar desde el afuera del sexo opuesto la dialéctica del alejamiento obligatorio de El Origen, y de la preservación no menos obligatoria de un vínculo filial con el mismo. La situación enunciativa que Mistral escoge para estos efectos es la clásica de la madre que despide al hijo-que-se-va, con lo que el mensaje que el poema comunica se transforma en una variación (como si dijéramos, en una vista posterior espacial *y temporal*) del deseo materno de impedir el crecimiento del hijo cuya recurrencia nosotros verificamos en una decena de canciones de cuna. Es cierto que esta madre de "Despedida de viajero" se ha resignado a la partida del hijo, pero eso no es algo que a ella le impida seguir gobernándolo con sus admoniciones:

La ruta no se te enrosque
al cuello como serpiente;
te cargue, te lleve y al fin te deje.

Los que te crucen y miren
de ti se alegren como de fiesta.

Pero que no te retengan
tras de muros y cerrojos
la falsa madre, el falso hijo.

Guarda el repunte del acento,
cela tu risa, cuida tu llanto.
El sol no curta la frente;
la tornada no te enronquezca
y las ferias y los trueques
no te cierren la mano abierta.

También anticipa esta misma madre la eventualidad del retorno:

Vuelve, hijo, por nosotros
que somos piedras de umbrales
y no barqueros ni calafates
de que rompimos los remos
y que enterramos las barcas.

En la costa, curvados de noche,
te encenderemos fogatas
por si olvidaste la ensenada.
Te pondrá en la arena la marea
como a alga o como a niño
y todos te gritaremos
por albricias, por albricias.

En corro, en anillo, en nudo,
riendo y llorando enseñaremos
al trascordado a hablar de nuevo,
cuando te broten y rebroten
tus gestos en el semblante,
nuestros nombres en tu boca.

La última estrofa que cité me parece especialmente conmovedora. Todos los temas que integran la utopía mistraliana del regreso a El Origen se encuentran en ella esbozados: el circulo protector que se cierra y anuda en torno al individuo que regresa, la cura del "trascordado" por obra de su reaprendizaje de la lengua materna, la floración y refloración en su conciencia de los gestos y los nombres que en un día de delirio se dejaron atrás...

"Un extraviado" es el segundo poema de este mismo tipo. Pretende ser el retrato de un "Caín extraviado" (verso cincuenta y seis), que hace su amarga ruta "solitario" y "triste del bien ajeno" (verso treinta y siete). Pero, por debajo de esa superficie intertextual y mimética, yo siento que puede distinguirse en él algo así como un exabrupto, casi un ataque de autorreproche por parte de Gabriela. Nos damos cuenta así de que el discurso profundo del texto desenvuelve el problema de la libertad para pecar contra la vida y, por consiguiente, el de la culpabilidad en el propio dolor. El sufrimiento no proviene al fin de cuentas de la maldad de los otros, puesto que "nada" ni "nadie" (la anáfora que encabeza las estrofas uno, dos tres, cuatro, cinco y nueve del poema) lo promueve, sino del interior de un "alma" que labora "sin descanso" contra su propio bienestar, alma que para ése que la acarrea acabará convirtiéndose en "el limón de tu pecho / que muerdes desesperado". No quiero abundar mucho más en la tremenda dureza de este poema. De estar contenido en él, como yo siento, un aceso de autoimpugnación, la lucidez de la última Mistral ha de haber sido bastante más grande de lo que se suele presumir por ahí.

"El huésped" es el tercer poema de esta misma secuencia y el que mejor se ajusta al tópico del viaje. La hablante es aquí la que recibe al viajero, pero con una condición: "Que tenga, quiero, el silencio / por mascullar su destino / escarmenar su fracaso" (versos trece a quince).

Para volver a "La gruta", el primer texto de "Vagabundaje", mi opinión es que, no obstante esa cuarta estrofa que a Mistral se le quedó sin resolver, éste no es un poema desdeñable. Los dos versos iniciales fijan el espacio de la enunciación:

> De tanto andar llegué a la gruta
> y entré por el hueco de la piedra

Es decir que el fin o paradero último del "vagabundaje" de Mistral se encuentra, por lo menos en el poema que ahora examinamos, en esta "gruta", en este "hueco de la piedra"[41]. Es ahí donde la poeta encuentra amparo de la persecución de que la hacen objeto unos "ellos" que no se individualizan en el texto, pero que nos queda claro que la buscan o que podrían buscarla, que vienen o que podrían venir. Entre esos ellos, cuando Mistral forma parte del "mundo" exterior a la gruta, su obligación consiste en poseer y mantener una cierta identidad, "tener nombre", y realizar unas ciertas acciones, "tener brazos". Así, el atrincherarse en la gruta le depara una oportunidad para residir en un espacio y en un tiempo que anteceden (y que de otro modo también suceden, según luego veremos) al espacio y el tiempo del ser y al espacio y el tiempo del quehacer. La cuarta estrofa del poema, ésa a la que ella no pudo o no quiso ponerle fin, agrega a esos dos distingos que peculiarizan su estancia en la gruta otros dos. El primero, en el que Mistral no se demora mucho, es la eliminación del lenguaje (en la gruta "Nada habla", se lee en el verso veintiocho). El segundo, en el que sí insiste y con deleite, es la ausencia de luz. Es lamentable, por cierto, que sea precisamente esta estrofa del poema la que se halla incompleta. Porque debo decir que yo no encuentro otro texto de Gabriela Mistral en el que su repudio poético del presente o, con más exactitud todavía, su repudio poético de la cultura del presente se identifique de una manera tan estricta con una negación de la mirada. Considerando que la historia de la civilización occidental es, que fue desde el principio y que ha seguido siéndolo hasta ahora, una historia del ojo, de la conceptualización del mundo como un sistema de reflejos hechos a partir de los recortes que sobre ese mismo mundo realiza el foco de nuestra mirada, y considerando que no faltan las tratadistas mujeres que entienden que ése y no otro es gesto por excelencia que funda la conciencia filosófica de El Padre[42], el que Gabriela Mistral se sume en este poema al rechazo feminista del predominio ocular nos demuestra que el "cansancio" del que tantas veces habla no es o que no es necesariamente el resultado sólo de una problemática biográfica. Escribe en los versos quince y dieciséis de "La gruta":

> No quiero salir, no quiero irme
> y perder esta ceguera.

Las renuncias consecutivas a la identidad, a la acción, al lenguaje y al "oculocentrismo" de la cultura de El Padre son pues las cuatro decisiones que acompañan la re-entrada de Mistral en el "hueco de piedra". Frente a todo eso, la gruta es "dura y es blanda", es "lavada de olas tardías" y es "lamida, gusto a salmuera". Otras determinaciones que se le añaden más adelante son sus "recovecos", su estar "llena de resaca", sus "esponjas" y "estrellas" y su infinitud, su "no acabarse nunca". Como vemos, los sentidos que estas determinaciones retoman y rejerarquizan son preferentemente el tacto, el olfato y hasta el gusto (la gruta es "lamida, gusto a salmuera", dice el verso trece)[43]. Promoviendo de ese modo una existencia interiorizada hasta el extremo, que renuncia a la recomendación platónica del abandono de la caverna (la caverna de la "primitivez" y la "ignorancia", según la interpretación tradicional del mito) y a la peregrinación consiguiente hacia el mundo histórico del lenguaje y la luz, esos sentidos de relevo son el designio a la vez que el instrumento de una cultura "de la otra", que la cultura de El Padre relega al rincón de los desechos y en cuya nostalgia Mistral se da la mano con un importante sector del pensamiento feminista contemporáneo. Cito otra vez a Irigaray: "Este estilo [el estilo de la mujer] no privilegia la mirada sino que retrotrae todas las figuras a su nacimiento *táctil.* Ahí, ella se re-toca sin constituirse a sí misma nunca, o constituyéndose a sí misma en otra clase de unidad"[44].

Pero lo definitivo, para los propósitos de nuestro análisis, es que la gruta mistraliana es "madre" y es "piedra". Si es cierto que este poema de Gabriela Mistral escenifica, como nosotros propusimos en nuestra hipótesis, un retorno de la hablante a la quietud de la matriz, hay que reconocer que dicho retorno importa también una incorporación de esa hablante en el espacio de la muerte. Porque, como Mistral escribe en los versos diez a catorce, en la gruta "hace silencio y hace noche / cuando baja la marea". Esta gruta de piedra blanda termina siendo por ende tanto una postfiguración del útero materno como una prefiguración (una más entre las muchas que la poesía mistraliana ensaya desde "Los sonetos de la Muerte" a "Paraíso", de *Tala*) de la tumba mortuoria.

"Tiempo" e "Invitación a la música" son las dos últimas secciones de *Lagar II* y cuentan sólo con dos poemas la primera y con uno la segunda. En "¿A qué?" (161-162), de la primera sección, Gabriela Mistral echa a un lado "la casa", "la huerta", "la nueva mañana", "el mar", "el sueño", "la vigilia" y "la puerta acostumbrada" y solicita a cambio de todo eso un "dormir sin soñar / a menos de que por gracia / en esta noche sin horas / sin Casiopea ni Sirio / vayan llegando devueltos / los míos a su morada" (versos siete a doce). En el segundo poema de la misma sección (163-164), Mistral llama al tiempo "el Despojador que va sin rostro" y "el Arrebatador mudo y nocturno", y explica que a todos los que ella quiso "él alcanzaba". Pero no es el sueño la única defensa de que la poeta dispone para hacer frente a las acechanzas de ese flechero terrible que "hiere en medio del pecho" y que "me hirió desde el día primero". En "Invitación a la música" (167-170), el largo poema que ocupa la sección del mismo título, se le/nos presenta otra más, a la que Mistral imagina como un punto de convergencia entre el sueño y la poesía. Es así como escribe que, a través de la música, "Vamos sin barco [...] por ríos de libertad [...] a Islas sin nombre / veraces o desvariadas". Como vemos, la libertad, la verdad y el desvarío se reúnen aquí dentro del flujo común de la música, en cuya manifestación tantísimos portaliras de Occidente, desde Fray Luis de León a los simbolistas franceses y a Octavio Paz, han pretendido ver un correlato de su propia práctica. Por el río de la música, experimentada como una corriente de perfecciones sin mácula, navega pues el que bien podría ser, ahora sí y definitivamente, el poema postrero de Gabriela Mistral.

Notas

1. Pedro Pablo Zegers B. "Para leer *Lagar II* " en *Lagar II,* 15.

2. La lista es larga y resulta inoficioso reconstruirla, pero, por si a alguien le cupiera alguna duda acerca de lo que digo, permítaseme transcribir el testimonio de por lo menos una de esas barbaridades, que tomo de Alfonso Calderón: "En la Escuela Normal de La Serena, a alguien se le ocurrió que un grupo de niñas, cuando llegara Gabriela Mistral, se echaran al suelo, en torno de ella y, de rodillas, le pidieran perdón por el agravio, porque otros, antes, impidieron que estudiara allí. Veo, con horror en la memoria, el instante en que ocurrió. Se tapó los ojos y dijo: '¡no, no, no! ¿Por qué ponen a sufrir y a humillarse a estas niñas que nada saben de dolores? Yo soy vieja y tengo lo mío. Levántense, olviden, qué torpeza más grande. ¡Otro clavo en mi costado! ¡Otra copa amarga que apurar hasta las heces! ¡Cómo si no hubiera sido bastante!'". Alfonso Calderón. "Gabriela Mistral" en *Memorias de Memoria.* Santiago de Chile. Universitaria, 1990, p. 104.

3. "En las *Poesías completas,* publicadas por Aguilar, en su cuarta edición de 1976, aparece *Lagar I* con las secciones *Naturaleza* y *Jugarretas II.* ¿Será tal vez esta indicación una señal de que la serie que nosotros tenemos como II sea efectivamente *Lagar I,* y aquella que menciona Aguilar, corresponda a *Lagar II,* ya definitiva y aprobada por Gabriela?. "Para leer...", 16.

4. *Gabriela Mistral,* 48-49.

5. Alberto Medina. "Me cansé de tener nombre en esta tierra (Algunas observaciones sobre la última Mistral)". *Revista Chilena de Literatura,* 45 (1994), 133.

6. Gastón von dem Bussche. "Introducción" a "Sección segunda" en Gabriela Mistral. *Proyecto preservación y difusión del legado literario de Gabriela Mistral,* eds. Magda Arce y Gastón von dem Bussche. Organización de Estados Americanos (OEA). Programa Regional de Desarrollo Cultural. Ministerio de Educación de la República de Chile, 1993, p. 283.

7. Conferencia sobre *O Menino poeta,* de Henriqueta Lisboa.

8. *Vid.*: nota 22 en el Capítulo IV.

9. "... La intertextualidad refleja procura que el señalamiento recíproco entre fragmentos cambie el significado en los diversos contextos en los que se insertan". Carmen Foxley. *Enrique Lihn: Escritura excéntrica y modernidad.* Santiago de Chile. Universitaria, 1995, p. 105.

10. Igual cosa sucede en "Madre mía", de *Lagar.*

11. "Prólogo. *Lagar II* " en *Lagar II,* 11.

12. La concordancia es todavía mayor con los dos últimos versos de "Ruta", el poema que antecede inmediatamente a los dos que estamos comentando: "El viento oscuro sigue a mis espaldas, / corta mi grito y me mata sin muerte".

13. Recordará en 1939: "En estas soledades de la Patagonia, sólo un elemento trágico recuerda al habitante su tremenda ubicación austral: el viento, capataz de las tempestades, recorre las extensiones abiertas como una divinidad nórdica, castigando los restos de los bosques australes, sacudiendo la ciudad de Magallanes, clavada a

medio Estrecho, y aullando con una cabalgata que tarda en pasar días y semanas. Los árboles de la floresta castigada del Dante, allí me los encontré, en largas procesiones de cuerpos arrodillados o a medio alzar y me cortaron la marcha en su paso de gigantes en una penitencia sobrenatural. El viento no tolera en su reinado patagón sino la humillación inacabable de la hierba; su guerra con cuanto se levanta deseando prosperar en el aire, es guerra ganada; sólo se la resisten la ciudad bien nombrada del navegante y las aldeas de pescadores refugiadas en el fondo de los fiordos o en refugios a donde él llega un poco rendido, como el bandolero hecho pedazos". "Geografía humana de Chile" en *Gabriela anda por el mundo,* 385-386.

14. Probablemente, Mistral toma esta imagen del árbol de la vida, en Génesis 2:9; del cedro del Líbano, en Ezequiel 17:22; del hombre que es "dichoso porque es un árbol bien plantado y que no camina según el consejo de los impíos", en Salmos 1:1-3 y en Jeremías 17:7 *et sqq.*; e inclusive de las parábolas del sembrador, en Mateo 13:18 *et sqq.*

15. Patricio Marchant. *Sobre árboles y madres.* Santiago de Chile. Editora Lead, 1984. *Vid.* especialmente el Capítulo I de la Segunda Parte.

16. Aclara Margot Arce: "'Cedro de Líbano', 'pino de Alepo' llamaba por juego o por ternura a su sobrino Juan Miguel". *Gabriela Mistral...,* 96. Puede ser, digo yo, pero la metáfora da para más.

17. Precedentes tradicionales de este personaje pudieran ser también ciertas figuras míticas o simplemente literarias, como Ondina, Lorelei y Ofelia, esta última quizás si en la versión popularizada por los preRafaelitas ingleses. Pero yo siento que hay ahí un referente más concreto. Me pregunto, por ejemplo: ¿No es este personaje una singularización de las "mujeres muertas" de "cabelleras vivas" que "pasan" "buscando encontrar amantes" en del "Nocturno VII, de este mismo libro, o de la "pobre loca de la aldea", en el cuento "El perdón de una víctima", de 1904? Misterio profundo y seguramente sin solución.

18. De máximo interés para ese análisis debiera ser el artículo "Contar", publicado por primera vez en 1929, en *Repertorio Americano,* y reproducido por Roque Esteban Scarpa en *Magisterio y niño.* Santiago de Chile. Andrés Bello, 1979, pp. 94-96.

19. *Proyecto preservación...,* 304-306.

20. Von dem Bussche hace esta afirmación en *Reino*, 24, y la repite en el *Proyecto preservación...*, 283. ¿Cuántos y cuáles son los poemas que forman el "ciclo"? ¿Cuándo los conoceremos todos? Preguntas sin respuesta.

21. *Gabriela Mistral...*, 123.

22. Leo, sin asombro, en la biografía de Peter Gray, que Freud llamaba a su hija Ana "su Antígona". *Freud. A Life for our Time.* New York. Anchor Books. Doubleday, 1988, p. 442.

23. Se dice, y es muy probable que sea cierto, que Mistral careció de una cultura clásica en su juventud y que ha de haberla adquirido tardíamente, en su contacto mexicano con José Vasconcelos, con los miembros del Ateneo Mexicano de la Juventud y, muy señaladamente, de su admiración por Reyes. A éste le escribe en una carta del 25 de noviembre de 1942: "Pienso con una terquedad casi obsesional, mi Alfonso, en que la publicación de la C. en A. [*La Crítica en la Edad Ateniense*], corresponde, aunque usted no hubiese querido darle esta finalidad, a la tragedia intelectual que estamos viviendo en ciertos pueblos... Usted es uno de los pocos, junto con Pedro Henríquez, que puede allegar los clásicos a la muchachería sin que ésta suelte la risotada o les digan reaccionarios". Luis Vargas Saavedra, ed. *Tan de Usted. Epistolario de Gabriela Mistral con Alfonso Reyes.* Santiago de Chile. Hachette. Ediciones de la Universidad Católica de Chile, 1991. Para las observaciones de Vargas sobre el clasicismo de Mistral, *Vid.* en el mismo libro: "Alfonso Reyes y la revolución intelectual en México", p. 239. Para la cita de Mistral, pp. 143-144.

24. Alice Suskin Ostriker. *Stealing the Language.* Boston, Beacon Press, 1986, p, 179.

25. También hace falta estudiar esta metáfora monográficamente. Anoto por ahora que no es una exclusividad de *Lagar II,* ni del "Poema de Chile", puesto que aparece en textos mistralianos de todas las épocas, por ejemplo en la "Carta íntima" de sus escritos juveniles, en "La espera inútil" (86-88) de *Desolación,* en "La noche" (164) de *Ternura,* en "Cuatro tiempos del huemul" de *Tala* y en "Muerte del mar" (646-650) de *Lagar. Lagar II* intensifica su extensión y su fuerza, sin embargo, convirtiendo la niebla tal vez en el *leit motiv* más importante del libro. Por otra parte, su conexión con la histeria femenina es bien sabida y, en la literatura chilena del siglo XX, tiene en *La última niebla,* la famosa novela de María Luisa Bombal, una excelente representación. En tales

ocasiones, la niebla establece contacto con la locura en tanto ambas desintegran el campo de lo dado patriarcal: borran bordes, alteran distancias, distorsionan la vista y el sonido. En cualquier caso: ¿Conoció Mistral la novela de su joven compatriota, publicada por primera vez en la Argentina, en 1934, cuando tanto Bombal como Mistral frecuentaban a la gente de Sur? No tengo una respuesta para esta pregunta, pero pienso que un estudio comparativo entre ambas "nieblas" podría resultar revelador.

26. *Proyecto preservación...",* 301-303.

27. Roque Esteban Scarpa ha publicado una versión de otro de los poemas del presunto "ciclo" sobre mujeres griegas, "Casandra". Previsiblemente, la hija de Príamo es allí también una mujer que sale de su Patria, Ilión, donde "todo fue mío" y desde donde ella emerge al "turbio día del exilio". *Una mujer nada de tonta...,* 183.

28. El subrayado es mío (G.R.). Subrayo este verbo porque el "bajar" y el "trocar" o, dicho con más precisión, la coincidencia del cambio espacial con el cambio personal es una constante mistraliana. Pasa en el "Poema de Chile" y, aun antes de eso, por redundar en el ejemplo más conocido de todos, en "Los sonetos de la Muerte". También, recuérdese, el fantasma de Juan Miguel, cuando él "le acude", cuando "baja" hacia ella.

29. Treinta y cuatro fichas de publicaciones en torno al tema de la naturaleza en Gabriela Mistral incluye la bibliografía de Patricia Rubio. *Gabriela Mistral ante la crítica: bibliografía anotada.* Santiago de Chile. Dirección de Bibliotecas, Archivos y Museos. Centro de Investigaciones Diego Barros Arana, 1995, 152-155.

30. "Me cansé de tener nombre...", 134.

31. Además de los que se han señalado ya, en estas páginas, como "La paloma blanca" y "Electra en la niebla", piénsese en "Ronda del mar" (140) y "Ronda de la hierba", ambos textos citados y algunos de ellos discutidos por Medina.

32. Como dijimos en la nota previa, el ataque se repite en "Ronda del mar": "la ronda está bailando / a la orilla del Mar. / No cantarla en la Tierra / que no sabe cantar" (versos uno a cuatro).

33. "... Hay en la poesía de Gabriela una tendencia general al isosilabismo, a las tiradas monótonas de versos iguales, con grave

peligro de caer en el sonsonete. Tal inclinación se acentúa más en los libros posteriores a *Desolación"*. Margot Arce. *Gabriela Mistral..*, 55.

34. "Gabriela Mistral: 'por hambre de su carne'", 71 *et sqq*.

35. *Ibid.*, 73.

36. No tan absoluto, a decir verdad. Recuérdense a propósito sus poemas proletarios: "Obrerito" (330-331), "Herramientas" (735-737) y el que más le gustaba a Lucho Oyarzún: "Manos de obreros" (738-740).

37. Tal vez habría que pensar en la gracia que, por oposición a la "habitual", los teólogos definen como "actual": "La gracia actual es un influjo transitorio y sobrenatural de Dios sobre las potencias anímicas del hombre, con el fin de moverle a realizar una acción saludable [...] La gracia actual, de una manera inmediata e intrínseca, ilumina el entendimiento y fortalece la voluntad". Ludwig Ott. *Manual de teología dogmática.* 7a. ed., tr. Constantino Ruiz Garrido y mons. Miguel Roca Cabanellas. Barcelona. Herder, 1989, p. 349. Vale la pena advertir, sin embargo, que en el poema de Mistral es la "memoria" y no el "entendimiento" aquello que ella anhela ver acrecentado por el don de la gracia.

38. En la perspectiva de la salvación: si la posibilidad de salvarse es lo que a nuestro ser caído le permite no desintegrarse definitivamente y si la memoria contiene una prefiguración mistraliana de esa salvación, se entiende que la misma le garantice también a la poeta la unidad de su ser.

39. Con ciertas modificaciones y otro título en las *Poesías completas:* "Ronda de la paz", 229-230. Con el texto y título originales, en *Ternura. Canciones de niños.* Madrid. Editorial Saturnino Calleja, 1924, pp. 11-13.

40. Sólo así se entiende la afirmación de Margot Arce, quien sostiene que las rondas se hallan "consteladas en torno al motivo de la armonía universal". *Gabriela Mistral...*, 41.

41. Percibo una conexión entre este poema y "Las grutas de Cacahuamilpa", el texto en prosa que recoge Gastón von dem Bussche en *Reino* y que yo cité en el capítulo anterior. Es como si ese texto prosístico constituyera la motivación inmediata, en el sentido freudiano de *La interpretación de los sueños,* del texto poético.

42. El mejor ejemplo es el de Luce Irigaray en su *Spéculum,* quien de partida nos recuerda que la palabra "teoría" (Fr, *théorie*) viene del vocablo griego *"theoria"* , y éste de*"theoros"*, espectador, y de*"thea"*, vista o mirada. *Spéculum de l'autre femme.* París. Minuit, 1974, pp. 165-166. Remata Jane Gallop: "Nada que ver equivale a nada que valga la pena. El privilegio metafísico de la vista por sobre los demás sentidos, el oculocentrismo, respalda y unifica la teoría sexual falocéntrica". "The Father's Seduction" en *The Mother Tongue...,* 36.

43. Hay un artículo sobre este tema tan promisorio del sensorialismo mistraliano y que quizás pudiera servir de incentivo para una investigación de mayor aliento. *Vid.:* Luis Vargas Saavedra. "Sensorialidad en Gabriela Mistral". *Taller de Letras,* 23 (1995), 135-141.

44. Luce Irigaray. *That Sex...,* 23-33.

CAPÍTULO X

... separados / como luna y sol
Adiós

En cada uno de sus paradigmas fundamentales, la poesía de Gabriela Mistral nos ofrece el espectáculo de una mujer dividida: en el amor, en la maternidad, en la religiosidad, en la relación con la patria, así como también en el o los papeles asignados de ordinario a la gente de su género. Un malestar profundo se respira a lo largo de esta escritura poética y, pese a la tentativas que se han hecho y que de seguro se van a seguir haciendo para domeñar su complejo carácter, con lo que hasta aquí llevamos dicho nosotros esperamos haber demostrado que ella se resiste a la simplificación, que evade esquemas, que se sacude de las malas y las buenas intenciones. Es bien sabido que, dentro del marco de referencia que nos regalan las fatigas de la ciencia semiótica, la poesía es la clase de discurso en el que coinciden la extrema densidad del significante y un aumento simultáneo de la carga connotacional del significado. Si es cierto que la poesía de Gabriela Mistral no se aparta de esta definición, también lo es que, exceptuando algunas buenas lecturas que han salido a la luz últimamente, la crítica que se hizo de ella en el pasado se empecinó en adjudicar preeminencia a los datos del nivel denotativo —en hacer de los versos prosa, en convertir lo equívoco en unívoco, lo complejo en simple, los difícil en fácil. Al fin, nos quedamos con la Mistral de las crestomatías y manuales escolares: la escritora sentimental, obvia, burocrática incluso, cuidadosamente naturalizada para satisfacer las demandas del gusto burgués.

Para reencontrarnos con la otra Mistral, nosotros tuvimos que raspar esta costra blanqueadora. Con el añadido de que también debimos enfrentarnos con el hecho de que fue la propia poeta quien estimuló con frecuencia las acciones bienpensantes de sus críticos, aportando una colaboración entusiasta a las campañas reduccionistas a las que ellos daban curso con su perversa devoción. Es que Gabriela Mistral fue una mujer de su tiempo, y será sólo al hacernos cargo de las contradicciones de ese tiempo, en y a través de algunas de las prácticas que configuran su paño, que acabaremos explicándonos las contradicciones que configuran también su escritura.

Jaime Concha dio un primer paso en este sentido, en su estudio de 1987, y no sin hacernos partícipes de las reservas que le merecía su faena. En el "Breve epílogo" de ese libro, después de haber redactado un centenar y medio de páginas, Concha observa que el trabajo que se halla próximo a concluir no pasa de ser unos "prolegómenos" a la poesía de Mistral, "una introducción que no roza ni toca las cuestiones centrales, de veras misteriosas, que su obra suscita". Advierte asimismo que el suyo es un estudio que no hace otra cosa que recorrer "las extremidades y contornos de sus libros", nada más[1]. Estos descargos los formula a pesar de haberse ajustado en sus consideraciones a un modelo crítico antiinmanentista, que vincula la obra poética de Mistral con las condiciones de su producción, y examinando estas últimas a partir del despliegue de tres historias correlativas pero independientes: la historia personal de la poeta, la historia literaria desde la que y en la que ella escribe sus versos y la historia social, la chilena, la latinoamericana y la mundial, entre la segunda década de nuestro siglo y los años cincuenta. Tales son, si no las "extremidades", en todo caso los "contornos" a los que alude en el epílogo citado.

En cuanto a la biografía de Mistral, Concha la repasa haciendo escala en cuatro estaciones de reconocida importancia: el nacimiento y la niñez en el Valle del Elqui, con la temprana renuncia del padre a la familia y el crecimiento de la poeta entre "mujeres abandonadas", lo que no fue para las que se quedaron atrás un episodio traumático ni demasiado imprevisto; luego las infamias sin cuento de las que la hizo objeto el medio social y literario chileno, sobre todo durante los primeros años de su carrera, transformándose ese suceso en la causa del tan hipócritamente discutido (cuando no ocultado del todo, y no por Concha, es claro) "antichilenismo" de Mistral; más tarde el exilio definitivo, compuesto de treinta y tres años en el país y treinta y cuatro afuera, exilio al que según cuentan sus biógrafos jalonan casas que se arman y desarman en varios puntos de Europa y América; y, en cuarto lugar, su amor por la naturaleza, por lo autóctono americano, por la flora y la fauna. Particular relevancia le concede el ensayista cuyas observaciones estamos aquí reseñando a la relación entre los tres poemarios básicos de Mistral y las tres grandes tragedias de su vida: la muerte de Romelio Ureta, en 1909, que deja su marca la poesía de *Desolación* ; la de la madre, en 1929, que dará el pie para los poemas de la primera parte de *Tala* ; y la de Juan Miguel Godoy (Yin-Yin), el sobrino-hijo adoptivo, que se suicida en Petrópolis, en 1943, y cuya ausencia/presencia se hace sentir especialmente sobre la sexta sección de *Lagar*.

Respecto de la historia literaria, Concha deslinda en los libros de Mistral un doble movimiento. Uno de estética general, que va del postmodernismo de *Desolación* al autoctonismo de *Lagar* y el "Poema de Chile", y otro de estética particular, que va de la literatura femenina de comienzos de siglo, en la que nuestra poeta hace ronda con Agustini, Ibarbourou y Storni[2], a una singularización de su propia voz de mujer en los poemas de *Lagar*. Su dictamen es que en tales movimientos se encuentran insertos sendos procesos de decantación. Esos procesos los rastrea en los distintos niveles del discurso poético mistraliano, incluidos la métrica y el vocabulario, el que se hace más arraigado, más suyo, mientras más lejos está de los orígenes.

Por último, en cuanto a las determinaciones que provienen de la historia *sensu lato,* los tiempos que Jaime Concha ha tenido en cuenta en su trabajo son tres: el de Chile hasta 1922, cuando Mistral abandona nuestro país, y cuyas características son la incomprensión e inclusive la hostilidad que le demuestran los sectores menos discretos de la ciudadanía; luego el de América Latina, que se le revela en su contacto con México, país al que conoce aún en estado rural y popular[3]; y, finalmente, el de la historia de Occidente, desde la primera gran guerra a la civil española y a la segunda mundial.

Todo lo cual está muy bien, qué duda cabe, y yo no puedo hacer menos que bienvenir las oportunidades de reflexión que este libro me abre tanto como la profundidad con que en él se han investigado las implicaciones del nexo entre la poesía de Mistral y algunos entre los elementos sociohistóricos que acabarán por afectarla. Digo sólo algunos porque también me sobreviene la sospecha de que a Jaime Concha se le ha quedado una cuarta variable en el tintero y que es aquélla de la cual yo quisiera hacerme cargo en lo que sigue del presente capítulo, ya que pienso que su recobro se nos hace imprescindible cuando lo que pretendemos es preguntarnos por los acontecimientos que condicionaron la inteligencia y sensibilidad de la poeta. Me refiero a la historia de la mujer latinoamericana, y en particular de la mujer chilena —más precisamente: de la mujer latinoamericana y chilena de una cierta clase y en una cierta localización cultural e inclusive geográfica— durante una etapa muy precisa dentro de la cronología del (sub)continente y del país[4]. Tal vez, pero sólo tal vez, sea la exclusión de esta cuarta historia la causa del abatimiento que asalta a Jaime Concha ante el panorama de su trabajo terminado.

Mistral nace en 1889 y muere en 1957, de modo que, si vamos a ceñirnos ahora a las periodizaciones que nos proporcionan los latinoamericanistas más confiables, su entrada en la madurez coincide con la transición entre la primera y la segunda etapas en el desarrollo de la modernidad en la historia de Chile y el (sub)continente[5]. ¿Qué significa esto desde el doble punto de vista de la posición del cuerpo y la emisión del discurso (dicho ello con el barbarismo "antifemenino" de Eliana Ortega) "femenil"?

Para responder a esta pregunta, nos proponemos explorar a continuación las derivaciones de dos tesis, una de carácter histórico estricto y la otra relativa a la conexión entre historia y literatura. La primera afirma que, aunque sea cierto que el quiebre del *pattern* tradicional de comportamiento femenino en América Latina se produce en concordancia con los comienzos de la era moderna, esto es, durante las dos últimas décadas del siglo XIX y con más o menos rapidez según el grado de receptividad que muestran los varios países o regiones frente a los apremios del proceso de cambio para entonces en marcha, el cruce multitudinario de las mujeres latinoamericanas más allá del lugar en el que la tradición premoderna las había colocado no se produce antes de la segunda y tercera décadas del presente siglo. Incluso en el caso particular de Chile, cuyo temprano *record* en lo que concierne a la educación de las mujeres es "admirable", en opinión de Francesca Miller[6], un examen más cuidadoso de los datos no nos deja precipitarnos en la euforia. Es cierto que en fechas tan tempranas como 1830 ó 1840, ya la mujer aristocrática chilena desarrolló una suerte de primera "rebelión" y que "intentó, a través de diversos medios, romper el cerco machista y eclesiástico que la sofocaba"[7]. También es cierto que la educación de las mujeres de ese mismo grupo social experimenta adelantos que son merecedores de aplauso desde los años setenta de aquel siglo, más precisamente desde 1877, cuando Miguel Luis Amunátegui firma el decreto que inaugura los liceos femeninos gratuitos y públicos y que autoriza la incorporación de las jóvenes egresadas de la educación secundaria a los claustros de la educación superior. Es cierto asimismo que la Universidad de Chile gradúa a sus dos primeras mujeres profesionales en 1887 (y las dos primeras en América Latina, ambas médicos: Eloísa Díaz Inzunza y Ernestina Pérez Barahona), y que desde 1894 el número de los colegios femeninos y el de las muchachas que cursan estudios en las aulas del Instituto Pedagógico es cada vez mayor. No menos admirable es que las primicias de un movimiento feminista latinoamericano debamos buscarlas en algunos panfletos que se dieron a conocer en nuestro país y en el Brasil durante las décadas del ochenta y el noventa[8], tanto como en los congresos que auspició la Sociedad Científica Argentina desde 1898, *pero de todos modos se sigue tratando de situaciones de excepción* o, mejor dicho, de las manifestaciones preliminares de un fenómeno cuya total magnitud estaba aún por develarse. Para la gran mayoría de las mujeres chilenas, con más o menos variaciones según haya sido su ubicación étnica y de clase, el libreto consuetudinario de "lo femenino" continuó teniendo plena validez en esas dos décadas últimas del siglo pasado[9].

Tampoco se puede negar que haya existido, en toda América Latina, a lo largo de la era premoderna y después, un repertorio de mecanismos compensatorios de poder o de "tretas del débil", según las nombró Josefina Ludmer en otro contexto, pero al que por lo menos por ahora nosotros nos vamos a ver en la necesidad de otorgarle menos crédito del que esa estimable estudiosa nos dice que tiene[10]. Sometidas a los intereses del patriarcado, *hasta que no se generan las condiciones históricas necesarias como para hacer de ellas genuinos instrumentos de cambio,* una cosa es documentar la existencia de tales o cuales actitudes transgresoras entre *ciertas* mujeres latinoamericanas de los siglos XVII y XVIII y otra muy distinta es exagerar los progresos genéricos que de ello se derivan. Teniendo en cuenta este distingo, a nosotros nos parece de mejor acuerdo admitir que en nuestra historia previa a 1880 la eficacia de las tretas del débil es bastante modesta[11]. Hasta aquellas historiadoras cuyo propósito es demostrar que la mujer premoderna latinoamericana no fue un ente pasivo, terminan corroborando este juicio, como Evelyn Cherpak:

> El papel más apropiado para la mujer iberoamericana durante la época colonial era el de esposa y madre. Las jóvenes eran encaminadas hacia el matrimonio desde la niñez por diversas razones. La Iglesia Católica, una institución tradicional y conservadora de gran influencia, alentaba el matrimonio y la continuidad de la vida familiar. Para las mujeres no había muchas más oportunidades económicas que fuesen aceptables y con las cuales sostenerse y mantenerse independientemente. Si bien las viudas de la clase alta con frecuencia continuaban los negocios de sus esposos y disfrutaban de más libertad legal que las solteras y las casadas, era elevada la incidencia de nuevos matrimonios entre ellas, pues muchas seguían experimentando la necesidad de contar con un protector varón. Los hombres mismos reconocían la importancia que tenía en la América Latina tener una esposa legítima, de manera que ellos también respondían a la presión social para casarse. Si bien es cierto que las mujeres se casaban pronto y se les alentaba para tener familias numerosas, no dejaban de contribuir en ciertos aspectos de la vida dentro y fuera del hogar. Las mujeres estaban involucradas en los negocios y en el comercio; poseían dinero y propiedades en cantidades importantes; cobraban deudas; controlaban

> las órdenes religiosas femeninas; patrocinaban, organizaban y financiaban colegios para muchachas; realizaban actividades de caridad, contribuían a la literatura religiosa de la época; administraban y organizaban sus hogares; supervisaban a los sirvientes; daban a su progenie los rudimentos de la educación; y hacían lo necesario para controlar a sus maridos. La mujer latinoamericana, aun cuando consagrada a su hogar durante la mayor parte del tiempo, no era un ser dócil, pasivo y con escasas responsabilidades, pues era mucho lo que tenía a su cargo y muchos los esfuerzos que hacía en beneficio de su familia y la sociedad en general[12].

Así, aunque desde tiempos coloniales las mujeres latinoamericanas hayan ejercido sobre su entorno una influencia respetable, opinión que como vemos no tiene mucho de novedosa y respecto de la cual existe una documentación abundante, dicha influencia se circunscribió en la mayoría de los casos a la esfera de la vida privada, al desempeño por parte de tales mujeres de las funciones que el régimen patriarcal, amén del subdesarrollo económico y social —la familia extendida precapitalista, en otras palabras—, necesitaba y también, o por consiguiente, autorizaba. En lo que a Chile concierne, el historiador Gabriel Salazar nos entrega un retrato elocuente: "Durante los largos siglos coloniales y gran parte del siglo XIX, las mujeres de clase patricia vivieron la mayor parte del tiempo encerradas en sus casas de tres patios. Casas oscuras, amuralladas hacia afuera como verdaderas fortalezas, abiertas sólo hacia los patios interiores donde pululaban los sirvientes. Salían poco: a la misa dominical, a la procesión de Mayo, una que otra visita familiar a otra casona [...] vivían encerradas, pálidas —razón por la cual se pintaban en exceso—, sufriendo constantemente constipaciones y jaquecas. Esperando que regresara el 'dueño de casa' de su lenta cabalgata a la chacra de Ñuñoa, o a la hacienda, o a las bodegas o molinos del puerto, o a las salas del Consulado o del Cabildo. Ansiando que se organizara un 'sarao' o que llegaran visitas al crepúsculo [...] por siglos, la mujer aristocrática o patricia estuvo bajo un estrecho control masculino (el dueño de casa o jefe de familia, el abuelo, las tías aliadas de los jefes, el pariente obispo o el fraile confesor, etc.), que abarcaba aspectos de todo tipo: morales, religiosos, domésticos, sociales, etc. [...] ¿Fue feliz la mujer aristocrática del período 1600-1840? El sistema patriarcal que la regía, ¿permitió desenvolver su personalidad, sus talentos, su erotismo, sus afectos? Con ser una mujer acomodada, rica, rodeada de sirvientes, ¿fue libre? ¿Estaba satisfecha con ella misma y con la sociedad? Toda la información existente sugiere que 'no del todo'"[13]. Se objetará que la situación descrita por Salazar en estas líneas es la de las mujeres pertenecientes a la que él llama clase "aristocrática" o "patricia" y nada más. Pero él mismo reconoce que "La mujer de 'bajo pueblo', originada en la comunidad indígena colonial y en la sociedad poligámica de la conquista, se encontró muy pronto sola, sin familia, y entrampada en una red de relaciones de tipo más bien esclavista. Atada de por vida al servicio doméstico (y sexual) del estanciero, y/o de la familia patricia de Santiago"[14]. Y en otra parte agrega: "Antes de 1850, el patriciado no concibió para las mujeres de pueblo otro empleo que el servicio doméstico, a menos que estuviesen en la cárcel"[15].

Ni siquiera se debilita este sistema de enclaustramiento femenino en El Cuerpo Materno y La Casa (o la cárcel...) con el triunfo de la independencia. Por el contrario, existen toda clase de buenas razones para pensar que en el período inmediatamente posterior a Ayacucho el desmedrado estatuto genérico de la mujer latinoamericana premoderna no sólo no experimentó transformaciones sino que se consolidó con mayor fuerza. Nada menos que Simón Bolívar le extiende un voto de confianza en una carta que dirige a su hermana María Antonia el 10 de agosto de 1826. Escribe ahí El Libertador: "Te aconsejo que no te mezcles en los negocios políticos, ni te adhieras ni opongas a ningún partido. Deja marchar la opinión y las cosas aunque las creas contrarias a tu modo de pensar. Una mujer debe ser neutral en los negocios públicos. Su familia y sus deberes domésticos son sus primeras obligaciones"[16]. Después de estas palabras de Bolívar, así como de los datos recopilados por Salazar en torno a las ramificaciones del tema en el medio chileno, obstinarse en atribuirles demasiada importancia a los ejercicios femeniles de poder paralelo que nuestra historia registra con anterioridad al estreno de la era moderna, a nosotros por lo menos, nos parece más un consuelo especulativo que un indicio de conocimiento.

Ahora bien, durante la segunda etapa de las tres que hasta ahora lleva cubierto el despliegue de la modernidad latinoamericana, cronológicamente desde la segunda y tercera décadas de este siglo hasta los años cincuenta más o menos, según el grado de desarrollo del país o la región de que se trate, las mujeres de nuestro hemisferio que cruzan hacia el territorio de El Padre *ya no son la excepción.* "En una u otra forma la mujer ya se va de la casa", es lo que acerca de este acontecimiento dejó escrito Marta Vergara en sus *Memorias* [17]. Provenientes algunas de ellas de los estratos sociales altos y medios, las que dan comienzo a un proceso de profesionalización, y otras de los estratos sociales bajos, las que empiezan uno de proletarización, esas mujeres que se estaban yendo de la casa en la segunda y tercera décadas del siglo constituyen por fin un número capaz de hacer sonar una campana de alarma en los cuarteles masculinos. Mistral tuvo clara conciencia de este fenómeno, se dio cuenta de su desestabilizadora potencia y a ello se debe que escribiera acerca de él desde temprano. En 1927, por ejemplo, en el primero de los dos artículos más conservadores que produjo al respecto, argumentará que "La entrada de la mujer en el trabajo, ese suceso contemporáneo tan grave, debió traer consigo una nueva organización del trabajo"[18], ya que según ella el problema la mujer latinoamericana de entonces (y el de la chilena, de y para quien eso escribe) es que la misma se encuentra en un estado de indefensión que es tan grave que hace imprescindible el ocuparse de su situación administrativa y legalmente. Poco tiempo después, en una carta que envió a *La Nueva Democracia,* una revista en catellano que se publicaba en Estados Unidos y de cuyo consejo directivo formó parte, defendiéndose del ataque de las feministas radicales de entonces, insistirá en que "el verdadero fondo" de sus ideas es "la división del trabajo por sexos (faenas brutales y brutalizantes que jamás la mujer debe cumplir; faenas suaves y relacionadas con el niño —educación elemental, medicina infantil, industrias de juguetes, etc., que deben ser *absolutamente* reservadas a la mujer)". A lo que agrega: "En vez de discutir sobre esta vértebra del asunto, se me ha hecho un copioso (y, por algunas, inteligente) alegato en favor del feminismo electoral y de otras cosas *que yo no rechazo,* aunque el voto me interesa sólo en segundo término, porque creo que lo fundamental no es hacer las leyes sino las costumbres [...] Al cabo se trata de mujeres que, desde uno u otro credo, con palabras claras o confusas, con letras o sin ellas, buscamos la misma cosa vital: la facilidad en la lucha económica para la mujer". Y concluye: "Es ingenuo que se llame 'enemiga de la mujer que trabaja' a una mujer que ha trabajado desde los catorce años y que trabaja todavía; que se quiera convencer a las feministas de que tienen una enemiga en alguien que ha hecho tanto como cualquiera de ellas —y ni un punto menos— por la suerte de las mujeres de nuestros países"[19]. Desde otro punto de mira, uno barrunta que su libro *Lecturas para mujeres,* que a pedido del gobierno de Álvaro Obregón ella recopiló y publicó en México en

1924, y al que se debe considerar como su silabario de la femineidad durante aquella década, fue en no escasa medida el producto de su deseo de intervenir en el debate que las nuevas circunstancias estaban generando, sobre todo en ese país, en el que a consecuencia de los trastornos bélicos recientes un fuerte espíritu de renovación se veía surgir en todos los frentes de la vida intelectual y social. Basta sin embargo leer el hermoso volumen de Elena Poniatowska sobre Tina Modotti para encontrarse en él con una Gabriela que rehúsa militar en el partido del atrevimiento.

El caso es que, al no ser por completo la expresión de una postura ideológica retrógrada, la suya de aquellos años sobre la cuestión femenina amerita evaluarse con más sutileza de la que pudiera parecerle necesaria al suspicaz lector de nuestros días. No tanto por las reservas tradicionalistas de las que según se ha visto Mistral hace gala como por sus arduos esfuerzos para legitimar una zona *de equilibrio* entre la "mujer antigua" y la "mujer nueva", en la que se le daría un lugar a la segunda pero sin abolir los supuestos privilegios que la tradición le reservara a la primera. Escribe en la "Introducción" a *Lecturas para mujeres:* "La participación, cada día más intensa, de las mujeres en las profesiones liberales y en las industriales trae una ventaja: su independencia económica, un bien indiscutible; pero trae también cierto desasimiento del hogar, y, sobre todo, una pérdida lenta del sentido de la maternidad [...] Puede haber alguna exageración en mi juicio; pero los que saben mirar a los intereses eternos por sobre la maraña de los inmediatos verán que hay algo de esto en la 'mujer nueva'"[20].

Su argumentación no se detiene ahí, sin embargo, ya que esa desconfianza que la "mujer nueva" le inspira no le impide hacer objeto a la "mujer antigua" de una crítica niveladora, reconociendo que también a aquélla "le faltó cierta riqueza espiritual por causa del unilateralismo de sus ideales, que sólo fueron domésticos. Conocía y sentía menos que la mujer de hoy el Universo, y de las artes elegía sólo las menudas; pasó superficialmente sobre las verdaderas: la música, la pintura, la literatura"[21]. Gabriela Mistral se da pues perfecta cuenta de que lo que contemporáneamente se ha puesto en marcha en América Latina es una invasión femenina del país de El Padre. De repente, la frontera se resquebraja y cede, oportunidad que muchas mujeres aprovechan para saltar por sobre las cercas que hasta entonces demarcaran el espacio de su circulación permitida. El precio que ellas y la sociedad en torno a ellas deben pagar por esa audacia es un problema que la ronda y la obsesiona.

Pienso yo que hay en esto una clave en la que es preciso detenerse, y que la mejor manera de hacerlo es teniendo a la vista uno de los buenos estudios que existen acerca del tema. Pertenece a Asunción Lavrín y sus alcances son regionales. En él, valiéndose de una tesis análoga a la que nosotros enunciamos más arriba, a saber: que "El papel y el *status* de las mujeres en la sociedad de los tres países conocidos como el Cono Sur de Sudamérica (Chile, Argentina y Uruguay) cambió significativamente en las primeras cuatro décadas del siglo XX", y luego de postular que "la incorporación de las mujeres en la fuerza de trabajo en las primeras tres décadas del siglo XX fue un factor importante"[22], Lavrín acopia un conjunto de cifras sin las cuales yo no creo que sea posible entender el lugar social y genérico del sujeto mistraliano. Cito:

> La fuerza de trabajo femenina se desarrolló más en la Argentina que en Chile y el Uruguay hacia fines de la primera década del siglo XX. El Censo argentino de 1914 mostró que en Buenos Aires las mujeres constituían el 15.9% de la totalidad de la fuerza de trabajo industrial, empleada principalmente (93.1%) en el procesamiento de alimentos, vestuario e industrias químicas y empaqueta-

doras. Un *pattern* similar se repite en las principales ciudades de provincia [...] Entre 1895 y 1941 el número de mujeres empleadas en el comercio se duplicó, el número de las maestras aumentó casi siete veces, y casi se triplicó el número de mujeres trabajando en las profesiones de la salud [...] Contrasta esto con el empleo de las mujeres chilenas, mucho menos diversificado. El Censo de 1907 no es un buen indicador, ya que categoriza a las planchadoras, lavanderas, bordadoras y trabajadoras artesanales en general como "trabajadoras industriales". Ellas constituían el 92.9 por ciento del total de las mujeres empleadas. Sin embargo, entre 1912 y 1925, el carácter de la fuerza de trabajo femenina cambió considerablemente. En 1925, las mujeres formaban el 25 por ciento de todos los trabajadores categorizados en Chile como "obreros". Las industrias del vestuario, textiles y de la alimentación empleaban a la mayoría de esas mujeres. Ese porcentaje se mantuvo constante durante los años cuarenta [...] En el Uruguay, entre 1884 y 1908, las mujeres se hallaban empleadas principalmente en ocupaciones artesanales relacionadas con la industria del vestuario. Tales mujeres constituían el 29 por ciento de la población femenina activa. En 1913 las mujeres trabajaban sobre todo en las industrias del cuero (el 23 por ciento de las mujeres empleadas); 16 por ciento en las industrias químicas y un 11 por ciento en la industria del tabaco [...] Hacia 1923 las mujeres constituían el 10 por ciento de la fuerza de trabajo industrial en ese país, y predominaban en algunas industrias tales como las fábricas de fósforos y cigarros. También eran significativas en las fábricas textiles, en el empaquetamiento de carne y en las fábricas de zapatos [...] En los tres países el número de mujeres empleadas en el trabajo doméstico varía. Era de más del 50 por ciento del total de la fuerza de trabajo femenina a comienzos de siglo, y declinó en la medida en que se fueron abriendo empleos en oficinas, restaurantes, en suma en el sector de servicios de la economía. Para las mujeres de la clase media, la ganancia más importante fue que se aceptara que la enseñanza primaria era una ocupación femenina deseable. Hacia 1907 el 60 por ciento de los maestros primarios en Chile eran mujeres, y este porcentaje llegó al 75 por ciento en 1950[23].

En cuanto a la parte ideológica, el ensayo de Lavrín no es menos iluminante:

> A lo largo de todo el período que estamos estudiando las feministas estuvieron a la defensiva en lo que concierne a su identidad sexual, haciendo uso de una tremenda cantidad de energía para definir su femineidad y para tratar de demostrar que la imagen tradicional de la madre devota y amante, y la de la feminista socialmente comprometida podían caber en el cuerpo de la misma persona. El persistente prejuicio contra las feministas las obligaba a perpetuar los estereotipos de las mujeres como super mujeres y super madres. Tenían que reconciliar el concepto de femineidad expresado en términos de sensibilidad, delicadeza y espíritu de sacrificio, con el concepto de lo femenino como lucha y desafío, así como con el deseo de compartir con los hombres tareas para las cuales se necesitaba una fuerza física que la femineidad parecía excluir. Las feministas echaron mano de su propia interpretación respecto de las capacidades de las mujeres para resolver los a veces contradictorios matices de su posición. Encontraron fuerza en la debilidad, y se derivó inspiración para una amplia agenda de cambio social basada en el *ethos* del deber y en el papel de la maternidad [...] El tema de la maternidad se reforzó con la atribución a las mujeres de una sensibilidad especial para el sufrimiento y los sentimientos del prójimo, y un más alto sentido del deber y de la moralidad[24].

No cabe duda de que Mistral es una de esas mujeres de la clase media[25] que se benefician cuando la enseñanza básica llega a ser en los tres países del Cono Sur de América "una ocupación femenina deseable". También es ella una mujer que trata de conciliar la "imagen tradicional de la madre devota y amante" si no con el compromiso feminista expreso, el que como se ha visto rehuyó, de todas maneras con el estiramiento del territorio de la mujer más allá de los límites instituidos por nuestra historia premoderna. Por eso, aunque en el primero de los dos artículos a los que nos referimos anteriormente Mistral contiene apenas la cólera y anota que "La brutalidad de la fábrica se ha abierto para la mujer, la fealdad de algunos oficios, sencillamente viles, ha incorporado a sus sindicatos a la mujer; profesiones sin entraña espiritual, de puro agio feo, han cogido en su viscosa tembladera a la mujer"[26], en el segundo, con un tono algo más calmo, afirma que "la mujer debe buscar oficio dentro del encargo que trajo al mundo", pues ese es un encargo que "está escrito en todo su cuerpo". De lo que se desprendería que son "sus profesiones naturales las de maestra, médico o enfermera [más arriba, en la cita de Lavrín, nosotros hemos consignado algunas de las cifras correspondientes a estas profesiones en el ambiente laboral conosureño de la primera mitad del presente siglo. Eran, como se puede comprobar allí, las profesiones *aprobadas* por las reglas de la división falocrática del trabajo], directora de beneficencia, defensora de menores, creadora en la literatura de la fábula infantil, artesana de juguetes, etc.". A lo que añade: "El mundo rico que forman la medicina, las artes y las artesanías que sirven al niño, basta, es perfectamente extenso para que hallen en él plaza todas las mujeres"[27].

O sea que en 1927 Gabriela Mistral da con la mano izquierda lo que quita con la derecha. Pero es interesante que sus percepciones no difieran demasiado, al menos en lo que atañe a este aspecto específico de la cuestión, de las que se por esas mismas fechas se daban a conocer en las páginas de la revista *Acción Femenina* (1922-1936), el "órgano oficial del ya constituido primer partido político autónomo feminista chileno", según nos lo deja saber Julieta Kirkwood, y donde se repetía, con una insistencia que en sí misma es sintomática de un peculiar desconcierto, que 'El verdadero y noble feminismo no hace perder a la mujer sus cualidades femeninas'"[28]. Si redirigimos ahora nuestra mirada hacia Amanda Labarca, la más destacada de las feministas chilenas de la primera mitad del siglo XX y por cuyos desplantes libertarios la poeta no parece haber sentido una simpatía excesiva, la posición que en ella encontramos no es demasiado distinta. En efecto, en un libro de 1934, *¿A dónde va la mujer?*, Labarca ejecuta con no menos dificultades que Mistral su propio acto de equilibrismo genérico. Abogando enfáticamente por la dictación de una ley de divorcio, por la concesión de derechos económicos, civiles y políticos plenos a todas las mujeres, incluido el derecho a voto, y por su acceso los beneficios de la educación sin discriminaciones genéricas, ni de ninguna otra clase, con la misma vehemencia asertiva sostiene que "La tarea primordial de la mujer es, sin duda, la formación de la atmósfera espiritual de su hogar"[29], por lo que le parece que aquellas mujeres carentes de una vocación "honda" [el calificativo es de ella] "no deben vacilar en abandonar el empleo para dedicarse a su papel fundamental de esposa y madre"[30].

Pero esto no es algo que deba escandalizarnos, y es el ensayo de Lavrín el que detecta en contradicciones como la que aquí subrayamos la resbaladiza fluidez de una época de transición. Estoy pensando en la "cantidad de energía" de que hacen uso las feministas chilenas y latinoamericanas de aquellos años (y no sólo las feministas. Mistral no lo era y Labarca misma se sustrajo con frecuencia a la etiqueta) para "tratar de demostrar que la imagen tradicional de la madre devota y amante y la de la feminista socialmente comprometida podían caber en el cuerpo de una misma persona". En el caso de Labarca, y por razones que a lo mejor una buena biografía nos pudiera aclarar, la constitución de lo que ella llamaba un "feminismo de equivalencia" fue la meta del infatigable quehacer que desplegó en dicho campo. Tan grande fue en efecto su deseo de ver realizado el ideal de convivencia democrática entre los sexos que alguna vez, dándose cuenta de que ello podía ser beneficioso para los fines de su campaña en pro de la justicia genérica, no trepidó en tirar por la borda los escollos que le presentaba la propia realidad. En un libro de 1947, algo más avanzado pero de menos peso que el volumen de 1934, escribe:

> Las jóvenes de los años posteriores al 30 ignoran el ludibrio, las amarguras, la desesperación por que atravesaron sus madres para lograr un puesto de pareja equivalencia con el hombre. Llegan a un mundo donde no se las combate; en donde imaginan —con fundadas esperanzas— que no se van a discutir sus méritos ni cercenar sus esperanzas por el solo hecho del sexo. Su actitud ante el problema es otra, muy diferente al de las antiguas sufragistas. No les mueven ni un complejo de inferioridad ni un ánimo combativo. Se saben compañeras del hombre, una compañera respetada si se hace respetar; admirada, si es capaz de suscitar admiración, amada en plano de igualdad. ¿Tienen demandas que formular? Sin duda; pero ya no son esenciales. Piden el derecho a colaborar en el manejo del hogar, del país y de la humanidad, de acuerdo con sus aptitudes y su solvencia espiritual.
>
> Lo solicitan acentuando su calidad de mujer; sin renegar en absoluto de su feminidad; demostrando que pueden ser bellas, amables, encantadoras y a la vez nobles, inteligentes, discretas y cultas. Son las neo-feministas que, a la vez que trabajan en una fábrica, tienda o ministerio, cuidan de su hogar, de su marido y sus hijos.

> Las primeras profesionales, como las antiguas sufragistas, rara vez hallaron un hombre capaz de arrostrar las burlas de sus compañeros, al tomarlas como esposas. Vivieron una forzada y agria castidad, de la cual ni siquiera podían apartarse a hurtadillas por temor a mancillar su propia causa.
>
> Esas etapas de frustración están ya salvadas. La neo-feminista de hoy amanece en un mundo en el que halla amigos, compañeros, marido; en que sabe que no se le negaran ni las dulzuras del amor, ni las inquietudes de la maternidad, ni la amable solidaridad de los matrimonios bien avenidos. Las conquistas que ha de realizar son adjetivas, no substanciales. Dejó de ser la adversaria; no piensa ser rival; ansía fraternidad, compañerismo y colaboración. Realiza la etapa de la equivalencia armónica de los dos sexos[31].

Por otra parte, no es azaroso que el magisterio, y sobre todo el básico, haya sido una de las opciones profesionales que se les abrieron a las mujeres latinoamericanas desde los últimos años del siglo XIX. Todos sabemos que el magisterio es en América Latina una profesión económica y socialmente desdeñada y un trabajo que, aunque se desempeña fuera de La Casa, al someterse al escrutinio del censor patriarcal no provoca su rechazo porque éste lo juzga compatible con lo que la mujer es esencialmente. Para los prejuicios tradicionalistas que ese censor pone de manifiesto en sus sentencias, el servir a su país en calidad de maestra no es una profesión que le desconozca a la mujer su "papel de madre", su "verdad profunda", todo lo que ella es o debe ser de acuerdo con un mandato cuyas disposiciones pueden provenir de criterios de extracción religiosa, biológica o muchas veces apoyados tan sólo en las necesidades de reproducción de la fuerza de trabajo que esconden las monsergas del familiarismo burgués. Ocurre pues que las mujeres que al abrigo de la actividad pedagógica comienzan a profesionalizarse durante esa época, en Chile, en el Cono Sur y en América Latina en general —y algo parecido se puede aducir, matizándolo, respecto de otras profesiones: enfermeras, secretarias, empleadas de tienda, funcionarias menores, todas ellas "madres" de una manera o de otra—, pueden hacerlo porque los trabajos de los que se se les permite encargarse son en su mayor parte subalternos (ya que ni siquiera es muy seguro que podamos exceptuar de este aserto a las mujeres médicos cuyo desempeño profesional se circunscribió de ordinario a aquellas especialidades que ponían a salvo el "pudor" de su sexo), pero sobre todo porque ellos implican la realización de actividades que no se oponen a las que eran, que habían sido hasta entonces las suyas y las que, a despecho de los cambios escenográficos introducidos en América Latina por la dinámica de la modernidad, el patriarcado seguía valorando como las únicas intrínsecamente femeninas. Por supuesto, la mujer de los estratos sociales más bajos, la que se proletariza, se pone con ello al borde de lo que en el barrio de Evaristo Carriego se llamaba un "mal paso", pero la miseria tiene cara de hereje.

Más grave aún: como teorizó Althusser en un famoso ensayo de 1970, en el tipo de sociedad en la que a nosotros nos ha tocado vivir la educación es el gran instrumento para promover y automatizar el orden que existe *y tal como él existe* o, para decirlo con la jerga del filósofo francés, es el "aparato ideológico de Estado" que se sitúa en la "posición dominante" dentro de las "formaciones capitalistas maduras"[32]. Pese a la baja que han experimentado las acciones de Althusser en la bolsa ideológica internacional en estos tiempos de gozoso cinismo, y pese a la dudosa aplicabilidad de lo que él señala a los desarrollos recientes de la historia latinoamericana, ya que se podría replicar que para el éxito de los proyectos hegemónicos que hoy se barajan en el seno de nuestras sociedades "postmodernas" resulta mucho más útil la estupidez machacona de los medios de comunicación de masas, no cabe duda de que respecto del período que se extiende desde Domingo Faustino Sarmiento a Gabriela Mistral la pertinencia de su teoría es defendible. Además, puesto que en el pensamiento althusseriano la tarea de los "aparatos ideológicos de Estado" es colaborar en la reproducción de las relaciones sociales de producción, esto es, en la reproducción de las relaciones capitalistas de explotación, es comprensible que ese "aparato ideológico de Estado" colabore también —y con la misma autosatisfecha eficacia— en la reproducción de las relaciones asimétricas entre los sexos, en otras palabras, en la reproducción de las relaciones patriarcales de opresión.

Miradas las cosas a la luz de estos antecedentes, cuando en la tercera o cuarta década de nuestro siglo un conglomerado amplio de mujeres latinoamericanas salta hacia el otro lado de la barrera sexual, aprovechándose de los buenos oficios que les presta el trampolín pedagógico, ello las pone en una situación equívoca. Lavrín describe esa situación con abundancia de cifras, pero yo creo que a los guarismos que ella enarbola se debe añadir el raciocinio que aduce que esas mujeres entran en el territorio de El Padre a cooperar con una empresa hegemónica *que las abarca a ellas también.* Predican así el Evangelio de El Padre y, con ello, la imagen que El Padre ha confeccionado de ellas y que es una imagen que Él les exige que defiendan y propaguen con todo el fervor que corresponde a lugartenientes que no ponen en duda la bondad de la causa. En este sentido por lo menos, la paradoja con la que esas mujeres tienen que batallar en el curso de su empresa modernizadora puede juzgarse similar que la que enfrentan algunos individuos pertenecientes a otros grupos heterogéneos de la población latinoamericana, indios, negros, etc., y quienes, cuando *cruzan* hacia el mundo de los blancos, lo hacen casi siempre cercenándose una parte de sí. "Ciro, yo soy india", le dijo una vez Mistral al autor de *El mundo es ancho y ajeno* [33].

¿Cómo vincular ahora esta estructura histórica con la obra poética mistraliana? Para hacernos cargo de este problema, nosotros recurriremos en lo que sigue a la segunda de las dos tesis que anunciamos más arriba, tesis de acuerdo con la cual Gabriela Mistral aprueba o rechaza el discurso de El Padre sabiendo y sin saber, por una parte, y mimética y no miméticamente, por otra. Esto nos sitúa de inmediato ante un sistema de escritura que se halla compuesto por un grupo de cuatro términos, dos que definen relaciones opuestas de carácter psicosocial y dos relaciones opuestas de carácter estético, y los que combinados generan cuatro modos discursivos en la discusión de cuyas (nuevas) potencialidades de significar nosotros planeamos detenernos con cierta morosidad. Vimos hace poco la extensión de sus realizaciones (en este plano, las discrepancias no son concebibles) intencionales y miméticas según ellas se manifiestaban en su prosa. Veamos ahora lo que pasa en su poesía.

Pero para eso volvamos por un momento a la crítica que la poeta formula de la "mujer antigua" y a su aceptación de mala y buena gana a la vez de la necesidad de la "mujer nueva". Mistral se da perfecta cuenta de que el advenimiento de esa "mujer nueva" es una circunstancia asociada a las tendencias modernizadoras de la historia latinoamericana durante la primera mitad del siglo XX, que por lo mismo es un suceso que no depende únicamente de la historia de su género y al que no cabe detener ni menos aún volver atrás. Opina basándose en esta premisa, *pero no sólo en ella.* También va a gravitar sobre sus convicciones genéricas un deseo de apertura de las mujeres de su tiempo a la trascendencia, la defensa de su derecho (y que *también* es el derecho de Mistral) a tener "ideales" superiores, a "conocer y sentir el "Universo" como no lo conoció ni sintió la "mujer antigua", si hemos de prestar oído a lo que señala en la "Introducción" a las *Lecturas para mujeres.* De ahí que, aun en textos tan conservadores como esa introducción o como los dos artículos que escribió en 1927 para *El Mercurio* de Santiago, el trasiego de un espíritu reformista en sus palabras no es del todo imposible. E igual cosa sucede en uno de los poemas más ideologizados y populares de *Desolación.* Me refiero a "La maestra rural" (51-53). Cito aquí una sola estrofa, la décima:

> Como un henchido vaso, traía el alma hecha
> para dar ambrosía de toda eternidad;
> y era su vida humana la dilatada brecha
> que suele abrirse el Padre para echar claridad.

No quiero pedirle a esta estrofa más de lo que ella me quiera dar y tampoco es demasiado el espacio de que dispongo para hacerlo. Me limitaré por lo tanto a pergeñar en unas pocas frases las posibilidades y limitaciones del modelo de modernización femenina *desde adentro* que en ella se bosqueja, y apoyando mi lectura en una discusión del enlace entre "El Padre" y "la maestra rural", la segunda el recéptaculo (el "vaso", es lo que dice la poeta) de la "ambrosía" y la "luz" que provienen de Él, al mismo tiempo que un medio para la diseminación de tales dones sobre la sed y la oscuridad de este mundo. Tan próximo se halla Dios de la maestra de *Desolación* como se hallará poco después de la madre en las canciones de cuna. En ambos proscenios, Él es quien otorga sentido a las prácticas de las que esas mujeres se han transformado en agentes y asegura los medios y modos de su cumplimiento. Del otro lado, el celo con que ellas obedecen su mandato se explica en virtud del acceso que el mismo les da a la trascendencia, *v.gr.*: a una "claridad" que Él, y sólo Él, puede impartirles. Creo que podemos resumir nuestro brevísimo examen precisando que esta posición, a la que Gabriela Mistral da una forma muy definida en "La maestra rural" (y a ello se debe el éxito del poema), equivale al máximo derroche de flexibilidad que la poeta se autoriza a sí misma al aproximarse al problema genérico con el criterio patriarcalista que se encuentra implícito en el modo de producción discursiva consciente y mimética que por lo común es el que regula sus escritos en prosa. Operando dentro de un espacio exterior resguardado por "la sombra" de El Padre, la maestra rural es capaz de participar vicariamente (y empleo este vocablo en su acepción primitiva) de por lo menos algo de aquello que hace la grandeza de Él.

Esta situación cambia bastante cuando nos movemos hacia el plano de sus reproducciones voluntarias pero no miméticas. Es claro que una cierta intuición del poder del Edipo, o más bien del estatuto genérico que el Edipo verbaliza, cancela en este otro ámbito cualquier esperanza de armonía entre los sexos y que, dado el efecto que tales limitaciones tienen sobre la producción del discurso mistraliano, los caminos que se le abren a la poeta son el retorno a La Madre, la tentativa de hacerla convivir con El Padre dentro del reducto de la propia conciencia o su repudio final en El Nombre de El Padre. Como sabemos, cada uno estos arbitrios posee un lugar preciso en su escritura. En otra parte, hemos hablado de sus poemas maternalistas, de los que "La fuga", "Locas letanías" y "Madre mía" son tres ejemplos directos (para los indirectos, casi todo *Ternura* pudiera servir). También de aquellos textos que para llegar a ser, para poder constituirse como lo que ella desea sobre el blanco de la página, deben tachar y ventrilocuizar la voz de El Padre. Asimismo nos referimos a los que, como "El mar", de *Lagar II*, reivindican el amor por El Padre contra la antigua pasión por La Madre. Detengámonos ahora momentáneamente en un par de poemas en los que Mistral trata de conciliar ambos extremos de la dicotomía. El primero es "Riqueza" (408), de la sección "Alucinación", de *Tala*:

Tengo la dicha fiel
y la dicha perdida:
la una como rosa,
la otra como espina.
De lo que me robaron
no fui desposeída:
tengo la dicha fiel
y la dicha perdida,
y estoy rica de púrpura
y de melancolía.
¡Ay, qué amada es la rosa
y que amante la espina!
Como el doble contorno
de las frutas mellizas,
tengo la dicha fiel
y la dicha perdida...

A mi juicio, este es un poema satisfecho *sólo en apariencia,* ya que un requisito indispensable para administrarle esa lectura es no escuchar ni la segunda parte del oxímoron que forma su estribillo ni el sonido de la rima contrapulsional que como un hilo oscuro amarra una serie de palabras marcadas al costado izquierdo del texto: "perdida", "desposeída", "melancolía". "De lo que me robaron / no fui desposeída", se ufanan como quiera que sea, y ahora desde el costado derecho, los versos cinco y seis. Es decir que nada le falta a la mujer que habla en "Riqueza", *a pesar del despojo del que ella ha sido víctima según se echa de ver en su propio testimonio.* Esa mujer continúa preservando dentro de sí los atributos que constituyen la plenitud que ella perdió alguna vez, presumiblemente durante su infancia, situación de menoscabo cuyas secuelas reductoras hoy se niega a acatar y manteniendo activo algo así como un remedo de la entereza originaria. Precisamente esa porfiada retención de los atributos de la madre y el padre en el marco de su conducta actual es lo que ella designa con dos metáforas de extensa trayectoria en la literatura de Occidente y en cuyas connotaciones sexuales no creo que valga la pena demorarse: la "rosa amada" y la "espina amante". "Como el doble contorno / de las frutas mellizas" es el símil con que el poema define el sentimiento que anima la "dicha" última de esta mujer. Con una fórmula semejante, también en *Tala*, y no mucho más allá de "Riqueza", encontramos "Dos Ángeles" (413-414):

No tengo sólo un Ángel
con ala estremecida:
me mecen como al mar
mecen las dos orillas
el Ángel que da el gozo
y el que da la agonía,
el de alas tremolantes
y el de las alas fijas.

Yo sé, cuando amanece,
cuál va a regirme el día,
si el de color de llama
o el color de ceniza,
y me les doy como alga
a la ola, contrita.

Sólo una vez volaron
con las alas unidas:
el día del amor,
el de la Epifanía.

¡Se juntaron en una
sus alas enemigas
y anudaron el nudo
de la muerte y la vida!

Primero, repárese en el diálogo a distancia que el poema que acabamos de citar entabla con el anterior, diálogo que las identidades del metro, la rima y el sentido ponen de relieve con incuestionable nitidez. Me refiero sobre todo a "y estoy rica de púrpura / y de melancolía" frente a "el ángel que da el gozo / y el que da la agonía". Nos damos cuenta así de que en este texto el núcleo generador de la escritura lo constituye una vez más el desasosiego que produce en la poeta una escisión denegada o reprimida, lo que desde el punto de vista retórico ahora no se nombra recurriendo a los buenos oficios de dos metáforas tradicionales sino que con la ayuda de un par de personajes emblemáticos: un ángel "color de llama" y otro "color de ceniza". Es cierto que ese par de ángeles que cuida(n a) la hablante del poema "sólo una vez volaron / con las alas unidas", pero también es cierto que ellos coexisten en el dominio de su subjetividad como si se tratara de dos potencias que montan guardia siempre y que se relevan por turnos simétricos para dar patrocinio a la sucesión de sus días. En suma, tanto como en el poema que comentamos previamente, en "Riqueza" lo que se está llevando a cabo es una doble retención interior, la que a mi juicio importa una congelación del tiempo indiviso de la infancia, y que es producto de un intento por parte de la mujer que es sujeto de uno y otro de los dos discursos de abolir, con la ayuda de su puro denuedo, el conflicto genérico. Lo grave es que connotacionalmente la ansiedad que caracteriza a su denuedo es también un signo y que éste no sólo no niega sino que confirma que dicho conflicto continúa existiendo, *en la historia de su época y en la historia de su cuerpo,* cosa que por lo menos un sector de la conciencia de la poeta no ignora y a ello se debe que su actuación amortiguadora se vea torpedeada por las desviaciones que crean determinados elementos del programa retórico.

Pero no es en este nivel de transposición más o menos lúcida y más o menos mimética de un discurso ideológico obvio donde nosotros tendremos acceso a las cotas de mayor interés que alcanza la poesía mistraliana. La poesía en general, y la de Mistral especialmente, es, suele ser, con frecuencia y sobre todo cuando es buena —y la de ella es buena, o lo es en numerosas ocasiones—, no la compañera sino la adversaria de la prosa. En su mejor poesía Gabriela Mistral dice lo que no puede o no llega a decir en su prosa: lo dice por medio de una gama muy amplia de tropos e idiosincracias de estilo, a través de los mecanismos de la versificación, aprovechando las ambigüedades sintácticas y léxicas o montado sobre las fuerzas contrarias que de pronto se apoderan y reconducen la melodía y el ritmo hacia zonas ignotas y que no siempre nos son accesibles en una primera lectura. Todo esto ocurre a causa de la actividad performativa en el poema de un segundo lenguaje de carácter inconsciente y no mimético cuyo *locus* predilecto lo constituyen los signos de la enunciación y la connotación. Cuanto nosotros hemos hecho en este libro es seguirle la pista a esos signos rebeldes, captando o procurando captar más allá de su magnitud microscópica la configuración y ostensiones de un desacato mayor. Cuando lo logramos, el poema mistraliano dejó de ser un texto liso y sin fisuras y se trocó en un terreno de conflicto, en el anfractuoso recinto de una pugna insoluble.

Ingenuo sería pensar sin embargo que la rebeldía interna de los poemas de Mistral es la manifestación de un deseo sin deudas, deseo que desde el fondo de sus escritos líricos ascendería hacia la superficie espontánea y libremente para trenzarse ahí en combate contra la mentira, contra la convención, contra la norma falaz o como quiera llamársele. Plantear el funcionamiento de su práctica poética como si se tratase de una propiedad cuyo ejercicio es inmune al contagio del mundo, y que por lo mismo no reconoce obligaciones para con nadie ni con nada, equivaldría a recaer en los sofismas de la crítica que hace de la obra de arte el producto de un "genio" que como el cisne dariano navega feliz e impoluto sobre la suciedad de este mundo. Ni en este contexto ni en otros el retorno a esa clase de crítica a nosotros nos parece palatable. Tampoco nos da un salvoconducto válido para reincurrir en la aridez de sus manejos el estado actual de los estudios literarios en los países centrales, que Greenblatt y Gunn entienden como de "reconcepción del objeto", el que hoy ya no es "creación" y ni siquiera "trabajo", sino "texto", y de la "escena de la escritura", que por lo visto dejó de ser también por esos lados la "situación literaria arquetípica de la que es protagonista un autor que produce su obra sin contacto ninguno con la historia o la sociedad"[34].

Pero, al margen de estos descubrimientos que los críticos postmarxistas del Primer Mundo están haciendo a toda máquina y en un clima político internacional que por fin se los consiente, en América Latina los estudiosos de la literatura sólo en épocas de deplorable alienación hemos desconocido el nexo entre la historia y la obra de arte. Por lo mismo, porque esa es la perspectiva teórica y metodológica que hacen suya las mejores cabezas de nuestra familia intelectual, yo prefiero reiterar aquí que, como el texto del poema mistraliano, el subtexto *también depende,* pero no de un deseo sin deudas sino de un deseo que se liga a un discurso alternativo, transgresor y clandestino, cuya emisión es obstruida *durante el desarrollo del proceso lírico* por las operaciones represivas del discurso hegemónico. Cuando el poema mistraliano se escribe, ese discurso ideológico alternativo existe ya, más o menos difuso, más o menos remoto, disimulado entre el bullicio de los varios sistemas semióticos que como de costumbre circundan y presionan el acto de escritura. La poeta lo acoge, por lo común contra el (pre)juicio consciente que ella da a conocer en otros sitios, lo reelabora y, si su gestión tiene éxito, lo reenvía a la arena social transmutado en hecho artístico. Al contrario del discurso hegemónico entonces, cuyo alto grado de verosimilitud le permite ser absorbido y reproducido consciente y miméticamente, este otro se procesa en secreto y se formula con remordimiento. La desviación se convierte en la norma que determina su trámite, y esa desviación es la que nosotros los críticos tenemos la obligación de leer.

Es decir que la rebeldía genérica de Gabriela Mistral, la que sus mejores poemas delatan, aun contraviniendo las posiciones que ella adopta al respecto en sus obras en prosa, no es una invención suya tampoco. Es una rebeldía que nosotros hallamos en la producción de sus poemas porque la hallamos también en la historia ideológica y política de su tiempo y, más precisamente, en la historia ideológica y política de las mujeres de su tiempo. Me refiero con esta última expresión a aquella historia "invisible", que Julieta Kirkwood procuró hacer "visible" en el Chile de principios de los años ochenta, y no sin advertir que "lo más impresionante, para quien rescata la historia de la mujer chilena en su relación con la política es esa suerte de secreto de familia que rodea las circunstancias que estamos narrando"[35].

Pero tampoco se trata de contrabandear a última hora en nuestro argumento una tesis de inspiración reflexivista, proclamando que la obra poética de Gabriela Mistral es un espejo en el que se reproducen tales o cuales aspectos de la ideología genérica de Chile y América Latina durante la primera mitad del siglo XX *y nada más,* ya que si el conflicto de las contemporáneas de Mistral se reduce a darle pasaporte a lo nuevo afuera y adentro, en la calle y en sus propias conciencias, a justificar y a justificarse la migaja de poder con que las compran o quieren comprarlas los mensajeros de la modernidad, el de nuestra poeta consiste en aspirar a una meta que es más ambiciosa, aspiración que ella produce contra una carga represiva aún mayor (y por consiguiente con un mayor sentimiento de culpa) y, como si eso no fuera bastante, con la soterrada certeza de que el suyo es un esfuerzo condenado de antemano a la derrota. Hemos visto más arriba como las más voluntariosas entre las contemporáneas de Mistral intentarán producir, y producirán en ocasiones (Labarca es un magnífico ejemplo), un equilibrio precario y/o ficticio, tan precario y/o tan ficticio que basta un suave viento antagónico para hacerlo tambalear. Ese mismo equilibrio es el que la prosa de Mistral busca y logra, y su poesía busca a veces y logra sólo en los pasajes de más obsecuente sumisión.

Porque la mejor poesía de Gabriela Mistral sabe lo que la mejor prosa de Amanda Labarca no sabe: que en el marco que nuestra cultura ha establecido para las relaciones genéricas, *las de entonces y las de ahora*, un "feminismo de equivalencia", al estilo del que deseaba la ilustre educadora, es imposible. De esta desengañada certeza, o más bien de la confrontación entre esta desengañada certeza y las aspiraciones emancipatorias a cuya consideración la conduce la parte de su conciencia que se halla expuesta al influjo de la *episteme* moderna, es de donde proceden las angustias del discurso alternativo que la poeta pronuncia, enroscado en la telaraña agobiadora (y no pocas veces pedestre, seamos francos) del discurso hegemónico. En los dos poemas que citamos más arriba, creo que nuestra hipótesis se puede demostrar sin dificultades. Poemas son esos que apuestan conscientemente a la dicha o por lo menos a la armonía interior, pero que al mismo tiempo abrigan una desconfianza ni siquiera muy encubierta acerca de todo aquello en lo cual han depositado esa vana expectativa de felicidad. En el fondo, me temo que vamos a tener que resignarnos a que la herencia poética que esta otra Gabriela Mistral nos ha transmitido es la de un antagonismo sin vuelta entre la paz genérica que una provincia de su pensamiento fantasea, y que algunas mujeres de su tiempo propusieron y por la cual también bregaron, y un mundo histórico regido por la Ley del Edipo. Por este camino es por donde su testamento poético llega a ser el de la división por principio y la insatisfacción por destino. Incluso el acto mismo de escribir, de transformarse en la figura literaria más poderosa de América Latina y puede que también del Mundo Hispánico, sobrepasa en ella los estrechos márgenes que como hemos visto su prosa le fija a la actividad profesional de la mujer. Ni siquiera se puede argumentar a propósito de esto con la también ambivalente ortodoxia de sus versos infantiles, que si tomamos en serio la advertencia que escribió para el "Colofón" de 1945, aunque parecieran ser para niños, en realidad eran versos dirigidos a las madres de esos niños, a una comunidad de mujeres adultas con quienes Mistral deseaba comunicarse y en una lengua que no era la lengua de El Padre[36].

Por cierto, las lecturas que hemos hecho en este libro arrancan del convencimiento de que lo que los poemas mistralianos *no* dicen es consistentemente mucho más de lo que quieren decir y que la mejor manera de captar lo que ellos no nos quieren decir es entender que lo que nosotros estamos percibiendo en el plano constatativo de la escritura es o suele ser una fachada, aunque por otra parte sea también en los resquebrajamientos de esa fachada donde sorprenderemos las operaciones de una lengua que rehúsa someterse a la lengua de El Padre. El mensaje que ese discurso alternativo nos comunica no se complace en triunfalismos, sin embargo. Para comprobarlo por última vez, aíslense los verbos castradores de Gabriela, entre los que se incluyen "rebanar", "cercenar", "desgajar, "descuajar", "tajear", "mondar", "socarrar", "devanar", "vaciar", "consumir", "hendir", "tronchar", "arrancar", y que no son más que algunos dentro de una cadena más larga, y no sólo en *Desolación,* donde se amontonan con casi maniática insistencia. En *Tala* y en *Lagar,* aunque no con la misma porfía, reaparecen también a menudo, como en el "Adiós" (532-534), de *Tala,* cuya última estrofa clama al cielo para que "ninguno, / ni hombre ni dios, / nos llame partidos / como luna y sol", o como en los "Sonetos de la poda" (660-663), del libro de 1954, en los que la actuación lacerante de la sujeto de la enunciación ("entraron / mis pulsos del acero iluminados / a herir"), así como la recurrencia de la sangre violenta y creadora ("Como creo la estrofa verdadera / en que dejo correr mi sangre viva"), le infunden a los versos una connotación ominosa que le cuenta a todo aquél que quiera oírla una historia que no es mucho lo que tiene en común con la consabida del árbol cuyas ramas se recortan para que la vida retorne después a él con mayor fuerza.

De enorme interés en este mismo sentido es "El reparto" (271-272), de la sección "Desvarío", del primer *Lagar,* donde una mujer ya próxima a morir, y que se ha visto obligada a ser "una", a despecho de las protestas que le formula su cuerpo (el rencor del verso veintiocho no es debatible me parece a mí), por fin, ante la inminencia de su "vertical descendimiento" y del extático anticipo de la "Patria" nirvánica de la desmaterialización y la indiferenciación, se desmembra y reparte "ojos", "rodillas", "brazos" y "sentidos":

Si me ponen al costado
la ciega de nacimiento,
le diré bajo, bajito,
con la voz llena de polvo:
—Hermana, toma mis ojos.

¿Ojos? ¿Para qué preciso
arriba y llena de lumbres?
En mi Patria he de llevar
todo el cuerpo hecho pupila,
espejo devolvedor
ancha pupila sin párpados.

Iré yo a campo traviesa
con los ojos en las manos
y las dos manos dichosas
deletreando lo no visto
nombrando lo adivinado.

Tome otra mis rodillas
si las suyas se quedaron
trabadas y empedernidas
por las nieves o la escarcha.

Otra tómeme los brazos
si es que se los rebanaron.
Y otras tomen mis sentidos
con su sed y con su hambre.
Acabe así, consumada
repartida como hogaza
y lanzada a sur o a norte
no seré nunca más una.

Será mi aligeramiento
como un apear de ramas
que me abajan y descargan
de mí misma, como de árbol.

¡Ah, respiro, ay dulce pago,
vertical descendimiento!

Un análisis lacaniano de este texto podría retrotraer la situación que en él se muestra al momento de la disolución del pacto simbólico, cuando, rota a causa de la cercanía de la muerte la unidad entrevista por primera vez en la escena del espejo y puesto ante la expectativa de un próximo y "vertical descendimiento", el imaginario concibe en el futuro próximo una nueva unidad, pero cuyo logro pasa por una desintegracion de la unidad anterior, por una vuelta cíclica al despedazamiento primero: "Este cuerpo fragmentado se manifiesta comúnmente en los sueños cuando el movimiento del análisis encuentra un cierto nivel de desintegración agresiva en el individuo. Aparece entonces bajo la forma de miembros desarticulados", es lo que apunta Lacan al respecto[37].

En fin, podría seguir citando poemas en los que esta misma estructura se repite de diferentes maneras. Un crítico aficionado a la estilística rastreaba, por ejemplo, hace unos años, en los libros poéticos de Mistral, una "abrumadora tendencia al binarismo nocional y constructivo: parejas de sustantivos, adjetivos o formas verbales en relación conjuntiva o antitética; paralelismos, correlaciones y, en general, todo tipo de conjuntos semejantes, siempre o casi siempre con carácter bimembre; organización dual del mundo (espacio, tiempo, personajes) y fuerte tendencia al apóstrofe: la forma más usual para representar la relación dual yo-tú". Concluye, después de haber puesto fin a su investigación, que los rasgos de estilo mistralianos que él acaba de pesquisar no son meros adornos lingüísticos, ornamentos sin otro propósito que el de tallar unas cuantas grecas sobre el pellejo del significante, sino "configuraciones que hincan sus raíces en la visión-expresión que gesta y dinamiza el poema y se confunde con él"[38].

Frente a una denuncia tan persuasiva de las consecuencias formales del malestar existencial mistraliano, más vale que yo cierre de una vez por todas mi exposición en este libro y repitiendo que, cualquiera sea la actitud evidenciada por ella en la *performance* de su ser poético consciente, de dolor, de vergüenza, de satisfacción, de jactancia inclusive, como vimos que ocurre en "Riqueza", y cualquiera sea también la solución estética con la que su talento de artista del lenguaje representa esa actitud sobre el papel, no hay que olvidarse de que lo más probable es que tales providencias se hallan actualizado sobre la opacidad de un doble fondo que las desestabiliza y no pocas veces las desconstruye. Después de la aproximación al podio mistraliano de ensayistas con la destreza crítica de Concha, Guzmán, Ostria, Rodríguez o Valdés, yo diría que es hasta deshonesto seguir ignorando la realidad de esa escisión primigenia e ignorando por ende que si un hondo desgarro preside la *performance* de estos poemas es porque ese desgarro constituye la esencia de una historia, una biografía y un cuerpo. Un cuerpo al que se disputan dos sexos, una biografía que trastabillea entre ascensos y caídas, una historia en la que Gabriela Mistral (y no sólo Gabriela Mistral: ya lo vimos) busca armonizar posiciones genéricas que no son armonizables (ni en la cultura de entonces ni en la cultura de hoy, según establecimos más arriba) y un discurso que es a veces de "desolación" y en otras de "ternura" (y en múltiples textos de ambas cosas a la vez), pero que nunca deja de ser el discurso de "tala". Tal vez por eso es que fracasa casi tanto como acierta y, aun cuando acierta, ello depende del mayor peso relativo de la "materia alucinada" que para Mistral es la poesía.

Obra poética, intimidad personal y pertenencia social y genérica nos revelan pues, en la escritora cuya obra nos propusimos representar a lo largo de estas páginas, una misma estructura subyacente. El centro de esa estructura lo ocupa, como ella misma escribe, una "dilatada brecha". Entre la poesía mayor y la poesía menor, entre el padre y la madre, entre la clase dominante y las clases dominadas, entre el blanco y el indio, entre el hombre y la mujer, en el universo mistraliano no es difícil descubrir el "dualismo agónico" acerca del que con tanta convicción escribe Ostria[39], y en el medio de ese dualismo agónico el "hondor" de una "herida paterna", como observa Guzmán[40]. Desde la herida mana sangre y esa sangre, que es la marca de su "sufrimiento", según diagnosticaron Alone[41], Taylor[42] y Concha[43], es al mismo tiempo la tinta de la que ávidamente se alimenta su escritura. La sugerente meditación de Susan Gubar acerca de la escritura con sangre en el texto de la mujer tradicional (por oposición a la "página blanca" de la emancipación y que sería, según ella, la propia de la escena escrituraria de la "nueva" mujer nueva) resulta aplicable, en estas condiciones, a la poesía mistraliana[44]. Recordando la discordia entre el quehacer femenino legítimo, el de la madre leche en las canciones de cuna, y el quehacer escriturario ilegítimo y monstruoso, aunque también liberador, el de la madre sangre en esas mismas canciones, agreguemos ahora que no cabe ninguna duda de que para nuestra poeta escribir sus versos es abrir una herida, que es poner de manifiesto un desgarro que existe en ella desde siempre, pero al que la baja intensidad de la existencia cotidiana mantiene de otro modo adormecido.

Por lo demás, pensamos que la escritura con sangre es también la imagen con la que Gabriela Mistral expresa su asunción particular del advenimiento de la modernidad sobre la literatura chilena y latinoamericana de la primera mitad del siglo XX, habiendo adoptado ella esa literatura como un proyecto que también en la parte que le cupo desarrollar sólo pudo desplegarse mediante una práctica discursiva en la que se combinan el descontento con lo que somos o con lo que creemos que somos con su traición y con la flagelación posterior en que incurrimos por el hecho de habernos traicionado. Peor todavía: nos flagelamos por habernos traicionado, cuando sabemos que hemos estado participando en un juego en el que las cartas mejores serán siempre de El Otro —de ese que no somos ni seremos jamás Nosotros. Este sentimiento de autodisgusto no es exclusivo de Mistral, sobra decirlo. Por el contrario, es el que tenemos todos aquellos que nos dimos cuenta hace ya mucho de que los latinoamericanos habíamos llegado tarde a lo que Alfonso Reyes llamó alguna vez el "banquete de la civilización europea"[45].

Existen en efecto vinculaciones profundas entre nuestra condición periférica, subdesarrollada y abyecta (esto es, ventrílocua y culposamente traidora) y la condición de las mujeres intelectuales, y no sólo de las que lo son en nuestras tierras y en nuestra cultura. De ahí que no muchos años después de la muerte de Mistral y diez días antes de su propio suicidio, otra estupenda poeta, la estadounidense Sylvia Plath, en un manifiesto que cabe en un par de versos apenas, haya dicho, y sin que mediara para ese decir suyo la hazaña de Cristo, que "El chorro de la sangre es la poesía / No hay cómo pararlo"[46].

Cierta crítica de Gabriela Mistral ha coqueteado con la importancia de esta imagen. Cuando Cedomil Goić acuña la expresión "poética de la sangre" para referirse a su "lírica subjetiva del sufrimiento"[47], paga peaje en el quiosco de Taylor pero también endereza la mirada hacia otra cosa. Porque si Mistral edifica su reino personal y poético sobre la línea divisoria que separa dos comarcas, hacia las que se acerca con la misma ansiedad pero en ninguna de las cuales reclama residencia, algo que a juicio de Julia Kristeva debería tomarse con viento a favor, convirtiéndolo en un elemento prioritario de la plataforma política de la mujer de nuestro tiempo[48], y si por otra parte su inhabilidad para dejarse entrampar por cualquiera de las opciones con las que el Edipo la tienta está determinada por circunstancias biográficas e históricas precisas, a la vez que modelada estéticamente de acuerdo a la quimera de ese espacio sin espacio que es el que ocupan Cristo y Su Iglesia, entonces cabe especular que quizás sea efectivo que la voz poética mistraliana surge *también* desde una carencia. No la del hombre, sin embargo, como se les antojó creer a tantos de sus críticos, sino la del hombre *y la mujer.* Me refiero a la mujer que no era entonces y que todavía no es y para cuya construcción futura el legado que ella dejó constituye un don precioso. Entre tanto, como Cristo en la cruz, escindido y triunfante entre sus dos naturalezas, aceptemos que Gabriela Mistral acaba haciendo del existir en pedazos la terrible verdad de su canto.

Notas

1. *Gabriela Mistral,* 151.

2. Hasta hace muy poco, nadie se había ocupado de la contextualización del/los discurso/s mistralianos en relación con la obra de las escritoras latinoamericanas y chilenas que fueron sus contemporáneas, con excepción de la tríada que se nombra más arriba. Ana Pizarro me recuerda además los muy ilustres nombres de Teresa de la Parra (1891), en Venezuela, Lidia Cabrera (1900) y Dulce María Loynaz (1903), en Cuba, y Cecilia Meireles (1901) y Henriqueta Lisboa (1904), en el Brasil. Por otra parte, un primer y revelador intento de esclarecer la conexión entre Mistral y las poetas chilenas que fueron sus contemporáneas lo ha hecho recientemente Naín Nómez, en un trabajo presentado en el simposio "Releer hoy a Gabriela Mistral: Mujer, Historia y Sociedad en América Latina", y que es un trabajo donde ese crítico comenta la existencia por entonces en Chile de "una generación, grupo, movimiento heterogéneo de individualidades femeninas con voz propia y articuladoras por primera vez de una literatura genérica contestataria. Gabriela Mistral es evidentemente su máxima figura, pero no su excepción. Es preciso señalar también la original obra de Teresa Wilms Montt (1893), Tilda Brito Letelier (María Monvel 1897), Luisa Anabalón Sanderson (Winétt de Rokha 1894), María Preuss (Miriam Elim 1895), María Antonieta Le Quesne (1895), Olga Acevedo (1895), María Tagle (1899) y la precoz Laura Bustos (1884), fallecida de tuberculosis a los trece años y de la cual se publicó un tomo de poesías de más de trescientas sesenta páginas". El trabajo de Nómez, cuyo manuscrito me facilitó él mismo, se titula "Gabriela Mistral y la poesía femenina de comienzos de siglo en Chile" y debiera darse a conocer con la publicación de las actas del simposio mencionado.

3. "... Amó a México, con un amor hecho de conocimiento y de esperanza; mejor propagandista y mejor defensor no ha tenido México ni de dentro ni de fuera". Palma Guillén de Nicolau. "Gabriela Mistral (1922-1924)" en *Lecturas para mujeres,* IX.

4. No existe aún una historia global (debiera decir más bien una historiografía global) de la mujer en América Latina, aunque la abundancia y calidad de las investigaciones parciales producidas en las últimas dos décadas hacen presumir que existirá pronto. La ausencia de esta narración, que *no es* inexplicable, se convirtió en el motor del activismo intelectual de la ensayista chilena Julieta Kirkwood a principios de los años ochenta, cuando ella habló de una historia femenina "invisible" y de sus dificultades para hacerla visible en el marco de la historia latinoamericana *at large.* Sus ideas pueden consultarse en el único libro que alcanzó a compilar personalmente, así como en otros dos póstumos editados uno por Sonia Montesino y el segundo por Patricia Crespi. Aludo a *Ser política en Chile. Los nudos de la sabiduría feminista.* Santiago de Chile. Cuarto Propio, 1990 (la 1a. ed. es de 1986), a *Feminarios.* Santiago de Chile. Documentas, 1987, y a *Tejiendo rebeldías. Escritos feministas de Julieta Kirkwood.* Santiago de Chile. Centro de Estudios de la Mujer. Casa de la Mujer La Morada, 1987. Para una evaluación de las investigaciones sobre el tema que se completaron durante la década pasada, aunque dándole preferencia a la etapa inmediata y desde el punto de vista de las ciencias sociales sobre todo, *Vid.:* June Nash. "A Decade of Research on Women in Latin America" en June Nash, Helen Safa *et al. Women and Change in Latin America.* Massachusetts. Bergin and Garvey, 1986, pp. 3-21.

5. Entre otros, refiero al lector al libro clásico de Agustín Cueva: *El desarrollo del capitalismo en América Latina. Ensayo de interpretación histórica.* México. Siglo XXI, 1977. Para las implicaciones literarias de esta periodización, véase el segmento con que concluye mi "Práctica de la literatura, historia de la literatura y modernidad literaria en América Latina".

6. *Latin American Women...,* 55.

7. Gabriel Salazar. "La mujer de 'bajo pueblo' en Chile: Bosquejo histórico". *Proposiciones,* 21 (1992), 92.

8. *O sexo femenino,* en el Brasil, y *La mujer,* en Chile. *Ibid.,* 69-70. Un bibliografía útil al respecto es la de Janet Greenberg. "Toward a History of Women's Periodicals in Latin America: A Working Bibliography". *Women, Culture...,* 182-231.

9. En la sociedad latinoamericana premoderna, el enclaustramiento femenino afecta sobre todo a las mujeres blancas que pertenecen a la elite, lo que no quiere decir que fuera de ese sector étnico y

social el matrimonio y la maternidad no hayan sido también los estados recomendables para las personas de sexo femenino. En cualquier caso, me parece muy poco productivo introducir en este punto la discusión sobre la posible primacía de la clase y/o la raza por sobre el género. Para los fines de nuestro trabajo, es suficiente que confirmemos la concurrencia necesaria de estos tres factores, con más o menos peso según los casos específicos, y que subrayemos la importancia del matrimonio y la maternidad, bases de la producción y la reproducción de la fuerza de trabajo al parecer desde la preponderancia histórica del llamado modo de producción doméstica. En América Latina, el libro más serio sobre la materia pertenece a Heleieth I. B. Saffioti. *A mulher na sociedade de classes: mito e realidade.* São Paulo. Quatro Artes, 1969. También valioso al respecto es un número especial de *Latin American Perspectives,* 1 y 2 (1977).

10. Josefina Ludmer. "Las tretas del débil" en *La sartén por el mango. Encuentro de escritoras latinoamericanas,* eds. Patricia Elena González y Eliana Ortega. Río Piedras, Puerto Rico. Huracán, 1985, pp. 47-54.

11. Me remito a algunas frases de Ludmer: "Aceptar, pues, la esfera privada como campo 'propio' de la palabra de la mujer, acatar la división dominante pero a la vez, al constituir esa esfera en zona de la ciencia y la literatura, negar desde allí la división sexual. La treta (otra típica táctica del débil) consiste en que, desde el lugar asignado y aceptado, se cambia no sólo el sentido de ese lugar sino el sentido mismo de lo que se instaura en él. Como si una madre o ama de casa dijera: acepto mi lugar pero hago política o ciencia en tanto madre o ama de casa", etc. *Ibid.,* 53.

12. "The Participation of Women in the Independence Movement in Gran Colombia, 1780-1830" en *Latin American Women. Historical Perspectives,* ed. Asunción Lavrín. Westport y London. Greenwood Press, 1978, pp. 219-220.

13. La mujer de 'bajo pueblo'...", 91-92.

14. *Ibid.,* 95

15. Gabriel Salazar Vergara. *Labradores, peones y proletarios. Formación y crisis de la sociedad popular chilena del siglo XIX.* Santiago de Chile. Ediciones Sur, 1989, p. 310.

16. Simón Bolívar. *Obras completas,* ed. Vicente Lecuna con la colaboración de Esther Barret de Nazaris. Vol. I. La Habana. Editorial

Lex. Ministerio de Educación Nacional de los Estados Unidos de Venezuela, 1947, p. 1420. Según Salazar, en Chile no les fue mucho mejor a las mujeres del 'bajo pueblo' con el advenimiento la independencia. Después del breve apogeo de la "familia popular campesina, durante la segunda mitad del siglo XVIII y primeros años del XIX, en el período independentista y postindependentista sobreviene la gran catástrofe: "Oprimida al extremo, la familia campesina se quebró: el hombre fue llevado lejos por una 'leva' militar, o huyó a los cerros —haciéndose cuatrero—, o murió en un asalto o una batalla. La mujer, sola, quedó inerme frente a las bandas de soldados que asaltaban y saqueaban, bajo comando militar o por cuenta propia. Volvieron las violaciones. Estalló de nuevo la violencia sexual. El machismo a todo trapo". La mujer de 'bajo pueblo'...", 99.

17. Marta Vergara. *Memorias de una mujer irreverente.* Santiago de Chile. Gabriela Mistral, 1973, p. 25.

18. "Una nueva organización del trabajo (I)" en Gabriela Mistral. *Escritos políticos,* 253.

19. Gabriela Mistral. "Carta interesante". *La Nueva Democracia,* 17-18 (Noviembre de 1927), 14. Los subrayados son de ella. Estas ideas de Mistral acerca del trabajo femenino se radicalizan posteriormente, según lo muestra un documento de 1947, el de su intervención en el "Congreso Interamericano de Mujeres", promovido por la Liga Internacional de Mujeres Pro Paz y Libertad que se celebró en Guatemala. Dijo allí: "La reforma que el feminismo debe clamar como la primera, es la igualdad de los salarios, desde la urbe hasta el último escondrijo cordillerano". Cito de la página 6 en su informe consular al Ministro de Relaciones Exteriores de Chile, fechado el 25 de agosto de 1947. Este documento, como otros similares, se guarda en Santiago, en la colección del Archivo Siglo XX.

20. "Introducción a estas *Lecturas para mujeres",* XIV.

21. *Ibid.,* XV.

22. *The Ideology of Feminism in the Southern Cone, 1900-1940.* Woodrow Wilsom Center Working Papers, 1986, pp. 1 y 7 respectivamente.

23. *Ibid.,* 31-32.

24. *Ibid.,* 12.

25. "...Pertenezco a esa mitad segundona y pobre de la clase media que está asimilada al pueblo por su ruina", anotó Mistral de su puño y letra en los márgenes del manuscrito de Ciro Alegría. *Gabriela Mistral íntima.* Lima . Universo, s. f., p. 43.

26. "Una nueva organización..."(I)", 253.

27. "Una nueva organización del trabajo (II)", en *Escritos políticos,* 257.

28. *Ser política...,* 92.

29. Amanda Labarca H. *¿A dónde va la mujer?* Santiago de Chile. Extra, 1934, p. 55.

30. *Ibid.,* 49.

31. Amanda Labarca H. *Feminismo contemporáneo.* Santiago de Chile. Zig-Zag, 1947, pp. 46-48.

32. "Ideologie et Appareils Idéologiques d'Etat (Notes pour une recherche)". *La Pensée,* 151 (1970), 18.

33. *Gabriela Mistral íntima,* 12.

34. Stephen Greenblatt y Gilles Gunn. "Introduction" a *Redrawing the Boundaries. The Transformation of English and American Literary Studies,* eds. Stephen Greenblatt y Giles Gunn. New York. The Modern Language Association of America, 1992, p. 3.

35. *Ser política...,* 172.

36. "Colofón...", 183 *et sqq.*

37. Jacques Lacan. "The Mirror Stage as Formative of the Function of the I as Revealed in Psychoanalytic Experience". *Écrits. A Selection,* tr. Alan Sheridan. New York. W.W. Norton, 1977, p. 4.

38. Mauricio Ostria. "'Un ala color de fuego y otra color de ceniza': sobre el dualismo en el discurso poético mistraliano". *Acta Literaria,* 14 (1989), 91-92.

39. "Un ala color de fuego...", 93.

40. "... una figura paterna paupérima, hecha más que nada de herida, dolor y ausencia"."Gabriela Mistral...", 72. También creo yo que la herida existe, pero por razones que coinciden con las de Guzmán sólo en la valoración del dolor.

41. Alone. *Gabriela Mistral,* 10.

42. *Gabriela Mistral's Religious Sensibility,* 93 *et sqq.*

43. *Gabriela Mistral,* 49-53.

44. Susan Gubar. "'The Blank Page'...", 73-93.

45. Alfonso Reyes. "Notas sobre la inteligencia americana". *Obras completas.* Vol. XI. México. Fondo de Cultura Económica, 1955, pp. 82-83. [El ensayo de Reyes es de 1936]

46. En "Kindness", un poema fechado el 1º de febrero de 1963. *Collected Poems,* ed. Ted Hughes. New York. Harper and Row, 1981, p. 270. En América Latina, la gran contemporánea y camarada de Plath es Alejandra Pizarnik. Entre muchas otras, considérense estas líneas:

> Alguien me bebe desde la otra orilla, alguien me succiona, me abandona exangüe. Estoy muriendo porque alguien ha creado un silencio para mí.

Textos de sombra y últimos poemas, eds. Olga Orozco y Ana Becciú. Buenos Aires. Sudamericana, 1982, pp. 35-37.

47. Cedomil Goić. "Gabriela Mistral (1889-1957)", 680.

48. "Rehusemos uno y otro de tales extremos. Sepamos que una identificación ostensiblemente masculina, paternal, en la medida en que apoya el símbolo y el tiempo, es necesaria para tener voz en el capítulo de la política y la historia. Asumamos esta identificación para salir del polimorfismo autocomplaciente, donde le es tan fácil permanecer a la mujer; y obtengamos así nuestra entrada en la práctica social. Pero desconfiemos al mismo tiempo del narcisismo que tal identificación puede suponer: rechacemos la valoración de una mujer 'homóloga', capaz, viril; en cambio, actuemos, en la escena social-política-histórica, como su negativo, es decir, de la mano con todos aquellos que rehúsan, los que van 'contra la corriente' —aquellos que se han rebelado contra las relaciones de producción y reproducción existentes". Julia Kristeva. *Des Chinoises.* París. Éditions des Femmes, 1974, p. 43.

EPÍLOGO

Leía yo en mi aldea...
El oficio lateral

Desechada la concepción del poema como objeto autónomo, cuya realidad es inmune al contagio del mundo, y desechada igualmente la perspectiva positivista, la que hace del texto poético un documento histórico más, lo otro que nosotros debíamos evitar en el trabajo que el lector tiene hoy día en sus manos era leer los poemas de Gabriela Mistral buscando en ellos una simple reproducción de la historia. Discutí las razones que fundamentan este juicio en mi "Práctica de la literatura, historia de la literatura y modernidad literaria en América Latina" y no creo que sea necesario hacerlo aquí de nuevo. Baste insistir sucintamente en que la eliminación de la dialéctica entre el mundo y la poesía, condena a la segunda a la ineficacia epifenoménica o, lo que viene a ser lo mismo, a la prescindibilidad. En cambio, lo que sí debía hacerse era aceptar que la conexión entre literatura e historia es efectiva, que su carácter es dialéctico y que para que ese carácter devenga críticamente ostensible es necesario entender y elaborar tal conexión como la de una práctica con otras (para el concepto de práctica, que yo derivo del marxismo althusseriano, ver también el ensayo que cité más arriba. Recordemos por ahora tan sólo que toda práctica es trabajo social y técnicamente condicionado).

Con las precisiones que indico, quedaba claro que para un buen entendimiento de la poesía de Gabriela

Mistral yo no consideraba aceptable y ni siquiera posible desembarazarse del enlace entre literatura e historia. Procedí entonces a conectar la práctica poética mistraliana con las demás prácticas que habían sido sus contemporáneas dentro del marco histórico que forma la segunda etapa dentro de las tres que articulan el despliegue de la modernidad en América Latina, etapa cuya duración se extiende desde la segunda o tercera década del siglo XX hasta los años cincuenta más o menos. En buenas cuentas, al hacerme cargo de ese recorte cronológico, yo hubiese debido abarcar desde las prácticas que corresponden al dominio de la vida cotidiana —para lo que una *thick description* a la Clifford Geertz o un escrutinio de la esfera privada y de las "mentalidades", según lo que recomiendan los historiógrafos franceses de la escuela de los *Annales,* podían ser de utilidad— hasta aquéllas que dependen de la alta cultura, al modo de la historiografía tradicional "de las ideas", y pasando por las de la historia económica, social y política cualesquiera sean los métodos con que ellas se investiguen.

Reconocí de inmediato que estudiar las relaciones de la práctica poética mistraliana con *todas* las otras que coexistían con ella en el marco de la historia moderna de América Latina era una empresa de dimensiones inmanejables y que por lo tanto era necesario un criterio de selección. Reconocí asimismo que frente a ese criterio de selección existían dos posibilidades. La primera se reducía al acatamiento por mi parte de las exigencias de un programa filosófico preconcebido, *v.gr.*: dado el dictamen de principio de que en cualquier escrutinio histórico lo esencial es una práctica y sólo una, por ejemplo la práctica política (como hace la historiografía liberal romántica) o la práctica económica (como hace la historiografía marxista clásica), las otras dependerán de ella en primera, en segunda o en última instancia. Naturalmente esta perspectiva de trabajo resultaba deudora de una idea premoderna y moderna de la historia cuya premisa de trabajo básica es que el tiempo social se configura como si se tratara de una totalidad estructurada con un centro, un origen y una dirección precisables, etc.

En cambio, la segunda daba cabida a la arbitrariedad regulada por las necesidades de la investigación y/o el sentido común del investigador. Por lo pronto, si estoy estudiando la poesía religiosa de Gabriela Mistral me importará más el cómo se vivió la relación con Dios en la cultura de la primera mitad del siglo XX en América Latina que, digamos, cómo se criaban, entre nosotros, durante aquel mismo período, los conejos de Angora. Al contrario de la anterior, esta perspectiva de trabajo no depende de una toma de posición filosófica *ready made,* a la que gravan implicaciones metafísicas de naturaleza aleatoria, ni tampoco se muestra dispuesta a inclinarse ante los requerimientos de un axioma totalizador y jerarquizador de los datos históricos, cualquiera que éste sea, por lo que sus hipótesis se hallan próximas a lo que pudiera generalizarse aquí como un espíritu postestructuralista o postmoderno. De acuerdo con él, la historia se halla constituida por un conjunto de prácticas, *las que conviven en el mejor de los casos yuxtapuestas,* y su dinámica carece de un origen y una dirección determinables o, bien (¿o mal?), no posee dinámica alguna.

La segunda parte del procedimiento que así habíamos empezado a construir nos obligó a ocuparnos del modo cómo establecían su relación las dos unidades que en nuestro proyecto encarnaban la dialéctica entre literatura e historia. En otras palabras: ¿Cómo la práctica poética mistraliana apropiaba (era influida, contaminada por) la práctica afín sobre la que nosotros habíamos decidido dirigir el foco de nuestro interés (en esta ocasión: la práctica genérica), y de qué manera esa apropiación se representaba estéticamente? El modelo que nos hacía falta para responder a esta pregunta e integrar la primera con la segunda partes del procedimiento en construcción pudo formularse a base de un cruce entre la teoría marxista de la ideología, el neohistoricismo estadounidense, el psicoanálisis y ciertos desarrollos de la semiótica y la teoría feminista.

Distinguimos entonces cuatro modos discursivos, a partir de las combinaciones que son posibles entre cuatro términos, dos de los cuales definen relaciones opuestas de carácter psicosocial y dos relaciones opuestas de carácter estético. Me refiero a la apropiación consciente y la representación mimética en/de la práctica del caso, a la apropiación consciente y la representación no mimética, a la apropiación inconsciente y la representación mimética y a la apropiación inconsciente y la representación no mimética.

La apropiación consciente y la representación mimética: la práctica poética funcionaba en estas condiciones intencional y reflexivamente con respecto a aquella práctica genérica con la que nosotros habíamos optado por relacionarla o, mejor dicho, con respecto a la ideología de esa práctica. Fue entonces cuando nos convino incorporar en el esquema teórico que estábamos diseñando el concepto althusseriano de ideología, el que entiende a ésta como "lo vivido". Si Althusser tiene razón, la práctica poética no se conecta directamente con otra/s práctica/s sino con la ideología de esa/s práctica/s. Foucault, que en éste como en otros aspectos de su trabajo se apodera del pensamiento de Althusser y lo desmaterializa aún más de lo que ese pensamiento se desmaterializaba a sí mismo y *de motu proprio,* hubiese dicho que el discurso literario se conecta con otros discursos. Porque, si para Althusser "lo vivido" es la ideología, para Foucault "lo vivido" son los discursos. Pero, como quiera que sea, en este tipo de modalidad discursiva, de apropiación consciente y representación mimética de la historia por parte del texto poético, éste sabía muy bien lo que hacía y eso que hacía era copiar —la realidad, la ideología u otro discurso.

La apropiación consciente y la representación no mimética: la práctica poética funcionaba de acuerdo con esta segunda modalidad intencional y no reflexivamente *vis-à-vis* su referente externo (para nosotros, ideológico). Es decir que en estas circunstancias el texto también sabía lo que hacía, pero al poner de manifiesto eso que sabía lo distorsionaba. En la ya venerable tradición que como sabemos arranca de *La interpretación de los sueños,* que retoma Jakobson y que sacraliza Lacan, cuando esta distorsión es puramente trópica, se bifurca en metafórica, si obra por similaridad, y metonímica, si obra por contigüidad.

Pero la distorsión no tiene por qué ser sólo trópica y ni siquiera propia únicamente del lenguaje figurado, como les gustaba decir a los corifeos de la vieja retórica. Sin contar con aquellos recursos retóricos que no son tropos, Roman Jakobson habló hace ya bastante tiempo de una "poética de la gramática" y tal vez lo mejor que se puede hacer en consecuencia (y que yo hice) es mover el foco del análisis puntual con suficiente flexibilidad entre los conceptos de distorsión y desviación, dando al segundo de estos conceptos el atributo de la clase y al primero el de la especie. Para una caracterización de la clase, cabe solicitar además los servicios del conocido distingo de Benveniste, entre el sujeto del enunciado y el sujeto de la enunciación, y del no menos conocido de Hjelmslev, entre el nivel denotativo y el connotativo del lenguaje, recordando de paso que la poesía se destaca e incluso para sus lectores ingenuos —y de ahí las dificultades que éstos tienen para entenderse con ella— por su riqueza enunciativa y connotativa cuyas consecuencias visibles en/sobre el signo lingüístico no son otras que la extrema densidad (espesor) del significante unida a un aumento igualmente extremo de la rebeldía del significado. El resultado de todo esto es que el poema debe ser entendido como el producto de un gran refinamiento en el ejercicio del "arte de la ambigüedad", puesto dicho arte al servicio de la expresión de "lo indeterminado en las sensibilidades humanas y en los fenómenos naturales", según lo que proponían los poetas simbolistas franceses[1].

Existe, por lo tanto, en la escritura poética, una complicidad bastante clara dentro del dominio semántico entre el trabajo constatativo, el que corresponde al enunciado y a la denotación, de un lado, y el socioestético, el que corresponde a la conciencia y la mímesis, del otro, a la vez que dentro del dominio pragmático entre el trabajo performativo, el que corresponde a la enunciación y a la connotación, de un lado (en una jerga paralela, la de Austin y Searle, podría hablarse también del aspecto ilocucionario del lenguaje), y el socioestético, el que corresponde a la inconsciencia y la no mímesis, del otro. Si este último modo discursivo, el de la inconsciencia y el de la no mímesis, constituye un polo de heterogeneidad máxima o de disidencia "vanguardista", por decirlo de manera algo más específica, en cuanto a la apropiación y a la representación del referente que existe ahí afuera —la realidad empírica, la ideología althusseriana o el discurso a la Foucault—, la enunciación y la connotación apuntan hacia los mecanismos concretos mediante los cuales esa heterogeneidad se actualiza en el lenguaje del poema. A esto nosotros lo denominamos desviación del lenguaje poético, la que cierra su ciclo sólo en el momento de la semiosis textual.

La apropiación inconsciente y la representación mimética: el texto poético no sabía que estaba reproduciendo la ideología reflexivamente.

La apropiación inconsciente y la representación no mimética: el texto poético no sabía que estaba reproduciendo la ideología ni tampoco sabía que la forma cómo la estaba reproduciendo no era congruente con la forma como la ideología se nos revela en la experiencia. El modo representacional del texto se hallaba presidido aquí, una vez más, por el principio de distorsión o, en general, de desviación.

Primera de dos afirmaciones concomitantes: el poema es el resultado de una práctica, pero de una práctica que contiene a otra dentro de sí. Es decir que el poema puede leerse desde la práctica uno, *v.gr.*: como el producto de un autor, quien a través de ese discurso se comunicó con sus contemporáneos de acuerdo a unos condicionamientos técnicos y sociales más o menos determinables por mí hoy y con prescindencia de la distancia espacial y temporal en la que yo me coloco con respecto al fenómeno mismo de la producción del lenguaje poético, o desde la práctica dos, *v.gr.*: como un discurso reabierto y nuevamente disponible, el de un sujeto poético que se está comunicando conmigo aquí y ahora.

En el primer caso, el poema es un producto históricamente situado e investigable por ende en o a través de su relación con otros (o con algunos de los otros) productos y prácticas que lo rodearon en el allá y el entonces de su producción. Es lo que tiende a hacer, aunque a su manera por cierto, el neohistoricismo estadounidense, según la estrategia propuesta por Stephen Greenblatt en 1989, reemplazando el viejo y sospechoso concepto de "determinación" por el de "negociación", y destacando como esta última se entabla metonímicamente entre el creador o la "clase" de los creadores (habida cuenta del repertorio de convenciones a los que él/ellos se atiene/n, lo que de parte de Greenblatt es algo así como un saludo a la bandera y una despedida de Marx), y "las instituciones y prácticas de la sociedad"[2].

En tanto práctica en proceso, en cambio, o sea, en tanto lenguaje comunicándose con quienquiera que pueda recepcionarlo *hoy*, no es que la situacionalidad del poema desaparezca sino que se expande. Porque está claro que aquí también el poema es un objeto producido en el marco de un cierto contexto histórico, sólo que de un contexto histórico que rebasa de una manera menos nítida los bordes de su circunstancia primera. Desde este segundo ámbito de producción es desde donde él se me presenta otra vez *abierto, inconcluso* y *para mí.* Para mí que lo leo en este momento, a partir del horizonte de mis propias posibilidades y limitaciones de lectura. El caso es que leer profundamente, tanto como hablar o escribir profundamente, *es una operación receptiva en tanto que productiva asimismo,* y nunca se pone esto más en evidencia que cuando estamos consumiendo una obra cuyas posibilidades originales de significar han perdido ya gran parte de su validez. Este planteo, del que nosotros participamos y que no tenemos empacho en admitir que constituye también una posición de principio, se vincula con la nueva semiótica y con el postestructuralismo *sensu lato,* en la medida en que una y otro se resisten a suscribir una idea del texto como pura producción (o como lo producido más bien) e introducen en cambio un punto de vista que hace de su mensaje un episodio más dentro de las siempre renovadas convergencias que resultan posibles entre producción y recepción. En la medida en que el texto poético acaba de ser sólo al estar siendo recepcionado o semiotizado por un lector que realiza con su actividad un proceso suplementario de producción de sentido, ese ser suyo es el de una entidad en movimiento. Toda recepción es por lo tanto producción nueva, *es producción de una producción,* pero la que no llega a convertirse en tal sino al reformularse activamente mediante un despliegue prolijo y a fondo de la faena receptiva. Las implicaciones antiesencialistas que de aquí se desprenden en lo que concierne a la fijación del significado y valor de los discursos con pretensiones éticas o estéticas son las de imaginarse.

Por otro lado, una práctica no tenía por qué ser el espacio de una sola ideología. Más aún: lo normal era que no lo fuese, puesto que practicar es palmariamente actuar y es común que ante la ejecución de una acción exista más de una posibilidad (el Borges de "El jardín de los senderos que se bifurcan" sabía esto muy bien). Problema: ¿Es la práctica poética siempre una práctica de clase? ¿Lo es sólo en última instancia? ¿No lo es o no lo es necesariamente? Si en la tercera de estas preguntas se prefigura la respuesta adecuada, pienso que habría que revisar el concepto clásico marxista y recuperar y potenciar más aún el generalismo que se halla latente en la tesis althusseriana ("la ideología es lo vivido"). Además, resulta sobremanera tentador un acercamiento a este tema desde lo planteado por Louis Montrose, en un artículo de 1992, en el que él trataba de dar cuenta del advenimiento y la contribución del/los llamado/s "nuevo/s historicismo/s". Allí, siguiendo las huellas del Raymond Williams de *Marxism and Literature,* quien a su vez había seguido las del Gramsci de los *Quaderni del carcere,* Montrose insistió en el carácter "heterogéneo", "permeable", "inestable" y "procesal" de la ideología, atributos que Williams por su parte reservó para la hegemonía y a la que él prefirió caracterizar como "compleja", "dinámica", "concreta" y también "procesal"[3]. Todo eso aun cuando yo me temo que las discrepancias entre el concepto clásico y éste en el que colaboran Gramsci, Williams y Montrose no son de verdad sustantivas y que se reducen antes bien a una diferencia de niveles: en el plano de lo particular y concreto, la ideología (o la "hegemonía", como dicen ellos) es la maraña heteróclita que se nos asegura que es; en el plano general y abstracto, es posible separar, identificar y sistematizar sus componentes clasistas con mayor precisión.

Por eso, era normal que el texto poético se revelara como un espacio de confluencia para dos o más opciones ideológicas; era igualmente normal que ese espacio de confluencia ideológica se convirtiera en un espacio de conflicto ideológico; y el conflicto ideológico era en él, como siempre (la teoría dramática tiene algunas cosas que decir sobre esta materia[4]), un conflicto de poder entre ideologías más y menos fuertes. A la más fuerte nosotros la denominamos hegemónica, haciéndonos cargo como Williams de la nomenclatura gramsciana, aunque no sin algunas vacilaciones, pues los alcances de esa hegemonía son variables en extensión y profundidad[5]; y a las débiles las llamamos subalternas o subordinadas, haciéndonos cargo otra vez de la jerga de Gramsci (¿pero de cuál Gramsci? ¿No del Gramsci postmarxista de Williams ciertamente?), y con reticencias que son complementarias de las anteriores, ya que tampoco creemos que se pueda decir que los alcances de la subordinación son constantes. De otro modo, no se entiende y no es posible que la subordinación se transforme ocasionalmente en subversión. Un problema contiguo, que también nos preocupó a propósito de un muy celebrado artículo de Josefina Ludmer, es el de la confusión de las condiciones de existencia con las condiciones de eficacia de la subversión. La subversión de Sor Juana existe sin duda, pero no su eficacia, por lo menos durante su tiempo. La subversión de Amanda Labarca existe y es razonablemente eficaz.

El poema podía estar consciente de todas las unidades ideológicas que constituyen el conflicto o sólo de alguna/s de ellas.

El poema podía representar todas esas unidades o sólo alguna/s de ellas, y aun aquéllas que representaba podía representarlas de la misma manera, digamos miméticamente, o de una manera a una/s y de otra manera a la/s otra/s, digamos a una/s miméticamente y a la/s otra/s no miméticamente.

Como el lector comprenderá, las dos últimas apuntaciones que hemos hecho ponen en descubierto una dificultad para el análisis crítico. Esa dificultad consiste en distinguir, separar y recombinar ya no sólo lo consciente de (con) lo inconsciente y lo mimético de (con) lo no mimético, sino en operativizar esa distinción, esa separación y esa recombinación con respecto a cada uno de los planos ideológicos que se dan cita en el texto. Una ideología podía ser consciente y otra no dentro de un mismo poema. Una ideología se podía representar miméticamente y otra no también dentro de un mismo poema. Esto significaba que durante el proceso del análisis los cuatro modos discursivos que nosotros hemos descrito más arriba se multiplicaban por el número de opciones ideológicas vigentes en el espacio del texto.

Observamos en seguida que los poemas que estábamos estudiando, tal vez por haber sido escritos por una mujer tradicional (aunque yo no estoy seguro de que haya que atribuírselo a ello tan sólo ni tampoco sé muy bien cuáles sean los alcances exactos del término "tradicional"), experimentaban a menudo grandes tropiezos en su afán de apropiar y representar la/s ideología/s subalterna/s de índole subversiva.

Al abocarnos al tratamiento de este asunto, enviamos primero al cesto de los papeles una posición dotada de un prestigio harto sólido, ya que entre otros cuenta con el patrocinio de Simone de Beauvoir en su ensayo sobre la creatividad de la mujer, donde la adelantada de las feministas francesas escribe que "Las obras más grandes son aquéllas que ponen enteramente en cuestión al mundo. Eso es algo que la mujer no hace. Ella criticará, cuestionará los detalles; pero para poner el mundo en tela de juicio es necesario sentirse profundamente responsable por ese mundo. Y ella no lo es en la medida en que ése es un mundo de hombres; este echarse encima el mundo, que es propio del gran creador, no es asunto de ella"[6].

Es obvio que en el párrafo que acabo de citar de Beauvoir condena la escritura de la mujer a una suerte de conservantismo irremediable, *a pesar de la evidencia en contrario que nos deparan su escritura y su carrera de intelectual* engageé. Había que salir por lo tanto de esa trampa, una trampa con la que no sólo tropieza Simone de Beauvoir, y la mejor manera de hacerlo era recurriendo al modelo teórico que nosotros esbozamos más arriba. Parecía más útil, de acuerdo con ese modelo, hipotetizar que, por las mismas razones falocráticas que señala la autora de *El segundo sexo,* el texto de la mujer *tiende más que otros* a la separación entre conciencia e inconsciencia y mímesis y no mímesis.

Más estrictamente: derivada de la confluencia antagónica de ideologías genéricas de valor opuesto en el espacio de los poemas de Gabriela Mistral o, dicho a la manera gramsciana, derivada de la confluencia antagónica en esos poemas de la ideología genérica hegemónica con otra u otras de índole subalterna y subversiva, la conflictividad devenía en un elemento característico de los mismos. Es más: si hay un rasgo que define a la poesía de Gabriela Mistral en su conjunto, él es la persistencia tan penosa como insuperable en sus textos de un *desgarro,* algo que Mauricio Ostria ha observado en varias de sus comunicaciones, designándolo como el "dualismo agónico" de la poeta y aclarando que lo que a él le queda por determinar en el futuro es su "sentido" y las "formas concretas" de su "encarnación textual"[7].

Por aquí reemerge cómodamente en el dominio de la nueva crítica mistraliana (Concha, Guzmán, Ostria, Rodríguez, Valdés, las mujeres de La Morada...) el viejo tema de "la herida" y el "sufrimiento", el dolor, la sangre, etc., al que se han referido los estudiosos virtualmente desde que se inició el trabajo exegético en torno a la autora, achacándolo a causas diversas, amorosas (sobre todo, amorosas), familiares, sociales, religiosas, etc., y que a nosotros nos interesó más bien como un aspecto apto para reivindicarle a su productividad textual un rasgo fuerte. Para estudiarlo, un modelo meritorio, aunque todavía perfectible, lo encontramos en un ensayo de Susan Gubar.

Como sabemos, Mistral intenta solucionar su desgarro mediante el empleo de estrategias conscientes, tanto miméticas como no miméticas, y hasta lo da por solucionado algunas veces (hablo de sus textos, como es obvio. "La otra", de "Locas mujeres", podría ser en este punto una mención emblemática), pero jamás lo logra *en realidad,* y simplemente porque se trata de un conflicto *que no es solucionable* si primeramente no se desconstruyen los parámetros ideológicos entre los que ella procede a su despeje y que no son otros que los del Edipo o, mejor dicho, los de la ideología genérica hegemónica dentro del paraguas de nuestra cultura y que es la que el Edipo teoriza y verbaliza.

Percibimos por otra parte que la crítica patriarcalista de Gabriela Mistral neutralizaba la conflictividad de la que venimos hablando y destacaba sólo la apropiación y la representación de la ideología hegemónica en sus poemas, y que por eso podía llegar (felizmente, para ella) a conclusiones que son coincidentes con el *dictum* de Simone de Beauvoir que nosotros copiamos recién. La diferencia está en que de Beauvoir no vio de buena fe, a pesar de su posición ideológica ilustrada, y la crítica patriarcalista de Gabriela Mistral no quiere ver de mala fe, gracias a su posición ideológica retrógrada. La mejor manera de no ver consiste aquí, como siempre en circunstancias similares, en hacer que el análisis de los textos dependa exclusiva o casi exclusivamente de los datos provenientes de las operaciones constatativas del enunciado, esto es, de la representación puramente descriptiva del objeto, y con ello o a causa de ello, de los varios mecanismos de la locución y la denotación.

Por el contrario, una crítica no patriarcalista debía primero estudiar la poesía de Mistral como el escenario lingüístico de una confluencia ideológica. En segundo término, debía detectar en ese escenario la presencia de ideologías diferentes: una hegemónica, otra/s subalterna/s y aún otra/s subalterna/s y subversiva/s. Tercero: debía prestar especial atención a la/s ideología/s subalterna/s y subversiva/s, determinando mediante el análisis de la gestión del sujeto performativo del lenguaje poético los signos de su apropiación inconsciente y su representación no mimética. Un fenómeno que saltaba a la vista durante el despliegue de este otro tipo de análisis era el de la dificultad contrapulsional o represora con que la/s ideología/s subalterna/s y subversiva/s es/son apropiada/s y representada/s en el discurso mistraliano. Los diversos mecanismos de distorsión y, en general, de desviación que eran perceptibles en el lenguaje de los textos examinados resultaban directamente proporcionales al grado de esa dificultad.

De lo dicho se desprende que una crítica no patriarcalista de los poemas de Mistral tenía la obligación de prestar oído, recepcionar, semiotizar sus textos sobre todo basándose en aquellos elementos de juicio que aportan las operaciones performativas de la enunciación, esto es, de los datos relativos a la *performance* lingüística del sujeto que produce las frases *contextualizadamente,* y con ello de los varios mecanismos de la ilocución y la connotación (o, de una manera más amplia, de las llamadas por los lingüistas presuposiciones o implicaturas). Fuera de eso, tampoco podía echarse en saco roto —a menos de que uno se interese sólo por la literatura muerta, como dice Greenblatt que hace él, y ni así— el que dicha semiosis es el resultado de una convergencia dialéctica entre producción y recepción o, en otras palabras, de lo que el texto le dice no a un receptor posicionado más allá del bien y del mal sino *a mí* y, más precisamente, a mí *aquí* y *ahora*.

En el mismo ensayo que citamos más arriba de Beauvoir establece una correlación entre el cuestionamiento del *status quo* y la creatividad. Dice: "el conformismo es lo contrario de la creación, la que empieza por cuestionar la realidad que nos es dada"[8]. Aunque la cosa se puede debatir *ad nauseam*, aceptemos que ésta es una definición que cuenta con adherentes responsables. Partiendo de semejante evidencia, y de lo que según dijimos más arriba declara de Beauvoir respecto de la ineptitud contestataria del discurso de la mujer, la conclusión no tiene nada de brillante. También de esta trampa era forzoso escaparse. ¿Cómo?

Reivindicando la virtud contestataria del discurso femenino o femenil, según lo sugerimos hace poco. No es que el discurso de la mujer (y, en el ámbito de nuestro trabajo, el discurso poético de Gabriela Mistral) no sea rebelde, lo es, pero el modo de su rebeldía ni es del todo consciente ni se apoya, por razones históricas (e históricamente a la vez: lo femenino se entiende en nuestro pensamiento como la "posición" no esencial y por lo mismo siempre produciéndose y reproduciéndose del sujeto histórico mujer), en los mecanismos más notorios que generan la significación.

Diferenciamos según esto dos clases de poemas mistralianos, atendiendo al predominio de tales mecanismos en ellos: poemas con un grado de creatividad inferior, los que maximizan el trabajo constatativo del enunciado y la denotación, y poemas con un grado de creatividad superior, los que maximizan el trabajo performativo de la enunciación y la connotación. Pero entonces observamos de nuevo que, incluso en aquellos poemas que resultaban menos merecedores de nuestro afecto al adoptar nosotros este criterio, una lectura activa e interventora de los textos puede y debe recepcionar o semiotizar mecanismos de enunciación y de connotación que no pudieron o no quisieron ser vistos antes del tiempo del sujeto que hoy los recepciona, aprovechando lo que tales mecanismos (le) revelan a dicho sujeto paralela o antitéticamente *vis-à-vis* las perogrulladas "legibles" del enunciado y la denotación. De lo que se desprende que es posible decir que un poema es creativo y no creativo a la vez *y ello en diferentes circunstancias de lectura.* Este descubrimiento dependerá, como es lógico, de las repercusiones lingüísticas que tenga la asunción por nuestra parte del texto poético como un campo de confluencia ideológica e *incluyendo ahora ahí a nuestra propia ideología con todas sus dudas y contradicciones,* y de confluencia ideológica conflictiva, *también incluyendo ahí a nuestra propia ideología.* Por último, debo añadir que me parece mucho más factible que esto suceda en/con la escritura poética, a que suceda en/con la prosa —en la obra de Gabriela y en general.

Notas

1. Cfr.: "Symbolism" en *The New Princeton Encyclopedia of Poetry and Poetics,* eds. Alex Preminger y T. V .F. Brogan. Princeton. Priceton University Press, 1993, p. 1256.

2. Stephen Greenblatt. "Towards a Poetic of Culture" en *The New Historicism,* ed. H. Aram Veeser. New York y London. Routledge, 1989, p. 12.

3. Louis Montrose. "New Historicisms" en *Redrawing the Boudaries,* 404; y Raymond Williams. *Marxism and Literature.* Oxford, New York. Oxford University Press, 1977, 112-114.

4. Trato este tema en "La obra dramática y la obra teatral" en *Muerte y resurrección del teatro chileno. 1973-1983.* Madrid. Meridión, 1985, pp. 168-169.

5. ¿Son hegemonía e ideología dos nociones enteramente distintas, como piensa Williams? Si lo son, al contrario de la noción de hegemonía, la de ideología implicaría *además* la de totalidad estructurada. Si no hay una totalidad estructurada, resulta imposible decir que haya una ideología que cubra lo real parejamente. No cabe duda de que, a pesar de ciertas coincidencias, hay aquí un rif-raf serio entre los neohistoricistas a la Greenblatt, que están más cerca de Williams (y del Gramsci de Williams), y los marxistas *tout court.* A nosotros no nos interesó meter los dedos entre esas ruedas molares, al menos por ahora.

6. Simone de Beauvoir. "La femme et la création (Conférence donnée au Japon en 1966)" en *Les Écrits de Simone de Beauvoir: La vie-l'écriture,* eds. Claude Francis y Fernande Gonthier. Paris. Gallimard, 1979, pp. 458-474.

7. 'Un ala color de fuego...", 93.

8. "La femme et la création...", 468.

BIBLIOGRAFÍA

Abel, Elizabeth, ed. *Writing and Sexual Difference.* Chicago. University of Chicago Press, 1982.

Abrams, M. H. *Natural Supernaturalism. Tradition and Revolution in Romantic Literature.* New York y London. W. W. Norton & Company, 1971.

Alcorn Jr., Marshall W. *Narcissism and the Literary Libido.* New York y London. New York University Press, 1994.

Alegría, Ciro. *Gabriela Mistral íntima.* Lima. Universo, s. f.

Alegría, Fernando. *Genio y Figura de Gabriela Mistral.* Buenos Aires. Universitaria de Buenos Aires, 1966.

Alone. *Gabriela Mistral.* Santiago de Chile. Nascimento, 1946.

Althusser, Louis. "Ideologie et Appareils idéologiques d'Etat (Notes pour une recherche)". *La Pensée,* 151 (1970), 3-38.

Anónimo. *Chile. Tenencia de la tierra y desarrollo socioeconómico del sector agrícola.* Santiago de Chile. Comité Interamericano de Desarrollo Agrícola, 1966.

Anónimo. *The Theosophical Movement 1875-1950.* Los Ángeles, California. The Cunningham Press, 1951.

Arce de Vázquez, Margot. *Gabriela Mistral: persona y poesía.* San Juan de Puerto Rico. Asomante, 1957.

Bahamonde, Mario. *Gabriela Mistral en Antofagasta. Años de forja y valentía.* Santiago de Chile. Nascimento, 1980.

Bachofen, J. J. *Myth, and Mother-right,* selections of Bachofen's writings including *Das Mutter-recht* (1861). London. Routledge & Kegan Paul, 1968.

Barreca, Regina, ed. *Sex and Death in Victorian Literature.* Bloomington e Indianápoliss. Indiana University Press, 1990.

Barthes, Roland. *Fragments d'un discours amoreux.* París. Seuil, 1977.

Bascom, William R. "Four Functions of Folklore". *Journal of American Folklore,* 67 (1954), 333-349.

Bello, Andrés. *Gramática de la lengua castellana destinada al uso de los americanos* en *Obras completas.* Vol IV. Caracas. Ministerio de Educación, 1951.

Bergman, Emilie *et al. Women, Culture, and Politics in Latin America.* Berkeley, Los Ángeles, Oxford. University of California Press, 1990.

Besant, Annie. *Esoteric Christianity or the Lesser Mysteries.* 8ª ed. Adyar, India. The Theosophical Publishing House, 1966.

_____ . *The Ancient Wisdom. An Outline of Theosophical Teachings.* 7ª ed. The Theosophical Publishing House. Adyar, India, 1966.

Blau DuPlessis, Rachel. "Washing Blood: Introduction" a *Feminist Studies,* 2 (1978), 1-12 [número especial dedicado a la formulación de una teoría feminista de la maternidad].

Blavatsky, H. P. "Let Every Man Prove His Own Work". *Lucifer,* 1 (1887), 169.

_____ . *The Secret Doctrine. The Synthesis of Science, Religion and Philosophy.* 2 vols. Pasadena, California. Theosophical University Press, 1952.

_____ . *The Voice of Silence: Being Chosen Fragments from the "Book of the Golden Precepts".* Madras. India. Theosophical Publishing House, 1953.

_____ . *The Theosophical Glossary.* Detroit. The Theosophical Publishing Society, 1974. [la 1ª ed. de este libro es de 1892].

_____ . *Isis Unveiled: A Master-Key to the Misteries of Ancient and Modern Science and Theology.* Los Ángeles. Theosophy Co. 1982.

Boff, Leonardo O.F.M.*O rostro materno de Deus: Ensaio interdisciplinar sobre o feminino e suas formas religiosas.* Petrópolis. Editora Vozes Limitada, 1979.

Bolívar, Simón. *Obras completas,* ed. Vicente Lecuna con la colaboración de Esther Barret de Nazaris. La Habana. Ministerio de Educación Nacional de los Estados Unidos de Venezuela. Editorial Lex, 1947.

Briffault, R. *The Mothers.* London. Allen & Unwin, 1927.

Bronfen, Elisabeth. *Over her Dead Body: Death, Femininity and the Aesthetic.* Manchester. Manchester University Press. New York. Routledge, 1992.

Brooks, Peter. *The Melodramatic Imagination. Balzac, Henry James, Melodrama, and the Mode of Excess.* New Haven y London. Yale University Press, 1976.

Brown, Norman O., ed. y tr. *Hesiod's Theogony.* New York. The Liberal Arts Press, 1953.

Calderón, Alfonso. *Memorias de memoria.* Santiago de Chile. Universitaria, 1990.

Campbell, Joseph. *The Masks of God: Primitive Mythology.* New York. The Viking Press, 1959.

Campbell F., Bruce. *Ancient Wisdom Revived. A History of the Theosophical Movement.* Berkeley, Los Ángeles, London. University of California Press, 1980.

Carrasco, Iván, ed. *Gabriela Mistral. Nuevas visiones.* Valdivia. Universidad Austral de Chile. Facultad de Filosofía y Humanidades. Anejo 13 de Estudios Filológicos, 1990.

Carrión, Benjamín. *Santa Gabriela (Ensayos).* Quito. Casa de la Cultura Ecuatoriana, 1956.

Catalán, Pablo. "El Padre de la Patria. Divagación en torno a la creación del personaje histórico: el poema 'Chillán' (Poema de Chile) de Gabriela Mistral" en *La construction du personnage historique,* ed. Jacqueline Covo. Lille. Presses Universitaires de Lille, 1991, pp. 185-192.

Cixous, Hélèle y Catherine Clément. *The Newly Born Woman,* tr. Betsy Wing. Minneapolis. University of Minnesota Press, 1986.

Concha, Jaime. *Gabriela Mistral.* Madrid. Júcar, 1987.

_____ . "Tejer y trenzar: aspectos del trabajo poético en la Mistral". Trabajo inédito hasta la conclusión de este manuscrito.

Coward, Rosalind. *Female Desires: How They Are Sought, Bought and Packaged.* New York. Grove Press, 1985.

Cueva, Agustín. *El desarrollo del capitalismo en América Latina.* México. Siglo XXI, 1977.

Culler, Jonathan. "Fabula and Sjuzet in the Analysis of Narrative. Some American Discussions". *Poetics Today,* 3 (1980), 27-37.

Cuneo, Ana María. "La oralidad como elemento de formación de la Poética Mistraliana". *Revista Chilena de Literatura,* 41 (1993), 5-13.

Chevalier, Jean, ed., con la colaboración de Alain Gheerbrant. *Diccionario de símbolos.* 4ª ed., tr. Manuel Silvar y Arturo Rodríguez. Barcelona. Herder, 1993.

Daiken, Leslie. *The Lullaby Book.* London. Edmund Ward, 1959.

Daydí-Tolson, Santiago. "La locura en Gabriela Mistral". *Revista Chilena de Literatura,* 21 (1983), 47-62.

_____ . *El último viaje de Gabriela Mistral.* Santiago de Chile. Aconcagua, 1989.

Dällenbach, Lucien. "Intertexte et autotexte". *Poetique,* 27 (1976), 282-296.

Darío, Rubén. *Poesía,* ed. Ernesto Mejía Sánchez, Caracas. Biblioteca Ayacucho, 1977.

de Beauvoir, Simone. *Le deuxième sexe.* 2 vols. París. Gallimard, 1949.

_____ . *Les Écrits de Simone de Beauvoir: La vie-l'écriture,* eds. Claude Francis y Fernande Gonthier. París. Gallimard, 1979.

de Jesús, Santa Teresa. *Obras completas.* 10ª ed. Madrid. Aguilar, 1966.

de la Cruz, Sor Juana Inés. *Obras escogidas.* México. Espasa-Calpe, 1965.

de Olmedo, José Joaquín. *Poesías completas.* México. Fondo de Cultura Económica, 1947.

de Onís, Federico, ed. *Antología de la poesía española e hispanoamericana (1882-1932).* Madrid. Junta para Ampliación de Estudios e Investigaciones Científicas, Centro de Estudios Históricos, 1934.

de Riquer, Martín. *Resumen de versificación española.* Barcelona. Seix Barral, 1950.

Del Giudice, Luisa. "*Ninna-nanna-* nonsense?. Fears, Dreams, and Falling in the Italian Lullaby". *Oral Tradition,* 3 (1988), 270-293.

Deleuze, Gilles. *Présentation de Sacher-Masoch.* París. Minuit, 1967.

Derrida, Jacques. *L'écriture et la différence.* París. Seuil, 1967.

Dussuel, Francisco. "El panteísmo de Gabriela Mistral". *Mensaje,* 9 (1952), 307-310.

Eagleton, Terry. "Capitalism, Modernism and Postmodernism". *New Left Review,* 152 (1985), 60-75.

Eisler, Riane. *The Chalice and the Blade, Our History, Our Future.* San Francisco. Harper & Row, 1987.

Eltit, Diamela y Paz Errázuriz. *El infarto del alma.* Santiago de Chile. Francisco Zegers Editor, 1994.

Epple, Juan Armando. "Notas sobre la estructura del folletín". *Cuadernos Hispanomericanos,* 358 (1980), 147-156.

Fakuda, Hanako. *Lullabies of the Western Hemisphere.* Tesis doctoral para la Escuela de Educación de la University of Southern California, 1960.

Falabella, María Soledad. *"¿Qué será de Chile en el Cielo?". Una propuesta de lectura para el* Poema de Chile *de Gabriela Mistral.* Proyecto de tesis para optar al grado de Licenciado en Humanidades con Mención en Lengua y Literatura Hispánica. Universidad de Chile. Facultad de Filosofía y Humanidades, 1994.

Fariña, Soledad y Raquel Olea, eds. *Una palabra cómplice. Encuentro con Gabriela Mistral.* Santiago de Chile. Isis Internacional. Casa de la Mujer La Morada, 1990.

Fee, Terry, Rosalinda González *et al.* [número especial dedicado a "Women and Class Struggle"] *Latin American Perspectives,* 1 y 2 (1977).

Felman, Shoshana. "Women and Madness. The Critical Phallacy". *Diacritics,* 4 (1975), 2-10.

Ferré, Rosario. *Sitio a Eros. Trece ensayos literarios.* México. Joaquín Mortiz, 1986.

Ferreira Frias, Rubens Eduardo. "'Recado terrestre': la potente 'poesía chica' de Gabriela Mistral". *Anuario Brasileño de Estudios Hispánicos,* 2 (1992), 197-211.

Figueroa, Virgilio. *La divina Gabriela.* Santiago de Chile. El Esfuerzo, 1933.

Foucault, Michel. *Historia de la sexualidad.* 3 vols., trs. Ulises Guiñazú, Martí Soler y Tomás Segovia. Buenos Aires, México, Madrid, Bogotá. Siglo XXI, 1977, 1986 y y 1987.

_____. *Historia de la locura en la época clásica.* 2 vols., tr. Juan José Utrilla. México. Fondo de Cultura Económica, 1967.

Foxley, Carmen. *Enrique Lihn: Escritura excéntrica y modernidad.* Santiago de Chile. Universitaria, 1995.

Freud, Sigmund. *Collected Papers.* 5 vols. London. The Hogarth Press and the Institute of Psycho-analysis, 1948.

_____ . *The Standard Edition of the Complete Psychological Works of Sigmund Freud.* 24 vols., eds. James Strachey. London. The Hogarth Press and the Institute of Psycho-Analysis, 1953-1974.

_____ . *The Complete Letters of Sigmund Freud to Wilhelm Fliess 1887-1904,* tr. Jaffrey Moussaieff Masson. Cambridge, Massachusetts, y London. The Belknapp Press of Harvard University Press, 1985.

Frye, Northorp. *Anatomy of Criticism. Four Essays.* Princeton. Princeton University Press, 1957.

Gallop. Jane. "Reading the Mother Tongue: Psychoanalytic Feminist Criticism". *Critical Inquiry,* 2 (1987), 314-329.

García Lorca, Federico. "Las nanas infantiles" en *Obras completas.* 9ª ed. Madrid. Aguilar, 1965, pp. 91-108.

Garner, Shirley Nelson, Claire Kahane y Madelon Sprengnether, eds. *The (M)other Tongue. Essays in Feminist Psychoanalytic Interpretation.* Ithaca. Cornell University Press, 1985.

Gay, Peter. *Freud. A Life for our Time.* New York. Anchor Books. Doubleday, 1988.

Gazarian-Gautier, Marie-Lise. *Gabriela Mistral. The Teacher from the Valley of Elqui.* Chicago. Franciscan Herald Press, 1975.

Gilbert, Sandra M. y Susan Gubar. *The Madwoman in the Attic: The Woman Writer and the Nineteenth Century Literary Imagination.* New Haven. Yale University Press, 1979.

Gimbutas, Marija. *Goddesses and Gods of Old Europe, 7000-3500 B. C.* Barkeley y Los Ángeles. University of California Press, 1982.

Giordano, Jaime. "'Locas mujeres': ¿Locas?". *Taller de Letras,* 17 (1989), 41-46.

_____ . "Enigmas. Lírica hispánica desde la modernidad" [Manuscrito de un libro inédito hasta la conclusión de nuestro trabajo].

Goić, Cedomil. "Gabriela Mistral (1889-1957)" en *Latin American Writers.* Vol. II, eds. Carlos A. Solé y María Isabel Abreu. New York. Charles Scribner's Sons, 1989, pp. 677-691.

González, Patricia Elena y Eliana Ortega, eds. *La sartén por el mango. Encuentro de escritoras latinoamericanas.* Río Piedras, Puerto Rico. Huracán, 1985.

González Vera, José Santos. "Comienzos de Gabriela Mistral". *Anales de la Universidad de Chile,* 106 (1957), 22-25.

Graves, Robert. *The Greek Myths.* 2 vols. Baltimore, Maryland. Penguin Books, 1955.

Greenblatt, Stephen y Gilles Gunn, eds. *Redrawing the Boundaries. The Transformation of English and American Literary Studies.* New York. The Modern Language Association of America, 1992.

Guillén de Nicolau, Palma. "Introducción" a Gabriela Mistral. *Desolación-Ternura-Tala-Lagar,* 4ª ed. México. Porrúa, 1981, VII-XLVIII.

Guzmán, Jorge. "Gabriela Mistral: 'por hambre de su carne'" en *Diferencias latinoamericanas (Mistral, Carpentier, García Márquez, Puig).* Santiago de Chile. Centro de Estudios Humanísticos. Facultad de Ciencias Físicas y Matemáticas. Universidad de Chile, 1985, pp. 13-77.

Hatzfeld, Helmut. *Estudios literarios sobre mística española.* 2ª ed. corregida y aumentada. Madrid. Gredos, 1968.

Hauser, Arnold. *Historia social de la literatura y el arte.* 3 vols. Madrid. Guadarrama, 1969.

Hawes, Bess Lomax. "Folksongs and Functions. Some Thoughts on the American Lullaby". *Journal of American Folklore,* 87 (1974), 140-148.

Herrera y Reissig, Julio. *Poesías.* México. Porrúa, 1977.

Horan, Elizabeth Rosa. "Matrilineage, Matrilanguage: Gabriela Mistral's Intimate Audience of Women". *Revista Canadiense de Estudios Hispánicos,* 3 (1990), 447-457.

Hozven, Roberto. "Glosario de literatura". *Atenea. Revista de Ciencia, Arte y Literatura,* 432 (1976), 130-211.

Iglesia Católica. *Catecismo de la Iglesia Católica.* Buenos Aires. Lumen, 1992.

Iglesias, Augusto. *Gabriela Mistral y el modernismo en Chile. Ensayo de crítica subjetiva.* Santiago de Chile. Universitaria, 1949.

Index to Gabriela Mistral Papers on Microfilm. 1912-1957. Washington, D.C. Organization of American States, 1982 [Guía a los textos que se guardan en la Biblioteca del Congreso de Estados Unidos].

Irigaray, Luce. *Spéculum de l'autre femme.* París. Minuit, 1974.

_____ . *This Sex which is not One,* tr. Catherine Porter con Carolyn Burke. Ithaca, New York. Cornell University Press, 1985.

Jakobson, Roman. *Verbal Art, Verbal Sign, Verbal Time,* eds. Krystyna Pomorska y Stephen Rudy. MInneapolis. University of Minnesota Press, 1985.

James, E. O. *The Cult of the Mother Goddess: An Archaeological and Documentary Study.* London. Thames y Hudson, 1959.

Jameson, Fredric. *The Ideologies of Theory.* 2 vols. Minneapolis. University of Minnesota Press, 1988.

Jiménez, Onilda A. *La crítica literaria en la obra de Gabriela Mistral.* Miami. Ediciones Universal, 1982.

Jrade, Cathy Login. *Rubén Darío and the Romantic Search for Unity. The Modernist Recourse to Esoteric Tradition.* Austin. University of Texas Press, 1983.

Judge, William. *The Ocean of Theosophy.* Los Ángeles. Theosophy Co., 1987.

Kany, Charles E. *Sintaxis hispanoamericana,* tr. Martín Blanco Alcarez. Madrid. Gredos, 1969.

Kardec, Allan y H. J. Turk. *Diccionario espiritista. Catecismo espiritista.* Edicomunicación. Barcelona, 1986.

Kirkwood, Julieta. *Ser política en Chile. Los nudos de la sabiduría feminista.* Santiago de Chile. Cuarto Propio, 1990 [la 1ª edición es de 1986].

_____ . *Feminarios,* ed. Sonia Montecino. Santiago de Chile. Documentas, 1987.

_____ . *Tejiendo rebeldías. Escritos feministas de Julieta Kirkwood,* ed Patricia Crespi. Santiago de Chile, Centro de Estudios de la Mujer. Casa de la Mujer La Morada, 1987.

Kristeva, Julia. *Revolution in Poetic Language,* tr. Margaret Waller. New York. Columbia University Press, 1984 [la 1ª ed. es de 1974].

_____ . *Des Chinoises.* París. Éditions des Femmes, 1974.

_____ . *Histoires d'amour.* París. Denoel, 1983.

_____ . *Soleil Noir: dépresion et mélancholie.* París. Gallimard, 1987.

Labarca H., Amanda. *¿A dónde va la mujer?* Santiago de Chile. Extra, 1934.

_____ . *Feminismo contemporáneo.* Santiago de Chile. Zig-Zag, 1947.

Lacan, Jacques. *Écrits I.* París. Seuil, 1966.

_____ . *Écrits. A Selection,* tr. Alan Sheridan. New York. W.W. Norton, 1977.

_____ . "Dieu et la jouissance de la Femme" en *Le Séminaire de Jacques Lacan,* ed. Jacques-Alain Miller. París. Seuil, 1975.

Ladrón de Guevara, Matilde. *Gabriela Mistral, rebelde magnífica.* Santiago de Chile. Emisión, s. f.

Laing, R. D. y A. Esterson. *Sanity, Madness, and the Family. Families of Schizophrenics.* 2nd. ed. New York. Basic Books, 1971 [la 1ª ed. de este libro es de 1964].

Laing, R. D. *The Politics of Experience.* New York. Ballantine Books, 1967.

Lamberton, Robert. *Hesiod.* New Haven y London. Yale University Press, 1988.

Lapesa, Rafael. *Historia de la lengua española.* 9ª ed. Madrid. Gredos, 1981.

Laplanche, Jean y Bernard Pontalis. *Diccionario de psicoanálisis,* tr. Fernando Cervantes Gimeno. Barcelona. Labor, 1971.

_____ . *The Language of Psychoanalysis,* tr. Donald Nicholson-Smith. New York. W. W. Norton & Company, 1973.

Lavrín, Asunción, ed. *Latin American Women. Historical Perspectives.* Westport y London. Greenwood Press, 1978.

_____ . *The ideology of Feminism in the Southern Cone, 1900-1940.* Woodrow Wilson Center Working Papers, 1986.

Layton, Lynne y Barbara Ann Shapiro, eds. *Narcissism and the Text: Studies on Literature and the Psychology of Self.* New York. New York University Press, 1986.

Leach, María, ed. *The Standard Dictionary of Folklore, Myth and Legend.* 2 vols. New York. Funk and Wagnalls, 1950.

Leadbeater, Charles W. *Outline History of Theosophy.* Adyar, India. The Theosophical Co., 1975.

Loveman, Brian. *Struggle in the Countryside. Politics and Rural Labor in Chile, 1919-1973.* Bloomington y London. Indiana University Press, 1976.

Loyola, Hernán. "Neruda y América Latina". *Cuadernos Americanos,* 3 (1978), 175-197.

Lozano, Jorge, Cristina Peña-Marín y Gonzalo Abril. *Análisis del discurso. Hacia una semiótica de la interacción textual.* Madrid. Cátedra, 1989.

Marchant, Patricio. *Sobre árboles y madres.* Santiago de Chile. Editora Lead, 1984.

Marinello, Juan. "Tres novelas ejemplares". *Sur,* 16 (1936), 59-75.

Matthews, Irene. "Woman as Myth: The 'Case' of Gabriela Mistral". *Bulletin of Hispanic Studies,* 1 (1990), 57-69.

Medina, Alberto, "Me cansé de tener nombre en esta tierra (Algunas observaciones sobre la última Mistral)". *Revista Chilena de Literatura,* 45 (1994), 133-141.

Miller, Francesca. *Latin American Women and the Search for Social Justice.* Hanover, N. H. University Press of New England, 1991.

Mistral, Gabriela. "El himno al árbol" en *Nueva Luz. Revista Mensual de Teosofía, Ocultismo, Ciencias, Filosofía, Higiene, Sociología, Variedad y Actualidades, Bibliografía, & Órgano de la "RAMA ARUNDHATI", de Santiago, de la Sociedad Teosíofica Universal,* 21 (1913), 500-502.

_____ . *Desolación.* New York. Instituto de las Españas en los Estados Unidos, 1922.

_____ . *Ternura. Canciones de niños.* Madrid. Saturnino Calleja, 1924.

_____ . *Lecturas para mujeres.* México. Secretaría de Educación Pública, 1924.

_____ . "México. La cuestión agraria". *La Nueva Democracia,* 9 (1924), 3-5 y 32.

_____ . "Cristianismo con sentido social". *La Nueva Democracia,* 6 y 7 (1924), 3-4 y 31 y 3-4 y 31.

_____ . "Divulgación religiosa. Sentido de las letanías: Virgen de las Vírgenes". *El Mercurio* (12 de abril de 1925), 3.

_____ . "Alabanzas a la Virgen". *El Mercurio* (23 de agosto de 1925), 3.

_____ . "Carta interesante". *La Nueva Democracia,* 17-18 (1927), 14-15.

_____ . "Una explicación más del caso Khrisnamurti". *La Nación* de Buenos Aires (1° de agosto de 1930), 5-6.

_____ . *Tala.* Buenos Aires. Sur, 1938.

_____ . "Gabriela Mistral en la Unión Panamericana". *Boletín de la Unión Panamericana,* 4 (1939), 201-209.

_____ . *Antología.* Santiago de Chile. Zig-Zag, 1941.

_____ . [Reseña sobre]*"O menino poeta"* [de la poeta brasileña Henriqueta Lisboa], tr. J. Lourenço de Oliveira. *A Manhá* de Río de Janeiro (26 de marzo de 1944), 39-47.

_____ . "Epistolario a Henriqueta Lisboa". Epistolario inédito en el Archivo de Escritores Mineiros, Facultad de Letras de la Universidad Federal de Minas Gerais, campus de Belo Horizonte.

_____ . *Ternura.* 2ª ed. Buenos Aires-México. Espasa-Calpe. Argentina, 1945.

_____ . *Tala.* 2ª ed. Buenos Aires. Losada, 1947.

_____ . Informe consular al Ministerio de Relaciones Exteriores de Chile, fechado el 25 de agoto de 1947, sobre su participación en Guatemala en el "Congreso Interamericano de Mujeres" auspiciado por la Liga Internacional de Mujeres Pro Paz y Libertad.

_____ . *Lagar.* Santiago de Chile. Editorial del Pacífico, 1954.

_____ . *Recados contando a Chile,* ed. Alfonso M. Escudero, O. S. A. Santiago de Chile. Editorial del Pacífico, 1957.

_____ . "Epistolario. Cartas a Eugenio Labarca (1915-16)". *Anales de la Universidad de Chile,* 106 (1957), 266-281.

_____ . *Producción de Gabriela Mistral de 1912 a 1918.* Santiago de Chile. Ediciones de los Anales de la Universidad de Chile, 1957.

_____ . *Poemas de Chile.* Barcelona. Pomaire, 1967.

_____ . *Poesías completas,* ed. Margaret Bates. Madrid. Aguilar, 1958.

_____ . *Poesías completas,* 4ª ed. definitiva, autorizada, preparada por Margaret Bates. Madrid. Aguilar, 1968.

_____ . "Cartas de Gabriela Mistral a Amado Nervo", ed. Juan Loveluck. *Revista Iberoamericana,* 72 (1970), 495-508.

_____ . *Antología poética de Gabriela Mistral,* ed. Alfonso Calderón. Santiago de Chile. Universitaria, 1974.

_____ . *Cartas de amor de Gabriela Mistral,* ed. Sergio Fernández Larraín. Santiago de Chile. Andrés Bello, 1978.

_____ . *Prosa religiosa de Gabriela Mistral,* ed. Luis Vargas Saavedra. Santiago de Chile. Andrés Bello, 1978.

_____ . *Gabriela Mistral anda por el mundo,* ed. Roque Esteban Scarpa. Santiago de Chile. Andrés Bello, 1978.

_____ . *Gabriela piensa en...,* ed. Roque Esteban Scarpa. Santiago de Chile. Andrés Bello, 1978.

_____ . *Gabriela Mistral en el* Repertorio Americano, ed. Mario Céspedes. San José. Editorial de la Universidad de Costa Rica, 1978.

_____ . *Magisterio y niño,* ed. Roque Esteban Scarpa. Santiago de Chile. Andrés Bello, 1979.

_____ . *Reino,* ed. Gastón von dem Bussche. Valparaíso. Ediciones Universitarias de Valparaíso, 1983.

_____ . *Lagar II,* eds. Pedro Pablo Zegers y Ana María Cuneo. Santiago de Chile. Dirección de Bibliotecas, Archivos y Museos. Biblioteca Nacional, 1991.

_____ . *Tan de usted. Epistolario de Gabriela Mistral con Alfonso Reyes.* Santiago de Chile. Hachette. Ediciones de la Universidad Católica de Chile, 1991.

_____ . *Gabriela Mistral en* La Voz de Elqui, ed. Pedro Pablo Zegers Blachet. Santiago de Chile. Dirección de Bibliotecas, Archivos y Museos. Museo Gabriela Mistral de Vicuña, 1992.

_____ . *Gabriela Mistral en* El Coquimbo, ed. Pedro Pablo Zegers Blachet. Santiago de Chile. Dirección de Archivos, Bibliotecas y Museos. Museo Gabriela Mistral de Vicuña, s. f.

_____ . "Gabriela Mistral en *El Tamaya* y *La Constitución*". Manuscrito de una edición hecha por Pedro Pablo Zegers e inédita todavía cuando concluyo este libro.

_____ . *Proyecto preservación y difusión del legado literario de Gabriela Mistral,* eds. Magda Arce y Gastón von dem Bussche. Santiago de Chile. Organización de Estados Americanos (OEA). Programa Regional de Desarrollo Cultural. Ministerio de Educación de la República de Chile, 1993.

_____ . *Poesía y prosa.* ed. Jaime Quezada. Caracas. Biblioteca Ayacucho, 1993.

_____ . *Escritos políticos,* ed. Jaime Quezada. Santiago de Chile. Fondo de Cultura Económica, 1994.

_____ . "Manuscritos" en poder de la Biblioteca del Congreso de Estados Unidos.

Mitchell, Juliet. *Women. The Longest Revolution.* New York. Pantheon, 1984.

Moi, Toril. *Sexual/Textual Politics. Feminist Literary Theory.* London y New York. Routledge, 1985.

Molina Núñez, Julio y Juan Agustín Araya (O. Segura Castro). *Selva lírica. Estudios sobre los poetas chilenos.* Santiago de Chile. Soc. Imp. y Lit. Universo, 1916.

Montecino, Sonia. *Madres y huachos. Alegorías del mestizaje chileno.* Editorial Cuarto Propio-CEDEM, 1991.

Mora, Gabriela. "La prosa política de Gabriela Mistral". *Escritura,* 31-32 (1991), 193-203.

Nash, June, Helen Safa *et al. Women and Change in Latin America,* Massachusetts. Bergin and Garvey, 1986.

Neghme Echeverría, Lidia. "El indigenismo en el *Poema de Chile* de Gabriela Mistral". *Revista Iberoamericana,* 151 (1990), 553-561.

_____ . "'El fantasma' y la temática fantasmagórica en una de las 'Historias de loca'". *Revista Chilena de Literatura,* 44 ((1994), 133-139.

Neruda, Pablo. *Residencia en la tierra,* ed. Hernán Loyola. Madrid. Cátedra, 1987.

_____ . *Canto General,* ed. Enrico Mario Santí. Madrid. Cátedra, 1992.

Nómez, Naín. "Gabriela Mistral y la poesía femenina de comienzos de siglo en Chile" [Manuscrito de un artículo inédito hasta la conclusión de este libro].

Ostriker, Alice Suskin. *Stealing the Language.* Boston. Beacon Press, 1986.

Ostria, Mauricio. "'Una ala color de fuego y otra color de ceniza': sobre el dualismo en el discurso poético mistraliano". *Acta Literaria,* 14 (1989), 87-94.

_____ . "La agonía dualista en la poesía de Gabriela Mistral" en *Congreso Internacional. Vida y Obra de Gabriela Mistral,* ed. E. Zelaya Caballero. La Serena. Universidad de La Serena, 1989, pp. 100-107.

_____ . "Gabriela Mistral y César Vallejo: la americanidad como desgarramiento". *Revista Chilena de Literatura,* 42 (1993), 193-199.

Ott, Ludwig. *Manual de teología dogmática.* 7ª ed., tr. Constantino Ruiz Garrido y mons. Miguel Roca Cabanellas. Barcelona. Herder, 1989.

Oyarzún, Luis. *Temas de la cultura chilena.* Santiago de Chile. Universitaria, 1967.

Pagels, Elaine. *The Gnostic Gospels.* New York. Vintage Books, 1989.

Parker, Cristián. *Otra lógica en América Latina. Religión popular y modernización capitalista.* Santiago de Chile. Fondo de Cultura Económica, 1993.

Paz, Octavio. *Los hijos del limo. Del romanticismo a la vanguardia.* Barcelona. Seix Barral, 1993.

Pescatello, Ann, ed. *Female and Male in Latin America. Essays.* Pittsburgh. University of Pittsburgh Press, 1973.

Pinto Villarroel, Patricia. "La mujer en *Poema de Chile*: entre el decir y el hacer de Gabriela". *Acta Literaria,* 14 (1989), 25-42.

Pizarnik, Alejandra. *Textos de sombra y últimos poemas,* eds. Olga Orozco y Ana Becciú. Buenos Aires. Sudamericana, 1982.

Pizarro, Ana, ed. *América Latina. Palavra, Literatura e Cultura.* 3 vols. São Paulo. Editora da Universidade Estadual de Campinas. Fundação Memorial da América Latina, 1993-1995.

Plath, Sylvia. *Collected Poems,* ed. Ted Hughes. New York. Harper and Row, 1981.

Pound, Ezra. "Vorticism" en Ezra Pound *et al. Gaudier Brzeska: A Memoir.* New York. New Directions, 1970, pp. 81-94.

Pratt, Mary Louise. *Imperial Eyes. Travel Writing and Transculturation.* London y New York. Routledge, 1992.

Preminger, Alex y T.V.F. Brogan. *The New Encyclopedia of Poetry and Poetics.* Princeton. Princeton University Press, 1993.

Preston, Sister Mary Charles Ann. *A Study of Significant Variants in the Poetry of Gabriela Mistral.* Washington, D.C. The Catholic University of America Press, 1964.

Raymond, Marcel. *De Baudelaire au Surréalisme.* Édition nouvelle et remaniée. París. José Corti, 1963.

Real Academia Española. *Diccionario de la lengua española.* 19 ed. Madrid. Espasa Calpe, 1970.

Rebolledo G., Loreto. "Vivir y morir en familia en los albores de siglo". *Proposiciones,* 26 (1995), 166-180.

Reyes, Alfonso. "Notas sobre la inteligencia americana". *Obras completas.* Vol. XI. México. Fondo de Cultura Económica,1955 [este ensayo de Reyes es de 1936].

Rich, Adrienne. *Of Woman Born: Motherhood as Experience and Institution.* New York. Norton, 1976.

Rifaterre, Michael. *Semiotics of Poetry.* Bloomington. Indiana University Press, 1984.

Rivera, José Eustacio. *La vorágine.* Caracas. Biblioteca Ayacucho, 1976.

Robinson, James M., ed. *The Nag Hammadi Library.* New York. Harper & Row, 1977.

Rodig, Laura. "Presencia de Gabriela Mistral". *Anales de la Universidad de Chile,* 106 (1957), 282-292.

Rodríguez Fernández, Mario. "El lenguaje del cuerpo en la poesía de la Mistral". *Revista Chilena de Literatura,* 23 (1984), 116-128.

_____ . "Gabriela Mistral: la antimalinche". *Atenea. Revista de Ciencia, Arte y Literatura,* 459-460 (1989), 131-139.

_____ . "La ley del tesoro: la palabra y el oro en *Tala*. *Signos*, 27 (1989), 105-110.

_____ . "'Alucinación' de *Tala*, otra lectura". *Acta Literaria*, 14 (1989), 79-85.

Rojo, Grínor. *Muerte y resurrección del teatro chileno. 1973-1983.* Madrid. Meridión, 1985.

_____ . *Crítica del exilio. Ensayos sobre literatura latinoamericana actual.* Santiago de Chile. Pehuén, 1989.

_____ . *Poesía chilena del fin de la modernidad.* Concepción. Ediciones Universidad de Concepción, 1993.

Rubio, Patricia. *Gabriela Mistral ante la crítica: bibliografía anotada.* Santiago de Chile. Dirección de Bibliotecas, Archivos y Museos. Centro de Investigaciones Barros Arana, 1995.

Ruether, Rosemary Radford. *Sexism and God-Talk. Toward a Feminist Theology.* Boston. Beacon Press, 1983.

Ruitenbeek, Hendrik M., ed. *Psychoanalysis and Female Sexuality.* New Haven. College and University Press, 1966.

Sabat-Rivers, Georgina. *El* "Sueño" *de Sor Juana Inés de la Cruz. Tradición literaria y originalidad.* London. Tamesis, 1977.

Saffioti, Heleieth I, B. *A mulher na sociedade de classes: mito e realidade.* São Paulo. Quatro Artes, 1969.

Sagrada Biblia. Versión directa de las lenguas orientales, eds. Eloíno Nácar Fuster y Alberto Colunga, O. P. Madrid. La Editorial Católica. Biblioteca de Autores Cristianos, 1969.

Sagrada Biblia, eds. Pedro Franquesa y José Ma. Solé. Barcelona. Regina, 1973.

Salazar Vergara, Gabriel. *Labradores, peones y proletarios. Formación y crisis de la sociedad popular chilena del siglo XIX.* Santiago de Chile. Ediciones Sur, 1989.

_____ . "Ser niño 'huacho' en la historia de Chile (Siglo XIX)". *Proposiciones,* 19 (1990), 5-59.

_____ . "La mujer de 'bajo pueblo' en Chile: bosquejo histórico". *Proposiciones,* 21 (1992), 89-107.

Sanlagada, Osvaldo D. *et al. Las sectas en América Latina.* Buenos Aires. Claretiana, 1991.

Samatán, María Elena. *Gabriela Mistral, campesina del Valle de Elqui.* Buenos Aires. Instituto Amigos del Libro Argentino, 1969.

Sanga, Glauco. *La comunicazione orale e scrita: il linguaggio del canto popolare.* Brescia. Giunti/Marzoco, 1979.

Santelices, Isauro. *Mi encuentro con Gabriela Mistral.* Santiago de Chile. Editorial del Pacífico, 1972.

Scarpa, Roque Esteban. *Una mujer nada de tonta.* Santiago de Chile. Fondo Andrés Bello, 1976.

_____ . *La desterrada de su patria (Gabriela Mistral en Magallanes: 1918-1920).* Santiago de Chile. Nascimento, 1977.

Scholten, Max. *El espiritismo.* 2ª ed. Barcelona. Ediciones Dalmau Socías. Editors S. A., s.f.

Schneider, Luis Mario. *Gabriela Mistral. Itinerario veracruzano.* Xalapa. Biblioteca Universidad Veracruzana, 1991.

Seeberg, Reinhold. *Text-Book of the History of Doctrines.* 2 vols, tr. Charles E. Hay. Grand Rapids. Michigan. Baker Book House, 1952.

Servodidio, Mirella y Marcelo Coddou, eds. *Gabriela Mistral.* Xalapa. Centro de Investigaciones Lingüístico-Literarias. Instituto de Investigaciones Humanísticas, Universidad Veracruzana, 1980.

Showalter, Elaine. "Literary Criticism". *Signs*, 1 (1975), 435-460.

_____ . *The Female Malady. Women, Madness, and English Culture 1830-1980*. New York. Penguin Books, 1987.

_____, ed. *Speaking of Gender*. New York y London. Routledge, 1989.

_____ . *Sexual Anarchy. Gender and Culture at the Fin de Siècle*. New York. Penguin Books, 1991.

Silva Bahamonde, Hernán. "La unidad poética de *Desolación*". *Estudios Filológicos*, 4 (1968), 152-175 y *Estudios Filológicos*, 5 (1969), 170-196.

Silva Castro, Raúl. *Estudios sobre Gabriela Mistral*. Santiago de Chile. Zig-Zag, 1935.

Sontag, Susan. *Under the Sign of Saturn*. New York. Farrar, Strauss, Giroux, 1980.

Soto Ayala, Luis Carlos. *Literatura coquimbana: estudios biográficos i críticos sobre los literatos que ha producido la provincia de Coquimbo*. Santiago de Chile. Imprenta Francia, 1908.

Spínola, Magdalena. *Gabriela Mistral huéspeda de honor en su patria*. Guatemala. Tipografía Nacional, 1968.

Spitz, Sheryl A. "Social and Psychological Themes in East Slavic Folk Lullabies". *Slavic and East European Journal*, 1 (1979), 14-23.

Subercaseaux, Bernardo. "Gabriela Mistral: espiritualismo y canciones de cuna". *Cuadernos Americanos*, 2 (1976), 208-225.

Teitelboim, Volodia. *Gabriela Mistral pública y secreta. Truenos y silencios en la vida del primer Nobel latinoamericano*. Santiago de Chile. BAT, 1991.

Taylor, Martin C. *Gabriela Mistral's Religious Sensibility.* Berkeley y Los Ángeles. University of California Press, 1968.

Thomasseau, Jean-Marie. *El melodrama,* tr. Marcos Lara. México. Fondo de Cultura Económica, 1989.

Uribe Arce, Armando. "Funerales. Q. e. p. n. d. Recuerdo de Gabriela Mistral". *Araucaria de Chile,* 32 (1985), 115-116.

Vargas Saavedra, Luis. *El otro suicida de Gabriela Mistral.* Santiago de Chile. Ediciones Universidad Católica de Chile, 1985.

_____ . "Sensorialidad en Gabriela Mistral". *Taller de Letras,* 23 (1995), 135-141.

Valéry, Paul. "Prólogo de Paul Valéry a la edición de Poemas", tr. Luis Oyarzún, en María Urzúa. *Gabriela Mistral. Genio y figura.* Santiago de Chile. Editorial del Pacífico, s. f., pp. 7-10.

Veeser, Aram H. *The New Historicism.* New York y London. Routledge, 1989.

Vergara, Marta. *Memorias de una mujer irreverente.* Santiago de Chile. Gabriela Mistral, 1973.

Vicuña Cifuentes, Julio. *Mitos y supersticiones. Estudios del folklore chileno recogidos en la tradición oral.* 3ª ed. Santiago de Chile. Nascimento, 1947.

Vidal, Hernán, ed. *Cultural and Historical Grounding for Hispanic and Luso-Brazilian Feminist Literary Criticism.* Minneapolis. Instituto for the Study of Idelogies and Literature, 1989.

Von dem Bussche, Gastón. *Visión de una poesía.* Santiago de Chile. Ediciones de los Anales de la Universidad de Chile, 1957.

Vossler, Karl. *Medieval Culture. An Introduction to Dante and his Times.* Vol. I, tr. William Cranston Lawton. New York. Harcourt, Brace and Company, 1929.

Warner, Marina. *Alone of all her Sex. The Myth and the Cult of the Virgin Mary.* New York. Knopf, 1976.

Wellek, Rene y Austin Warren. *Theory of Literature,* 3ª ed. New York y London. Harcourt Brace Jovanovich, 1977.

Wiliams, Raymond. *Marxism and Literature.* Oxford, New York. Oxford University Press, 1977.

Zegers, Pedro Pablo. "Gabriela Mistral y la teosofía: la logia Destellos de Antofagasta". *Museos. Coordinación Nacional de Museos,* Chile, 11 (1991), 6-7.

ÍNDICE

Este libro se terminó de imprimir y encuadernar en el mes de septiembre de 1997, en los talleres de Impresos Universitaria, San Francisco 454, Santiago de Chile.
Se tiraron 2.000 ejemplares.